# 세계의 겨울

## 2

이 도서의 국립중앙도서관 출판예정도서목록(CIP)은
서지정보유통지원시스템 홈페이지(http://seoji.nl.go.kr)와
국가자료공동목록시스템(http://www.nl.go.kr/kolisnet)에서 이용하실 수 있습니다.
(CIP제어번호: CIP2016001427)

# 세계의 겨울

## 2

**WINTER OF THE WORLD**
KEN FOLLETT

켄 폴릿

장편소설

남명성 옮김

문학동네

WINTER OF THE WORLD
**CONTENTS**

# 9장
## 1941년(II)

I

7월의 어느 더운 아침 그레그 페시코프의 책상 위 전화가 울렸다. 그는 하버드 졸업반을 앞두고 있었고 다시 한번 국무부의 정보 관련 부서에서 여름 동안 인턴생활을 하고 있었다. 물리학과 수학에 능해서 시험은 손쉽게 통과했지만 과학자가 되는 데는 관심이 없었다. 그의 관심 분야는 정치였다. 그가 수화기를 들었다. "그레그 페시코프입니다."

"안녕하시오, 페시코프 씨. 톰 크랜머요."

그레그의 맥박이 조금 빨라졌다. "전화 드렸었는데 연락 주셔서 감사합니다. 절 기억하는 게 분명하군요."

"리츠칼튼 호텔, 1935년이지. 내가 딱 한 번 신문에 났던 일이고."

"아직 호텔 경비원으로 일하고 있나요?"

"소매상으로 옮겼소. 지금은 가게 경비원이지."

"프리랜서로 일해본 적 있습니까?"

"그럼요. 맡기고 싶은 일이라도 있소?"

"지금은 사무실이에요. 따로 만나서 얘기하고 싶습니다."

"당신은 백악관 건너편 행정부 구관 청사에서 일하고 있지."

"어떻게 알았어요?"

"나름 탐정 노릇도 해서."

"그렇겠군요."

"모퉁이를 돌면 F가와 19번가 교차점에 있는 아로마 커피숍에 있소."

"지금은 못 가요." 그레그는 시계를 보았다. "사실은 당장 전화를 끊어야 합니다."

"기다리지."

"한 시간만 주세요."

그레그는 서둘러 계단을 내려갔다. 그가 정문에 도착한 순간 롤스로이스 승용차 한 대가 조용히 다가와 밖에 멈춰 섰다. 뚱뚱한 운전사가 힘겹게 내리더니 뒷문을 열었다. 차에서 내린 사람은 키가 크고 마르고 잘생겼으며 머리 전체가 새하얬다. 연푸른빛이 도는 회색 플란넬로 그의 몸에 우아하게 맞도록 완벽히 지은 더블브레스트 양복은 런던의 재단사나 만들어낼 수 있는 스타일이었다. 그가 거대한 건물을 향해 화강암 계단을 오르는 사이 뚱뚱한 운전사가 가방을 들고 서둘러 뒤따랐다.

그는 국무차관으로 국무부에서 두번째로 높은 인물이자 루스벨트 대통령과 개인적인 친분이 있는 섬너 웰스였다.

대기중이던 국무부 안내원에게 운전사가 가방을 건네려던 순간 그레그가 앞으로 나섰다. "안녕하십니까, 차관님." 그는 인사를 하고 자연스럽게 운전사에게서 가방을 받아든 다음 열린 문을 붙잡고 섰다. 그러고는 웰스를 따라 건물로 들어갔다.

그레그가 정보부서에서 일하게 된 것은 사실에 입각해 잘 쓴 〈하버드

크림슨〉기사를 보여줄 수 있었기 때문이었다. 하지만 공보관으로 끝나고 싶지는 않았다. 더 큰 야망이 있었다.

그레그는 아버지를 떠오르게 하는 섬너 웰스를 좋아했다. 잘생긴 외모와 멋진 옷, 매력이 인정사정없는 수완가의 모습을 덮어주었다. 자신의 상관이자 국무장관인 코델 헐의 자리를 손에 넣기로 마음먹은 웰스는 그를 배제하고 대통령과 직접 이야기를 나누곤 했다. 그 때문에 헐은 격노했다. 그레그는 힘이 있고 그걸 사용하기를 두려워하지 않는 누군가와 가까이하는 일이 매우 흥분된다는 걸 알게 되었다. 그도 그런 사람이 되고 싶었다.

웰스는 그에게 홀딱 반했다. 사람들은 종종 그레그에게 홀딱 반했다. 특히 그레그가 자기에게 빠지길 바라는 상대라면 더더욱. 하지만 웰스의 경우에는 다른 요인도 있었다. 그는 결혼을 했지만—아내가 상당한 재산을 물려받은 여자였고 어쨌든 겉으로는 행복해 보였다—매력적인 젊은 남자들을 좋아했다.

그레그는 지나칠 정도로 이성을 좋아했다. 하버드에 사귀는 여자가 있었는데, 래드클리프에서 공부하는 에밀리 하드캐슬이라는 이름의 그녀는 9월이 되기 전 피임 기구를 준비해두기로 약속했다. 이곳 워싱턴에서는 텍사스 주 로런스 하원의원의 요염한 딸 리타와도 데이트를 했다. 웰스와는 아슬아슬한 긴장관계였다. 그레그는 웰스의 호감을 잃지 않는 선에서 상냥하게 대하면서도 육체적인 접촉은 피했다. 또한 저녁 식사 전 칵테일을 마시는 시간 이후로는 웰스와 떨어져 있었다. 그때가 되면 노인의 자제력이 약해져 양손이 길을 잃고 헤매기 시작하기 때문이다.

지금은 오전 열시로 주요 간부들이 사무실에서 회의를 하고 있었다. 웰스가 말했다. "자네도 있어도 돼. 배움에 도움이 될 테니까." 그레그는 흥분했다. 회의 시간에 자기가 빛을 발할 기회가 있을지 궁금했다. 사람들이 그를 알아보고 깊은 인상을 받았으면 했다.

몇 분 뒤 듀어 상원의원이 아들 우디와 함께 도착했다. 아버지와 아들은 마른 체격에 머리가 컸으며 둘 다 비슷한 짙푸른색 리넨 싱글브레스트 여름 정장을 입었다. 하지만 우디는 아버지와 달리 예술가적 기질이 있었다. 〈하버드 크림슨〉에 실렸던 사진들로 상을 탔다. 우디는 웰스의 수석 보좌관인 벡스포스 로스에게 고개인사를 했다. 분명 전에도 만나본 적이 있는 눈치였다. 벡스포스는 과도하게 자기만족에 빠진 남자로 그레그의 이름이 러시아식이라는 이유로 "러스키"라고 불렀다.

웰스의 발언으로 회의가 시작되었다. "지금부터 말씀드리는 것은 극비이며, 이 방 밖에서는 절대 발설해서는 안 됩니다. 대통령께서 다음 달 초 영국 수상과 만날 예정입니다."

그레그는 우아라는 말이 나올 뻔했지만 간신히 참았다.

"잘됐네요!" 거스 듀어가 말했다. "어디서요?"

"보안 문제도 있고, 처칠의 여행 시간을 단축하기 위해 배편으로 대서양 어디쯤에서 만날 계획입니다. 대통령께서는 헐 국무장관이 이곳 워싱턴에서 대신 국정을 맡고 회담에는 내가 배석하기를 원하십니다. 거스 의원도 참석하기를 원하시더군요."

"영광입니다." 거스가 말했다. "안건은 뭡니까?"

"영국이 지금은 침공의 위협을 물리치고 있는 것 같지만 유럽 대륙에 있는 독일을 공격하기에는 너무 약하죠. 우리 도움 없이는 말입니다. 그래서 처칠은 우리가 독일에 선전포고해주기를 요청할 겁니다. 물론 우리는 거절하겠죠. 일단 그 안건이 지나가면 대통령께서는 목표가 담긴 공동성명을 원하실 겁니다."

"전쟁 목표는 아니겠죠." 거스가 말했다.

"아니죠. 왜냐하면 미국은 전쟁중이 아니고 참전 의도도 없기 때문입니다. 하지만 우리는 영국과 비교전非交戰 동맹을 맺고 있고, 그들이 필요로 하는 것은 무제한 신용으로 거의 전부를 보급해주고 있습니다. 그리고 마침내 평화가 왔을 때 전후 세계를 어떻게 운영할지 발언권을 갖기를 바라고 있습니다."

"국제연맹의 권한 강화를 포함시킬 수 있을까요?" 거스가 물었다. 그가 이 아이디어를 간절히 원한다는 것을 그레그는 잘 알았다. 웰스 역시 마찬가지였다.

"그래서 의원님과 얘기하고 싶었던 겁니다, 거스. 만일 우리 계획이 시행되기를 원한다면 준비를 할 필요가 있어요. 대통령과 처칠이 공동성명에 그 내용을 포함시키도록 해야 합니다."

거스가 말했다. "대통령께서 이론상으로야 긍정적이라는 건 우리 둘다 알지만 그분은 여론을 걱정하고 있어요."

벡스포스가 한 보좌관이 들어와 건넨 메모를 읽더니 말했다. "이런, 맙소사."

웰스가 퉁명스럽게 말했다. "뭔데 그래?"

"아시다시피 일본 제국 내각이 지난주 소집됐습니다." 벡스포스가 말했다. "그들이 무슨 논의를 했는지 약간의 정보가 있습니다."

그는 정보원에 대해 애매하게 얼버무렸지만 그레그는 그 속뜻을 알았다. 미 육군의 신호정보부대는 도쿄 외무성에서 해외 대사관으로 나가는 무선전신을 가로채 해독할 능력이 있었다. 그렇게 해독한 내용으로 만든 자료는 '매직'이라는 암호명으로 불렀다. 이는 그레그가 알아서는 안 되는 내용이었다. 그가 이런 비밀을 안다는 사실을 군이 눈치챘다면 엄청난 소동이 일어날 터였다.

"일본은 그들 제국의 확장을 논의했습니다." 벡스포스가 계속 말을 이었다. 일본이 이미 만주라는 드넓은 지역을 합병했고 중국의 다른 많은 지역으로 병력을 이동하고 있다는 사실을 그레그는 익히 알고 있었다. "서쪽 시베리아로 확장하는 안은 선호하지 않습니다. 그건 소련과 전쟁을 해야 한다는 뜻이니까요."

"잘됐군!" 웰스가 말했다. "그러면 러시아는 독일과의 싸움에 집중할 수 있지."

"그렇습니다. 하지만 일본놈들은 인도차이나를 완전히 장악한 뒤 네덜란드령 동인도를 통해 남쪽으로 확장할 계획을 세우고 있습니다."

그레그는 충격을 받았다. 놀라운 뉴스였다. 그리고 그는 뉴스를 처음 들은 사람 가운데 하나였다.

웰스는 화를 냈다. "이런, 제국주의 전쟁과 다를 바가 없군!"

거스가 끼어들었다. "섬너, 엄밀히 따지면 전쟁이 아닙니다. 일본은 이미 인도차이나에 병력 일부를 주둔시키면서 해당 지역의 현재 식민국인 프랑스 비시 정권의 공식 허가를 받았어요."

"나치의 허수아비잖소!"

"그래서 '엄밀히 따지면'이라고 한 겁니다. 또한 네덜란드령 동인도는 이론적으로 네덜란드의 지배를 받는 중이고, 네덜란드를 점령한 독일은 그들의 동맹국인 일본이 네덜란드의 식민지를 차지하는 상황에 더없이 만족할 겁니다."

"그건 궤변이죠."

"다른 사람들이 우리에게 늘어놓을 궤변입니다. 그중 하나는 일본 대사겠죠."

"맞습니다, 거스. 미리 경고해줘서 고맙군요."

그레그는 논의에서 한몫할 기회를 노리고 있었다. 주위 고위급 인사들에게 어떻게든 깊은 인상을 남기고 싶었다. 하지만 그들 모두 모든 걸 그보다 훨씬 잘 알고 있었다.

웰스가 말했다. "어쨌거나 일본이 노리는 게 뭐지?"

거스가 말했다. "석유와 고무, 주석이죠. 천연자원에 대한 접근을 확보하려는 겁니다. 우리가 원료 공급을 계속 방해하고 있으니 전혀 놀라운 일이 아니죠." 아시아에서 점령지를 끝없이 확장하는 일본의 움직임을 막으려다 실패한 미국은 석유와 고철 같은 원료의 일본 수출을 금하도록 조치를 취했다.

웰스가 짜증스럽게 말했다. "우리 금수조치는 아주 효과적으로 시행되지는 못하고 있어요."

"그렇죠. 하지만 위협으로도 일본을 극심한 공포에 빠뜨리는 데는 충분합니다. 천연자원이라고는 거의 없는 나라가 일본이니까요."

"좀더 효과적인 조치를 취해야 하는 건 분명합니다." 웰스가 쏘아붙였다. "미국 내 은행에 일본의 자산 상당량이 있습니다. 그 자산을 동결할 수 있을까?"

방안의 다른 관료들은 못마땅한 기색이었다. 과격한 발상이었다. 잠시 후 벡스포스가 말했다. "가능할 것 같습니다. 다른 어떤 금수조치보다 효과적일 겁니다. 결제를 못하면 석유나 그 어떤 다른 천연자원도 이곳 미국에서 사들일 수 없을 테니까요."

거스 듀어가 말했다. "국무장관은 언제나 그렇듯 전쟁으로 이어질 수 있다면 어떤 조치든 피하려고 고심할 겁니다."

그가 옳았다. 코델 헐은 소심하다고 할 만큼 조심성이 많아서 그보다 훨씬 강경한 웰스 차관과 자주 충돌했다.

"헐 장관은 늘 그 길을 선택하죠. 아주 현명하게 말입니다." 웰스가 말했다. 그것이 마음에도 없는 소리임은 모두 알았지만 예의상 그렇게 말할 수밖에 없었다. "하지만 미국은 국제무대에서 자부심을 느껴야만

합니다. 신중하지만 그렇다고 비겁해서는 안 돼요. 나는 이 자산동결에 관한 생각을 대통령께 건의하겠습니다."

그레그는 압도되었다. 이것이 권력이 뜻하는 바였다. 나라 전체를 뒤흔들 수도 있는 내용을 웰스는 더 고민할 것 없이 당장 제안할 수 있었다.

거스 듀어는 얼굴을 찌푸렸다. "수입 원유가 없으면 일본 경제는 서서히 멈춰 설 테고 그들의 군대는 힘을 잃을 겁니다."

"그거 좋은 일이죠!" 웰스가 말했다.

"그럴까요? 만일 그런 재앙에 빠진다면 일본의 군사정권이 어떻게 나오겠습니까?"

웰스는 도전받는 일을 그다지 좋아하지 않았다. 그가 말했다. "의원께서 한번 말씀해보시죠."

"모르겠습니다. 하지만 말씀하신 그 조치를 취하기 전에 그에 대한 답을 생각해봐야 할 것 같습니다. 절박한 사람은 위험한 법입니다. 그리고 저는 미국이 일본과 전쟁을 치를 준비가 되었는지 모르겠습니다. 우리 해군은 준비되었지만 공군은 아직 아니에요."

발언 기회를 포착한 그레그는 실행에 옮겼다. "차관님, 도움이 되실지 모르겠지만, 여론은 2대1의 비율로 일본에 유화책을 쓰는 것보다 전쟁을 하는 것을 더 선호합니다."

"좋은 지적이군, 그레그. 고맙네. 미국인들은 일본이 제멋대로 굴도록 그냥 두는 걸 원치 않지."

"하지만 진심으로 전쟁을 원하는 것도 아니죠." 거스가 말했다. "여론조사 결과가 어떻든."

웰스는 책상 위 서류철을 덮었다. "자, 의원님. 국제연맹 건은 동의했고 일본 건은 의견이 갈리는군요."

거스가 일어섰다. "그리고 양쪽 모두 결정은 대통령께서 하시겠죠."

"만나러 와주셔서 감사합니다."

회의는 끝났다.

그레그는 황홀한 기분으로 방을 나섰다. 회의에 초대받았고 놀라운 뉴스를 알게 된데다 조언을 해 웰스에게 고맙다는 말도 들었다. 하루를 여는 정말 멋진 시작이었다.

그는 건물을 빠져나와 아로마 커피숍으로 향했다.

이제껏 사설탐정을 고용해본 적은 한 번도 없었다. 조금은 불법이란 느낌이 들었다. 하지만 크랜머는 점잖은 시민이었다. 그리고 예전 여자친구를 찾으려는 시도는 전혀 불법이 아니었다.

아로마 커피숍에는 휴식중인 비서인 듯한 여자 둘과 쇼핑 나온 나이든 남녀 한 쌍이 있었고, 시어서커로 만든 구겨진 양복 차림의 건장한 크랜머가 담배를 빨고 앉아 있었다. 그레그는 자리에 앉아 웨이트리스에게 커피를 주문했다.

"재키 제이크스와 다시 연락하려고 시도중입니다." 그는 크랜머에게 말했다.

"그 흑인 여자애?"

그때는 애였지. 그레그는 향수에 젖어 생각했다. 꽃다운 열여섯. 하지만 더 나이가 많은 척했었다. "육 년 전 얘기죠." 그는 크랜머에게 말했다. "이제 애가 아닙니다."

"작은 드라마를 위해 그녀를 고용한 건 내가 아니라 자네 아버지야."

"아버지에게 부탁하기는 싫어요. 하지만 당신이 찾을 수 있는 거죠?"

"그러길 바라야지." 크랜머는 작은 노트와 연필을 꺼냈다. "재키 제이크스는 아마도 가짜 이름이겠지?"

"본명은 메이블 제이크스입니다."

"여배우고, 맞지?"

"되고 싶어했죠. 꿈을 이뤘는지는 모르겠어요." 그녀는 아름답고 매력이 넘쳤지만 흑인 배우를 위한 역할은 그다지 많지 않았다.

"전화번호부에는 없는 게 확실하군. 나와 있다면 내가 필요 없었을 테니까."

"이름을 안 올렸을 수도 있고, 전화를 놓을 형편이 못 될 가능성이 가장 높죠."

"1935년 이후에 본 적이 있나?"

"두 번요. 첫번째는 이 년 전 여기서 멀지 않은 E가에서 봤죠. 두번째는 이 주 전 두 블록 떨어진 곳에서 봤고."

"그래, 이렇게 호화로운 동네에 사는 건 당연히 아닐 테고, 근처에서 일하는 게 분명하군. 사진 있나?"

"없어요."

"희미하게 기억은 하고 있지. 예쁘고 까만 피부에, 활짝 웃었어."

그레그는 그녀의 천 와트짜리 웃음을 떠올리며 고개를 끄덕였다. "편지를 쓸 수 있게 주소만 알아내면 돼요."

"무슨 이유로 정보를 원하는지는 알 필요 없네."

"그거 좋군요." 이렇게 쉬운 일이었나? 그레그는 속으로 생각했다.

"하루에 10달러, 최소 이틀이고 들어가는 비용은 별도야."

예상보다 적은 금액이었다. 그는 지갑을 꺼내 크랜머에게 20달러를 건넸다.

"고맙네." 탐정이 말했다.

"행운을 빌어요." 그레그가 말했다.

# II

토요일은 날이 더웠고 우디는 동생 척과 함께 해변에 나갔다.

듀어 가족은 모두 워싱턴에 있었다. 그들은 리츠칼튼 호텔 근처에 방이 아홉 개 딸린 아파트를 얻었다. 척은 해군에서 휴가를 나와 있었고, 아버지는 스스로 대서양 회담이라고 부르는 정상회담 계획을 위해 하루에 열두 시간씩 일하는 중, 어머니는 영부인들에 관한 새로운 책을 쓰고 있었다.

우디와 척은 반바지에 폴로셔츠 차림으로 수건과 선글라스, 신문을 들고 델라웨어의 해안도시 레호보스비치행 기차를 탔다. 몇 시간 거리였지만 여름 토요일에 갈 만한 유일한 곳이었다. 그곳은 백사장이 넓고 대서양에서 불어오는 바람이 상쾌했다. 그리고 수영복 차림의 여자가 수없이 많았다.

형제는 서로 달랐다. 척은 키가 작고 몸이 다부진 운동선수 몸매였다. 어머니를 닮아 잘생겼고 미소에 애교가 넘쳤다. 학교 공부에는 약했지만 어머니처럼 기발하고 똑똑한 면모를 보여주었고, 삶의 관점이 늘 중심에서 떨어져 있었다. 우디가 긴 다리로 빠른 속도를 내는 달리기와 긴 팔을 이용해 도무지 때릴 기회를 주지 않는 권투를 제외하고는 척이 모든 스포츠에서 우디보다 나았다.

척은 집에서는 해군 이야기를 별로 하지 않았다. 틀림없이 하버드에 진학하지 않은 일로 여전히 화가 나 있는 부모님 때문이었다. 하지만 우디와 단둘이 있을 때는 입을 조금씩 열었다. "하와이는 끝내줘. 하지만 지상 근무를 하게 되다니 정말이지 실망이야." 그가 말했다. "바다에 나가려고 해군이 된 건데."

"정확히 하는 일이 뭐야?"

"신호정보부대 소속. 무선전신을 엿듣지. 대부분 일본 제국 해군의 메시지야."

"암호화되어 있는 거 아니야?"

"그렇지. 하지만 꼭 해독하지 않더라도 많은 걸 알아낼 수 있어. 통신량 분석이라고도 해. 갑자기 메시지 수량이 증가하면 뭔가 곧 움직임이 있다는 거야. 오가는 신호 속에서 패턴도 알 수 있게 돼. 예를 들면 상륙작전에는 특정한 신호들이 규칙적으로 들어간다, 뭐 그런 거."

"그거 멋진데. 넌 분명히 잘할 거야."

척은 어깨를 으쓱했다. "난 그냥 주석을 달고 녹취록을 서류로 정리하는 사무원에 지나지 않아. 하지만 형은 근본적인 것을 배우고 있잖아."

"하와이에서 사람들하고 지내는 건 어때?"

"엄청 재밌어. 해군이 가는 술집들은 정말 시끌벅적하거든. 블랙캣이라는 카페가 최고야. 에디 패리라고 좋은 친구가 있는데, 기회만 있으면 같이 와이키키 해변으로 서핑을 가. 좋은 시간도 많이 보냈지. 하지만 배를 탔으면 더 좋았을걸 싶어."

두 사람은 차가운 대서양에서 수영을 하고 점심으로 핫도그를 먹고 우디의 카메라로 서로의 사진을 찍고 해가 질 무렵까지 열심히 수영복 구경을 했다. 많은 사람을 헤치고 해변을 빠져나오던 우디는 조앤 로즈로크를 발견했다.

두 번 볼 필요도 없었다. 해변에 있는 다른 여자들은 물론 델라웨어의 어떤 여자와도 달랐다. 튀어나온 광대와 초승달 모양 코, 숱 많은 검은 머리, 카페오레처럼 부드러운 피부색을 잘못 봤을 리 없었다.

주저 없이 그녀에게 다가갔다.

그녀는 엄청나게 야해 보였다. 검은색 원피스 수영복의 가느다란 어깨끈은 우아한 어깨뼈를 드러내고 있었다. 아랫도리는 허벅지 윗부분에서 일자로 잘려 긴 갈색 다리가 거의 다 보였다.

한때 자신이 이런 기막히게 아름다운 여인을 품에 안고 내일이 없는 사람처럼 키스했다는 게 도무지 믿기지 않았다.

그녀는 손으로 햇빛을 가리면서 그를 쳐다보았다. "우디 듀어! 워싱턴에 있는 줄 몰랐어."

그 정도면 그가 원하는 초대로 충분했다. 그는 그녀 옆 모래에 무릎을 꿇었다. 이렇게 가까이 있는 것만으로도 숨을 쉬기 어려웠다. "안녕, 조앤." 그는 옆에 있는 갈색 눈의 통통한 여자를 흘긋 바라보았다. "남편은 어디 있어요?"

그녀는 웃음을 터뜨렸다. "도대체 왜 내가 결혼했다고 생각하는 거야?"

그는 허둥거렸다. "몇 년 전 여름 당신 아파트 파티에 갔었어요."

"그랬어?"

조앤의 동행이 말했다. "기억나. 이름을 물었는데 대답 안 했죠."

우디는 그녀를 전혀 기억하지 못했다. "예의 없이 굴어서 죄송합니다." 그가 말했다. "저는 우디 듀어라고 하고, 이쪽은 동생 척입니다."

갈색 눈의 여자는 두 사람과 악수를 하고는 말했다. "다이애나 태버너예요." 척이 옆에 앉자 좋아하는 기색이었다. 척은 우디보다 훨씬 잘생긴 미남이었다.

우디가 계속 말했다. "어쨌든, 당신을 찾으러 주방에 갔었는데 벡스포스 로스라는 남자가 자기를 당신 약혼자라고 소개하더라고요. 그래서 지금쯤이면 결혼했을 줄 알았어요. 약혼기간이 유별나게 긴데요?"

"바보 같은 소리 마." 그녀는 약간 짜증스러운 투로 말했다. 우디는 그녀가 짓궂은 농담에는 잘 대꾸하지 않는다는 사실이 떠올랐다. "벡스포스가 사람들에게 우리가 약혼했다고 말한 건 그때 그가 사실상 우리 아파트에 살고 있어서야."

우디는 깜짝 놀랐다. 그럼 벡스포스가 그곳에서 잤다고? 조앤이랑?
물론 드문 일도 아니지만 그런 걸 인정하는 여자는 거의 없었다.

"결혼 이야기를 꺼낸 사람 가운데 한 명이었지." 그녀는 말을 이었
다. "난 절대 동의하지 않았지만."

그러니 그녀는 미혼이었다. 우디는 복권에 당첨되기라도 한 듯 전에
없이 행복했다.

남자친구는 있을 수도 있어. 그는 스스로에게 경고했다. 알아내야 했
다. 하지만 어쨌거나 남자친구는 남편과는 달랐다.

"며칠 전 벡스포스와 함께 회의에 참석했었죠." 우디가 말했다. "국
무부에서 아주 잘나가더군요."

"앞으로 더 잘나갈 테고, 국무부에서 잘나가는 사람의 아내로 나보다
더 적당한 여자를 찾아내겠지."

말투로 보아 옛 애인에 대해 따뜻한 감정은 없는 것 같았다. 우디는
기분이 좋았지만 왜 그런지 이유를 말할 수는 없었다.

그는 팔꿈치를 괴고 비스듬히 누웠다. 모래가 뜨거웠다. 만일 진지하
게 만나는 남자친구가 있다면 조만간 말이 나올 거라고 확신했다. 그가
말했다. "국무부 얘기 하니까 생각나는데, 아직 거기서 일해요?"

"응. 유럽 담당 차관의 보좌관이야."

"멋지네요."

"지금이야 그렇지."

그녀의 수영복이 끝나는 허벅지 부분을 보면서 우디는 여자가 옷을
아무리 적게 입어도 남자들은 늘 그 안에 감춰진 부분을 상상한다고 생
각했다. 발기가 되기 시작해 감추려고 몸을 앞으로 숙였다.

조앤은 그의 시선이 향하는 방향을 보고 말했다. "내 수영복 마음에
들어?" 그녀는 늘 솔직했다. 그가 아는 그녀의 많은 매력 중 하나였다.

그는 똑같이 솔직해지기로 결심했다. "마음에 드는 건 당신이죠, 조앤. 언제나 그랬어요."

그녀는 웃었다. "우디, 빙빙 돌리지 마. 속시원히 말해!"

주위의 사람을 모두 짐을 싸고 있었다. 다이앤이 말했다. "가는 게 좋겠어."

"우리도 막 떠나려던 참이었어요." 우디가 말했다. "함께 갈까요?"

이것은 그녀가 정중하게 그를 떼어낼 수 있는 순간이었다. 그녀는 쉽게 아, 아니야. 고맙지만 너희 먼저 가라고 말할 수도 있었다. 하지만 이렇게 말했다. "그래, 좋지."

두 여자는 수영복 위에 옷을 입고 가방 두 개에 물건을 챙겨넣었고, 네 사람이 함께 해변을 걸었다.

기차는 그들처럼 햇볕에 그을리고 배고프고 목마른 여행객들로 북적였다. 우디는 역에서 콜라 네 개를 사두었다가 기차가 출발할 때 건넸다. 조앤이 말했다. "예전에 버펄로에서도 더운 날 콜라를 사준 적 있지, 기억해?"

"데모하던 날이죠. 당연히 기억해요."

"그때는 우리 그냥 애들이었는데."

"콜라를 사는 건 내가 아름다운 여자들에게 쓰는 기술이에요."

그녀가 웃었다. "잘 통해?"

"키스도 한번 못해봤어요."

그녀는 병을 들어 건배했다. "그래, 계속 잘해봐."

그는 그것이 격려라고 생각해 말했다. "시내에 돌아가면 햄버거나 뭐 좀 먹을까요, 아니면 영화라도?"

지금이 그녀가 아니야, 고마워. 나는 만나는 남자가 있어라고 말할 순간이었다.

다이애나가 재빨리 말했다. "그거 좋다. 넌 어때, 조앤?"

조앤이 말했다. "좋지."

남자친구는 없었다. 그리고 데이트까지! 우디는 기쁨을 감추려 애썼다. "〈착불로 온 신부〉를 볼 수도 있어요." 그가 말했다. "그 영화 상당히 재밌다는데요."

조앤이 물었다. "누가 나오는데?"

"제임스 캐그니하고 베티 데이비스요."

"그거 보고 싶어."

다이애나가 말했다. "나도."

"그럼 됐네요." 우디가 말했다.

척이 말했다. "넌 어때, 척? 괜찮아? 아, 그럼. 재미난 영화면 좋지만, 형이 물어봐주니 고맙네."

그다지 웃긴 농담도 아니지만 다이애나는 재밌어하며 킥킥거렸다.

얼마 안 가 조앤은 우디의 어깨에 머리를 기대고 잠들었다.

그녀의 검은 머리가 그의 목을 간질였고, 반팔셔츠 소매 끝 아래 살갗에 그녀의 따뜻한 숨결이 느껴졌다. 더할 나위 없이 만족스러웠다.

유니언 역에서 헤어진 그들은 집에서 옷을 갈아입고 시내의 한 중국 음식점에서 다시 만났다.

볶은 국수와 맥주를 마시며 그들은 일본에 대해 이야기를 나누었다. 모두가 일본에 대해 말하고 있었다. "그 사람들을 막아야 해." 척이 말했다. "그들은 파시스트야."

"그럴 수도 있지." 우디가 말했다.

"군국주의자에다 공격적이고, 중국인들을 대하는 걸 보면 인종차별주의자야. 그러고도 파시스트가 아니라면 뭐겠어?"

"그건 내가 대답할 수 있어." 조앤이 말했다. "미래를 보는 전망의 차이야. 진짜 파시스트는 적을 모두 죽여 없애고 철저히 새로운 형태의 사회를 창조해. 일본이 그런 짓을 하는 건 전통적인 권력층인 군부집단과 황제를 지키기 위해서지. 같은 이유로 에스파냐 역시 진짜 파시스트가 아니야. 프랑코는 새로운 세계를 창조하기 위해서가 아니라 가톨릭교회와 과거의 귀족층을 위해서 사람들을 살해하는 거야."

"어떤 쪽이든 일본은 막아야 해." 다이애나가 말했다.

"나는 다르게 봐요." 우디가 말했다.

조앤이 말했다. "좋아, 우디. 어떻게 생각하지?"

정치에 대해 진지한 그녀가 깊은 고민을 거친 대답을 아주 좋아하리라는 것을 우디는 잘 알았다. "일본은 무역국으로 천연자원이 없어요. 석유도 철도 없고 나무만 조금 나죠. 살아갈 수 있는 방법은 오직 무역이에요. 예를 들어 원면을 수입해 직물을 짜서 인도와 필리핀에 수출해요. 하지만 대공황기에 두 개의 경제 대국—영국와 미국—이 관세장벽을 세워 본국의 산업을 보호했죠. 그때 일본은 인도를 포함한 대영제국, 필리핀을 포함한 미국 지역과의 무역이 단절되었어요. 그 일로 큰 충격을 받았죠."

다이애나가 말했다. "그렇다고 그들이 세계를 정복할 구실이 될까?"

"아니죠, 하지만 그런 상황에서 자국의 경제 안보를 위해서는 스스로 영국처럼 제국을 보유해야 하는 길밖에 없다고 생각할 수는 있죠. 아니면 최소한 미국처럼 그들이 속한 반구를 지배하든가. 그러면 누구도 그들의 경제를 봉쇄할 수 없으니까요. 그래서 극동을 자기네 뒷마당으로 삼고 싶어진 겁니다."

조앤이 동의했다. "그리고 우리 정책의 약점은 우리가 경제제재를 가할 때마다, 또 침략성을 이유로 일본을 처벌할 때마다 반드시 자급자족을 이뤄낼 수 있어야 한다는 일본의 생각이 더 강해진다는 거야."

"그럴 수도 있죠." 척이 말했다. "하지만 그들은 막아야 해요."

우디는 어깨를 으쓱했다. 그 말에는 대답할 수 없었다.

그들은 저녁을 먹고 극장에 갔다. 영화는 훌륭했다. 그리고 우디와 척은 걸어서 아파트까지 여자들을 배웅했다. 가는 길에 우디는 조앤의 손을 잡았다. 그녀는 웃어주며 그의 손을 꼭 잡았고 그는 그걸 격려로 받아들였다.

여자들의 집 밖에서 그는 그녀를 품에 안았다. 곁눈질로 보니 척도 다이애나에게 같은 행동을 하고 있었다.

조앤은 우디의 입술에 정숙하다 할 정도로 살짝 키스하고는 말했다. "밤에 헤어질 때 하는 전통적인 키스야."

"지난번에 내가 키스했을 때는 전혀 전통적이지 않았잖아요." 그가 말했다. 그는 다시 키스하기 위해 고개를 숙였다.

그녀는 검지를 그의 뺨에 대고 밀어냈다.

설마 가벼운 입맞춤이 끝은 아니겠지? 그는 생각했다.

"그날 밤은 취했었어." 그녀가 말했다.

"알아요." 그는 문제가 무엇인지 알았다. 그녀는 쉬운 여자로 보일까 봐 걱정하고 있었다. 그가 말했다. "당신은 안 취했을 때 훨씬 더 매혹적이에요."

그녀는 잠시 생각에 잠긴 듯했다. "말은 제대로 하네." 마침내 그녀가 말했다. "상을 줄게." 그러고는 다시 키스했다. 부드럽고, 오랜 키스였다. 절박한 열정은 없었지만 집중하는 모습에서 애정이 묻어났다.

너무 빨리 척의 말소리가 들렸다. "잘 자요, 다이애나!"

조앤은 우디와의 키스를 끝냈다.

우디가 실망하며 말했다. "동생이 조금 성급하네요!"

그녀는 부드럽게 웃었다. "잘 가, 우디." 그녀는 돌아서서 건물로 향했다.

이미 문가에 선 다이애나는 실망한 기색이 역력했다.

우디는 불쑥 물었다. "또 데이트할 수 있어요?" 스스로 듣기에도 매달리는 것 같아 그는 자신의 성급함을 저주했다.

하지만 조앤은 신경쓰지 않는 것 같았다. "전화해." 그녀는 말을 마치고 안으로 들어갔다.

우디는 두 사람이 사라질 때까지 지켜보다가 동생에게 벌컥 화를 냈다. "왜 다이애나와 더 오래 키스하지 않았어?" 그는 뿌루퉁하게 말했다. "정말 괜찮은 여자 같던데."

"나랑 안 맞아." 척이 말했다.

"정말?" 우디는 화가 난다기보다는 혼란스러웠다. "가슴도 괜찮고, 얼굴도 예쁘던데. 마음에 안 드는 점이 뭐야? 조앤하고 있지 않았다면 나라도 키스했을걸."

"각자 취향이 다른 거니까."

두 사람은 부모가 사는 아파트를 향해 걷기 시작했다. "그럼 어떤 사람이 너랑 맞는데?" 우디가 척에게 물었다.

"형이 더블데이트를 또 계획하기 전에 설명할 게 좀 있어."

"그래, 뭔데?"

척은 걸음을 멈추고 우디도 멈춰 세웠다. "엄마 아버지에게는 절대로 말 안 한다고 맹세해."

"맹세하지." 우디는 가로등의 노란 불빛 아래 동생을 유심히 바라보았다. "무슨 큰 비밀이 있어서 그래?"

"여자들이 좋지 않아."

"골칫거리지, 나도 인정해. 하지만 그렇다고 어쩌겠어?"

"그게 아니라, 안고 키스하는 게 싫다고."

"뭐? 바보 같은 소리 마."

"사람은 누구나 다르게 만들어졌어, 형."

"그래, 하지만 그러려면 네가 일종의 호모여야지."

"맞아."

"뭐가 맞아?"

"그래, 난 일종의 호모야."

"장난치지 마."

"장난 아냐, 형. 정말 진지해."

"너 동성애자야?"

"바로 그래. 내가 선택한 게 아니야. 어려서 우리가 자위를 시작했을 때 형은 탱탱한 가슴에 털이 무성한 여자 그곳을 떠올렸지. 절대 말은 안 했지만 나는 커다랗고 딱딱한 남자 물건을 떠올렸어."

"척, 구역질나!"

"아니, 그렇지 않아. 어떤 남자들은 그렇게 만들어졌어. 형이 생각하는 것보다 많은 남자가. 해군에서는 특히 그래."

"해군에 호모들이 있다고?"

척은 힘차게 고개를 끄덕였다. "많아."

"아…… 어떻게 알아?"

"우린 대개 서로 알아봐. 유대인들이 늘 서로 알아보는 것처럼. 예를 들면 아까 중국 음식점의 웨이터도 그래."

"그 친구가?"

"내 재킷 마음에 든다고 하는 말 못 들었어?"

"들었지. 하지만 아무 의미 없는 말이었어."

"바로 그거야."

"너한테 끌렸다는 거야?"

"아마도."

"왜?"

"아마 다이애나가 날 좋아하는 것과 같은 이유겠지. 젠장, 내가 형보다 잘생겼잖아."

"이건 말도 안 돼."

"자, 집에 가자."

두 사람은 다시 길을 걸었다. 우디는 머리가 어지러웠다. "그럼 중국인 호모도 있다는 거야?"

척이 웃었다. "당연하지!"

"글쎄, 중국 남자가 그런 식일 거라고는 한 번도 생각 안 해봤어."

"아무한테도 말하면 안 된다는 거 기억해. 특히 부모님께. 아버지가 뭐라고 할지 누가 알겠어."

잠시 후 우디는 척의 어깨에 팔을 둘렀다. "에이, 알 게 뭐야." 그가 말했다. "적어도 네가 공화당원은 아니잖아."


# III


그레그 페시코프는 섬너 웰스, 루스벨트 대통령과 육중한 순양함 오거스타 호를 타고 뉴펀들랜드 해안을 떠나 플라센티아 만으로 항해했다. 전함 아칸소, 순양함 터스컬루사와 함께 열일곱 척의 구축함이 호위를 위해 나섰다.

그들은 한가운데를 넓게 비워두고 두 줄로 길게 정렬해 닻을 내렸다. 8월 9일 토요일 오전 아홉시, 밝은 햇살 속에서 하얀 정복을 갖춰입은 승무원들이 함선 스무 척의 난간에 서서 기다리는 가운데, 처칠 수상을 태운 영국 전함 프린스 오브 웨일스 호가 구축함 세 척의 호위를 받으며 두 줄로 선 선박 사이로 위풍당당하게 증기를 뿜으며 도착했다.

그레그가 지금까지 본 가장 인상적인 권력의 과시였고, 자기가 그 일원이라는 사실이 무척 기뻤다.

동시에 걱정스럽기도 했다. 그는 독일이 이번 만남에 대해 모르기를 바랐다. 만일 그들이 안다면 아직 살아남아 있는 서방 문명의 두 지도자를 잠수함 한 척만으로도 죽일 수 있을 터였다. 그리고 그레그 페시코프도.

워싱턴을 떠나기 전 그레그는 탐정 톰 크랜머를 다시 만났다. 크랜머는 유니언 역 건너편 집세가 싼 지역의 주소 하나를 알아냈다. "리츠칼튼 근처 유니버시티 우먼스 클럽에서 웨이트리스로 일하고 있더군. 그래서 자네가 근처에서 두 번이나 마주친 거야." 그는 나머지 수고비를 주머니에 넣으며 말했다. "아마도 연기 쪽은 잘 안 풀린 모양이지. 하지만 이름은 여전히 재키 제이크스를 쓰고 있더군."

그레그는 그녀에게 편지를 썼다.


재키에게,

난 그냥 육 년 전 네가 왜 내게서 도망갔는지 알고 싶어. 우리가 무척 행복했다고 생각했는데, 내가 틀렸나봐. 그래서 괴로울 뿐이야.

전에 마주쳤을 때 겁먹은 것 같던데, 두려워할 거 없어. 난 화난 게 아니라 그저 궁금할 뿐이야. 널 해칠 일은 뭐든 하지 않아. 넌 내가 처음으로 사랑했던 여자야.

만나서 커피라도 한잔 하면서 이야기할 수 있을까?

그럼 이만,
그레그 페시코프

그는 편지에 자기 전화번호를 적어 뉴펀들랜드로 떠나는 날 우편으로 부쳤다.

대통령은 회담 후 꼭 공동성명을 발표하고 싶어했다. 그레그의 상관인 섬너 웰스가 초안을 작성했지만, 루스벨트는 처칠이 잡는 것이 더 낫다면서 마다했다.

그레그는 루스벨트가 현명한 협상가라는 것을 즉시 알아차렸다. 공정하게 말해 누구든 초안을 잡는 사람이라면 본인의 요구사항 외에 상대가 원하는 것을 일부라도 포함해야 한다. 그러면 그가 정리한 상대의 요구사항은 더 줄일 수 없는 최소한이 되는 반면, 그의 모든 요구는 여전히 협상의 대상으로 남는다. 그러니 초안을 잡는 측은 늘 약점을 안고 출발한다. 초안은 절대 쓰지 말아야 한다, 명심하기로 했다.

토요일에 대통령과 수상은 오거스타 호에서 유쾌한 점심을 즐겼다. 일요일은 프린스 오브 웨일스 호 갑판에서 열린 예배에 참석했다. 성조기와 유니언잭이 빨강, 하양, 파랑으로 제단을 감싸고 있었다. 월요일 아침 두 사람은 절친한 친구가 되었고 기본적인 내용들을 검토하기 시작했다.

처칠은 다섯 단계의 계획을 내놓았고, 모든 국가의 안보를 보장하는 효과적인 국제조직의 필요성을 주창해 섬너 웰스와 거스 듀어를 기쁘게 했다. 다른 말로 하면 강화된 국제연맹이었다. 하지만 루스벨트가 받아들이기에는 너무 과하다는 걸 깨닫고 두 사람은 실망했다. 그 자신은 찬성이었지만 여전히 세계 여타 나라의 분쟁에 미국이 끼어들 필요가 없다고 믿는 고립주의자들을 두려워했다. 그는 유별날 정도로 여론에 민감했고 반발이 생기지 않도록 끊임없이 노력을 기울였다.

웰스와 듀어는 포기하지 않았고, 영국측도 마찬가지였다. 그들은 함께 모여 양쪽 지도자가 받아들일 수 있는 타협안을 찾았다. 그레그는 웰스를 대신해 필기를 맡았다. 그들은 '전반적인 안전보장을 위한 더 광범위하고 더 영구적인 기구의 성립 이전'까지 군비 축소가 필요하다는 문구에 합의했다.

양측은 그 문구를 각각의 지도자에게 보고해 재가를 얻어냈다.

웰스와 듀어는 의기양양했다.

그레그는 이유를 알 수 없었다. "너무 적은 것 같습니다." 그는 말했다. "그렇게 많은 노력을 하고도—두 대국의 지도자가 배 스물네 척에 수십 명을 거느리고 수천 킬로미터를 와서 사흘이나 회담을 했는데— 정확히 우리가 원하는 내용도 아닌 몇 마디 문구가 전부라니."

"우린 킬로미터가 아니라 센티미터 단위로 움직이지." 거스 듀어가 웃으며 말했다. "그게 정치야."


IV


우디와 조앤은 오 주 동안 데이트를 했다.

우디는 매일 밤 그녀와 만나고 싶었지만 꾹 참았다. 그래도 지난 일주일 사이 나흘이나 만났다. 일요일에는 해변을 찾았다. 수요일에는 만나서 저녁을 먹었고 금요일에는 영화 관람, 토요일에는 온종일 함께 보냈다.

그녀와의 대화는 지겨워지지 않았다. 그녀는 재미있고 똑똑한 독설가였다. 그는 매사 똑 부러지는 그녀가 사랑스러웠다. 그들은 좋아하고 싫어하는 것들에 관해서 몇 시간이고 수다를 떨었다.

유럽에서 들리는 뉴스는 그리 달갑지 않았다. 독일이 여전히 붉은 군대를 완파하는 중이었다. 스몰렌스크 동쪽에서 러시아의 제16, 17군을 쓸어내며 삼십만 명을 포로로 잡았고, 독일군과 모스크바 사이에 소련 병력은 거의 남지 않았다.

어쩌면 조앤이 그만큼은 열정적이지 않을지도 몰랐다. 하지만 그는 그녀도 자기를 좋아한다고 느꼈다. 그들은 밤에 헤어질 때면 작별인사로 키스를 했고 그녀도 좋아하는 듯했지만 그가 이미 본 적 있는 그때의 열정을 드러내는 일은 없었다. 어쩌면 키스하는 곳이 늘 극장이나 그녀의 집 길가 쪽 현관 같은 공공장소이기 때문일 수도 있었다. 두 사람이 그녀의 아파트에 있을 때는 그녀와 함께 사는 둘 중 적어도 한 명이 늘 거실에 나와 있었고, 그녀는 그를 아직 침실로 초대하지 않았다.

척은 몇 주 전 휴가가 끝나 하와이로 돌아갔다. 우디는 척의 고백을 어떻게 받아들여야 할지 여전히 알 수 없었다. 어떤 때는 세상이 뒤집힌 듯한 충격을 느꼈다. 또 어떤 때는 그렇다고 뭐가 달라지느냐고 스스로에게 물었다. 하지만 아무에게도 말하지 않겠다는 약속을 지켰고 조앤에게도 말하지 않았다.

그때 우디의 아버지가 대통령과 함께 떠났고 어머니는 외조부모와 며칠 시간을 보내려고 버펄로에 갔다. 그래서 우디는 방이 아홉 개나 딸린 워싱턴의 아파트를 며칠 독차지할 수 있었다. 그는 조앤 로즈로크와 진정한 키스를 할 희망을 품고 기회를 노려 그녀를 초대하기로 마음먹었다.

그들은 점심을 함께 먹고 〈흑인 미술〉이라는 전시를 보러 갔다. 보수적인 작가들은 흑인 미술이라는 것은 존재하지 않는다며 이 전시회를 공격했다. 제이컵 로런스 같은 화가나 엘리자베스 캐틀렛 같은 조각가처럼 의심의 여지가 없는 천재가 있음에도 말이다.

전시장을 나오며 우디가 말했다. "어디서 저녁 먹을지 칵테일이나 한

잔 하면서 정할래요?"

"아니야, 고마워." 그녀는 늘 그렇듯 단호한 태도로 말했다. "차 한잔 마셨으면 정말 좋겠어."

"차요?" 그는 워싱턴에서 좋은 차를 마실 만한 장소를 알지 못했다. 그때 묘안이 떠올랐다. "어머니에게 영국 차가 있는데." 그가 말했다. "우리 아파트로 가면 돼요."

"좋아."

아파트 건물은 몇 블록 떨어진 곳으로 L가 근처 22번가 NW에 있었다. 여름의 열기를 피해 에어컨이 나오는 로비로 들어서자 숨쉬기가 한결 나았다. 도어맨이 그들을 엘리베이터로 안내했다.

아파트로 들어서며 조앤이 말했다. "네 아버지는 워싱턴에서 늘 봤지만 어머니하고는 몇 년 동안 이야기도 못 나눴네. 베스트셀러 내신 걸 축하드려야겠어."

"지금은 안 계세요." 우디가 말했다. "주방으로 가죠."

그는 주전자에 수돗물을 받아 불에 올렸다. 그리고 조앤을 안고 말했다. "마침내 둘만의 자리네요."

"부모님은 어디 계셔?"

"두 분 모두 멀리 가셨어요."

"그리고 척은 하와이에 있고."

"그렇죠."

그녀는 그의 품에서 빠져나갔다. "우디, 내게 어떻게 이럴 수 있어?"

"뭘요? 차를 끓여주려고 하잖아요!"

"날 속여서 이리로 오게 했잖아! 난 부모님이 집에 계신 줄 알았어."

"그렇게 말한 적 없어요."

"부모님이 어디 가셨다고 왜 말하지 않았어?"

"안 물어봤잖아요!" 그는 화를 냈지만 그녀의 불만에도 일리가 없는 것은 아니었다. 거짓말을 할 생각은 없었지만 아파트가 비었다는 것을 꼭 미리 알려야 할 필요가 없기를 바라기도 했다.

"나한테 수작을 걸려고 데려왔어! 넌 날 싸구려로 생각하는구나."

"그렇지 않아요! 그냥 단둘이 있어본 적이 없어서 그랬어요. 키스 정도 생각한 게 전부예요."

"속일 생각 하지 마."

이제 그녀는 진짜 부당한 말을 하고 있었다. 언젠가 그녀와 잠자리를 갖고 싶은 것은 맞았다. 하지만 오늘 그럴 생각은 없었다. "그럼 가요." 그가 말했다. "차는 어디 딴 데서 마셔요. 좀 내려가면 바로 리츠칼튼이고, 영국인이 많이 묵으니까 분명히 차가 있을 거예요."

"아, 바보 같은 소리 마. 나갈 것까지는 없어. 난 네가 두렵지 않아. 싸워서 이길 수 있거든. 그냥 화가 난 거야. 내가 쉬운 여자라고 생각해서 데이트하는 남자를 원치 않을 뿐이야."

"쉽다고요?" 그는 목소리를 높였다. "젠장! 당신이 데이트를 해줄 때까지 육 년을 기다렸어요. 지금도 내가 원하는 건 키스가 전부라고요. 당신이 쉬운 여자라면, 어려운 여자를 사랑하는 건 생각만 해도 끔찍하네요!"

놀랍게도 그녀는 웃음을 터뜨렸다.

"또 뭐예요?" 그는 짜증스럽게 말했다.

"미안해, 네 말이 맞아." 그녀가 말했다. "만일 쉬운 여자를 원했다면 오래전에 날 포기했겠지."

"바로 그거예요!"

"술에 취해 너랑 키스하고 나서 네가 분명 날 얕볼 거라고 생각했어. 값싼 스릴 때문에 날 따라다닌다고 생각했지. 심지어 지난 몇 주도 그런 생각을 했어. 미안해."

우디는 조앤의 기분이 빨리 변해 놀랐지만, 마지막 말에서 진전을 보았다. "그때 키스하기도 전부터 당신에게 빠져 있었어요." 그가 말했다. "아마 몰랐겠지만."

"너란 사람 자체를 잘 몰랐지."

"난 키가 상당히 큰데."

"네 외모 중에서 멋진 건 그게 유일하잖아."

그는 웃었다. "나한테 잘난 척하려는 건 아니죠?"

"되도록 참을게."

물이 끓었다. 그는 도자기 찻주전자에 찻잎을 넣고 그 위에 끓는 물을 부었다.

조앤은 생각에 잠긴 것 같았다. "조금 전에 뭔가 다른 얘기 했잖아."

"네?"

"네가 그랬잖아. '어려운 여자를 사랑하는 건 생각만 해도 끔찍하네요.' 진심이었어?"

"진심이라니, 뭐가요?"

"사랑에 빠졌다는 부분."

"아! 그 말을 하려던 게 아니었어요." 그는 과감해지기로 했다. "하지만, 젠장. 맞아요. 진실을 알고 싶다면, 당신을 사랑해요. 몇 년은 사랑한 것 같아요. 당신이 좋아요. 내가 원하는 건—"

그녀는 그의 목을 팔로 감더니 키스했다.

이번에는 진짜 키스였다. 그녀는 그의 입 위에서 입술을 다급하게 움직이며 혀끝으로 그의 입술을 건드렸고, 그에게 몸을 밀착시켰다. 위스키 냄새만 나지 않을 뿐 1935년과 똑같았다. 이게 그가 사랑하는 여자, 진정한 조앤이라고 황홀함에 젖어 생각했다. 강한 열정을 가진 여자.

그리고 그녀는 그의 품에 안겨 온 힘을 다해 그에게 키스하고 있었다.

그녀는 그의 여름 스포츠 셔츠 속으로 양손을 집어넣어 가슴을 어루만졌다. 손가락이 갈비뼈 사이를 파고들었고 손바닥이 젖꼭지를 스치고 지나 어깨를 꽉 움켜쥐었다. 그의 살 속 깊이 손을 담그기라도 하고 싶은 것 같았다. 그는 그녀 역시 충족시키지 못하고 쌓아두었던 욕망이 이제 댐이 무너진 듯 주체할 수 없이 넘쳐흐르고 있다는 걸 깨달았다. 그도 같이 그녀의 옆구리를 어루만지고 가슴을 움켜쥐었다. 예상치 못한 방학을 맞아 학교에서 풀려난 아이처럼 행복한 해방감이 느껴졌다.

허벅지 사이로 파고드는 그의 간절한 손길에 그녀는 몸을 뺐다.

하지만 그녀의 말에 그는 깜짝 놀랐다. "피임 기구 가지고 있어?"

"아뇨! 미안하지만—"

"괜찮아. 사실 좋은 거지. 네가 날 계획적으로 유혹한 게 아니라는 증거니까."

"있었으면 좋았을걸."

"신경쓰지 마. 월요일에 마련해줄 만한 여자 의사를 한 명 알아. 그때까지는 없이 해봐야지. 다시 키스해줘."

키스하는 사이 그녀가 그의 바지 단추를 풀었다.

"이런." 잠시 후 그녀가 말했다. "정말 멋지네."

"나도 바로 그렇게 생각했다니까요." 그가 속삭였다.

"양손이 다 필요하겠는데."

"네?"

"키가 무척 커서 그런 것 같아."

"무슨 말인지 모르겠어요."

"그럼 말은 그만두고 키스해줄게."

몇 분 뒤 그녀가 말했다. "손수건."

다행히도 손수건은 갖고 있었다.

그는 끝나기 직전 눈을 떴고, 그를 바라보는 그녀를 보았다. 그녀의 표정에서 욕망과 흥분, 그리고 뭔가 다른 것을 읽었다. 그것이 어쩌면 사랑일지도 모른다고 생각했다.

모든 것이 끝나자 그는 더할 나위 없이 차분해졌다. 그녀를 사랑해. 그는 생각했다. 그리고 행복해. 얼마나 멋진 인생인지. "정말 환상적이었어요." 그는 말했다. "당신에게도 똑같이 해주고 싶어요."

"해준다고?" 그녀가 말했다. "정말?"

"당연하죠."

그들은 여전히 주방에서 냉장고 문에 기대선 채였지만 두 사람 모두 움직이고 싶지 않았다. 그녀는 그의 손을 붙잡고 여름 원피스 밑을 지나 면 속옷 속으로 이끌었다. 뜨거운 살갗과 곱슬곱슬한 털, 촉촉하게 갈라진 틈이 느껴졌다. 그는 손가락을 안으로 밀어넣으려 했지만 그녀가 말했다. "안 돼." 그녀는 그의 손끝을 잡고 부드럽고 움푹한 사이로 이끌었다. 살에 살짝 묻혀 있는 완두콩처럼 작고 딱딱한 것이 느껴졌다. 그녀는 그의 손가락으로 작게 원을 그리며 움직였다. "그래." 그녀가 눈을 감으며 말했다. "그렇게 해줘." 그는 쾌감에 빠진 그녀의 얼굴을 사랑스러운 눈길로 바라보았다. 잠시 시간이 흐른 뒤 그녀는 작게 신음하더니 두세 번 반복했다. 그러고는 그의 손을 떼어내고 그에게 폭 몸을 기댔다.

잠시 후 그가 말했다. "차가 식겠어요."

그녀는 소리내 웃었다. "사랑해, 우디."

"진심이에요?"

"이런 말 한다고 네가 겁먹지 않았으면 좋겠어."

"안 그래요." 그는 미소지었다. "그 말을 들으니 정말 행복한데요."

"이런 말 여자가 대놓고 불쑥 하면 안 된다는 거 알아. 하지만 망설이는 척은 못하겠어. 일단 결정하면, 그걸로 끝이야."

"네." 우디는 말했다. "그런 줄 알았어요."


V


그레그 페시코프는 아버지가 리츠칼튼에 영구적으로 임대한 공간에서 지내고 있었다. 레프는 버펄로와 로스앤젤레스를 오가며 가끔 며칠씩 들렀다. 지금은 그레그가 객실 전체를 독차지하고 있었다. 하원의원의 딸로 몸매가 훌륭한 리타 로런스가 찾아와 밤을 보낼 때만이 예외였다. 지금 그녀는 남성용 실크 가운 차림으로 사랑스럽게 흐트러진 모습이었다.

웨이터가 그들이 먹을 아침과 신문, 메시지가 담긴 봉투를 가져왔다.

루스벨트와 처칠의 공동성명은 그레그가 예상했던 것 이상의 반응을 불러일으켰다. 일주일도 더 지났지만 여전히 가장 중요한 뉴스였다. 언론에서는 '대서양헌장'이라고 불렀다. 그레그가 보기에는 하나같이 너무 신중한 표현에 막연한 약속이었지만 세계는 다르게 보았다. 그것은 자유와 민주주의, 국제무역을 위한 트럼펫 연주라고들 비유했다. 히틀러는 독일에 대한 미국의 선전포고나 다름없다고 말하며 불같이 화를 냈다고 전해졌다.

회의에 참석하지 않은 나라들조차 헌장에 서명하기를 원했고, 벡스포스 로스는 서명한 나라들을 국제연합으로 부르자고 제안했다.

그사이 독일은 소련을 괴멸시키고 있었다. 그들은 북쪽에서 레닌그라드에 접근하고 있었다. 후퇴하던 남쪽의 러시아인들은 쳐들어오는 독일군에게 전력을 제공하지 못하도록 세계 최대의 수력발전소로 그들의 자랑이자 기쁨인 드네프르 댐을 폭파했다. 가슴 아픈 희생이었다. "붉은 군대가 침공 속도를 조금 늦췄어." 그레그는 〈워싱턴 포스트〉를 읽으며 리타에게 말했다. "하지만 독일군은 여전히 하루에 8킬로미터씩 전진하고 있어. 그리고 지금까지 삼백오십만 명의 소련군을 죽였다고 주장하는군. 가능한 일이야?"

"러시아에 누구 친척이라도 있어?"

"사실은 있지. 아버지가 조금 취했을 때 말해주셨는데, 임신한 여자를 그곳에 두고 오셨대."

리타는 못마땅한 표정을 지었다.

"안타깝지만 아버지는 그런 사람이야." 그레그가 말했다. "아버지는 위대한 남자고, 위대한 남자는 규칙에 굴하지 않아."

그녀는 아무 말도 하지 않았지만 표정을 읽을 수 있었다. 그와는 생각이 다르지만 그 일을 두고 다투고 싶지 않다는 마음이었다.

"어쨌거나 나는 러시아인 이복형제가 있어. 나처럼 서자지." 그레그는 말을 이었다. "이름은 블라디미르인데, 다른 건 아무것도 몰라. 지금쯤 죽었을지도 모르지. 전쟁에 나가야 할 나이니까. 어쩌면 아까 말한 삼백오십만 명에 속했을지도 몰라." 그는 신문을 넘겼다.

신문을 다 읽은 그는 웨이터가 가져온 메시지를 읽었다.

재키 제이크스에게서 온 것이었다. 내용은 전화번호 하나와 한시에서 세시 사이는 빼고라는 글뿐이었다.

갑자기 그레그는 리타가 갈 때까지 기다릴 수 없어졌다. "집에 몇시까지 가야 해?" 그는 노골적으로 물었다.

그녀는 손목시계를 들여다보았다. "이런, 세상에. 엄마가 찾기 전에 가 있어야 하는데." 그녀는 부모에게 여자 친구네에서 잔다고 말했다.

그들은 함께 옷을 갈아입고 두 대의 택시를 타고 떠났다.

그레그는 전화번호가 재키가 일하는 곳이 틀림없으며 한시에서 세시 사이는 바쁜 거라고 생각했다. 오전시간 중간쯤 전화를 걸 작정이었다.

자신이 왜 이렇게 흥분하는지 의문이었다. 어쨌든 그저 궁금할 뿐이었다. 리타 로런스는 멋진 외모에 대단히 섹시했지만, 그녀나 다른 몇 명의 여자는 함께 있어도 재키와 처음 사랑하던 때의 흥분이 다시 찾아오는 일은 절대로 없었다. 분명 그가 다시는 열다섯 살이 될 수 없기 때문일 터였다.

그는 행정부 구관 청사에 도착해 오늘의 주요 업무를 시작했다. 북아프리카 거주 미국인들에 대한 경고에 관한 보도자료를 작성하는 일이었다. 그곳에서 영국과 이탈리아, 독일이 공방을 벌이는 중이었고, 전투 대부분은 길이 3200킬로미터, 폭 64킬로미터에 달하는 해안의 긴 지역에서 이루어지고 있었다.

열시 삼십분에 메시지의 번호로 전화를 걸었다.

한 여자가 전화를 받았다. "유니버시티 우먼스 클럽입니다." 그레그는 가본 적이 없는 곳이었다. 남자는 여자 회원의 초대를 받아야만 갈 수 있었다.

그가 말했다. "재키 제이크스라고 있나요?"

"네, 전화 기다리고 있어요. 기다리세요." 아마도 그녀는 일하는 도중에 전화를 받을 수 있도록 특별한 허가를 받아둔 모양이었다.

잠시 후 목소리가 들렸다. "재키예요, 누구시죠?"

"그레그 페시코프야."

"그럴 줄 알았어. 내 주소는 어떻게 알았지?"

"사설탐정을 고용했어. 만날 수 있어?"

"만나야 할 것 같아. 그런데 한 가지 조건이 있어."

"뭐?"

"모든 신성한 것을 걸고 아버지에게 말하지 않겠다고 맹세해. 절대로."

"왜?"

"나중에 설명할게."

그는 어깨를 으쓱했다. "좋아."

"맹세해?"

"그럼."

그녀는 물러서지 않았다. "말로 해."

"맹세할게, 됐어?"

"좋아. 내게 점심을 사주면 되겠네."

그레그는 얼굴을 찌푸렸다. "이 동네에서 백인 남자와 흑인 여자가 함께 식사할 수 있는 식당이 있나?"

"내가 아는 곳 하나뿐이야. 일렉트릭 다이너."

"본 적 있어." 간판을 본 적은 있지만 들어가보지는 않았다. 청소부나 배달부가 점심을 사 먹는 싸구려 식당이었다. "언제?"

"열한시 삼십분."

"그렇게 일찍?"

"웨이트리스가 점심을 몇시에 먹을 거라고 생각해? 한시?"

그는 씩 웃었다. "변함없이 건방지군."

그녀는 전화를 끊었다.

그레그는 보도자료 작성을 마치고 타자로 정리한 문건을 상관의 사무실로 가져갔다. 문건을 미결 문서함에 넣고 그가 말했다. "점심 좀 일찍 먹으러 나가도 될까요, 마이크? 열한시 반쯤요."

마이크는 〈뉴욕 타임스〉의 외부인사 칼럼을 읽고 있었다. "그럼, 괜찮지." 그는 고개를 들지도 않고 대답했다.

그레그는 햇살을 받으며 백악관을 지나 열한시 삼십분 식당에 도착했다. 오전 휴식을 취하는 몇 사람뿐이라 가게 안은 썰렁했다. 그는 자리를 잡고 앉아 커피를 주문했다.

그는 재키가 무슨 말을 할지 궁금했다. 육 년 동안 그를 궁금하게 했던 퍼즐의 답이 무척 기다려졌다.

그녀는 검은 원피스에 단화를 신고 열한시 삼십오분에 도착했다. 그녀가 입는 웨이트리스 제복에는 앞치마가 없는 모양이었다. 검은색은 그녀와 어울렸다. 활모양의 입, 커다란 갈색 눈을 보며 느끼던 순수한 기쁨이 생생하게 떠올랐다. 그녀는 맞은편에 앉더니 샐러드와 콜라를 주문했다. 그레그는 커피를 더 시켰다. 너무 긴장해서 음식은 먹을 수가 없었다.

그녀의 얼굴에서 그가 기억하던 어린애처럼 포동포동하던 모습은 사라졌다. 두 사람이 만났을 때 그녀가 열여섯 살이었으니 이제는 스물두 살이었다. 그들은 다 자란 어른 놀이를 하던 아이였지만, 이제 진짜 성인이었다. 그 얼굴에서 육 년 전에는 없던 이야기를 읽을 수 있었다. 실망과 고통과 시련이었다.

"나는 주간근무를 해." 그녀가 말했다. "아홉시에 출근해서 테이블을 준비하고 청소를 해. 점심때 일하고 청소를 하고 다섯시에 퇴근이야."

"웨이트리스들은 보통 저녁에 일하는데."

"저녁때와 주말에는 자유시간이 필요해."

"여전히 잘 노는군!"

"아니야. 대개 집에서 라디오를 들어."

"남자친구 많겠네."

"원하는 만큼 있지."

잠시 생각해보니 그녀의 말은 여러 의미가 될 수 있었다.

그녀의 점심이 나왔다. 그녀는 콜라를 마시고 샐러드를 먹었다.

그레그가 말했다. "그래서, 1935년에 왜 도망친 거야?"

그녀는 한숨을 내쉬었다. "이 말을 하고 싶지 않았어. 네가 좋아하지 않을 테니까."

"나는 알아야겠어."

"네 아버지가 나를 찾아왔어."

그레그는 고개를 끄덕였다. "틀림없이 아버지와 뭔가 관계가 있을 줄 알았어."

"깡패를 한 명 데려왔어. 조 뭐라던가."

"조 브레커노프. 폭력배지." 그레그는 슬슬 화가 났다. "그자가 널 해쳤어?"

"그럴 필요도 없었어, 그레그. 그 남자를 보기만 했는데도 죽도록 무서웠으니까. 네 아버지가 원하는 건 뭐든 할 준비가 됐지."

그레그는 분노를 눌러 참았다. "아버지가 뭘 원했는데?"

"즉시 떠나야 한댔어. 네게 편지는 남길 수 있었지만, 아버지가 읽었겠지. 여기 워싱턴으로 돌아올 수밖에 없었어. 널 떠나서 너무 슬펐어."

그레그는 자신의 고통을 떠올렸다. "나도." 그가 말했다. 테이블 위로 손을 뻗어 그녀의 손을 잡고 싶었지만 그녀가 원할지 확신이 서지 않았다.

그녀가 말을 이었다. "네 아버지는 날 떼어놓으려고 일주일마다 용돈을 주겠다고 했어. 지금도 받고 있지. 몇 푼 안 되지만 집세는 낼 수 있어. 나는 약속을 했지. 하지만 어떻게 그랬는지 용기를 내서 한 가지 조건을 달았어."

"뭔데?"

"절대로 내게 수작 걸지 말라고 했지. 만일 그러면 네게 다 말하겠다고 했어."

"아버지도 동의했어?"

"응."

"아버지를 위협하고 괜찮은 사람은 많지 않아."

그녀는 먹은 접시를 옆으로 치웠다. "그러더니 만일 약속을 어기면 조가 내 얼굴을 그어버릴 거래. 조는 면도칼을 보여줬어."

모든 게 맞아떨어졌다. "그래서 아직도 두려워하는 거군."

두려움에 그녀의 검은 피부에서 핏기가 가셨다. "두말하면 잔소리지, 젠장."

그레그의 목소리는 속삭임처럼 작아졌다. "재키, 미안해."

그녀는 억지웃음을 지었다. "정말 네 아버지가 잘못한 것 같아? 넌 열다섯 살이었어. 결혼하기에 좋은 나이는 아니지."

"만일 아버지가 내게 그렇게 말했더라면 달라졌을 수도 있어. 하지만 아버지는 앞으로 벌어질 일을 자기가 정하고 그대로 해버리지. 다른 사람은 누구도 의견을 낼 자격이 없는 것처럼."

"그래도 우리 그때 즐거웠는데."

"당연하지."

"난 네 선물이었어."

그는 웃었다. "내가 받아본 최고의 선물이지."

"요새는 뭐하면서 지내?"

"여름 동안 국무부 공보실에서 일해."

그녀는 인상을 찌푸렸다. "지루하겠네."

"정반대야! 권력을 쥔 남자들이 그저 책상에 앉아 세상이 떠들썩해지는 결정들을 내리는 모습을 지켜보는 건 정말 흥미로워. 그들이 세계를 움직인다고!"

그녀는 믿지 않는 눈치였지만 이렇게 말했다. "글쎄, 아마 웨이트리스 일보다야 낫겠지."

그는 그들이 이제 얼마나 서로 다른지 보이기 시작했다. "9월이면 하버드로 돌아가서 졸업반이 돼."

"넌 남녀공학에서 아주 잘나갈 거야."

"학교에 남자는 많은데 여자는 그리 많지 않아."

"그래도 넌 잘하겠지. 안 그래?"

"거짓말은 못하겠네." 그는 에밀리 하드캐슬이 약속대로 피임 기구를 준비했을지 궁금했다.

"넌 그중 한 여자와 결혼해서 아름다운 아이들을 낳고 호숫가 집에서 살 거야."

"뭔가 정치 쪽에서 일하고 싶어. 국무장관이나, 우디 듀어의 아버지처럼 상원의원이 되거나."

재키는 시선을 돌렸다.

그레그는 호숫가 집을 생각했다. 그녀의 꿈이 틀림없었다. 그런 그녀가 애처로웠다.

"넌 해낼 거야." 그녀가 말했다. "난 알아. 넌 그런 분위기가 있어. 열다섯 살 때도 그랬지. 넌 아버지를 닮았어."

"뭐? 말도 안 돼!"

그녀는 어깨를 으쓱했다. "생각해봐, 그레그. 넌 내가 널 만나기 싫어한다는 걸 알았어. 하지만 돈으로 사람을 사서 붙였지. '앞으로 벌어질 일을 자기가 정하고 그대로 해버리지. 다른 사람은 누구도 의견을 낼 자격이 없는 것처럼.' 방금 전 네가 아버지에 대해 한 말이야."

그레그는 깜짝 놀랐다. "아버지랑 똑같지는 않았으면 좋겠어."

그녀는 평가하는 듯한 표정을 지어 보였다. "아직 결론은 안 났지."

웨이트리스가 그녀의 접시를 치웠다. "디저트 하시겠어요?" 웨이트리스가 말했다. "복숭아 파이가 좋아요."

두 사람 모두 디저트를 원하지 않아 웨이트리스는 그레그에게 계산서를 건넸다.

재키가 말했다. "내 얘기로 이제 궁금한 게 다 풀렸기를 바랄게."

"정말 고마워."

"다음에 길에서 우연히 마주치면 그냥 지나가줘."

"네가 그러길 원한다면."

그녀는 일어섰다. "따로 나가자. 그래야 내 마음이 더 편해."

"원하는 대로 해."

"행운을 빌어, 그레그."

"너도."

"웨이트리스에게 팁을 줘." 그녀는 말을 마치고 밖으로 걸어나갔다.

# 10장
# 1941년(III)

I

10월에 눈이 내리고 녹자 모스크바의 거리는 춥고 축축했다. 창고에서 발렌키, 즉 겨울이면 모스크바 사람들의 발을 따뜻하게 해주는 전통 펠트 부츠를 찾던 볼로댜는 보드카 여섯 상자를 발견하고 깜짝 놀랐다.

그의 부모는 술을 많이 마시지 않았다. 작은 잔으로 한 잔 이상 마시는 경우는 드물었다. 아버지는 가끔 스탈린이 주최하는 옛 동지들과의 만찬에서 술자리가 길어지면 이른 새벽 곤드레만드레 취해서 비틀거리며 집에 들어서기도 했다. 하지만 이 집에서 보드카 한 병이면 한 달 이상 갔다.

볼로댜는 주방으로 향했다. 부모는 통조림 정어리와 검은 빵, 차로 아침식사를 하고 있었다. "아버지." 그가 말했다. "창고에 왜 육 년이나 마실 보드카가 있어요?"

아버지는 놀란 듯했다.

두 사람이 카테리나를 바라보자 그녀는 얼굴을 붉혔다. 그러고는 라디오를 켜더니 두런두런 이야기를 나누는 크기로 볼륨을 줄였다. 이 아파트에 도청장치가 숨어 있다고 의심하는 걸까? 볼로댜는 궁금했다.

그녀는 조용하지만 화가 난 목소리로 말했다. "독일군이 여기까지 오면 돈 대신 뭘 쓸 거야? 우리는 더는 특혜를 받는 엘리트 계층이 아닐 거라고. 암시장에서 음식을 못 사면 배를 곯을 거야. 난 몸을 팔기엔 너무 늦었어. 보드카가 금보다 나을걸."

볼로댜는 어머니가 그런 식으로 말해서 충격을 받았다.

"독일군은 여기까지 못 와." 아버지가 말했다.

볼로댜는 확신이 서지 않았다. 독일군은 다시 전진하고 있었고 펜치처럼 모스크바를 조이고 있었다. 그들이 도달한 북쪽의 칼리닌, 남쪽의 칼루가는 모두 모스크바에서 160킬로미터쯤 떨어져 있었다. 소련의 사상자 수는 상상할 수 없을 정도로 많았다. 볼로댜의 책상에 올라오는 보고서에 따르면 한 달 전 전선을 지키던 팔십만 명의 붉은 군대 병력은 겨우 구만 명으로 줄었다. 그는 아버지에게 말했다. "도대체 그들을 누가 막을 수 있죠?"

"그들의 보급선이 길어지고 있어. 그들은 우리 겨울 날씨에 대비가 되어 있지 않아. 그들이 약해졌을 때 우리가 반격할 거다."

"그럼 왜 정부는 모스크바에서 다른 곳으로 옮기는 거죠?"

행정 당국은 동쪽으로 3200킬로미터 떨어진 쿠이비셰프로 옮겨가는 중이었다. 수도의 시민들은 정부 공무원들이 서류 상자를 사무실 건물 밖으로 옮겨 트럭에 싣는 모습을 보며 불안에 떨었다.

"그건 그냥 예방 차원이지." 그리고리가 말했다. "스탈린은 아직 여기 있어."

"해결책이 있어요." 볼로댜가 말했다. "시베리아에 수십만 명의 병력이 있잖아요. 이곳에 그들의 증원이 필요해요."

그리고리는 고개를 저었다. "동쪽을 무방비상태로 둘 수는 없어. 일본은 여전히 위협적이야."

"일본은 공격하지 않을 겁니다. 잘 알잖아요!" 볼로댜는 어머니를 바라보았다. 어머니 앞에서 비밀 정보를 말하면 안 된다는 사실을 알았지만 어쨌든 말해버렸다. "독일이 곧 침공할 거라고 올바른 경고를 해준 도쿄 정보원이, 일본은 침공하지 않을 거라잖아요. 이번에도 그의 말을 안 믿지는 않겠죠!"

"정보를 평가하는 일은 절대 쉽지 않아."

"달리 선택지가 없어요!" 볼로댜는 화를 냈다. "우린 12개 군이 예비로 있어요. 백만 명이죠. 만일 그들을 배치하면 모스크바는 무사할 수도 있어요. 안 하면 우린 끝장이에요."

그리고리는 괴로워 보였다. "우리끼리라고 해도 그런 식으로 말하지 마라."

"왜요? 저는 어차피 곧 죽을 텐데요."

그의 어머니가 울기 시작했다.

아버지가 말했다. "네가 무슨 짓을 했는지 봐라."

볼로댜는 주방을 나왔다. 부츠를 신으며 자기가 왜 아버지에게 소리를 지르고 어머니를 울렸는지 스스로 물었다. 그건 소련이 독일에 패배할 거라 믿기 때문이었다. 나치에게 점령당한 동안 현금 대신 사용하려고 어머니가 챙겨둔 보드카가 그로 하여금 현실을 직시하도록 만들었다. 우린 패배할 거야. 그는 속으로 말했다. 러시아혁명의 끝이 눈앞에 보였다.

그는 코트를 입고 모자를 썼다. 그리고 다시 주방으로 돌아갔다. 어머니에게 키스하고 아버지를 껴안았다.

"왜 이러는 거냐?" 아버지가 말했다. "그냥 일하러 가는 거면서."

"혹시 다시는 못 볼까봐서요." 볼로댜는 말했다. 그리고 집을 나섰다.

다리를 건너 시내로 들어선 그는 모든 대중교통이 멈춘 것을 알았다. 지하철은 운행을 중단했고 버스나 전차도 보이지 않았다.

나쁜 소식밖에 없는 것 같았다.

오늘 아침 라디오와 거리 모퉁이마다 달린 검은색 칠을 한 스피커에서 흘러나오는 소비에트 통신국의 뉴스는 평소답지 않게 솔직했다. "10월 14일에서 15일로 넘어가는 밤사이 서부전선의 전황은 더 악화되었습니다. 많은 수의 독일 탱크가 우리의 방어를 뚫었습니다." 소비에트 통신국이 늘 거짓말을 한다는 건 모르는 사람이 없었고, 다들 실제로는 더 나쁠 거라고 추측했다.

도심은 피난민으로 꽉 막혀 있었다. 서쪽에서 쏟아져들어온 그들은 가재도구를 손수레에 싣거나 비쩍 마른 소와 더러운 돼지, 축축하게 젖은 양을 끌고 도로를 지났고, 전진하는 독일군으로부터 가능한 한 멀리 떨어지고자 필사적으로 모스크바 동쪽의 시골 지역을 향하는 중이었다.

볼로댜는 차를 얻어 타려 애썼다. 요즘 모스크바에는 일반 시민들의 차량이 거의 없었다. 사도보예 순환도로로 끝없이 이어지는 군용차량의 행렬을 위해 연료를 아끼는 중이기 때문이다. 그는 신형 GAZ-64 지프를 얻어 탔다.

지붕이 없는 차량에 타니 폭격으로 인한 피해가 훤히 보였다. 영국에서 돌아온 외교관들은 런던 대폭격에 비하면 아무것도 아니라고 했지만 모스크바 시민들에게는 이 정도도 충분히 끔찍했다. 볼로댜는 잔해만 남은 건물 여럿과 전소된 목조 주택 수십 채를 보며 지났다.

공습 방어를 책임진 그리고리는 가장 높은 건물마다 대공포를 설치했고 눈구름보다 아래를 떠다니도록 방공기구들을 띄웠다. 그가 내린 가장 특이한 결정은 교회의 금빛 양파 모양 돔을 녹색과 갈색으로 칠해 위장한 것이다. 그는 볼로댜에게 그런다고 폭격의 정확도가 떨어지거나 반대로 높아지지는 않으리라 인정했지만 시민들은 보호받고 있다는 느낌을 받을 수 있을 거라 했다.

만일 독일이 이기면 나치가 모스크바를 통치하고 여동생 아냐의 쌍둥이 남매는 애국적인 공산주의자로 자라는 대신 히틀러에게 경례나 하는 노예 같은 나치가 될 터였다. 러시아는 노예 국가 프랑스처럼 될 것이고, 아마 말을 잘 듣는 친파시스트 정부가 일부 지역을 지배하면서 유대인을 모아 강제수용소로 보낼 것이다. 생각만으로도 참을 수가 없었다. 볼로댜는 소련이 끔찍한 스탈린의 지배와 잔인한 비밀경찰로부터 스스로 벗어나 진정한 공산주의 건설을 시작하는 미래를 원했다.

호딘카 비행장의 본부 건물에 도착한 볼로댜는 공중에 가득한 조각들이 눈송이가 아니라 재라는 걸 알아차렸다. 붉은 군대 정보부는 적의 손에 들어가기 전에 자료를 불태우고 있었다.

그가 도착한 지 얼마 지나지 않아 레미토프 대령이 사무실에 나타났다. "자네가 빌헬름 프룬체라는 독일인 물리학자에 관해 런던에 메모를 보냈더군. 아주 현명한 조치였어. 그게 아주 큰 단서가 되었네. 잘했어."

그게 무슨 대수야? 볼로댜는 생각했다. 독일군 기갑부대와의 거리는 고작 160킬로미터밖에 되지 않았다. 스파이들이 도움을 주기에는 너무 늦었다. 하지만 그는 억지로 애써 집중했다. "프룬체, 맞습니다. 베를린에서 함께 학교를 다녔죠."

"런던에서 접촉했는데 그가 말을 해주겠다고 한다는군. 안전가옥에서 만났어." 레미토프는 말을 하면서 손목시계를 만지작거렸다. 그가 초조한 듯 움직거리는 일은 흔치 않았다. 틀림없이 긴장한 것이다. 모두가 그랬다.

볼로댜는 아무 말도 하지 않았다. 그 만남에서 무슨 정보가 나온 것은 분명했다. 그게 아니라면 레미토프가 말을 꺼내지도 않았을 것이다.

"런던 쪽 얘기로는, 프룬체가 처음에는 경계했고 우리 쪽 사람을 영국 비밀경찰인지 의심했다는 거야." 레미토프는 미소지으며 말했다. "실제로 첫 만남 이후에 켄징턴 팰리스 가든에 있는 우리 대사관에 가서 문을 두드리고 우리 요원이 진짜 맞는지 확인을 했다는군!"

볼로댜는 웃었다. "진짜 아마추어군요."

"그렇지." 레미토프가 말했다. "그 친구가 유인용 미끼라면 그런 바보 같은 짓은 하지 않았겠지."

소련이 아직 완전히 끝장나지는 않았다. 그래서 볼로댜는 빌리 프룬체가 중요한 인물인 듯 계속 업무를 해내야 했다. "그 친구가 우리에게 뭘 줬나요?"

"그와 동료 과학자들이 미국인들과 공동으로 초강력 폭탄을 만드는 중이라더군."

볼로댜는 조야 보로친체프가 해준 말이 떠올라 깜짝 놀랐다. 이 정보로 그녀가 두려워하던 최악의 가능성은 사실로 확인되었다.

레미토프가 말을 이었다. "정보에 문제가 있어."

"네?"

"번역을 하기는 했는데 여전히 한마디도 이해할 수가 없네." 레미토프는 볼로댜에게 타자로 친 문서 한 장을 내밀었다.

볼로댜는 제목을 소리내 읽었다. "기체확산법을 통한 동위원소 분리."

"무슨 말인지 알겠지."

"저는 대학에서 물리학이 아닌 언어를 전공했습니다."

"하지만 언젠가 아는 물리학자가 있다고 했지." 레미토프는 웃었다. "내 기억이 맞다면, 아주 아름다운 금발인데 자네와 영화 보러 가기를 사양했다던 여자."

볼로다는 얼굴을 붉혔다. 카멘에게 조야 이야기를 했더니 그가 소문을 낸 게 틀림없었다. 상관이 스파이일 경우 문제는 그가 모르는 게 없다는 점이었다. "가족이 아는 친구입니다. 그 친구가 핵분열이라는 폭발과정에 관해 얘기해준 적이 있죠. 그녀에게 물어볼까요?"

"비공식적으로, 격식 차리지 말고. 내가 내용을 이해하기 전에는 큰일로 만들고 싶지 않아. 프룬체가 살짝 이상할 수도 있고, 그럼 우리가 망신을 당할 테니까. 보고서 내용이 뭔지, 프룬체가 과학적으로 옳은 소리를 하는지 알아내. 만일 그 친구가 진짜라면 영국과 미국이 정말 초강력 폭탄을 만들 수 있을까? 그럼 독일도?"

"두세 달 동안 조야를 만나지 못했습니다."

레미토프는 어깨를 으쓱했다. 볼로댜가 조야를 얼마나 잘 아는지는 사실 중요하지 않았다. 소련에서는 당국의 질문에 대답하는 일에 선택이란 있을 수 없었다.

"찾아내겠습니다."

레미토프는 고개를 끄덕였다. "오늘 해." 그리고 밖으로 나갔다.

볼로다는 얼굴을 찌푸린 채 생각에 빠졌다. 조야는 미국이 초강력 폭탄을 만들고 있다고 확신했고 그리고리를 설득해 스탈린에게도 알렸지만 무시당했다. 이제 영국 스파이도 조야와 같은 말을 하고 있다. 그녀의 말이 옳아 보인다. 그리고 스탈린이 틀렸다. 또다시.

소련의 지도자들은 나쁜 소식의 진실을 부정하는 위험한 경향이 있었다. 지난주만 해도 공중정찰 작전을 통해 모스크바에서 겨우 130킬로미터쯤 떨어진 곳에서 독일군의 장갑차량을 발견한 일이 있었다. 참모부는 두 번이나 재확인하기 전까지 그 관측 보고를 믿지 않았다. 이후 그들은 NKVD에게 명령을 내려 정찰 내용을 보고한 그 공군장교를 체포해 고문하게 했다. 이유는 '독자적인 의견'을 냈다는 것이었다.

독일군이 이렇게 가까이 와 있는 마당에 먼 앞일을 생각하기란 쉽지 않지만 아무리 지금 같은 극도의 위기 상황이라도 모스크바를 초토화할 수 있는 폭탄의 가능성은 무시할 수 없었다. 만일 소련이 독일을 물리친다 해도 나중에 영국과 미국의 침략을 당할 수도 있었다. 1914년부터 1918년까지의 전쟁 후에도 비슷한 일이 있었다. 소련은 자본주의적 제국주의자들의 초강력 폭탄에 속수무책으로 당할 것인가?

볼로댜는 부하인 벨로프 중위를 시켜 조야가 어디 있는지 찾게 했다.

주소를 기다리는 동안 볼로댜는 프룬체의 보고서를 원문인 영어와 번역본으로 읽고, 건물 밖으로 가지고 나갈 수 없어서 중요한 구절은 암기했다. 한 시간이 지나자 추가로 질문까지 할 수 있을 정도로 내용을 이해했다.

벨로프는 조야가 대학에도 없고 과학자들을 위한 근처 아파트에도 없다는 사실을 알아냈다. 하지만 아파트 관리인이 그곳의 모든 젊은이가 도심 방어를 위해 새롭게 진행하는 공사에 도움을 요청받았다는 사실과 함께 조야가 일하고 있는 위치까지 일러주었다.

볼로댜는 코트를 입고 사무실을 나섰다.

흥분됐지만 조야 때문인지 초강력 폭탄 때문인지 확실히 알 수는 없었다. 아마도 두 가지 다일 터였다.

그는 군 ZIS 차량과 운전병을 구할 수 있었다.

동쪽으로 향하는 기차를 타는 카잔 역을 지나는데 한창 절정에 이른 소요사태 비슷한 광경이 눈에 들어왔다. 사람들이 기차에 오르기는커녕 역사 안에도 들어가지 못한 모양이었다. 부유해 보이는 남녀들이 아이들과 애완동물을 데리고 여행가방과 대형 트렁크를 든 채 출입구에 접근하려고 기를 쓰고 있었다. 그중 일부가 부끄러운 줄도 모르고 다른 사람을 때리고 발로 차는 모습에 볼로댜는 충격을 받았다. 몇 안 되는 경찰은 속수무책으로 지켜보고만 있었다. 질서를 찾으려면 군이 동원되어야 할 것 같았다.

운전병들은 대개 과묵하지만 이 병사는 입을 열어 말했다. "빌어먹을 겁쟁이들. 나치랑 싸우도록 우릴 버리고 도망가는군. 저것들 좀 보세요, 빌어먹을 털코트까지 입고."

볼로댜는 깜짝 놀랐다. 엘리트 지배층을 비난하는 일은 위험했다. 이런 발언을 하면 고발당할 수도 있었다. 그러면 루반카 광장에 있는 NKVD 본부 지하실에서 일이 주를 보내게 될 테고, 그곳을 나와서는 평생 다리를 절 것이다.

볼로댜는 소련 공산주의를 유지하던 계급과 복종이라는 견고한 시스템이 약해져 무너지기 시작했다는 생각에 불안해졌다.

그들은 아파트 관리인이 말한 장소에서 바리케이드를 설치하는 사람들을 찾아냈다. 볼로댜는 차에서 내려 운전병에게 기다리라고 지시한 다음 작업을 지켜보았다.

넓은 도로에 전차 방어용 '고슴도치'가 깔려 있었다. 고슴도치란 1미터가량 되는 강철 선로 세 토막 각각의 중간을 용접해 붙인 별 모양의 물건으로, 세 다리로 서서 세 팔을 위로 뻗은 형태의 장애물이었다. 보아하니 탱크의 무한궤도를 망가뜨리는 모양이었다.

고슴도치가 깔린 곳 뒤로는 곡괭이와 삽으로 대전차호를 파고 있고, 그뒤에는 방어군이 총을 쏠 구멍만 남긴 채 모래주머니 방벽을 올리는 중이었다. 독일군이 오기 전까지는 모스크바 시민들이 도로를 이용할 수 있도록 장애물 사이 지그재그 모양으로 좁은 통로가 나 있었다.

땅을 파고 장애물을 쌓는 작업자 대부분이 여자였다.

볼로댜는 모래산 근처에서 삽으로 모래주머니를 채우는 조야를 찾아냈다. 잠시 멀리서 그녀를 바라보았다. 그녀는 지저분한 코트 차림으로 모직 벙어리장갑을 끼고 펠트 부츠를 신고 있었다. 머리는 금발을 전부 뒤로 넘기고 칙칙한 헝겊을 둘러쓴 채 턱밑에서 매듭지은 모습이었다. 얼굴이 진흙으로 얼룩졌지만 여전히 섹시해 보였다. 그녀는 꾸준한 간격으로 삽을 놀리며 능률적으로 움직이고 있었다. 그때 감독관이 호루라기를 불자 작업이 멈췄다.

조야는 모래주머니 더미에 앉더니 코트 주머니에서 신문으로 싼 작은 꾸러미를 꺼냈다. 볼로댜는 그녀 옆에 앉아 말했다. "이런 일은 면제받을 수 있었을 텐데요."

"내가 사는 곳이잖아요." 그녀가 말했다. "이곳을 방어하는 일인데 왜 빠져요?"

"그러면 동쪽으로 피난을 못 가잖아요."

"빌어먹을 나치놈들로부터 달아나지 않아요."

맹렬한 반응에 그는 깜짝 놀랐다. "많은 사람이 달아나고 있어요."

"알아요. 당신도 오래전에 도망간 줄 알았어요."

"나를 얕보는군요. 이기적인 엘리트 중 하나라고 생각하는 거야."

그녀는 어깨를 으쓱했다. "스스로 살아남을 수 있는 자들은 대개 그러니까요."

"자, 당신이 틀렸어요. 가족 모두 여기 모스크바에 남아 있어요."

"아무래도 내가 잘못 봤나봐요. 팬케이크 먹을래요?" 그녀가 푼 꾸러미에는 양배추 잎으로 싼 색이 연한 패티 네 장이 들어 있었다. "하나 먹어봐요."

그는 하나를 받아들고 한입 베어물었다. 아주 맛있지는 않았다. "이게 뭐죠?"

"감자 껍질요. 모임이 열린 식당이나 장교 식당 뒷문에 가면 한 양동이씩 공짜로 구할 수 있어요. 그걸 잘게 갈아서 부드러워질 때까지 끓인 다음 약간의 밀가루와 우유를 섞고, 혹시 소금 있으면 조금 넣고 기름 두르고 튀기면 돼요."

"당신이 이렇게까지 어려운 상황인 줄 몰랐어요." 그는 부끄러움을 느끼며 말했다. "있잖아요, 우리집에 오면 언제든 식사할 수 있어요."

"고마워요. 무슨 일로 왔어요?"

"물어볼 게 있어서. 기체확산법을 통한 동위원소 분리가 뭐죠?"

그녀는 그를 빤히 보았다. "이런, 세상에. 무슨 일이 벌어진 거죠?"

"별일 아니에요. 그저 조금 미심쩍은 정보를 평가해보려는 거예요."

"우리가 핵분열 폭탄을 마침내 만드는 건가요?"

그 반응을 보니 프룬체가 넘긴 정보는 진짜인 모양이었다. 그녀는 그가 한 말의 의미를 듣자마자 이해했다. "질문에 대답해줘요." 볼로댜는 단호하게 말했다. "아무리 친구 사이여도 이건 공적인 일이에요."

"좋아요. 동위원소가 뭔지 알아요?"

"몰라요."

"어떤 원소는 약간씩 다른 여러 형태로 존재해요. 탄소 원자를 예로 들면, 양성자는 늘 여섯 개지만 중성자는 여섯 개인 것도 있고, 일곱 개나 여덟 개인 것도 있어요. 각기 다른 이 원자들을 동위원소라 하고, 탄소 12, 탄소 13, 탄소 14라고 부르죠."

"언어학과 학생에게도 충분히 쉽군요." 볼로댜가 말했다. "그게 왜 중요하죠?"

"우라늄에는 우라늄 235와 우라늄 238이라는 두 개의 동위원소가 있어요. 자연상태의 우라늄은 두 가지가 섞여 있죠. 하지만 우라늄 235만 폭발성이 있어요."

"그럼 분리를 해야겠군."

"기체확산법이 이론적으로는 한 가지 방법이 될 수 있어요. 기체가 확산할 때 막이 있으면 가벼운 분자가 더 빨리 통과해요. 그러니 막을 통과한 기체는 무게가 가벼운 동위원소의 비율이 더 높겠죠. 물론 실제로 본 적은 전혀 없어요."

프룬체는 보고서에서 영국이 서부 지역인 웨일스에 기체확산시설을 건설하고 있다고 했다. 미국도 같은 시설을 만들고 있었다. "그런 시설에 다른 목적이 있을 수 있나요?"

"동위원소를 분리하는 다른 이유는 내가 알기로는 없어요." 그녀는 고개를 저었다. "확률을 따져보세요." 그녀가 말했다. "누구든 전쟁중이런 종류의 공정에 우선순위를 두고 있다면, 제정신이 아니거나 무기를 만드는 거죠."

볼로댜는 자동차 한 대가 바리케이드로 접근해 까다로운 지그재그 통로에 막 들어서는 모습을 보았다. 문짝이 두 개인 KIM-10이라는 차로, 부유한 가족을 겨냥해 만들어진 차종이었다. 원래 최고 속도가 시속 100킬로미터에 육박하지만 이 차는 지나치게 짐을 많이 실어서 시속 60킬로미터도 넘지 못할 것 같았다.

운전석에 앉은 육십대 남자는 모자를 쓰고 서방 스타일의 천코트를 입고 있었다. 옆에는 모피모자를 쓴 젊은 여자가 타고 있었다. 뒷좌석에는 판지상자가 잔뜩 쌓여 있었다. 자동차 지붕에는 피아노 한 대가 위태롭게 묶여 있었다.

누가 봐도 지배층 엘리트의 고위 간부가 가져갈 수 있는 값진 물건을 최대한 꾸려서 아내 혹은 정부를 데리고 시내를 벗어나려 애쓰는 모습이었다. 조야는 볼로댜를 저런 부류로 여겼고, 어쩌면 그래서 지금까지 데이트를 거절했는지도 몰랐다. 볼로댜는 혹시 그녀의 생각이 바뀔지 궁금했다.

바리케이드를 설치하던 자원자 하나가 고슴도치 하나를 KIM-10 앞으로 옮겨 가로막았고, 볼로다가 보기에는 문제가 생길 것 같았다.

자동차가 조금씩 앞으로 나아가자 범퍼가 고슴도치에 닿았다. 운전자는 차로 밀어낼 수 있으리라 생각한 모양이었다. 여자 몇 명이 구경하려고 가까이 다가왔다. 장애물은 밀려나지 않고 버틸 목적으로 만든 물건이다. 다리들이 땅에 파고들어 박히더니 꼼짝도 하지 않았다. 금속이 휘는 소리와 함께 자동차의 앞쪽 범퍼가 찌그러졌다. 운전자는 차를 후진시켰다.

그는 창문으로 고개를 내밀고 소리질렀다. "저거 치워, 당장!" 상대가 자신의 명령을 따르는 일에 익숙한 목소리였다.

남성용 체크무늬 모자를 쓴 땅딸막한 중년의 자원자 여인이 팔짱을 끼고 소리쳤다. "직접 치워, 이 배신자야!"

운전자는 화가 나서 벌게진 얼굴로 내렸고, 볼로다는 그가 에스파냐에서 봤던 보브로프 대령임을 알고 깜짝 놀랐다. 보브로프 대령은 후퇴하는 부하들의 뒤통수를 쏴서 죽이는 것으로 유명했다. '겁쟁이들에게 자비는 없다'라는 것이 그의 신조였다. 볼로다는 그가 벨치테에서 탄약이 떨어져 후퇴한 국제여단 병사 셋을 죽이는 장면을 직접 목격했다. 지금 보브로프는 사복 차림이었다. 과연 그가 길을 막아선 여자도 총으로 쏠까.

보브로프는 자동차 앞으로 걸어나와 고슴도치를 붙잡았다. 예상보다 무거웠을 테지만 간신히 장애물을 옆으로 치워냈다.

그가 다시 자동차로 돌아가는데 모자 쓴 여자가 고슴도치를 다시 차 앞으로 옮겼다.

이제 다른 자원자들도 모여들어 웃거나 농담을 하며 대치 장면을 지켜보고 있었다.

보브로프는 여자에게 걸어가 코트 주머니에서 신분증을 꺼내 보였다. "나는 보브로프 장군이야!" 그가 말했다. 에스파냐에서 돌아와 승신한 것이 분명했다. "길을 치워!"

"당신이 군인이라는 거야?" 여자가 비웃었다. "왜 안 싸우는데?"

보브로프는 얼굴을 붉혔다. 그는 여자의 모욕이 정당하다는 것을 알았다. 볼로댜는 혹시 잔인한 노병이 젊은 아내의 설득으로 달아나는 것은 아닌지 궁금했다.

"나는 당신을 배신자라고 하겠어." 모자 쓴 자원자 여인이 말했다. "피아노와 젊은 창녀를 끌고 달아나려 하다니." 그러더니 여자는 장군의 모자를 쳐서 떨어뜨렸다.

볼로댜는 소스라치게 놀랐다. 소련에서 이런 식으로 권위에 도전하는 모습은 단 한 번도 본 적이 없었다. 예전에 나치가 정권을 잡기 전 베를린에서 그는 일반 독일 시민들이 두려움 없이 경찰과 언쟁을 벌이는 모습을 보고 놀란 적이 있었다. 하지만 이곳에서는 없던 일이었다.

몰려서 있던 여자들이 환호했다.

여전히 짧게 깎은 보브로프의 머리는 온통 하얗게 센 모습이었다. 그는 젖은 도로 위로 굴러가는 모자를 바라보았다. 그리고 모자를 따라 한 걸음 떼더니 그만두기로 마음먹은 듯했다.

볼로댜는 끼어들고 싶은 마음이 없었다. 무리에 맞서 할 수 있는 일도 없는데다 어쨌든 보브로프가 불쌍하지 않았다. 자기가 남들에게 늘 그랬던 대로 무자비한 대접을 받는 것이 당연한 것 같았다.

지저분한 담요를 뒤집어쓴, 좀더 나이든 여자가 자동차 트렁크를 열었다. "이것들 좀 봐!" 그녀가 말했다. 트렁크에는 가죽가방이 가득했다. 여자는 가방 하나를 꺼내 고리를 열었다. 뚜껑이 열리자 내용물이 쏟아져나왔다. 레이스 속옷, 리넨 페티코트와 잠옷, 실크 스타킹과 캐

미솔 모두 서방 제품이 틀림없었다. 평범한 러시아 여자들은 사기는커 녕 본 적만 있는 그 어떤 물건보다도 품질이 좋은 것 같았다. 얇은 옷들 이 도로 위 더러운 진창에 떨어져서 거름 위에 내려앉은 꽃잎처럼 들러 붙었다.

몇몇 여자가 옷가지를 줍기 시작했다. 다른 이들은 다른 여행가방을 꺼내들었다. 보브로프는 자동차로 달려가 여자들을 밀쳐내기 시작했 다. 상황이 매우 심각해지는군. 볼로댜는 생각했다. 보브로프는 아마도 총이 있을 테고, 이제 언제든 뽑아들 것이다. 하지만 그때 담요를 뒤집 어쓴 여인이 삽을 들어 보브로프의 머리를 힘껏 내려쳤다. 삽으로 참호 도 파는 여자이니 약골은 아니었고, 그 일격에 뒤이어 쿵 하고 소름끼 치도록 큰 소리가 났다. 장군이 땅에 쓰러졌고 여자는 그를 발로 찼다.

젊은 정부가 차에서 내렸다.

모자 쓴 여자가 소리쳤다. "땅 파는 거 돕게?" 다른 사람들이 웃었다.

서른 살쯤 돼 보이는 장군의 여자친구는 고개를 숙인 채 자동차가 온 방향으로 도로를 따라 걸었다. 체크무늬 모자를 쓴 자원자가 밀쳤지만 그녀는 고슴도치 사이로 요리조리 피하더니 뛰기 시작했다. 자원자가 그뒤를 쫓아 달렸다. 굽 높은 갈색 스웨이드 구두를 신은 장군의 정부 는 축축한 곳에서 미끄러져 넘어지고 말았다. 모피모자가 바닥에 떨어 졌다. 여자는 간신히 일어서서 다시 뛰기 시작했다. 자원자는 달아나는 정부는 내버려두고 모자를 주우러 뛰어갔다.

버려진 자동차 주위에 모든 가방이 열린 채 널려 있었다. 일하던 사 람들은 뒷좌석에서 상자들을 꺼내 뒤집어서 내용물을 도로 위에 쏟았 다. 식탁용 날붙이가 쏟아지고 도자기가 깨지고 유리 제품은 박살났다. 수놓인 침대 시트와 하얀 수건이 진흙탕 위에서 끌려다녔다. 십여 켤레 의 예쁜 구두가 포장도로 위에 흩어졌다.

보브로프는 윗몸을 일으켜 똑바로 서려고 애쓰고 있었다. 담요를 뒤집어쓴 여자가 삽으로 다시 내려쳤다. 보브로프는 땅바닥에 쓰러졌다. 그녀가 단추를 풀어 고급 울코트를 벗겨내려 하자, 보브로프는 저항하며 몸부림쳤다. 여자는 맹렬하게 화를 내며 연거푸 그를 때렸고, 마침내 보브로프는 짧게 깎은 머리가 피투성이가 된 채 축 늘어져 꼼짝하지 않았다. 그러자 여자는 낡은 담요를 벗어던지고 보브로프의 코트를 걸쳤다.

볼로댜는 미동도 없는 보브로프를 향해 걸어갔다. 생기가 없는 시선이 멍하니 위를 향해 있었다. 볼로댜는 무릎을 꿇고 호흡과 심장박동, 맥박이 느껴지는지 확인했다. 전혀 없었다. 그는 죽었다.

"겁쟁이들에게 자비는 없어." 볼로댜는 말했다. 그래도 보브로프의 눈을 감겨주었다.

몇몇 여자들이 피아노를 묶은 줄을 풀었다. 악기는 자동차 지붕에서 미끄러져내려 불협화음을 내며 땅바닥에 부딪혔다. 그들은 곡괭이와 삽으로 피아노를 신나게 두드려부수기 시작했다. 다른 사람들은 흩어진 귀중품을 두고 다투거나 식탁용 날붙이를 낚아채고 침대보를 서로 갖겠다고 실랑이를 벌이고 고급 속옷을 찢고 있었다. 싸움이 벌어졌다. 도자기 찻주전자가 날아와 조야의 머리를 아슬아슬하게 비껴갔다.

볼로댜는 서둘러 그녀에게 돌아갔다. "이러다 전면 폭동으로 번지겠어요." 그가 말했다. "군용차량과 운전병이 있어요. 여기서 빠져나가게 해줄게요."

그녀가 머뭇거린 건 아주 잠깐이었다. "고마워요." 그녀가 말했다. 두 사람은 차로 달려가 올라탔고 그곳을 떠났다.

# II

에리크 폰 울리히의 총통에 대한 믿음은 소련 침공으로 정당성이 입증되었다. 독일군이 광활한 러시아를 쏜살같이 가로지르며 붉은 군대를 쓰레기처럼 밀어내자 자신이 충성을 바치는 지도자의 훌륭한 전략에 진심으로 환호했다.

쉽지는 않았다. 비 내리는 10월 내내 시골 지역은 진흙탕이었다. '라스푸티차'라 불리는, 길이 없는 시기였다. 에리크의 구급차는 진창을 뚫고 움직였다. 차량 앞에 밀려 쌓이는 진흙의 파도 때문에 움직임은 점점 느려졌고 결국 그와 헤르만이 내려서 삽으로 치우지 않고는 조금도 더 나아갈 수 없었다. 독일군 전체의 사정이 마찬가지였다. 모스크바를 향한 진격은 기어가는 것처럼 느려졌다. 뿐만 아니라 도로가 진창이 되었다는 것은 보급 트럭이 절대로 공격 속도를 따라잡지 못한다는 뜻이었다. 독일군은 탄약과 연료, 식량이 부족했고 에리크의 부대는 약품과 다른 의료 필수품 부족이 위험 수준이었다.

그래서 11월 초 서리가 내렸을 때 에리크는 기뻤다. 축복처럼 길이 얼어붙어 다시 단단하게 굳은 덕분에 구급차가 정상 속도로 움직일 수 있었다. 하지만 여름코트에 면 속옷을 입은 에리크는 몸이 떨렸다. 겨울 군복은 독일에서 아직 도착하지 않았다. 구급차 엔진을 계속 돌리는 데 필요한 동절기용 윤활유 역시 없었다. 트럭과 탱크, 대포 등 군의 모든 엔진이 같은 상황이었다. 이동하는 동안 에리크는 밤이면 두 시간마다 일어나 오 분 동안 엔진을 가동시켜야 했다. 윤활유가 엉겨붙거나 냉각수가 딱딱하게 어는 것을 막으려면 그 방법뿐이었다. 그러고도 매일 아침 출발하기 전에 한 시간 일찍 일어나 차량 아래 조심스레 불을 피워야 했다.

수백 대의 차량이 고장나 버려졌다. 임시 비행장에서 밤새 야외에 있어야 하는 독일 공군기들은 딱딱하게 얼어붙어 시동이 걸리지 않았고, 지상군에 대한 공중 지원은 그냥 그렇게 사라지고 말았다.

이런 상황에도 러시아는 후퇴하고 있었다. 그들은 열심히 싸웠지만 늘 뒤로 물러났다. 에리크의 부대는 러시아군의 시체를 치우느라 계속 멈춰야 했고 얼어붙은 시체들이 도로 옆에 쌓여 소름끼치는 둑을 만들었다. 가차없이, 끈질기게 독일군은 모스크바로 접근해갔다.

에리크는 머지않아 크렘린의 탑마다 나치의 깃발이 환희에 차 펄럭이고 독일군 탱크들이 당당히 붉은 광장을 가로지르는 모습을 보게 되리라 확신했다.

그사이 기온은 영하 10도까지 내려갔고, 지금도 더 떨어지는 중이었다.

에리크의 야전병원부대는 전나무 숲으로 둘러싸인 얼어붙은 운하 옆 작은 도시에 있었다. 이곳 지명은 알지 못했다. 러시아인들은 종종 후퇴하면서 모든 걸 파괴했지만 이 도시는 거의 멀쩡하게 살아남았다. 현대식 병원도 있어서 독일군이 확보했다. 바이스 박사는 병원 의사들에게 상태가 어떻든 기존 환자들을 집으로 돌려보내라고 기세 좋게 지시했다.

지금 에리크는 열여덟 살쯤 먹은 동상 환자를 살펴보고 있었다. 얼굴 피부가 밀랍처럼 노랗고 만져보니 딱딱하게 얼어 있었다. 에리크와 헤르만이 얇은 여름용 군복을 잘라냈더니 팔다리가 자주색 물집으로 뒤덮여 있었다. 찢어지고 망가진 부츠 안에는 추위를 막아보려는 애처로운 노력으로 신문지까지 뭉쳐 넣어둔 터였다. 에리크가 부츠를 벗기자 살이 썩어가는 특유의 악취가 풍겼다.

그럼에도 그는 다리 절단 없이 소년을 살릴 수 있다고 생각했다.

그들은 무엇을 해야 할지 알았다. 전투로 인한 부상병보다 동상 환자를 더 많이 다뤘기 때문이다.

그는 욕조에 따뜻한 물을 채우고 헤르만 브라운과 함께 환자를 들어 물에 담갔다.

에리크는 따뜻하게 녹는 환자의 몸을 잘 살폈다. 한쪽 발 전체와 다른 쪽 발가락의 괴사한 부분이 검게 보였다.

물이 슬슬 차가워지자 두 사람은 환자를 꺼내 물기를 두드려 닦은 다음 침대에 눕히고 담요를 덮어주었다. 그러고 나서 수건에 감싼 뜨거운 돌로 환자를 둘러쌌다.

의식이 있는 환자는 잔뜩 경계하고 있었다. 그가 물었다. "발을 잃게 되나요?"

"의사한테 달렸지." 에리크는 기계적으로 대답했다. "우린 그저 의무병이야."

"하지만 환자를 많이 보잖아요." 그는 집요했다. "최대한 추측하면요?"

"내 생각에는 괜찮을 거야." 에리크가 말했다. 만일 그렇지 못하다면 무슨 일이 일어날지 잘 알았다. 그나마 덜 심한 쪽 발가락은 바이스가 볼트 절단기처럼 생긴 커다란 가위로 잘라내버리고, 다른 쪽 다리는 무릎 아래서 절단할 것이다.

몇 분 뒤 바이스가 와서 소년의 발을 살펴보았다. "절단 준비를 해." 그는 무뚝뚝하게 말했다.

에리크는 처참한 기분이었다. 또다른 건강한 젊은이가 남은 인생 내내 절름발이로 살아야 했다. 안타까운 일이었다.

하지만 환자는 다르게 받아들였다. "하느님, 감사합니다." 그가 말했다. "이제 싸우지 않아도 되겠군요."

수술 준비를 하는 동안 에리크는 이 환자가 패배주의적 입장을 고수하던 많은 이 중 하나라는 사실을 깨달았다. 그의 가족도 그런 부류였다. 그는 세상을 떠난 아버지에 대해 많이 생각했고, 슬픔과 상실감이 뒤섞인 깊은 분노를 느꼈다. 아버지는 제3제국의 승리를 축하하는 대다수와 뜻을 함께하지 않았을 거라고 씁쓸하게 짐작했다. 아마 불평을 하고 총통의 결정에 의문을 제기하고 군의 사기를 약화시켰을 것이다. 아버지는 왜 그런 반역자가 되어야 했을까? 왜 시대에 뒤떨어진 민주주의 이데올로기에 애착을 가졌을까? 자유는 독일에 아무것도 주지 못했지만 파시즘은 조국을 구했다!

아버지에게는 화가 났지만 그래도 어떻게 돌아가셨는지 생각하면 뜨거운 눈물이 차올랐다. 처음에는 게슈타포에게 살해당했다는 소식을 부인했던 에리크도 이내 그것이 사실일 수 있음을 깨달았다. 그들은 주일학교 교사가 아니었다. 정부에 대해 못된 거짓말을 하는 자들은 때려잡았다. 아버지는 정부가 장애인 아이들을 살해하고 있는지 집요하게 캐묻고 다녔다. 어리석게도 영국인 아내와 지나치게 감정적인 딸의 말에 귀기울였다. 에리크는 그들을 사랑했고, 그래서 그들이 엉뚱한 생각을 품고 고집을 부리는 것이 더욱더 괴로웠다.

베를린에 휴가를 갔을 때 에리크는 어린 그와 헤르만에게 흥미로운 나치 철학을 처음으로 알려준 헤르만의 아버지를 만나러 갔다. 브라운 씨는 지금은 친위대 소속이었다. 에리크는 술집에 갔더니 한 남자가 특수 병원에서 정부가 장애인들을 살해한다고 주장하더라는 이야기를 했다. "사실 장애인들은 새로운 독일을 향해 전진하는 데 많은 비용이 드는 걸림돌이지." 브라운 씨는 에리크에게 말했다. "유대인을 비롯한 여타 퇴보한 인종은 억누르고, 잡종을 생산하는 다른 인종과의 결혼은 금지해서 우리 인종을 정화해야 해. 하지만 안락사는 단 한 번도 나치의 정책이었던 적이 없어. 우리는 단호하고 거칠고 가끔은 잔인하기까지 하지만 살인은 하지 않아. 그건 공산주의자들의 거짓말이야."

아버지의 비난은 옳지 않았다. 아직도 에리크는 가끔 눈물을 흘렸다.

다행히 그는 눈코 뜰 새 없이 바빴다. 아침만 되면 환자가 몰려들었는데 대부분 전날 다친 부상병이었다. 그러고 나면 오늘 새로 다친 환자들이 오기 전까지 일시적으로 잠잠했다. 바이스가 동상에 걸린 소년을 수술한 뒤 그와 에리크, 헤르만은 비좁은 사무실에서 오전 휴식을 취했다.

헤르만은 신문을 보고 이야기했다. "베를린에서는 우리가 이미 이겼다고들 한대!" 그는 한탄을 내뱉었다. "여기 와서 직접 보라지."

바이스 박사는 늘 그러듯 빈정거렸다. "총통께서 슈포르트팔라스트에서 몹시 흥미로운 연설을 하셨군." 그가 말했다. "러시아인들이 짐승처럼 열등하다고. 안심이 되는군. 나는 지금까지 맞닥뜨린 상대 중 러시아가 가장 거친 투사라는 인상을 받았거든. 이들은 폴란드나 벨기에, 네덜란드, 프랑스나 영국보다 더 오래도록 분투하고 있어. 장비가 부족하고 지휘가 엉망인데다 절반은 굶주렸는데도 다 낡은 소총을 흔들면서 우리 기관총을 향해 계속 달려든다고. 죽거나 살거나 아무 상관 없다는 듯이. 그게 단지 짐승 같기 때문이라니 기쁘군. 나는 이들이 용감하고 애국적인 게 아닌가 두려워지기 시작한 참이었어."

늘 그렇듯 바이스는 총통의 의견에 동의하는 척하면서 반대 의견을 말하고 있었다. 헤르만은 그저 혼란스러워 보였지만 바이스의 속뜻을 이해한 에리크는 격노했다. "러시아인들이 뭐든 간에 지고 있어요." 그가 말했다. "우리는 모스크바를 64킬로미터 앞두고 있습니다. 총통께서 옳았다는 사실이 증명되었다고요."

"그리고 그분은 나폴레옹보다 훨씬 더 똑똑하지." 바이스 박사가 말했다.

"나폴레옹시대에는 말보다 빠른 수단이 전혀 없었잖아요." 에리크가 말했다. "오늘날 우리는 모터가 달린 차량과 무선통신을 갖추고 있어요. 현대적인 통신 기술 덕분에 나폴레옹이 실패한 곳에서도 우리는 성공했다고요."

"그런 말은 모스크바를 점령한 다음에 해야지."

"몇 시간은 아니더라도 며칠만 지나면 모스크바는 점령할 수 있습니다. 그건 의심의 여지가 없어요!"

"의심의 여지가 없어? 듣기로는 우리 쪽 일부 장군이 지금 여기서 멈추고 방어선을 구축하자 제안했다던데. 우리는 현재 위치를 확보한 상태로 겨울을 나면서 보급을 받은 다음, 봄이 오면 다시 공세를 취할 거야."

"그건 신뢰하기 어려운 비겁한 소리로 들립니다!" 에리크는 흥분해서 말했다.

"자네가 옳아. 옳아야겠지. 왜냐하면 베를린에서도 장군들에게 바로 그렇게 말했거든. 내가 알기로는 그래. 틀림없이 본부 사람들이 전선에 있는 사람들보다 훨씬 더 잘 알 테니까."

"우리는 붉은 군대를 거의 쓸어버렸어요!"

"하지만 스탈린은 도대체 어디서인지는 몰라도 마술사처럼 군대를 더 만들어내고 있지. 이 전쟁을 시작했을 때 우리는 그가 200개 사단을 보유했다고 생각했어. 지금은 300개 사단 이상이 있다고 생각해. 100개 사단을 추가로 어디서 찾아낸 거지?"

"총통 각하의 판단이 옳았다는 것이 밝혀질 겁니다. 이번에도요."

"물론 그럴 거야, 에리크."

"그분은 단 한 번도 틀린 적이 없다고요!"

"어떤 사람이 자기가 날 수 있다 생각하고는 10층 건물 꼭대기에서 뛰어내렸어. 5층을 지날 때까지도 부질없이 양팔을 퍼덕거리면서 그러지. '아직까진 괜찮아.'"

병사 한 명이 사무실로 뛰어들어왔다. "사고가 났습니다." 그가 말했다. "도시 북쪽의 채석장입니다. 차량 세 대가 충돌했습니다. 친위대 장교가 몇 명 다쳤습니다."

SS라 불리는 친위대는 원래 히틀러의 개인 경호를 위한 조직이었지만 지금은 강력한 엘리트 집단이 되어 있었다. 에리크는 그들의 최고의 규율, 비길 데 없이 멋진 제복, 히틀러와의 각별한 관계를 동경했다.

"구급차를 보내지." 바이스가 말했다.

병사가 말했다. "아인자츠그루페, 특별부대입니다."

에리크는 특별부대에 대해 어렴풋이 들은 적이 있었다. 그들은 점령지에 군을 따라들어가 문제를 일으키거나 공산주의자처럼 방해활동의 가능성이 있는 사람들을 체포했다. 어쩌면 이 도시 외곽에 포로수용소를 만들고 있는지도 몰랐다.

"부상자가 얼마나 되지?" 바이스가 물었다.

"예닐곱입니다. 아직 차량에서 사람들을 빼내는 중입니다."

"좋아. 브라운과 울리히가 가도록."

에리크는 기뻤다. 총통의 가장 열렬한 지지자들을 만나는 것만 해도 기쁜데, 그들에게 도움까지 줄 수 있다면 더욱 행복할 터였다.

병사가 그에게 사고 위치가 적힌 종이쪽지를 건넸다.

에리크와 헤르만은 차를 꿀꺽 마신 뒤 담배를 끄고 방을 나왔다. 에리크는 죽은 러시아 장교에게서 벗겨낸 모피코트를 걸치며 군복이 보이도록 앞을 열어두었다. 그들은 서둘러 차고로 갔고 헤르만이 구급차를 몰아 도로로 나섰다. 에리크가 약하게 떨어지는 눈발 사이로 방향을 일러주었다.

도로는 도심 밖으로 향하더니 숲 사이로 구불구불 이어졌다. 반대편에서 버스와 트럭이 몇 대 지나갔다. 내린 눈이 단단하게 다져진 탓에 헤르만은 미끄러운 도로를 빠른 속도로 달릴 수 없었다. 어쩌다 충돌 사고가 벌어졌는지 쉽게 상상이 갔다.

낮이 짧은 날의 오후였다. 이맘때는 해가 열시에 떠서 다섯시면 졌다. 눈구름 사이로 회색의 빛이 쏟아졌다. 양쪽으로 빽빽하게 선 키 큰 소나무 때문에 도로는 더 어두웠다. 에리크는 마치 그림 형제의 동화 속으로 들어와 악당이 숨은 깊은 숲으로 난 길을 따라가는 기분이었다.

왼쪽으로 꺾어지는 지점을 찾는데 한 병사가 지키고 있다가 길을 안내했다. 나무들 사이 위험한 길을 덜컹거리며 가자니 두번째 경비병이 손짓해 차를 세우고 말했다. "걷는 속도보다 빨리 가면 안 돼요. 그러다 충돌 사고가 났으니까."

잠시 후 사고 현장에 도착했다. 부서져 서 있는 차량 세 대는 마치 서로 용접해 붙인 듯한 상태였다. 버스 한 대와 지프, 타이어에 체인을 감은 메르세데스 리무진 한 대였다. 에리크와 헤르만은 구급차에서 뛰어내렸다.

버스는 비어 있었다. 땅바닥에 세 명이 있는데 지프에 탔던 사람들인 것 같았다. 여러 병사가 가운데 끼인 차량 주위에 몰려 있는 모습이 그 차의 승객들을 빼내려는 중인 듯했다.

소총의 일제사격 소리가 들려 에리크는 순간 누가 쏘는 것인지 궁금했지만, 그 생각은 제쳐두고 눈앞의 임무에 집중했다.

그와 헤르만은 한 사람씩 부상 정도를 살폈다. 바닥에 누운 셋 중 한 명은 죽고 다른 한 명은 팔이 부러졌고 세번째 사람은 타박상 정도에 그쳤다. 차 안에는 한 명이 과다출혈로 죽었고 다른 한 명은 의식을 잃었으며 또다른 한 명이 비명을 지르고 있었다.

에리크는 비명을 지르는 자에게 모르핀을 한 방 놓아주었다. 약효가 나타날 즈음 헤르만과 함께 그를 차에서 끌어낸 다음 구급차로 옮겼다.

그를 치우자 병사들은 찌그러진 메르세데스에 갇힌 채 의식을 잃은 남자를 끌어내는 작업에 착수할 수 있었다. 에리크는 머리에 상처를 입은 남자가 어차피 죽을 거라고 생각했지만 병사들에게는 말하지 않았다. 그는 지프에 탔던 남자들에게 관심을 돌렸다. 헤르만이 부러진 팔에 부목을 댔고 에리크는 타박상을 입은 남자를 구급차로 데려가 앉혔다.

그리고 메르세데스로 돌아왔다. "오 분에서 십 분이면 꺼낼 거야." 대위 한 명이 말했다. "잠시만 기다려."

"네." 에리크가 말했다.

다시 총소리가 들렸고, 특별부대가 이곳에서 뭘 하는지 궁금해진 에리크는 좀더 숲속 깊이 들어갔다. 나무들 사이 눈 위에 발자국이 가득하고 담배꽁초나 사과 씨, 신문지와 다른 쓰레기가 잔뜩 버려져 있어 공장에서 소풍 나온 사람들이 지나가기라도 한 것 같았다.

그는 트럭들과 버스들이 서 있는 공터에 들어섰다. 수많은 사람이 끌려와 있었다. 일부 버스는 사고 현장을 빙 돌아 떠나는 중이었고 다른 버스는 에리크가 걸어가는 사이 도착했다. 주차장 너머를 보니 다양한 연령의 러시아인이 백여 명 보였다. 보아하니 포로 같은데 많은 사람이 여행가방이나 상자, 자루를 소중한 물건처럼 꼭 움켜쥐고 있었다. 한 사내는 바이올린을 들고 있었다. 인형을 든 어린 소녀가 에리크의 눈길을 끌었고, 그는 본능적으로 역겨운 예감이 들었다.

경찰봉으로 무장한 지역 경찰이 그들을 지키고 있었다. 특별부대가 무슨 일을 하는지는 몰라도 협력자가 있는 것이 분명했다. 경관들이 그를 봤지만 단추를 잠그지 않은 코트 속 독일군 제복을 알아보고는 아무 말도 하지 않았다.

지나가는 그에게 잘 차려입은 러시아 포로가 독일어로 말했다. "선생님, 저는 이 도시 타이어 공장의 공장장입니다. 저는 한 번도 공산주의를 믿지 않았고 그저 입으로만 찬성했을 뿐입니다. 모든 간부가 그래야 했습니다. 도와드릴 수 있습니다. 뭐가 어디 있는지 전부 알아요. 제발 절 여기서 데려가주십시오."

에리크는 그를 무시하고 총소리가 난 방향으로 걸었다.

그는 채석장에 다다랐다. 채석장이라는 것은 커다랗고 들쭉날쭉한 모양의 구덩이였고, 키 큰 전나무들이 진녹색 군복 차림으로 눈을 잔뜩 뒤집어쓴 경비병처럼 그 주위를 둘러싸고 있었다. 구덩이 한쪽 끝에는 긴 비탈이 바닥까지 이어졌다. 그가 지켜보는 가운데 십여 명의 포로가 병사들의 지시에 따라 두 명씩 어두운 구덩이 속으로 걸어내려갔다.

에리크는 포로들 가운데서 여자 세 명과 열한 살쯤 된 사내아이를 보았다. 채석장 어딘가에 저들의 수용소가 있는 걸까? 하지만 이곳의 포로들은 짐을 들고 있지 않았다. 그들의 맨머리 위로 눈이 축복처럼 떨어졌다.

에리크는 근처에 서 있는 친위대 하사관에게 물었다. "저 포로들은 뭡니까?"

"공산주의자야." 친위대 남자가 말했다. "시내에서 데려왔지. 정치위원이나 뭐, 그런 자들이야."

"저 어린애도요?"

"유대인도 있어." 남자가 말했다.

"그럼 저자들은 공산주의자입니까, 아니면 유대인입니까?"

"다를 게 뭐 있어?"

"같지는 않죠."

"헛소리. 공산주의자 대부분은 유대인이야. 유대인 대부분은 공산주의자고. 뭘 알기나 하는 거야?"

에리크에게 말을 건넸던 타이어 공장 공장장은 그중 어느 쪽도 아닌 것 같았다.

포로들은 채석장 돌바닥까지 내려갔다. 그때까지는 말을 하지도, 주위를 두리번거리지도 않고 그저 양떼처럼 발을 질질 끌며 걷던 그들이 이제는 바닥의 뭔가를 손으로 가리키며 활발하게 움직였다. 에리크가 눈발 사이로 보니 바위 사이에 사람 몸뚱이 같은 것들이 흩어져 있고 그 옷들 위로 눈이 덮이고 있었다.

그제야 에리크는 구덩이 둘레의 나무들 사이에 열두 명의 소총수가 서 있다는 사실을 알아차렸다. 열두 명의 포로와 열두 명의 소총수. 그는 이곳에서 무슨 일이 벌어지는지 깨달았고, 믿을 수 없다는 생각과 공포가 뒤섞여 쓴 물처럼 속에서 올라왔다.

그들은 총을 들고 포로들을 겨누었다.

"안 돼." 에리크가 말했다. "안 돼, 이럴 수는 없어." 아무도 그의 말을 듣지 않았다.

한 여자 포로가 비명을 질렀다. 에리크는 그녀가 총알을 막을 수 있다는 듯 열한 살짜리 아이를 붙잡아 팔을 둘러 꽉 껴안는 모습을 보았다. 아무래도 아이의 엄마 같았다.

한 장교가 말했다. "발사."

소총이 날카로운 소리를 냈다. 포로들은 비틀거리며 쓰러졌다. 나무 위에 쌓인 눈이 총소리에 조금씩 흔들려 순백의 가루로 소총수들 위에 떨어졌다.

에리크는 소년과 엄마가 여전히 꽉 끌어안은 채 쓰러지는 모습을 보았다. "안 돼." 그가 말했다. "이런, 세상에!"

친위대 하사가 그를 보았다. "왜 그러는 거야?" 그는 짜증스럽게 말했다. "그건 그렇고, 넌 누구야?"

"의무병입니다." 에리크는 구덩이 속 끔찍한 광경에서 눈을 떼지 않은 채 말했다.

"여기서 뭐해?"

"충돌 사고로 다친 장교들을 위해 구급차를 끌고 왔습니다." 에리크는 다른 열두 명의 포로가 이미 채석장 바닥을 향해 줄지어 내려가는 광경을 보았다. "이런, 맙소사. 아버지가 옳았어." 그는 중얼거렸다. "우린 사람들을 살해하고 있었어."

"그만 투덜대고 빌어먹을 구급차로 돌아가."

"네, 하사님." 에리크가 말했다.


## III


11월 말 볼로댜는 전투부대로 전출을 요청했다. 그가 맡은 정보 관련 업무는 이제 중요하지 않아 보였다. 붉은 군대는 이미 모스크바 외곽까지 온 독일군의 의도를 베를린에 있는 스파이를 통해 알아낼 필요가 없었다. 그리고 그는 자신이 사는 도시를 위해 싸우고 싶었다.

정부에 대한 그의 걱정은 사소한 일이 되어버린 것 같았다. 스탈린의 멍청함과 비밀경찰의 잔인성, 무엇 하나 마땅한 방식으로 돌아가지 않는 소련. 그 모든 것이 희미해졌다. 어머니와 여동생, 쌍둥이 딤카와 타냐, 그리고 조야에게 폭력과 강간, 굶주림, 죽음의 위협을 가하는 침략자들을 물리쳐야 한다는 격렬한 욕구 외에는 아무것도 느낄 수 없었다.

모두가 그런 식으로 생각한다면 그의 수중에 스파이는 남지 않으리라는 사실을 그는 날카롭게 인식했다. 그의 독일인 정보원들은 나치의 소름끼치는 사악함이 애국심이나 충성심보다 더 중하다고 판단한 사람들이었다. 그들을 움직인 용기와 엄격한 도덕성에는 감사했다. 하지만 그는 다르게 느꼈다.

붉은 군대 정보부의 많은 젊은이가 같은 생각이었고 그 가운데 소수는 12월 초 소총대대에 합류했다. 볼로댜는 부모에게 키스하고 조야에게 살아남아 다시 만나기를 바란다는 편지를 쓴 다음 막사로 거처를 옮겼다.

마침내 스탈린은 모스크바 동쪽에서 증강 병력을 동원했다. 끝없이 다가오는 독일군에 맞서 시베리아의 13개 사단이 배치된 것이다. 그 가운데 일부가 전선으로 이동하면서 잠시 모스크바에 들렀는데, 길에 나온 시민들은 두꺼운 흰색 코트와 따뜻한 양가죽 부츠 차림에 스키와 고글을 갖추고 강인한 스텝 지대의 포니를 끌고 다니는 그들을 빤히 바라보았다. 그들은 러시아의 반격에 때맞춰 도착했다.

이것이 붉은 군대의 마지막 기회였다. 지난 오 개월 동안 소련은 몇 번이고 반복해서 수십 만 명의 병사를 침략자에게 쏟아부었다. 그때마다 독일군은 멈춰서 러시아의 공격을 처리하고 가차없이 전진을 계속했다. 하지만 이번 시도가 실패하면 다음은 없었다. 독일군은 모스크바를 차지할 테고, 모스크바를 차지하면 소련을 차지할 수 있었다. 그러면 그의 어머니는 암시장에서 보드카를 팔아 딤카와 타냐에게 먹일 우유를 구하는 신세가 될 것이다.

12월 4일 소련군은 모스크바의 북쪽과 서쪽, 남쪽으로 이동해 최후의 분투를 위한 위치를 잡았다. 적에게 경계심을 주지 않기 위해 불빛도 없이 움직였다. 불을 피우거나 담배를 피우는 일은 금지였다.

그날 저녁 전선에 NKVD 요원들이 찾아왔다. 그중 분명 쥐새끼 같은 얼굴의 매제 일리야 드보르킨이 있어야 할 텐데 보이지 않았다. 처음 보는 남자 두 명이 볼로댜를 비롯한 십여 명의 병사가 소총을 청소하는 숙영지로 찾아왔다. 정부를 비난하는 자를 본 적은 없나? 그들이 물었다. 동료 병사들은 스탈린 동지에 대해 무슨 말을 하는가? 전우 가운데 군의 전략과 전술의 타당성에 의문을 품는 자는 누군가?

볼로댜는 믿을 수가 없었다. 이 시점에서 그런 것들이 무슨 문제란 말인가? 앞으로 며칠 사이 모스크바는 구원을 받거나 함락당할 것이다. 병사가 장교에 대해 욕을 한들 누가 신경쓰겠는가? 그는 질문을 짧게 끊으며 자기와 부하들은 침묵을 유지하고 있고, 누구든 침묵을 깨는 자가 있으면 총살하라는 명령을 받았지만—그는 앞뒤 생각하지 않고 덧붙였다—즉시 현장에서 떠난다면 비밀경찰 요원은 용서하겠다고 했다.

작전은 통했지만, 볼로댜는 NKVD가 전선 전체에서 병사들의 사기를 약화시키고 있는 것이 틀림없다고 생각했다.

12월 5일 금요일 저녁 러시아 포병대는 어마어마한 소리와 함께 작전을 개시했다. 다음날 새벽 볼로댜와 그의 대대는 눈보라 속에서 이동했다. 그들이 받은 명령은 운하 너머에 있는 작은 도시를 차지하라는 것이었다.

볼로댜는 독일군 방어벽을 정면에서 공격하라는 명령을 무시했다. 그건 러시아의 구식 전술이었고, 지금은 잘못된 원칙을 고수하는 방식에 막무가내로 매달릴 때가 아니었다. 볼로댜는 백여 명의 병사를 이끌고 상류로 올라가 얼어붙은 운하를 건너 도시 북쪽으로 접근한 다음 독일군의 측면으로 이동했다. 왼쪽에서 전투의 굉음과 함성이 들려와 적군의 전선 안으로 들어온 것을 알 수 있었다. 눈보라 때문에 앞이 거의 보이지 않았다. 이따금 총격으로 인한 섬광이 순간순간 구름을 비쳤지만 지면의 가시거리는 겨우 몇 미터였다. 하지만 조용히 접근해 독일군을 기습하려는 러시아군에는 도움이 되리라고 그는 낙관적으로 생각했다.

곳곳이 영하 35도일 정도로 추위가 맹위를 떨쳤다. 이런 날씨는 양측 모두에 악조건이지만 동절기 보급품이 부족한 독일군이 더 불리했다.

볼로댜는 평상시 유능하던 독일군이 진지를 강화해두지 않았다는 사실을 알고 조금 놀랐다. 그들은 참호를 파거나 대전차호, 대피호를 만들지 않았다. 전선은 그저 거점을 이어놓은 선에 불과했다. 빈틈을 이용해 시내로 슬쩍 들어가 막사나 식당, 무기고 등 만만한 목표를 찾는 것은 쉬운 일이었다.

그의 부하들은 보초 셋을 해치우고 탱크 오십 대가 서 있는 축구장을 차지했다. 이렇게 쉬워도 되나? 볼로댜는 의문이었다. 러시아 절반을 정복했던 힘도 약해져서 이제 동난 것인가?

과거 소규모 접전으로 사망한 소련군 병사들의 시신이 그대로 버려진 채 얼어붙어 있었는데, 부츠와 코트가 없는 걸 보니 추위에 떠는 독일군이 벗겨간 모양이었다.

시내 도로에는 자동차들이 버려져 있었다. 문이 열린 채 텅 빈 트럭, 눈이 덮여 엔진이 차갑게 식은 탱크. 공병들이 고치려 해봤지만 가망이 없어 포기한 듯 보닛이 열려 있는 지프도 보였다.

넓은 도로를 건너다 자동차 엔진 소리를 들은 볼로댜는 왼쪽에서 눈발 사이로 한 쌍의 헤드라이트가 다가오는 것을 알아차렸다. 처음에는 독일군 전선을 뚫고 들어오는 소련군 차량인 줄 알았다. 그 순간 총격이 날아들어 그는 몸을 피하라고 소리질렀다. 알고 보니 자동차는 폭스바겐에서 만든 퀴벨바겐이라는 지프로, 앞쪽 엔진 덮개에 스페어타이어가 붙어 있었다. 이 차가 얼어붙지 않은 이유는 엔진이 공랭식이기 때문이었다. 자동차가 최고 속도로 덜컹대며 지나가는 사이 독일군들이 차 안에 앉아 총을 쏴댔다.

볼로댜는 너무 놀라 응사하는 것도 잊었다. 왜 전장에서 빠져나가는 차량에 무장한 독일군이 가득하지?

그는 부대를 이끌고 도로를 건넜다. 지금쯤이면 가옥을 하나씩 뺏으면서 전진해야 했지만 저항은 거의 없었다. 점령당한 도시의 건물들은 걸어 잠근 채이거나 셔터가 내려와 있고 깜깜했다. 건물 안 러시아인들은 조금이라도 생각이란 게 있다면 침대 아래 숨어 있을 터였다.

더 많은 차량이 도로를 따라 달려왔고, 볼로댜는 장교들이 전장에서 달아나는 중이라고 결론지었다. 그는 병력 일부에 데그탸료프 DP-28 경기관총을 딸려보내 한 카페에 자리잡고 독일군에게 사격을 가하라고 지시했다. 그들이 살아남아 내일 러시아인들을 죽이길 원치 않았다.

넓은 도로에 바짝 붙은 낮은 벽돌 건물의 엉성한 커튼 안쪽에서 환한 불빛이 반짝였다. 눈보라 속이라 멀리 보지 못하는 보초의 눈을 피해 기어가 실내를 들여다보니 장교들이 있었다. 볼로댜는 그곳이 대대 본부라고 추측했다.

그는 하사관들에게 나지막이 명령했다. 하사관들은 유리창에 총을 쏜 다음 수류탄을 여러 개 던져넣었다. 독일군 몇 명이 머리에 손을 얹고 밖으로 나왔다. 잠시 후 볼로댜는 건물을 차지했다.

새로운 소음이 들렸다. 그는 어리둥절해서 얼굴을 찌푸린 채 귀를 기울였다. 다른 무엇보다 마치 축구장에 모인 관중 소리처럼 들렸다. 그는 본부 건물 밖으로 나섰다. 소리는 전선 쪽에서 다가왔고 점점 더 커졌다.

그 순간 기관총이 불을 뿜는 소리가 들리고, 100여 미터 떨어진 넓은 도로에서 트럭 한 대가 옆으로 미끄러져 도로를 이탈하더니 벽돌담에 부딪혀 폭발하며 불길이 치솟았다. 아마도 볼로댜가 배치한 DP-28에 맞은 것 같았다. 바로 뒤이어 두 대의 차량이 나타나자마자 현장을 빠져나갔다.

볼로댜는 카페로 달려갔다. 양각 받침대를 댄 기관총은 테이블 위에 고정되어 있었다. 총신 위에 장착한 탄창이 레코드판처럼 생겨 레코드

플레이어라는 별명으로 불리는 모델이었다. 병사들은 신이 나 있었다. "마당에 있는 비둘기를 쏘는 것 같습니다!" 사수가 말했다. "간단합니다!" 그들은 병사 하나가 주방을 뒤져 찾아낸 기적적으로 상하지 않은 커다란 깡통 아이스크림을 돌아가며 먹는 중이었다.

볼로댜는 카페의 부서진 창문을 통해 밖을 내다보았다. 다른 차량이 다가오고 있었는데 아무래도 지프 같았고, 그뒤로 여러 명이 뛰어오고 있었다. 그들이 좀더 가까워지자 독일군 군복을 확인할 수 있었다. 그뒤에 수십, 아니 수백 명이 더 따라오고 있었다. 축구장 관중 소리가 들린 이유였다.

사수는 다가오는 차량에 총구를 겨누었지만 볼로댜는 그의 어깨에 손을 얹었다. "기다려." 그가 말했다.

그는 눈이 따끔거리도록 눈보라 속을 노려보았다. 더 많은 차량과 더 많은 도망병, 심지어 말도 몇 마리 보였다.

병사 한 명이 소총을 들었다. "쏘지 마." 볼로댜가 말했다. 독일군 무리가 더 가까이 다가왔다. "이 정도 병력이면 막을 수 없어. 금방 우리가 당할 거야." 그는 말했다. "지나가게 둬. 몸을 숨겨." 병사들은 몸을 숙였다. 사수는 DP-28을 테이블 아래로 내렸다. 볼로댜는 바닥에 앉아 창틀 너머로 몰래 내다보았다.

소음은 커져 함성이 되었다. 맨 앞에 선 병사들이 카페에 이르렀다가 멀어졌다. 그들은 뛰거나 비틀거리거나 절름거렸다. 일부는 소총을 들었지만 거의 대부분이 무기를 잃은 모습이었다. 코트 차림에 모자를 쓴 사람도 보였지만 짧은 군복 상의만 입은 사람도 있었다. 부상자도 많았다. 볼로댜는 머리에 붕대를 감은 남자가 넘어져 몇 미터 기어가더니 결국 움직이지 않는 모습을 보았다. 아무도 신경쓰지 않았다. 말에 앉은 한 기병은 아무렇지도 않게 보병 하나를 짓밟고 달려갔다. 지프 등

참모가 탄 차량들은 무리 사이로 아슬아슬하게 달리며 얼음에 미끄러 졌고 미친듯이 경적을 울리면 병사들이 양쪽으로 흩어졌다.

참패군. 볼로댜는 깨달았다. 독일군 수천 명이 지나갔다. 궤멸이었 다. 그들은 달아나고 있었다.

마침내 독일이 후퇴하고 있었다.

# 11장
## 1941년(IV)

I

우디 듀어와 조앤 로즈로크는 수상비행기인 보잉 B-314를 타고 캘리포니아 주 오클랜드에서 호놀룰루로 날아갔다. 팬 암 항공으로 열네 시간이 걸렸다. 도착 직전 두 사람은 심각하게 말다툼을 벌였다.

아마도 좁은 공간에서 너무 오랜 시간을 보냈기 때문인 것 같았다. 그들이 탄 수상비행기는 세계에서 가장 큰 비행기 가운데 하나였지만, 승객들은 여섯 개의 작은 객실에 나눠 타야 했고 객실마다 네 개의 좌석 두 줄이 서로 마주보고 있었다. "난 기차가 더 좋아." 우디가 어색하게 다리를 꼬며 말했고, 조앤은 하와이에는 기차를 타고 갈 수 없다는 걸 꼬집지 않는 품위를 보였다.

이번 여행은 우디 부모의 생각이었다. 그들은 하와이에서 근무중인 우디의 동생을 만날 수 있도록 그곳에서 휴가를 보내기로 결정했다. 그리고 휴가 둘째 주를 함께 지내기 위해 우디와 조앤도 초대했다.

우디와 조앤은 약혼했다. 여름이 끝나갈 무렵, 워싱턴의 뜨거운 날씨와 열정적인 사랑의 사 주가 지난 뒤 우디가 청혼했다. 조앤은 너무 이르다고 했지만 우디는 육 년 동안 그녀를 사랑했다면서 얼마나 더 길어야 충분하냐고 물었다. 그녀는 항복했다. 두 사람은 내년 6월 우디가 하버드를 졸업하는 대로 결혼하기로 했다. 그때까지는 약혼한 사이이니 가족 휴가를 함께 보낼 자격이 있었다.

그녀는 그를 우즈라고 불렀고 그는 그녀를 조라고 불렀다.

비행기는 본도인 오아후에 접근하자 고도를 낮추기 시작했다. 숲이 우거진 산과 저지대에 드문드문 흩어진 마을들, 섬 가장자리로 백사장과 파도가 보였다. "나 수영복 새로 샀어." 조앤이 말했다. 두 사람은 나란히 옆자리에 앉아 있었고, 네 개의 라이트 트윈 사이클론 14기통 엔진이 너무 시끄러워 다른 사람들에게는 그녀의 말이 잘 들리지 않았다.

우디는 『분노의 포도』를 읽고 있었지만 기꺼이 내려놓았다. "입은 모습 얼른 보고 싶어요." 진심이었다. 수영복 회사가 꿈꾸는 그녀의 몸매는 어떤 제품이라도 눈부시게 만들었다.

그녀는 게슴츠레하게 뜬 눈으로 그를 보며 말했다. "당신 부모님이 우리에게 붙은 방을 예약해주셨을까?" 그녀의 짙은 갈색 눈동자는 타들어가는 것 같았다.

약혼을 했다고 두 사람이 잠자리를 할 수 있다는 뜻은 아니었다. 적어도 공식적으로는. 그래도 우디의 어머니는 눈치가 빠른 사람이니 두 사람이 그런 사이라는 것을 짐작할지도 몰랐다.

우디가 말했다. "어디 있든 내가 찾아갈게요."

"그러는 게 좋을 거야."

"그런 식으로 말하지 마요. 이미 이 좌석 때문에 충분히 불편하니까."

그녀는 만족스럽게 웃었다.

미국 해군기지가 시야에 들어왔다. 야자수 잎처럼 생긴 환초호가 거대한 자연 항구를 이루고 있었다. 태평양함대의 절반인 백여 척의 함선이 이곳에 있었다. 줄지어 선 연료 저장 탱크들이 마치 체스판 위 말들처럼 보였다.

환초호 한가운데 비행장을 갖춘 섬이 보였다. 섬 서쪽 끝에는 십여 척이 넘는 수상비행기가 정박해 있었다.

환초 바로 옆은 히컴 항공기지였다. 활주로 위에 수백 대의 항공기가 군대식으로 날개 끝 열을 정확히 맞추고 서 있었다.

활주로 진입을 위해 비행기는 기체를 기울여 야자수와 화려한 줄무늬 파라솔이 늘어선 해변 위를 날았다. 우디는 틀림없이 그곳이 와이키키라고 생각했다. 그러면 작은 시내는 주도州都인 호놀룰루일 것이다.

조앤은 국무부에서 쓸 수 있는 휴가가 있었지만 우디는 이번 여행을 위해 일주일 동안 수업을 빼먹어야 했다. "네 아버지한테 약간 놀랐어." 조앤이 말했다. "네 공부 방해하는 건 대개 반대하시잖아."

"알아요." 우디가 말했다. "하지만 이 여행의 진짜 이유를 알아요, 조? 아버지는 우리가 살아 있는 척을 보는 게 마지막일 수도 있다고 생각해요."

"어머, 이런. 정말?"

"아버지는 전쟁이 벌어질 거라고 생각하고 척은 해군에 있으니까."

"그 생각이 옳아. 전쟁이 벌어질 거야."

"왜 그렇게 확신하는 거죠?"

"전 세계가 자유에 적대적이야." 그녀는 무릎 위에 올려놓은 책을 가리켰다. 라디오 기자인 윌리엄 샤이러가 쓴 베스트셀러 『베를린 일기』였다. "나치가 유럽을 집어삼켰지." 그녀가 말했다. "볼셰비키가 러시아를 집어삼켰고. 그리고 이제 일본이 극동을 지배해. 이런 세상에서 미국이 어떻게 살아남을지 모르겠어. 우린 누군가와 무역을 해야 한다고!"

"우리 아버지와 생각이 비슷하네요. 아버지는 우리가 내년에 일본과 전쟁을 한다고 믿고 있어요." 우디는 생각에 잠긴 듯 얼굴을 찌푸렸다. "러시아에서는 무슨 일이 벌어지고 있죠?"

"독일은 모스크바를 차지하지 못할 것 같아. 내가 떠나기 직전에 러시아가 대대적인 반격을 했다는 소문이 돌았어."

"좋은 소식이군!"

우디는 밖을 내다보았다. 호놀룰루 공항이 보였다. 비행기는 활주로 옆 파도가 없는 작은 만에 내려앉을 거라고 우디는 생각했다.

조앤이 말했다. "내가 없는 동안 큰일이 벌어지지 않았으면 좋겠는데."

"왜요?"

"우즈, 난 진급하고 싶어. 그러니까 내가 없을 때 똑똑하고 유망한 누군가가 돋보이는 건 싫단 말이지."

"진급? 그런 얘기 안 했잖아요."

"아직 안 했으니까. 하지만 연구관을 노리고 있어."

그는 웃었다. "얼마나 높은 자리까지 가고 싶어요?"

"난징이나 아디스아바바처럼 멋지고 복잡한 어딘가의 대사가 되고 싶어."

"정말이요?"

"안 될 것 같다는 표정으로 보지 마. 프랜시스 퍼킨스가 첫 여성 노동부 장관이라고. 그리고 실력도 끝내주지."

우디는 고개를 끄덕였다. 퍼킨스는 팔 년 전 루스벨트 정권이 출범할 때부터 노동장관이었고 뉴딜정책에 대한 노조의 지지를 얻어냈다. 요즘은 우수한 여성이라면 어떤 것이든 노려볼 수 있었다. 그리고 조앤은 정말 우수했다. 하지만 왠지 그녀가 야망을 품고 있다는 사실이 그에게는 충격으로 다가왔다. "하지만 대사는 해외에서 살아야 하잖아요." 그가 말했다.

"멋지지 않아? 외국 문화, 신비로운 날씨, 이국적인 관습."

"하지만…… 결혼생활에는 어떨까요?"

"뭐?" 그녀가 거칠게 반문했다.

그는 어깨를 으쓱했다. "자연스러운 질문이라고 생각하지 않아요?"

그녀의 표정은 변하지 않았지만 코가 벌름거렸다. 화가 났다는 신호임을 그는 알았다. "내가 너한테는 그걸 물었던가?" 그녀가 말했다.

"아뇨, 하지만……"

"그런데?"

"그냥 궁금했어요, 조. 당신이 일 때문에 가는 곳 어디나 내가 따라가 살아야 한다고 생각해요?"

"나는 네 필요에 맞추려고 노력할 테고, 너도 내 필요에 맞추려고 애쓸 거라고 생각했어."

"하지만 그건 같지 않아요."

"같지 않아?" 그녀는 이제 대놓고 짜증을 냈다. "새로운 뉴스군."

그는 어쩌다 대화가 이렇게 갑자기 험악해진 건지 의아했다. 애써 합리적이고 사근사근한 목소리로 그는 말했다. "아이 가지는 문제도 얘기했잖아요."

"아이를 갖는 건 너도 마찬가지야, 나뿐이 아니라."

"똑같은 방식으로는 아니죠."

"만일 이 결혼에서 생기는 아이들이 날 이등시민으로 만든다면, 우린 아이들을 가질 수 없어."

"내 말뜻은 그게 아니잖아요!"

"그럼 도대체 무슨 뜻인데?"

"당신이 어딘가의 대사로 임명을 받으면 내가 모든 걸 버리고 따라가야 한다고 생각해요?"

"네가 이럴 줄 알았어. '자기, 이건 당신에게 멋진 기회야. 그리고 나는 당신의 앞길을 절대로 막지 않겠어.' 그게 부당해?"

"당연하지!" 우디는 당황스럽고 화가 났다. "함께 살지 못한다면 결혼이 무슨 의미가 있어요?"

"전쟁이 터지면 자원입대할 거야?"

"그래야겠죠."

"그럼 군에서 널 어디든 필요한 데로 보내겠지. 유럽이든 극동이든."

"그렇죠."

"그럼 넌 복무지로 떠날 테고 난 집에 남겠지."

"그래야 한다면요."

"하지만 난 그럴 수 없어."

"그건 달라요! 왜 그게 같다는 식으로 말하죠?"

"희한한 소리일지 몰라도, 내 경력도 조국을 위한 내 봉사도 내게는 중요해 보여. 너의 그런 것들이 네게 중요한 것처럼."

"당신은 그냥 심술을 피우는 거예요!"

"글쎄, 우즈. 네가 그렇게 생각한다면 정말 유감이다. 왜냐하면 나는 우리가 함께할 미래에 대해 아주 진지하게 이야기하는 중이거든. 이제 난 우리에게 그런 미래가 있기나 한지 스스로 물어볼 수밖에 없어."

"그야 당연히 있죠!" 우디는 절망감에 비명이라도 지를 것 같은 심정이었다. "어쩌다 이렇게 된 거죠? 어쩌다 여기까지 왔느냐고요?"

쿵 소리가 나고 비행기는 하와이의 바다에 내려앉았다.

# II

척 듀어는 부모가 그의 비밀을 알아챌까봐 두려웠다.

버펄로의 집에서 지낼 때는 한 번도 진짜 연애를 해보지 못했고 잘 모르는 남자애들과 어두운 골목에서 급하게 더듬거린 것이 전부였다. 해군에 입대한 이유의 절반은 여기저기 다니며 부모에게는 들키지 않고 본모습대로 살 수 있었기 때문이다.

하와이에 온 후로는 달랐다. 이곳에서 그는 비슷한 사람들이 모인 비밀스러운 공동체의 일부였다. 그는 이성애자인 척할 필요가 없는 술집이나 식당, 댄스홀에 드나들었다. 간간이 사람을 만나다가 사랑에 빠졌다. 많은 사람이 그의 비밀을 알았다.

그리고 이제 부모가 이곳에 와 있었다.

그의 아버지는 HYPO국이라고 알려진 해군기지의 신호정보부대로부터 초청을 받았다. 상원 외교위원회의 멤버인 듀어 상원의원은 많은 군사기밀을 알고 있었고, 워싱턴에서 Op-20-G라는 해군 소속 감청 및 암호해독 부대 본부를 둘러본 적도 있었다.

척은 해군 차량인 패커드 러베런 리무진을 끌고 호놀룰루의 호텔로 아버지를 태우러 갔다. 아버지는 하얀색 밀짚모자를 쓰고 있었다. 차를 타고 항구 주위를 달리며 아버지는 휘파람을 불었다. "태평양함대로군. 아름다운 광경이야."

척도 맞장구를 쳤다. "정말 대단하죠?" 배들은 아름다웠고 특히 미해군은 선체에 페인트를 칠하고 문질러 닦아 광을 냈다. 척은 해군이 정말 멋지다고 생각했다.

"모든 전함이 완벽하게 줄을 맞춰 서 있군." 거스는 감탄했다.

"우리는 저걸 전함정렬이라고 불러요. 섬에 정박한 것들은 메릴랜드,

테네시, 애리조나, 네바다, 오클라호마, 그리고 웨스트버지니아예요." 전함에는 미국 주의 이름을 붙였다. "캘리포니아와 펜실베이니아 호도 항구에 있는데 여기서는 안 보이네요."

해군공창 정문에 도착하니 경비를 서던 해병이 공무용 차량을 알아보고 손짓해 통과시켰다. 그들은 잠수함기지로 가서 본부인 행정관 구관 건물 주차장에 차를 세웠다. 척은 아버지를 최근 개관한 새 건물로 안내했다.

밴더미어 대위가 두 사람을 기다리고 있었다.

밴더미어는 척이 가장 두려워하는 대상이었다. 그는 척을 싫어했고 비밀을 눈치채고 있었다. 늘 척을 분첩이나 계집애라고 불렀다. 할 수만 있다면 비밀을 폭로해버릴 사람이었다.

밴더미어는 키가 작고 다부진 남자로 목소리가 걸걸하고 고약한 입내를 풍겼다. 그는 거스에게 경례를 하고 악수를 했다. "환영합니다, 상원의원님. 제14해군관구의 신호정보부대를 소개하게 되어 영광입니다." 일본 제국 해군의 무선신호를 감청하는 부대를 위해 일부러 모호하게 붙인 명칭이었다.

"고맙소, 대위." 거스가 말했다.

"우선 말씀드릴 게 있습니다, 의원님. 이건 비공식 조직입니다. 이쪽 일을 하는 사람들은 괴짜인 경우가 많고 해군 제복을 늘 제대로 갖춰입지는 않습니다. 책임자 라키퍼트 중령은 빨간 벨벳 재킷을 입습니다." 밴더미어는 남자들끼리 주고받는 웃음을 지었다. "빌어먹을 호모 같다고 생각하실 겁니다."

척은 움찔하지 않으려 애썼다.

밴더미어가 말했다. "안전한 구역에 도착하기 전까지 더는 별말씀 드리지 않겠습니다."

"잘 알겠소." 거스가 말했다.

그들은 계단을 따라 두 개의 잠긴 문을 지나 지하실로 내려갔다.

HYPO국은 창문도 없이 네온등을 켠 지하실로 삼십 명이 앉아 있었다. 일반적인 책상과 의자 외에도 커다란 차트가 놓인 책상, 선반 칸칸의 이색적인 IBM 인쇄기와 분류기, 천공카드 대조장치에 더해 마라톤처럼 이어지는 작업중 암호해독 전문가들이 쪽잠을 잘 수 있도록 야전침대도 두 개 갖추고 있었다. 일부는 단정한 제복 차림이었지만 밴더미어가 미리 알려준 대로 지저분한 사복 차림에 면도를 하지 않은데다 씻지 않았는지 냄새를 풍기는 사람들도 있었다.

"모든 해군처럼 일본군도 여러 가지 다양한 암호를 사용합니다. 기후 보고처럼 딱히 비밀이 아닌 내용은 가장 간단한 걸 사용하고, 복잡한 암호는 가장 민감한 내용을 전달할 때를 대비해 아껴둡니다." 밴더미어가 말했다. "예를 들어 메시지 본문에 고급 암호를 사용한 경우에도 발신자와 수신자를 표시하는 호출부호는 간단한 암호로 되어 있습니다. 저들이 최근 호출부호용 암호를 새로 변경했지만 여기서 이틀 만에 풀어냈죠."

"아주 인상적이군." 거스가 말했다.

"또한 삼각측량을 통해 발신지를 알아낼 수 있습니다. 발신 위치와 호출부호만 알면 일본 해군의 대다수 함정 위치를 정확히 알아낼 수 있죠. 메시지를 읽을 수는 없어도 말이죠."

"그러니까 그들이 어디 있는지, 어디로 향하는지는 알지만 무슨 명령을 받았는지는 모른다는 거군." 거스가 말했다.

"대개 그렇습니다, 의원님."

"하지만 우리로부터 숨고 싶다면 무선침묵만 유지하면 되겠군."

"사실입니다." 밴더미어가 말했다. "그들이 조용해지면 이 작전도 다

소용없어집니다. 그리고 우리는 완전히 뭐 되는 거죠."

헐렁한 재킷과 실내용 슬리퍼 차림의 사내가 다가오자 밴더미어는 그를 부대 책임자라고 소개했다. "라키퍼트 중령은 암호해독의 내가이면서 일본어에도 능통합니다." 밴더미어가 말했다.

"며칠 전만 해도 일본의 주력 암호를 해독하는 데 상당한 진척이 있었습니다." 라키퍼트가 말했다. "그런데 놈들이 암호를 바꾸는 바람에 말짱 헛수고가 되어버렸죠."

거스가 말했다. "밴더미어 대위 말로는 메시지 내용을 읽지 않더라도 많은 걸 알 수 있다던데."

"그렇습니다." 라키퍼트는 벽에 붙은 차트를 가리켰다. "바로 지금 일본 함대의 대부분은 자국 근해를 떠나 남쪽을 향하고 있습니다."

"불길하군."

"정말 그렇습니다. 의원님 보시기에는 일본의 의도가 무엇인 것 같습니까?"

"나는 저들이 미국에 선전포고를 할 것이라 생각하네. 우리의 원유 수출 금지가 저들에게는 큰 타격이거든. 영국과 네덜란드도 공급을 거부하고 있고, 지금 당장은 남미에서 들여오려고 애쓰는 중이지. 이런 상황이 무기한으로 길어지면 저들은 살아남지 못해."

밴더미어가 말했다. "하지만 저들이 우리를 공격해서 뭘 얻겠습니까? 일본처럼 작은 나라는 미국을 침공 못합니다!"

거스가 말했다. "영국도 작은 나라지만 바다를 지배한 것만으로 세계를 제패했지. 일본은 미국을 정복할 필요가 없어. 해전에서만 물리치면 되는 거야. 그러면 태평양을 지배할 수 있고, 아무도 그들의 무역을 막을 수 없지."

"그럼, 의원님 생각에는 저들이 남쪽으로 향해서 뭘 하려는 것 같습니까?"

"필리핀이 목표일 가능성이 가장 높지."

라키퍼트는 고개를 끄덕이며 동조했다. "우리는 이미 그곳 기지를 강화했습니다. 하지만 저는 한 가지가 마음에 걸립니다. 일본의 항공모함 함대 지휘관이 지난 며칠 동안 어떤 통신도 받지 않았습니다."

거스는 얼굴을 찌푸렸다. "무선침묵이군. 예전에도 이런 일이 있었나?"

"네. 항공모함은 자국 근해로 돌아갈 때면 무선침묵을 합니다. 그래서 이번에도 그런 경우라고 추측하고 있습니다."

거스는 고개를 끄덕였다. "타당한 것 같군."

"네." 라키퍼트가 말했다. "전 그저 확신할 수 있기를 바랍니다."


## III


호놀룰루의 포트 가는 온통 크리스마스 불빛으로 반짝였다. 12월 6일 토요일 밤이었고 거리는 열대지방용 흰 제복을 입은 해군 수병으로 붐볐다. 모두 흰색 동그란 모자에 검은 스카프를 맨 차림으로 좋은 시간을 보내러 나온 참이었다.

듀어 가족은 로사가 척과 팔짱을 끼고 거스와 우디는 조앤의 양쪽에서 거리를 걸으며 분위기를 즐겼다.

우디는 약혼자와의 다툼을 일시적으로 수습했다. 그는 조앤이 결혼 생활에서 기대하는 바에 관해 헛다리짚은 것을 사과했다. 조앤은 버럭 화를 낸 것을 인정했다. 실질적으로 해결된 것은 전혀 없었지만 옷을 벗어던지고 침대로 뛰어드는 데 필요한 화해로는 충분했다.

그리고 나니 그런 실랑이가 별로 중요하지 않아 보였고, 서로 사랑한다는 사실 말고 정말 중요한 것은 하나도 없었다. 그리고 두 사람은 이제 그런 일을 의논할 때 다정하고 관대한 태도를 유지하기로 맹세했다. 그들이 옷을 입는 동안 우디는 큰 고비를 넘긴 느낌이었다. 그들은 심각한 관점 차이로 험악한 다툼을 겪었지만 이겨냈다. 이것은 오히려 좋은 신호일 수 있었다.

그들은 저녁식사를 하러 나온 참이었고, 우디는 가져온 카메라로 걸어가면서 사진을 찍고 있었다. 얼마 가지 않아 척이 멈춰 서더니 다른 수병을 소개했다. "이쪽은 제 친구 에디 패리예요. 에디, 듀어 상원의원과 듀어 부인, 우리 형 우디, 우디의 약혼녀 조앤 로즈로크 양이야."

로사가 말했다. "만나서 반가워요, 에디. 척이 집으로 보낸 편지에서 여러 번 이야기하던 분이군요. 저녁식사 함께 하겠어요? 그냥 중국 음식을 먹을까 하는데."

우디는 놀랐다. 가족 식사에 잘 모르는 사람을 초대하는 것은 어머니답지 않았다.

에디가 말했다. "감사합니다. 영광입니다." 남부 악센트가 느껴지는 투였다.

그들은 '헤븐리 딜라이트' 레스토랑으로 가 6인용 테이블에 앉았다. 에디는 거스를 "의원님"으로 부르고 여자들에게도 존칭을 붙이는 등 격식을 차렸지만 편안해 보였다. 주문을 마친 뒤 그가 말했다. "이 가족 이야기는 워낙 많이 들어서 다들 아는 분 같네요." 그는 주근깨 박힌 얼굴로 함박웃음을 지었고, 우디가 보기에 모두 그를 좋아했다.

에디는 로사에게 하와이가 어떠냐고 물었다. "솔직히 약간 실망이에요." 그녀가 말했다. "호놀룰루는 미국의 여느 작은 도시와 다를 게 없네요. 좀더 아시아 느낌이 날 거라고 기대했는데."

"같은 생각입니다." 에디가 말했다. "식당과 모텔, 재즈밴드뿐이죠."

그는 거스에게 전쟁이 벌어질지 물었다. 모두가 거스에게 그 질문을 했다. "우리는 일본과 잠정협정을 맺으려고 온갖 노력을 다하고 있네." 거스가 말했다. 우디는 에디가 잠정협정이 뭔지 알고 있을지 궁금했다. "헐 국무장관이 여름 내내 노무라 대사와 온갖 대화를 나누었지. 하지만 합의가 안 되는 것 같군."

"문제가 뭔가요?" 에디가 물었다.

"미국 경제는 극동 지역에 자유무역 지대가 필요해. 일본은 그러지. 좋아, 그래, 우리 자유무역 좋아해, 하자, 우리 동네에서만 말고 전 세계에서. 미국은 하고 싶어도 그 요구를 들어줄 수 없어. 그랬더니 일본은 다른 나라가 그들만의 경제 구역을 갖는 한 자기네도 필요하다는 거야."

"전 여전히 그들이 왜 중국을 침략해야 하는지 모르겠습니다."

늘 문제의 이면을 보려 하는 로사가 말했다. "일본은 자국 이익을 보호하기 위해 중국과 인도차이나, 네덜란드령 동인도에 군대를 주둔시키고 싶다는 거고, 같은 이유로 이미 타국에 군대를 둔 나라들이 있지. 우리 미국은 필리핀에, 영국은 인도, 프랑스는 알제리에, 등등."

"그런 식으로 말하니 일본놈들이 그리 부당해 보이지도 않네요!"

조앤이 단호하게 말했다. "부당하지는 않지만 틀렸어요. 제국을 정복하는 것은 19세기의 해결책이죠. 세계는 변하고 있어요. 각각의 제국에서 배타적인 경제 구역으로요. 그들의 요구를 들어주는 건 퇴보라고요."

음식이 나왔다. "잊기 전에 말하지." 거스가 말했다. "우리 내일 아침은 애리조나 호에서 먹을 거야. 여덟시 정각에."

척이 말했다. "저는 초대받지 못했지만 아버지를 모셔오라는 지시를 받았어요. 일곱시 삼십분에 가서 해군공창까지 차로 모시고, 항구에서 보트를 타고 건너가게 해드릴 겁니다."

"좋아."

우디는 볶음밥을 열심히 먹었다. "이거 맛있네." 그는 말했다. "우리 결혼식에 중국 음식을 내야겠어요."

거스가 웃었다. "난 반대다."

"왜요? 싸고 맛있잖아요."

"결혼식은 끼니가 아니라 행사야. 말이 나온 김에 조앤, 네 어머니께 꼭 전화드려야겠다."

조앤이 얼굴을 찌푸렸다. "결혼식 때문에요?"

"하객 명단 때문이야."

조앤은 젓가락을 내려놓았다. "문제가 있나요?" 우디는 벌름거리는 그녀의 콧구멍을 보고 문제가 생기리라는 것을 알았다.

"문제랄 건 없지." 거스가 말했다. "워싱턴에 내 친구와 정치적 동지가 제법 많은데, 모두 내 아들 결혼식에 초대받지 못하면 기분이 상할 사람들이야. 내가 비용을 좀 나누었으면 하고 말씀드리려 한다."

아버지가 배려를 하시는군. 우디는 추측했다. 데이브가 죽기 전 싼값에 사업체를 팔아넘겨서 아마 조앤의 어머니는 호화로운 결혼식에 들어가는 많은 비용을 마련하기 어려울 터였다. 하지만 조앤은 양가 부모가 그녀 모르게 결혼 준비를 하는 것을 싫어했다.

"생각하시는 친구와 동지가 어떤 분들인데요?" 조앤이 냉랭하게 물었다.

"상하원 의원들이지, 대개. 대통령도 꼭 초청해야 해, 오진 않을 테지만."

"상하원 의원 누구요?" 조앤이 물었다.

우디는 어머니가 웃음을 감추는 모습을 보았다. 그녀는 조앤의 고집스러운 태도를 즐기고 있었다. 거스를 이런 식으로 벽에 몰아세울 만큼 대담한 사람은 많지 않았다.

거스가 이름을 대기 시작했다.

조앤이 끼어들었다. "코브 하원의원이요?"

"그래."

"그는 반反린치법에 반대투표를 했어요!"

"피터 코브는 좋은 사람이야. 하지만 미시시피 주의 정치인이지. 우리는 민주주의 사회에 살고 있다, 조앤. 유권자들을 대표해야 해. 남부 사람들은 반린치법을 지지하지 않을 거야." 거스는 척의 친구를 바라보았다. "내 말에 혹시라도 기분 상하는 일이 없기를 바라네, 에디."

"저 때문에 말씀 삼가실 것 없습니다. 의원님." 에디가 말했다. "저는 텍사스 출신이지만, 남부의 정치를 떠올리면 부끄러운 기분입니다. 저는 편견을 증오합니다. 피부색에 관계없이 사람은 사람이죠."

우디는 척을 보았다. 척은 에디가 너무 자랑스러워 어쩔 줄 모르는 것 같았다.

순간 우디는 에디가 척의 친구 이상이라는 걸 깨달았다.

정말 기괴한 일이었다.

테이블에는 서로 사랑하는 세 쌍의 연인이 앉아 있었다. 어머니와 아버지, 우디와 조앤, 척과 에디.

그는 에디를 물끄러미 바라보았다. 척의 애인이라니. 그는 생각했다.

정말이지 기괴해.

에디는 그의 눈길을 알아차리고 상냥하게 웃었다.

우디는 시선을 피했다. 어머니와 아버지가 아직 모르는 게 천만다행 이군. 그는 생각했다.

어머니가 이미 알고 에디를 가족 식사에 초대한 것만 아니라면. 알고 계신가? 심지어 허락하는 건가? 아니, 그런 일은 있을 수 없었다.

"어쨌든 코브는 달리 어쩔 도리가 없었어." 아버지가 말했다. "그리고 다른 모든 문제에서 진보적이고."

"전혀 민주적이지 않아요." 조앤이 열을 내며 말했다. "코브는 남부 사람들의 대표자가 아니에요. 그곳에선 백인만 투표할 수 있으니까요."

거스가 말했다. "인생에서 완벽한 건 없어. 코브는 루스벨트의 뉴딜을 지지했다."

"그렇다고 제 결혼식에 초대해야 한다는 뜻은 아니죠."

우디가 끼어들었다. "아버지, 저도 그 사람은 원치 않아요. 그는 손에 피를 묻혔어요."

"그건 공정하지 않아."

"저희는 그렇게 느껴요."

"글쎄, 너희가 전적으로 결정할 일은 아니야. 조앤의 어머니가 주최하는 파티고, 만일 그분이 허락하시면 내가 비용을 같이 부담할 거다. 내 생각에 그러면 최소한 우리도 하객 명단에 의견을 낼 수는 있지."

우디는 뒤로 물러나 앉았다. "이런, 이건 저희 결혼이에요."

조앤은 우디를 바라보았다. "아무래도 친구 몇 명하고 조촐하게 시청에서 결혼식을 올려야 할까봐."

우디가 어깨를 으쓱했다. "나도 괜찮아."

거스가 엄하게 말했다. "그러면 많은 사람이 화낼 거다."

"하지만 저희는 아니죠." 우디가 말했다. "그날 가장 중요한 사람은 신부예요. 저는 신부가 원하는 대로 해주고 싶을 뿐이라고요."

로사가 입을 열었다. "모두 내 말 좀 들어봐요." 그녀가 말했다. "너무 흥분들 말아요. 여보, 거스. 피터 코브를 따로 불러내 정중하게 설명할 수도 있잖아요. 당신 운이 너무 좋아서 이상적인 아들이 있는데 그 아들이 멋지고 똑같이 이상적인 여자와 결혼하게 되었고, 코브 하원의원을 결혼식에 초대하겠다는 당신의 간절한 부탁을 두 사람이 완강하게 거절했다고요. 미안하겠죠. 하지만 이번 일은 당신 의향대로만 할 수 없어요. 피터가 반린치법에 투표할 때 그랬던 것처럼요. 그는 웃으면서 이해한다고 할 거예요. 그가 지금까지 늘 당신을 좋아한 건 당신이 주사위처럼 솔직한 사람이기 때문이라고요."

거스는 한참 머뭇거리더니 마침내 관대하게 포기했다. "당신 말이 맞는 것 같군." 그가 말했다. 그리고 조앤에게 웃어 보였다. "어쨌거나 피트 코브 때문에 우리 귀여운 며느리와 다툰다면 내가 바보겠지."

조앤이 말했다. "감사합니다. 그래도 이제 아버님이라고 불러도 되겠죠?"

우디는 숨이 멎는 줄 알았다. 지금 하기에 완벽한 말이었다. 조앤은 정말이지 똑똑했다!

거스가 말했다. "그래준다면 정말 좋겠구나."

아버지의 눈에서 반짝이는 눈물이 보이는 것 같았다.

조앤이 말했다. "그럼, 감사합니다, 아버님."

어떤가? 우디는 생각했다. 그녀는 아버지에게 맞섰고, 결국 이겼다.

대단한 여자야!


IV


일요일 아침 에디는 호텔로 가족을 데리러 가는 척과 동행하고 싶어했다.

"난 잘 모르겠어, 자기." 척이 말했다. "너랑 나랑은 친한 사이여야지, 떼어놓을 수 없는 관계로 보이면 안 되잖아."

두 사람은 한 모텔 침대에 새벽까지 있었다. 해 뜨기 전 몰래 막사로 돌아가야 했다.

"내가 부끄러운 거구나." 에디가 말했다.

"그런 말이 어딨어? 우리 가족 저녁 자리에도 데려갔잖아!"

"그건 네가 아니라 네 어머니 생각이었지. 그래도 네 아버지가 날 좋아하지 않았어?"

"가족 모두 널 좋아했지. 누군들 안 그러겠어? 하지만 그들은 네가 추잡한 호모라는 걸 몰라."

"난 추잡한 호모가 아니야. 아주 깨끗한 호모지."

"맞아."

"제발 데려가줘. 가족들을 더 잘 알고 싶어. 내겐 정말 중요하다고."

척은 한숨을 쉬었다. "알았어."

"고마워." 에디는 그에게 키스했다. "우리 그…… 시간 있을까?"

척은 씩 웃었다. "빨리 하면 돼."

두 시간 뒤 두 사람은 해군의 패커드 승용차에 타고 호텔 밖에 있었다. 그들이 태울 네 명의 승객은 일곱시 삼십분에 나타났다. 로사와 조앤은 모자를 쓰고 장갑을 꼈고 거스와 우디는 하얀색 리넨 정장을 입었다. 우디는 카메라를 들고 있었다.

우디와 조앤은 손을 잡고 있었다. "형 좀 봐." 척은 에디에게 중얼거렸다. "엄청 행복해하네."

"조앤은 아름다운 여자야."

그들은 문을 열어 잡아주었고 듀어 가족은 리무진 뒷자리에 올라탔다. 우디와 조앤은 보조석을 펴고 앉았다. 척은 차를 출발시켜 해군기지로 향했다.

맑은 아침이었다. KGMB 채널에 맞춰놓은 자동차 라디오에서 찬송가가 흘러나왔다. 환초호에 내리쬐는 햇빛에 선박 백여 척의 현창 유리와 잘 닦은 놋쇠 난간이 반짝거렸다. 척이 말했다. "정말 멋진 광경 아니에요?"

그들은 기지로 들어서서 십여 척의 배가 부선거와 건선거에서 수리나 점검, 재급유를 받고 있는 해군공창으로 향했다. 척은 장교 승선장에 차를 세웠다. 모두 차에서 내려 환초호 너머 아침 햇살을 받으며 자랑스럽게 떠 있는 거대한 함선들을 바라보았다. 우디는 사진을 찍었다.

여덟시가 되기 몇 분 전이었다. 척은 가까운 펄 시티에서 울리는 교회 종소리를 들었다. 배들 위에서는 오전 당직 근무자들의 아침식사를 알리는 호루라기 소리가 울리고 기수단은 정확히 여덟시에 군함기를 게양하기 위해 정렬하고 있었다. 네바다 호의 갑판 위에서 군악대가 〈별이 빛나는 깃발〉을 연주했다.

다 같이 그들을 위해 준비해둔 보트가 묶인 부두로 걸어갔다. 십여 명은 충분히 탈 수 있는 보트는 고물 쪽 덮개 아래 내부에 모터가 장착되어 있었다. 에디가 엔진에 시동을 거는 사이 척은 손님들이 보트에 올라탈 수 있도록 도왔다. 작은 모터가 기분좋게 거품을 냈다. 척은 뱃머리에 섰고 에디는 보트를 움직여 부두에서 전함들 쪽으로 방향을 돌렸다. 보트가 속도를 내자 뱃머리가 위로 들리고 거품이 갈매기의 날개처럼 곡선을 그리며 양쪽으로 퍼졌다.

척은 비행기 소리에 고개를 들었다. 서쪽에서 날아오는 비행기는 너무 고도가 낮아 추락할 것처럼 위험해 보였다. 그는 포드 섬에 있는 해군 비행장에 내리려는 비행기라고 생각했다.

척 근처 뱃머리에 앉은 우디가 얼굴을 찌푸리며 말했다. "저건 무슨 비행기야?"

척은 육군과 해군의 모든 비행기를 알고 있었지만 이 비행기는 알아보기 쉽지 않았다. "97식이랑 거의 비슷한데." 그가 말했다. 그것은 일본 제국 해군의 항공모함에 적재하는 뇌격기였다.

우디가 카메라를 들었다.

비행기가 가까워지며 척은 날개에 그려진 커다란 붉은색 태양을 발견했다. "일본 비행기야!" 그가 말했다.

고물에서 보트를 조종하던 에디가 그 말을 들었다. "연습 때문에 가짜로 꾸민 거겠지." 그가 말했다. "모두의 일요일 아침을 망치려는 깜짝 훈련이야."

"그런가봐." 척이 말했다.

그때 첫번째 비행기 뒤에서 두번째 비행기를 발견했다.

그리고 또다른 비행기도.

아버지의 걱정스러운 목소리가 들렸다. "도대체 무슨 일이지?"

해군공창을 넘어 보트 위를 낮게 지나는 비행기들은 나이아가라폭포처럼 으르렁거렸다. 척이 본 비행기는 열 대가량이었다. 아니, 스물, 아니, 그보다 더 많았다.

그들은 전함정렬의 배들을 향해 곧장 날아갔다.

우디는 사진 찍기를 멈추고 말했다. "이거 진짜 공격은 아니겠지?" 그의 목소리에서 의문과 함께 두려움이 느껴졌다.

"저것들이 어떻게 일본인일 수가 있어?" 척은 믿을 수 없다는 듯 말했다. "일본은 6400킬로미터 가까이 떨어져 있다고! 그렇게 멀리 나는 비행기는 없어."

그 순간 일본 해군의 항공모함들이 무선침묵 상태였다는 사실이 떠올랐다. 신호정보부대는 그들이 일본 근해에 있다고 추측했지만 그 사실을 확인할 방법은 전혀 없었다.

아버지와 눈길이 마주친 그는 아버지도 그 대화를 떠올리고 있다고 추측했다.

불현듯 모든 것이 명확해지고 불신은 두려움으로 바뀌었다.

가장 선두에 선 비행기는 낮게 날아 전함정렬 후미에 자리잡은 네바다 호 위로 갔다. 드르륵 기관포 소리가 들렸다. 갑판 위에서 수병들이 이리저리 흩어졌고 군악대는 들쭉날쭉 점점 작아지던 연주를 결국 멈췄다.

보트 안에서 로사가 비명을 질렀다.

에디가 말했다. "하느님 맙소사, 공격이야."

척의 심장이 쿵쿵 울렸다. 일본이 진주만을 폭격하는 중이었고, 그는 환초호 한가운데 작은 보트를 타고 있었다. 다른 사람들―부모님, 형, 에디까지―의 두려움에 찬 얼굴을 보고 그가 사랑하는 모든 사람이 그와 함께 보트에 타고 있음을 깨달았다.

비행기의 아랫배 부분에서 긴 총알처럼 생긴 어뢰들이 떨어지기 시작하더니 환초호의 잔잔한 수면에 풍덩풍덩 빠졌다.

척은 소리를 질렀다. "배 돌려, 에디!" 하지만 에디는 이미 급히 작은 원을 그리며 배를 돌리는 중이었다.

그사이 척은 히컴 항공기지 위에서 날개에 빨간 원이 그려진 다른 항공기 한 무리를 발견했다. 급강하폭격기인 그것들은 활주로 위에 완벽하게 줄을 맞춰 서 있는 항공기들을 향해 마치 맹금류처럼 줄줄이 하강했다.

이놈들이 도대체 얼마나 많이 몰려온 거지? 일본 공군의 절반이 진주만 하늘에 떠 있는 것 같았다.

우디는 계속해서 사진을 찍고 있었다.

지하에서 폭발이 일어난 듯한 낮은 굉음이 연이어 두 번 들렸다. 척은 돌아섰다. 애리조나 호에서 불길이 번쩍하더니 연기가 피어오르기 시작했다.

에디가 스로틀을 열자 보트의 고물이 물속 더 깊이 가라앉았다. 척은 필요도 없는 말을 했다. "빨리, 서둘러!"

한 전함에서 규칙적으로 계속 경적이 울렸다. 모든 승조원을 전투 위치로 보내는 총원 전투 배치 신호였다. 척은 이것이 정말 전투 상황이며 가족이 그 한복판에 있다는 사실을 깨달았다. 잠시 후 포드 섬에서 공습 사이렌이 낮은 신음처럼 시작해 점점 더 높아지더니 미친 것처럼 최고음에 도달했다.

어뢰들이 목표물을 찾아내면서 전함정렬을 한 배들 쪽에서 폭발음이 연이어 길게 이어졌다. 에디가 소리질렀다. "위비를 봐!" 그들은 웨스트버지니아 호를 '위비'라고 불렀다. "좌현으로 기울었어!"

살펴보니 그의 말대로였다. 공격중인 항공기에서 가장 가까운 쪽에 구멍이 나 있었다. 그렇게 거대한 배가 옆으로 기울어졌다면 몇 초 만에 수백만 톤의 물이 안으로 쏟아져들어간 것이 틀림없었다.

같은 운명이 그 옆의 오클라호마 호를 덮치고 있었다. 척은 수병들이 기울어진 갑판 위에서 속수무책으로 미끄러지다 난간 너머 물속으로 떨어지는 끔찍한 광경을 보았다.

폭발로 인한 파도에 보트가 흔들렸다. 모두가 뱃전에 매달렸다.

척의 눈앞에서 포드 섬 끄트머리 근처 수상비행기 기지 위로 폭탄이 비처럼 쏟아졌다. 서로 가까이 붙어 정박해 있던 부서지기 쉬운 항공기들은 산산조각나 날아갔고, 날개와 동체의 파편이 허리케인 속 나뭇잎들처럼 공중을 날았다.

정보 교육을 받은 척의 머리는 항공기의 종류를 알아내려 애썼고, 마침내 공격해온 일본의 항공기들 중에서 전 세계 함재기 가운데 최고의 전투기라는 치명적인 미쓰비시 '제로'를 발견했다. 제로는 작은 폭탄을 두 개밖에 장착하지 못했지만 기관총과 20밀리미터 기관포가 두 개씩 달려 있었다. 이번 공격에서 그들의 임무는 폭격기들을 호위해 미군 전투기로부터 보호하는 것이 틀림없었다. 하지만 미군 전투기는 모두 여전히 지상에 있었고 많은 수가 이미 파괴된 뒤였다. 그런 이유로 제로 전투기들은 자유롭게 지상의 건물과 장비, 사람들을 향해 기총소사를 가할 수 있었다.

아니면 부두로 가려고 필사적인 환초호 위의 한 가족에게 가할 수도 있지. 척은 두려움에 떨며 생각했다.

마침내 미국이 응사하기 시작했다. 포드 섬에서, 그리고 아직 공격을 당하지 않은 전함들의 갑판에서 대공포와 일반 기관총이 깨어나면서 치명적인 소음에 그들의 포성을 더했다. 대공포의 포탄이 하늘에서 터지는 광경은 마치 검은 꽃이 피어나는 장면 같았다. 거의 즉시 섬의 한 대공포가 급강하폭격기 한 대에 명중했다. 조종석에서 불길이 확 일더니 비행기는 엄청난 물보라를 일으키며 수면을 때렸다. 척은 무자비하게 환호성을 내지르며 허공에 주먹을 흔들어대는 자신을 발견했다.

기울어지던 웨스트버지니아 호는 다시 수면에 수직으로 섰지만 여전히 가라앉는 중이었고, 척은 함장이 틀림없이 우현의 선저 밸브를 열었으리라 생각했다. 그러면 침몰하는 동안 배가 똑바로 있을 수 있고 승조원들이 살아남을 기회가 더 많을 터였다. 하지만 오클라호마 호는 그렇게 운이 좋지 못했고 그들은 끔찍한 두려움 속에서 거대한 배가 뒤집어지는 광경을 지켜보았다. 조앤이 말했다. "오, 맙소사. 수병들 좀 봐요." 수병들은 가파르게 기운 갑판을 미친듯이 기어올라 우현 난간을 넘어 목숨을 건지기 위해 필사의 노력을 하고 있었다. 하지만 그들은 그나마 운이 좋은 편이라는 것을 척은 깨달았다. 마침내 거대 함선이 끔찍한 굉음과 함께 뒤집혀 가라앉기 시작했기 때문이었다. 저 갑판 아래 도대체 몇백 명의 병사가 갇힌 걸까?

"모두 꼭 잡아요!" 척이 소리질렀다. 오클라호마 호가 뒤집히면서 생긴 커다란 파도가 다가오고 있었다. 아버지는 어머니를 꼭 잡았고 우디는 조앤을 꼭 붙들었다. 파도가 밀려와 그들이 탄 보트를 믿기 어려울 만큼 높이 들어올렸다. 척은 비틀거렸지만 난간을 놓치지 않았다. 보트는 여전히 바다 위에 떠 있었다. 작은 파도가 이어지며 그들을 흔들었지만 모두 안전했다.

여전히 400미터나 남은 뭍까지의 거리를 척은 절망적인 심정으로 바라보았다.

놀랍게도 처음부터 기총소사를 당했던 네바다 호가 움직이기 시작했다. 누군가 정신을 차리고 전 함선에 출항 신호를 보낸 것이 틀림없었다. 모두 항구를 빠져나가 흩어질 수만 있다면 폭격이 보다 까다로워질 것이다.

그때 전함정렬을 한 배들 쪽에서 지금까지의 그 어떤 폭음보다 열 배는 큰 굉음이 울렸다. 어찌나 맹렬한 폭발인지 800여 미터 떨어진 척에게까지 가슴을 주먹으로 치는 듯한 돌풍이 느껴졌다. 애리조나 호의 2번 포탑에서 불길이 뿜어져나왔다. 순식간에 배의 앞부분 절반이 폭발하는 듯했다. 파편이 공중으로 날고 비틀린 강형과 뒤틀린 철판이 검은 연기 속에서 악몽처럼 천천히 튀어올랐다. 마치 종잇조각이 재가 되어 모닥불에서 날아오르는 것처럼 보였다. 불길과 연기가 배 앞부분을 뒤덮었다. 우뚝 솟은 마스트가 술에 취한 듯 앞으로 기울었다.

우디가 말했다. "저건 왜 저러지?"

"전함의 탄약고가 날아가버린 거야." 척이 말했다. 그는 진심 어린 슬픔을 느끼며 수백 명의 동료 수병이 거대한 폭발로 목숨을 잃었다는 것을 깨달았다.

화장을 하는 장작더미처럼 검붉은 연기 기둥이 하늘로 피어올랐다.

꽝음이 울리더니 뭔가에 맞은 것처럼 보트가 휘청거렸다. 모두가 얼른 몸을 숙였다. 털썩 무릎을 꿇으며 척은 폭탄이 틀림없다고 생각했지만 즉시 그럴 리 없다는 것을 깨달았다. 여전히 살아 있었기 때문이다. 정신을 차리고 보니 길이가 1미터는 되는 묵직한 금속 파편이 엔진 위 갑판에 박혀 있었다. 아무도 몸에 맞지 않은 것은 기적이었다.

하지만 엔진은 멈췄다.

보트는 속도가 떨어지더니 멈춰 섰다. 보트는 일본군 비행기들이 환초호에 비처럼 사격을 퍼붓는 가운데 일렁이는 파도 뒤에서 흔들리고 있었다.

거스가 단호하게 말했다. "척, 당장 여기서 빠져나가야 해."

"알아요." 척과 에디는 피해 정도를 확인했다. 그리고 금속 파편을 붙잡아 티크 갑판에서 빼내려고 씨름했지만 너무 단단히 박혀 있었다.

"이러고 있을 시간이 없어!" 거스가 말했다.

우디가 말했다. "엔진은 어차피 제구실을 못해, 척."

뭍에 닿으려면 여전히 400미터는 가야 했다. 하지만 보트는 이런 비상사태에 대비한 장비를 갖추고 있었다. 척은 노 두 개를 꺼냈다. 하나를 잡고 다른 하나를 에디에게 건넸다. 노를 저어 움직이기에는 보트가 너무 큰 탓에 속도는 느렸다.

운 좋게도 공격이 잠시 소강상태였다. 하늘을 뒤덮었던 비행기들은 이제 보이지 않았다. 치명상을 입은 채 수백 미터 높이의 연기 기둥을 뿜어내는 애리조나 호를 비롯해 피해를 입은 배들에서는 거대한 연기가 피어올랐지만 새로운 폭발은 없었다. 놀랍도록 기운이 좋은 네바다호는 막 항구 입구로 향하는 중이었다.

배들 주변은 구명용 고무보트와 모터보트, 수영을 하거나 떠다니는 잔해에 매달린 수병으로 가득했다. 그들이 두려워하는 것은 익사만이 아니었다. 배에 뚫린 구멍에서 흘러나온 기름이 수면으로 퍼져 불이 붙을 수도 있었다. 수영을 못하는 사람들이 도와달라고 울부짖는 소리가 불에 덴 사람들의 비명과 뒤섞여 무시무시하게 들렸다.

척은 손목시계를 남몰래 흘긋 보았다. 공격이 몇 시간은 지속되었다고 생각했지만 놀랍게도 실제로는 삼십 분밖에 지나지 않았다.

막 그런 생각을 하고 있을 때 두번째 공격이 시작되었다.

이번에는 동쪽에서 비행기들이 날아들었다. 일부는 달아나는 네바다호를 뒤쫓았다. 나머지는 듀어 가족이 보트에 올랐던 해군공창을 목표로 삼았다. 그와 거의 동시에 부선거에 있던 구축함 쇼 호가 거대한 불길과 연기 기둥을 내뿜으며 폭발했다. 기름이 수면으로 퍼지며 불이 붙었다. 바로 그때 전함 펜실베이니아 호가 있던 가장 큰 건선거가 폭격을 당했다. 같은 건선거에 있던 구축함 두 척의 탄약고에 불이 붙으며 폭발해 날아올랐다.

척과 에디는 경주마처럼 땀을 흘리며 안간힘을 다해 노를 저었다.

해군공창에서는 가까운 막사에서 달려온 것으로 추정되는 해병대원들이 소화 장비를 꺼내고 있었다.

마침내 보트는 장교 승선장에 도착했다. 척이 뛰어내려 재빨리 보트를 묶고 에디는 사람들의 하선을 도왔다. 그러고 나서 모두 자동차로 뛰어갔다.

척은 운전석으로 뛰어들어 시동을 켰다. 자동으로 켜진 라디오에서 KGMB 아나운서의 목소리가 들렸다. "전 육군, 해군, 해병 소속 병사는 즉시 부대로 복귀해 지시에 따르기 바랍니다." 척은 부대로 돌아가 명령을 받을 새가 없었지만 그의 임무는 분명 우선 그의 보호를 받는 네 명의 민간인을 안전하게 지키는 것이라고 확신했다. 더구나 그중 둘은 여자였고 한 명은 상원의원이었다.

모두가 올라타자 그는 차를 출발시켰다.

두번째 공격의 파도가 끝나가고 있었다. 일본군 비행기 대부분이 항구에서 멀어지고 있었다. 그래도 척은 차를 빨리 몰았다. 세번째 공격이 있을지도 몰랐다.

주 출입문은 열려 있었다. 만일 닫혀 있었다면 차로 밀어버리고 싶은 유혹을 느꼈을 터였다.

움직이는 다른 차량은 없었다.

그는 카메하메하 고속도로를 따라 빠른 속도로 항구를 벗어났다. 진주만에서 멀어질수록 가족이 더 안전하다는 생각이었다.

그때 제로 전투기 한 대가 그를 향해 접근하는 모습이 보였다.

전투기는 고속도로를 따라 낮게 날았고 잠시 후 그는 자기가 운전하는 차량이 목표임을 깨달았다.

양쪽 날개에 달린 기관포는 자동차처럼 좁은 목표물을 맞히지 못할 가능성이 높았지만 엔진 덮개 양쪽에 기관총이 서로 가까이 붙어 있었다. 똑똑한 조종사라면 그걸 사용할 것이다.

척은 도로 양쪽을 미친듯이 둘러보았다. 숨을 데라고는 없이 온통 사탕수수밭이었다.

그는 지그재그로 움직이기 시작했다. 다가오는 조종사는 현명하게도 그를 따라 움직이지 않았다. 도로는 넓지 않았고 만일 척이 사탕수수밭으로 차를 몰고 들어간다면 속도는 걷는 정도로 떨어질 터였다. 그는 엑셀을 밟았다. 더 빨리 달릴수록 맞을 확률이 줄어든다는 걸 깨달았기 때문이다.

다가올 상황을 예측해 숙고하기에는 이미 늦어버렸다. 전투기가 너무 가까워 날개에 달린 기관포의 둥글고 검은 포문까지 보였다. 하지만 예상했던 대로 조종사는 기관총을 발사했고 총알은 도로 앞쪽에 꽂히며 먼지를 일으켰다.

척은 왼쪽의 도로 중앙으로 갔다가 그 방향으로 계속 움직이는 대신 오른쪽으로 휙 꺾었다. 조종사도 방향을 틀었다. 총알이 보닛을 덮쳤다. 유리창이 박살났다. 에디가 고통스럽게 울부짖었고 뒷자리에서 여자 한 명이 비명을 질렀다.

그리고 제로 전투기는 사라졌다.

자동차는 저절로 지그재그로 흔들렸다. 앞바퀴가 손상된 것이 틀림없었다. 척은 도로에서 밀려나지 않으려고 운전대를 잡고 씨름했다. 자동차는 옆으로 휙 돌더니 포장도로 위를 미끄러지다가 도로 옆 들판 경계에 부딪혀 멈춰 섰다.

엔진에서 불길이 치솟았고 척은 휘발유 냄새를 맡았다.

"모두 내려요!" 척이 소리질렀다. "연료 탱크가 터지기 전에!" 그는 문을 열고 뛰어내렸다. 뒷문을 열자 아버지가 어머니를 끌며 뛰어내렸다. 척은 다른 이들이 반대편으로 빠져나오는 모습을 보았다. "뛰어!" 그는 소리쳤지만 그럴 필요도 없었다. 에디는 부상을 입었지만 절름거리며 이미 사탕수수밭으로 향하고 있었다. 우디는 마찬가지로 총에 맞은 듯한 조앤을 업다시피 끌고 있었다. 부모는 들판으로 달리고 있었는데 다치지 않은 것처럼 보였다. 그도 그들과 합류했다. 모두 100미터쯤 달려가 바닥에 엎드렸다.

잠시 정적이 흘렀다. 멀리서 비행기들이 윙윙대며 날아다니는 소리가 들렸다. 척이 고개를 들어보니 항구에서 솟아오른 기름 타는 연기가 수백 미터 상공으로 올라가고 있었다. 그 위로 마지막 남은 폭격기 몇 대가 북쪽으로 날아갔다.

그 순간 쾅 소리가 고막을 흔들었다. 눈을 감고 있어도 휘발유가 폭발하는 환한 빛이 느껴졌다. 열기의 파동이 몸을 밀고 지나갔다.

척은 고개를 들고 뒤돌아보았다. 자동차는 불타고 있었다.

그는 벌떡 일어섰다. "엄마! 괜찮아요?"

"기적적으로 안 다쳤구나." 그녀는 아버지의 도움을 받아 일어서며 차분하게 말했다.

들판을 훑어보다 다른 사람들을 발견했다. 그는 똑바로 앉아 허벅지를 붙잡고 있는 에디에게 달려갔다. "맞았어?"

"진짜 미치게 아프네." 에디가 말했다. "하지만 피는 많이 안 나." 그는 간신히 웃어 보였다. "허벅지 위쪽인데, 중요 기관은 피해간 것 같아."

"병원으로 데려가줄게."

그 순간 척은 끔찍한 비명을 들었다.

형이 울부짖고 있었다.

우디는 젖먹이가 아니라 길을 잃은 아이처럼 울었다. 완전한 비통함으로 크게 흐느끼고 있었다.

에디는 즉시 그것이 사랑하는 이를 잃은 슬픔의 소리라는 걸 알 수 있었다.

그는 형에게 달려갔다. 우디는 입을 벌린 채 무릎을 꿇고 있었다. 가슴이 들썩였고 눈에서는 눈물이 흘렀다. 흰색 리넨 셔츠는 온통 피투성이였지만 그는 다친 곳이 없었다. 흐느끼는 중에 탄식이 흘러나왔다. "안 돼, 안 돼."

조앤이 그의 앞에 얼굴을 위로 한 채 쓰러져 있었다.

척은 보자마자 그녀가 죽은 걸 알 수 있었다. 몸은 미동도 없었고 눈은 뜬 채로 아무것도 보고 있지 않았다. 화사한 줄무늬 면 원피스 앞쪽은 동맥에서 흘러나온 선홍빛 피에 젖었고 이미 군데군데 검어지고 있었다. 상처는 보이지 않았지만 척이 짐작하건대 어깨로 날아든 총알이 그녀의 겨드랑동맥을 터뜨린 것 같았다. 몇 분 만에 과다출혈로 숨을 거뒀을 것이다.

뭐라 말해야 할지 알 수 없었다.

다른 사람들이 다가와 그의 곁에 섰다. 어머니, 아버지, 그리고 에디까지. 어머니는 우디 옆 땅바닥에 무릎을 꿇고 앉아 아들을 팔로 감싸 안았다. "불쌍한 내 아들." 그녀는 우디가 어린아이인 것처럼 말했다.

에디는 척의 어깨에 팔을 두르고 조심스럽게 안았다.

아버지는 시신 옆에 무릎을 꿇었다. 그가 손을 내밀어 우디의 손을 잡았다.

우디의 울음소리가 조금 잦아들었다.

아버지가 말했다. "눈을 감겨줘라, 우디."

우디의 손이 떨렸다. 그는 간신히 손을 진정시켰다.

그는 손끝을 조앤의 눈꺼풀 쪽으로 뻗었다.

그리고 더없이 부드러운 손길로 그녀의 눈을 감겨주었다.

# 12장
## 1942년(I)

I

1942년의 첫날 데이지는 전 약혼자 찰리 파커슨의 편지를 받았다.

편지를 뜯을 때 그녀는 메이페어 저택에서 아침식사를 하던 중이었고, 커피를 따라주는 나이 많은 집사와 부엌에서 뜨거운 토스트를 가져온 열다섯 살짜리 하녀 말고는 아무도 없었다.

찰리가 편지를 보낸 곳은 버펄로가 아니라 덕스퍼드라는 영국 동부의 공군기지였다. 데이지도 들어본 적이 있는 곳이었다. 남편 보이 피츠허버트와 그녀가 사랑하는 로이드 윌리엄스 모두를 만난 케임브리지 근처였다.

찰리의 소식을 듣게 되어 기뻤다. 물론 그에게 차인 그때는 그가 미웠지만 그것도 오래전 일이다. 그녀는 이제 다른 사람이 된 기분이었다. 1935년에는 페시코프 양이라 불리던 미국인 부잣집 딸이었다. 지금은 영국 귀족, 애버로언 자작부인이었다. 그럼에도 아직 찰리의 마음속에 자신이 있다는 사실이 기뻤다. 여자는 늘 잊히기보다는 기억되기를 바랄 것이다.

찰리는 두꺼운 검정 펜으로 글씨를 썼다. 필체가 단정치 못해 글자들이 크고 비뚤배뚤했다. 데이지는 편지를 읽었다.

다른 무엇보다 먼저 나는 당연히 지난날 버펄로에서 당신을 대했던 태도에 대해 사과해야겠지요. 그 일을 떠올릴 때마다 수치심으로 몸이 떨립니다.

세상에. 데이지는 생각했다. 어른이 되었나보네.

우리 모두 그때는 얼마나 거만한 속물이었는지, 그리고 돌아가신 어머니의 강압에 못 이겨 순순히 터무니없는 짓을 했던 나는 얼마나 나약했는지요.

아, 돌아가신 어머니라니. 그녀는 생각했다. 그러니까 그 늙은이는 죽었군. 어쩌면 변화의 이유는 그것인지도 몰랐다.

나는 제133 이글 비행중대의 일원이 되었습니다. 허리케인을 몰지만 곧 스핏파이어를 몰 겁니다.

영국의 공군 부대에는 미국인 자원병으로 구성된 3개의 이글 비행중대가 있었다. 데이지는 깜짝 놀랐다. 찰리가 자원해서 참전할 거라고는 예상하지 못했기 때문이다. 그녀가 알던 시절의 그는 개와 말 외에는 아무것도 관심이 없었다. 그는 정말 어른이 되었다.

혹시 마음속에서 나를 용서할 수 있거나 최소한 과거를 뒤로할 수 있다면, 당신과 당신의 남편을 꼭 만나고 싶습니다.

남편을 거론한 것은 이성 간의 만남을 기대하는 것이 아님을 요령껏 표현하는 것이라고 데이지는 추측했다.

다음주 휴가를 받아 런던에 있을 예정입니다. 두 분을 저녁식사에 초대해도 될까요? 부디 허락해주기 바랍니다.

다정하게 행복을 비는 마음으로,<br>찰스 H. B. 파커슨

다음주 보이는 집에 없지만 데이지는 초대를 받아들이기로 했다. 그녀는 전시 런던의 다른 많은 여자들처럼 남자와의 만남에 굶주렸다. 로이드는 에스파냐로 가서 사라져버렸다. 마드리드 주재 영국 대사관의 무관이 된다고 했다. 데이지는 그런 안전한 일을 한다는 그의 말이 정말이길 바랐지만 믿지는 않았다. 왜 정부가 신체 건강한 젊은 장교를 중립국에 행정직으로 보내느냐고 데이지가 묻자 그는 에스파냐가 파시스트의 편에 서서 참전하는 것을 막는 일이 얼마나 중요한지 설명했다. 하지만 설명하는 동안 그가 보인 애처로운 웃음은 그녀가 속지 않으리라는 것을 알고 있다는 분명한 증거였다. 실제로는 프랑스 레지스탕스와 함께 일하기 위해 국경을 몰래 넘는 것이 아닌가 그녀는 두려웠고, 그가 붙잡혀 고문당하는 악몽을 꾸곤 했다.
　로이드를 못 본 지도 일 년이 넘었다. 그가 없으니 팔다리가 잘려나간 기분이었다. 매일 매시간 그런 기분을 느꼈다. 하지만 남자와 외식

을 하며 저녁을 보낼 기회는 반가웠다. 상대가 서툴고 따분하고 뚱뚱한 찰리 파커슨이라고 해도 괜찮았다.

찰리는 사보이 호텔의 그릴룸에 테이블을 예약해두었다.

호텔 로비에서 웨이터의 도움을 받아 밍크코트를 벗고 있는 그녀에게 키가 크고 멋진 야회복 재킷을 입은, 어딘가 낯익은 남자가 다가왔다. 그는 손을 내밀며 부끄럽게 말했다. "데이지, 오랜만이에요. 이렇게 오랜 시간이 지나고 만나다니 정말 기쁩니다."

목소리를 들으니 찰리라는 걸 알 수 있었다. "어머나, 세상에!" 그녀가 말했다. "당신 변했군요!"

"살을 좀 뺐죠." 그는 인정했다.

"정말 그러네요." 20에서 25킬로그램은 뺀 것 같다고 그녀는 추측했다. 살이 빠지니 조금 잘생겨 보였다. 이제는 못생겼다기보다는 우락부락한 매력이 있는 것 같았다.

"하지만 당신은 전혀 변하지 않았군요." 그는 그녀를 위아래로 보며 말했다.

그녀는 신경써서 차려입고 나갔다. 몇 년의 전쟁 동안 검소하게 지내느라 새 옷은 전혀 사지 않았지만, 오늘 저녁은 전쟁 전 마지막으로 파리에 갔을 때 샀던 랑방의 어깨를 드러내는 사파이어블루 실크 이브닝드레스를 오랜만에 꺼냈다. "이제 두 달만 있으면 나도 스물여섯이에요." 그녀가 말했다. "열여덟 살 때와 똑같아 보인다는 말은 못 믿겠네요."

그는 훤히 드러난 그녀의 어깨를 내려다보고는 얼굴을 붉히며 말했다. "내 말 믿어요. 정말입니다."

두 사람은 레스토랑으로 들어가 자리에 앉았다. "오지 않을까봐 걱정했습니다." 그가 말했다.

"시계가 고장났어요. 늦어서 미안해요."

"겨우 이십 분인데요, 뭘. 한 시간이라도 기다렸을 겁니다."

웨이터가 술을 주문하겠느냐고 물었다. 데이지가 말했다. "여기는 영국에서 괜찮은 마티니를 마실 수 있는 몇 안 되는 곳이에요."

"그걸로 두 잔 주세요." 찰리가 말했다.

"저는 스트레이트로 올리브를 곁들여서요."

"똑같이 주세요."

그녀는 찰리의 변화가 흥미로워 그를 찬찬히 살펴보았다. 예전의 서툴던 모습은 수줍어하는 매력으로 둥글어졌다. 그가 전투기 조종사로 독일군 비행기를 쏴 떨어뜨린다는 상상은 여전히 쉽지 않았다. 어쨌거나 런던 대공습은 반년 전 끝났고 영국 남부 하늘에서 더는 공중전이 벌어지지 않았다. "무슨 비행을 해요?" 그녀가 말했다.

"대개는 낮에 북부 프랑스에서 서커스 작전을 하죠."

"서커스 작전이 뭔데요?"

"폭격기 한 대를 전투기들이 잔뜩 호위하고 가서 공격하는 거죠. 수적 열세인 적기들을 공중전으로 유인해 끌어내는 게 가장 큰 목표예요."

"난 폭격기가 싫어요." 그녀가 말했다. "대공습을 겪었으니까요."

그는 깜짝 놀랐다. "독일인들에게 똑같이 앙갚음을 해주고 싶어할 줄 알았어요."

"전혀 안 그래요." 데이지는 이 문제에 대해 많이 생각했다. "나는 화상을 입고 불구가 된 런던의 모든 무고한 여자와 아이를 위해 눈물을 흘릴 수 있어요. 하지만 독일의 여자들과 아이들이 같은 괴로움을 겪는다는 걸 안다고 해도 전혀 도움이 되지는 않아요."

"그런 식으로는 단 한 번도 생각해보지 않았어요."

두 사람은 저녁식사를 주문했다. 전시 규제에 따라 식사는 세 가지 코스로 제한되었고 가격은 5실링을 넘지 못했다. 메뉴에는 특별히 검소한 요리가 있었는데, 이를테면 돼지고기 소시지로 만든 '가짜 오리'나 고기가 전혀 들어가지 않은 '울턴 경 파이' 따위였다.

찰리가 말했다. "진짜 미국식으로 말하는 여자 목소리를 들어서 얼마나 좋은지 표현할 수가 없네요. 영국 여자들을 좋아하고 데이트도 해봤지만 미국인 목소리가 그리웠거든요."

"나도요." 그녀가 말했다. "이제는 이곳이 내 집이고 미국으로 돌아갈 일은 없을 것 같지만, 어떤 기분인지 알아요."

"애버로언 자작을 만나지 못해 유감입니다."

"그이는 당신처럼 공군 소속이에요. 조종사 교관이죠. 가끔 집에 와요. 이번 주말은 안 왔지만."

데이지는 보이가 가끔 집에 올 때마다 다시 잠자리를 하고 있었다. 그가 올드게이트의 끔찍한 여자들과 함께 있는 현장을 붙잡은 뒤로 절대로 잠자리를 하지 않겠다고 다짐했었다. 하지만 보이가 그녀를 압박했다. 전쟁에 나선 남자들은 집에 왔을 때 위로받을 수 있어야 한다고. 그리고 다시는 창녀들을 찾지 않겠다고 약속했다. 그녀는 남편의 약속을 진짜로 믿지는 않았지만 그럼에도 자신의 뜻에 반해 포기하고 말았다. 어쨌거나 좋든 싫든 그 사람과 결혼한 거니까. 그녀는 속으로 말했다.

하지만 불행하게도 남편과의 섹스에서 더이상 즐거움을 느끼지 못했다. 보이와 침대에 오를 수는 있지만 다시 사랑에 빠질 수는 없었다. 그녀는 윤활제로 크림을 사용해야 했다. 남편이 세상을 발아래 둔 재미있는 젊은 귀족이자 장난기 가득하고 인생을 철저하게 즐길 줄 아는 사람이라 여겼던 그때 품었던 호감을 불러내려 애써보기도 했다. 하지만 그는 전혀 재미있는 사람이 아니라는 사실을 깨달았다. 그는 이기적일 뿐이고, 간판만 그럴듯한 별 볼일 없는 남자였다. 그가 위로 올라올 때 혹시 구역질나는 병이 옮지나 않을까 하는 걱정밖에 들지 않았다.

찰리가 조심스럽게 말했다. "분명 로즈로크 가족에 대한 이야기는 하고 싶지 않겠지만……"

"안 그래요."

"조앤이 죽은 소식 들었어요?"

"아뇨!" 데이지는 충격을 받았다. "어쩌다가요?"

"진주만에서요. 우디 듀어와 약혼했는데, 진주만에 주둔중인 그의 동생 척을 보려고 함께 갔대요. 제로라고, 일본 전투기에 기총소사를 당한 차 안에 같이 있다가 맞았어요."

"정말 안됐군요. 가엾은 조앤. 가엾은 우디."

두 사람이 시킨 음식과 와인 한 병이 나왔다. 두 사람은 한참 말없이 먹기만 했다. 알고 보니 '가짜 오리'는 별로 오리 맛이 나지 않았다.

찰리가 말했다. "조앤을 포함해 진주만에서 죽은 사람이 이천사백 명이에요. 우리는 전함 여덟 척과 다른 배 열 척을 잃었죠. 빌어먹을 교활한 일본놈들."

"이곳 사람들은 내심 기뻐하고 있어요. 미국이 이제 참전하게 되었으니까요. 히틀러가 왜 미국에 선전포고를 하는 멍청한 짓을 저질렀는지는 아무도 모르겠죠. 하지만 영국은 러시아, 미국을 같은 편으로 두고 싸우면 결국 승리할 수 있을 거라 생각해요."

"미국인들은 진주만 사건 때문에 엄청나게 분노하고 있어요."

"이곳 사람들은 이유를 몰라요."

"일본은 마지막 순간까지도 협상을 계속하고 있었어요. 이미 한참 전에 결정을 내려놓고 말이죠. 기만적이죠!"

데이지는 얼굴을 찌푸렸다. "난 그럴 수 있다고 봐요. 만일 마지막 순간 합의에 이르렀다면 공격을 취소할 수 있었겠죠."

"하지만 그들은 선전포고도 하지 않았어요!"

"선전포고를 했다고 달라질 게 있나요? 우리는 그들이 필리핀을 공격할 거라고 예상했어요. 선전포고를 했다고 해도 진주만은 우리에게 충격이었을 거예요."

찰리는 당혹스럽다는 듯 양손을 펼쳐 보였다. "애초에 왜 우리를 공격했답니까?"

"우리가 그들의 돈을 훔쳤으니까요."

"자산을 동결한 거죠."

"그들 입장에서는 차이가 없어요. 그리고 원유도 끊었죠. 그들을 벽에 밀어붙인 거예요. 그들은 파산 직전이었어요. 뭘 어쩔 수 있었겠어요?"

"굴복했어야죠. 중국에서 철수하는 데 합의하고."

"그래요, 그랬어야죠. 하지만 만일 어떤 나라가 미국을 휘두르고 뭘 하라고 요구한다면요? 당신은 우리도 굴복해야 한다고 말하겠어요?"

"아니겠죠." 그는 씩 웃었다. "당신이 안 변했다고 했죠. 그 말은 취소해야겠습니다."

"왜요?"

"전에는 한 번도 이런 식으로 말한 적이 없어요. 옛날에 당신은 정치에 관해서는 전혀 토론하지 않았죠."

"관심을 갖지 않으면 그래서 벌어지는 일에 책임이 있으니까요."

"우리 모두 그걸 배운 것 같습니다."

두 사람은 디저트를 주문했다. 데이지가 말했다. "세계는 어떻게 될까요, 찰리? 유럽 전체가 파시스트예요. 독일은 러시아의 많은 지역을 점령했어요. 미국은 날개 부러진 독수리죠. 가끔 아이가 없다는 게 기뻐요."

"미국을 과소평가 말아요. 우리는 상처입은 거지 박살난 게 아닙니다. 지금 일본은 혼자 우쭐대고 있지만 언젠가 진주만 때문에 일본인들이 비통한 후회의 눈물을 흘릴 날이 올 겁니다."

"그 말이 맞았으면 좋겠군요."

"그리고 이제 상황은 독일이 원하는 대로 돌아가지 않고 있어요. 그들은 모스크바 점령에 실패해 퇴각하는 중이죠. 모스크바 전투가 히틀러의 실질적인 첫 패배라는 거 아니요?"

"패배예요, 아니면 일시적 후퇴예요?"

"어느 쪽이든 그가 겪어본 적 없는 군사적 최악의 결과예요. 볼셰비키들이 나치의 코피를 터뜨린 거죠."

찰리는 영국의 맛을 느낄 수 있는 고급 포트와인을 찾아냈다. 런던에서 남자들은 저녁식사에서 여자들이 자리를 뜨면 그런 걸 마셨고, 데이지는 그 관례가 짜증스러워 자기 집에서는 따르지 않으려 했지만 마음대로 되지 않았었다. 두 사람은 와인을 한 잔씩 마셨다. 마티니를 마신 데다 와인까지 더하니 데이지는 약간 취기가 오르며 행복했다.

두 사람은 버펄로에서의 청소년기를 떠올리며 추억에 잠겼고 그들과 다른 이들의 바보 같았던 짓을 이야기하며 웃었다. "당신은 우리 모두에게 런던에 가서 왕과 춤출 거라고 했죠." 찰리가 말했다. "그리고 정말 그대로 했어요!"

"사람들이 샘냈으면 좋겠네요."

"그렇고말고요! 도트 렌쇼는 발작을 일으켰죠."

데이지는 행복하게 웃었다.

"다시 만날 수 있게 되어 기뻐요." 찰리가 말했다. "당신을 많이 좋아하거든요."

"나도 기뻐요."

두 사람은 레스토랑을 나와 코트를 찾아 입었다. 도어맨이 택시를 불렀다. "집까지 데려다드리죠." 찰리가 말했다.

스트랜드 가를 달리는 사이 그가 그녀에게 팔을 둘렀다. 그녀는 팔을 밀어낼까 하다가 생각했다. 아무렴 어때. 그리고 그에게 바짝 붙어 앉았다.

"난 정말 바보였어요." 그가 말했다. "기회가 있을 때 당신과 결혼했어야 하는 건데."

"당신이라면 보이 피츠허버트보다 더 좋은 남편이 될 수 있었을 거예요." 그녀가 말했다. 그러나 그랬다면 로이드는 절대 만나지 못했을 터였다.

그녀는 찰리에게 로이드에 대해 전혀 말하지 않았다는 걸 깨달았다.

그녀의 집이 있는 거리로 접어들자 찰리가 키스했다.

남자의 품에 안겨 키스를 받으니 기분이 좋았지만 술기운 때문이라는 것을 알았고, 사실 그녀가 키스하고 싶은 사람은 오직 로이드였다. 어쨌든 택시가 멈춰 설 때까지는 찰리를 밀어내지 않았다.

"술 한잔 더 어때요?" 그가 말했다.

그녀는 잠시 유혹을 느꼈다. 남자의 단단한 몸을 만져본 것도 무척 오래전이었다. 하지만 그녀는 찰리를 진심으로 원하지 않았다. "아뇨." 그녀가 말했다. "미안해요, 찰리. 하지만 나는 다른 사람을 사랑해요."

"같이 잠자리를 할 필요는 없어요." 그는 속삭였다. "하지만 할 수 있다면, 그냥 잠시 껴안고 키스만 해도……"

그녀는 차문을 열고 발을 내디뎠다. 나쁜 사람이 된 기분이었다. 그는 그녀를 위해 매일 목숨을 거는데 그녀는 싸구려 흥분조차 주려 하지 않았다. "잘 가요, 찰리. 행운을 빌어요." 그녀는 말했다. 그리고 마음이 바뀌기 전에 문을 쾅 닫고 집으로 들어갔다.

곧장 위층으로 올라갔다. 잠시 후 홀로 침대에 누워 비참한 기분을 맛보았다. 그녀는 두 남자를 배신했다. 찰리에게 키스함으로써 로이드를, 만족을 주지 않고 떠나보냄으로써 찰리를 배신했다.

그녀는 일요일 대부분을 침대에 누워 숙취로 고생했다.

월요일 저녁 한 통의 전화를 받았다. "행크 바틀릿이라고 합니다." 젊은 미국인 목소리였다. "덕스퍼드에 있는 찰리 파커슨의 친구입니다. 그에게 당신 이야기를 듣고 그 친구 책에서 당신 전화번호를 찾았습니다."

그녀는 심장이 멎는 듯했다. "왜 전화하셨죠?"

"유감이지만 나쁜 소식입니다." 그가 말했다. "찰리가 오늘 죽었습니다. 아브빌에서 격추당했습니다."

"안 돼요!"

"새 스핏파이어를 타고 나선 첫 출격이었습니다."

"그럴 거라고 들었어요." 그녀는 멍하니 말했다.

"소식을 아시고 싶어할 것 같았습니다."

"그래요, 감사합니다." 그녀는 작은 소리로 말했다.

"그는 당신이 정말 멋진 분이라고 생각했습니다."

"그랬나요?"

"그 친구가 당신이 얼마나 대단한 사람인지 끊임없이 늘어놓는 걸 들어보셔야 했는데."

"안됐어요." 그녀가 말했다. "정말 유감입니다." 그러고는 말을 더 이을 수 없어 전화를 끊었다.


II


척 듀어는 암호해독 전문가 가운데 한 명인 밥 스트롱 중위의 어깨 너머를 들여다보고 있었다. 물건을 정신없이 늘어놓는 몇몇 동료와 달리 깔끔한 그의 책상 위에는 직접 글귀를 적은 종이 한 장만 놓여 있었다.

요—로—쿠—타—와—나

"모르겠군." 스트롱은 좌절하며 말했다. "제대로 해독했다면 이건 그들이 요로쿠타와나를 쳤다는 뜻이야. 하지만 말이 안 돼. 그런 단어는 없단 말이지."

척은 여섯 개의 일본어 음절을 바라보았다. 일본어는 조금밖에 모르지만 분명 뭔가 함의가 있는 것 같았다. 하지만 그게 뭔지 알아낼 수 없으니 그저 하던 일이나 해야 했다.

행정관 구관의 분위기는 암울했다.

공습 후 몇 주 동안 척과 에디는 침몰선들에서 빠져나와 기름이 둥둥 뜬 진주만에 떠다니는 부푼 시체를 보곤 했다. 바로 그 시기, 그들이 다루는 정보를 통해 엄청나게 충격적인 일본의 공격 사실이 더 드러났다. 진주만 사건이 있은 지 겨우 사흘 뒤 일본 비행기들은 필리핀 루손의 미군 기지를 공격해 태평양함대가 보유한 어뢰를 모조리 파괴했다. 같은 날 남중국해에서 두 척의 영국 전함, 리펄스 호와 프린스 오브 웨일스 호를 격침해 극동에서 영국을 곤경에 빠뜨렸다.

일본을 멈출 방법이 없어 보였다. 나쁜 소식은 계속되고 있었다. 새해 초 몇 달 사이 그들은 필리핀에서 미국을 무찌르고 홍콩, 싱가포르, 그리고 버마의 수도 랑군에서 영국을 물리쳤다.

대부분의 지명이 척과 에디 같은 해군에게조차 생소했으니 미국 대중에게는 공상과학 이야기에나 등장하는 먼 행성 이름처럼 들렸을 터였다. 괌, 웨이크, 바탄. 하지만 후퇴와 항복, 굴복의 뜻은 누구나 알았다.

척은 혼란스러웠다. 일본이 정말 미국을 이길 수 있나? 도저히 믿을 수 없었다.

5월이 되기 전까지 일본은 원하던 것을 얻었다. 제국의 식민지가 그들에게 고무와 주석, 그리고 가장 중요한 원유를 주었다. 흘러나오는 정보로 판단하건대 그들은 스탈린조차 얼굴을 붉힐 잔인성으로 제국을 통치하고 있었다.

하지만 그들로서 옥에 티가 있었으니 바로 미 해군이었다. 그 생각을 하면 척은 자랑스러웠다. 일본은 진주만을 철저히 파괴하고 태평양의 통제권을 차지하고 싶었지만 실패했다. 미국의 항공모함과 중순양함이 여전히 바다에 떠 있었다. 정보에 따르면 일본 지휘관들은 미국이 버티며 쓰러져 죽지 않은 것에 격노했다. 진주만에서 손실을 입은 뒤 미국은 수적으로도 화력에서도 열세였지만 그렇다고 달아나거나 숨지 않았다. 오히려 기습 공격을 통해 일본 함선에 소소하지만 피해를 입혀 미국인들의 사기를 북돋우고 일본에게는 그들이 아직 승리하지 못했음을 확고히 했다. 그러던 중 4월 18일 한 항공모함에서 출격한 비행기들이 도쿄 중심지를 폭격해 일본군의 자존심에 지독한 상처를 입혔다. 하와이에서도 열광적으로 축하를 했다. 척과 에디는 그날 밤 잔뜩 취했다.

하지만 마지막 결전이 다가오고 있었다. 척이 이야기를 나누는 행정관 구관 건물의 모든 이가 초여름에 일본이 대규모 공격을 펼쳐 미 전함들로 하여금 대거 출동해 마지막 전투를 벌이게 할 예정이라고 했다. 일본은 자국 해군력이 명백히 우세해 미국의 태평양함대를 쓸어버리길 바랐다. 미국이 이길 수 있는 유일한 길은 더 잘 준비하고 더 고급 정보를 수집해 더 빠르고 더 영리하게 움직이는 것뿐이었다.

그 몇 달 동안 HYPO국은 일본 제국 해군의 새 암호 JN-25b를 해독하는 일에 밤낮으로 매달렸다. 5월이 되자 진전이 보였다.

미 해군은 시애틀부터 오스트레일리아에 이르는 환태평양 지역 전체에 무선도청기지가 있었다. 기지마다 '지붕 위 일당'이라고 알려진 병사들이 헤드폰을 쓰고 무선수신기 앞에 앉아 일본의 무선통신을 엿들었다. 그들은 전파를 꼼꼼히 듣고 보고서 양식에 받아적었다.

신호는 모스부호였지만 해군신호에서 점과 선은 다섯 자리 숫자로 해석되고 각 숫자는 암호책에 수록된 문자나 단어, 문장을 나타냈다. 보안 케이블을 통해 무질서해 보이는 숫자들이 행정관 구관 건물 지하에 있는 전신타자기로 전달되었다. 그러면 어려운 단계, 암호해독이 시작되었다.

그들은 늘 작은 것에서 출발했다. 어떤 신호든 마지막 단어는 '끝'을 뜻하는 '오와리'였다. 해독 전문가들은 해당 신호에서 같은 조합의 숫자를 찾아내 '끝?'이라고 모두 적었다.

일본인들은 평소답지 않게 부주의한 실수를 저질러 미국에 도움을 주었다.

자국에서 멀리 떨어진 일부 부대에는 JN-25b의 새로운 암호책이 뒤늦게 전달되었다. 그래서 몇 주 동안 일본 고위 사령부에서는 불가피하게 몇몇 메시지를 두 암호 모두로 보냈다. JN-25 원본 대부분을 깬 미국은 예전 암호로 작성된 메시지 내용을 알아낼 수 있었다. 그러면 해독한 내용을 새 암호문과 비교해 새 암호의 다섯 자리 숫자가 각각 무엇을 뜻하는지 알아냈다. 잠시지만 급속한 진전이 있었다.

진주만공격 이후, 여덟 명이던 암호해독 요원에 침몰한 캘리포니아호의 군악대 소속 음악가 몇 명이 보충되었다. 아무도 이유를 몰랐지만 음악을 하는 사람들은 암호해독에 능했다.

모든 신호를 보관했고 모든 해독문은 정리해 철해두었다. 하나의 신호를 다른 신호와 비교하는 것은 이 일에서 매우 중요했다. 어느 요원이 특정 날짜의 모든 신호, 또는 어느 함선으로 전해진 모든 신호, 하와이를 언급한 모든 신호를 요청할 수도 있었다. 척과 다른 모든 지원병은 암호해독 요원들이 필요로 하는 것은 뭐든 찾아내는 걸 도울 수 있도록 더할 나위 없이 복잡한 상호 참조 시스템을 개발해냈다.

이들은 5월 첫 주 일본이 파푸아의 연합군 기지인 포트모르즈비를 공격할 거라 예측했다. 그들이 옳았고 미 해군은 침략해오는 함대를 산호해에서 차단했다. 양측이 승리를 주장했지만 일본은 포트모르즈비를 점령하지 못했다. 그리고 태평양함대 사령관인 니미츠 제독은 그의 암호해독부대를 신뢰하기 시작했다.

일본은 태평양 곳곳의 일반적인 지명을 사용하지 않았다. 모든 중요 지점은 두 글자로 지정되어 있었다. 사실 일본 문자인 '가나' 둘씩으로 이루어져 있었지만, 암호해독 요원은 대개 각각에 상응하는 A부터 Z까지의 로마자를 대신 썼다. 지하실의 요원들은 이 가나 두 글자로 이루어진 각각의 지명이 어느 곳인지 알아내려고 애썼다. 진전은 느렸다. MO는 포트모르즈비였고 AH는 오아후였지만 많은 곳이 알려지지 않았다.

5월이 되자 일본이 AF라고 부르는 지역에 대규모 공격을 할 예정이라는 증거들이 빠른 속도로 쌓였다.

감청부대에서 내린 최선의 추측은 AF가 하와이에서 시작해 2400킬로미터나 이어지는 제도의 서쪽 끝 미드웨이를 뜻한다는 것이었다. 미드웨이는 로스앤젤레스와 도쿄의 중간지점이었다.

물론 추측만으로는 충분치 않았다. 일본 해군의 수적 우세를 고려할 때 니미츠 제독은 알아야 했다.

하루하루가 지나면서 척과 함께 일하는 사람들은 일본군에 내려진 전투명령의 불길한 내용을 보다 구체적으로 그려보게 되었다. 새로운 항공기들이 항공모함으로 옮겨졌다. '점령군'도 승선했다. 일본은 어느 곳인지 몰라도 공격 지역을 점령할 계획인 것이다.

이번에는 큰 건이 틀림없었다. 하지만 어디를 공격해올 것인가?

지하실의 남자들은 일본 함대가 도쿄를 재촉하는 메시지를 해독해낸 것을 특별히 자랑스러워했다. '급유 호스 전달의 신속한 처리 요망.' 내용이 구체적인 점도 기뻤지만 그보다 그 신호로 먼바다에서의 장거리 작전이 임박했다는 것을 증명했다는 점이 더욱 만족스러웠다.

하지만 미국의 고위 지휘부는 일본이 하와이를 공격할지 모른다고 생각했고, 군은 미국 서부 해안에 대한 침공을 우려했다. 진주만에 있는 팀조차 공격지점이 미드웨이에서 남쪽으로 1600킬로미터 떨어진 비행장인 존스턴 섬이 아닐까 하는 의심을 떨쳐내지 못했다.

100퍼센트 확신이 필요했다.

척은 좋은 생각이 있었지만 머뭇거릴 뿐 말을 꺼내지 못했다. 암호해독 요원은 무척 똑똑하고 그는 아니었다. 학교 성적도 좋지 않았다. 3학년 때 같은 반 친구들은 그를 멍청이 척키라고 불렀다. 그는 울음을 터뜨렸고, 그 일이 별명이 굳어지는 계기가 되었다. 그는 여전히 스스로를 멍청이 척키라고 생각했다.

점심시간에 그와 에디는 매점에서 샌드위치와 커피를 사들고 부둣가로 나가 앉아 항구 건너편을 바라보았다. 생활은 정상으로 돌아왔다. 기름은 대부분 걷혔고 잔해도 일부 인양되었다.

두 사람이 식사를 하는데 훼손된 항공모함 한 대가 먼바다에서부터 기름띠를 꼬리처럼 끌며 호스피털 포인트를 돌아 천천히 항구로 들어서는 모습이 보였다. 척은 요크타운 호를 알아보았다. 항모의 선체는 그을음으로 시커멨고 비행갑판에는 커다란 구멍이 뚫렸는데 아마도 산호해 전투에서 일본군의 폭탄에 당한 것 같았다. 항모가 해군공창으로 다가오자 축하의 팡파르로 사이렌과 경적이 울렸고 예인선들이 모여 1번

건선거의 열린 문을 통해 항모를 안으로 인도했다.

"세 달은 고쳐야 한대." 에디가 말했다. 그는 척과 같은 건물에 있었지만 위층 해군 정보부에서 일했기 때문에 더 많은 소문을 들을 수 있었다. "하지만 사흘 만에 다시 바다로 나간다더군."

"어떻게 그럴 수가 있지?"

"이미 수리를 시작했거든. 설비 책임자가 비행기로 미리 날아갔대. 팀을 이끌고 이미 배에 타고 있는 거야. 그리고 건선거를 봐."

척이 보니 빈 선거에는 이미 사람과 장비가 몰려들어 있었다. 부둣가에서 대기중인 용접기는 수를 헤아릴 수도 없었다.

에디가 말했다. "어쨌거나 그냥 대충 때우기만 할 거야. 항해가 가능할 정도로만 갑판을 고치고, 나머지는 기다려야 해."

항모의 이름이 마음에 걸렸다. 척은 찝찝한 기분을 떨칠 수가 없었다. 요크타운이 의미하는 게 뭐지? 요크타운 전투는 독립전쟁 당시 마지막 대규모 전투였다. 그것이 뭔가 중요한가?

밴더미어 대위가 지나갔다. "일하러 가, 계집애 자식들아." 그가 말했다.

에디가 숨죽여 말했다. "언젠가 저 자식 한 방 먹여주겠어."

"전쟁 끝나고, 에디." 척이 말했다.

지하실로 돌아온 척은 책상에 앉은 밥 스트롱을 보고 자기가 그의 문제를 해결했음을 깨달았다.

다시 암호해독가의 어깨 너머를 들여다보니 일본어 여섯 음절이 적힌 예의 그 종이가 눈에 들어왔다.

요―로―쿠―타―와―나

그는 마치 스트롱이 벌써 문제를 해결한 양 눈치껏 말했다. "풀어내셨군요, 중위님!" 그가 말했다.

스트롱은 어리둥절한 기색이었다. "내가?"

"영어 이름이잖아요. 그러니까 일본인들은 소리나는 대로 쓴 거죠."

"요로쿠타와나가 영어 이름이야?"

"네, 중위님. 일본인들은 요크타운을 그렇게 발음합니다."

"뭐?" 스트롱이 당황했다.

끔찍한 한순간, 멍청이 처키는 아예 헛짚은 게 아닐까 불안했다.

스트롱이 말했다. "이런, 맙소사! 요로쿠타와나. 요크타운을 일본식으로 읽은 거야!" 그는 기쁘게 웃었다. "고맙다!" 그가 감격해 말했다. "잘했어!"

척은 머뭇거렸다. 하나가 더 있었다. 자기 생각을 말해도 될까? 암호를 푸는 것은 그의 일이 아니었다. 하지만 미국은 패배하기 직전이었다. 어쩌면 모험을 해야 할지도 몰랐다. "다른 의견 하나 더 드려도 될까요?" 그가 말했다.

"말해봐."

"AF라는 지명에 관한 겁니다. 그게 미드웨이라는 걸 확인해야 하지 않습니까?"

"그렇지."

"미드웨이에 관해 뭔가 메시지를 보내보면 어떨까요? 일본인들이 암호를 사용해서 재전송할 만한 내용으로요. 그러면 그들의 전파를 가로채서 해당 지명을 어떤 암호로 옮겼는지 알아낼 수 있을 겁니다."

스트롱은 생각에 잠긴 듯했다. "그럴 수도 있지." 그가 말했다. "놈들이 확실하게 알 수 있도록 암호 없이 평문으로 보내야 할지 모르겠군."

"그럴 수도 있죠. 뭔가 심각한 기밀이 아닌 내용이어야 할 테고요. 이를테면 이러는 겁니다. '미드웨이에 성병이 돌고 있음. 약품을 보내줄 것.' 뭐, 그 비슷한 걸로요."

"하지만 일본놈들이 뭐하러 그런 내용을 재전송하겠나?"

"좋습니다. 그러면 뭔가 군사적인 중요성이 있어야겠군요. 하지만 고급 기밀은 아니어야 합니다. 날씨 같은 거죠."

"요즘은 날씨 예보도 기밀이야."

옆 책상의 암호해독가가 끼어들었다. "물이 부족하다고 하면 어때? 놈들이 그곳을 점령할 계획이라면 중요한 정보겠지."

"젠장, 이거 먹히겠군." 스트롱은 흥분하기 시작했다. "미드웨이에서 평문으로 담수화 장치가 고장났다고 하와이에 통신을 보내는 거야."

척이 말했다. "그리고 하와이에서는 급수 바지선을 보낸다고 대답하는 거죠."

"만일 놈들이 미드웨이를 공격할 계획이라면 분명 이런 내용을 재전송하겠지. 그곳에 담수를 수송할 계획을 세워야 할 테니까."

"그리고 미드웨이에 관심이 있다는 사실을 우리에게 들키지 않기 위해 암호를 사용하겠죠."

스트롱이 일어섰다. "따라와." 그는 척에게 말했다. "이 아이디어를 대장에게 보고하고, 어떻게 생각하는지 들어보자."

그날 통신이 서로 오갔다.

다음날 일본의 무선통신에는 AF에 물이 부족하다는 내용이 포함되어 있었다.

목표는 미드웨이였다.

니미츠 제독은 덫을 설치하기 시작했다.

# III

그날 저녁, 천 명 이상의 정비공이 불구가 된 항공모함 요크타운에 매달려 아크등 불빛 아래 손상 부위를 수리하고 있을 때 척과 에디는 호놀룰루의 한 어두운 골목에 있는 '더 밴드 라운드 더 해트' 술집을 찾았다. 언제나 그렇듯 수병과 주민으로 붐볐다. 쌍쌍이 간호사도 드문드문 있었지만 손님 대부분이 남자였다. 척과 에디는 다른 남자들이 그들과 같은 부류라서 이곳을 좋아했다. 레즈비언들은 남자들이 치근덕거리지 않아 이곳을 좋아했다.

물론 공공연한 사실은 아니었다. 동성애를 하면 해군에서 쫓겨나 감옥에 갈 수도 있었다. 그럼에도 이 술집은 마음에 들었다. 밴드 리더는 화장을 했다. 하와이 주민인 보컬은 여장을 했지만 워낙 잘 어울려서 그가 남자인지 모르는 사람도 있었다. 술집 주인은 정말 괴짜였다. 남자끼리 춤출 수 있었다. 베르무트를 시킨다고 겁쟁이 취급하는 사람도 없었다.

조앤이 죽은 뒤 척은 에디에 대한 사랑이 더욱 커진 것을 느꼈다. 전에는 물론 원칙적으로는 에디도 죽을 수 있다고 늘 생각했지만 그런 위험이 현실적으로 다가온 적은 한 번도 없었다. 이제 진주만 공습 이후 척은 피투성이로 땅바닥에 쓰러진 아름다운 여인과 그 옆에서 서럽게 우는 형을 떠올리지 않은 날이 단 하루도 없었다. 어쩌면 척이 에디 옆에 무릎을 꿇고 앉아 똑같이 참을 수 없는 슬픔을 느꼈을 수도 있다. 척과 에디는 12월 7일 죽음을 모면했지만, 그들은 전쟁중이었고 사람 목숨이 파리 목숨이나 다름없는 때였다. 함께하는 매일이 마지막날이 될 수도 있기에 소중했다.

척은 맥주를 한 손에 들고 바에 기대서 있었고 에디는 높은 스툴에 앉아 있었다. 그들은 트레버 팩스먼, 일명 트릭시라는 해군 조종사가 여자와 관계를 가지려고 애쓰던 때의 이야기를 들으며 웃고 있었다. "정말 끔찍했다고!" 트릭시가 말했다. "나는 그림에 나오는 여자들처럼 거기 아래가 깔끔한 줄 알았거든. 그런데 나보다 털이 더 많더라니까!" 사람들은 와하고 웃었다. "고릴라 같았어!" 그 순간 척이 곁눈질로 보니 다부진 체격의 밴더미어 대위가 술집에 들어서고 있었다.

사병들이 드나드는 술집에 장교들은 오지 않았다. 금지된 일은 아니었지만, 리츠칼튼 호텔의 레스토랑에 진흙탕에 빠진 부츠를 신고 가는 것처럼 그저 경솔하고 지각없는 행동이었다. 에디는 밴더미어가 보지 못하길 바라며 등을 돌렸다.

그런 행운은 없었다. 밴더미어는 곧장 그들에게 다가와 말했다. "자, 그래. 계집애들이 다 모였군, 그렇지?"

트릭시는 돌아서서 사람들 사이로 사라졌다. 밴더미어가 말했다. "어디로 간 거야?" 그는 이미 혀가 꼬일 정도로 취해 있었다.

척은 에디의 얼굴이 어두워지는 것을 보았다. 척은 딱딱하게 말했다. "안녕하십니까, 대위님. 제가 맥주 한잔 대접할까요?"

"스카치 온더록스."

척은 그에게 술을 시켜주었다. 밴더미어가 한 모금 마시더니 말했다. "듣기로는 여기선 뒤로 한다며, 정말이야?" 그는 에디를 바라보았다.

"모르겠습니다." 에디는 냉담하게 말했다.

"자, 말해봐." 밴더미어가 말했다. "우리끼리잖아." 그는 에디의 무릎을 어루만졌다.

에디는 벌떡 일어서며 의자를 뒤로 밀었다. "제 몸에 손대지 마십시오." 그가 말했다.

척이 말했다. "진정해, 에디."

"이런 늙은 호모가 내 몸을 만져도 된다는 말은 해군 규정에 없어!"

밴더미어가 취한 목소리로 말했다. "나더러 뭐라고?"

에디가 말했다. "또 날 만지면 기필코 이 추한 녀석에게 한 방 먹여주겠어."

척이 말했다. "밴더미어 대위님, 제가 여기보다 훨씬 좋은 곳을 압니다. 그리로 가시겠습니까?"

밴더미어는 어리둥절한 눈치였다. "뭐?"

척은 생각나는 대로 말했다. "더 작고 아늑한 곳이요. 여기와 비슷하지만 더 은밀하죠. 무슨 뜻인지 아시죠?"

"그거 좋군!" 대위가 술잔을 비웠다.

척은 밴더미어의 오른팔을 잡고 에디더러 왼팔을 잡으라는 시늉을 해 보였다. 두 사람은 취한 대위를 끌고 밖으로 나왔다.

운 좋게도 어두침침한 골목에 택시 한 대가 서 있었다. 척이 택시 문을 열었다.

그 순간 밴더미어가 에디에게 키스를 했다.

대위는 에디에게 팔을 척 두르고 에디의 입술에 입을 맞추더니 말했다. "사랑해."

척의 심장이 두려움으로 가득찼다. 이제 좋게 끝나기는 글렀다.

에디가 밴더미어의 배에 힘껏 주먹을 꽂아넣었다. 대위는 끙 소리를 내더니 헐떡거렸다. 이번에는 그의 얼굴로 주먹이 날아갔다. 척은 두 사람 사이에 끼어들었다. 밴더미어가 쓰러지기 전에 그를 택시 뒷자리에 밀어넣었다.

척은 열린 창문으로 몸을 들이밀고 기사에게 10달러짜리 지폐를 한 장 건넸다. "집으로 데려가고, 잔돈은 가져요." 그가 말했다.

택시가 출발했다.

척은 에디를 바라보았다. "이런, 세상에. 우리 이제 큰일났어."


## IV


그러나 에디 패리는 장교를 공격했다는 이유로 처벌받지 않았다.

밴더미어 대위는 다음날 아침 눈두덩이 시커메진 채 행정관 구관에 나타났지만 아무 말도 하지 않았다. 그런 술집에서 싸움을 벌인 일을 인정하면 경력이 끝장나기 때문이라고 척은 생각했다. 그럼에도 모두가 그의 얼굴의 상처에 관해 이러쿵저러쿵했다. 밥 스트롱이 말했다. "본인은 차고에 흘린 기름에 미끄러져서 잔디 깎는 기계에 얼굴이 부딪혔다지만, 내 생각에는 마누라한테 맞은 것 같아. 그 여자 봤어? 잭 뎀프시*처럼 생겼더군."

그날 지하실의 암호해독 전문가들은 일본이 6월 4일 미드웨이를 공격한다고 니미츠 제독에게 전했다. 더 정확히 하자면, 일본 함대는 아침 일곱시 환초에서 북쪽으로 280킬로미터 떨어진 곳에 있을 것이다.

그들은 말한 내용처럼 자신이 넘쳤다.

에디는 우울해했다. "우리가 뭘 할 수 있지?" 그가 같이 점심을 먹으려고 척을 만났을 때 말했다. 같은 해군 정보부에서 일하는 그는 암호해독 전문가들이 밝혀낸 일본군의 전력을 알고 있었다. "일본놈들의 전함 이백 척이 바다로 나왔어. 사실상 해군 전체지. 우린 얼마나 되지? 서른다섯 척이라고!"

척은 침울하지 않았다. "하지만 놈들의 기동타격부대는 전력의 4분

---

* 미국 권투선수.

의 1밖에 안 돼. 나머지는 점령군에 연막작전 병력이거나 예비군이야."

"그래서? 놈들의 4분의 1만 해도 우리 태평양함대보다 많은 게 사실이잖아!"

"실제 일본의 기동타격부대는 고작 항모 네 척에 불과해."

"하지만 우린 겨우 세 척이지." 에디는 연기에 그을린 채 정비공들로 뒤덮여 건선거에 있는 항공모함을 햄 샌드위치로 가리켜 보였다. "그나마 망가져버린 요크타운까지 포함해서."

"글쎄, 우린 놈들이 오는 걸 알아. 놈들은 우리가 숨어서 기다리는 걸 모르고."

"그 점이 니미츠가 생각하는 것만큼 차이를 만들어내기를 진정으로 바라야지."

"그래, 같은 생각이야."

지하실로 돌아간 척은 그가 더는 그곳 소속이 아니라는 소식을 들었다. 요크타운 호에 재배치된 것이다.

"밴더미어가 이런 식으로 날 벌주는 거야." 그날 저녁 에디는 눈물을 흘리며 말했다. "놈은 네가 죽을 거라 생각하는 거라고."

"비관적으로 생각하지 마." 척이 말했다. "우리가 전쟁에서 이길지도 몰라."

공격 며칠 전 일본은 암호책을 새로운 것으로 바꾸었다. 지하실 사람들은 한숨을 내쉬고 바닥부터 다시 시작했지만 전투 전까지 새로 알아낸 정보는 거의 없었다. 니미츠는 이미 가진 정보로 만족해야 했고 일본이 마지막 순간 전체 계획을 변경하지 않기를 바랐다.

일본은 기습적으로 나서서 미드웨이를 쉽게 점령할 수 있으리라 생각했다. 그러면 미국이 그곳을 되찾기 위해 총공격을 가할 것이고, 그 순간 일본의 예비함대가 미군 함대 전체를 덮쳐 쓸어버릴 계획이었다.

일본은 태평양을 지배하게 될 터였다.

그러면 미국이 평화협상을 요청할 것이다.

니미츠는 일본이 미드웨이를 점령하기 전에 기동타격부대를 잠복시켜 그들의 책략을 싹부터 잘라낼 계획을 세웠다.

척은 이제 잠복할 부대의 일원이었다.

그는 배낭에 짐을 싸고 에디에게 작별키스를 한 다음 함께 부둣가로 향했다.

그곳에서 두 사람은 밴더미어와 마주쳤다.

"방수격벽까지 수리할 시간은 없었다는군." 그가 두 사람에게 말했다. "배에 구멍이라도 나면 납으로 만든 관처럼 가라앉을 거야."

척은 참으라는 뜻으로 에디의 어깨를 어루만지고는 말했다. "눈은 어떠십니까, 대위님?"

앙심을 품은 밴더미어의 입가 주변이 뒤틀렸다. "행운을 빈다, 호모새끼야." 그는 어디론가 가버렸다.

척은 에디와 악수를 나누곤 배에 올랐다.

밴더미어에 대해서는 금세 잊어버렸다. 실로 오랜 시간 끝에 바람을 이루었기 때문이다. 그는 바다에 있었다. 그것도 지금까지 만들어진 가장 큰 배 가운데 하나를 타고 있었다.

요크타운 호는 나머지 항공모함을 이끄는 선두였다. 축구장 두 개를 붙여놓은 것보다 더 길었고 승조원만 이천 명이 넘었다. 항공기는 구십 대까지 적재할 수 있었다. 날개가 접히는 구식 더글러스 디베스테이터 뇌격기와 신기종인 더글러스 돈틀러스 급강하폭격기, 그리고 폭격기들을 엄호할 그러먼 와일드캣 전투기 등이었다.

10여 미터 위로 솟은 아일랜드를 제외하면 거의 모든 것이 비행갑판 아래 있었다. 아일랜드란 지휘 및 통신의 심장부로, 함교와 바로 밑 통신실, 해도실, 조종사 대기실을 갖추고 있었다. 그 뒤쪽에는 커다란 굴뚝 세 개가 연달아 붙어 있었다.

항모가 건선거에서 나와 진주만을 빠져나가는 지금까지도 정비공 가운데 일부가 여전히 남아 작업을 마무리하고 있었다. 배가 바다로 나가며 거대한 엔진이 진동하자 척은 황홀해졌다. 수심이 깊은 지점에 이르자 항모는 태평양의 너울을 타고 오르내리기 시작했다.

척은 통신실에 배치되었는데, 통신신호를 다루던 경험을 활용할 수 있는 합리적인 인사였다.

항모는 용접부의 새 신발처럼 삐걱대는 소리와 함께 집결지인 미드웨이 북동쪽으로 항해해갔다. 선상에는 기덩크라고 알려진 음료 판매점이 있어서 갓 만든 아이스크림을 제공했다. 항모에 오른 첫날 오후 척은 '더 밴드 라운드 더 해트' 술집에서 마지막으로 만났던 트릭시 팩스먼과 우연히 마주쳤다. 친구가 함께 타고 있어 기뻤다.

예상 공격일 하루 전날인 6월 3일 수요일, 미드웨이 서쪽으로 정찰에 나선 해군 비행정이 일본의 수송함대 한 대를 찾아냈다. 전투가 끝난 후 환초를 장악할 점령군을 싣고 있는 것으로 추정되는 함선이었다. 그 소식은 모든 미 함정으로 전달되었고, 요크타운의 통신실에 있던 척도 다른 사람들과 함께 최초로 접했다. 그것은 지하실 동료들이 옳았다는 확실한 증거였다. 그들의 판단이 맞았다는 생각에 안도감이 들었다. 생각해보면 아이러니했다. 만일 그들이 틀렸다면 일본군은 다른 곳에 있을 테고 그도 이런 위험에 처하지는 않았을 것이다.

그는 일 년 반 동안 해군에 몸담고 있었지만 지금까지 단 한 번도 전투에 참가한 적은 없었다. 급하게 수리한 요크타운은 일본군 어뢰와 폭탄의 표적이 될 터였다. 항공모함은 자기를, 더불어 척을 침몰시키려고 온 힘을 다할 사람들을 향해 나아가고 있었다. 기분이 이상했다. 대부분의 시간은 기이하리만큼 차분했지만 가끔 몰래 배에서 뛰어내려 하와이로 헤엄쳐 돌아가고 싶은 충동을 느낄 때도 있었다.

그날 밤 그는 부모님께 편지를 썼다. 다음날 죽는다면 그도 편지도 배와 함께 가라앉겠지만 어쨌든 썼다. 다른 곳으로 배치받은 이유에 관해서는 아무 말도 하지 않았다. 동성애자라는 사실을 고백해야겠다는 생각이 머릿속을 스쳤지만 재빨리 떨쳐버렸다. 그는 부모님을 사랑한다고, 그를 위해 해준 모든 것에 감사한다고 적었다. '만일 민주국가를 위해 잔인한 군국 독재에 맞서 싸우다 죽는다면, 제 삶은 헛되지 않을 겁니다.' 다시 읽어보니 약간 과장돼 보였지만 그냥 두었다.

짧은 밤이었다. 새벽 한시 삼십분에 조종사들의 식사를 알리는 경적이 울렸다. 척은 트릭시 팩스먼에게 가서 행운을 빌어주었다. 일찍 하루를 시작하는 보상으로 조종사들은 스테이크와 달걀을 먹었다.

선창 격납고에 있던 함재기들은 항모의 거대한 엘리베이터를 타고 올라가 사람 손을 통해 갑판 주기장으로 이동한 다음 연료를 공급받고 무기를 장착했다. 몇몇 조종사가 이륙해 적을 찾아나섰다. 나머지는 비행복 차림으로 브리핑실에서 소식을 기다렸다.

척은 통신실에서 근무를 섰다. 여섯시 직전 정찰용 비행정에서 신호가 들어왔다.


많은 적기가 미드웨이로 향하고 있음


몇 분 뒤에는 신호의 일부분만 감지되었다.


적 항모

끝내 시작되었다.

잠시 후 전체 보고가 들어왔을 때 확인해보니 일본군 기동타격부대는 암호해독 전문가들의 예상과 거의 똑같은 위치에 있었다.

미국의 항공모함 세 척—요크타운과 엔터프라이즈, 호닛—은 일본 함정에 타격을 가할 수 있는 사정거리 안쪽으로 함재기를 날려보낼 수 있도록 방향을 잡았다.

함교에는 1차 세계대전에서 해군 십자훈장을 받은 쉰일곱 살의 참전 용사로 코가 긴 프랭크 플레처 제독이 있었다. 함교로 통신문을 가져간 척은 그가 하는 말을 들었다. "아직 일본군 항공기가 보이지 않아. 그 말은 우리가 여기 있다는 걸 놈들이 모른다는 거지."

미국에게 유일하게 유리한 점이 뭔지 척은 알았다. 정보의 우위라는 이점이었다.

의심의 여지 없이 일본은 진주만 때의 각본을 답습해 무방비상태의 미드웨이를 습격하기를 기대하겠지만 암호해독 전문가들 덕분에 그런 사태는 벌어지지 않을 터였다. 미드웨이의 미군 항공기들은 활주로에서 표적이 되지는 않을 것이다. 일본군 폭격기들이 도착했을 때쯤 모두 하늘로 날아올라 전투를 갈망하고 있을 것이다.

미드웨이로부터 오는, 그리고 일본군 전함들 사이에 오가는 잡음 섞인 무선신호에 긴장한 채 귀기울이며 요크타운 통신실의 장교와 병사들은 작은 환초 위에서 엄청난 공중전이 벌어지리라는 것을 전혀 의심치 않았다. 하지만 누가 승리할지는 알 수 없었다.

이내 미드웨이에서 이륙한 미군 항공기들이 적기와 맞붙었고 동시에 일본 항공모함들을 공격했다.

척이 보기에는 두 접전 모두 대공포가 가장 큰 효과를 발휘했다. 미드웨이 기지가 입은 피해는 심하지 않았고 일본 함대를 겨냥한 모든 폭탄과 어뢰는 빗나갔지만, 양측 모두 상당히 많은 항공기가 격추되었다.

점수는 동점이었지만 척은 걱정스러웠다. 일본에 더 많은 예비전력이 있기 때문이었다.

일곱시 직전 요크타운과 엔터프라이즈, 호닛은 남동쪽으로 방향을 바꾸었다. 유감스럽게도 적과 멀어지는 방향이었지만 함재기들이 남동풍을 타고 이륙해야 했다.

항공기가 한 대씩 엔진을 최대출력으로 올린 다음 갑판을 따라 맹렬히 달리다가 공중으로 날아오르는 우레 같은 소리에 웅장한 요크타운호 구석구석이 떨렸다. 척이 보니 갑판을 따라 속도를 높이는 와일드캣의 오른쪽 날개가 들리며 동체가 왼쪽으로 쏠리는 경향이 있었는데, 이는 조종사들이 불평하는 특유의 현상이었다.

여덟시 삼십분까지 세 항모는 적의 기동타격부대를 공격하기 위해 모두 155대의 항공기를 보냈다.

가장 먼저 출발한 항공기들이 완벽한 시점에 목표지역에 도착했다. 미드웨이에서 돌아온 항공기의 재급유와 재무장으로 일본군이 한창 정신없을 때였다. 비행갑판에는 뱀처럼 똬리를 튼 급유 호스 사이사이 탄약상자가 흩어져 있어 언제라도 폭발할 수 있었다. 대학살이 벌어져야 했다.

하지만 아니었다.

첫 공격에 나선 미군 항공기 대부분이 파괴당했다.

디베스테이터는 구식이었다. 호위기 와일드캣은 조금 나았지만, 빠르고 기동성이 좋은 일본의 제로에는 상대가 되지 않았다. 살아남아 폭탄을 투하할 수 있던 항공기들도 항공모함들의 엄청난 대공포 사격에 떼죽음을 당했다.

움직이는 항공기에서 움직이는 함선에 폭탄을 떨어뜨리거나 함선이 맞을 만한 위치에 어뢰를 떨어뜨리는 것은 엄청나게 어려웠고, 특히 위아래로 사격을 당하는 상황이라면 더욱 그랬다.

많은 조종사가 시도중에 목숨을 잃었다.

그리고 단 한 명도 목표를 맞히지 못했다.

미국의 폭탄이나 어뢰는 한 발도 목표를 찾아내지 못했다. 미군의 항공모함 세 척에서 날아간 항공기 세 무리의 공격은 일본의 기동타격부대에 아무 피해도 입히지 못했다. 그들의 갑판 위 탄약은 폭발하지 않았고 급유 호스에도 불이 붙지 않았다. 그들은 끄떡없었다.

통신 내용을 듣고 있던 척은 절망했다.

그는 칠 개월 전의 진주만공격이 대단했다는 사실을 다시금 여실히 깨달았다. 한곳에 모여 닻을 내린 채 움직이지 않는 목표물이 되어준 미국 함선들은 상대적으로 맞히기 쉬웠다. 배를 보호해야 할 전투기들은 비행장에서 파괴당했다. 미국이 무장하고 대공포를 배치했을 때 공격은 거의 끝나가고 있었다.

하지만 이번 전투는 아직 진행중이었고, 미국의 모든 항공기가 목표 지점에 도착한 것은 아니었다. 척은 엔터프라이즈의 무전기를 통해 한 항공 장교가 외치는 소리를 들었다. "공격! 공격!" 그러자 한 조종사가 간결하게 대답했다. "알았음. 놈들을 찾는 즉시 공격한다."

좋은 소식은 일본 지휘관이 미군 함선을 공격할 항공기를 아직 보내지 않았다는 사실이었다. 그는 계획에만 매달려 미드웨이에 집중하고 있었다. 어쩌면 지금쯤 자신이 항모에서 출격한 항공기들로부터 공격당하고 있다는 사실을 알아챘을지 몰라도 미군 전함의 위치를 알지는 못할 것이다.

이렇게 유리한데도 미국은 이기지 못하고 있었다.

그 순간 상황이 바뀌었다. 엔터프라이즈에서 출격한 서른일곱 대의 돈틀러스 급강하폭격기 편대가 일본군을 발견했다. 함선들을 호위하던 제로 전투기들은 앞서 공격해온 미군과 공중전을 벌이느라 거의 해수면까지 내려가 있었고, 폭격기들은 운 좋게도 태양을 등지고 내려갈 수 있었다. 바로 잠시 후 요크타운에서 출격한 또다른 열여덟 대의 돈틀러스가 목표지점에 도착했다. 조종사들 가운데는 트릭시도 있었다.

통신망은 흥분한 목소리들로 넘쳤다. 척은 눈을 감고 집중하며 왜곡된 소리들을 알아들으려 애썼다. 트릭시의 목소리는 확인되지 않았다.

그때 말소리 너머로 폭격기가 급강하하는 특유의 비명 같은 소리가 들리기 시작했다.

별안간 처음으로 승리에 찬 조종사들의 외침이 들려왔다.

"잡았다, 이 자식!"

"젠장, 터지는 느낌이 왔어!"

"이거나 먹어라, 개자식들!"

"명중!"

"불붙은 것 좀 봐!"

통신실에 있던 사람들은 미친듯이 환호했지만 무슨 일이 벌어지는지 확실히 알 수는 없었다.

상황은 몇 분 만에 마무리되었지만 분명한 보고를 받기까지는 오랜 시간이 걸렸다. 조종사들은 승리의 기쁨에 제대로 말을 하지 못했다. 점차 그들이 흥분을 가라앉히고 항모로 비행기를 돌리며 상황이 전달되었다.

트릭시 팩스먼은 생존자에 속해 있었다.

폭탄 대부분이 전과 마찬가지로 빗나갔지만 열 발 가까이 명중했고, 얼마 안 되는 그 몇 발의 성공이 어마어마한 피해를 입혔다. 거대한 일본의 세 항공모함 가가, 소류, 그리고 기함 아카기는 걷잡을 수 없는 불길에 휩싸였다. 적에게 남은 항모는 히류 한 척뿐이었다.

"네 척 중 세 척!" 척은 의기양양하게 외쳤다. "그리고 놈들은 아직 우리 배들 근처에도 못 오고 있어!"

상황은 금세 바뀌었다.

플레처 제독이 돈틀러스 열 대를 보내 살아남은 일본군 항모를 정찰하게 했다. 하지만 요크타운의 레이더에 항공기 편대가 포착되었는데 아마도 80킬로미터가량 떨어진 곳에서 접근중인 히류에서 보낸 것 같았다. 열두시에 플레처는 와일드캣 열두 대를 보내 공격에 맞서도록 했다. 나머지 항공기도 공격이 닥쳤을 때 갑판 위에서 속수무책으로 당하지 않도록 발진했다. 동시에 요크타운의 급유관은 화재를 막기 위해 이산화탄소로 가득 채웠다.

적군의 공격기 편대는 아이치 D3A, 일명 '발' 급강하폭격기 열네 대와 호위를 맡은 제로 전투기들로 이루어졌다.

왔구나. 척은 생각했다. 내 첫 전투야. 욕지기가 치밀었다. 꿀꺽 침을 삼켰다.

공격해오는 적기들이 보이기도 전에 요크타운의 포문이 열렸다. 항모가 갖춘 네 쌍의 5인치 대공포는 사정거리가 몇 킬로미터에 달했다. 레이더의 도움을 받아 적기의 위치를 파악한 포병 장교는 거대한 24킬로그램 포탄들이 목표물 주위에 도달했을 때 터지도록 타이머를 조절한 다음 다가오는 항공기를 향해 집중사격했다.

조종사들의 무전 보고에 따르면 와일드캣 전투기들이 적군을 위에서 덮쳐 폭격기 여섯 대와 전투기 세 대를 격추했다.

척은 지휘함교로 달려가 공격에 나선 나머지 적기들이 하강하고 있다는 무선통신을 전했다. 플레처 제독은 침착하게 말했다. "글쎄, 철모는 썼고. 달리 할 수 있는 게 없군."

창밖을 내다본 척은 급강하폭격기들이 찢어지는 소리를 내며 하늘에서 그를 향해 수직에 가까운 각도로 떨어지는 모습을 발견했다. 바닥에 엎드리고 싶은 충동을 겨우 참았다.

항모는 좌현 쪽으로 최대한 방향을 꺾었다. 공격해오는 적기의 진로를 흐트러뜨릴 수만 있다면 뭐든 시도해볼 만했다.

요크타운의 갑판에는 '시카고 피아노' 네 문도 있었다. 더 작고 사정거리가 짧은 대공포로 각각 네 개의 포신이 달려 있었다. 그것들의 포문이 열렸고 요크타운을 호위하는 순양함들의 대공포도 동참했다.

겁에 질린 척이 자기 몸을 방어할 생각도 못하고 속수무책으로 함교에서 전방을 멍하니 보고 있자니 갑판 위 대공포 한 대가 사정거리 안에 들어온 발 전투기를 맞혔다. 적기는 세 동강이 난 것 같았다. 두 조각은 바다로 떨어지고 하나는 항모 측면에 충돌했다. 그 순간 발 전투기 또 한 대가 폭발했다. 척은 환호했다.

하지만 그래도 여섯 대가 남아 있었다.

요크타운은 갑자기 우현으로 방향을 틀었다.

발 전투기들은 갑판에서 날아드는 죽음의 포탄 세례에도 불구하고 항모를 뒤쫓고 있었다.

그들이 가까워지자 비행갑판 양옆 좁은 통로 위에 배치된 기관총들도 불을 뿜었다. 이제 요크타운에서는 낮게 쿵쿵대는 5인치 포와 중간 높이 음을 내는 시카고 피아노, 그리고 다급하게 드르륵거리는 기관총이 치명적인 교향곡을 연주했다.

척은 첫번째 폭탄을 보았다.

많은 일본의 폭탄이 지연신관을 장착했다. 충격을 받자마자 폭발하지 않고 일 초 정도 늦게 터졌다. 폭탄이 갑판을 뚫고 들어가 내부 깊은 곳에서 터지면 최대한 파괴력을 높일 수 있다는 발상이었다.

하지만 이 폭탄은 요크타운의 갑판 위에서 굴렀다.

척은 두려움에 휩싸여 홀린 듯 바라보았다. 순간적으로 폭탄은 아무런 해도 입힐 수 없을 것처럼 보였다. 바로 그때 쾅 소리, 번쩍이는 불길과 함께 폭탄이 폭발했다. 고물 쪽에 있는 시카고 피아노 두 문이 즉시 파괴되었다. 갑판과 망루에는 작은 화재가 발생했다.

주위 사람들이 마치 회의실에서 진행되는 모의 훈련에 참여중인 듯 차분함을 유지하고 있어 척은 깜짝 놀랐다. 플레처 제독은 바닥이 흔들리는 지휘함교에서 비틀거리면서도 명령을 내렸다. 잠시 후 피해복구팀이 소방 호스와 함께 비행갑판을 가로질러 달려갔고, 들것병들은 선실로 통하는 가파른 승강구를 통해 아래쪽에 마련된 치료소로 부상자들을 옮겼다.

대규모 화재는 없었다. 급유관을 이산화탄소로 채운 덕분이었다. 그리고 갑판 위에는 폭발의 위험이 있는 폭탄 장착 항공기도 없었다.

잠시 후 발 전투기 한 대가 쇳소리를 내며 요크타운을 향해 하강하더니 폭탄 한 발이 연돌을 때렸다. 폭발로 인해 거대한 항모가 흔들렸다. 기름기 섞인 어마어마한 규모의 검은 연기가 굴뚝에서 솟구쳤다. 폭탄이 엔진을 망가뜨린 것이 틀림없다고 척은 생각했다. 항모의 속도가 급격히 떨어진 것이다.

뒤이어 발사된 폭탄들이 목표를 맞히지 못하고 바다에 빠지면서 간헐천처럼 물기둥이 솟았고, 갑판 위에서는 바닷물과 부상자의 피가 뒤섞였다.

요크타운은 천천히 멈춰 섰다. 불구가 된 항모가 더는 움직일 수 없는 상태가 되었을 때 일본군이 세번째로 폭탄을 명중시켰다. 폭탄은 앞쪽 엘리베이터를 부수고 그 아래 어디선가 폭발했다.

그 순간 공격이 뚝 그치고, 살아남은 발 전투기들은 맑고 파란 태평양 하늘로 치솟았다.

난 아직 살아 있어. 척은 생각했다.

항모는 가라앉지 않았다. 일본 항공기들이 시야에서 사라지기도 전에 화재진압 요원들이 작업을 시작했다. 아래쪽에서 엔지니어들은 한 시간 안에 보일러를 다시 작동할 수 있다고 말했다. 정비병들은 비행갑판에 난 구멍을 폭 15센티미터, 두께 10센티미터짜리 긴 미송 목재로 때웠다.

하지만 통신시설이 파괴되어 플레처 제독은 눈과 귀가 멀었다. 그는 전속 참모들과 함께 순양함 애스토리아 호로 옮겨 탔고 항모 엔터프라이즈 호에 있는 스프루언스에게 전술지휘권을 넘겼다.

척은 작은 소리로 말했다. "엿이나 먹어라, 밴더미어. 난 살아남았어."

그런 말을 하기에는 너무 일렀다.

엔진이 웡웡거리며 다시 살아났다. 이제 버크매스터 대령의 지휘 아래 요크타운은 다시 한번 태평양의 파도를 가르기 시작했다. 일부 함재기는 이미 엔터프라이즈 항모로 대피한 뒤였지만 일부가 여전히 공중에 떠 있었기 때문에 요크타운은 바람을 맞는 쪽으로 방향을 바꾸었고, 항공기들은 착륙해 재급유를 받았다. 작동하는 통신기가 없어서 척과 동료들은 옛 방식으로 깃발을 이용해 다른 함선과 연락을 취하는 수기신호팀이 되었다.

두시 삼십분이 되자 요크타운을 호위하는 순양함의 레이더에 서쪽에서 낮게 날아오는 비행기들이 포착되었다. 히류 호에서 출격한 편대인 것 같았다. 순양함은 그 소식을 항모에 알렸다. 버크매스터는 그들을 사전에 저지하기 위해 와일드캣 열두 대를 보냈다.

와일드캣이 공격을 막지 못했는지 이윽고 열 대의 뇌격기가 나타나 파도 위를 스치듯 요크타운을 향해 곧장 날아왔다.

척은 적기들을 또렷이 볼 수 있었다. 미국인들이 '케이트'라고 부르는 나카지마 B5N이었다. 각각 동체 아래 어뢰가 하나씩 매달려 있었는데, 길이가 기체의 절반 가까이 되었다.

항모를 호위하던 네 척의 중순양함이 주위에 포격을 가해 바닷물로 장막을 만들었지만 일본군 조종사들은 쉽사리 단념하지 않고 물보라를 뚫으며 곧장 앞으로 날았다.

척은 첫번째 적기가 어뢰를 떨어뜨리는 광경을 보았다. 긴 어뢰가 요크타운을 노리고 첨벙 물속으로 빠졌다.

척은 항모 위를 휙 스쳐지나가는 적기의 조종사 얼굴까지 볼 수 있었다. 그는 비행 헬멧 위에 빨간색과 흰색이 섞인 머리띠를 두른 모습이었다. 그가 갑판 위 병사들에게 승리의 표시로 주먹을 흔들어 보였다. 그러고는 날아가버렸다.

더 많은 적기가 으르렁대며 지나갔다. 어뢰는 속도가 느려 가끔은 피할 수 있을 때도 있지만 불구가 된 요크타운은 지그재그로 움직이기에는 너무 크고 무거웠다. 어마어마하게 큰 굉음이 항모를 울렸다. 어뢰는 일반적인 폭탄보다 몇 배 더 강력했다. 척이 느끼기에는 좌현 고물에 맞은 것 같았다. 바로 다른 폭발이 이어졌고 이번에는 실제로 선체가 위로 들려 승조원 절반이 갑판에 쓰러졌다. 거대한 엔진들은 금세 이상을 보였다.

다시 한번 피해복구팀이 시야에서 적군의 공격기가 사라지기도 전에 작업을 시작했다. 하지만 이번에는 제대로 처리하지 못했다. 요원들을 도와 펌프를 작동시키던 척은 거대한 항모의 철제 선체가 깡통처럼 찢겨나간 모습을 보았다. 뚫린 구멍으로는 바닷물이 나이아가라폭포처럼 밀려들었다. 몇 분 지나지 않아 갑판이 기운 걸 느낄 수 있었다. 요크타운은 좌현으로 기울고 있었다.

펌프들로는 쏟아져들어오는 물을 감당할 수 없었고, 특히 산호해 전투에서 손상된 항모를 급히 수리하는 과정에서 방수격벽들을 제대로 손보지 못한 탓에 더욱 그랬다.

배가 뒤집히기까지 얼마나 걸릴까?

세시에 척은 명령을 들었다. "이함!"

수병들은 기운 갑판의 높은 쪽 가장자리에서 밧줄을 늘어뜨렸다. 격납고 갑판에서 밧줄 몇 개를 잡아당기자 머리 위 적재함에서 천여 개의 구명조끼가 비처럼 쏟아졌다. 호위함들이 가까이 다가와 보트를 바다에 내렸다. 요크타운 승조원들은 신발을 벗고 가장자리로 우르르 몰려들었다. 어떤 이유에서인지 모두 벗은 신발 수백 켤레를 갑판 위에 줄을 맞춰 나란히 두었는데, 마치 무슨 희생 의식처럼 보였다. 부상자들은 대기중인 구조용 보트로 들것째 내려졌다. 물속에서 정신을 차려보니 척은 요크타운이 뒤집히기 전에 멀어지기 위해 최대한 빠른 속도로 헤엄치고 있었다. 갑자기 파도가 밀려와 모자가 쓸려가버렸다. 그는 따뜻한 태평양에 있다는 사실에 기뻤다. 대서양이었다면 구조를 기다리는 사이 추위로 죽었을 터였다.

구명보트가 그를 태웠다. 그리고 계속해서 바다에 빠진 사람들을 건져올렸다. 십여 척의 다른 보트도 같은 작업을 하는 중이었다. 많은 수병이 비행갑판보다 낮은 주갑판에서 내려왔다. 요크타운은 어찌된 일인지 여전히 떠 있었다.

모든 승조원이 안전하게 구조된 다음 호위함으로 옮겨 탔다.

척은 갑판에 서서 천천히 가라앉는 요크타운 뒤 바다 위로 해가 지는 모습을 바라보았다. 문득 온종일 일본군 함선을 한 대도 보지 못했다는 사실을 깨달았다. 모든 전투는 항공기로만 진행되었다. 이것이 새로운 종류의 첫 해전은 아니었을까 궁금해졌다. 만일 그렇다면 항공모함은 미래의 핵심 함선이 될 터였다. 다른 무엇도 그만큼 중요하지 않았다.

트릭시 팩스먼이 옆에 나타났다. 척은 살아 있는 그의 모습을 보고 기뻐서 끌어안았다.

트릭시는 척에게 엔터프라이즈와 요크타운에서 출격한 마지막 돈틀러스 급강하폭격기 편대가 살아남은 일본군 항모 히류에 불을 질러 파괴했다고 알려주었다.

"그럼 이제 일본 항모 네 척 모두 못 움직이는 거군요." 척이 말했다.

"그렇지. 우리가 모두 해치웠어. 우리는 한 척만 잃었고."

"그럼 우리가 이긴 건가요?" 척이 말했다.

"그래." 트릭시가 말했다. "그런 것 같군."


V


미드웨이 전투가 끝나자 태평양전쟁은 항공모함에서 출격하는 항공기로 승리할 수 있다는 사실이 명확해졌다. 일본과 미국은 가능한 한 빨리 항모를 건조하기 위해 긴급 계획을 수립했다.

1943년과 1944년에 걸쳐 일본은 많은 비용을 들여 거대한 항모를 일곱 척 건조했다.

같은 기간 동안 미국은 백열두 척을 생산했다.

# 13장
# 1942년(II)

## I

　카를라 폰 울리히 간호사는 물품 창고로 수레를 밀고 들어간 다음 문을 닫았다.

　재빨리 해야 했다. 만일 지금 하려는 이 일을 하다 붙잡히면 강제수용소로 보내질 것이다.

　벽장에서 상처에 감을 붕대 여러 뭉치와 반창고 한 통, 소독약 한 통을 꺼냈다. 그리고 약품 캐비닛의 잠금장치를 열었다. 진통 효과가 있는 모르핀과 감염을 막는 설파제, 열을 내리는 아스피린을 꺼냈다. 아직 뜯지 않은 새 주사기도 챙겼다.

　이미 몇 주 동안 장부를 꾸며 훔쳐낸 물품들이 정당하게 사용된 것처럼 조작해놓고 있었다. 물건을 빼낸 후가 아니라 전에 했는데, 그래야 혹시라도 불시 점검을 받았을 때 물품이 모자라 도난의 의심을 받는 대신 오히려 남아서 장부 관리가 소홀한 것쯤으로 여겨질 수 있었다.

이 일은 전에도 두 번 해봤지만 그렇다고 두려움이 덜해지지 않았다.

물품 창고에서 수레를 밀고 나오면서 그녀는 아무 잘못도 없어 보이기를, 그저 의약품을 환자들의 병상으로 가져가는 간호사로 보이기를 바랐다.

병실로 들어갔다. 실망스럽게도 그곳에는 에른스트 박사가 한 침대 곁에 앉아 맥박을 재고 있었다.

의사들은 모두 점심을 먹고 있어야 할 시간이었다.

이제 와서 마음을 고쳐먹기는 너무 늦었다. 실제 감정과는 반대로 확신에 찬 태도로 고개를 높이 들고 수레를 밀며 병실을 가로질러 걸었다.

에른스트 박사는 그녀를 쳐다보고 웃음지었다.

베르톨트 에른스트는 간호사들 사이에서 인기가 넘쳤다. 재능 있는 외과의에 환자를 대하는 태도도 따뜻했고 키가 크고 잘생긴데다 미혼이었다. 병원에 도는 소문이 믿을 만한지는 알 수 없지만 매력적인 간호사들과 수없이 염문을 뿌렸고 그중 많은 수와 잠자리를 가졌다.

그녀는 그에게 고개를 끄덕여 보이고는 씩씩하게 지나갔다.

수레를 밀고 병실을 나와서는 방향을 홱 틀어 간호사 탈의실로 들어갔다.

그녀의 코트가 고리에 걸려 있었다. 그 아래 놓인 고리버들로 짠 장바구니에는 낡은 실크 스카프와 양배추 한 통, 갈색 종이로 싼 생리대 한 상자가 들어 있었다. 카를라는 그것들을 꺼내고 재빨리 의약품을 수레에서 가방으로 옮겼다. 그리고 파란색과 금색의 기하학무늬 스카프로 덮었다. 어머니가 이십대 때 산 물건이 틀림없었다. 그리고 그 위에 양배추와 생리대를 얹고 가방을 고리에 건 다음 보이지 않게 코트로 덮었다.

안 들켰어. 그녀는 생각했다. 자기가 약간 떨고 있다는 걸 깨달았다.

깊게 숨을 들이마시고 마음을 가라앉힌 다음 문을 열었다. 바로 밖에 에른스트 박사가 서 있었다.

그녀를 따라온 걸까? 물품을 훔쳤다며 추궁할 작정인가? 그의 태도는 적대적이지 않았고, 오히려 상냥해 보였다. 아마 듣지 않았을 것이다.

그녀가 말했다. "안녕하세요, 선생님. 뭐 도와드릴까요?"

그는 웃었다. "안녕하세요. 다 잘되고 있나요?"

"완벽한 것 같아요." 죄책감 때문에 그녀는 싹싹하게 덧붙였다. "하지만 일이 잘되어가고 있는지 말해야 할 분은 선생님이시죠."

"아, 불만은 하나도 없어요." 그는 일축하듯 말했다.

카를라는 생각했다. 이건 뭐지? 추궁의 순간을 가학적으로 늦추며 나를 갖고 노는 건가?

그녀는 잠자코 선 채 불안감에 떨지 않으려 애쓰며 기다렸다.

그가 손수레를 내려다보았다. "왜 이걸 탈의실로 끌고 들어갔죠?"

"필요한 게 있어서요." 그녀는 필사적으로 꾸며댔다. "레인코트에 있는 건데요." 겁에 질려 목소리가 떨리는 걸 애써 감췄다. "손수건이요. 주머니에 있었어요." 마구 떠들지 마. 그녀는 스스로에게 말했다. 이 사람은 의사지 게슈타포 요원이 아니야. 그래도 두려웠다.

그는 긴장한 그녀의 모습이 재미있는지 즐거워했다. "손수레는?"

"다시 제자리에 가져다놓으려는 중이었어요."

"정리정돈은 아주 중요하죠. 당신은 아주 훌륭한 간호사군요…… 울리히 양…… 아니면 혹시 울리히 부인이신가요?"

"미혼이에요."

"서로 좀더 이야기를 해야겠군요."

그의 웃는 얼굴을 보니 의약품을 훔친 일로 온 것은 아니었다. 그는 데이트를 신청하려는 참이었다. 만일 그녀가 받아들인다면 간호사 수십 명의 부러움을 살 것이다.

하지만 그녀는 그에게 관심이 없었다. 어쩌면 굉장히 멋진 바람둥이 베르너 프랑크를 사랑했다가 그가 자기밖에 모르는 겁쟁이로 밝혀졌기 때문인지도 몰랐다. 그녀는 베르톨트 에른스트도 비슷한 남자일 거라 짐작했다.

하지만 그를 언짢게 하는 위험을 감수하고 싶지는 않아서 가만히 웃기만 했다.

"바그너 좋아해요?" 그가 물었다.

이제 이야기의 방향을 알 것 같았다. "음악 들을 시간이 없어요." 그녀는 단호하게 말했다. "연세 많은 어머니를 돌봐야 하거든요." 사실 모드는 쉰한 살에 아주 건강했다.

"내일 저녁 음악회 표가 두 장 있어요. 〈지크프리트의 목가〉를 연주한다는군요."

"실내악이군요!" 그녀가 말했다. "드문 일이네요." 바그너의 작품 대부분은 대규모 연주였다.

그는 기분이 좋아 보였다. "음악을 좀 아는군요."

카를라는 자기가 한 말을 후회했다. 그를 부추긴 것밖에 되지 않았다. "가족이 음악과 가깝죠. 어머니가 피아노 레슨을 하시거든요."

"그럼 꼭 가셔야죠. 분명 누군가 하룻저녁은 어머니를 대신 봐주실 수 있을 겁니다."

"정말 여의치 않은 일이라서." 카를라가 말했다. "하지만 초대는 정말 감사합니다." 그녀는 그의 눈에서 분노를 보았다. 그는 거절에 익숙한 사람이 아니었다. 그녀는 돌아서서 손수레를 밀며 걷기 시작했다.

"그럼 다음에라도?" 그가 그녀의 등뒤에 대고 말했다.

"정말 친절하시네요." 그녀는 걸음을 늦추지 않은 채 대답했다.

그가 따라올까봐 조마조마했지만 마지막 물음에 대한 애매한 답에 누그러진 모양이었다. 그녀가 어깨 뒤로 돌아봤을 때 그는 가고 없었다.

그녀는 손수레를 갖다두고 편하게 숨을 쉬었다.

다시 일을 시작했다. 그녀가 맡은 병동의 모든 환자를 점검하고 보고서를 작성했다. 그러자 저녁 근무자들과 교대할 시간이었다.

그녀는 레인코트를 입고 팔에 가방을 걸었다. 이제 훔친 물건을 가지고 건물을 빠져나가야 할 때였고, 다시 두려움이 엄습했다.

프리다 프랑크도 퇴근 시간이 같아 함께 나가게 되었다. 프리다는 카를라가 훔친 물건을 가지고 있다는 사실을 전혀 몰랐다. 두 사람은 6월 햇빛 아래를 걸어서 전차 정류장으로 향했다. 카를라가 코트를 입은 주된 이유는 제복을 깨끗하게 유지하기 위해서였다.

스스로 그럴듯하게 태연한 척하고 있다고 생각했는데 프리다가 말을 걸었다. "무슨 걱정 있어?"

"아니, 왜?"

"불안해 보여서."

"괜찮아." 그녀는 화제를 돌리려고 포스터를 가리켰다. "저걸 봐."

정부는 베를린 대성당 앞 공원 루스트가르텐에서 전시회를 열었다. '소비에트 낙원'이라는 반어적인 제목의 전시회는 공산주의 치하의 삶을 보여주며 볼셰비즘을 유대인의 속임수로, 러시아인들을 인간 이하의 슬라브족이라 묘사했다. 하지만 지금까지도 나치는 원하는 대로 모든 것을 통제하지는 못했고, 누군가 전시회를 조롱하는 포스터를 붙이며 베를린을 돌아다니고 있었다. 내용은 이랬다.


상설 전시

# 나치 낙원

전쟁/기아/기만/게슈타포

언제까지?

그런 포스터 한 장이 전차 대합실에 붙어 있어 카를라의 마음이 훈훈해졌다. "이런 건 누가 붙이는 걸까?" 그녀가 말했다.

프리다가 어깨를 으쓱했다.

카를라가 말했다. "누구든 용감하네. 잡히면 죽을 텐데." 문득 가방 속에 든 물건이 떠올랐다. 그녀 역시 잡히면 죽을 것이다.

프리다는 간단히 말했다. "그렇겠지."

이제 프리다가 안절부절못하는 것 같았다. 혹시 그녀가 이런 포스터를 붙이고 다니나? 아마 아닐 것이다. 어쩌면 그녀의 남자친구 하인리히일 수도 있다. 그는 진지하고 도덕적인 사람으로 그런 일을 할 만했다. "하인리히는 잘 지내?" 카를라가 물었다.

"결혼하고 싶대."

"넌 안 그래?"

프리다가 목소리를 낮췄다. "난 아이를 낳고 싶지 않아." 선동적인 발언이었다. 젊은 여자라면 총통을 위해 기꺼이 아이를 생산해야 했다. 프리다는 불법 포스터를 향해 고갯짓을 해 보였다. "이런 낙원에 아이를 낳고 싶지 않아."

"나도 그럴 것 같아." 카를라가 말했다. 어쩌면 그것이 에른스트 박사를 거절한 이유일지도 몰랐다.

전차가 도착해 그들은 올라탔다. 카를라는 마치 양배추보다 해로운 물건은 들어 있지 않다는 듯 가방을 무심히 무릎 위에 올려두었다. 다른 승객들을 살펴보았다. 제복을 입은 사람이 없어 안심했다.

프리다가 말했다. "나랑 집에 가자. 밤새 재즈나 듣는 거야. 베르너의 레코드를 틀어도 돼."

"그러고 싶지만 안 돼." 카를라가 말했다. "가볼 데가 있어. 로트만 가족 기억해?"

프리다는 걱정스레 주위를 살폈다. 로트만은 유대인 이름일 수도 있고 아닐 수도 있었다. 하지만 두 사람 이야기가 들릴 만큼 가까이 있는 사람은 없었다. "당연하지. 우리 아플 때 봐주던 의사 댁이잖아."

"원래 이제 진료를 하면 안 되거든. 에바 로트만은 전쟁 전 런던으로 가서 스코틀랜드 출신 군인과 결혼했어. 하지만 물론 부모는 독일을 빠져나가지 못했지. 아들인 루디는 바이올린을 만들었는데, 내가 보기에는 상당히 재능이 있더라고. 하지만 일자리를 잃고 지금은 악기 수리나 피아노 조율을 해." 그는 울리히 가족을 일 년에 네 번 방문해 스타인웨이 그랜드피아노를 조율했다. "어쨌든 오늘 저녁에는 그 집에 가서 그들을 만나야 하거든."

"아." 프리다가 말했다. 길게 이어지는 아가 마치 막 눈을 뜬 사람의 말처럼 들렸다.

"아, 뭐?" 카를라가 말했다.

"왜 그 가방을 성배라도 든 것처럼 꼭 붙들고 있는지 이제 알겠다."

카를라는 깜짝 놀랐다. 프리다는 그녀에게 비밀이 있음을 짐작하고 있었다! "어떻게 알았어?"

"로트만 박사가 원래 진료를 하면 안 된다며. 하고 있다는 것처럼 들리지."

카를라는 자기가 박사의 비밀을 누설하고 말았다는 걸 깨달았다. 그저 진료를 하는 것이 불법이라고 말했어야 했다. 다행히 비밀을 털어놓은 상대는 프리다뿐이었다. 카를라는 말했다. "본인이 어떻게 하겠어? 사람들이 집에 찾아와 도와달라고 비는걸. 그는 아픈 사람을 돌려보내지 못해! 돈도 제대로 못 버는 것 같더라고. 환자라야 모두 유대인이거나 가난한 사람들이라서 감자 몇 개나 달걀 하나를 치료비 대신 내거든."

"나한테 변호할 것 없어." 프리다가 말했다. "그 사람 용감하다고 생각해. 병원에서 물품을 훔쳐다주는 너도 용감하고. 이번이 처음이야?"

카를라는 고개를 저었다. "세번째. 하지만 네게 들키다니 바보가 된 기분이야."

"넌 바보가 아니야. 내가 널 너무 잘 알아서 그런 거지."

전차는 카를라가 내릴 곳에 접근했다. "행운을 빌어줘." 그녀는 전차에서 내렸다.

집에 들어서자 위층에서 더듬거리는 피아노 소리가 들렸다. 모드가 학생을 가르치고 있었다. 카를라는 기뻤다. 피아노 레슨은 어머니에게 약간의 돈벌이도, 기분전환도 되었다.

카를라는 레인코트를 벗고 주방으로 가서 아다에게 인사했다. 모드가 더는 급료를 줄 수 없다고 선언했을 때 아다는 그래도 상관없으니 그 집에 머물 수 없느냐고 물었다. 지금은 일자리를 구해 저녁에는 사무실 청소를 했고 집세와 식비를 대신해 울리히 가족의 집안일을 해주었다.

카를라는 테이블 밑에 신발을 벗어던지고 아픈 발을 비볐다. 아다가 그녀에게 곡물 커피를 한 잔 만들어주었다.

모드가 눈을 반짝이며 주방으로 들어왔다. "새 학생이야!" 그녀가 말했다. 그리고 카를라에게 지폐 몇 장을 보여주었다. "게다가 매일 레슨을 받고 싶대!" 모드가 음계 연습을 시켜놓고 나왔는지 고양이가 건반 위를 걷는 듯한 학생의 초보자 운지법 소리가 배경음처럼 들려왔다.

"잘됐네요." 카를라가 말했다. "누군데요?"

"나치야, 물론. 하지만 우린 돈이 필요해."

"이름이 뭔데요?"

"요아힘 코흐. 상당히 젊고 수줍음을 타. 마주치게 되면 제발 좀 꾹 참고 예의바르게 대해."

"물론이죠."

모드는 사라졌다.

카를라는 고마운 마음으로 커피를 마셨다. 대부분 사람들처럼 이제 탄 도토리 맛이 익숙했다.

그녀는 잠시 아다와 느긋하게 수다를 떨었다. 아다는 한때는 통통했지만 지금은 말랐다. 요즘 독일에 뚱뚱한 사람이 거의 없긴 해도 아다는 뭔가 이상했다. 장애인 아들인 쿠르트의 죽음이 그녀에게 큰 충격을 주었다. 그녀는 무력감에 빠졌다. 일을 열심히 했지만 다 끝나면 몇 시간이고 앉아서 무표정한 얼굴로 멍하니 창밖을 바라보았다. 카를라는 그녀를 좋아했고 그녀의 괴로움에 공감했지만 어떻게 도움을 줄 수 있을지 알 수 없었다.

피아노 소리가 멈추고 얼마 지나지 않아 카를라는 복도에서 어머니와 어떤 남자의 목소리를 들었다. 어머니가 코흐 씨를 배웅한다고 생각했지만, 섬뜩하게도 잠시 후 주방으로 들어서는 어머니를 뒤따라 티 하나 없이 깔끔한 중위 군복을 입은 남자가 들어왔다.

"제 딸이랍니다." 모드는 즐거운 듯 말했다. "카를라, 이쪽은 새로운 학생인 코흐 중위님이란다."

코흐는 매력적이고 수줍음을 타는 듯한 이십대 남자였다. 금색 콧수염을 기른 그의 모습이 카를라로 하여금 젊었을 적 아버지의 사진을 떠올리게 했다.

가슴이 두려움으로 뛰었다. 훔친 의약품이 든 바구니는 그녀 옆 주방의자 위에 놓여 있었다. 프리다에게 그랬던 것처럼 뜻하지 않게 비밀을 들키고 마는 걸까?

말이 제대로 나오지 않았다. "저, 저, 뵙게 되어 기쁩니다." 그녀가 말했다.

모드는 긴장하는 카를라를 이상하다는 듯 놀라서 바라보았다. 모드의 바람은 카를라가 상냥하게 대해서 새로운 학생이 계속 레슨을 받았으면 하는 것뿐이었다. 그녀는 군 장교를 주방으로 데리고 들어온 일이 아무 문제도 없을 거라고 생각했다. 카를라의 장바구니에 훔친 의약품이 들어 있으리라고는 짐작도 하지 못했다.

코흐는 정식으로 고개를 숙여 인사했다. "저야말로 기쁩니다."

"그리고 저희 가정부 아다예요."

아다가 적대적인 표정을 지었지만 코흐는 보지 못했다. 가정부라면 알아둘 가치가 없었다. 그는 짝다리를 짚고 비스듬히 서서 편안해하는 것처럼 보이려 애썼지만 오히려 반대 인상을 주었다.

그는 겉으로 보이는 것보다 어리게 행동했다. 과잉보호를 받으며 자란 듯 천진함이 엿보였다. 그래도 위험한 존재였다.

선 자세를 바꾸며 그는 카를라가 바구니를 올려둔 의자 등받이에 양손을 얹었다. "간호사라고 들었습니다." 그가 말했다.

"네." 카를라는 차분하게 생각하려 애썼다. 코흐가 울리히 가족에 대해 혹시 알고 있을까? 사회민주주의가 뭔지 알기에 그는 너무 젊었다. 사회민주당이 불법이 된 지도 구 년이 지났다. 어쩌면 울리히 가족의 오명은 발터의 죽음으로 사라져버렸는지도 몰랐다. 어쨌든 코흐는 그들을 단지 가족을 부양하던 가장을 잃고 가난해진 점잖은 독일 가정이라고 생각하는 것 같았다. 교육을 잘 받고 자란 많은 여자가 그런 상황에 처해 있었다.

그가 바구니 안을 들여다볼 이유는 없었다.

카를라는 상냥하게 물었다. "피아노 수업은 어떠세요?"

"진도가 빠른 편인 것 같습니다." 그는 모드를 흘깃 보았다. "선생님 께서 그렇다고 하시네요."

모드가 말했다. "아주 초급이지만 분명히 재능이 있어." 그녀는 늘 같은 말을 했다. 학생들이 두번째 레슨을 받게 하기 위해서였다. 하지 만 카를라가 보기에 어머니는 다른 때보다 더 좋아하고 있었다. 물론 그녀는 이성을 유혹할 자격이 있었다. 과부가 된 지 일 년이 넘었기 때 문이다. 하지만 자기 나이의 절반도 안 되는 상대에게 연애 감정을 느 낄 리는 없었다.

"하지만 이 악기를 정복할 때까지는 친구들에게 말하지 않을 작정입 니다." 코흐가 덧붙였다. "그런 다음 내 솜씨로 놀래주려고 합니다."

"재밌겠죠?" 모드가 말했다. "여기 좀 앉으세요, 중위님. 시간이 조 금 있으시다면요." 그녀는 카를라의 바구니가 놓인 의자를 가리켰다.

카를라가 바구니를 잡으려고 손을 뻗었지만 코흐가 한발 빨랐다. 그 는 바구니를 집어들며 말했다. "제가 하죠." 그는 바구니 안을 들여다 보았다. 양배추를 보더니 그가 물었다. "저녁거리인가보죠?"

카를라가 말했다. "네." 그녀의 목소리가 갈라졌다.

그는 의자에 앉더니 바구니를 자기 발치, 카를라의 반대편에 내려놓 았다. "내가 음악성이 있지 않을까 늘 상상했습니다. 이제 확인해봐야 죠." 그는 다리를 꼬았다가 다시 풀었다.

카를라는 그가 왜 그렇게 가만있지 못하나 의아했다. 그는 두려울 것 이 없었다. 그가 불편해하는 것이 혹시 성적인 문제 때문은 아닐까 하 는 생각이 번뜩 카를라를 스쳤다. 혼자서 독신 여자 세 명을 상대하는 중이었다. 머릿속으로 무슨 생각을 하는 걸까?

아다가 그의 앞에 커피 한 잔을 내려놓았다. 그는 담배를 꺼냈다. 그러더니 한번 피워보는 십대 아이처럼 담배를 피웠다. 아다가 그에게 재떨이를 내주었다.

모드가 말했다. "코흐 중위님은 벤틀러 가에 있는 전쟁부에서 일하신단다."

"정말요!" 그곳은 최고 참모부의 본부였다. 다행히 코흐는 피아노를 배우는 사실을 그곳 사람들에게 숨기고 있었다. 독일군의 모든 최고 비밀이 그 건물에 있었다. 코흐가 모른다고 해도 함께 일하는 동료 가운데 일부는 발터 폰 울리히가 반나치 인사였다는 사실을 기억할 수도 있었다. 그걸 알게 되면 울리히 부인에게 받는 레슨은 끝날 터였다.

"그곳에서 일하는 건 큰 특권이죠." 코흐가 말했다.

모드가 말했다. "제 아들은 러시아에 있어요. 끔찍이도 걱정된답니다."

"물론 어머니로서 당연한 일이죠." 코흐가 말했다. "하지만 제발 나쁜 생각은 하지 마세요! 최근 러시아의 반격을 단호하게 되받아쳤으니까요."

헛소리였다. 선전기관도 러시아가 모스크바 전투에서 승리했고 독일군 전선을 160킬로미터나 밀어냈다는 사실을 숨길 수는 없었다.

코흐가 말을 이었다. "이제 우리는 다시 전진할 태세를 갖췄습니다."

"확실한가요?" 모드는 걱정스러운 기색이었다. 카를라도 같은 기분이었다. 두 사람은 에리크에게 닥칠 일에 대한 두려움으로 고문당하고 있었다.

코흐는 거만하게 웃어 보이려 애썼다. "확실하니까 믿으세요, 울리히 부인. 물론 내가 아는 걸 다 밝힐 수는 없어요. 하지만 매우 공세적인 작전 계획이 새로 수립되는 중이라고 보장하죠."

"물론 우리 군대는 필요한 모든 걸 가졌겠죠. 음식도 충분하고, 다른 것들도요." 그녀는 코흐의 팔에 손을 얹었다. "하지만 그래도 걱정돼요. 이런 말을 하면 안 된다는 거 잘 알아요. 하지만 중위님은 믿을 수 있는 분이라는 느낌이 드네요."

"물론이죠."

"몇 달 동안 아들에게 연락을 못 받았답니다. 생사도 몰라요."

코흐는 주머니에 손을 넣더니 연필과 작은 노트를 꺼냈다. "분명히 찾아드릴 수 있을 겁니다." 그가 말했다.

"그래주실 수 있나요?" 모드는 눈이 휘둥그레져서 말했다.

카를라는 이래서 어머니가 아양을 떨었나보다고 생각했다.

코흐가 말했다. "아, 그럼요. 아시다시피 내가 참모부 본부에 있잖습니까. 비록 미미한 자리지만요." 그는 겸손한 태도를 보였다. "알아볼 이름이……"

"에리크."

"에리크 폰 울리히군요."

"알아봐주시면 정말 고맙죠. 그 아이는 의무병이랍니다. 의사가 되려고 공부중이었는데 총통 각하를 위해 싸우고 싶어서 안달이 난 거죠."

그것은 사실이었다. 에리크는 열혈 나치당원이었다. 최근 집으로 온 편지 몇 통에서는 충성심이 조금 누그러지긴 했지만.

코흐는 이름을 적었다.

모드가 말했다. "정말 멋진 분이시군요, 코흐 중위님."

"별것 아닙니다."

"우리가 동부전선에서 반격할 거라니 정말 기뻐요. 하지만 언제 공격이 시작될지는 말씀 못하시겠죠. 하지만 정말이지 궁금하네요."

모드는 정보를 캐내려 하고 있었다. 카를라는 이유를 알 수 없었다. 쓸데없는 정보였기 때문이다.

코흐는 열린 주방 창문 밖에 스파이라도 있는 것처럼 목소리를 낮췄다. "정말 머지않았습니다." 그렇게 말하고 그는 세 여자를 둘러보았다. 카를라가 보기에 그는 세 사람의 관심을 즐기고 있었다. 아무래도 여자들이 자기 말에 매달리는 경우가 흔치 않은 모양이었다. 잠시 시간을 끌더니 그가 말했다. "이제 곧 '청색 작전'이 시작될 겁니다."

모드는 눈을 빛내며 그를 보았다. "청색 작전이라니. 정말 엄청나게 멋지군요!" 남자에게서 파리의 리츠 호텔에서 일주일 동안 함께 있자는 제안을 받은 여자의 목소리 같았다.

그가 속삭였다. "6월 28일이죠."

모드는 손을 자신의 가슴에 얹었다. "그렇게 빨리! 정말 대단한 뉴스네요."

"아무 말도 해서는 안 되는데."

모드는 코흐의 손 위에 자기 손을 얹었다. "그래도 저는 기쁜걸요. 말씀을 들으니 기분이 훨씬 좋아졌어요."

그는 모드의 손을 멍하니 바라보았다. 카를라는 그가 여자의 손길에 익숙지 않다는 걸 알아차렸다. 그는 손에서 고개를 들어 모드의 눈을 보았다. 그녀는 따뜻하게 웃었다. 얼마나 따뜻한 웃음인지 100퍼센트 가짜라는 걸 도저히 믿기 어려웠다.

모드가 손을 뗐다. 코흐는 담배를 비벼 끄고 일어섰다. "가야 합니다." 그가 말했다.

하느님, 감사합니다. 카를라는 생각했다.

그는 고개를 숙여 보였다. "만나서 반가웠습니다, 울리히 양."

"안녕히 가세요, 중위님." 그녀는 감정을 드러내지 않고 대답했다.

모드는 그를 문으로 배웅하며 말했다. "그럼 내일 같은 시간에 뵙겠어요."

다시 주방으로 들어온 그녀가 말했다. "대단한 걸 알아냈어. 저렇게 멍청한 녀석이 참모부 본부에서 일하다니!"

카를라가 말했다. "엄마가 왜 그렇게 흥분하는지 모르겠어요."

아다가 말했다. "아주 잘생긴 사람이잖아요."

모드가 말했다. "저 사람이 비밀 정보를 알려줬잖아!"

"그게 우리에게 무슨 소용이 있어요?" 카를라가 물었다. "우리는 스파이도 아닌데."

"다음 공격 날짜는 알아냈고. 러시아측에 넘길 방법을 분명 찾아낼 수 있겠지?"

"나는 모르겠어요."

"스파이가 도처에 득실댄다잖아."

"그건 그냥 선전이죠. 뭐가 잘못되기만 하면 나치가 망친 게 아니라 유대인 공산주의자 비밀요원들이 들고일어났기 때문이라며 뒤집어씌우려고."

"그래도 진짜 스파이가 몇 명은 있겠지."

"어떻게 접촉하죠?"

어머니는 곰곰이 생각에 잠긴 듯했다. "프리다와 얘기해봐야겠어."

"왜 그런 생각을 하세요?"

"직감이지."

카를라는 전차 정류장에서 반나치 포스터를 누가 붙이는지 모르겠다고 하자 프리다가 조용해지던 순간을 떠올렸다. 카를라의 직감 역시 어머니와 일치했다.

하지만 그것만이 문제는 아니었다. "접촉할 수 있다고 해도, 우리가 조국을 배반하기를 바라세요?"

모드는 단호했다. "나치를 물리쳐야 해."

"나치가 그 누구보다 싫지만 그래도 나는 독일 사람인걸요."

"무슨 말인지 알아. 영국인으로 태어난 나조차 반역자가 되는 건 달 갑지 않아. 하지만 우리가 전쟁에 지지 않고는 나치를 없앨 수 없잖아."

"하지만 우리가 러시아에 정보를 넘겨서 전투에 반드시 진다고 생각 해보세요. 그 전투에서 에리크가 죽을 수도 있다고요! 엄마 아들이고, 내 오빠가요! 우리가 에리크를 죽일 수도 있어요."

모드는 대답하려고 입을 열었지만 아무 말도 나오지 않았다. 대신 울 기 시작했다. 카를라는 일어서서 팔을 둘러 안아주었다.

잠시 후 모드는 속삭였다. "에리크는 어차피 죽을지도 몰라. 나치즘 을 위해 싸우다 죽을 수도 있다고. 전투에 이기기보다 지고 죽는 편이 더 나아."

그 말에는 확신이 서지 않았다.

카를라는 어머니를 껴안았던 팔을 풀었다. "어쨌거나 저런 사람을 주 방으로 데려오려면 미리 알려줬어야죠." 그녀가 말했다. 그리고 바닥에 서 바구니를 들어올렸다. "코흐가 바구니 안을 더 자세히 안 들여다봐 서 다행이에요."

"이런, 뭐가 들었는데?"

"로트만 박사에게 드리려고 병원에서 훔친 약품들이에요."

모드는 눈물을 흘리면서도 뿌듯한 듯 웃었다. "역시 내 딸이야."

"그 사람이 바구니를 들어올렸을 때는 죽는 줄 알았다고요."

"미안하구나."

"몰랐잖아요. 하지만 당장 이것들을 없애러 가야겠어요."

"좋은 생각이야."

카를라는 제복 위에 레인코트를 다시 입고 밖으로 나섰다.

재빨리 걸어서 로트만 가족이 사는 거리로 향했다. 그들의 집은 울리히 가족의 집처럼 크지는 않았지만 구조가 괜찮은 시내 주택으로 쾌적한 방이 여러 개였다. 하지만 이제는 창문마다 판자로 막혀 있었고 현관에는 대충 만든 안내판이 걸려 있었다. 병원 닫았음.

로트만 가족은 한때 잘살았다. 박사는 많은 부자 환자를 왕성하게 진료했다. 또한 가난한 사람을 싼값에 치료해주기도 했다. 이제는 가난한 사람들만 남았다.

카를라는 환자들이 하는 것처럼 집 뒤쪽으로 돌아갔다.

즉시 뭔가 잘못되었다는 걸 알아차렸다. 뒷문이 열려 있고, 주방으로 들어서보니 목이 부러진 기타가 타일 바닥에 떨어져 있었다. 인기척은 없었지만 집안 어딘가 다른 곳에서 소리가 들려왔다.

그녀는 주방을 가로질러 복도로 들어섰다. 1층에는 큰 방이 두 개 있었다. 대기실과 진료실이었다. 지금 대기실은 가족이 사용하는 거실처럼 위장해놓았고, 이제 루디의 작업실이 되어 작업대와 목공 연장을 갖춘 진료실에는 보통 만돌린이나 바이올린, 첼로 등 수리중인 악기 대여섯 개가 다양한 모습으로 놓여 있었다. 의료 장비는 보이지 않도록 모두 잠근 벽장 안에 숨겨두었다.

하지만 안으로 들어서니 지금은 그렇지 않았다.

벽장은 열려 있고 내용물이 쏟아져나와 있었다. 깨진 유리와 갖가지 알약과 가루, 액체가 바닥에 어지러이 흩어져 있었다. 잔해 사이에서 청진기와 혈압계가 눈에 들어왔다. 부서져 나뒹구는 몇몇 도구는 바닥에 내던져 짓밟은 것이 분명했다.

충격을 받은 카를라는 속이 울렁거렸다. 이렇게 다 못쓰게 되다니!

또다른 방을 들여다보았다. 루디 로트만이 구석에 쓰러져 있었다. 그는 스물두 살로 키가 크고 운동선수처럼 몸이 좋았다. 그런 그가 눈을 감은 채 고통에 차 신음하고 있었다.

그의 어머니 하넬로레가 곁에 무릎을 꿇고 앉아 있었다. 한때는 금발의 미인이었던 그녀도 이제는 머리가 다 센데다 수척했다.

"무슨 일이에요?" 카를라는 무슨 대답을 듣게 될지 두려웠다.

"경찰이야." 하넬로레가 말했다. "놈들은 남편이 아리아인을 진료했다고 추궁했어. 그리고 그 사람을 붙잡아갔어. 놈들이 여길 다 박살내려는 걸 루디가 기를 쓰고 막으려 했어. 놈들이……" 그녀는 목이 메는 듯했다.

카를라는 바구니를 내려놓고 하넬로레 옆에 무릎을 꿇었다. "놈들이 무슨 짓을 한 거죠?"

하넬로레는 다시 힘을 내 말을 이었다. "손가락을 부러뜨렸어." 그녀가 속삭이듯 말했다.

한눈에 알아볼 수 있었다. 루디의 양손은 벌겋고 끔찍하리만큼 뒤틀려 있었다. 경찰이 손가락을 하나씩 부러뜨린 모양이었다. 속이 뒤집혔다. 하지만 끔찍한 장면을 매일 목격하는 그녀는 어떻게 하면 개인적인 감정을 억누르고 실질적인 도움을 줄 수 있는지 알았다. "모르핀을 줘야 해요." 그녀가 말했다.

하넬로레는 엉망이 된 바닥을 가리켰다. "있어야 주지. 이젠 없어."

순수한 분노가 발작적으로 솟구쳤다. 병원들조차 물품이 모자랐다. 그런데 경찰이 소중한 약품을 이렇게 없애버리다니. "모르핀을 가져왔어요." 그녀는 바구니에서 맑은 액체가 든 유리병과 새 주사기를 꺼냈다. 재빠른 움직임으로 주사기를 케이스에서 꺼내 약물을 채웠다. 그리고 루디에게 주사했다.

효과는 거의 즉시 나타났다. 신음이 멈췄다. 그는 눈을 뜨고 카를라를 바라보았다. "천사구나." 그가 말했다. 그러고는 눈을 감더니 잠이 든 것 같았다.

"반드시 손가락을 맞춰야 해요." 카를라가 말했다. "그래야 뼈가 똑바로 아물어요." 그녀는 루디의 왼손을 건드려보았다. 아무 반응이 없었다. 그 손을 잡고 들어올렸다. 여전히 그는 움직이지 않았다.

"난 뼈를 맞춰본 적이 없어." 하넬로레가 말했다. "하는 건 여러 번 봤지만."

"저도 그래요." 카를라가 말했다. "그래도 해보는 게 좋겠어요. 제가 왼손을 맞출 테니 오른손을 맡으세요. 약기운이 떨어지기 전에 꼭 끝내야 해요. 얼마나 아플지는 아무도 모르니까."

"좋아." 하넬로레가 말했다.

카를라는 잠시 잠자코 있었다. 어머니의 말이 옳았다. 나치 정권을 끝장내기 위해 그들은 무엇이든 해야 했다. 그것이 곧 조국에 대한 배반을 뜻한다 해도. 더는 의문이 들지 않았다.

"하자고요." 카를라가 말했다.

부드럽고 조심스럽게 두 여자는 루디의 부러진 손가락을 맞추기 시작했다.


II


토마스 마케는 매주 금요일 오후 타넨베르크 바에 갔다.

대단한 곳은 아니었다. 한쪽 벽에는 1차 세계대전 당시 군복 차림의, 지금보다 이십오 년 젊고 맥주 뱃살이 없는 주인 프리츠의 사진 액자가 걸려 있었다. 그는 타넨베르크 전투에서 러시아군 아홉을 죽였다고 주장했다. 테이블과 의자도 몇 있었지만 단골손님은 모두 바에 앉았다. 가죽표지의 메뉴판은 거의 전체가 상상이었다. 가능한 요리는 오직 감자를 곁들인 소시지나 감자가 빠진 소시지뿐이었다.

하지만 이곳은 크로이츠베르크 경찰서 길 건너편이었고, 그래서 경찰의 술집이었다. 그 말은 모든 규칙을 어길 수 있다는 뜻이었다. 도박판이 벌어지고 화장실에서는 거리의 여자들이 입으로 물건을 빨아주었고 베를린 시 정부의 식품조사관들은 절대 주방에 들어가볼 생각을 하지 않았다. 문은 프리츠가 일어나면 열었고 마지막 손님이 집에 가면 닫았다.

마케는 몇 년 전 크로이츠베르크 경찰서의 하급 경관이었는데, 나치가 정권을 차지하자 그와 비슷한 사람들에게 갑자기 기회가 주어졌다. 예전 동료 가운데 몇몇이 여전히 타넨베르크로 술을 마시러 오기 때문에 익숙한 한두 명의 얼굴은 반드시 볼 수 있었다. 경감으로 진급하고 친위대에 들어간 그는 옛 친구들보다 지위가 훨씬 높았지만 그래도 그들과 이야기하는 것이 좋았다.

"토마스, 자넨 잘해냈어. 그건 내가 인정하지." 1932년 마케의 상사로 경사였고 지금도 여전히 경사인 베른하르트 엥겔이 말했다. "행운을 비네." 그는 마케가 산 맥주를 입으로 가져가며 말했다.

"싸우자는 건 아닙니다만." 마케가 대답했다. "크링겔라인 총경은 당신보다 함께 일하기 상당히 나쁜 상사입니다."

"내가 자네들한테 너무 물렀던 거지." 베른하르트가 인정했다.

오랜 동료인 프란츠 에델이 가소롭다는 듯 웃었다. "부드러웠다고는 못하지!"

창밖을 내다보던 마케는 벨트가 달린 옅은 파란색 공군장교 재킷 차림의 젊은이가 오토바이를 세우는 모습을 보았다. 낯이 익었다. 어디선가 전에 본 얼굴이었다. 지나치게 긴 불그스름한 금발이 귀족적으로 생긴 이마 위에 흘러내렸다. 그는 길을 건너 타넨베르크로 들어왔다.

마케는 그의 이름을 기억해냈다. 라디오 제조업자 루디 프랑크의 응석받이 아들 베르너 프랑크였다.

베르너는 바에 오더니 카멜 담배 한 갑을 달라고 했다. 당연한 일이야. 마케는 생각했다. 비록 독일에서 만든 가짜라고는 하지만 바람둥이라면 미국식 담배를 피워야 마땅했다.

베르너는 돈을 치르고 담뱃갑을 뜯어 한 개비 꺼내더니 프리츠에게 불을 달라고 했다. 담배를 삐딱하게 문 채 나가려고 몸을 돌리던 그가 마케와 눈이 마주치더니 잠시 생각하고는 말했다. "마케 경감님."

바에 앉은 모든 사내가 무슨 말이 나올지 궁금해하며 마케에게 시선을 집중했다.

그는 태연하게 고개를 끄덕였다. "어떻게 지내나, 베르너 젊은이?"

"잘 지냅니다, 경감님. 감사합니다."

기분이 좋았지만 그런 공손한 태도에 한편으로는 놀랐다. 마케는 당국의 권위를 존중할 줄 모르던 오만하고 건방진 애송이 베르너를 떠올렸다.

"저는 얼마 전 도른 장군을 모시고 동부전선을 방문했다가 돌아왔습니다." 베르너가 덧붙였다.

마케는 바에 앉은 경찰들이 두 사람의 대화에 귀를 쫑긋 세우고 있다는 걸 느꼈다. 동부전선에 다녀온 사람이라면 존경받을 자격이 있었다. 마케는 자기가 이렇게 고위급 인사와 어울릴 만큼 진급했다는 사실에 모두 깊은 인상을 받은 듯해 기분이 좋았다.

베르너가 담뱃갑을 내밀어 마케는 한 개비를 꺼냈다. "맥주 하나요." 베르너가 프리츠에게 주문했다. 그리고 마케를 보더니 말했다. "제가 한잔 대접해도 될까요, 경감님?"

"같은 걸로 하지, 고맙네."

프리츠는 두 잔을 채웠다. 베르너가 마케에게 잔을 들어 보이며 말했다. "감사드리고 싶습니다."

마케는 다시 한번 놀랐다. "뭐가?" 그가 말했다.

그의 친구들은 모두 열심히 귀를 기울였다.

베르너가 말했다. "일 년 전 제게 좋은 질책을 해주셨죠."

"그때는 그다지 고마워하는 것 같지 않던데."

"그 점도 사과드립니다. 하지만 하신 말씀을 아주 깊이 생각해보고, 결국 경감님이 옳다는 걸 깨달았습니다. 개인적인 감정으로 그릇된 판단을 하고 있었더군요. 제 생각을 바로잡아주셨습니다. 절대로 잊지 않겠습니다."

마케는 감동받았다. 그는 베르너를 싫어했고 그에게 모질게 말했다. 하지만 젊은이는 그의 말을 가슴 깊이 받아들이고 행실을 고쳤다. 마케는 자기가 한 젊은이의 삶을 바꿔놓았다는 생각에 마음이 따뜻해졌다.

베르너가 말을 이었다. "사실 일전에 경감님 생각을 했습니다. 도른 장군께서 스파이 잡는 이야기를 하시면서, 혹시 놈들의 무선신호로 잡을 수는 없느냐고 물으셨거든요. 저는 드릴 말씀이 별로 없었죠."

"내게 물었어야지." 마케가 말했다. "그건 내 전공이니까."

"그런가요?"

"저쪽으로 가서 앉지."

두 사람은 술잔을 들고 지저분한 테이블로 향했다.

"여기 친구들은 모두 경찰이야." 마케가 말했다. "그래도 이런 얘기는 대놓고 해선 안 돼."

"물론입니다." 베르너는 목소리를 낮추었다. "하지만 경감님께는 털어놓을 수 있습니다. 그러니까, 일부 현장 지휘관들이 도른 장군께 적이 가끔 우리 의도를 미리 아는 것 같다고 했답니다."

"이런!" 마케가 말했다. "나도 그게 걱정스러웠지."

"무선신호 추적에 대해 제가 장군께 무슨 말씀을 드릴 수 있을까요?"

"제대로 된 용어로는 방위 측정이라고 하지." 마케는 온갖 생각이 다 들었다. 간접적이기는 해도 영향력 있는 장군에게 깊은 인상을 줄 기회였다. 깔끔하게, 성과를 과장하지 않으면서도 그가 하는 일의 중요성을 강조해야 했다. 그는 도른 장군이 무심코 총통에게 말하는 장면을 상상했다. "게슈타포에 마케라고 아주 훌륭한 친구가 있더군요. 지금은 아직 경감이지만 상당히 인상적이어서……"

"우리는 어느 방향에서 신호가 오는지 알려주는 장비를 보유하고 있네." 그는 얘기를 시작했다. "만일 서로 멀리 떨어진 세 곳에서 신호를 잡아내면 지도 위에 선을 세 개 그릴 수 있지. 그 선들이 교차하는 지점에 발신기가 있는 거야."

"멋지네요!"

마케는 경고하듯 손을 들었다. "이론상으로는." 그가 말했다. "실제로는 훨씬 어려워. 피아니스트는—우리가 무선통신사를 부르는 말이야—대개 우리가 쉽게 찾아낼 만큼 오래 한곳에 머물지 않아. 조심성 많은 피아니스트는 절대 같은 곳에서 두 번 송신하지 않고. 그리고 우리 장비를 실은 밴에는 눈에 잘 띄는 안테나가 장착되어 있어서 놈들은 우리가 접근하는 걸 볼 수 있지."

"하지만 성공한 적도 있으시겠죠."

"아, 물론. 그래도 자네가 우리랑 밴을 타고 언제 저녁에 나가보는 게 좋겠군. 그럼 직접 전체 과정을 보고, 도른 장군에게 몸소 경험한 걸 보고할 수 있겠지."

"좋은 생각입니다." 베르너가 말했다.

# III

모스크바의 6월은 맑고 따뜻했다. 점심시간에 볼로댜는 크렘린 뒤 알렉산드롭스키 공원의 분수에서 조야를 기다리고 있었다. 대부분 쌍쌍인 수백 명의 사람이 산책을 하며 날씨를 즐겼다. 삶은 고되고 분수는 물 절약을 위해 멈췄지만 하늘은 파랗고 나무에서는 잎이 돋아나고 독일군은 160킬로미터 떨어진 곳까지 물러났다.

볼로댜는 모스크바 전투를 돌이켜 생각할 때마다 자부심이 솟았다. 무시무시한 기습의 달인 독일군은 도시 입구까지 밀려들었다가 퇴각했다. 러시아 군인들이 그들의 수도를 지키기 위해 사자처럼 싸웠다.

유감이지만 러시아의 반격은 3월에 잠잠해졌다. 많은 영토를 탈환했고 모스크바 시민들은 보다 안전하다고 느꼈지만, 이제 독일군은 상처를 핥으며 다시 공격을 준비중이었다.

그리고 스탈린은 여전히 자리를 지키고 있었다.

볼로댜는 사람들 사이에서 걸어오는 조야를 찾아냈다. 그녀는 빨간색과 하얀색 체크무늬 드레스 차림이었다. 발걸음이 경쾌했고 한 걸음 내디딜 때마다 밝은 금발이 튀어오르는 것 같았다. 모든 남자가 그녀에게서 눈을 떼지 못했다.

볼로댜는 아름다운 여자 여럿과 데이트를 해봤지만 조야와 사귀고 있다는 사실이 스스로도 놀라웠다. 몇 년 동안 그녀는 그를 무관심으로 냉담히 대했고 그에게는 핵물리학 말고는 아무 이야기도 하지 않았다. 그러다가 어느 날 놀랍게도 함께 영화를 보러 가자고 했다.

보브로프 장군이 살해당한 폭동이 벌어진 얼마 뒤였다. 그에 대한 그녀의 태도는 그날 변했다. 이유는 정확히 알 수 없었다. 아마도 같은 경험을 공유했다는 사실이 친근감을 자아낸 듯했다. 어쨌든 두 사람은 조지 폼비라는 영국의 밴졸렐레 연주자가 출연해 야단법석을 벌이는 코미디 〈조지의 깜찍한 재즈밴드〉를 보러 갔다. 아주 인기가 많은 영화로 모스크바에서 몇 달째 상영중이었다. 줄거리는 더할 나위 없이 비현실적이었다. 조지는 모르지만 그의 악기가 독일군 잠수함 유보트에 신호를 보내고 있다는 내용이었다. 너무 우스워서 둘 다 엄청 웃었다.

그때부터 두 사람은 종종 데이트를 했다.

오늘은 볼로댜의 아버지와 점심을 먹을 예정이었다. 그는 조금이라도 둘만의 시간을 가지려고 미리 분수에서 그녀와 만나기로 했다.

조야는 그에게 촛불 천 개에 맞먹는 밝은 웃음을 지어 보이고는 멈춰서 발뒤꿈치를 들고 키스했다. 그녀는 키가 컸지만 그가 더 컸다. 그는 키스를 즐겼다. 입술에 닿는 그녀의 입술이 부드럽고 촉촉했다. 키스는 너무 빨리 끝났다.

볼로댜는 조야에 대해 아직 확신이 없었다. 두 사람은 나이든 사람들 표현으로 여전히 '만나는' 수준이었다. 키스는 많이 했지만 아직 잠자리를 갖지는 않았다. 그는 스물일곱, 그녀는 스물여덟이니 둘 다 어린 나이도 아니었다. 그럼에도 볼로댜는 조야가 준비되기 전까지는 그와 자지 않을 거라고 느꼈다.

이런 꿈의 여인과 하룻밤을 보낼 일은 없으리라는 마음도 절반쯤 있었다. 그녀는 남자에게 자기를 줘버리기에는 너무 금발이고 너무 똑똑하고 너무 키가 크고 너무 냉정하고 너무 섹시했다. 자기가 옷을 벗는 모습을 바라보고, 벌거벗은 자기 몸을 지켜보고, 구석구석 만지고, 그 위에 눕는 것을 설마 그에게 절대 허락하지 않겠다는 걸까?

두 사람은 길고 좁은 공원을 가로질렀다. 공원 한쪽은 붐비는 도로였다. 다른 쪽을 따라서 크렘린의 탑들이 높은 벽 위로 희미하게 보였다. "겉으로만 보면 저 안에 있는 우리 지도자들이 러시아 사람들의 포로

같겠어."

"맞아." 조야가 동의했다. "사실은 그 반대인데."

그가 뒤돌아봤지만 아무도 듣는 사람은 없었다. 그럼에도 이런 말을 하는 건 무모했다. "우리 아버지가 당신을 위험하다고 생각하는 건 당연해."

"난 당신이 당신 아버지랑 비슷하다고 생각했어."

"그랬으면 좋았겠지. 아버지는 영웅이야. 겨울궁전으로 쳐들어갔다고! 내가 역사의 방향을 바꿀 수 있을 것 같지는 않아."

"아, 알아. 하지만 그분은 속이 좁고 보수적이야. 당신은 아니고."

볼로댜는 스스로 아버지와 많이 닮았다고 생각했지만 따지지 않기로 했다.

"오늘 저녁에 시간 괜찮아?" 그녀가 말했다. "당신에게 요리를 해주고 싶어."

"좋지!" 그녀는 한 번도 그를 집에 초대한 적이 없었다.

"스테이크가 한 조각 생겼어."

"잘됐군!" 훌륭한 고기는 볼로댜 가족처럼 특권층에서도 특별한 음식이었다.

"그리고 코발레프 가족은 멀리 갔어."

훨씬 더 좋은 소식이었다. 많은 모스크바 시민이 그랬듯 조야는 다른 사람의 아파트에 함께 살았다. 방 두 개가 그녀의 몫이었고 부엌과 욕실은 다른 과학자인 코발레프 박사와 그의 아내, 아이들과 함께 사용했다. 하지만 코발레프 가족이 어디 가고 없으니 조야와 볼로댜가 집을 독차지할 수 있었다. 그의 맥박이 빨라졌다. "칫솔 가져갈까?" 그가 말했다.

그녀는 수수께끼 같은 미소를 지어 보일 뿐 아무 대답도 하지 않았다.

두 사람은 공원을 떠나 길 건너 레스토랑으로 갔다. 많은 식당이 문을 닫았지만, 시내에는 사무실이 많았고 그곳에서 일하는 사람들이 어딘가에서는 점심을 먹어야 했기 때문에 몇몇 카페와 바는 살아남았다.

그리고리 페시코프는 길가 야외 테이블에 앉아 있었다. 크렘린 안에 더 좋은 레스토랑들이 있었지만 그는 보통의 러시아인들이 이용하는 곳에 나타나기를 좋아했다. 단지 장군 제복을 입었다는 이유만으로 평범한 사람들 위에 있는 것은 아님을 보여주고 싶은 것이다. 그럼에도 다른 사람들과 멀찌감치 떨어진 자리를 골랐는데, 그래야 아무도 그가 하는 이야기를 엿들을 수 없기 때문이었다.

그는 조야를 반대했지만 그녀의 매력을 이겨낼 수는 없었다. 그는 일어서서 그녀의 양 볼에 키스했다.

세 사람은 감자 팬케이크와 맥주를 주문했다. 그것이 아니면 절인 청어와 보드카밖에 없었다.

"오늘은 핵물리학 이야기는 하지 않을게요, 장군님." 조야가 말했다. "지난번 그 주제로 나눈 이야기 모두를 제가 여전히 믿고 있다는 것만 액면 그대로 받아들여주세요. 지겹게 해드리고 싶지는 않아요."

"그것참 다행이군." 그가 말했다.

그녀는 하얀 이를 드러내며 웃었다. "대신 이 전쟁이 얼마나 오래갈지 말씀해주세요."

볼로댜는 짐짓 못 말리겠다는 듯 고개를 흔들었다. 그녀는 늘 그의 아버지에게 도전해야 하는 여자였다. 만일 젊은 미녀가 아니었다면 그리고리는 오래전에 그녀를 체포했을 터였다.

"나치는 패배했지만, 인정하지 않을 거야." 그리고리가 말했다.

조야가 말했다. "모스크바의 모두가 이번 여름에 무슨 일이 벌어질지 궁금해하고 있어요. 하지만 두 분은 아마도 아시겠죠."

볼로다가 말했다. "설령 내가 안다 해도 여자친구한테 알려줄 수 없는 건 확실하지. 아무리 그녀에게 미쳐 있어도 말이야." 다른 무엇보다 그녀가 총살당할 수도 있었다. 하지만 그 생각은 입 밖에 내지 않았다.

감자 팬케이크가 나와 세 사람은 먹기 시작했다. 언제나 그러듯 조야는 굶주린 듯 열심히 먹었다. 볼로다는 그녀가 음식만 보면 달려드는 모습이 무척 좋았다. 하지만 팬케이크는 마음에 들지 않았다. "이 감자들은 이상하게 순무 맛이 나는군." 그가 말했다.

아버지가 못마땅하다는 표정을 지어 보였다.

"불만이라는 건 아니에요." 볼로댜는 서둘러 덧붙였다.

식사를 마치자 조야는 화장실에 갔다. 말소리가 들리지 않을 만큼 그녀가 멀어졌을 때 볼로댜가 말했다. "저희는 독일의 여름 공세가 임박했다고 예상하고 있어요."

"같은 생각이다." 아버지가 말했다.

"준비는 되었나요?"

"물론이야." 대답은 그렇게 했지만 그리고리는 긴장한 기색이었다.

"남쪽에서 공격해올 겁니다. 그들은 캅카스의 유전지대를 원해요."

그리고리는 고개를 저었다. "아마 모스크바로 돌아올 거야. 그게 가장 중요하지."

"스탈린그라드도 똑같이 상징적이죠. 우리 지도자의 이름을 딴 곳이니까요."

"상징은 무슨. 그들이 모스크바를 차지하면 전쟁은 끝이야. 그게 아니면 그들은 못 이긴다고. 다른 뭘 얻었더라도 말이지."

"그건 그냥 아버지 추측이잖아요." 볼로댜는 짜증스럽게 말했다.

"너도 그렇지."

"정반대로 저는 증거가 있어요." 볼로댜가 주위를 둘러봤지만 근처에는 아무도 없었다. "공격 작전명은 '청색 작전'이에요. 6월 28일 개시할 겁니다." 베를린에 있는 베르너 프랑크의 스파이 조직을 통해 거기까지는 파악하고 있었다. "그리고 하리코프 근처에 불시착한 정찰기에서 붙잡은 독일군 장교 가방 안에서 약간의 세부 내용을 찾아냈죠."

"정찰기에 탄 장교들이 공격 계획을 가방에 넣어 다니지는 않아." 그리고리가 말했다. "스탈린 동지는 그게 다 우리를 속이려는 계략이라고 생각하고 나도 동의해. 독일군은 우리가 다른 곳으로 병력을 보내 중부 전선이 약화되길 바라는 거야. 결국 겨우 양동작전이었다는 게 밝혀질 거라고."

이런 것이 정보 수집의 문제라고 볼로댜는 절망적으로 생각했다. 뭔가 알아냈을 때조차 완고한 늙은이들은 자기들이 원하는 대로 믿으려 한다.

돌아오는 조야가 보였다. 광장을 가로질러 걷는 그녀에게 모든 시선이 쏠렸다. "뭐가 있으면 믿으시겠어요?" 그는 조야가 도착하기 전에 아버지에게 말했다.

"더 많은 증거."

"어떤 증거요?"

그리고리는 질문을 심각하게 받아들이고 잠시 생각했다. "작전 계획을 가져와."

볼로댜는 한숨을 쉬었다. 베르너 프랑크가 아직 계획 문서를 빼내는 데는 성공하지 못했다. "가져오면 스탈린이 다시 생각할까요?"

"가져오면 그렇게 해봐달라고 말해보지."

"약속하셨어요." 볼로댜가 말했다.

경솔한 짓이었다. 어떻게 작전 계획을 빼내면 좋을지 아무 생각도 없었다. 베르너, 하인리히, 릴리를 비롯한 여러 사람이 이미 끔찍한 위험을 감수하고 있었다. 그런데 그가 더 강한 압력을 가하려 하고 있었다.

조야가 테이블로 오자 그리고리는 자리에서 일어섰다. 그들은 각자 다른 세 방향으로 떠나며 작별인사를 했다.

"밤에 봐." 조야는 볼로댜에게 말했다.

그는 그녀에게 키스했다. "일곱시에 갈게."

"칫솔 가져와." 그녀가 말했다.

그는 행복한 남자가 되어 그곳을 떠났다.


## IV


가장 친한 친구에게 비밀이 있으면 여자는 알아차리기 마련이다. 구체적인 내용은 몰라도, 먼지막이 천 아래 뭔가 가구가 있다는 사실을 알듯 비밀의 존재는 알 수 있다. 악의 없는 질문에도 조심스러워하며 선뜻 대답하지 않는 모습을 보면 친구가 만나서는 안 될 사람을 만나고 있음을 알아차린다. 이름만 모른다뿐 그 금지된 사랑의 상대가 유부남이거나 검은 피부의 외국인, 혹은 다른 여자일 거라 추측한다. 친구의 목걸이를 보며 감탄하다 침묵이 돌아오면 불륜관계에서 생긴 물건임을 알아차린다. 수년이 지나 노망난 할머니의 보석함에서 훔친 것이라는 사실을 알게 된 후에는 생각이 변하지만.

카를라는 프리다에 대해 돌아보며 생각했다.

프리다는 비밀이 있었고, 그것은 나치에 대한 저항운동과 연관이 있었다. 그녀는 범죄적인 일에 깊이 연루되어 있었다. 어쩌면 매일 밤 오빠 베르너의 가방을 뒤져 기밀 서류를 복사하고 사본을 러시아 스파이에게 넘기는지도 몰랐다. 그렇게 극적이지 않을 가능성이 더 높았다.

어쩌면 정부를 비판하는 불법 포스터와 전단을 인쇄하고 배부하는 일을 돕는지도 몰랐다.

그래서 카를라는 프리다에게 요아힘 코흐에 대해 말할 작정이었다. 하지만 금방 기회가 생기지는 않았다. 카를라와 프리다는 큰 병원의 서로 다른 부서에서 간호사로 일했고 근무시간이 달라 하루도 빼놓지 않고 볼 수 있는 건 아니었다.

그동안 요아힘은 매일 레슨을 받으러 집에 왔다. 그는 더이상 부주의하게 기밀을 누설하지 않았지만 모드는 계속 그를 유혹했다. "정말 제가 거의 마흔 살인 걸 알아보겠어요?" 실제로 쉰한 살인 어머니가 언젠가 그렇게 말하는 걸 듣기도 했다. 요아힘은 어머니에게 푹 빠져 있었다. 모드는 무척 순진하긴 해도 매력적인 젊은 남자의 마음을 자기가 여전히 사로잡을 수 있다는 사실을 즐기고 있었다. 카를라는 어머니가 금발 콧수염을 기르고 젊은 시절 발터를 약간 닮은 이 젊은이에게 어쩌면 깊은 감정을 품었는지도 모른다는 생각이 퍼뜩 들었다. 하지만 터무니없는 일이었다.

요아힘은 모드를 즐겁게 해주는 일에 필사적이었고 금방 아들 에리크의 소식을 가져왔다. 에리크는 건강하게 살아 있었다. "아드님의 소속 부대는 우크라이나에 있습니다." 요아힘이 말했다. "그게 말씀드릴 수 있는 전부입니다."

"휴가를 받아 집에 오면 얼마나 좋을까요." 모드는 아쉬운 듯 말했다.

젊은 장교는 머뭇거렸다.

그녀가 말했다. "엄마는 걱정이 너무 많은 법이죠. 아이를 하루라도 볼 수만 있다면 더할 나위 없이 마음이 편하겠어요."

"어쩌면 제가 조치를 취해볼 수도 있습니다."

모드는 깜짝 놀라는 척했다. "정말요? 그렇게 힘이 있으세요?"

"확실히는 몰라요. 한번 해볼 수는 있죠."

"그래주시는 것만 해도 감사하죠." 그녀는 그의 손에 키스했다.

카를라가 프리다를 다시 본 것은 일주일 전이었다. 그때 그녀는 요아힘 코흐에 대해 모든 것을 말했다. 그저 재미난 소식이나 들려준다는 투였지만, 프리다가 아무렇게나 흘려넘기지 않으리라는 확신이 있었다. "생각해봐. 그 사람 우리한테 계획의 작전명이랑 공격 날짜까지 말해줬다니까!" 그리고 프리다의 반응을 기다렸다.

"그러면 처형당할 수도 있어." 프리다가 말했다.

"우리가 만일 모스크바와 연락할 수 있는 누군가를 안다면, 전쟁의 방향을 바꿔놓을지도 모르는 일이잖아." 카를라는 요아힘이 얼마나 심각한 잘못을 저질렀는지 이야기하는 투로 말을 이었다.

"그럴 수도 있지." 프리다가 말했다.

그것이 증거였다. 평상시의 프리다였다면 그런 이야기에 놀라는 표정을 보이며 적극적으로 관심을 보이고 더 많은 걸 물어야 했다. 오늘 그녀는 중립적인 말을 늘어놓거나 애매하게 투덜대기만 했다. 카를라는 집으로 돌아가 어머니에게 어머니의 직감이 옳았다고 말했다.

다음날 병원에서 프리다가 제정신이 아닌 모습으로 카를라가 일하는 병동에 나타났다. "급히 할말이 있어." 그녀가 말했다.

카를라는 군수공장 폭발로 끔찍한 화상을 입은 젊은 여자의 붕대를 갈던 참이었다. "탈의실로 가." 그녀가 말했다. "최대한 빨리 갈게."

오 분 뒤 좁은 탈의실로 가보니 프리다가 창문을 열어놓고 담배를 피우고 있었다. "왜 그래?" 카를라가 물었다.

프리다는 담배를 껐다. "네가 말한 코흐 중위 때문인데."

"그럴 줄 알았어."

"그자한테서 더 많은 걸 알아내야 해."

"해야 해? 무슨 말을 하는 거야?"

"그는 청색 작전의 전체 전투 계획에 접근할 수 있어. 우리는 작전에 대해 약간밖에 모르는데 모스크바에서 상세한 내용을 원해."

프리다가 쏟아내는 추측이 몹시 당혹스러웠지만 카를라는 잘 따라갔다. "물어볼 수야 있지만⋯⋯"

"아니. 그자가 네게 작전 계획을 가져오도록 만들어야 해."

"그게 가능할지는 확실치 않아. 그자도 순 바보는 아니라고. 설마 그렇게 생각하는 건—"

프리다는 아예 듣고 있지도 않았다. "그러면 네가 사진을 찍어." 그녀는 카를라의 말을 잘랐다. 그리고 제복 주머니에서 담뱃갑만하지만 더 길고 좁은 스테인리스 상자를 꺼냈다. "이건 서류 촬영을 위해 특별히 제작된 소형 카메라야." 물건 측면에 미녹스라는 이름이 보였다. "필름 하나당 열한 장씩 찍을 수 있어. 여기 필름 세 개." 그녀는 소형 카메라에 들어갈 만큼 작은 아령 모형 세 개를 꺼냈다. "필름은 이렇게 넣으면 돼." 그녀는 직접 필름을 넣어 보였다. "사진을 찍으려면 이 창으로 봐야 해. 만일 잘 모르겠거든 이 설명서를 읽어."

카를라는 그렇게 위압적인 프리다를 처음 보았다. "이건 진짜 생각해봐야 해."

"시간이 없어. 이거 네 레인코트 맞지?"

"그래, 하지만—"

프리다는 카메라와 필름, 설명서를 코트 주머니에 쑤셔넣었다. 그것들이 손에서 떠나자 안심하는 기색이었다. "난 가야겠어." 그녀는 문으로 향했다.

"하지만, 프리다!"

마침내 프리다가 멈춰 서서 카를라를 똑바로 보았다. "뭐?"

"저…… 넌 지금 친구가 아닌 것 같아."

"이건 더 중요한 거야."

"넌 날 구석으로 밀어붙였어."

"내게 요아힘 코흐에 대해 말하면서 네가 이 상황을 만들어냈잖아. 정보와 관련해서 내게 아무것도 기대하지 않은 척하지 마."

사실이었다. 이런 비상사태는 카를라가 직접 유발한 것이었다. 하지만 상황이 이런 식으로 전개되리라고는 상상하지 못했다. "그자가 싫다고 하면 어쩌지?"

"그럼 넌 아마도 남은 평생을 나치 치하에서 살겠지." 프리다는 밖으로 사라졌다.

"젠장." 카를라가 말했다.

그녀는 탈의실에 혼자 서서 생각에 잠겼다. 작은 카메라를 버리는 일조차 위험을 감수해야 했다. 지금 그녀의 레인코트에 들어 있는 카메라를 병원 쓰레기통에 그냥 던져버릴 수는 없었다. 그녀는 카메라를 주머니에 넣은 채 건물을 떠나 남들 모르게 버릴 곳을 찾아야 할 것이다.

하지만 그렇게 하고 싶은가?

코흐가 아무리 순진하다 해도 작전 계획의 사본을 전쟁부에서 빼내 애인에게 가져와 보여주도록 설득할 수 있을 것 같지는 않았다. 하지만 누군가 그를 설득할 수 있는 사람이 있다면 그것은 모드였다.

하지만 카를라는 두려웠다. 만의 하나 붙잡힌다면 용서는 없을 것이다. 체포되어 고문당할 것이다. 그녀는 뼈가 부러져 고통으로 신음하던 루디 로트만을 떠올렸다. 놈들에게 잔인하게 맞은 뒤 풀려나 죽은 아버지를 생각했다. 그녀의 죄는 그들의 죄보다 더 무거웠다. 처벌도 그에 걸맞게 잔혹할 것이다. 물론 사형이겠지만, 죽기까지 오랜 시간이 걸리지는 않을 터였다.

그녀는 위험을 감수하겠다고 스스로 말했다.

기꺼운 마음으로 받아들일 수 없는 것은 자기가 오빠를 죽이는 데 일조할 수도 있다는 위험성이었다.

오빠는 동부전선에 있었고, 요아힘이 그 사실을 확인해주었다. 그는 청색 작전에 참여할 것이다. 만일 카를라가 러시아를 그 전투에서 이기게 한다면 그 결과 에리크는 죽을 수도 있다. 그것은 견디기 어려웠다.

그녀는 다시 일하기 시작했다. 정신이 다른 데 팔려 실수를 했지만 다행히 의사들은 눈치채지 못했고 환자들도 몰랐다. 마침내 근무가 끝나자 서둘러 퇴근했다. 카메라를 주머니에서 얼른 없애고 싶었지만 안전하게 둘 데를 찾을 수가 없었다.

프리다가 카메라를 어디서 구했는지 궁금했다. 돈이야 많으니 사기는 쉽겠지만 그래도 그런 물건이 왜 필요한지 이유는 내놓아야 할 것이다. 그보다 일 년 전 러시아 대사관이 폐쇄될 때 그곳 사람들로부터 얻었을 가능성이 더 높았다.

카를라가 집에 도착했을 때도 카메라는 코트 주머니에 있었다.

위층에서 피아노 소리가 들리지 않았다. 오늘은 요아힘의 레슨이 늦는 모양이었다. 어머니는 주방 테이블에 앉아 있었다. 카를라가 들어서자 환히 웃으며 말했다. "누가 왔나 보렴!"

에리크였다.

카를라는 그를 멍하니 보았다. 그는 엄청나게 말랐지만 다친 곳은 없는 듯했다. 군복은 더럽고 찢어졌지만 얼굴과 손은 씻어서 깨끗한 모습이었다. 그가 일어서서 그녀를 끌어안았다.

그녀는 티끌 하나 없는 제복이 더러워지는 걸 마다하고 그를 힘껏 안았다. "무사했구나." 그녀가 말했다. 에리크의 몸에 살이 너무 없어서 얇은 천 너머 그의 가슴과 엉덩이, 어깨, 등에서 뼈가 느껴졌다.

"당장이야 무사하지." 그가 말했다.

그녀는 팔을 풀었다. "어떻게 지내?"

"최고야."

"겨울에 러시아에서도 이렇게 얇게 입는 건 아니지?"

"죽은 러시아 군인 코트를 한 벌 훔쳤어."

그녀는 테이블에 앉았다. 아다도 함께였다. 에리크가 말했다. "네 말이 옳았어. 나치에 대한 거 말이야. 네가 맞았다고."

그녀는 기뻤지만 그 말이 무슨 뜻인지 정확히 알 수 없었다. "뭐가?"

"그들은 사람들을 살해해. 네가 그랬잖아. 아버지도 어머니도 그랬고. 모두를 믿지 않았던 거 미안해. 미안해요, 아다. 불쌍하고 어린 쿠르트를 그들이 죽인 걸 믿지 않았죠. 이제 그렇게 어리석지 않아요."

대단한 반전이었다. 카를라가 말했다. "어째서 생각이 바뀌었어?"

"그들이 러시아에서 하는 짓을 봤어. 공산주의자가 틀림없을 거라면서 마을의 중요한 사람을 모두 모아. 그리고 유대인도 붙잡지. 남자뿐 아니라 여자와 아이까지. 너무 늙어서 아무 해도 끼치지 못할 노인들도." 그의 얼굴에는 눈물이 흘러내리고 있었다. "우리 정규군은 그런 짓을 하지 않아. 특수한 부대가 있어. 그들이 붙잡은 사람들을 마을 밖으로 데려가. 채석장이나 다른 종류의 갱이 있어. 아니면 젊은이들을 시켜서 커다란 구덩이를 파. 그러고는……"

그는 목이 메는지 말을 잇지 못했지만 카를라는 그의 입으로 직접 들어야만 했다. "그러고는 뭐?"

"한 번에 열두 명씩 진행해. 여섯 쌍으로. 가끔은 남편과 아내가 손을 잡고 비탈을 내려가. 어머니들은 아기를 안고. 소총수들은 포로들이 제자리에 설 때까지 기다려. 그러고는 총을 쏴." 에리크는 지저분한 군복 소매로 눈물을 닦았다. "탕." 그가 말했다.

주방에는 긴 침묵이 흘렀다. 아다는 울고 있었다. 카를라는 경악했다. 오직 모드만이 무표정한 얼굴이었다.

한참 만에 에리크는 코를 풀고는 담배를 꺼냈다. "집으로 휴가를 다녀오래서 깜짝 놀랐어." 그가 말했다.

카를라가 말했다. "언제 돌아가야 해?"

"내일. 여기서 24시간밖에 못 있어. 그래도 동료 모두가 날 부러워했어. 하루라도 집에 갈 수 있다면 뭐라도 바칠걸. 바이스 박사는 내가 분명 높은 곳에 친구들이 있을 거라더군."

"맞아." 모드가 말했다. "요아힘 코흐라고 젊은 중위인데, 전쟁부에서 근무하고 내게 피아노 레슨을 받으러 다니지. 내가 너 휴가 좀 올 수 있게 해달라고 부탁했어." 그녀는 시계를 보았다. "곧 올 거야. 그는 날 점점 좋아하고 있어. 어머니 같은 존재가 필요한가봐."

어머니는 무슨. 카를라는 생각했다. 모드가 요아힘을 대하는 태도에 어머니 같은 느낌이라고는 전혀 없었다.

모드는 말을 이었다. "아주 착한 친구야. 우리에게 6월 28일 동부전선에서 새로운 공세가 시작될 거라고 알려줬어. 심지어 작전명까지 언급했지. 청색 작전이라고."

에리크가 말했다. "그자는 총살당하겠군."

카를라가 말했다. "총살당할 사람은 요아힘뿐이 아니야. 나는 내가 알게 된 정보를 누군가에게 말했어. 그리고 어떻게든 요아힘을 설득해서 작전 계획을 빼내오라는 부탁을 받았지."

"하느님 맙소사!" 에리크는 깜짝 놀랐다. "그건 심각한 간첩 행위야. 넌 동부전선에 있는 나보다 더 위험한 상황에 처했어!"

"걱정 마, 요아힘이 그런 짓을 할 리 없으니까." 카를라가 말했다.

"확신할 수는 없지." 모드가 말했다.

모두가 그녀를 바라보았다.

"날 위해서라면 할지도 몰라." 그녀가 말했다. "내가 제대로 요구만 하면 말이지."

에리크가 말했다. "그 정도로 순진한 사람이에요?"

그녀는 거만한 태도였다. "날 사랑하고 있어."

"이런." 에리크는 어머니가 연애를 한다니 민망한 기색이었다.

카를라가 말했다. "그래도 못해."

에리크가 말했다. "왜?"

"만일 러시아가 전투에서 이기면 오빠는 죽을지도 몰라!"

"어차피 죽을 거야."

카를라는 자기도 모르게 흥분해 목소리가 높아졌다. "하지만 그러면 러시아인들이 오빠를 죽이도록 돕는 꼴이잖아!"

"그래도 해줬으면 해." 에리크가 거칠게 말했다. 그의 눈은 체크무늬 식탁보를 향해 있었지만 수천 킬로미터 바깥을 보고 있었다.

가슴이 찢어지는 것 같았다. 만일 오빠가 원하는 거라면…… 그녀가 말했다. "하지만 왜?"

"나는 서로 손을 잡고 비탈을 따라 채석장으로 내려가던 사람들을 생각해." 그는 테이블 위에서 멍이 들 정도로 양손을 꽉 맞잡고 있었다. "그런 짓을 멈출 수 있다면 내 목숨이라도 걸겠어. 내 목숨을 걸고 싶어. 그렇게 하면 나 자신, 내 조국에 대해 마음이 좀 나아질 것 같아. 할 수만 있다면 작전 계획을 러시아로 보내."

여전히 그녀는 망설였다. "정말이야?"

"이렇게 빌게."

"그럼 하겠어." 카를라가 말했다.

# V

토마스 마케는 부하들—바그너, 리히터, 슈나이더—에게 최대한 예의를 갖추라고 지시했다. "베르너 프랑크는 겨우 중위지만 도른 장군 밑에서 일한단 말이야. 나는 장군께 우리 팀과 업무에 대해 가능한 한 최고로 좋은 인상을 주고 싶다. 욕이나 농담은 삼가고 먹지도 말고 진짜 필요한 경우가 아니면 폭력도 사용하지 마. 공산주의자 스파이를 잡으면 흠씬 패줘도 돼. 하지만 실패해도 괜히 재미로 다른 사람을 잡아들이지는 말라고." 대개 그는 그런 일은 모르는 척 눈감아주었다. 그런 행동 하나하나가 나치에게 불만을 품은 사람들에게 공포를 심어주는 데 도움이 되었다. 하지만 프랑크는 충격을 받을 수도 있었다.

베르너는 정확한 시간에 오토바이를 타고 프린츠 알브레히트 가에 있는 게슈타포 본부에 나타났다. 모두 지붕에 회전 안테나가 달린 감시용 밴에 올랐다. 워낙 많은 통신 장비를 실어서 내부는 비좁았다. 리히터가 운전을 맡아 스파이들이 적에게 메시지를 보내는 시간으로 선호하는 이른 저녁에 시내를 돌아다녔다.

"왜 이 시간이에요?" 베르너가 물었다.

"대부분 스파이는 일정한 직업이 있지." 마케가 설명했다. "그래야 위장이 되니까. 그러니까 놈들은 낮에는 사무실이나 공장에 있어야 하는 거야."

"그렇군요." 베르너가 말했다. "그런 생각은 못해봤습니다."

마케는 오늘밤 아무도 잡아내지 못할까봐 걱정스러웠다. 러시아에서 독일군이 겪는 중인 패전에 대한 책임을 지게 될까 두려웠다. 그는 최선을 다했지만 제3제국에서는 노력에 대한 보상이 없었다.

신호가 전혀 잡히지 않을 때도 있었다. 어떤 때는 두셋씩 잡혀서 조사할 것과 무시할 것을 마케가 선택해야 할 때도 있었다. 그는 베를린에 둘 이상의 스파이 조직이 있다고 확신했는데, 서로의 존재를 모를 수도 있었다. 그는 장비가 부족한 상황에서 불가능한 일을 해내려 애쓰고 있었다.

포츠담 광장 근처에서 신호가 들려왔다. 마케는 특유의 소리를 알아들었다. "저게 피아니스트야." 그는 안도감을 느끼며 말했다. 최소한 베르너에게 장비가 제대로 작동한다는 걸 증명할 수는 있었다. 누군가 다섯 자리 숫자를 하나씩 부르고 있었다. "소련 정보부는 두 자리 숫자로 각각의 문자를 나타내지." 마케는 베르너에게 설명했다. "그러니까 예를 들어 11이 A를 뜻할 수도 있네. 다섯 자리로 끊어 부르는 건 그냥 관습이야."

통신 장비를 다루는 전기 엔지니어인 만이 좌표 몇 개를 읽어내자 바그녀가 연필과 자를 이용해 지도에 선을 그었다. 리히터는 밴을 몰고 다시 출발했다.

피아니스트는 계속 송신했고 그가 보내는 신호가 밴 안에서 크게 들렸다. 마케는 누군지 모르는 그자를 증오했다. "빌어먹을 공산주의자 개자식." 그가 말했다. "언젠가 놈은 우리 지하실에서 죽게 해달라고, 그래서 고통을 멈춰달라고 싹싹 빌 거다."

베르너의 얼굴이 창백해 보였다. 경찰 일에 익숙지 않은 모양이군. 마케는 생각했다.

잠시 후 젊은이는 냉정을 되찾았다. "소련 암호에 대한 경위님 말씀을 들어보면 해독하기가 그리 어렵지 않은 모양입니다." 그가 생각에 잠겨 말했다.

"그렇지!" 마케는 베르너의 빠른 이해가 기뻤다. "하지만 내가 설명을 간략하게 한 거야. 놈들은 체계를 개량했어. 메시지를 일련의 숫자

로 암호화하면 열쇠가 되는 단어 하나를 피아니스트가 그 아래 반복적
으로 써. 이를테면 쿠르퓌어슈텐담 같은 거지. 그 단어도 암호화하는 거
야. 그리고 열쇠 단어에서 나온 암호 숫자들을 첫번째 암호 숫자들에서
빼고. 그 결과를 송신하지."

"열쇠 단어가 뭔지 모르면 해독이 거의 불가능하군요."

"그렇지."

그들은 불타버린 의사당 근처에 다시 멈춰 섰고 지도 위에 다른 선
하나를 더 그렸다. 두 개의 선은 시내 동쪽 프리드리히스하인에서 교차
했다.

마케는 운전사에게 지시해 북동쪽으로 방향을 바꿔 추정 발신지로
접근하는 동시에 다른 각도에서 세번째 선을 그을 수 있도록 했다. "경
험상 세 개의 방위를 잡는 게 최고야." 마케가 베르너에게 말했다. "장
비는 근사치만 뽑아내니까 추가로 측정하면 실수가 줄지."

"항상 놈들을 잡으시나요?" 베르너가 말했다.

"절대 그렇지 않아. 대부분 못 잡지. 가끔은 그냥 빨리 움직이지 못
해서 실패하기도 해. 놈이 중간쯤에서 주파수를 바꿔서 놓치기도 하고.
어떤 때는 중간에 송신을 중단했다가 다른 위치에서 다시 시작하기도
해. 우리가 접근하는 걸 보고 달아나라고 경고해줄 보초를 세워둘 수도
있지."

"곤란한 일이 많군요."

"하지만 조만간 잡아내."

리히터가 밴을 멈췄고 만이 세번째 방위를 잡았다. 바그너의 지도 위
에 그려진 세 개의 연필 선은 베를린 동역 근처에서 만나 작은 삼각형
을 이루었다. 피아니스트는 철도선과 운하 사이 어딘가에 있었다.

마케는 리히터에게 위치를 알려주며 덧붙였다. "최대한 빨리 가."

그는 베르너가 땀을 흘리고 있는 걸 알아차렸다. 어쩌면 밴 내부가 더워서인지도 몰랐다. 그리고 젊은 중위는 현장 작전에 익숙지 않았다. 그는 게슈타포의 삶이 어떤지 배우는 중이었다. 더 잘됐군. 마케는 생각했다.

리히터는 바르샤우어 가를 따라 남쪽으로 향하다가 철길을 건넌 다음 창고와 야적장, 작은 공장이 모인 초라한 공업지대로 접어들었다. 역 뒷문 바깥쪽에 배낭을 짊어진 군인이 잔뜩 서 있었는데 동부전선으로 향하는 것이 틀림없었다. 그런데 같은 조국의 어떤 놈은 이 동네 어디선가 저들을 배신하려고 최선을 다하고 있단 말이지. 마케는 화가 났다.

바그너는 역에서 이어지는 좁은 골목을 가리켰다. "놈은 입구에서 몇백 미터 안에 있습니다. 하지만 어느 쪽인지는 모릅니다." 그가 말했다. "밴을 더 가까이 접근시키면 놈에게 들킬 겁니다."

"좋아, 모두 어떻게 하는지 잘 알 거야." 마케가 말했다. "바그너와 리히터가 왼쪽을 맡는다. 슈나이더와 내가 오른쪽을 맡지." 그들은 모두 손잡이가 긴 큰 망치를 집었다. "나랑 가지, 프랑크."

거리에는 사람이 거의 없었다. 노동자 모자를 쓰고 힘차게 기차역을 향해 걸어가는 사내, 아마 사무실 청소를 하러 가는 듯한 남루한 옷차림의 나이든 여인이 보였다. 두 사람 다 게슈타포의 관심을 받고 싶지 않은지 서둘러 재빨리 지나갔다.

마케 일행은 앞서거니 뒤서거니 건물마다 들어가보았다. 가게 대부분이 문을 닫았기 때문에 수위를 깨워야 했다. 문이 열리는 데 일 분 이상 걸리면 그냥 때려부쉈다. 일단 안으로 들어서면 뛰어다니며 모든 방을 뒤졌다.

첫번째 블록에는 피아니스트가 없었다.

다음 블록의 오른쪽 첫번째 건물에는 패션 모피라는 색 바랜 간판이 달려 있었다. 골목길을 따라 뻗은 2층짜리 공장이었다. 운영은 하지 않는 듯했지만 현관이 강철이고 창문마다 철창이 달려 있었다. 모피코트 공장은 원래 경비가 삼엄했다.

마케는 공장에 들어갈 통로를 찾아 베르너를 데리고 골목으로 들어섰다. 연결 건물이 폭격에 피해를 입고 버려져 있었다. 도로 위 돌무더기는 치워진 상태였고, 위험─출입금지라는 팻말이 서 있었다. 간판 잔해를 살펴보니 가구 창고였다.

그들은 쌓인 돌과 쪼개진 목재 더미를 넘어 최대한 빨리 움직였지만 발을 조심스럽게 움직이지 않을 수 없었다. 살아남은 벽이 건물 뒤쪽을 가리고 있었다. 마케는 벽 뒤로 돌아가 옆 공장으로 통하는 구멍을 찾아냈다.

분명 이 건물에 피아니스트가 있을 것 같은 기분이 들었다.

그는 구멍 안으로 들어섰고 베르너가 뒤를 따랐다.

들어가보니 텅 빈 사무실이었다. 낡은 철제 책상에는 의자도 없었고 맞은편에 서류 캐비닛이 있었다. 벽에는 1939년도 달력이 걸려 있었는데, 아마 그때가 베를린 시민들이 모피코트를 사는 경박한 짓을 할 수 있었던 마지막 해였던 모양이었다.

마케는 위쪽 바닥에서 발소리를 들었다.

총을 뽑아들었다.

베르너는 무기가 없었다.

두 사람은 문을 열고 복도로 들어섰다.

열려 있는 여러 개의 문과 위로 올라가는 계단, 그리고 지하로 연결되는 듯한 계단 아래 문이 보였다.

오르는 계단 아래를 향해 복도를 따라 살그머니 가던 마케는 베르너가 지하로 통하는 문을 점검하는 모습을 보았다.

"아래서 무슨 소리가 난 것 같습니다." 베르너가 말했다. 그가 손잡이를 돌렸지만 문은 조잡한 자물쇠로 잠겨 있었다. 그는 뒤로 물러서더니 오른발을 들었다.

마케가 말했다. "안 돼—"

"괜찮아요. 소리를 들었습니다!" 베르너가 말하더니 문을 걷어차 열었다.

문짝 부서지는 소리가 텅 빈 공장 전체에 울렸다.

베르너는 열린 문으로 뛰어들어 사라졌다. 불이 들어오고 돌계단이 보였다. "움직이지 마!" 베르너가 소리질렀다. "너희를 체포한다!"

마케는 그를 따라 계단을 내려갔다.

그는 지하실에 도착했다. 베르너는 당황한 모습으로 계단 아래 서 있었다.

그곳은 텅 비어 있었다.

천장에는 코트를 걸어두던 것으로 보이는 쇠막대가 달려 있었다. 구석에는 아마도 포장용지인 듯 커다란 갈색 종이 두루마리가 서 있었다. 하지만 무전기나 모스크바로 메시지를 두드려대는 스파이는 보이지 않았다.

"이 빌어먹을 바보 자식." 마케는 베르너에게 말했다.

그는 돌아서서 다시 계단을 향해 달렸다. 베르너도 그를 따라 뛰었다. 두 사람은 복도를 지나 위층으로 뛰어올라갔다.

유리 천장 아래 작업대가 줄지어 놓여 있었다. 한때는 여자들이 꽉 채우고 앉아 재봉틀을 돌렸음이 틀림없었다. 지금은 아무도 없었다.

화재 대피로로 통하는 유리문이 있었지만 잠겨 있었다. 밖을 내다봤지만 아무도 없었다.

그는 총을 치웠다. 거칠게 숨을 몰아쉬며 작업대에 몸을 기댔다.

바닥에서 담배꽁초 두 개를 찾아냈는데 하나는 립스틱이 묻어 있었다. 별로 오래된 것 같지 않았다. "놈들이 여기 있었다." 그는 바닥을 가리키며 베르너에게 말했다. "두 명이었어. 네가 소리를 지르는 바람에 놈들이 알고 달아났잖아."

"제가 바보였습니다." 베르너가 말했다. "죄송합니다, 하지만 이런 일에는 익숙지 않아서요."

마케는 구석 창문 쪽으로 향했다. 골목을 따라 젊은 남녀가 기분좋게 걸어가고 있었다. 남자는 갈색 가죽가방을 들고 있었다. 그가 지켜보는 가운데 두 사람은 기차역으로 모습을 감추었다. "젠장." 그가 말했다.

"스파이 같지는 않은데요." 베르너가 말했다. 그가 바닥 위 뭔가를 가리켰고 마케는 쭈글쭈글해진 콘돔을 알아보았다. "사용했지만 속은 비었습니다." 베르너가 말했다. "아마 일을 벌이는 중에 우리가 덮친 모양입니다."

"자네 말이 맞았으면 좋겠군." 마케가 말했다.


VI


요아힘 코흐가 작전 계획을 가져오기로 약속한 날 카를라는 출근하지 않았다.

평소처럼 오전 근무를 마치고 시간에 맞춰 집에 와 있을 수도 있었지만 그것으로 충분하지 않을 '수도' 있었다. 큰불이 나거나 교통사고가 나서 환자가 밀려드는 바람에 근무시간이 끝나도 어쩔 수 없이 붙들려 있을 위험은 늘 있었다. 그래서 그녀는 온종일 집에 있었다.

결국 모드가 요아힘에게 작전 계획을 가져다달라고 부탁할 필요도 없었다. 그는 레슨을 빠지게 되었다고 하더니, 뽐내고 싶은 유혹을 견딜 수 없었는지 시내를 가로질러 계획 사본을 가지고 움직여야 한다고 설명했다. "그럼 가시는 길에 레슨을 받아요." 모드의 제안에 그는 동의했다.

점심식사는 긴장이 흘렀다. 카를라와 모드는 햄에서 나온 뼈와 말린 콩을 넣고 끓인 멀건 수프를 먹었다. 카를라는 코흐를 설득하기 위해 모드가 무엇을 했는지, 무엇을 해주기로 약속했는지 묻지 않았다. 그의 피아노 실력이 눈부시게 늘긴 했지만 아직 레슨을 빼먹을 때가 아니라고 했는지도 몰랐다. 아니면 그의 지위가 너무 낮아서 항상 감시를 받느냐고 물었는지도. 그는 늘 실제보다 더 중요한 사람처럼 행동했으니 그런 말에 기분이 상했을 테고, 쉽게 자극을 받아 그저 그녀가 틀렸다는 걸 증명하기 위해 나타나겠다고 마음먹었을지도 모른다. 하지만 아마 가장 잘 먹혔을 그 계략을 카를라는 생각하고 싶지 않았다. 섹스. 어머니는 코흐에게 엄청나게 추파를 던졌고, 그는 맹목적인 헌신으로 응답했다. 그런 상황이 견딜 수 없는 유혹이 되어 요아힘으로 하여금 머릿속에서 들리는 목소리를, '그렇게 멍청하게 굴지 마'라는 경고를 무시하도록 만든 것은 아닐까 카를라는 의심스러웠다.

어쩌면 그렇지 않을 수도 있다. 그가 정신을 차릴지도 모른다. 오늘 오후 그는 작전 계획이 든 가방 대신 수갑을 든 게슈타포 무리와 함께 나타날 수도 있었다.

카를라는 미녹스 카메라에 필름을 넣고 남은 필름 두 개와 함께 주방 찬장 맨 위 서랍 안 수건 몇 장 아래 넣어두었다. 찬장은 밝은 창가에 있었다. 그녀는 찬장 위에서 사진을 찍을 작정이었다.

사진을 찍고 나면 그 필름이 어떻게 모스크바까지 전해질지 몰랐지만 프리다는 걱정 말라고 했다. 카를라는 스위스에서 물건을 팔 수 있도록 허가를 받은 제약회사나 독일어 성경 세일즈맨이 있을 테고, 그가 베른의 소련 대사관에서 나온 누군가에게 조심스럽게 필름을 전달할 거라고 상상했다.

오후는 길었다. 모드는 방으로 가서 쉬었다. 아다는 빨래를 했다. 카를라는 요즘은 잘 사용하지 않는 식당에 앉아서 뭐라도 읽어보려 애썼지만 집중할 수가 없었다. 신문은 온통 거짓말뿐이었다. 다음번 직무 시험을 위해 열심히 머릿속에 넣어야 하는 교과서의 의학 용어들은 눈앞에서 헤엄을 쳤다. 지금은 1차 세계대전을 다룬 독일의 베스트셀러 『서부전선 이상 없다』를 오래전에 나온 판본으로 읽고 있었다. 병사들의 고충을 너무 솔직히 까발렸다는 이유로 지금은 금서였다. 하지만 그러다가도 손에 책을 든 채 창밖 너머 6월의 햇볕이 쨍쨍 내리쬐는 먼지 자욱한 도시를 내다보고 있는 자신을 발견했다.

마침내 그가 왔다. 카를라는 길에서 나는 소리를 듣고 벌떡 일어나 밖을 살폈다. 게슈타포 요원은 없었고, 잘 다린 제복에 빛나는 부츠를 신은 요아힘 코흐 혼자였다. 영화배우 같은 그의 얼굴은 생일 파티에 참석하는 아이처럼 뜨거운 기대로 가득했다. 늘 그렇듯 캔버스천 가방을 어깨에 메고 있었다. 그는 약속을 지켰을까? 저 가방에 청색 작전 계획 사본이 있을까?

그가 벨을 울렸다.

카를라와 모드는 이 시각 이후의 모든 움직임을 미리 정해두었다. 계획에 따라 카를라는 문을 열어 가지 않았다. 잠시 후 어머니가 보라색 실크 드레스와 굽 높은 슬리퍼 차림으로 홀을 가로지르는 모습을 보았다. 창녀나 다름없는 복장이었다. 카를라는 수치스러운 동시에 민망했다. 현관문이 열리는 소리가 나더니 다시 닫혔다. 홀에서 실크가 버석 거리는 소리와 함께 애정 어린 낮은 말소리가 들리는 걸 보니 두 사람이 포옹을 하는 모양이었다. 그러고는 보라색 드레스와 녹회색 제복이 식당 문 앞을 지나쳐 위층으로 사라졌다.

모드에게 우선 가장 중요한 사항은 그에게 서류가 있는지 확인하는 것이었다. 그녀는 서류를 보고 뭐라고 감탄한 다음 그대로 내려놓을 예정이었다. 그리고 요아힘을 피아노로 데려간다. 그다음 뭔가 구실을 찾아내―카를라는 그게 뭔지 생각하지 않으려 애썼다―쌍여닫이문을 지나 거실 옆 더 작고 더 은밀하고 붉은 벨벳 커튼과 오래되어 가운데가 꺼진 큰 소파가 있는 서재로 청년을 데려간다. 그리로 들어가는 즉시 모드는 신호를 보낼 것이다.

두 사람의 움직임이 정확히 어떻게 연출될지 미리 알기는 어려우니 신호는 여러 가지를 예상해두었는데, 모두 의미는 같았다. 가장 간단한 것은 온 집안에 들리도록 모드가 문을 쾅 닫는 것이었다. 아니면 난로 옆의 누름단추로 식당에 벨소리를 울릴 것이다. 하인을 부를 때 사용하는, 쓸모없는 시스템 중 하나였다. 하지만 다른 어떤 소리도 괜찮은 거라고 정했다. 정 안 되면 괴테의 대리석 흉상을 넘어뜨리거나 '실수로' 꽃병을 깨뜨릴 것이다.

카를라는 식당을 나와 홀에 서서 계단을 올려다보고 있었다. 아무 소리도 나지 않았다.

주방을 들여다보았다. 아다는 수프를 끓였던 무쇠 냄비를 닦고 있었다. 냄비를 문지르는 손에 긴장 때문에 믿을 수 없을 정도로 힘이 들어갔다. 카를라는 아다를 향해 격려가 되기를 바라며 미소지어 보였다. 카를라와 모드는 이 모든 일을 아다에게 비밀로 하고 싶었다. 그녀를 믿지 못해서가 아니라 정반대의 이유 때문이었다. 그녀의 나치에 대한 적개심은 광적이었으니까. 그러나 이런 일을 알고 있으면 그녀는 반역 행위에 연루되어 극단적인 처벌을 받게 될 것이다. 하지만 비밀을 숨기기에 그들은 너무 오래 함께 살았고 아다도 모든 것을 알고 있었다.

쨍쨍 울리는 모드의 웃음소리가 희미하게 들려왔다. 카를라는 그 소리를 잘 알았다. 꾸며낸 기색이 역력한 그 웃음은 모드가 상대를 유혹하기 위한 매력을 한계치까지 짜내는 중이라는 증거였다.

요아힘은 서류를 가져왔을까, 아닐까?

일이 분 후 카를라는 피아노 소리를 들었다. 요아힘이 연주하는 것이 틀림없었다. 〈ABC, 고양이가 눈 속을 달리네〉라는 쉬운 동요였다. 카를라의 아버지가 수백 번 불러준 노래. 그 생각을 하니 카를라는 뭔가 덩어리가 걸린 듯 목이 멨다. 수많은 아이를 고아로 만든 나치가 어찌 감히 저런 노래를 연주할 수 있단 말인가?

연주가 중간에 뚝 그쳤다. 뭔가 일이 벌어졌다. 카를라는 귀를 쫑긋 세웠다. 말소리, 발소리, 뭐든 좋았다. 하지만 아무것도 안 들렸다.

일 분이 지나고 또 일 분이 흘렀다.

뭔가 잘못되었다. 하지만 뭐지?

그녀는 주방 문을 통해 아다를 보았다. 그녀는 냄비를 닦던 손을 멈추고 양손을 펼쳐 보였다. 나도 모르지.

카를라가 알아내야 했다.

그녀는 낡아서 올이 다 드러난 카펫을 소리 없이 밟으며 조용히 위층으로 향했다.

거실 밖에서 걸음을 멈췄다. 여전히 아무 소리도 들리지 않았다. 피아노 소리도, 움직이는 소리도, 말소리도 없었다.

그녀는 가능한 한 조용히 문을 열었다.

안을 들여다보았다. 아무도 보이지 않았다. 안으로 들어가서 둘러보았다. 방은 비어 있었다.

요아힘의 캔버스 가방은 흔적도 없었다.

그녀는 서재로 통하는 쌍여닫이문을 바라보았다. 두 문짝 중 하나가 절반쯤 열려 있었다.

카를라는 발끝으로 방을 가로질렀다. 이곳에는 카펫 없이 잘 닦은 마루가 그대로 드러나 있어서 발소리를 완벽히 죽일 수는 없었다. 하지만 위험을 감수해야 했다.

서재에 가까워지면서 속삭이는 소리가 들렸다.

문가에 다다랐다. 그녀는 벽에 몸을 바짝 붙인 채 위험을 무릅쓰고 안을 들여다보았다.

두 사람은 서서 껴안은 채 키스를 하고 있었다. 요아힘은 문과 카를라를 등지고 서 있었다. 모드가 신경써서 그를 그쪽에 세운 것이 분명했다. 카를라가 지켜보는 사이 모드는 입술을 떼어내고 그의 어깨 너머로 카를라와 눈을 맞췄다. 그녀는 요아힘의 목에서 손을 떼더니 다급히 어딘가를 가리켜 보였다.

카를라는 의자 위에서 캔버스 가방을 발견했다.

즉시 무엇이 잘못되었는지 알아차렸다. 모드가 요아힘을 유혹해 서재로 데려갔을 때 그는 그들의 예상과 달리 가방을 거실에 두지 않고 소심하게 안으로 가지고 들어간 것이었다.

이제 카를라가 가방을 빼와야 했다.

쿵쾅거리는 가슴을 안고 그녀는 안으로 들어섰다.

모드가 중얼거렸다. "아, 그래요. 계속 그렇게 해줘요, 귀여운 자기."

요아힘이 탄성을 내뱉었다. "당신, 사랑해요."

카를라는 두 걸음 앞으로 내디딘 다음 캔버스 가방을 집고 돌아서서 조용히 밖으로 나왔다.

가방은 가벼웠다.

그녀는 재빨리 거실을 가로질러 거칠게 숨을 몰아쉬며 계단을 뛰어내려갔다.

주방에서 가방을 테이블 위에 놓고 끈을 풀었다. 안에는 오늘 자 베를린 신문 〈안그리프〉 한 부와 새로 산 카멜 담배 한 갑, 평범한 누런색 판지 서류철 하나가 들어 있었다. 떨리는 손으로 서류철을 꺼내 펼쳤다. 카본지 복사본 서류 한 부가 들어 있었다.

첫번째 페이지에 제목이 붙어 있었다.

## 제41호 명령

마지막 페이지에는 점선으로 서명란이 표시되어 있었다. 아무 서명도 없었지만 복사본이니 당연했고, 점선 옆에 타이핑된 이름은 아돌프 히틀러였다.

그 사이에 청색 작전 계획이 들어 있었다.

가슴속에서 환희가 솟아나 이미 느끼던 긴장감, 들키면 어쩌나 하는 소름끼치는 공포와 뒤섞였다.

그녀는 서류를 주방 창문 옆 낮은 찬장 위에 올려놓았다. 서랍을 홱 열고 미녹스 카메라와 여분의 필름 두 개를 꺼냈다. 문서를 조심스럽게 펼쳐놓은 뒤 한 페이지씩 촬영하기 시작했다.

오래 걸리지 않았다. 겨우 열 페이지였다. 필름을 갈 필요조차 없었다. 끝났다. 그녀는 작전 계획을 훔쳐냈다.

아버지, 아버지를 위해서 했어요.

그녀는 카메라를 다시 넣고 서랍을 닫은 다음, 문서를 판지 서류철에 끼워 캔버스 가방에 도로 넣고서 가방을 닫고 끈을 묶었다.

최대한 조용히 움직이며 가방을 들고 다시 위층으로 올라갔다.

거실로 몰래 들어가던 그녀는 어머니의 목소리를 들었다. 누군가 들어주기를 원하듯 알아듣기 쉽고 강한 목소리였고, 카를라는 즉시 경고를 감지했다. "제발 걱정하지 말아요." 어머니가 말했다. "너무 흥분해서 그런 거니까. 우리 둘 다 흥분했어요."

쑥스러운 듯 낮게 대답하는 요아힘의 목소리가 들렸다. "바보 같아요." 그가 말했다. "당신이 만져줬을 뿐인데 다 끝나버렸어요."

무슨 일이 벌어졌는지 알 것 같았다. 카를라는 그런 경험이 없었지만 여자들은 수다를 떠는 법이고 간호사들의 대화는 끔찍하리만큼 상세했다. 요아힘이 너무 일찍 사정해버린 것이 틀림없었다. 프리다가 하인리히도 처음 함께 있을 때는 그런 일이 여러 번 있었고 난처해 수치스러워했지만 금세 극복했다고 한 적이 있었다. 그녀가 말하길 그것은 긴장했다는 증거였다.

모드와 요아힘의 관계가 너무 일찍 끝나버린 탓에 카를라는 난관에 부딪혔다. 요아힘은 이제 더는 주변 모든 일에 눈과 귀가 먼 상태가 아니라 좀더 정신을 차렸을 것이다.

그럼에도 모드는 그가 계속 문가를 등지고 있도록 최선을 다하고 있음이 틀림없었다. 카를라가 잠깐 숨어들어가 요아힘에게 들키지 않고 가방을 의자에 돌려놓을 수만 있다면 그들은 아직 승산이 있었다.

뛰는 가슴을 안고 카를라는 거실을 가로질러 열린 문 앞에서 잠시 멈춰 섰다.

모드가 안심시키는 목소리로 말했다. "가끔 벌어지는 일이에요. 몸이 참지 못하는 거죠. 아무것도 아니에요."

카를라는 문으로 고개를 들이밀었다.

두 사람은 여전히 붙어 선 채 여전히 같은 자리에 서 있었다. 모드가 요아힘의 어깨 너머로 카를라를 보았다. 그녀는 요아힘이 카를라를 보지 못하도록 그의 뺨에 손을 대고 말했다. "다시 키스해줘요. 그리고 이런 작은 사고 때문에 날 미워하지 않는다고 말해줘요."

카를라는 안으로 들어섰다.

요아힘이 말했다. "담배 좀 피워야겠어요."

그가 돌아서려고 하자 카를라는 밖으로 물러났다.

그녀는 문가에서 기다렸다. 그는 주머니에 담배를 갖고 있을까? 아니면 가방에 든 새 담배를 찾을까?

대답은 잠시 후 들렸다. "내 가방 어디 있지?" 그가 말했다.

카를라는 심장이 멎는 듯했다.

모드의 목소리가 선명하게 들렸다. "거실에 놓고 왔잖아요."

"아니, 그러지 않았어요."

카를라는 거실을 가로질러 가방을 다른 의자에 놓고 밖으로 빠져나왔다. 그러고는 계단 앞에 서서 귀를 기울였다.

두 사람이 서재에서 거실로 나오는 소리가 들렸다.

모드가 말했다. "저기 있네, 내가 그랬잖아요."

"난 여기 두지 않았어요." 그는 완강했다. "내 눈에 안 보이는 곳에 둔 적 없다고 맹세해요. 하지만 그런 적이 있죠. 당신하고 키스할 때."

"자기는 우리 사이 일어난 일 때문에 화가 난 거예요. 마음을 풀려고 해봐요."

"내가 정신이 팔렸을 때 누가 방에 들어왔던 게 틀림없어요……"

"터무니없는 소리."

"난 생각이 달라요."

"피아노에 나란히 앉아요. 당신이 좋아하는 대로." 그녀는 말했지만 목소리가 다급해지기 시작했다.

"이 집에 우리 말고 누가 있죠?"

이제 무슨 일이 생길지 추측하면서 카를라는 계단을 뛰어내려가 주방으로 갔다. 놀란 아다가 그녀를 빤히 봤지만 설명할 시간이 없었다.

계단을 내려오는 요아힘의 부츠 소리가 들렸다.

잠시 후 그가 주방으로 들어왔다. 그는 캔버스 가방을 손에 들고 있었다. 화난 얼굴이었다. 그가 카를라와 아다를 바라보았다. "둘 중 한 명이 이 가방 안을 봤어!" 그가 말했다.

카를라는 최대한 차분하게 말했다. "왜 그렇게 생각하는지 모르겠군요, 요아힘." 그녀가 말했다.

요아힘 뒤에서 나타난 모드가 그를 지나쳐 주방으로 들어섰다. "커피한잔 합시다, 아다." 그녀는 밝게 말했다. "요아힘, 제발 앉아요. 부탁이에요."

그는 모드를 무시한 채 주방을 샅샅이 뒤졌다. 창문 옆 낮은 찬장을 보는 그의 눈길이 불타올랐다. 카를라가 보니 경악스럽게도 카메라는 치웠지만 여분 필름 두 개는 그대로 둔 상태였다.

"저거 8밀리미터 필름 아니야?" 요아힘이 말했다. "소형 카메라 갖고 있나?"

순간 그는 어린아이에서 벗어났다.

"저게 그런 물건이에요?" 모드가 말했다. "궁금하던 참인데. 사실 다른 학생인 게슈타포 장교가 두고 간 물건이거든요."

영리하게 둘러댔지만 요아힘은 곧이듣지 않았다. "그럼 그 사람이 카메라도 같이 두고 갔나?" 그가 말했다. 그는 서랍을 잡아 뺐다.

하얀 수건 위에 깔끔하고 작은 스테인리스 카메라가 마치 범인이 흘린 핏자국처럼 놓여 있었다.

요아힘은 충격을 받은 것 같았다. 어쩌면 그는 자신이 배신의 희생자라는 사실을 진정으로 믿어서가 아니라 성적 실패를 보상받으려 고함을 쳤는지도 모른다. 그리고 이제야 처음으로 진실을 마주한 것이다.

이유야 어쨌든 그는 순간적으로 멍해졌다. 여전히 서랍 손잡이를 잡은 채 최면에 걸린 사람처럼 멍하니 카메라를 바라보았다. 그 짧은 순간 카를라는 젊은 사내의 사랑의 꿈이 더럽혀졌고, 이제 그의 분노가 끔찍해지리라는 걸 알 수 있었다.

마침내 그는 눈을 들었다. 주위에 선 세 여자를 둘러보던 그의 시선이 모드에게 멈췄다. "당신이 이랬군." 그가 말했다. "날 속였어. 하지만 당신은 처벌받을 거야." 그는 카메라와 필름을 집어 주머니에 넣었다. "울리히 부인, 당신을 체포한다." 그는 앞으로 한 걸음 나서며 그녀의 팔을 잡았다. "당신을 게슈타포 본부로 데려가겠어."

모드는 팔을 휘둘러 그의 손아귀에서 벗어나 뒤로 한 걸음 물러섰다.

요아힘은 팔을 뒤로 당겼다가 온 힘을 다해 그녀에게 주먹을 날렸다. 그는 키가 크고 강하고 젊었다. 주먹으로 얼굴을 맞은 모드는 쓰러지고 말았다.

요아힘은 모드를 내려다보고 섰다. "날 바보로 만들었어!" 그가 새된 소리를 질렀다. "거짓말을 하다니, 믿었는데!" 그는 이성을 잃어가고 있었다. "우리 둘 다 게슈타포에게 고문을 당할 거야. 그리고 그래도 싸!" 그가 쓰러진 모드를 발로 차기 시작했다. 그녀는 몸을 굴려 피하려 했지만 요리용 레인지에 부딪혔다. 요아힘의 오른쪽 부츠가 그녀의 갈비뼈와 허벅지, 복부를 세게 때렸다.

아다가 달려들어 손톱으로 그의 얼굴을 할퀴었다. 그는 팔을 휘둘러 그녀를 떨쳐냈다. 그리고 모드의 머리를 발로 찼다.

카를라가 움직였다.

그녀는 사람의 신체에 가해지는 모든 종류의 외상이 회복 가능하지만 가끔 머리 부상은 돌이킬 수 없다는 사실을 잘 알았다. 하지만 그런 것을 따질 여유가 거의 없었다. 그녀는 앞일을 생각하지 않고 움직였다. 테이블에서 아다가 힘껏 깨끗하게 닦아놓은 수프 냄비를 집어들었다. 냄비의 긴 손잡이를 잡고 높이 쳐들었다가 요아힘의 정수리를 향해 있는 힘껏 내리쳤다.

그는 깜짝 놀란 채 비틀거렸다.

카를라는 다시 한번 더 세게 쳤다.

그는 의식을 잃은 채 바닥에 쓰러졌다. 모드는 쓰러지는 그를 피해 몸을 움직여 벽에 똑바로 기대앉아 가슴을 부여잡았다.

카를라는 다시 냄비를 치켜들었다.

모드가 소리질렀다. "안 돼! 그만!"

카를라는 테이블에 냄비를 내려놓았다.

요아힘이 움직거리며 몸을 일으키려 했다.

아다가 냄비를 붙잡더니 맹렬하게 그를 다시 내려쳤다. 카를라가 그 팔을 붙잡으려 했지만 아다는 미친 사람처럼 분노했다. 그녀는 정신을 잃은 사내의 머리를 내려치고 또 내려쳤고, 그러다 힘이 빠져 땡그랑 소리와 함께 냄비를 바닥에 떨어뜨렸다.

모드는 가까스로 몸을 일으켜 무릎을 꿇고 요아힘을 바라보았다. 눈을 크게 부릅뜨고 있었다. 코는 옆으로 뒤틀렸다. 두개골이 찌그러진 것 같았다. 귀에서 피가 흘렀다. 숨은 쉬지 않는 것 같았다.

카를라는 그의 곁에 무릎을 꿇고 앉아 손끝을 목에 대고 맥박을 느껴보았다. 느껴지지 않았다. "죽었어요." 그녀가 말했다. "우리가 그를 죽였어요. 아, 맙소사."

모드가 말했다. "이 불쌍하고 멍청한 녀석." 그녀는 울고 있었다.

힘을 쏟고 헐떡거리던 아다가 말했다. "이제 어떻게 하죠?"

카를라는 시체를 없애야 한다는 걸 깨달았다.

모드는 간신히 일어섰다. 얼굴 왼쪽이 부어올랐다. "세상에, 정말 아프네." 그녀가 옆구리를 잡으며 말했다. 아마 갈비뼈가 부러졌을 거라고 카를라는 짐작했다.

요아힘을 내려다보며 아다가 말했다. "다락에 숨길 수 있어요."

카를라가 말했다. "맞아요. 이웃 사람들이 냄새가 난다고 불평하기 전까지는요."

"그럼 뒷마당에 묻죠."

"여자 셋서서 베를린 타운하우스 마당에 2미터 길이의 구덩이를 파면 사람들이 어떻게 생각하겠어요? 금광이라도 찾는 줄 알까요?"

"밤에 파면 돼."

"그렇다고 덜 의심스러울까요?"

아다는 머리를 긁적였다.

카를라가 말했다. "어딘가로 가져가 버려야 해요. 공원이나 운하."

"하지만 어떻게 옮기지?" 아다가 말했다.

"별로 무겁지는 않아." 모드가 슬픈 목소리로 말했다. "마르고 튼튼한 몸이었어."

카를라가 말했다. "문제는 무게가 아니에요. 아다와 내가 옮길 수 있어요. 하지만 어떻게 옮겨야 의심을 받지 않느냐는 거죠."

모드가 말했다. "차가 있으면 좋을 텐데."

카를라는 고개를 저었다. "어차피 아무도 휘발유를 구할 수 없잖아요."

모두 말이 없었다. 밖에는 어둠이 내리고 있었다. 아다가 수건을 한 장 가져와 요아힘의 머리에 둘러 바닥이 피로 더러워지는 것을 막았다. 조용히 흐느끼는 모드의 고통으로 일그러진 얼굴 위로 눈물이 흘러내렸다. 카를라는 모드를 위로하고 싶었지만 문제 해결이 우선이었다.

"상자에 시체를 넣을 수 있어요." 그녀가 말했다.

아다가 말했다. "크기가 적당한 상자는 관뿐이야."

"가구에다 넣으면 어때요? 식기용 찬장?"

"너무 무거워." 아다는 생각에 잠긴 듯했다. "하지만 내 방에 있는 옷장은 그렇게 안 무겁지."

카를라는 고개를 끄덕였다. 가정부라면 으레 옷이 많지 않으니 마호가니 가구도 필요 없으리라고들 생각한다는 것을 깨닫고 카를라는 일말의 민망함을 느꼈다. 어쨌든 그래서 아다의 방에도 얇은 판재로 만든 폭이 좁은 양복장이 하나 있었다. "그걸 가져오죠." 카를라가 말했다.

아다는 원래 지하에서 지냈지만 지금은 방공호로 사용되었기 때문에 그녀의 방은 위층에 있었다. 카를라와 아다는 위로 갔다. 아다가 옷장을 열고 레일에 걸린 옷 전부를 꺼냈다. 많지는 않았다. 가정부 옷 두 벌에 원피스 몇 벌, 겨울코트 한 벌이 전부였고 모두 낡았다. 그녀는 싱글 침대 위에 옷을 가지런히 놓았다.

카를라가 옷장을 한쪽으로 기울여 떠받치고 있자 아다가 반대쪽 아래를 들었다. 무겁지는 않았지만 다루기가 까다로워 문밖으로 옮겨 아래층까지 가져오는 데는 제법 시간이 걸렸다.

마침내 그들은 옷장을 현관 앞에 눕혔다. 카를라가 옷장 문을 열었다. 이제 옷장은 마치 경첩 달린 문짝이 있는 관처럼 보였다.

카를라는 주방으로 돌아가 시체 위로 몸을 굽혔다. 요아힘의 주머니에서 카메라와 필름을 빼내 다시 찬장 서랍에 넣었다.

카를라가 팔을, 아다가 다리를 잡고 시체를 들어올렸다. 두 사람은 주방을 나와 현관으로 시체를 옮겨 옷장 안에 내려놓았다. 아다가 수건을 다시 매만졌지만 이미 피는 멈춘 상태였다.

군복을 벗겨야 할까? 카를라는 생각했다. 그러면 신원을 확인하기가 더 어려울 것이다. 하지만 그러면 몰래 버려야 할 물건이 하나에서 둘로 늘어나는 문제를 떠안게 될 것이다. 옷은 그냥 두기로 했다.

그녀는 캔버스 가방을 집었다. 오늘 벌어진 모든 일의 뿌리인 문서가 든 누런 서류철을 꺼내고 신문과 담배는 그대로 두었다. 그녀는 서류철을 테이블에 내려놓고 가방은 시체와 함께 옷장에 넣었다.

옷장을 닫고 혹시라도 어쩌다 열리는 일이 없도록 열쇠로 잠갔다. 열쇠는 원피스 주머니에 넣었다.

그녀는 식당으로 가서 창밖을 살폈다. "어두워지고 있어요. 좋아요."

모드가 말했다. "사람들이 어떻게 생각할까?"

"가구를 옮긴다고 생각하겠죠. 아마도 먹을 걸 사기 위해 팔러 가나 보다 할 거예요."

"여자 둘이 옷장을 옮긴다고?"

"많은 남자가 군대에 갔거나 죽었으니 여자들이 늘 이런 일을 해요. 이삿짐 트럭도 못 구하잖아요. 휘발유를 살 수가 없는데."

"왜 어둑어둑한 시간에 옮기겠어?"

카를라는 짜증을 감추지 못했다. "몰라요, 엄마. 누가 물어보면 뭔가 이야기를 지어내야겠죠. 하지만 시체를 여기 둘 수는 없어요."

"시체가 발견되면 살해당했다는 걸 알 거야. 상처를 조사할 거라고."

카를라도 그 점은 걱정하고 있었다. "우리가 어떻게 할 수 없어요."

"그가 오늘 어디 갔었는지 수사할지도 몰라."

"피아노 레슨 이야기는 아무에게도 안 했다고 했잖아요. 실력을 길러서 친구들을 놀라게 해준다고요. 운이 좋으면 그가 여기 온 걸 아무도 모를 수 있어요." 그리고 운이 없으면 우리 모두 죽은목숨이고요. 카를라는 생각했다.

"왜 살해됐다고 생각할까?"

"속옷에서 정액의 흔적을 찾아낼까요?"

모드는 부끄러워 고개를 돌리며 말했다. "그렇겠지."

"그럼 성적 만남이 있었다고 생각하겠죠. 상대가 남자일 수도 있고요. 그러다 막판에 싸움으로 번졌고."

"네 말이 맞았으면 좋겠구나."

카를라는 전혀 확신이 들지 않았지만 달리 할 수 있는 일이 하나도 떠오르지 않았다. "운하로 가요." 그녀가 말했다. 시체는 물위를 떠다니다 조만간 발견될 것이다. 그리고 살인사건 수사가 시작되겠지. 그저 수사로 인해 그들이 드러나는 일이 없기를 바라는 수밖에 없었다.

카를라는 현관문을 열었다.

그녀는 옷장 왼쪽 앞에 섰고 아다는 오른쪽 뒤에 섰다. 두 사람은 몸을 숙였다.

주인집 딸보다 당연히 무거운 물건을 들어본 경험이 많은 아다가 말했다. "옆으로 기울인 다음 손을 아래 넣어."

카를라는 시키는 대로 했다.

"이제 그쪽을 조금 들어."

카를라는 그대로 따랐다.

아다는 그녀가 선 쪽 아래 손을 넣고 말했다. "무릎을 굽혀. 무게를 버티고. 허리를 펴."

두 사람은 엉덩이 높이까지 옷장을 들어올렸다. 아다는 몸을 숙이더니 어깨를 옷장 아래로 넣었다. 카를라도 똑같이 했다.

두 여자는 허리를 쭉 폈다.

현관에서 계단을 내려가는 동안 무게가 카를라 쪽으로 쏠렸지만 견딜 만했다. 도로에 들어서자 그녀는 몇 블록 떨어진 운하 쪽으로 방향을 틀었다.

이제 주위는 완전히 어두워졌고 달도 없이 별 몇 개만 희미한 빛을 뿌리고 있었다. 등화관제 상태여서 그들이 옷장을 물에 던지는 모습을 아무도 보지 못할 가능성도 충분했다. 힘든 건 앞이 제대로 보이지 않는 채로 걸어야 한다는 점이었다. 그녀는 혹시나 어딘가에 발이 걸려 넘어지고 옷장이 부서져 쪼개지면서 안에 든 피살된 시체가 드러날까 봐 겁이 났다.

구급차 한 대가 전조등에 덮개를 씌운 채 지나갔다. 교통사고 때문에 서둘러 달려가는 모양이었다. 등화관제 때는 사고가 많았다. 그 말은 부근에 경찰차들이 있다는 뜻이었다.

카를라는 등화관제가 막 시행되던 무렵 벌어진 깜짝 놀랄 만한 살인 사건이 떠올랐다. 한 남자가 아내를 죽이고 포장용 상자에 시체를 담은 뒤 자전거 짐받이에 싣고 어둠 속에서 시내를 가로질러 하펠 강에 버린 사건이다. 경찰이 그때 일을 기억하고 커다란 물건을 옮기는 사람은 누구나 의심하지는 않을까?

그런 생각을 하고 있는데 경찰차 한 대가 지나갔다. 경관 하나가 옷장을 든 두 여자를 빤히 봤지만 차를 멈추지는 않았다.

옷장이 점점 무거워지는 것 같았다. 더운 밤이었고 곧 땀이 줄줄 흘렀다. 나무에 눌린 어깨가 아파 카를라는 손수건을 접어 블라우스 안쪽에 푹신하게 댔더라면 하는 후회가 들었다.

두 사람은 모퉁이를 돌아 사고 현장을 보게 되었다.

바퀴가 여덟 개인 트레일러트럭이 목재를 싣고 가다가 메르세데스 승용차와 정면으로 충돌했는데, 승용차가 심하게 부서졌다. 경찰차와 구급차가 전조등으로 부서진 차량을 비추고 있었다. 좁은 공간을 비추는 희미한 불빛 아래 여러 사람이 메르세데스 주변에 모여 있었다. 아직 안에 사람들이 있는 것을 보면 분명 사고가 난 지 몇 분 되지 않았다. 구급대원 한 명이 뒷문 쪽으로 몸을 기울이고 있었는데 아마도 부상자를 옮길 수 있는지 확인하는 중인 듯했다.

카를라는 순간적으로 겁이 났다. 죄책감에 몸이 얼어붙어 그 자리에 우뚝 멈춰 섰다. 하지만 아무도 그녀와 아다, 옷장의 존재를 알아차리지 못했고 잠시 후 그녀는 슬그머니 되돌아간 다음 다른 길을 통해 운하로 가면 그만이라는 걸 알아차렸다.

막 돌아서려던 찰나 날쌘 경관 하나가 그녀 쪽으로 플래시를 비췄다.

옷장을 던져버리고 달아나고 싶었지만 정신을 똑바로 차렸다.

경관이 말했다. "뭐하는 거요?"

"옷장을 옮기고 있어요, 경관님." 그녀가 말했다. 다시 침착해진 그녀는 짐짓 귀찮게 궁금해하는 것으로 죄책감으로 인한 긴장을 감췄다. "이게 무슨 일이에요?" 그녀는 물었다. 추가로 질문을 덧붙였다. "누가 죽었어요?"

전문가들은 이런 식으로 인정사정없이 남의 불행에 대해 궁금해하는 사람을 싫어한다는 사실을 그녀는 잘 알았다. 그녀 역시 전문가였기 때문이다. 기대한 대로 경찰관은 오만하게 대꾸했다. "알 것 없소." 그가 말했다. "그냥 참견하지나 말아요." 그는 돌아서서 부서진 자동차에 불을 비췄다.

도로의 이쪽 보도는 깔끔했다. 카를라는 순간 결정을 내리고 곧장 앞으로 걸었다. 그녀와 아다는 죽은 사람이 든 옷장을 메고 사고 현장으로 다가갔다.

그녀는 좁은 구역을 비추는 불빛 아래 몇몇 구급대원과 경찰에게서 눈을 떼지 않았다. 맡은 일에 열심히 집중한 그들은 누구 하나 자동차 옆을 지나가는 카를라를 보지 못했다.

바퀴가 여덟 개인 트레일러 옆을 완전히 지나는 그 시간이 영원처럼 느껴졌다. 그리고 마침내 트럭 맨 뒤를 지나는 그때, 번쩍 어떤 생각이 떠올랐다.

카를라는 멈춰 섰다.

아다가 나지막이 말했다. "왜 그래?"

"이쪽이에요." 카를라는 트럭 뒤 도로 쪽으로 향했다. "옷장을 내려 놔요." 그녀가 낮은 소리로 말했다. "소리내지 말고."

그들은 옷장을 도로 위에 살며시 내려놓았다.

아다가 속삭였다. "여기다 두자고?"

카를라는 주머니에서 열쇠를 꺼내 옷장 문을 열었다. 그리고 고개를 들어 살폈다. 사람들은 여전히 저 너머 7미터 정도 떨어진 트럭 앞쪽 승용차 주위에 모여 있었다.

그녀는 옷장 문을 열었다.

요아힘 코흐는 피투성이 수건으로 머리를 감싼 채 볼 수 없는 눈을 부릅뜨고 있었다.

"여기다 버려요." 카를라가 말했다. "바퀴 옆에."

두 사람이 옷장을 기울이자 시체가 굴러나와 타이어에 부딪히며 멈췄다.

카를라는 피에 젖은 수건을 걷어서 옷장 안에 던져넣었다. 그리고 캔버스 가방을 시체 옆에 떨어뜨렸다. 시체를 없앨 수 있게 되어 기뻤다. 그녀는 옷장 문을 닫았고, 두 사람은 옷장을 메고 걸어갔다.

이제는 운반하기가 수월했다.

어둠 속에서 50미터가량 멀어졌을 때 말소리가 들려왔다. "이런 세상에, 저기 다른 피해자가 있어. 보행자가 치인 모양이야!"

모퉁이를 돌자 안도감이 파도처럼 밀려왔다. 카를라는 시체를 없앴다. 별다른 관심을 받지 않고 집까지 돌아가면, 그리고 아무도 옷장 안을 들여다보고 피에 젖은 수건을 발견하지만 않는다면 안전할 터였다. 살인사건 수사는 없을 것이다. 요아힘은 등화관제로 인한 교통사고로 죽은 보행자가 되었다. 실제로 자갈이 깔린 도로에서 트럭 바퀴에 걸려 끌려다녔다면 아다의 무거운 수프 냄비 바닥으로 인한 상처와 비슷하게 다쳤을 것이다. 아마 실력 있는 의사라면 차이를 알아낼지도 모르지만, 아무도 부검이 필요하다고 생각하지는 않을 것이다.

카를라는 옷장을 버릴까 하다가 그러지 않기로 했다. 수건 말고도 옷장 안에는 핏자국이 남았을 테고, 그것만으로도 경찰 수사가 시작될 수 있었다. 집으로 가져가 깨끗이 닦아야 했다.

그들은 더는 누구와도 마주치지 않고 집으로 돌아왔다.

옷장을 현관 안쪽 홀에 내려놓았다. 아다가 수건을 꺼내 주방 싱크대에 넣고 차가운 물을 틀었다. 카를라는 주방 테이블 위에서 그녀가 둔 대로 놓여 있는 누런 서류철을 보았다. 그녀는 서류철을 집어 카메라와 필름이 든 서랍 안에 치우며 기쁨과 슬픔이 뒤섞인 감정을 느꼈다. 그녀는 나치의 전투 계획을 훔쳤지만, 사악하다기보다 어리석었던 청년 한 명을 죽였다. 여러 날, 어쩌면 여러 해 동안 생각하고 나서야 비로소 지금의 감정을 알 수 있을 것 같았다. 당장은 그저 너무 피곤했다.

그녀는 어머니에게 어떻게 처리했는지 말했다. 모드는 왼쪽 뺨이 크게 부어올라 눈이 감기다시피 했다. 고통을 줄이려고 왼쪽 옆구리를 누르고 있었다. 상태가 끔찍해 보였다.

카를라가 말했다. "엄마는 엄청나게 용감했어요. 오늘 하신 일이 정말이지 존경스러워요."

모드가 지친 모습으로 말했다. "그런 느낌은 들지 않아. 정말 부끄럽다. 나 자신이 혐오스러워."

"그를 사랑하지 않았기 때문에요?" 카를라가 물었다.

"아니." 모드가 말했다. "사랑했기 때문에."

# 14장
# 1942년(III)

## I

그레그 페시코프는 숨마 쿰 라우데, 즉 최우등으로 하버드를 졸업했다. 딱히 애쓰지 않아도 전공인 물리학으로 박사 학위를 따고 그럼으로써 군 입대를 피할 수 있었다. 하지만 과학자는 되고 싶지 않았다. 그의 야망은 다른 종류의 힘을 행사하는 것이었다. 그리고 전쟁이 끝나면 군 경력은 떠오르는 젊은 정치인에게 어마어마한 보탬이 될 터였다. 그래서 그는 군에 입대했다.

다른 한편으로 실제 전투는 경험하고 싶지 않았다.

그는 높은 관심을 가지고 유럽의 전쟁을 주시하는 동시에 워싱턴에서 아는 모든 사람―매우 많았다―에게 육군부 본부에서 사무직을 맡게 해달라고 압박을 가했다.

6월 28일 시작된 독일의 여름 공세는 신속하게 동쪽을 공략해 상대적으로 약한 저항에 부딪혔다. 하지만 한때 차리친으로 불리던 스탈린

그라드에 이르러서는 러시아의 격렬한 저지에 멈추고 말았다. 이제 그들은 오도 가도 못한 채 보급선만 지나치게 늘어졌고, 점점 더 붉은 군대가 쳐놓은 덫에 빠진 것처럼 보였다.

그레그는 기초 훈련을 받기 시작한 지 얼마 되지 않아 대령의 사무실로 불려갔다. "공병단에서는 워싱턴에서 일할 젊고 똑똑한 장교가 필요해." 대령이 말했다. "자네가 워싱턴에서 인턴생활을 했지만, 그렇다고 최우선 고려 대상은 아니었어. 그 빌어먹을 군복조차 깨끗하게 유지하지 못하잖아. 좀 보라고. 하지만 물리학 지식이 필요한 보직이고, 그쪽 분야는 적임자가 꽤 제한적이지."

그레그가 말했다. "감사합니다, 대령님."

"새로운 상관에게 그런 식으로 빈정댔다가는 후회할 거야. 자네는 그로브스 대령의 부관으로 일하게 된다. 그 친구와 나는 웨스트포인트* 동기야. 지금까지 만나본 사람들 가운데 군인, 민간인을 통틀어 가장 끝내주는 잡놈이지. 행운을 비네."

그레그는 국무부 공보실에 있는 마이크 펜폴드에게 전화해 레슬리 그로브스에 대한 정보를 알아냈다. 그는 최근까지 미군 전체의 건설을 모두 책임졌고, 군의 새로운 워싱턴 본부인 거대한 오각형 건물, 즉 펜타곤이라고들 부르기 시작한 건물도 그가 세운 것이었다. 하지만 그러다 새로운 프로젝트로 옮겨갔는데 자세한 사정을 아는 사람은 아무도 없었다. 어떤 사람은 그가 상관들을 너무 자주 불쾌하게 해서 사실상 좌천당한 것이라고 했다. 그의 새로운 역할은 전보다 훨씬 중요해서 일급기밀이라는 말도 있었다. 그가 독선적이고 오만하고 무자비한 인간이라는 데는 모두의 의견이 일치했다.

---

* 미국 육군사관학교.

"모든 사람이 그를 싫어해요?" 그레그가 물었다.

"아, 아니야." 마이크가 말했다. "그를 만나본 사람들만 그렇지."

그레그 페시코프 중위는 잔뜩 공포에 사로잡힌 채 외관이 인상적인 새 육군부 청사 안 그로브스의 사무실에 도착했다. 21번가와 버지니아 애비뉴가 만나는 곳에 자리한 청사는 연갈색 궁궐처럼 호화로운 아르데코풍 건물이었다. 그는 즉시 자신이 '맨해튼 공병 관구' 소속임을 알게 되었다. 우라늄을 폭약으로 사용하는 새로운 종류의 폭탄 발명을 위해 노력중인 팀의 정체를 감추기 위해 일부러 애매하게 지은 명칭이었다.

그레그는 호기심이 생겼다. 우라늄의 가벼운 동위원소 U-235가 막대한 양의 에너지를 가졌다는 사실은 알았고 과학 잡지에서 그 주제에 관한 논문도 여러 편 읽었다. 하지만 이 년 전부터 연구 소식이 말라버렸는데, 이제야 그 이유를 알 것 같았다.

듣자하니 루스벨트 대통령이 이 프로젝트의 속도가 너무 느리다고 느껴 그로브스가 채찍을 휘두르는 역할로 뽑혔다고 했다.

그레그가 도착한 것은 그로브스가 자리에 앉은 지 엿새 후였다. 그로브스를 위해 처음으로 한 업무는 그를 도와 카키색 셔츠 칼라에 별을 다는 일이었다. 그는 막 준장으로 진급한 참이었다. "함께 일하는 민간인 과학자들에게 깊은 인상을 주려는 것이 주된 이유지." 그로브스는 으르렁거리듯 말했다. "나는 십 분 뒤 육군장관 방에서 회의가 있어. 자네도 함께 가는 게 좋겠군. 그걸로 상황 설명이 될 테니까."

그로브스는 육중했다. 키가 180센티미터를 넘었고 몸무게는 115킬로그램, 아니 어쩌면 130킬로그램은 될 것 같았다. 군복 바지를 높게 올려 입었는데 벨트 안쪽으로 배가 불룩했다. 적갈색 머리칼은 충분히 기르기만 하면 곱슬곱슬할 것 같았다. 이마는 좁고 볼에는 살이 두둑했으며 군턱이 졌다. 콧수염은 짧게 깎아 거의 보이지 않았다. 그는 모든 면에서 매력적이지 않은 사내였고, 그레그는 그를 위해 일하는 것이 기대되지 않았다.

그로브스와 그레그를 포함한 그의 수행원들은 건물을 나와 버지니아 애비뉴를 걸어서 내셔널 몰로 향했다. 가는 길에 그로브스가 그레그에게 말했다. "내게 이 일을 맡길 때 그들이 말하길, 이걸로 전쟁에서 이길 수 있다더군. 그 말이 사실인지는 모르겠지만 내 계획은 진짜 그런 척하는 거야. 자네도 똑같이 행동하는 게 좋을 거야."

"네, 대장님." 그레그가 말했다.

육군장관이 아직 완공 전인 펜타곤으로 옮겨가지 않아서 육군부 본부는 여전히 종래의 뮤니션스 빌딩에 있었다. 컨스티튜션 애비뉴에 자리잡은 그 건물은 길고 낮고 시대에 뒤떨어진 '임시' 구조물이었다.

육군장관 헨리 스팀슨은 공화당 출신으로, 공화당이 의회에서 문제를 일으켜 전쟁을 위한 노력을 방해하는 것을 막고자 대통령이 영입한 인물이었다. 일흔다섯 살의 원로 정치인 스팀슨은 하얀 콧수염을 기른 말쑥한 노인이지만 회색 눈에서 여전히 지적인 기운이 반짝거리며 빛났다.

정장을 입고 참석하는 공식적인 회의라 육군 참모총장 조지 마셜을 포함해 주요 인사가 방안에 가득했다. 잔뜩 긴장한 그레그는 어제까지만 해도 겨우 대령이던 그로브스가 놀라우리만큼 차분한 데 감탄했다.

그로브스는 맨해튼 프로젝트와 연결된 민간인 과학자 수백 명과 물리학 연구소 수십 군데의 체계를 어떻게 잡을 생각인지 개요를 밝히는 것으로 발언을 시작했다. 스스로가 당연히 책임자라고 생각하고 있을 고위급 인사들에게 경의를 표하는 시도는 하지 않았다. '허락해주신다면'이나 '동의하신다면' 등 상대의 양해를 구하는 수고는 굳이 하지 않고 계획의 윤곽을 보여주었다. 그레그는 그가 잘리려고 용을 쓰는 게 아닌가 의심스러울 정도였다.

　그레그는 새로운 정보를 많이 알게 되어 메모를 하고 싶었지만 아무도 적는 사람이 없어서 그런 모습을 보이면 안 되나보다 생각했다.

　그로브스가 발언을 마치자 한 참석자가 말했다. "이 프로젝트에는 우라늄의 공급이 중대하다고 생각하네만. 충분히 확보하고 있소?"

　그로브스가 말했다. "스태튼 섬의 한 야적장에 피치블렌드가 1250톤 있습니다. 우라늄 산화물이 포함된 광석입니다."

　"그럼 그걸 좀 구해둬야겠군." 질문한 사람이 말했다.

　"금요일에 모두 구입했습니다."

　"금요일? 자네가 임명된 다음날 말인가?"

　"맞습니다."

　육군장관은 웃음을 꾹 눌러 참았다. 그로브스의 오만에 대한 그레그의 놀라움은 그의 배짱에 대한 경이로 바뀌기 시작했다.

　제독 군복을 입은 사람이 말했다. "이 프로젝트의 우선순위는 어떻게 되지? 전시생산국의 지원을 받아낼 수 있도록 해야 할 텐데."

　"토요일에 도널드 넬슨을 만났습니다." 그로브스가 말했다. 넬슨은 민간인 전시생산국 국장이었다. "그에게 우리 우선순위를 높여달라고 요청했습니다."

　"뭐라던가?"

　"거절했습니다."

　"그건 문제로군."

　"이젠 아닙니다. 그에게 전시생산국이 협조하지 않으니 맨해튼 프로젝트를 폐기하는 게 좋겠다고 대통령께 건의할 수밖에 없다고 말했더니 AAA 등급을 주더군요."

　"좋아." 육군장관이 말했다.

그레그는 다시 한번 깊은 인상을 받았다. 그로브스는 정말 멋진 사람이었다.

스팀슨이 말했다. "자, 이제 자네는 내게 보고하는 위원회의 감독을 받게 될 거야. 위원으로는 아홉 명을 추천받았고—"

"젠장, 안 됩니다." 그로브스가 말했다.

육군장관이 말했다. "방금 뭐라고 했지?"

이번에는 그로브스가 분명 너무 지나쳤어. 그레그는 생각했다.

그로브스가 말했다. "장관님, 아홉 명이나 되는 위원회에 보고할 수는 없습니다. 그들이 끊임없이 저를 성가시게 할 게 분명합니다."

스팀슨이 씩 웃었다. 겨우 이런 대화로 화를 내기에 그는 너무 노련한 수완가인 듯했다. 그가 부드럽게 말했다. "그럼 몇 명이었으면 좋겠나, 장군?"

그레그는 그로브스가 없어야 합니다라고 말하고 싶을 거라 생각했지만 대답은 달랐다. "세 명이면 완벽합니다."

"좋아." 육군장관의 반응에 그레그는 깜짝 놀랐다. "다른 건?"

"우라늄 농축 시설과 관련 설비를 위해 250제곱킬로미터 정도의 넓은 지대가 필요합니다. 테네시 주 오크리지에 적당한 지역이 있습니다. 산이 높은 골짜기라서 사고가 나더라도 폭발을 억제할 수 있습니다."

"사고?" 제독이 말했다. "가능성이 있나?"

그로브스는 그런 어리석은 질문이 다 있느냐는 태도를 숨기지 않았다. "세상에, 우리는 실험적인 폭탄을 만들고 있단 말입니다." 그가 말했다. "너무 강력해서 한 번의 폭발로 중간 크기의 도시 하나는 초토화될 거라고들 합니다. 사고 가능성을 무시한다면 우리는 정말이지 빌어먹게 멍청한 거겠죠."

제독이 뭔가 이의를 제기하고 싶은 눈치였지만 스팀슨이 끼어들었다. "계속하게, 장군."

"테네시는 땅값이 쌉니다." 그로브스가 말했다. "전기도 그렇고요. 그리고 우리 시설은 어마어마한 양의 전기를 필요로 합니다."

"그래서 그 땅을 사려는 건가?"

"오늘 가서 보려고 합니다." 그로브스는 손목시계를 들여다보았다. "사실 저는 지금 나가서 녹스빌행 기차를 타야 합니다." 그가 일어섰다. "모두 양해해주신다면 더는 시간을 빼앗기고 싶지 않습니다."

방안의 다른 사람들은 크게 놀랐다. 스팀슨조차 흠칫한 듯했다. 워싱턴에서는 그 누구도 장관이 끝을 알리기 전에 그의 방을 나가는 것은 꿈도 꾸지 않았다. 큰 결례였다. 하지만 그로브스는 개의치 않는 것 같았다.

그리고 무사히 넘어갔다. "잘 알았네." 스팀슨이 말했다. "우리 때문에 늦으면 안 되지."

"감사합니다, 장관님." 말을 마친 그로브스는 밖으로 나갔다.

그레그는 서둘러 그를 따라갔다.


II


새로운 육군부 건물에서 가장 매력적인 민간인 비서는 마거릿 카우드리였다. 크고 검은 눈에 입이 크고 관능적이었다. 타자기 앞에 앉아 있는 그녀를 보면, 그녀가 상대를 올려다보며 웃음지으면 누구라도 그녀와 이미 사랑을 나누는 느낌이 들었다.

그녀의 아버지는 제빵을 대량생산 산업으로 바꿔놓은 사람이었다. "카우드리 쿠키는 어머니가 만든 것처럼 바삭거려요!" 그녀는 돈을 벌

필요가 없었지만 조금이라도 전쟁에 보탬이 되기 위해 일을 하는 것이었다. 그녀를 점심식사에 초대하기 전에 그레그는 그 역시 백만장자의 아들이라는 사실을 확실히 인식시켰다. 부잣집 딸이라면 대개 부잣집 아들과 데이트하기를 더 좋아한다. 돈을 보고 접근하는 것이 아니라는 확신이 들기 때문이다.

10월이고, 날씨가 차가웠다. 마거릿은 어깨에 패드를 대고 허리선이 잘록한 멋진 감청색 코트를 입었다. 옷에 어울리는 베레모는 밀리터리 룩으로 보였다.

두 사람은 리츠칼튼으로 갔지만 그레그는 식당에 들어서다 아버지가 글래디스 앤절러스와 점심을 먹고 있는 모습을 보았다. 그는 넷이서 한자리에 앉고 싶지 않았다. 그런 사정을 설명하자 마거릿이 말했다. "걱정 말아요. 모퉁이 돌아 있는 유니버시티 우먼스 클럽에서 먹으면 돼요. 나도 거기 회원이에요."

그레그는 그곳에 가본 적도 없는데 왠지 아는 곳이라는 느낌이 들었다. 잠시 기억을 더듬어봤지만 떠오르지 않아 그냥 잊어버렸다.

클럽에 도착하자 마거릿은 코트를 벗고 매혹적으로 몸에 딱 붙는 감청색 캐시미어 드레스를 드러냈다. 점잖은 여성들이 외식할 때 그러듯 모자와 장갑은 벗지 않았다.

언제나처럼 그레그는 아름다운 여자를 옆에 데리고 어떤 장소에 걸어들어가는 느낌을 사랑했다. 유니버시티 우먼스 클럽의 식당에 남자는 몇 보이지 않았지만 모두 그를 부러워했다. 아마 그 누구에게도 시인할 일은 없겠지만, 그는 이런 상황이 여자와 잠자리를 갖는 것만큼 좋았다.

그는 와인 한 병을 시켰다. 마거릿은 프랑스식으로 와인에 탄산수를 섞으며 말했다. "취해서 잘못 타이핑한 내용을 고치며 오후를 보내기는 싫거든요."

그는 그녀에게 그로브스 장군 이야기를 했다. "정말 수완가더군요. 어떤 면에서는 옷을 못 입는 우리 아버지라고 할 수 있어요."

"모두가 그를 싫어하죠." 마거릿이 말했다.

그레그는 고개를 끄덕였다. "사람들을 불쾌하게 만들죠."

"당신 아버지도 그런가요?"

"가끔요. 하지만 대개는 매력을 이용해요."

"우리 아버지도 같아요! 아무래도 성공한 사람들은 다 그런 식인가봐요."

식사는 빨리 진행되었다. 워싱턴에 있는 레스토랑들은 서비스 속도가 빨라졌다. 나라가 전쟁중이었고, 남자들은 일이 몹시 바빴다.

웨이트리스 하나가 디저트 메뉴판을 들고 왔다. 그레그는 그녀가 재키 제이크스임을 알아보고 깜짝 놀랐다. "안녕, 재키!" 그가 말했다.

"안녕, 그레그." 친근함으로 긴장을 억누른 채 재키가 말했다. "어떻게 지냈어?"

그레그는 탐정이 그녀가 유니버시티 우먼스 클럽에서 일한다고 알려주었던 것을 기억해냈다. 좀 전에 떠오르지 않던 기억이 이것이었다. "난 아주 좋아. 어떻게 지내?"

"아주 좋아."

"다 전하고 똑같아?" 그는 아버지가 아직도 그녀에게 용돈을 주는지 궁금했다.

"거의 그래."

추측하건대 아마 변호사를 통해 돈을 지불하는 중이고, 레프는 벌써 전부 잊어버렸을 것이다. "그거 잘됐네." 그레그는 말했다.

재키는 자기 임무를 기억해냈다. "오늘의 디저트 메뉴 보여줄까?"

"그래, 고마워."

마거릿은 과일 샐러드를, 그레그는 아이스크림을 시켰다.

재키가 떠나자 마거릿이 말했다. "아주 예쁜 여자네요." 그러고는 뭔가를 기대하는 표정을 지었다.

"그런 것 같군요." 그가 말했다.

"결혼반지도 없고."

그레그는 한숨을 내쉬었다. 여자들은 정말이지 예리했다. "내가 어쩌다 예쁘고 미혼인 흑인 웨이트리스와 친한 사이가 되었는지 궁금한가 보군요." 그가 말했다. "진실을 말하는 편이 좋겠네요. 열다섯 살 때 사귀던 여자입니다. 놀라지 않았으면 합니다."

"물론 놀랐어요." 그녀가 말했다. "도의상 격분하게 되네요." 그녀의 어조는 심각한 것도, 농담조도 아닌 그 중간 어디쯤이었다. 분개하는 것은 확실히 아니라는 느낌이었다. 어쩌면 자기가 성적으로 쉬운 사람이 아니라는 인상을 주고 싶은지도 몰랐다. 어쨌든 첫 점심 데이트이니 그럴 만도 했다.

재키가 디저트를 가져와 커피를 마시겠느냐고 물었다. 두 사람은 시간이 없어서—육군은 점심시간이 길 이유가 없다고 생각했다—마거릿은 계산서를 달라고 했다. "여기서는 회원만 계산할 수 있어요." 그녀가 설명했다.

재키가 가자 마거릿이 말했다. "저 여자를 아주 좋아하는 걸 보니 흐뭇하네요."

"내가요?" 그레그는 깜짝 놀랐다. "지난 추억이 좋은 거겠죠. 다시 열다섯 살이 된다고 해도 나쁘지 않을 것 같습니다."

"그리고 그녀는 당신을 두려워하고요."

"그렇지 않아요!"

"겁에 질렸던데요."

"내 생각은 다릅니다."

"내 말 믿어요. 남자들은 못 보는 이런 걸 여자라면 알아차리죠."

그레그는 계산서를 갖고 돌아오는 재키를 뚫어져라 바라보았고, 마거릿의 말이 옳았다는 것을 깨달았다. 재키는 여전히 겁내고 있었다. 그레그를 볼 때마다 조 브레커노프와 그가 든 면도칼을 떠올리는 것이다.

그레그는 화가 났다. 이 여자는 평화롭게 살 권리가 있다.

이 일에 대해서 뭔가 해야만 했다.

압정처럼 날카로운 마거릿이 말했다. "내 생각에 당신은 저 여자가 겁내는 이유를 알아요."

"아버지가 저 여자에게 겁을 줬죠. 내가 그녀와 결혼할까봐 걱정했거든요."

"당신 아버지 무섭나요?"

"자기 방식대로 하길 좋아하죠."

"우리 아버지도 같아요." 그녀가 말했다. "체리파이처럼 달콤한 사람이죠. 평소에는. 누가 뜻을 거슬렀다 하면 비열해져요."

"이해해주니 기쁘군요."

두 사람은 일터로 돌아왔다. 그레그는 오후 내내 분노를 느꼈다. 어떻게 된 일인지 아버지의 저주가 재키의 삶에 여전히 어두운 그림자를 드리우고 있었다. 하지만 그가 뭘 어쩌겠는가?

아버지라면 어떻게 할까? 문제를 그런 식으로 보는 것은 좋은 방법이었다. 레프라면 오직 자기 방식만 생각할 뿐 그 과정에서 누가 다치든 신경쓰지 않았다. 그로브스 장군도 비슷할 터였다. 나도 그런 식으로 할 수 있어. 그레그는 생각했다. 나는 아버지의 아들이야.

계획의 첫 단계가 머릿속에서 만들어지기 시작했다.

그는 시카고 대학교 금속공학 연구소에서 보내온 중간 보고서를 읽고 요약하며 오후를 보냈다. 그곳 과학자 중에 핵연쇄반응을 최초로 고안해낸 레오 실라드라는 인물이 있었다. 그는 헝가리계 유대인으로 운명의 1933년까지는 베를린 대학교에서 공부했다. 시카고 연구팀의 수장은 이탈리아인 물리학자 엔리코 페르미였다. 아내가 유대인인 페르미는 무솔리니가 '인종 성명'을 발표하자 이탈리아를 떠났다.

그레그는 파시스트들이 그들의 인종차별이 적에게 훌륭한 과학자라는 뜻밖의 횡재를 안겨준 것을 알고 있을지 궁금했다.

그는 물리학을 완벽하게 이해했다. 페르미와 실라드의 이론은 중성자 한 개가 우라늄 원자 한 개를 때리면 충돌로 인해 두 개의 중성자가 만들어진다는 것이었다. 그 두 개의 중성자는 다른 우라늄 원자들과 충돌해 네 개, 여덟 개로 계속 불어난다. 실라드는 이것을 연쇄반응이라고 불렀다. 훌륭한 통찰력이다.

그런 식으로 우라늄 1톤은 석탄 삼백만 톤과 같은 양의 에너지를 만들어낼 수 있었다. 이론적으로는.

실제로는 단 한 번도 해내지 못했다.

페르미와 그의 팀은 시카고 대학교의 사용하지 않는 미식축구 경기장인 스태그 필드에 우라늄을 쌓아놓고 있었다. 자연적으로 폭발하는 일을 방지하기 위해 우라늄을 흑연에 묻어두었는데, 그러면 중성자가 흡수되어 연쇄반응을 막을 수 있었다. 그들의 목표는 흡수되는 것보다 만들어지는 것이 많은 수준까지 방사능을 매우 느린 속도로 끌어올렸다가―그것으로 연쇄반응의 가능성이 증명될 터였다―우라늄 더미와 운동장, 대학교 캠퍼스, 그리고 혹시라도 시카고라는 도시 전체가 날아가버리기 전에 재빨리 반응을 차단하는 것이었다.

아직까지는 성공하지 못했다.

그레그는 보고서를 호의적인 관점에서 요약한 다음 마거릿 카우드리에게 즉시 타이핑을 부탁해 그로브스에게 가져갔다.

장군은 첫 문단을 읽더니 말했다. "될까?"

"네, 성공할 겁니다." 그레그가 말했다.

"좋아." 그로브스는 요약 문서를 쓰레기통에 버렸다.

자리로 돌아온 그레그는 책상 맞은편 벽에 걸린 원소주기율표 걸개를 쳐다보며 잠시 앉아 있었다. 그는 원자로가 작동할 거라고 확신했다. 어떻게 하면 아버지가 재키를 위협할 수 없도록 만들 수 있을지가 더 걱정이었다.

이 문제를 레프가 대처했을 법한 방식으로 해결하자는 것은 이미 생각하고 있었다. 이제 실질적인 세부를 궁리하기 시작했다. 그는 극적인 태도를 취할 필요가 있었다.

계획이 모양을 잡아가기 시작했다.

하지만 그가 아버지에 맞설 배짱이 있을까?

다섯시에 그는 업무를 마쳤다.

집으로 가는 길에 이발소에 들러 손잡이에 칼날을 접어넣을 수 있는 면도칼을 하나 샀다. 이발사가 말했다. "손님 수염을 깎으려면 안전면도기를 찾아보는 게 나을 겁니다."

그레그는 그것으로 면도를 할 생각이 없었다.

그의 거처는 아버지가 영구적으로 임대한 리츠칼튼의 스위트룸이었다. 그레그가 도착했을 때 레프와 글래디스가 칵테일을 마시고 있었다.

그레그는 칠 년 전 이 방에서 똑같은 노란색 실크 소파에 앉아 있는 글래디스를 처음 만났던 기억이 났다. 그녀는 이제 더 유명한 스타가 되어 있었다. 레프는 염치없이 열광적인 일련의 전쟁영화에 그녀를 출연시켜서 나치를 비꼬며 맞서거나 가학적인 일본인들을 속여넘기고 턱이 네모진 미국인 조종사들을 간호해 건강을 되찾아주는 역할을 맡겼다. 그레그가 보기에 이제 그녀는 이십대 때처럼 매우 아름답지는 않았다. 얼굴 피부가 예전만큼 완벽하게 매끄럽지 않았고, 머리는 숱이 줄었고 한때는 분명 경멸하던 브래지어를 하고 있었다. 하지만 진한 파란색 눈은 여전히 거부할 수 없이 사람을 끌어당겼다.

그레그는 마티니를 한 잔 건네받고 자리에 앉았다. 정말 아버지에게 맞설 것인가? 처음 글래디스와 악수를 나눈 후 칠 년 동안 단 한 번도 그래본 적이 없었다. 어쩌면 때가 된 것인지도 몰랐다.

아버지가 할 법한 방식대로 하는 것뿐이야. 그레그는 생각했다.

그는 한 모금 마신 술잔을 다리가 가늘고 긴 곁탁자에 내려놓았다. 평범한 이야기를 하는 것처럼 글래디스에게 말했다. "내가 열다섯 살이었을 때 아버지가 재키 제이크스라는 여배우를 소개해주셨죠."

레프의 눈이 커졌다.

"나는 모르는 아이 같네." 글래디스가 말했다.

그레그는 주머니에서 면도칼을 꺼냈지만 날을 펴지는 않았다. 그러고는 마치 무게를 가늠해보듯 칼을 들었다. "나는 그애와 사랑에 빠졌었어요."

레프가 말했다. "왜 그런 옛날 일을 지금 끄집어내는 거냐?"

글래디스는 긴장감을 눈치챘는지 불안한 기색이었다.

그레그가 말을 이었다. "아버지는 내가 그 여자랑 결혼하고 싶어할까봐 걱정했죠."

레프는 조롱하듯 웃었다. "그 싸구려 창녀랑?"

"그애가 싸구려 창녀였어요?" 그레그가 말했다. "나는 배우라고 생각했는데." 그는 글래디스를 바라보았다.

글래디스는 은근한 모욕에 얼굴이 벌게졌다.

그레그가 말했다. "아버지가 그애를 찾아갔죠. 조 브레커노프라는 친구를 데리고요. 그 친구 만나봤어요, 글래디스?"

"안 만나본 것 같아."

"운이 좋군요. 조는 이런 면도칼을 갖고 있거든요." 그레그는 칼을 펴서 번쩍거리는 날카로운 날을 보여주었다.

글래디스는 헉하고 숨을 들이마셨다.

레프가 말했다. "네가 무슨 생각으로 이런 짓을 하는지 모르겠다만—"

"잠시만요." 그레그가 말했다. "글래디스가 나머지 이야기를 궁금해하잖아요." 그는 그녀를 향해 웃어 보였다. 그녀는 겁에 질린 듯 보였다. 그가 말했다. "아버지는 재키에게 만일 나를 다시 만나면 조가 면도칼로 얼굴을 그어버릴 거라고 했어요."

그가 칼을 휙 흔들어 보이자 글래디스는 살짝 비명을 질렀다.

"집어치워." 레프가 말하며 그레그를 향해 한 발 나섰다. 그레그는 면도칼을 든 손을 들어올렸다. 레프는 멈춰 섰다.

그레그는 자기가 아버지를 칼로 해칠 수 있을지 알 수 없었다. 하지만 레프 역시 알 수 없었다.

"재키는 바로 여기 워싱턴에 살아요." 그레그가 말했다.

그의 아버지가 노골적으로 말했다. "다시 그년과 뒹굴고 있는 거야?"

"아뇨. 아무하고도 안 뒹굴어요. 마거릿 카우드리와 그래볼까 하는 계획은 있지만."

"그 쿠키 회사 딸?"

"왜요? 조를 시켜서 그녀도 협박하려고요?"

"바보 소리 마."

"재키는 지금 웨이트리스예요. 원하던 배역은 단 한 번도 못 맡아봤대요. 가끔 길거리에서 우연히 마주쳐요. 오늘은 레스토랑에서 내게 음식을 내왔죠. 내 얼굴을 볼 때마다 그녀는 조가 찾아올 거라고 생각해요."

"정신이 나갔군." 레프가 말했다. "오 분 전까지만 해도 그애에 대해서는 까맣게 잊고 있었다."

"그애한테 그렇다고 말해도 되나요?" 그레그가 말했다. "나는 이제 그애가 마음의 평화를 얻을 자격이 있다고 생각해요."

"뭐든 말하고 싶은 대로 말해. 그년은 나한테 존재하지도 않는 사람이니까."

"그거 잘됐네요." 그레그가 말했다. "그애가 들으면 기뻐할 겁니다."

"이제 그 빌어먹을 칼 좀 치워."

"한 가지 더요. 경고입니다."

레프는 화가 난 기색이었다. "나한테 경고를 해?"

"만일 재키에게 뭐든 나쁜 일이 생기면, 무슨 일이든……" 그레그는 면도칼을 좌우로 살짝 흔들었다.

레프는 경멸조로 말했다. "조 브레커노프를 칼로 어쩌겠다는 건 아니겠지."

"아니에요."

레프는 살짝 두려운 눈치였다. "날 해치겠다고?"

그레그는 고개를 저었다.

레프가 화를 내며 말했다. "그럼, 뭐야? 빌어먹을."

그레그는 글래디스를 바라보았다.

그녀는 잠시 시간이 지나고서야 그의 뜻을 알아차렸다. 그러더니 실크를 씌운 소파에 앉은 채 몸을 뒤로 젖히며 양손으로 보호하듯 뺨을 감싸고 이번에는 좀더 크게 비명을 질렀다.

레프가 그레그에게 말했다. "이 빌어먹을 녀석."

그레그는 면도칼을 접고 일어섰다. "아버지라면 이렇게 했겠죠." 그가 말했다.

그리고 밖으로 나갔다.

그는 문을 쾅 닫고 벽에 기대선 채 마치 달리기라도 한 사람처럼 거칠게 숨을 몰아쉬었다. 평생 이렇게 두려웠던 적은 없었다. 하지만 동시에 승리감도 느꼈다. 그는 아버지와 같은 전략으로 아버지에게 맞섰고 심지어 약간 겁도 주었다.

그는 면도칼을 주머니에 넣으며 엘리베이터로 향했다. 호흡이 진정되었다. 혹시 아버지가 뒤쫓아 달려오지나 않을까 호텔 복도를 뒤돌아보았다. 하지만 스위트룸의 문은 닫혀 있었고, 그레그는 엘리베이터를 타고 로비로 내려갔다.

그리고 호텔 바에 가서 드라이 마티니를 한 잔 주문했다.


III


일요일에 그레그는 재키를 만나러 가기로 했다.

그녀에게 좋은 소식을 전하고 싶었다. 주소는 기억하고 있었다. 그가 사설탐정에게 돈을 주고 샀던 유일한 정보였다. 이사만 가지 않았다면 유니언 역 건너편에 살고 있을 것이다. 집으로는 찾아가지 않겠다고 약속했지만 이제 그렇게 조심할 필요가 아예 없다는 걸 설명할 수 있었다.

그는 택시를 탔다. 시내를 지나면서 이제야 재키와의 관계에 기꺼이 선을 그을 수 있게 되었다고 스스로에게 말했다. 첫사랑에 대해 각별한 애착은 있었지만 어떤 식으로든 그녀의 삶에 관여하고 싶지는 않았다. 이제 그녀에 대한 마음의 부담을 덜 수 있어 안심되었다. 다음에 우연히 마주친다면 그녀는 죽을 것처럼 두려워하지 않을 것이다. 그들은 서로 인사를 하고 잠시 이야기를 나누다가 헤어져 가던 길을 갈 것이다.

택시는 그를 철조망 두른 작은 마당이 딸린 단층집들이 모인 가난한 동네로 데려갔다. 요즘은 재키가 어떻게 사는지 궁금했다. 자유롭게 지내고 싶다던 저녁시간에는 뭘 하며 보낼까? 분명히 여자 친구들과 영화를 보러 갈 것이다. 워싱턴 레드스킨스의 미식축구 경기나 워싱턴 세너터스의 야구 경기를 보러 갈까? 남자친구에 대해 물었을 때 그녀는 수수께끼 같은 대답을 했다. 어쩌면 결혼은 했지만 결혼반지를 살 돈이 없었는지도 몰랐다. 헤아려보니 그녀는 스물네 살이었다. 만일 알맞은 남편감을 찾고 있었다면 지금쯤 한 사람 나타났을 것이다. 하지만 그녀는 남편을 한 번도 언급하지 않았고 사설탐정도 그런 말은 없었다.

그는 콘크리트 앞마당에 꽃 화분들이 놓인 작고 깔끔한 집 앞에서 택시비를 지불했다. 예상했던 것보다 잘 가꿔놓은 집이었다. 출입문을 열자마자 개 짖는 소리가 들렸다. 이해가 되었다. 혼자 사는 여자는 개가 있으면 더 안전하게 느끼는 법이다. 그는 포치에 올라서서 초인종을 눌렀다. 개 짖는 소리가 더 커졌다. 덩치가 큰 개 같았지만 소리만 그럴 수도 있다는 것을 그레그는 잘 알았다.

아무도 나오지 않았다.

개가 잠시 숨을 고르는 사이 그는 빈집 특유의 고요함을 눈치챘다.

현관 앞에 작은 나무벤치가 있었다. 그곳에 앉아 몇 분 기다렸다. 아무도 오지 않았고, 재키가 몇 분 만에 돌아올지 아니면 내일, 혹은 이 주후에 돌아올지 알려줄 친절한 이웃도 나타나지 않았다.

그는 몇 블록을 걸어가 〈워싱턴 포스트〉 일요일판을 사서 벤치로 돌아와 읽기 시작했다. 개는 그가 그곳에 있는 걸 알고 간헐적으로 짖기를 멈추지 않았다. 11월 첫날이었고, 그는 황록색 군복코트와 모자 차림으로 오길 잘했다고 생각했다. 겨울 날씨였다. 화요일에 치러질 중간 선거를 두고 〈포스트〉는 민주당이 진주만 공습 때문에 참패할 거라 예상했다. 미국을 바꿔놓은 그 사건이 벌어진 지 일 년도 채 지나지 않았다는 사실을 깨닫고 그레그는 깜짝 놀랐다. 이제 그 또래 청년들은 아무도 들어본 적 없는 과달카날이라는 섬에서 죽어가고 있었다.

출입문이 딸칵 열리는 소리에 그는 고개를 들었다.

처음에 재키가 그를 알아보지 못해 그는 잠시 그녀를 자세히 살펴볼 수 있었다. 짙은 색 코트에 평범한 펠트 모자를 쓴 변변찮지만 얌전한 차림으로 표지가 검은 책을 들고 있었다. 그녀가 모르는 사람이었다면 그레그는 교회에서 돌아오는 길이라고 생각했을 것이다.

그녀는 어린 사내아이를 데리고 있었다. 트위드 코트를 입고 모자를 쓴 아이는 그녀의 손을 잡고 있었다.

아이가 그레그를 먼저 보고 말했다. "봐, 엄마. 군인이 있어!"

그레그를 본 재키는 놀라 손이 입으로 올라갔다.

그가 일어서는 사이 두 사람은 현관 앞으로 계단을 올랐다. 아이라니! 그녀에게는 그런 비밀이 있었다. 왜 저녁이면 집에 있어야 하는지 이해가 되었다. 생각해보지도 못한 일이었다. "여긴 절대 오지 말라고 했잖아." 그녀는 자물쇠에 열쇠를 꽂으며 말했다.

"이제 더는 우리 아버지를 두려워할 필요가 없다는 말을 해주고 싶었어. 아들이 있는 줄은 몰랐네."

그녀와 아이가 집안으로 들어섰다. 그레그는 기대감을 품고 문가에 섰다. 독일셰퍼드 한 마리가 그를 향해 으르렁거리더니 어찌할까 묻는 것처럼 재키를 쳐다보았다. 재키는 그레그를 노려보았다. 면전에 대고 문을 쾅 닫아버릴까 고민하는 것이 분명했다. 하지만 잠시 후 짜증 섞인 한숨을 내쉬고는 문을 열어둔 채 돌아섰다.

그레그는 안으로 들어서서 왼손 주먹을 개에게 내밀었다. 개는 조심스럽게 냄새를 맡더니 잠정적으로 허락해주었다. 그는 재키를 따라 작은 주방으로 향했다.

"만성절이네." 그레그가 말했다. 그는 종교를 믿지 않았지만 기숙학교에 있을 때 모든 기독교 축일에 대해 배워야 했다. "그래서 교회에 갔던 거야?"

"매주 일요일에 다녀." 그녀가 대답했다.

"놀랄 일이 많은 날이군." 그레그는 중얼거렸다.

그녀는 아이의 코트를 벗기고 테이블에 앉히더니 오렌지주스를 한잔 주었다. 그레그는 맞은편에 앉아 말했다. "넌 이름이 뭐니?"

"조지예요." 아이가 조용하지만 자신감에 차서 말했다. 수줍음을 타는 아이는 아니었다. 그레그는 아이를 자세히 살폈다. 엄마처럼 예쁘고 입꼬리가 활처럼 위로 올라갔지만 피부는 엄마보다 연해서 크림을 탄커피 같았고 흑인으로는 드물게 눈동자가 녹색이었다. 이복누이 데이지가 떠오르는 얼굴이었다. 그사이 조지가 그를 빤히 바라보는 모습이 거의 겁을 주는 태도였다.

그레그가 물었다. "몇 살이니, 조지?"

그는 도와달라는 듯 엄마를 바라보았다. 그녀는 그레그에게 묘한 표정을 지어 보이고는 말했다. "여섯 살이야."

"여섯 살!" 그레그가 말했다. "정말 다 컸구나, 그렇지? 왜……"

기묘한 생각이 머릿속을 스쳐 그는 입을 다물었다. 조지는 육 년 전에 태어났다. 그레그와 재키는 칠 년 전 연인 사이였다. 그는 심장이 멎는 것 같았다.

그는 재키를 바라보았다. "그럴 리는 없겠지." 그가 말했다.

그녀는 고개를 끄덕였다.

"아이가 1936년생이군." 그레그가 말했다.

"5월." 그녀가 말했다. "버펄로에 있는 그 아파트를 떠난 지 팔 개월 후였지."

"우리 아버지가 알아?"

"젠장, 몰라. 만일 알았다면 더 유세를 떨었겠지."

적개심이 사라진 지금 그녀는 그저 연약해 보이기만 했다. 그녀의 눈은 뭔가를 간청하고 있었는데, 무엇을 그토록 간절히 원하는지 그는 알 수 없었다.

그는 조지를 새로운 눈으로 바라보았다. 연한 피부, 녹색 눈동자, 희한하게 데이지를 닮은 모습. 네가 내 아들이니? 그는 생각했다. 진짜 그럴 수가 있나?

하지만 사실이라는 걸 알았다.

이상한 감정이 가슴을 채웠다. 불현듯 조지가 잔인한 세상에서 의지할 곳 없는 무척 연약한 존재로 보였고, 이 아이를 보살피고 다치는 일이 절대 없도록 지켜주겠다는 생각이 들었다. 아이를 품에 안고 싶은 충동이 일었지만 아이가 무서워할 수도 있으니 참았다.

조지는 오렌지주스를 내려놓았다. 그리고 의자에서 내려와 테이블을 돌아서 그레그 옆에 가까이 섰다. 아이는 그를 놀라우리만큼 똑바로 바라보며 말했다. "누구세요?"

아이들은 가장 어려운 질문을 하는 법이야. 그레그는 생각했다. 도대체 뭐라고 해야 하나? 여섯 살짜리 아이가 받아들이기에 진실은 너무 과했다. 난 그냥 네 엄마의 옛 친구야. 그는 생각했다. 그냥 근처를 지나다 인사를 하러 왔단다. 특별한 사람은 아니야. 그럴 일은 없겠지만 또 볼 수 있으면 보자꾸나.

재키를 보니 그녀는 방금 전보다 훨씬 더 간절한 표정이었다. 그녀가 무슨 생각을 하는지 그제야 깨달았다. 그가 조지를 거부할까봐 극도로 두려운 것이었다.

"그건 말이야." 그레그는 조지를 안아올려 무릎에 앉히며 말했다. "날 그레그 삼촌이라고 부르면 어떠니?"


## IV


그레그는 난방도 되지 않는 스쿼시 경기장의 관중석에 덜덜 떨며 서 있었다. 페르미와 실라드는 이곳 시카고 대학교 캠퍼스의 끄트머리에 있는 안 쓰는 운동장의 서편 관중석 지하에 그들의 원자로를 만들었다. 그레그는 깊은 인상을 받았고 두려웠다.

원자로는 잿빛 벽돌을 스쿼시 경기장 천장까지 정육면체 모양으로 쌓아올린 것으로, 스쿼시 공이 점점이 남긴 수백 개의 흔적이 여전히 남아 있는 맞은편 벽에서 조금 떨어진 곳에 서 있었다. 백만 달러의 비용이 들어간 이 원자로는 도시 전체를 날려버릴 수도 있었다.

연필심의 재료이기도 한 흑연에서 일어난 지저분한 먼지가 바닥과 벽을 뒤덮고 있었다. 잠시라도 안에 들어와 있으면 광부처럼 얼굴이 새카매졌다. 실험 가운이 깨끗한 사람은 아무도 없었다.

흑연은 폭발 물질이 아니었다. 반대로 방사능을 억제하기 위해 존재했다. 대신 쌓인 벽돌 몇몇에 뚫린 좁은 구멍 안에 산화우라늄이 채워졌고 그것이 중성자를 내뿜는 물질이었다. 원자로에는 제어봉이 들어갈 홈 열 개가 마련되어 있었다. 제어봉은 4미터 길이였고, 흑연보다 훨씬 더 강력하게 중성자를 흡수하는 금속인 카드뮴으로 되어 있었다. 지금 당장은 제어봉이 모든 것을 차분하게 유지하고 있었다. 제어봉이 원자로에서 빠져나오면 재미난 일이 벌어질 터였다.

　우라늄은 벌써 끔찍한 방사능을 내뿜었지만 흑연과 카드뮴이 빨아들이고 있었다. 위협적으로 딸칵거리는 계측기와 다행히 침묵을 지키고 있는 원통형 펜 기록계가 방사능을 측정하고 있었다. 관중석에 있는 그레그의 근처에 펼쳐진 여러 계기판과 계측기만이 이곳에서 열을 내는 유일한 존재였다.

　그레그는 12월 2일 수요일, 바람이 몹시 부는 엄청나게 추운 날 시카고를 찾았다. 오늘 처음으로 원자로가 임계상태에 도달할 것이다. 그는 상관인 그로브스 장군을 대신해 실험을 지켜보러 왔다. 누구든 물어보는 사람이 있으면 유쾌하게 그로브스가 폭발을 두려워해서 위험한 일은 자기에게 맡겼다는 식으로 넌지시 말하곤 했다. 사실 그레그에게는 좀더 음흉한 임무가 있었다. 그는 누가 보안에 위협이 될 가능성이 있는지 판단할 목적으로 과학자들의 초기 평가를 진행하는 중이었다.

　맨해튼 프로젝트의 보안은 아주 끔찍했다. 최고위층 과학자들은 외국인이었다. 나머지 대부분은 공산주의자거나 공산주의자 친구들을 둔 좌파 자유주의자였다. 만일 미심쩍은 사람을 모두 내쫓는다면 남을 과학자는 거의 없었다. 그래서 그레그는 누가 가장 위험한 인물인지 알아내려 애쓰는 중이었다.

　엔리코 페르미는 마흔 살 정도였다. 키가 작고 대머리에 코가 길쭉했는데 이렇게 끔찍한 실험을 감독하는 동안에도 매력적인 미소를 짓고 있었다. 조끼를 포함해 깔끔하게 정장을 갖춰입은 차림이었다. 오전이 절반쯤 지난 시간에 그는 실험을 시작하자고 했다.

　그가 한 기술자에게 원자로에서 제어봉을 한 개만 남기고 모두 꺼내라고 지시했다. 그레그가 말했다. "네? 한 번에요?" 깜짝 놀랄 만큼 갑작스러운 시도 같았다.

곁에 서 있던 바니 맥휴라는 과학자가 말했다. "어젯밤에도 여기까지 해봤어요. 정상적으로 작동했습니다."

"그 말을 들으니 기쁘군요." 그레그가 말했다.

수염을 기른 뚱뚱한 맥휴는 그레그의 용의자 목록 아래쪽에 있었다. 그는 미국인이었고, 정치에 관심이 없었다. 유일한 감점 요인은 외국인 아내였다. 그녀는 영국인이었다. 좋은 징후는 결코 아니었지만 그것만 으로 반역의 증거가 될 수는 없었다.

그레그는 제어봉을 넣고 빼는 뭔가 복잡한 장치가 있을 거라고 생각 했지만 그보다 간단했다. 기술자가 사다리를 놓고 원자로 중간쯤 올라 가더니 제어봉들을 손으로 빼냈다.

이야기가 하고 싶은 듯 맥휴가 말했다. "원래는 아르곤 숲에서 하려 고 했죠."

"그게 어딘데요?"

"시카고에서 서쪽으로 32킬로미터 떨어진 곳입니다. 상당히 외딴곳 이죠. 사상자도 거의 없을 테고."

그레그는 몸을 떨었다. "그럼 왜 바로 이곳 57번가에서 하기로 생각 이 바뀐 겁니까?"

"우리 작업을 위해 고용한 사람들이 파업에 들어갔어요. 그래서 이 빌어먹을 걸 직접 만들어야 했는데, 우리는 실험실에서 그렇게 멀리 갈 수 없거든요."

"그래서 시카고의 모든 사람을 죽일 수도 있는 위험을 감수하게 된 거군요."

"그런 일은 벌어지지 않을 겁니다."

그레그도 그렇게 생각했지만 원자로에서 몇 걸음 떨어진 곳에 서 있는 지금 상황에서는 그다지 확신이 들지 않았다.

페르미는 실험의 각 단계에서 미리 준비해둔 방사능 수준 예측 자료를 화면에 나타난 수치와 비교했다. 그가 마지막 제어봉을 절반 정도 빼내라고 지시하는 걸 보니 초기 단계는 계획대로 진행중인 듯했다.

몇 가지 안전조치는 있었다. 방사능 수치가 너무 높이 올라갈 경우 원자로에 떨어뜨릴 무거운 봉 한 개가 매달려 있었다. 그것이 작동하지 않을 경우에 대비해 비슷한 봉 하나가 관중석 난간에 밧줄로 묶여 있었고, 스스로 약간 바보 같다 느끼는 듯한 젊은 물리학자 한 명이 도끼를 들고 서 있다가 유사시에 그 밧줄을 끊을 예정이었다. 마지막으로 천장 가까이 자살 특공대라는 세 과학자가 원자로를 만들 때 사용한 엘리베이터 구조물 발판에 올라서서 마치 모닥불에 물을 붓듯이 원자로에 던질 황산카드뮴 용액이 든 커다란 단지를 들고 있었다.

그레그는 중성자 방출이 수천분의 일 초 만에 크게 증가한다는 것을 알았다. 하지만 일부 중성자는 그 속도가 몇 초까지 길어진다는 게 페르미의 주장이었다. 만일 페르미가 옳다면 아무 문제도 없을 것이다. 그러나 틀렸다면 단지를 든 특공대와 도끼를 든 물리학자는 눈도 깜박하기 전에 증발해버릴 것이다.

딸각거리는 소리가 빨라졌다. 그레그는 계산자로 계산하는 페르미를 걱정스럽게 바라보았다. 페르미는 기분이 좋은 것 같았다. 어쨌든 만의 하나 일이 잘못되면 아마도 상황은 무척 빠르게 진행될 테고, 우린 절대 아무것도 알아차리지 못할 거야. 그레그는 생각했다.

딸각거리는 속도가 안정되었다. 페르미는 웃더니 제어봉을 15센티미터 더 빼내라고 지시했다.

코트와 모자, 목도리, 장갑 등 시카고의 겨울에 어울리는 옷차림의 과학자들이 추가로 도착해 관중석 계단을 올라오고 있었다. 그레그는 허술한 보안에 간담이 서늘했다. 아무도 신분증을 확인하지 않았다. 이

가운데 누구라도 일본의 스파이일 수 있었다.

그레그는 그들 사이에서 키가 크고 몸집이 육중한 실라드를 발견했다. 둥근 얼굴에 곱슬머리는 숱이 많았다. 레오 실라드는 원자력이 인류를 고생에서 해방시켜줄 거라 믿었던 이상주의자였다. 그는 비통한 심정으로 원자폭탄을 만드는 팀에 합류했다.

15센티미터를 더 빼내자 딸칵거리는 속도가 또 빨라졌다.

그레그는 손목시계를 보았다. 열한시 삼십분이었다.

갑자기 커다란 굉음이 들렸다. 모두가 펄쩍 뛰었다. 맥휴가 말했다. "젠장."

그레그가 물었다. "무슨 일이죠?"

"아, 알았다." 맥휴가 말했다. "방사능 수치가 안전장치를 작동시켜서 비상 제어봉이 투입된 것뿐입니다."

페르미가 선언하듯 말했다. "배가 고프군. 점심 먹으러 갑시다." 그의 이탈리아 악센트로는 이렇게 들렸다. "배가 고파군. 점삼 먹으러 가시다."

어떻게 먹을 생각을 하지? 하지만 이의를 제기하는 사람은 아무도 없었다. "실험이 얼마나 오래 걸릴지 절대 알 수 없으니까요." 맥휴가 말했다. "온종일 걸릴 수도 있어요. 먹을 수 있을 때 먹어두는 게 최선이죠." 그레그는 비명을 지르고 싶은 심정이었다.

모든 제어봉을 다시 원자로에 꽂은 상태로 잠금장치를 하고 모두가 자리를 떠났다.

대부분은 대학 구내식당으로 향했다. 그릴드 치즈 샌드위치를 시킨 그레그는 혼자 있는 빌헬름 프룬체라는 물리학자 옆에 앉았다. 대부분 과학자가 옷을 잘 못 입었지만 프룬체는 특히 더 그랬다. 그는 단춧구멍, 칼라 안감, 팔꿈치, 주머니 덮개에 갈색 스웨이드 장식이 붙은 녹색 정장 차림이었다. 이 친구는 그레그의 용의자 목록에서 위쪽에 있었다. 그는 독일인이지만 1930년대 중반 독일을 떠나 런던으로 갔다. 반나치 이지만 공산주의자는 아니었다. 그의 정치 성향은 사회민주주의였다. 아내는 미술가인 미국 여자였다. 점심을 먹으며 이야기를 나눠보니 그를 의심할 이유를 찾을 수 없었다. 그는 미국에서 사는 걸 대단히 만족 스러워했고 일 말고는 별다른 관심이 없었다. 하지만 외국인의 경우 궁극적인 충성심이 어디를 향할지 확실히 아는 것은 불가능했다.

점심식사를 마치고 그는 버려진 경기장에 서서 수천 개의 텅 빈 의자를 바라보며 조지를 생각했다. 아들이 있다는 말은 아무에게도 하지 않았다. 심지어 매우 즐겁게 육체관계를 유지하고 있는 마거릿 카우드리에게도. 하지만 어머니에게는 꼭 말하고 싶었다. 아무 이유 없이 뿌듯했다. 그는 재키와 사랑을 나눈 것 말고는 조지가 세상에 태어나는 데 기여한 것이 하나도 없었다. 어쩌면 지금껏 해본 일 가운데 가장 쉬웠는지도 몰랐다. 무엇보다 그는 흥분되었다. 일종의 모험이 시작되고 있었다. 조지는 자라서 배우고 변하고 언젠가는 남자가 될 터였다. 그리고 그레그는 함께 살아가며 아이를 지켜보고 경이감을 느낄 것이다.

과학자들은 두시에 다시 모였다. 사십 명 정도가 계측 장비를 들고 관중석에 모였다. 그들이 떠났을 때와 똑같은 조건을 조심스럽게 재설정하고 페르미는 계속 계기들을 점검했다.

그러더니 그가 말했다. "이번에는 제어봉을 30센티미터 빼세요."

딸칵거리는 소리가 빨라졌다. 그레그는 아까처럼 그러다 안정되기를 기다렸지만 이번에는 아니었다. 대신 속도가 점점 더 빨라지더니 멈추지 않고 계속 울렸다.

방사능 수준이 계기의 최고치를 넘었고 그레그는 모두의 관심이 이제 펜 기록계로 바뀐 것을 알아차렸다. 그 기록계는 눈금의 단위를 조절할 수 있었다. 방사능 수준이 올라가면 눈금이 변하고, 다시 변하고, 또 변했다.

페르미가 손을 들었다. 모두 입을 다물었다. "원자로가 임계상태에 도달했습니다." 그가 말했다. 그리고 미소지을 뿐 아무것도 하지 않았다.

그레그는 비명을 지르고 싶었다. 그럼 빌어먹을 것을 좀 꺼! 하지만 말없이 기록계의 펜만 가만히 바라보는 페르미에게서는 누구도 도전할 수 없는 권위가 느껴졌다. 연쇄반응이 일어나는 중이지만 잘 통제되고 있었다. 그는 연쇄반응이 계속 이어지도록 일 분, 또 일 분을 기다렸다.

맥휴가 중얼거렸다. "하느님 맙소사."

그레그는 죽고 싶지 않았다. 그는 상원의원이 되고 싶었다. 마거릿 카우드리와 또 자고 싶었다. 조지가 대학에 가는 걸 보고 싶었다. 아직 인생을 반도 못 살았다고, 그는 생각했다.

마침내 페르미가 제어봉을 집어넣으라는 지시를 내렸다.

계측기의 소음이 다시 딸각거리는 소리로 바뀌었고 점점 느려지다가 멈추었다.

그레그의 호흡이 정상으로 돌아왔다.

맥휴는 의기양양했다. "우리가 증명했어!" 그가 말했다. "연쇄반응은 진짜였어!"

"그리고 더 중요한 건 통제가 가능했다는 거죠." 그레그가 말했다.

"맞아요, 실용적인 면에서 보자면 그게 더 중요할 수 있겠네요."

그레그는 웃었다. 과학자들은 이런 식이라는 걸 하버드에서 배웠다. 그들에게는 이론이 곧 현실이었고, 세상은 정밀하지 못한 모델이었다.

누군가 바구니에 이탈리아 와인 한 병과 종이컵을 담아왔다. 과학자들은 술을 한 모금씩 마셨다. 그레그가 과학자가 되지 않은 또다른 이유였다. 그들은 파티를 어떻게 하는지 몰랐다.

누군가 페르미에게 바구니에 사인을 하라고 했다. 그가 사인을 하자 다른 과학자들도 모두 사인을 했다.

기술자들이 모니터를 껐다. 하나둘 흩어지기 시작했다. 그레그는 남아서 지켜보았다. 잠시 후 관중석에 페르미와 실라드만 남았다. 그는 두 위대한 지성이 악수를 나누는 모습을 보았다. 실라드는 덩치가 크고 얼굴이 둥글었다. 페르미는 작고 여렸다. 잠시나마 그레그는 어울리지 않지만 홀쭉이와 뚱뚱이로 인기를 끈 명콤비 로럴과 하디가 떠올랐다.

그때 실라드의 말소리가 들렸다. "친구, 나는 오늘이 인류 역사에 암흑의 날로 남을 것 같다는 생각이 드네."

그레그는 생각했다. 지금 저 사람이 도대체 무슨 소리를 하는 거지?


V


그레그는 부모가 조지를 받아들이길 원했다.

쉽지 않을 것이다. 육 년 동안 숨겨둔 손자가 있었다는 소식을 들으면 틀림없이 마음이 편치 않을 터였다. 어쩌면 화를 낼지도 몰랐다. 그보다 재키를 얕잡아볼 수도 있었다. 그들은 도덕가연할 자격이 없다는 쓸쓸한 생각이 들었다. 그들 두 사람도 서자를 두고 있었고 그 아이가 바로 그레그였다. 하지만 인간이란 합리적인 존재가 아니다.

그는 조지가 흑인이라는 점이 얼마나 상황을 좌우할지 확신이 서지 않았다. 그레그의 부모는 인종에 대해서는 유연한 입장이었고, 그 세대 일부 사람들처럼 흑인이나 유대인을 두고 몹쓸 말을 절대로 하지 않았다. 하지만 가족 중 검둥이가 생겼다는 사실을 알게 되면 어떻게 변할지 몰랐다.

짐작하건대 아버지가 더 설득하기 어려울 것 같았다. 그래서 어머니에게 먼저 말하기로 했다.

그는 크리스마스에 며칠 휴가를 받아 버펄로에 있는 어머니의 집을 찾았다. 마르가는 시내에 있는 가장 좋은 건물의 커다란 아파트에 살았다. 대개 혼자였지만 요리사와 가정부 두 명, 운전사를 부렸다. 금고에는 보석이 가득했고 자동차가 두 대는 들어가는 차고만한 옷방을 갖고 있었다. 하지만 남편은 없었다.

레프도 버펄로에 와 있었지만 전통적으로 크리스마스이브에는 올가와 외식을 했다. 그녀의 집에서 하룻밤도 보내지 않은 지 벌써 몇 년이었지만 엄밀히 따지면 두 사람은 아직 혼인상태였다. 그레그가 아는 한 올가와 레프는 서로를 증오했다. 하지만 무슨 이유인지 일 년에 한 번은 만나고 있었다.

그날 저녁 그레그는 어머니와 아파트에서 함께 식사를 했다. 그는 어머니를 기쁘게 해주려고 턱시도를 입었다. "우리집 남자들이 차려입은 걸 보면 좋아." 그녀는 가끔 말했다. 두 사람은 생선 수프와 구운 닭고기, 그리고 그레그가 어렸을 때 가장 좋아하던 복숭아 파이를 먹었다.

"어머니, 소식이 좀 있어요." 그는 가정부가 커피를 따르는 동안 초조하게 말했다. 어머니가 화를 낼까봐 두려웠다. 그는 자기가 아니라 조지 때문에 겁이 났고, 이런 것, 자신을 걱정하기보다 다른 누군가를 더 걱정하는 것이 부모의 마음일까 궁금했다.

"좋은 소식이냐?" 그녀가 물었다.

최근 들어 살이 찌긴 했지만 마흔여섯의 나이에도 그녀는 여전히 매력이 넘쳤다. 어쩌다 센 머리가 조금이라도 보이면 미용실에서 조심스럽게 염색을 하곤 했다. 오늘 저녁에는 평범한 검은색 드레스 차림에 목에 꼭 맞는 다이아몬드 목걸이를 했다.

"아주 좋은 소식이지만 조금 놀라실 수도 있어요. 그러니까 버럭하지는 마세요."

그녀는 검은 눈썹을 치켜세우더니 아무 말도 하지 않았다.

그는 야회복 상의 주머니에 손을 넣어 사진을 한 장 꺼냈다. 조지가 핸들에 리본이 묶인 빨간 자전거를 타고 있는 사진이었다. 뒤쪽에는 넘어지지 않도록 보조 바퀴가 달려 있었다. 아이는 황홀한 표정이었다. 아이 옆에는 그레그가 뿌듯해하는 얼굴로 무릎을 꿇고 앉아 있었다.

그는 사진을 어머니에게 건넸다.

그녀는 깊은 생각에 잠겨 사진을 살펴보았다. 한참 만에 그녀가 말했다. "네가 이 어린애한테 크리스마스 선물로 자전거를 사줬나보구나."

"맞아요."

그녀는 고개를 들었다. "애가 생겼다는 거야?"

그레그는 고개를 끄덕였다. "아이 이름은 조지예요."

"너 결혼했니?"

"아뇨."

그녀는 사진을 집어던졌다. "이런 빌어먹을!" 그녀는 화를 냈다. "페시코프 집안 남자들은 도대체 뭐가 문제냐?"

그레그는 깜짝 놀랐다. "무슨 말씀인지 모르겠어요!"

"또 서자라니! 또 한 여자가 아이를 혼자 키워야 하잖아!"

그는 어머니가 재키를 젊은 자신으로 생각한다는 사실을 깨달았다. "어머니, 저는 열다섯 살이었고……"

"왜 정상적일 수는 없는 거야?" 그녀는 몰아치듯 말했다. "빌어먹을, 도대체 정상적인 가정을 꾸리는 데 무슨 문제가 있는 거냐고?"

그레그는 고개를 떨어뜨렸다. "문제는 없어요."

그는 부끄러웠다. 이 순간까지 자신은 이 연극에서 수동적인 역할을 넘어 심지어 희생자라고 생각하고 있었다. 벌어진 모든 일은 아버지와 재키에 의해 그에게 닥친 것이었다. 하지만 어머니는 상황을 그렇게 보지 않았고, 이제 그는 어머니가 옳다는 것을 알았다. 그는 재키와 잠자리를 할 때 신중하지 않았고, 피임 걱정은 하지 않아도 된다는 재키의 대수롭지 않은 말을 의심하지 않고 흘려넘겼고, 재키가 떠났을 때 아버지에게 맞서지도 않았다. 물론 그는 아주 어렸다. 하지만 그녀와 잠자리를 하기에 충분한 나이라면 그 결과에 책임을 충분히 질 수 있는 나이이기도 했다.

어머니는 여전히 화를 내고 있었다. "네가 어떻게 자랐는지 잊은 거야? '아빠는 어디 있어요? 왜 아빠는 여기서 안 자요? 왜 우리는 아빠랑 데이지 집에 가면 안 돼요?' 그리고 더 자라서는 학교에서 애들이 널 서자라고 불러서 싸웠잖아. 그리고 그 빌어먹을 요트 클럽 회원으로 받아주지 않는다고 어지간히 화를 냈지."

"물론 기억해요."

그녀가 반지를 잔뜩 낀 주먹으로 테이블을 내리치자 크리스털 잔들이 떨렸다. "그럼 어떻게 다른 어린아이한테 똑같은 고문을 할 수 있단 말이야?"

"두 달 전까지는 아이가 있는지 몰랐어요. 아버지가 애엄마를 겁줘서 쫓아버렸거든요."

"애엄마가 누군데?"

"이름은 재키 제이크스라고 해요. 웨이트리스죠." 그는 다른 사진을 꺼냈다.

어머니는 한숨을 내쉬었다. "예쁘장한 검둥이 아이네." 조금씩 진정이 되는 모양이었다.

"배우가 되고 싶었지만 조지가 생기면서 포기한 것 같아요."

마르가는 고개를 끄덕였다. "아이 하나 딸린 게 임질에 걸린 것보다 더 빨리 출셋길을 망치는 법이야."

그레그가 보기에 어머니는 여배우라면 출세할 만한 사람과 잠자리를 가져야 한다고 짐작하는 것 같았다. 어떻게 아는 걸까? 하지만 그녀도 아버지를 만났을 때 나이트클럽 가수였으니⋯⋯

그는 그런 길을 밟고 싶지 않았다.

그녀가 말했다. "크리스마스에 그애한테 무슨 선물을 했니?"

"의료보험이요."

"잘했다. 복슬복슬한 곰 인형보다는 낫지."

복도를 걸어오는 발소리가 들렸다. 아버지가 집에 돌아왔다. 그레그는 서둘러 말했다. "어머니, 재키를 만나주시겠어요? 조지를 손자로 받아주시겠어요?"

그녀는 손으로 입을 가렸다. "이런, 맙소사. 내가 할머니라니." 그녀는 놀라야 할지 기뻐해야 할지 모르는 기색이었다.

그레그는 앞으로 몸을 기울였다. "아버지가 아이를 거부하지 않았으면 좋겠어요. 제발요!"

그녀가 대답하기도 전에 레프가 식당으로 들어왔다.

마르가가 말했다. "안녕, 여보. 저녁은 어땠어요?"

그는 언짢은 모습으로 테이블에 앉았다. "글쎄, 내 단점들에 대해 몹시 자세한 설명을 들어야 했으니, 아주 끝내주는 시간을 보낸 것 같군."

"딱하기도 하지. 저녁은 충분히 먹었어요? 오믈렛은 금방 되는데."

"음식은 좋았어."

사진들이 테이블 위에 있었지만 레프는 아직 알아채지 못했다.

가정부가 들어와 말했다. "커피 드시겠습니까, 페시코프 씨?"

"아니야, 고마워."

마르가가 말했다. "나중에 드시고 싶어하실지 모르니 보드카를 가져와."

"네."

그레그는 마르가가 레프의 편안함과 즐거움을 위해 얼마나 세심하게 배려하는지 깨달았다. 레프는 그래서 올가의 집이 아닌 이곳에 밤을 보내러 오는 모양이었다.

가정부가 술병과 작은 잔 세 개를 은쟁반에 가져왔다. 레프는 여전히 러시아식으로 보드카를 데워 아무것도 섞지 않고 마셨다.

그레그가 말했다. "아버지, 재키 제이크스가—"

"또 그 얘기야?" 레프는 짜증을 냈다.

"네, 그녀에 대해서 아버지가 모르는 일이 있어요."

그 말이 아버지의 관심을 끌었다. 그는 다른 사람들이 아는 사실을 자기는 모르는 걸 무척 싫어했다. "뭔데?"

"그녀에게 아이가 있어요." 그는 매끈한 테이블 위로 사진 두 장을 밀었다.

"네 애야?"

"여섯 살이에요. 어떻게 생각하세요?"

"그것이 아주 입을 꼭 다물고 있었군."

"아버지를 두려워하니까요."

"내가 어쩔 거라고 생각했다는 거야? 애를 구워 먹기라도 한다던?"

"모르죠, 아버지. 아버지는 사람들을 겁주는 데 전문가니까요."

레프는 아들을 매섭게 노려보았다. "그런데 너도 배워가고 있지."

면도칼 사건을 말하는 것이었다. 어쩌면 나는 사람들 겁주는 걸 배우고 있는지도 몰라. 그레그는 생각했다.

레프가 말했다. "왜 이런 사진들을 보여주는데?"

"손자가 있다는 사실을 알면 아버지가 좋아하실지도 모른다고 생각했어요."

"부자나 낚아채려는 하찮은 여배우 소생이지!"

마르가가 말했다. "여보! 나도 부자를 낚아채려던 하찮은 나이트클럽 가수였다는 사실을 제발 기억해요."

그는 엄청나게 화난 것 같았다. 그는 잠시 마르가를 노려보았다. 그러더니 표정이 바뀌었다. "당신 그거 알아?" 그가 말했다. "당신 말이 옳아. 내가 누구라고 재키 제이크스에 대해 왈가왈부하겠어?"

그레그와 마르가는 갑작스러운 겸손에 놀라 그를 멍하니 보았다.

그가 말했다. "나도 그애나 마찬가지지. 주인집 딸인 올가 뱔로프와 결혼하기 전까지는 상트페테르부르크 빈민가 출신의 하찮은 건달이었으니까."

그레그는 어머니와 눈길을 마주쳤다. 그녀는 거의 알아보기 어려울 만큼 어깨를 으쓱했다. 어떻게 될지 아무도 모르는 일이야.

레프는 다시 사진을 들여다보았다. "피부색만 빼고 보면 내 형 그리고리를 닮았구나. 놀랄 일이군. 지금까지 검둥이 애들은 전부 똑같이 생긴 줄 알았더니."

그레그는 제대로 숨을 쉴 수가 없었다. "아이를 만나보실래요, 아버지? 저랑 가서 손자를 보시겠어요?"

"젠장, 그래." 레프는 술병을 따더니 잔 세 개에 보드카를 따라서 나눠주었다. "그건 그렇고, 아이 이름은 뭐냐?"

"조지예요."

레프는 잔을 들어올렸다. "그럼 조지를 위해 건배."

세 사람 모두 술을 마셨다.

# 15장
# 1943년(I)

## I

로이드 윌리엄스는 줄지어 서서 필사적으로 움직이는 도망자들 맨 끝에서 좁은 오르막 산길을 따라 걷고 있었다.

호흡은 편안했다. 그는 이런 일이 익숙했다. 이미 피레네산맥을 여러 번 넘어다닌 뒤였다. 끈으로 엮은 밑창을 댄 에스파드리유 신발을 신었더니 바위가 많은 지면에 좀더 잘 밀착되었다. 그는 파란색 작업복 위에 무거운 코트를 입고 있었다. 지금은 태양이 뜨겁지만 나중에 일행이 더 높은 지대에 도착하고 해가 지면 기온은 영하로 떨어질 터였다.

튼튼한 조랑말 두 마리와 지역 주민 세 사람, 지치고 후줄근한 도망자 여덟 명이 짐을 잔뜩 지고 앞서 걷고 있었다. 도망자 중 세 명은 벨기에에 불시착한 B-24 리버레이터 폭격기에서 살아남은 미군 조종사였다. 다른 둘은 스트라스부르에 있는 포로수용소 오플라그 65에서 탈출한 영국 장교였다. 나머지는 체코의 공산주의자, 바이올린을 든 유대인 여자, 그리고 워터밀이라는 말없는 영국인으로 그는 아마 무슨 스파이인 것 같았다.

그들은 함께 먼길을 오며 온갖 고초를 겪었다. 지금은 여정의 막바지이자 가장 위험한 구간이었다. 지금 붙잡힌다면 모두 여기까지 오는 동안 그들을 도와준 용감한 이들을 배신할 때까지 고문당할 것이다.

일행을 이끄는 사람은 테레사였다. 산을 오르는 일이 익숙지 않은 사람들로서는 고된 상황이지만 모습이 노출될 가능성을 최소화하기 위해 빠른 발걸음을 유지해야 했다. 그리고 로이드가 깨달은바 몸집이 작고 기막히게 아름다운 여성이 앞에서 이끌 때 도망자들은 뒤처질 가능성이 적었다.

길이 평평해지고 넓어지며 작은 빈터가 나왔다. 갑자기 큰 소리가 났다. 독일 악센트가 섞인 프랑스어가 울려퍼졌다. "정지!"

줄지어 선 사람들은 우뚝 멈춰 섰다.

독일인 병사 둘이 바위 뒤에서 모습을 드러냈다. 그들은 수동식 노리쇠가 달리고 총알이 다섯 발씩 들어가는 마우저 소총을 들고 있었다.

로이드는 본능적으로 총알이 장전된 9밀리미터 루거가 든 코트 주머니를 만졌다.

유럽 본토에서 탈출하기는 더 어려워지고 있었고, 따라서 로이드가 맡은 일도 점점 더 위험해졌다. 작년 말 독일은 과거에 늘 그랬듯 비시 정권이 비실거리는 허수아비라도 되는 양 거만하게 무시하며 프랑스의 남쪽 절반을 점령했다. 에스파냐와의 국경을 따라 16킬로미터 안쪽은 출입금지구역으로 선포되었다. 로이드와 일행은 지금 그 지역으로 들어서는 중이었다.

테레사는 군인들에게 프랑스어로 말했다. "안녕하세요, 신사분들. 뭐 문제되는 거 없죠?" 그녀를 잘 아는 로이드는 목소리가 두려움에 떨리고 있다는 걸 알아차렸다. 그 떨림이 경비병들은 감지하지 못할 만큼 미미하기를 바랐다.

프랑스 경찰에 공산주의자는 몇 되지 않고 파시스트가 많았지만 모두 하나같이 게을러서 누구도 피레네의 얼음처럼 차가운 산길을 넘어 달아나는 도망자들을 뒤쫓고 싶어하지 않았다. 하지만 독일인들은 그렇지 않았다. 독일 부대들이 국경 마을로 들어와 로이드와 테레사가 이용하는 언덕길과 노새를 끌고 이동하는 산길을 순찰하고 다녔다. 점령군은 정예부대가 아니었다. 정예부대는 러시아에서 싸우고 있었고, 최근 길고 지독한 싸움 끝에 스탈린그라드에서 항복했다. 프랑스 주재 독일군 가운데 많은 수는 늙었거나 어리거나 다쳤지만 걸을 수 있는 사람이었다. 하지만 그렇기 때문에 스스로의 가치를 입증하려는 생각이 강한 것 같았다. 프랑스 군인과 달리 이들은 못 본 척하지 않았다.

두 병사 가운데 빼빼 마르고 회색 콧수염을 기른 나이든 쪽이 테레사에게 말했다. "어디로 가는 거지?"

"라몽 마을에요. 여러분과 동료들을 위한 식량을 운반하는 중입니다."

이곳 독일군 부대는 외따로 떨어진 산속 마을에 지역 원주민을 쫓아내고 들어와 있었다. 그래서 그런 부대에 물품을 공급하는 것이 얼마나 어려운지 잘 알았다. 그들에게 식량을 보급하는 일을 맡아 많은 수익을 거두면서도 통행이 금지된 구역에 들어가는 허가를 받아낸 것은 테레사의 입장에서 보면 천재적인 발상이었다.

마른 병사가 배낭을 멘 남자들을 의심스러운 눈으로 바라보았다. "이게 다 독일군 병사들을 위한 거라고?"

"그러면 좋죠." 테레사가 말했다. "이렇게 높은 곳에서 달리 살 사람도 없으니까요." 그녀는 주머니에서 종이 한 장을 꺼냈다. "여기 이 부대 아이젠슈타인 하사가 서명하신 주문서가 있어요."

병사는 주문서를 유심히 보더니 돌려주었다. 그러고는 뚱뚱한 미국인 조종사 월 도널리 중령을 바라보았다. "저자는 프랑스인인가?"

로이드는 총이 든 주머니에 손을 넣었다.

도망자들의 외모가 문제였다. 이쪽 지방에 사는 프랑스인과 에스파냐인은 대개 키가 작고 피부색이 짙었다. 게다가 하나같이 말랐다. 로이드와 테레사는 그와 비슷한 모습이었고 체코인과 바이올리니스트도 마찬가지였다. 하지만 영국인은 얼굴이 하얗고 머리가 금발이었으며 미국인들은 덩치가 컸다.

테레사가 말했다. "기욤은 노르망디 출신이에요. 버터를 많이 먹어서 저래요."

두 병사 가운데 얼굴이 창백하고 안경을 쓴 젊은 쪽이 테레사를 향해 웃었다. 그녀는 보기만 해도 웃음이 나오는 여자였다. "와인도 있나?" 그가 물었다.

"물론이죠."

보초 두 명의 표정이 눈에 띄게 환해졌다.

테레사가 말했다. "지금 조금 드릴까요?"

나이든 쪽이 말했다. "해 아래 있으니 목이 타는군."

로이드는 조랑말에 매단 짐바구니를 열어서 루시용 화이트와인 네 병을 꺼내 그들에게 건넸다. 독일군은 각각 두 병씩 받았다. 갑자기 모두가 웃으면서 악수를 나누고 있었다. 나이든 병사가 말했다. "가봐, 친구들."

도망자들은 가던 방향으로 걸었다. 진짜 무슨 일이 생길 거라고 생각하지 않았지만 확신할 수는 없는 노릇이라 보초가 지키는 지역을 통과하니 마음이 놓였다.

라몽에 도착하기까지는 두 시간이 더 걸렸다. 막 봄풀이 새로 돋아나는 고지대 들판 끄트머리에 조잡한 집 몇 채와 텅 빈 양우리 몇뿐인 찢어지게 가난한 아주 작은 마을이 있었다. 로이드는 그곳에 살던 사람들이 불쌍했다. 애초에 가진 것도 거의 없었지만 이제 그마저 빼앗겼다.

일행은 마을 한가운데로 걸어들어가 감사한 마음으로 짐을 내려놓았다. 독일군 병사들이 그들을 둘러쌌다.

지금이 가장 위험한 순간이라고 로이드는 생각했다.

아이젠슈타인 하사는 열다섯에서 스무 명으로 이루어진 소대를 책임지고 있었다. 모두가 짐을 내리는 일을 도왔다. 빵, 소시지, 신선한 생선, 연유, 통조림. 군인들은 보급품을 받고 새로운 얼굴들을 보게 되어 기뻐했다. 그들은 보급품을 가져다준 은인들과 즐겁게 대화를 나누고자 했다.

도망자들은 최대한 말수를 줄여야 했다. 이 순간의 작은 실수로 너무나 쉽게 정체가 드러날 수 있었다. 어떤 독일군은 영국이나 미국의 악센트를 감지할 수 있을 만큼 프랑스어에 능통했다. 테레사나 로이드처럼 악센트에 별문제가 없는 사람이라고 해도 문법적인 실수는 언제든 할 수 있었다. '테이블 위에' 대신 '테이블 위에게'라고 말이 나오기는 무척 쉬웠지만 프랑스인이라면 그런 실수는 절대 하지 않을 것이다.

이런 상황에 대처하기 위해 일행을 따라온 진짜 프랑스인 두 명이 열심히 떠들어대고 있었다. 독일군 병사가 도망자에게 말을 걸려고 할 때마다 누군가 대화에 끼어들었다.

테레사가 하사에게 영수증을 내밀었고, 그는 한참 숫자들을 확인하고 나서 돈을 치렀다.

마침내 그들은 텅 빈 배낭과 가벼워진 마음으로 떠날 수 있었다.

그들은 산 아래를 향해 800여 미터를 걷다가 갈라졌다. 테레사는 프랑스인들과 조랑말을 데리고 아래로 향했다. 로이드와 도망자들은 오르막길로 방향을 틀었다.

빈터의 독일군 보초들은 지금쯤이면 아마도 너무 취해서 올라갔던 사람들보다 내려오는 사람들의 수가 줄었다는 것을 눈치채지 못할 것이다. 하지만 만일 그들이 그에 대해 묻는다면 테레사가 일행 가운데 일부가 군인들과 카드놀이를 시작했고, 나중에 따라 내려온다고 말할 것이다. 그사이 보초 근무자가 바뀌면서 독일군은 상황을 파악하지 못하게 된다.

로이드는 무리를 이끌고 두 시간 동안 걷고 나서 십 분 휴식을 주었다. 도망자들에게는 물병과 먹고 힘을 낼 수 있도록 말린 무화과를 지급해두었다. 그외의 물건은 가져오지 못하게 했다. 소중한 책이나 은제품, 장식품, 축음기 음반 등은 너무 무거워서 산길을 타는 발이 아픈 여행자라면 오래 버티지 못하고 결국 눈 쌓인 골짜기에 버려버린다는 것을 로이드는 경험으로 알았다.

이제 어려운 단계였다. 지금부터는 오직 더 어두워지고 추워지고 험해질 일만 남았다.

눈 쌓인 곳에 이르기 직전 그는 도망자들에게 물병을 깨끗하고 차가운 냇물로 다시 채우라고 일러주었다.

밤이 되었지만 그들은 걸음을 멈추지 않았다. 사람들을 자게 두는 건 위험했다. 얼어죽을 수도 있었다. 지친 사람들은 미끄러지거나 얼음 박힌 바위에 걸려 넘어졌다. 어쩔 수 없이 속도가 느려졌다. 서로 간격이 벌어지게 돼서는 안 됐다. 뒤처진 사람은 길을 잃을 수도 있고, 조심성이 없으면 굴러떨어질 위험이 있는 골짜기가 느닷없이 나타나기도 했다. 하지만 아직까지는 아무도 잃어본 적이 없었다.

많은 도망자가 장교였다. 로이드가 계속 움직이라고 지시했을 때 가끔 다툼이 일고 도전을 받게 되는 이유는 그래서였다. 그에게 좀더 많은 권위를 부여하기 위해 군은 그를 소령으로 진급시켰다.

한밤중 모두 사기가 가장 바닥으로 떨어졌을 때 로이드가 말했다. "여러분은 이제 중립국 에스파냐에 있습니다!" 그러면 도망자들은 녹초가 된 몸으로 환호성을 올렸다. 사실 그도 국경이 어딘지는 정확히 알지 못했지만, 늘 사람들을 북돋아주어야 할 필요가 있을 때 국경을 넘었다는 선언을 했다.

동틀 무렵 그들은 다시 기운을 차렸다. 여전히 갈 길이 남아 있었지만 이제 내리막이었고 차갑게 언 팔다리가 점점 녹았다.

태양이 떠오를 때 그들은 언덕 꼭대기에 먼지를 뒤집어쓴 성당이 있는 작은 마을 가장자리를 지났다. 마을을 지나자 길옆에 커다란 헛간이 나왔다. 안에는 칸막이 없이 지저분한 캔버스 덮개가 덮인 녹색 포드 트럭이 한 대 있었다. 트럭은 모두 충분히 탈 정도로 컸다. 운전석에는 로이드와 함께 일하는 중년의 에스파냐계 영국인 실바 대위가 앉아 있었다.

그리고 놀랍게도 티 귄에서 정보 교육을 맡았던 로더 소령이 있었다. 거만한 그는 로이드가 데이지와 친하게 지내는 것을 못마땅해했었다. 아니면 그저 부러운 것인지도 몰랐다.

로이드는 로디가 마드리드 주재 영국 대사관에 배치된 것을 알고 있었고 아마 비밀정보국 MI6 소속이리라고 추측했지만, 이렇게 수도에서 멀리 떨어진 곳에서 보게 될 거라고는 예상하지 못했다.

로더가 입은 비싼 흰색 플란넬 정장은 구겨지고 지저분했다. 그는 트럭 옆에 주인처럼 서 있었다. "여기부터는 내가 맡겠다, 윌리엄스." 그가 말했다. 그리고 도망자들을 바라보았다. "여러분 가운데 누가 워터밀인가?"

워터밀은 진짜 이름일 수도 있고 암호명일 수도 있었다.

말이 없던 영국인이 한 걸음 앞으로 나서서 악수를 했다.

"나는 로더 소령이다. 자네를 곧장 마드리드로 데려갈 것이다." 그는 로이드를 향해 몸을 돌리더니 말했다. "유감이지만 자네 일행은 가장 가까운 기차역으로 가야 할 것 같군."

"잠깐만요." 로이드가 말했다. "이 트럭은 저희 조직에 속한 차량입니다." 탈출 포로를 돕는 부서인 MI9에서 그에게 할당한 예산으로 구입한 트럭이었다. "그리고 운전사도 절 위해 일합니다."

"어쩔 수 없어." 로더가 기세 좋게 말했다. "워터밀이 우선이야."

비밀정보국은 늘 그들이 우선권을 갖고 있다고 생각했다. "제 생각은 다릅니다." 로이드가 말했다. "계획대로 모두 트럭을 타고 바르셀로나로 가면 안 되는 이유를 모르겠습니다. 그런 다음 소령님이 기차로 워터밀을 마드리드로 데려갈 수 있습니다."

"자네 의견을 물은 게 아냐. 그냥 시키는 대로 해."

워터밀이 합리적인 말투로 끼어들었다. "저는 트럭을 함께 타고 가도 완벽하게 만족합니다."

"이 문제는 제발 내게 맡겨두게." 로더가 그에게 말했다.

로이드가 말했다. "여기 모든 사람이 피레네산맥을 걸어서 넘어왔습니다. 녹초가 되었다고요."

"그럼 출발하기 전에 휴식을 취해."

로이드가 고개를 저었다. "너무 위험합니다. 언덕 마을의 시장은 우리에게 협조적인 사람입니다. 그래서 우리가 여기서 만나는 거죠. 하지만 골짜기를 내려가면 정치 상황이 달라요. 아시다시피 게슈타포가 안 깔린 곳이 없고 에스파냐 경찰 대부분은 우리 편이 아니라 그들 편입니다. 제가 데려온 사람들은 불법 입국 혐의로 체포될 심각한 위험에 처할 겁니다. 게다가 아무리 죄가 없는 사람이라고 해도 프랑코의 감옥에서 빼내는 게 얼마나 어려운지는 잘 아실 겁니다."

"자네와 말다툼하느라 허비할 시간 없어. 계급은 내가 위니까."

"아뇨, 그렇지 않습니다."

"뭐?"

"저도 소령입니다. 그러니까 코에 한 대 맞고 싶지 않으면 다시는 '자네'라고 부르지 마십시오."

"내 임무는 시급한 거야!"

"그럼 왜 차량을 따로 준비해오지 않은 겁니까!"

"이 차량을 쓸 수 있으니까!"

"하지만 그럴 수 없습니다."

덩치 큰 미국인 월 도널리가 앞으로 나섰다. "나는 윌리엄스 소령 편이오." 그가 느릿느릿 말했다. "이 사람이 막 내 목숨을 살렸소. 로더 소령 당신은 아무것도 안 했잖소."

"그건 이 일과 상관없어요." 로더가 말했다.

"글쎄, 지금 상황은 아주 명확한 것 같은데." 도널리가 말했다. "트럭은 윌리엄스 소령의 지휘하에 있소. 로더 소령은 트럭을 원하지만 가져갈 수 없지. 그게 다요."

로더가 말했다. "당신은 빠져요."

"나는 중령이니 당신 둘보다 상관인 것 같군."

"하지만 이건 그쪽 소관이 아닙니다."

"당신 소관이 아닌 것도 분명하지." 도널리는 로이드에게 돌아섰다. "출발할까?"

"그럴 수 없소!" 로더가 씩씩거리며 말했다.

도널리가 다시 그를 향해 돌아섰다. "로더 소령." 그가 말했다. "빌어먹을 그 입 닥쳐. 이건 명령이다."

로이드가 말했다. "좋아요, 모두 차에 타세요."

로더가 머리끝까지 화가 난 모습으로 로이드를 노려보았다. "이 웨일스놈, 이 건은 그냥 넘어가지 않겠다." 그가 말했다.


## II


데이지와 보이가 검진을 받으러 가던 날 런던에는 수선화가 피었다.

의사를 만나보자는 것은 데이지의 생각이었다. 그녀는 임신이 안 된다는 보이의 비난에 신물이 났다. 그는 동생 앤디의 부인이자 이제 세 아이의 어머니인 메이와 그녀를 끊임없이 비교했다. "분명 당신 몸에 문제가 있을 거야." 그는 공격적으로 말하곤 했다.

"나도 임신했던 적이 있어요." 그녀는 유산의 고통이 떠올라 얼굴을 찌푸렸다. 그리고 로이드가 어떻게 그녀를 보살펴주었는지 떠올리고 다른 종류의 고통을 느꼈다.

보이가 말했다. "그때 이후로 무슨 일이 생겨서 당신이 불임이 됐나 보지."

"아니면 당신이 그렇거나."

"그게 무슨 뜻이야?"

"당신 몸에 이상이 있을 가능성도 똑같이 있다는 거죠."

"터무니없는 소리 마."

"잘 들어요, 제안 하나 하죠." 그녀의 머릿속에 차라리 아버지 레프가 했을 법한 방식으로 협상을 하면 어떨까 하는 생각이 퍼뜩 지나갔다. "검사를 받을게요. 당신도 받는다면."

제안에 놀란 보이는 머뭇거리다가 말했다. "좋아. 먼저 가. 만일 당신에게 아무 문제도 없다고 하면 그땐 내가 가지."

"아뇨." 그녀가 말했다. "당신이 먼저 가요."

"왜?"

"왜냐하면 당신이 약속을 지킬 거라고 믿지 않으니까요."

"좋아. 그럼 둘이 함께 가지."

데이지는 왜 이런 고생을 하는지 스스로도 알 수 없었다. 그녀는 보이를 사랑하지 않았다. 그를 사랑하지 않은 지 오래되었다. 자세히 밝힐 수 없는 임무를 띠고 여전히 에스파냐에 있는 로이드 윌리엄스를 사랑했다. 하지만 그녀는 보이와 혼인상태였다. 물론 그는 수많은 여자와 바람을 피웠다. 하지만 그녀 역시 상대가 단 한 명일지라도 부정을 저질렀다. 그녀는 도덕적으로 우월하지 못했고, 그래서 무력감을 느꼈다. 그저 아내로서 의무를 다하면 마지막 남은 자존심을 지킬 수 있을 것 같았다.

병원은 집에서 멀지 않지만 집값이 덜 비싼 할리 가에 있었다. 데이지는 검사가 불쾌했다. 의사는 남자였고, 그녀가 십 분 늦었다며 언짢아했다. 그는 그녀에게 전반적인 건강상태와 생리 주기, 남편과의 '관계'에 대해 질문했다. 내내 그녀를 바라보지 않고 만년필로 받아적기만 했다. 그러고 나서 차가운 금속 기구 몇 개를 그녀의 질 속에 차례로 집어넣었다. "나는 매일 하는 일이니까 걱정할 필요 없어요." 의사는 그렇게 말했지만 그녀에게 보인 웃음에서 정반대의 의미가 느껴졌다.

진료실을 나온 그녀는 보이가 약속을 어기고 검사를 거부할 수도 있다고 생각했다. 그는 불쾌한 얼굴이었지만 진료실로 들어갔다.

기다리는 동안 데이지는 이복동생 그레그에게서 온 편지를 다시 읽었다. 그는 열다섯 살 때 만났던 흑인 여자가 그의 아이를 낳아 기르고 있었다는 사실을 알게 되었다고 했다. 바람둥이 그레그가 아들 이야기를 하며 흥분하고, 비록 아버지가 아니라 삼촌이지만 아이 인생의 일부가 되고 싶어 안달하는 모습에 데이지는 깜짝 놀랐다. 더 놀라운 것은 레프가 아이를 만났고 아이가 똑똑하다고 공언했다는 점이었다.

그레그는 원하지도 않았는데 아들을 얻었고, 반면 절실하게 원하는 보이는 아들이 없다니 아이러니한 일이라고 그녀는 생각했다.

보이는 한 시간 뒤 진료실에서 나왔다. 의사는 두 사람에게 일주일 후 결과를 알려주겠다고 약속했다. 그들은 정오에 병원을 나섰다.

"검사하고 나니 한잔하고 싶어졌어." 보이가 말했다.

"나도 그래요." 데이지가 말했다.

그들은 똑같은 집이 줄지어 선 거리를 위아래로 훑어보았다. "이 동네는 정말 황량하군. 술집이라고는 보이지 않아."

"술집에는 안 갈래요." 데이지가 말했다. "마티니 마시고 싶어요. 술집에서는 제대로 못 만들어요." 경험에서 우러난 말이었다. 첼시의 '킹스 헤드'에서 드라이 마티니를 주문한 적이 있는데 그녀가 받아든 것은 어이없게도 미지근한 베르무트 한 잔이었다. "클래리지 호텔로 데려가 줘요. 오 분만 걸으면 되잖아요."

"끝내주게 좋은 생각이군."

클래리지의 바는 그들이 아는 사람으로 가득했다. 전시 절약 기간이라 레스토랑에서 판매할 수 있는 음식이 정해져 있었지만 클래리지는 빠져나갈 구멍을 찾아냈다. 공짜로 나가는 식사에는 제한이 없었다. 그래서 호텔은 공짜 뷔페를 제공했고, 대신 안 그래도 비싼 음료에 음식값을 얹어 계산했다.

데이지는 아르데코풍으로 웅장하게 꾸민 실내에 보이와 함께 앉아 완벽한 칵테일을 마시자 기분이 나아지기 시작했다.

"의사가 내게 볼거리를 앓았느냐고 묻더군." 보이가 말했다.

"앓았잖아요." 대부분 어릴 때 앓는 병이지만 보이는 몇 년 전 걸렸었다. 이스트앵글리아에 있을 때 교구 목사의 사택에서 임시로 묵다가 목사의 세 살배기 아들에게 옮았다. 그때 매우 큰 고통을 겪었다. "이유는 말하던가요?"

"아니. 의사들이 어떤지 잘 알잖아. 절대로 무슨 말을 해주는 법이 없지."

데이지는 불현듯 예전처럼 되는대로 두자는 식이어서는 안 되겠다고 생각했다. 전에는 결혼생활에 대해 이렇게 깊이 고민해본 적이 단 한 번도 없었다. 그녀는 〈바람과 함께 사라지다〉에서 스칼릿 오하라가 했던 "그건 내일 생각할 거야"라는 대사가 늘 좋았다. 하지만 이제 그렇지 않았다. 어쩌면 철이 들고 있는지도 몰랐다.

보이가 두번째 칵테일을 주문했을 때 데이지는 입구 쪽으로 고개를 돌리다가 구겨지고 지저분한 군복 차림으로 걸어들어오는 로더 후작을 보았다.

데이지는 그가 싫었다. 그녀와 로이드의 관계를 눈치챈 뒤로 그는 마치 은밀한 비밀을 공유한 사이처럼 그녀를 끈적거리는 친근함으로 대했다.

부르지도 않았는데 그는 두 사람 테이블로 와 앉더니 시가 재를 카키색 바지에 떨어뜨리며 맨해튼 한 잔을 주문했다.

데이지는 즉시 그가 못된 짓을 꾸미고 있음을 알아차렸다. 그 눈에 비친 악의에 찬 기쁨은 그저 훌륭한 칵테일을 기대하는 마음만으로는 설명이 되지 않았기 때문이다.

보이가 말했다. "일 년 만에 보는군, 로디. 어디 있었나?"

"마드리드." 로디가 말했다. "자세하게는 말 못해. 극비인 거 알잖나. 자네는 어때?"

"보통 조종사들을 교육하며 보냈지만 최근에는 몇 번 임무에 나가기도 했지. 요새 우리는 독일에 대한 폭격을 강화하고 있어."

"아주 다행이군. 놈들이 한 대로 돌려주라고."

"그렇게 말하는 것도 무리는 아닌데, 조종사들 사이에서 불평이 나오고 있어."

"정말? 왜?"

"군사 목표물이니 뭐니 하는 게 전부 헛소리거든. 독일 공장을 폭격해봐야 놈들은 금방 다시 만들어. 그래서 우리는 노동자들의 주택이 밀집된 넓은 지역을 노리지. 노동자를 빨리 대체하기는 어려우니까."

로더는 충격을 받은 눈치였다. "그 말은, 우리 방침이 민간인을 죽인다는 거잖나."

"바로 그거야."

"하지만 정부에서 확언하기로는—"

"거짓말하는 거지." 보이가 말했다. "폭격기 조종사들은 그 사실을 알고 있고. 물론 많은 조종사가 신경도 안 쓰지만 일부는 기분이 안 좋아. 우리가 올바른 일을 하고 있으면 그렇다고 말해야 하고, 그릇된 일을 하고 있다면 그만둬야 한다고 생각해."

로더는 불안해 보였다. "이 자리에서 이런 이야기를 나눠도 되는지 모르겠네."

"자네 말이 옳겠군." 보이가 말했다.

두번째 칵테일이 나왔다. 로더는 데이지를 향해 얼굴을 돌렸다. "부인께서는 어떻게 지내십니까?" 그가 말했다. "뭐라도 전시 근로를 하고 있겠죠. 악마는 한가한 사람에게 해코지를 한다는 속담도 있으니까."

데이지는 감정이 섞이지 않은 무미건조한 말투로 대답했다. "이제 대공습도 끝났고 여자 구급차 운전사는 필요 없다고 해서 지금은 미국 적

십자와 일하고 있어요. 펠멜 가에 사무실이 있죠. 이곳에 와 있는 미군들을 돕는 일을 해요."

"남자들은 잠깐이라도 여자와 같이 있는 걸 그리워할 테니까요, 안 그래요?"

"대개 그저 향수병으로 고생하죠. 미국 악센트를 듣는 걸 좋아해요."

로디가 음흉하게 웃었다. "부인은 그들을 위로하는 솜씨가 아주 좋을 거예요."

"할 수 있는 걸 하는 거죠."

"분명히 잘할 겁니다."

보이가 말했다. "이봐, 로디. 좀 취한 거야? 그런 식으로 얘기하는 건 지독한 무례잖나."

로더의 표정이 악의적으로 변했다. "이런, 이봐. 보이, 모른다는 건 아니겠지. 자네 뭐야, 장님이야?"

데이지가 말했다. "집에 데려가줘요, 보이."

그는 그 말을 무시한 채 로더에게 물었다. "도대체 무슨 뜻이야?"

"로이드 윌리엄스에 관해 물어봐."

보이가 말했다. "로이드 윌리엄스가 도대체 누군데?"

데이지가 말했다. "데려가주지 않으면 혼자 집으로 가겠어요."

"로이드 윌리엄스라고 알아, 데이지?"

당신 동생이에요. 데이지는 생각했다. 비밀을 밝혀 남편을 놀라게 하고 싶은 강한 충동을 느꼈다. 하지만 그녀는 유혹을 견뎌냈다. "당신도 아는 사람이에요." 그녀가 말했다. "당신과 함께 케임브리지에 다녔어요. 예전에 우리를 이스트엔드에 있는 뮤직홀에 데려갔죠."

"아!" 보이는 기억을 해냈다. 그러더니 이상하다는 듯 로더에게 말했다. "그 친구?" 로이드 같은 남자를 라이벌로 생각하기란 보이로서 어려운 일이었다. 점점 더 믿기지 않는다는 듯 그가 덧붙였다. "정장 살 돈도 없던 친구인데?"

로더가 말했다. "삼 년 전 내가 티 권에서 정보 교육을 할 때 그 친구가 교육생이었고, 데이지도 거기서 지냈지. 당시 자네는 호커 허리케인을 타고 프랑스 땅 위에서 목숨을 걸고 있었던 걸로 기억해. 그동안 아내는 웨일스 족제비와 놀아나고 있었지. 자네 가문 저택에서!"

보이는 얼굴이 벌겋게 달아오르고 있었다. "만일 꾸며낸 얘기라면 맹세코 패주겠어, 로디."

"아내에게 물어봐!" 로더는 자신감에 차 웃었다.

보이는 데이지에게 몸을 돌렸다.

티 권에서는 로이드와 잠자리를 갖지 않았다. 대공습 기간 그의 어머니 집에 있는 그의 침대에서 가졌다. 하지만 로더 앞에서 보이에게 그걸 설명할 수도 없었고, 어차피 사소한 세부였다. 부정을 저질렀다는 비난은 진실이고 그녀는 부인할 생각이 없었다. 비밀은 새어나갔다. 이제 원하는 것은 오직 허울뿐일지라도 품위를 잃지 않는 것이었다.

그녀가 말했다. "보이, 당신이 알고 싶은 걸 다 말해줄게요. 하지만이 음흉한 게으름뱅이 앞에서는 싫어요."

보이는 깜짝 놀라 목소리를 높였다. "그럼 부인하지 않는단 거야?"

옆 테이블 사람들이 당황한 듯 주위를 둘러보다가 다시 그들의 음료에 관심을 돌렸다.

데이지도 목소리를 높였다. "클래리지 호텔 바에서 심문을 당하는 건 거부하겠어요."

"그럼 인정한다는 거야?" 그가 소리질렀다.

실내가 조용해졌다.

데이지는 일어섰다. "여기서는 아무것도 인정하거나 부인하지 않아요. 우리 둘만 있는 집에서 모든 걸 말하겠어요. 교양 있는 부부라면 그런 문제는 집에서나 얘기하는 거죠."

"맙소사, 정말이군. 당신은 그놈과 잤어!" 보이는 고함을 질렀다.

웨이터들까지도 일을 멈추고 가만히 서서 말다툼을 지켜보았다.

데이지는 입구로 걸어갔다.

보이가 소리질렀다. "이 난잡한 년!"

그런 말을 듣고 그냥 떠날 생각은 없었다. 데이지는 돌아섰다. "물론 당신이 난잡한 년에 대해 잘 알지. 내가 재수없게 그중 두 년을 맞닥뜨린 거 기억해?" 그녀는 실내를 둘러보았다. "조니와 펄." 그녀는 경멸조로 말했다. "얼마나 많은 아내가 그걸 참겠어?" 그녀는 보이가 대답하기 전에 밖으로 나왔다.

그녀는 승객을 기다리던 택시에 올랐다. 출발하면서 호텔을 나와 줄서 있던 다음 택시를 타는 보이의 모습을 보았다.

그녀는 운전사에게 주소를 말했다.

어떤 면에서는 사실이 밝혀져 후련하기도 했다. 하지만 끔찍하게 슬프기도 했다. 뭔가가 끝났다는 걸 깨달았다.

집은 겨우 몇백 미터 떨어진 곳이었다. 그녀가 도착하자 바로 뒤에 보이가 탄 택시가 멈춰 섰다.

그는 그녀를 따라 현관으로 들어섰다.

그녀는 그와 함께 이곳에 머물 수는 없다는 것을 알았다. 이제 끝났다. 이제 다시는 그와 집이나 침대를 공유할 수 없었다. "가방 좀 가져와요." 그녀는 집사에게 말했다.

"잘 알겠습니다, 마님."

그녀는 주위를 둘러보았다. 우아한 곡선의 계단을 갖춘 완벽하게 균형 잡힌 18세기의 타운하우스였지만 이곳을 떠나는 것이 그다지 애석하지는 않았다.

보이가 말했다. "어디로 가는 거야?"

"호텔로 가겠죠. 아마도 클래리지는 아닐 거예요."

"애인을 만나러 가는군!"

"아뇨, 그이는 해외에 있어요. 하지만, 그래요. 그이를 사랑해요. 미안해요, 보이. 당신은 날 비난할 권리가 없어요. 당신은 더한 짓을 했으니까. 하지만 나는 스스로 심판하겠어요."

"그렇군." 그가 말했다. "당신하고 이혼하겠어."

그녀는 자기가 그 말을 기다려왔다는 사실을 깨달았다. 이제 그 말이 입 밖에 나왔으니 모든 것은 끝났다. 그녀의 새로운 삶이 이 순간 시작되었다.

그녀는 한숨을 내쉬었다. "하느님, 감사합니다." 그녀가 말했다.


III


데이지는 피커딜리에 아파트를 빌렸다. 커다란 미국식 욕실에 샤워기가 달려 있었다. 손님용을 포함해서 독립된 화장실도 두 개였는데, 대부분의 영국인들 눈에는 터무니없는 낭비로 보였다.

다행히 데이지에게 돈은 문제가 되지 않았다. 할아버지 밸로프가 많은 돈을 물려주었고 그녀는 스물한 살 때부터 자기 재산을 스스로 관리해왔다. 그리고 재산은 모두 미국 달러였다.

새 가구는 사기가 어려워서 싼 가격에 많이 나와 있는 골동품을 구입했다. 화사하고 젊어 보이도록 현대적인 그림을 사서 걸었다. 나이가 있는 세탁부와 청소하는 여자아이를 고용했고, 집사나 요리사가 없어도 살림을 쉽게 꾸려나갈 수 있다는 것을 알게 되었다. 특히 남편의 온갖 응석을 받아줄 필요가 없다면 더욱 그랬다.

메이페어의 하인들이 그녀의 모든 옷을 포장해 가구 운반차에 실어서 보내왔다. 데이지와 세탁부는 오후 내내 상자를 열어서 모든 걸 깔끔하게 정돈했다.

그녀는 창피하기도 했고 자유롭기도 했다. 모든 것을 감안하면 더 나아졌다고 생각했다. 버림받은 상처는 치유될 것이고, 그녀는 보이로부터 영원히 해방되었다.

일주일이 지나자 병원에서 받은 검사의 결과가 궁금해졌다. 물론 의사가 남편인 보이에게 결과를 통보했을 것이다. 그에게는 묻고 싶지 않았고 어쨌거나 그 일은 이제 중요하지 않아 보여서 잊어버렸다.

그녀는 즐거운 마음으로 새집을 꾸몄다. 몇 주 동안은 너무 바빠 사람들과 만날 수도 없었다. 아파트 꾸미기를 마치자 그녀는 그동안 소홀히 여겼던 친구들을 모두 만나야겠다고 생각했다.

그녀는 런던에 친구가 많았다. 이곳에서 칠 년을 살았다. 생각해보면 최근 사 년은 보이가 집에 있는 시간보다 멀리 떠나 있는 시간이 많아서 파티나 무도회에 혼자 참석했던 터라 남편이 없다 해도 생활에 큰 변화는 없을 터였다. 그녀의 이름이 피츠허버트 가문의 초대 목록에서 지워진 것이야 당연하겠지만 런던 사교계에는 그들만 있는 것이 아니었다.

그녀는 위스키와 진, 샴페인을 여러 상자 샀다. 런던을 샅샅이 뒤져서 얼마 남지 않은 합법적인 것들을 구하고 나머지는 암시장에서 구입했다. 그러고 나서 집들이 파티를 위해 초청장을 발송했다.

불길하게도 지체 없이 답신이 돌아왔는데, 모두가 참석을 거절했다.

데이지는 눈물을 흘리며 에바 머리에게 전화를 했다. "왜 아무도 내가 여는 파티에 오지 않으려는 거지?" 그녀는 울부짖었다.

십 분 뒤 에바가 그녀 아파트로 찾아왔다.

그녀는 세 명의 아이와 유모를 데려왔다. 제이미는 여섯 살, 안나는 네 살, 카렌은 두 살배기 아기였다.

데이지는 그녀에게 아파트를 구경시켜준 뒤 제이미가 여동생을 부하 삼아 소파를 탱크로 만드는 동안 가정부에게 차를 내오라고 시켰다.

독일과 미국, 스코틀랜드 악센트가 섞인 영어로 에바가 말했다. "내 친구 데이지, 여긴 로마가 아니야."

"알아. 몸이 불편한 건 아니지?"

에바는 네번째 아이를 가져 몸이 무거웠다. "다리 좀 올려도 될까?"

"물론이지." 데이지는 쿠션을 받쳐주었다.

"런던 사교계는 점잖아." 에바가 말을 이었다. "그게 좋다는 건 절대 아니야. 나도 자주 따돌림을 당했으니까. 불쌍한 지미는 가끔 유대인 피가 섞인 독일인과 결혼했다며 무시를 당했지."

"끔찍하구나."

"이유가 뭐든 누구에게도 그런 일이 벌어지지 않았으면 해."

"가끔 난 영국인들이 정말 싫어."

"미국인들이 어땠는지 잊었구나. 네가 버펄로의 여자애는 하나같이 거만 떤다고 했던 거 잊었어?"

데이지는 웃었다. "정말 오래전 일 같네."

"넌 남편을 떠났어." 에바가 말했다. "그것도 클래리지 호텔 바에서 더없이 극적인 방식으로 모욕을 주면서."

"게다가 마티니 한 잔밖에 안 마신 상태에서 말이지!"

에바가 씩 웃었다. "그 장면을 직접 못 봐서 얼마나 아쉬웠다고!"

"난 좀 그 자리에 없었더라면 싶어."

"말할 것도 없지만, 런던 사교계의 모두가 지난 삼 주 동안 다른 얘기는 거의 안 했어."

"내가 그걸 예상했어야 마땅하겠지."

"자, 유감이지만 누구든 네 파티에 나타나는 사람이라면 불륜과 이혼을 찬성하는 걸로 보일 거야. 심지어 나조차 내가 여기 와서 너랑 차를 마셨다는 사실을 시어머니가 몰랐으면 좋겠어."

"하지만 그건 너무 불공평해. 보이가 먼저 바람을 피웠는데!"

"그럼 너는 여자가 동등한 대접을 받는다고 생각했어?"

데이지는 에바에게는 거만 떠는 속물들 말고도 더 큰 걱정거리가 있다는 사실을 기억해냈다. 그녀의 가족은 여전히 나치 치하의 독일에 있었다. 피츠가 스위스 대사관을 통해 알아내기로 의사인 그녀의 아버지는 현재 강제수용소에 있고 바이올린을 만드는 오빠는 경찰에게 맞아서 손이 으스러졌다. "네 괴로움을 생각하면 이런 불평을 하는 내가 부끄러워." 데이지가 말했다.

"그런 생각 하지 마. 그래도 파티는 취소해."

데이지는 파티를 취소했다.

하지만 그로 인해 비참한 기분이었다. 낮에는 적십자에서 일을 하며 시간을 보냈지만 저녁에는 갈 데도 할 일도 없었다. 그녀는 일주일에 두 번씩 영화를 보러 갔다. 『모비 딕』을 읽으려고 해봤지만 지루하기만 했다. 어느 일요일 그녀는 성당에 갔다. 피커딜리에 있는 그녀의 아파트 건물 맞은편에 있던 크리스토퍼 렌의 작품 세인트제임스 성당은 폭격을 당해서 세인트마틴인더필즈 성당으로 갔다. 보이는 없지만 피츠와 비가 있었고, 데이지는 예배 시간 내내 피츠의 뒤통수를 바라보며 그의 두 아들과 사랑에 빠졌다는 사실을 떠올려야 했다. 보이는 어머니의 외모와 아버지의 한결같은 이기심을 물려받았다. 로이드는 피츠의 외모와 에설의 너그러운 마음을 가졌다. 나는 왜 이렇게 오랜 시간이 지나서야 그걸 알게 되었을까? 그녀는 궁금했다.

성당은 아는 사람이 가득했지만 예배가 끝난 뒤 아무도 그녀에게 말을 걸지 않았다. 그녀는 외로웠고, 마치 전쟁중 친구 하나 없이 외국에 뚝 떨어진 상황이나 마찬가지였다.

어느 날 저녁 택시를 타고 올드게이트로 가서 레크위드 가족의 집 문을 두드렸다. 에설이 문을 열자 데이지가 말했다. "아드님에게 청혼하러 왔어요." 에설은 큰 소리로 웃더니 그녀를 안아주었다.

그녀는 미군 조종사를 통해 구한 미제 햄 통조림을 선물로 가져왔다. 그런 물건은 배급 식량으로 살아가는 영국 가족들에게는 사치품이었다. 그녀는 에설, 버니와 함께 주방에 앉아 라디오로 댄스음악을 들었다. 다 같이 플래너건과 앨런이 부르는 〈아치 아래서〉를 따라 불렀다. "버드 플래너건은 바로 여기 이스트엔드에서 태어났지." 버니는 자랑스럽게 말했다. "진짜 이름은 카임 루벤 웨인트로프야."

레크위드 부부는 정부가 펴낸 베스트셀러가 된 〈베버리지 보고서〉에 흥분하고 있었다. "보수당 수상의 명을 받아 자유주의 경제학자가 작성한 거야." 버니가 말했다. "그런데도 노동당이 늘 원하던 걸 제안했다고! 정적이 우리 아이디어를 훔친다면 우리가 이기고 있다는 뜻이지."

에설이 말했다. "무슨 아이디어냐 하면, 생산연령인 모든 사람이 매주 보험료를 내서 아프거나 실직하거나 은퇴하거나 배우자가 사망했을 때 수혜를 받을 수 있게 한다는 거지."

"간단한 안이지만 우리나라를 변화시킬 거야." 버니는 열띠게 말했다. "요람에서 무덤까지 다시는 아무도 궁핍해지지 않을 거야."

데이지가 물었다. "정부가 받아들였나요?"

"아니." 에설이 말했다. "클렘 애틀리가 강하게 밀어붙였지만 처칠은 보고서를 지지하지 않을 거야. 재무부는 비용이 너무 많이 든다고 생각하고."

버니가 말했다. "그 안을 실행하려면 선거에서 이겨야 하지."

에설과 버니의 딸 밀리가 들렀다. "오래 못 있어요." 그녀가 말했다. "에이브가 삼십 분 동안 아이들을 보기로 했어요." 그녀는 직장을 잃었다. 여자들은 이제 돈이 있어도 비싼 드레스를 사지 않았다. 하지만 다행스럽게도 남편이 하는 가죽사업은 번창했고, 그들은 레니와 패미 두 아이를 두고 있었다.

네 사람은 코코아를 마시고 그들이 모두 사랑하는 젊은이에 대해 이야기했다. 로이드에 대한 진짜 새 소식은 거의 없었다. 여섯 달에서 여덟 달에 한 번씩 에설은 마드리드 주재 영국 대사관 전용 편지지에 그가 무사히 잘 있으며 파시즘을 물리치는 본분을 다하고 있다는 내용이 담긴 편지를 받았다. 그는 소령으로 진급했다. 혹시 보이가 볼까봐 데이지에게는 편지를 보내지 않았지만 이제는 그럴 수 있었다. 데이지는 에설에게 그녀의 새 아파트 주소를 일러주고 영국군 사서함 번호로 된 로이드의 주소를 받아적었다.

로이드가 언제 휴가를 받아 집에 올지 아무도 알지 못했다.

데이지는 세 사람에게 이복동생 그레그와 아들 조지 이야기를 했다. 그녀는 많고 많은 사람 가운데 레크위드 가족이라면 그런 소식에 트집잡는 일 없이 함께 기쁨을 나눌 수 있으리라는 것을 알았다.

베를린에 있는 에바의 가족 이야기도 했다. 유대인인 버니는 루디가 손이 망가졌다는 말을 듣고 눈에 눈물이 고였다. "아직 기회가 있을 때 길거리에서 빌어먹을 파시스트놈들과 맞서 싸웠어야지." 그는 말했다. "우리가 그랬던 것처럼."

밀리가 말했다. "난 아직도 등에 상처가 있어요. 경찰이 가디너스의 판유리 진열장에 대고 밀어붙였거든요. 상처가 부끄러워서 에이브에게도 결혼하고 육 개월이 지나서야 보일 수 있었어요. 하지만 그이는 상처를 보고 내가 자랑스럽다고 했죠."

"케이블 가의 싸움이 기분좋지는 않았지." 버니가 말했다. "하지만 놈들의 터무니없는 수작을 막을 수 있었어." 그는 술잔을 내려놓고 손수건으로 눈가를 훔쳤다.

에설은 남편의 어깨에 팔을 둘렀다. "나는 그날 사람들에게 집에 있으라고 했는데." 그녀가 말했다. "내가 틀렸고 당신이 옳았어요."

그는 슬픈 표정으로 웃음을 지었다. "그리 자주 있는 일은 아니지."

"하지만 케이블 가 싸움 이후 제정된 공공질서법이 영국의 파시스트들을 끝장냈어." 에설이 말했다. "의회가 공공장소에서 정치적 뜻이 담긴 제복의 착용을 금지했거든. 그걸로 놈들은 끝났지. 검은 셔츠를 입고 이리저리 우쭐거리면서 나다니지 못하면 놈들은 아무것도 아니거든. 보수당이 해낸 일이야. 평가는 정당하게 해야 하는 법이니까."

언제나 정치적인 레크위드 가족은 전쟁 후 노동당에 의한 영국 개혁을 계획하고 있었다. 조용하지만 뛰어난 그들의 지도자 클레멘트 애틀리는 이제 처칠 밑에서 부수상 자리에 있었고, 조합의 영웅인 어니 베빈은 노동부 장관이었다. 그들의 비전은 데이지에게 미래에 대한 흥분을 불러일으켰다.

밀리는 돌아갔고 버니는 잠자리에 들었다. 둘만 남자 에설이 데이지에게 말했다. "정말 우리 로이드와 결혼하고 싶니?"

"세상 그 무엇보다 더요. 괜찮을까요?"

"그럼. 왜 안 돼?"

"우린 서로 살아온 환경이 너무 다르니까요. 여기 가족은 정말 좋은 분들이에요. 사회에 봉사하는 삶을 사시잖아요."

"밀리만 빼곤. 그애는 버니의 형을 닮았어. 돈을 벌고 싶어해."

"케이블 가에서 등에 상처까지 입었으면서도 말이죠."

"맞아."

"로이드는 어머니를 닮았어요. 그에게 정치는 뭔가 취미 같은 가욋일이 아니에요. 삶의 중심이죠. 그리고 저는 이기적인 백만장자고요."

"나는 결혼에는 두 가지가 있다고 생각해." 에설이 생각에 잠겨 말했다. "하나는 편안한 동반자 관계야. 두 사람은 같은 희망과 두려움을 나누고, 팀이 되어 아이들을 키우고 서로에게 편안함과 도움을 주지." 그것이 그녀와 버니 이야기임을 데이지는 알아차렸다. "다른 하나는 주체할 수 없는 열정과 광기, 환희와 섹스야. 전혀 어울리지 않는 사람, 자기가 사랑하지 않거나 심지어 좋아하지 않는 사람과도 그렇게 될 수 있어." 그녀가 피츠와의 관계를 생각하는 것이 틀림없다고 데이지는 느꼈다. 데이지는 숨을 죽였다. 에설은 지금 원초적인 진실을 말하고 있었다. "나는 운이 좋았어. 두 가지 모두를 경험했지." 에설이 말했다. "그리고 이제 내 조언을 들려줄게. 만일 미친 사랑을 할 기회가 생기면 양손으로 꼭 붙잡아. 결과가 어찌되든 신경쓰지 말고."

"와." 데이지가 말했다.

데이지는 잠시 후 그곳을 떠났다. 에설이 자기 영혼 속을 살짝 들여다보도록 해줬다는 사실에 특혜를 받은 느낌이었다. 하지만 텅 빈 아파트로 돌아오자 우울해졌다. 칵테일을 한 잔 만들었다가 쏟아버렸다. 불위에 주전자를 올렸다가 다시 내렸다. 라디오 방송은 끝났다. 그녀는 차가운 시트 사이에 누웠고 로이드가 함께 있기를 바랐다.

그녀는 로이드의 가족과 자신의 가족을 비교해보았다. 양쪽 모두 험난한 역사가 있었지만, 에설은 불리한 여건 속에서도 강하고 힘을 주는 가정을 꾸린 반면 데이지의 어머니는 그러지 못했다. 올가보다는 레프의 잘못 때문이었지만. 에설은 비범한 여자였고 로이드는 그녀의 품성을 많이 닮았다.

그는 지금 어디서 무엇을 하고 있을까? 그 대답이 무엇이든 위험에 처한 것만은 틀림없었다. 마침내 아무런 제재 없이 그를 자유롭게 사랑하고 결국 결혼까지 할 수 있게 된 지금, 그는 죽음을 맞는 걸까? 그가 죽으면 어떻게 해야 할까? 그녀의 목숨 역시 끝나고 말 것 같았다. 남편도, 연인도, 친구도, 조국도 없었다. 이른 새벽 그녀는 혼자 울다 잠이 들었다.

다음날은 늦잠을 잤다. 정오에 아파트의 작은 식당에서 검은 실크 가운 차림으로 커피를 마시고 있는데 열다섯 살 먹은 가정부가 들어와 말했다. "윌리엄스 소령이 왔습니다, 마님."

"뭐?" 그녀는 새된 소리를 냈다. "그럴 리가 없어!"

그때 그가 군용배낭을 어깨에 메고 문으로 들어섰다.

그는 피곤해 보였고 며칠은 수염을 깎지 못한 모습에 잘 때도 군복 차림이었던 것이 분명했다.

그녀는 양팔로 그를 끌어안고 수염이 까끌까끌한 얼굴에 키스했다. 그도 그녀에게 키스를 했지만 웃음이 번져 입이 벌어지는 것을 어쩌지 못해 쉽지 않았다. "냄새가 지독할 거야." 그는 키스 중간에 말했다. "일주일은 옷을 못 갈아입었거든."

"치즈공장 같은 냄새가 나네." 그녀가 말했다. "정말 좋아." 그녀는 그를 침실로 이끌어 옷을 벗기기 시작했다.

"간단히 샤워할게." 그가 말했다.

"안 돼." 그녀가 말했다. 그녀는 그를 침대로 밀어붙였다. "난 너무 급해." 그녀는 그가 그리워 제정신이 아니었다. 그리고 솔직히 말하자면 강한 냄새가 좋았다. 냄새 때문에 역겨워야 했지만 오히려 반대였다. 죽었을지도 모른다고 생각했던 사람이었고, 그런 그가 그녀의 콧구멍과 폐부를 채우고 있었다. 기뻐서 눈물이 흐를 것만 같았다.

바지를 벗기려면 부츠를 먼저 벗겨야 했고, 한눈에도 쉽지 않아 보여 그녀는 고생하지 않기로 했다. 그냥 그의 바지 지퍼를 내렸다. 검은 실크 가운을 벗어던지고, 잠옷 치맛자락을 허리까지 끌어올리는 내내 거친 카키색 바지 밖으로 불쑥 튀어나온 로이드의 허연 물건에서 행복한 욕망의 눈길을 단 한 순간도 떼지 못했다. 그리고 그의 몸 위에 다리를 벌리고 걸터앉아 편안히 힘을 빼고 앞으로 숙이며 그에게 키스했다. "아, 맙소사." 그녀가 말했다. "당신이 얼마나 그리웠는지 말로 표현할 수가 없어."

그녀는 그의 몸 위에 엎드려서 많이 움직이지 않고 계속 키스하고 또 키스했다. 그는 양손으로 그녀의 얼굴을 붙잡고 그녀를 빤히 쳐다보았다. "이거 현실이지?" 그가 말했다. "또 행복한 꿈을 꾸는 건 아니지?"

"현실이야." 그녀가 말했다.

"좋아. 지금은 깨고 싶지 않아."

"이러고 영원히 있으면 좋겠어."

"좋은 생각이야. 하지만 더는 가만있을 수가 없어." 그는 그녀 아래서 움직이기 시작했다.

"그렇게 하면 못 참겠어." 그녀가 말했다.

그리고 그녀는 절정에 도달했다.

이후 두 사람은 데이지의 침대에 누운 채 오래 이야기를 나누었다.

그는 이 주의 휴가를 얻었다. "여기서 지내." 그녀가 말했다. "부모님은 매일 찾아가면 되지만 밤에는 당신이랑 있고 싶어."

"당신에게 나쁜 소문이 나는 건 싫은데."

"그 배는 이미 떠났어. 이미 런던 사교계에서 소외당하고 있는걸."

"알아." 그는 워털루 역에서 에설에게 전화를 했고, 데이지가 보이와 따로 살고 있다는 사실과 그녀의 아파트 주소를 들었다.

"어떻게든 피임은 해야지." 그가 말했다. "콘돔 좀 구해올게. 하지만 당신은 당신 몸에 피임 기구를 장착하는 게 좋을 수도 있겠지. 어때?"

"내가 확실하게 임신을 안 했으면 좋겠어?" 그녀가 말했다.

그녀는 자기 목소리에 약간 슬픈 기색이 어려 있다는 것을 깨달았고, 로이드도 모르지 않았다. "오해하지 마." 그가 말했다. 그는 팔꿈치로 침대를 짚고 몸을 일으켰다. "난 서자야. 내 출생에 관해 거짓말을 들었고, 진실이 밝혀졌을 때는 엄청난 충격을 받았지." 그의 목소리가 감정에 겨워 약간 떨렸다. "내 아이들은 절대 그런 일을 겪게 하지 않겠어. 절대로."

"우리는 아이들에게 거짓말 안 해도 돼."

"우리가 결혼하지 않았다고 말해? 사실 당신은 다른 남자 부인이라고?"

"안 될 건 없지."

"아이들이 학교에서 어떤 놀림을 당할지 생각해봐."

그녀는 납득이 되지 않았지만 그는 심각한 것이 분명했다. "그럼 어쩔 생각이야?" 그녀가 말했다.

"나는 우리 아이를 갖고 싶어. 하지만 부부가 되기 전에는 안 돼. 우리 둘이 말이야."

"알았어." 그녀가 말했다. "그럼……"

"기다려야지."

남자들은 눈치가 빠르지 못했다. "내가 전통을 굳이 따지는 여자는 아니야." 그녀가 말했다. "하지만 그래도 뭔가……"

마침내 그는 그녀가 무슨 말을 하는지 깨달았다. "아! 알았어. 잠시

만." 그는 몸을 일으켜 침대 위에 무릎을 꿇었다. "사랑하는 데이지—"

그녀는 웃음을 터뜨렸다. 군복을 갖춰입은 채 열린 지퍼 밖으로 축 늘어진 물건을 덜렁거리는 그의 모습이 우스꽝스러웠다. "그렇게 사진이라도 한 장 찍을까?" 그녀가 말했다.

그는 아래를 내려다보더니 그녀의 말뜻을 알아챘다. "이런, 미안해."

"아니야. 집어넣기만 해봐! 그냥 두고 하려던 말이나 계속해."

그는 씩 웃었다. "사랑하는 데이지, 내 아내가 되어주겠어?"

"당장 그렇게 할게." 그녀가 말했다.

두 사람은 껴안고 다시 누웠다.

그의 몸에서 풍기던 악취의 참신함은 금세 사라졌다. 두 사람은 함께 샤워를 했다. 그녀는 그의 온몸에 비누칠을 했고, 가장 은밀한 구석들을 닦아줄 때마다 그가 부끄러워하는 모습에 즐거워하고 기뻐했다. 그녀는 그의 머리를 샴푸로 감겨주고 더러운 발을 솔로 문질렀다.

몸이 깨끗해지자 그는 굳이 그녀의 몸을 닦아주겠다고 나섰지만, 겨우 가슴까지 닦고 나서 두 사람은 다시 사랑을 나누었다. 그들은 샤워기 아래서 온몸을 타고 흐르는 뜨거운 물을 맞으며 선 채로 관계를 맺었다. 그는 사생아를 절대로 낳을 수 없다던 생각은 순간 잊은 것이 분명했고 그녀도 신경쓰지 않았다.

잠시 뒤 그는 거울 앞에서 면도를 했다. 그녀는 커다란 수건으로 몸을 감싸고 변기 끄트머리에 앉아 그를 보고 있었다. 그가 물었다. "이혼하려면 얼마나 오래 걸릴까?"

"몰라. 보이하고 이야기해보는 편이 낫겠지."

"그래도 오늘은 안 돼. 하루종일 나하고 보내야 하니까."

"부모님은 언제 뵈러 갈 건데?"

"아마 내일쯤."

"그럼 나도 그때 보이를 만나러 갈게. 최대한 빨리 처리하고 싶어."

"좋아." 그가 말했다. "그렇게 정한 거야, 그럼."


# IV


보이와 살던 집으로 들어가면서 데이지는 기분이 묘했다. 한 달 전이곳은 그녀의 집이었다. 원하는 대로 자유롭게 오갈 수 있었고 허락을 구하지 않고도 아무 방에나 들어갈 수 있었다. 하인들은 그녀가 내리는 모든 지시에 두말없이 따랐다. 바로 그 집에서 지금 그녀는 이방인이었다. 모자와 장갑을 벗지 않은 채 나이 많은 집사가 안내하는 대로 거실로 따라가야 했다.

보이는 악수를 하거나 뺨에 키스를 하지 않았다. 그는 당연한 것처럼 분노에 가득차 있었다.

"아직 변호사는 고용하지 않았어요." 데이지는 앉으며 말했다. "먼저 당신과 개인적으로 만나 이야기를 하고 싶었어요. 난 우리가 서로 미워하는 마음 없이 일을 해결했으면 좋겠어요. 어쨌거나 아이가 있어서 싸울 것도 아니고, 돈은 둘 다 많으니까요."

"당신은 날 배신했어!" 그가 말했다.

데이지는 한숨을 내쉬었다. 그녀가 바랐던 대로 일이 되어갈 리가 없어 보였다. "피차 불륜을 저질렀죠." 그녀가 말했다. "당신이 먼저였고."

"나는 굴욕을 당했어. 런던에서 모르는 사람이 없어!"

"클래리지에서 당신을 바보로 만들지 않으려고 정말 노력했어요. 하지만 당신이 날 모욕하느라 너무 정신없었죠! 당신이 그 혐오스러운 후작을 한 대 쳤으면 좋았을 텐데."

"어떻게 그래? 그 친구는 내게 도움을 준 건데."

"클럽에서 따로 만나 조용히 얘기했더라면 더 큰 도움이 되었겠죠."

"당신이 어떻게 윌리엄스 같은 건방진 하층민에게 빠질 수 있는지 이해가 안 돼. 그놈에 대해 몇 가지 알아냈어. 엄마가 하녀였더군!"

"그분은 내가 만났던 여자들 가운데 아마 가장 인상적인 분일걸요."

"그놈 진짜 아버지가 누군지 아무도 모른다는 걸 당신이 알았으면 좋겠군."

그거야말로 더할 나위 없이 아이러니한 일이지. 데이지는 생각했다. "그이의 아버지가 누군지 알아요." 그녀가 말했다.

"누구야?"

"당신에게는 절대 말하지 않겠어요."

"거봐."

"이런 식으로는 아무것도 해결되지 않아요."

"그렇지."

"그냥 변호사더러 내용을 정리해 보내도록 하는 게 나을 수도 있겠네요." 그녀는 일어섰다. "한때는 당신을 사랑했어요, 보이." 그녀는 슬프게 말했다. "당신은 재미있는 사람이었어요. 당신에게 부족한 사람이어서 미안해요. 행복을 빌어요. 당신에게 더 잘 어울리는 사람과 결혼해서 아들 많이 낳기를 바라요. 그렇게만 된다면 나도 기쁠 거예요."

"글쎄, 그런 일은 없을 거야." 그가 말했다.

문을 향해 돌아섰던 데이지가 뒤돌아보았다. "왜 그런 말을 하죠?"

"우리가 찾아갔던 의사에게서 결과가 왔어."

그녀는 병원 일은 잊고 있었다. 두 사람이 헤어진 마당에 어찌되든 상관없을 것 같았다. "뭐라고 했는데요?"

"당신은 아무 이상이 없대. 자식을 잔뜩 낳을 수 있다는군. 하지만 나는 아버지가 될 수 없어. 성인 남성이 볼거리를 앓으면 가끔 불임이 되기도 하는데, 내가 당한 거야." 그는 쓸쓸하게 웃었다. "몇 년 동안 빌어먹을 독일놈들이 총을 갈겨대도 끄떡없던 몸이었는데, 어느 목사의 세 살짜리 버릇없는 애새끼한테 격추당한 거지."

그녀는 슬픈 마음이 들었다. "이런, 보이. 정말 유감이에요."

"글쎄, 더 유감스러워질 거야. 이혼해주지 않을 테니까."

갑자기 한기가 느껴졌다. "그게 무슨 말이죠? 왜요?"

"내가 뭐하러 그래? 다시 결혼하고 싶지 않은데. 아이도 못 가져. 앤디의 아들이 모든 걸 물려받겠지."

"하지만 나는 로이드와 결혼하고 싶다고요!"

"내가 그딴 걸 왜 신경써야 하지? 내가 못 가지는 아이를 그놈은 왜 가져야 해?"

데이지는 엄청난 충격을 받았다. 손만 뻗으면 바로 닿을 것처럼 보이던 행복을 낚아채가나? "보이, 당신이 그럴 리가 없어요!"

"태어나서 이렇게 심각해본 적은 없었어."

그녀는 고뇌에 찬 목소리로 말했다. "하지만 로이드는 결혼해 낳은 자식을 원해요!"

"남의 마누라와 뒹굴기 전에 그런 생각을 했어야지."

"잘 알았어요, 그럼." 그녀는 도전적으로 말했다. "내가 이혼을 요구하겠어요."

"무슨 근거로?"

"물론 불륜이죠."

"하지만 당신은 증거가 없어." 그런 건 문제가 되지 않는다고 말하려던 찰나 그가 심술궂은 표정으로 웃으며 덧붙였다. "그리고 당신이 증거를 전혀 찾지 못하도록 손을 써뒀지."

그가 불륜을 저지르며 신중을 기했다면 가능한 일이었다. 데이지는 커지는 두려움과 함께 그런 사실을 깨달았다. "하지만 나를 내쫓았잖아요!" 그녀가 말했다.

"판사에게 당신이 언제든 집에 오면 환영하겠다고 말할 거야."

그녀는 흐르는 눈물을 멈추려고 애썼다. "당신이 날 이렇게까지 미워할 줄은 전혀 몰랐어요." 그녀는 비참하게 말했다.

"몰랐다고?" 보이가 말했다. "글쎄, 이제는 아주 잘 알겠군."


V


로이드 윌리엄스는 보이 피츠허버트가 술에 취해 있지 않을 오전시간 중간쯤 그의 집을 찾아가 집사에게 자기는 먼 친척 윌리엄스 소령이라고 말했다. 남자 대 남자의 대화라면 시도해볼 만하다고 생각했다. 설마 보이는 진심으로 남은 인생을 복수에 바치고 싶은 것일까? 로이드는 군인으로서 군인을 찾아온 것처럼 보이고 싶은 생각에 군복을 입었다. 양식 있게 말하면 분명 잘 해결될 것이다.

안내받은 거실에는 보이가 앉아서 시가를 피우며 신문을 읽고 있었다. 보이는 잠시 그를 알아보지 못했다. "너군!" 그가 누군지 깨닫고 보이가 말했다. "지금 당장 꺼지는 게 좋을걸."

"데이지와 이혼해달라고 부탁하러 왔어." 로이드가 말했다.

"나가." 보이는 일어섰다.

로이드가 말했다. "아마 한 방 먹여줄까 고민중이겠지만 내가 생각만큼 쉬운 상대는 아닐 거라고 말해둬야 공정하겠지. 자네보다 조금 작지만 난 웰터급으로 권투를 했고 대회에서 이긴 적도 상당히 많아."

"내 손을 네 몸으로 더럽힐 생각은 없어."

"훌륭한 결정이야. 하지만 이혼은 다시 생각해주겠나?"

"절대 안 돼."

"자네가 모르는 사실이 있어." 로이드가 말했다. "혹시 자네 생각이 바뀔지 궁금하군."

"그렇지 않을 거야." 보이가 말했다. "그래도 말해봐. 어차피 여기까지 왔으니 시도는 해보라고." 그는 자리에 앉았지만 로이드에게 의자를 권하지는 않았다.

이제 뒷일은 네 책임이야. 로이드는 생각했다.

그는 주머니에서 빛바랜 적갈색 사진을 한 장 꺼냈다. "괜찮다면 여기 내 사진을 봐줘." 그는 사진을 탁자 위 보이의 재떨이 옆에 내려놓았다.

보이는 사진을 집어들었다. "이건 네가 아니야. 너랑 닮았지만 군복이 빅토리아시대군. 분명히 네 아버지겠지."

"사실은 내 할아버지지. 뒤집어봐."

보이는 사진 뒤에 적힌 내용을 읽었다. "피츠허버트 백작?" 그가 경멸조로 말했다.

"그래. 선대 백작이자 자네 할아버지고 내 할아버지기도 하지. 데이지가 그 사진을 티 컵에서 찾았어." 로이드는 숨을 깊이 들이마셨다. "자네는 데이지에게 아무도 내 아버지가 누군지 모른다고 했지. 자, 자네에게 말해주지. 내 아버지는 피츠허버트 백작이야. 자네와 난 형제라고." 그는 보이의 반응을 기다렸다.

보이는 웃음을 터뜨렸다. "말도 안 돼!"

"내가 처음 알게 되었을 때 반응과 정확히 같군."

"글쎄, 날 놀라게 한 건 인정해야겠군. 그래도 이런 터무니없는 공상보다는 뭔가 더 나은 걸 가져왔을 줄 알았어."

로이드는 보이가 사실을 접하고 전혀 다른 식으로 생각하게 되기를 바랐지만 아직까지는 통하지 않았다. 그럼에도 설득을 멈추지 않았다. "이러지 마, 보이. 왜 그런 일이 없겠나? 대저택에서 늘 일어나는 일 아니야? 하녀들은 예쁘지, 귀족 젊은이는 음탕하지, 그러면 자연의 섭리가 이루어지지. 아이가 태어나면 문제는 은밀히 처리하는 거야. 제발 그런 일이 일어나는 걸 모르는 척하지는 말라고."

"그런 일이 잦은 건 분명하지." 확신이 흔들리고 있었지만 보이는 여전히 큰 소리를 쳤다. "하지만 귀족과 인연이 있는 것처럼 구는 사람은 많아."

"이런, 그만해." 로이드는 경멸하듯 말했다. "난 귀족과의 인연은 원치 않아. 어마어마한 백일몽을 꾸는 포목점 조수가 아니라고. 나는 저명한 사회주의자 정치가 집안 출신이야. 외할아버지는 사우스 웨일스 광부 조합 창립자 가운데 한 명이고. 토리당 귀족의 서자라는 사실은 절대로 원치 않아. 오히려 엄청나게 창피한 일이지."

보이는 다시 웃었지만 이번에는 확신이 전보다 덜했다. "네가 창피하다고! 삐뚤어진 우월 의식이 대단하군."

"삐뚤어져? 내가 자네보다는 수상이 될 가능성이 높아." 로이드는 상황이 원치 않던 말싸움으로 번지고 있다는 걸 알아차렸다. "됐어. 나는 자네가 남은 일생을 내게 복수하며 보낼 수 없다는 점을 설득하려는 것뿐이야. 오직 우리가 형제라서 말이야."

"아직 그 말은 못 믿겠군." 보이는 사진을 탁자에 내려놓고 시가를 집었다.

"나도 처음엔 안 믿었어." 로이드는 계속 애썼다. 그의 모든 미래가 걸린 일이었다. "그러다가 우리 어머니가 임신했을 때 티 귄에서 일하고 있었다는 게 생각났지. 그리고 내 아버지의 정체에 대해 늘 얼버무렸고. 내가 태어나기 직전에는 어찌된 일인지 런던에 침실이 셋 딸린 집을 살 돈이 생겼어. 어머니께 이런 의심스러운 정황들을 증거로 들이 댔더니 진실을 털어놓았지."

"웃기는 얘기군."

"하지만 사실이라는 걸 알잖아?"

"난 그런 것 몰라."

"그래도 알잖아. 형제간의 우의를 위해서라도 온당히 행동해주지 않 겠어?"

"절대 안 돼."

로이드는 자기가 이길 수 없다는 걸 알았다. 기가 죽었다. 보이는 그 의 인생을 망칠 힘이 있었고 그 힘을 쓰기로 결정했다.

그는 사진을 집어 다시 주머니에 넣었다. "우리의 아버지에게 이 일 을 물어봐. 참고 있을 수는 없을 거야. 진실을 알아내야 할 테니까."

보이는 비웃는 듯한 소리를 냈다.

로이드는 문으로 향했다. "아버지가 진실을 말해줄 거야. 잘 있게, 보이."

그는 밖으로 나가 문을 닫았다.

# 16장
## 1943년(II)

### I

알베르트 베크 대령은 1943년 3월 하리코프에서 러시아군의 총알을 오른쪽 폐에 맞았다. 그는 운이 좋았다. 야전 외과의사가 흉부에 관을 삽입, 폐를 다시 부풀려서 목숨을 가까스로 살렸다. 출혈과 거의 불가피했던 감염으로 약해진 베크는 기차에 실려 귀향했고 결국 베를린에 있는 카를라의 병원으로 왔다.

그는 사십대 초반의 튼튼하고 강인한 사내로 이른 나이에 대머리가 되었고 바이킹의 커다란 배 뱃머리처럼 턱이 튀어나온 모습이었다. 그가 카를라에게 처음 말을 했을 때는 약에 취해 열이 오른데다 걷잡을 수 없이 정신이 혼미했다. "우린 전쟁에서 지고 있어." 그는 말했다.

그녀는 즉시 정신을 바짝 차렸다. 불만을 품은 장교는 잠재적인 정보원이었다. 그녀는 가볍게 말했다. "신문에서는 동부전선에서 우리가 전선을 줄이고 있다던데."

그는 경멸하듯 웃었다. "그 말은 우리가 후퇴하고 있다는 거야."

그녀는 계속 대화를 끌었다. "이탈리아도 나빠 보여요." 이탈리아의 독재자이자 히틀러의 가장 큰 동맹 베니토 무솔리니는 실각했다.

"1939년과 1940년 기억해?" 베크는 향수에 젖어 말했다. "번갯불처럼 멋지게 이기고 또 이겼지. 그때가 좋았어."

그는 사상이 투철하지 않은 자인 것이 틀림없었고 어쩌면 아예 정치적이지 않을 수도 있었다. 그는 자기기만을 그만둔 평범한 애국자 군인이었다.

카를라는 그를 계속 유도했다. "군대가 총알부터 속옷까지 모든 게 부족하다는 말은 사실일 리 없어요." 요즘 베를린에서 이런 식의 약간씩 위험한 대화는 드물지 않았다.

"물론 부족하지." 베크는 약기운에 한껏 취해 있었지만 상당히 또박또박 말했다. "독일은 그저 소련과 영국, 미국이 함께 생산하는 총과 탱크를 수량으로 당해내지 못하는 것뿐이야. 특히 계속 폭격을 당하면 더욱 그렇지. 그리고 우리가 아무리 많은 러시아인을 죽인다 해도 붉은 군대는 신병 공급이 무궁무진해."

"앞으로 어떻게 될 것 같아요?"

"나치는 물론 절대로 패배를 인정하지 않아. 그러니까 더 많은 사람이 죽을 거야. 그들이 자존심이 너무 세서 패배를 인정하지 않는다는 이유만으로 수백만 명이 더 죽는 거야. 미쳤어. 미쳤다고." 그는 잠에 빠졌다.

그런 생각을 입에 담으려면 병이 들었거나 미쳐야 했지만 카를라는 점점 더 많은 사람이 그런 식으로 생각하고 있다고 믿었다. 정부의 끈질긴 선전전에도 불구하고 히틀러가 전쟁에서 지고 있다는 사실은 명확해지고 있었다.

경찰은 요아힘 코흐의 죽음을 수사하지 않았다. 그 사고는 교통사고로 신문에 났다. 카를라는 최초의 충격을 극복했지만 가끔은 사람을 죽였다는 생각이 떠올라 괴로웠고, 그의 죽음을 상상 속에서 다시 체험하곤 했다. 그럴 때마다 온몸이 떨려서 주저앉을 수밖에 없었다. 다행히 근무중에 그런 적은 한 번뿐이었고, 배가 고파 현기증이 났다며 넘어갔다. 전시 베를린에서는 매우 그럴 법한 이야기였다. 어머니는 더욱 심각했다. 이상하게도 모드는 약하고 어리석기만 했던 요아힘을 사랑했다. 하지만 사랑은 설명할 수 없는 것이다. 카를라도 베르너 프랑크가 강하고 용감하다고 생각했지만 그것은 완벽한 착각이었고 이제 그가 이기적이고 나약한 인간이라는 사실만 알게 되었을 뿐이다.

그녀는 베크가 퇴원하기 전까지 많은 대화를 나누며 그가 어떤 사람인지 탐색해보았다. 일단 회복하자 그는 전쟁에 관해 경솔한 발언을 일절 하지 않았다. 그녀는 그가 직업군인이고 아내는 죽었으며 출가한 딸은 부에노스아이레스에 살고 있다는 것을 알아냈다. 그의 아버지는 베를린 시의회 의원을 지냈다. 자기가 어떤 정당을 지지하는지 말하지 않았으니 나치나 나치의 어떤 동맹도 아닌 것은 분명했다. 히틀러에 관한 험담은 하지 않았지만 칭찬도 하지 않았고, 유대인이나 공산주의자를 비난하는 발언도 없었다. 요즘 시대에는 그런 태도만으로도 반항하는 것에 가까웠다.

폐는 나을 테지만 다시는 참전해도 될 만큼 튼튼해질 수 없으니 아마 참모본부에 배치되겠다고 카를라는 그에게 말했다. 그는 중대한 비밀을 캐낼 다이아몬드 광산이 될 수도 있었다. 그를 포섭하려는 시도는 목숨을 걸어야 할 만큼 위험했다. 하지만 해봐야 했다.

두 사람이 나눈 첫 대화를 그는 기억하지 못할 것이다. 카를라는 알 수 있었다. "당신은 아주 솔직했어요." 그녀는 낮은 목소리로 말했다.

주위에는 아무도 없었다. "우리가 전쟁에서 지고 있다고 했죠."

그의 눈에 두려움이 스쳤다. 그는 더이상 병원 가운을 입고 볼에 수염이 덥수룩하고 정신 멍한 환자가 아니었다. 지금은 깨끗이 씻고 면도하고 짙은 파란색 환자복 단추를 목까지 잠근 모습으로 똑바로 앉아 있었다. "날 게슈타포에 신고하겠군." 그가 말했다. "아파서 제정신이 아닐 때 한 말을 굳이 설명할 필요는 없다고 생각하네."

"정신이 없지 않았어요." 그녀가 말했다. "당신은 의식이 아주 또렷했어요. 하지만 당신을 고발하지는 않을 겁니다."

"안 한다고?"

"당신 말이 옳으니까요."

그는 놀랐다. "그럼 내가 당신을 고발해야겠군."

"만일 그러면 정신이 혼미할 때 당신이 히틀러를 모욕했다고 말할 겁니다. 그리고 그걸 고발하겠다고 하자 당신이 자기를 방어하려고 나에 대한 이야기를 꾸며냈다고 할 거예요."

"내가 당신을 고발하면 당신은 날 고발한다." 그가 말했다. "둘 다 꼼짝 못하겠군."

"하지만 당신은 나를 고발하지 않을 거예요." 그녀가 말했다. "그걸 알아요. 당신을 알기 때문이죠. 나는 당신을 간호했어요. 당신은 좋은 사람이에요. 조국을 사랑해서 군대에 들어갔지만 전쟁을 증오하고 나치를 증오하죠." 그녀는 이 말을 99퍼센트 확신했다.

"그런 식의 발언은 매우 위험해."

"알아요."

"그렇다면 이건 그냥 평범한 대화가 아니군."

"맞아요. 당신은 나치가 너무 자존심이 세서 항복하지 못한다는 이유만으로 수백만 명이 죽을 거라고 했어요."

"내가?"

"당신이 그 수백만 명 가운데 일부를 도울 수도 있어요."

"어떻게?"

카를라는 잠시 말을 멈췄다. 이제 목숨을 걸어야 할 순간이었다. "어떤 정보든 갖고 있으면 내가 적당한 쪽에 넘길 수 있어요." 그녀는 숨을 참았다. 만일 베크를 잘못 판단했다면 이제 죽은목숨이었다.

그녀는 그의 표정에서 놀라움을 읽었다. 이 활발하고 일 잘하는 젊은 간호사가 스파이라고는 도무지 상상하기 어려운 것이다. 하지만 그는 카를라를 믿었고 그 사실을 그녀도 알 수 있었다. 그가 말했다. "당신을 이해하겠군."

그녀는 그에게 속이 빈 녹색 병원 서류철을 건네주었다.

그는 서류철을 받았다. "이걸 뭐에 쓰지?" 그가 말했다.

"당신은 군인이에요. 위장이 뭔지 알죠."

그는 고개를 끄덕였다. "당신은 목숨을 걸고 있군." 그가 말했다. 그의 눈 속에서 뭔가 감탄하는 빛이 보였다.

"이제 당신도 마찬가지죠."

"그렇소." 베크 대령이 말했다. "하지만 그런 일에는 익숙하지."


II


토마스 마케는 아침 일찍 젊은 베르너 프랑크를 데리고 서쪽 근교 샬로텐부르크의 플뢰첸제 교도소로 향했다. "이걸 자네가 봐야 해." 그가 말했다. "그러면 도른 장군께 우리가 얼마나 유능한지 말씀드릴 수 있을 거야."

그는 쾨니히스담에 차를 세우고 베르너를 데리고 교도소 중앙 건물 뒤쪽으로 들어갔다. 길이 8미터 정도에 너비는 그 절반쯤인 방에 들어가니 연미복과 실크해트, 하얀 장갑 차림의 사내가 기다리고 있었다. 베르너는 기이한 복장에 얼굴을 찌푸렸다. "이쪽은 라이히하르트 씨야." 마케가 말했다. "사형집행인이지."

베르너는 침을 꿀꺽 삼켰다. "그럼 저희는 사형을 지켜보는 겁니까?"

"그렇지."

베르너는 짐짓 태연한 태도로 말했다. "왜 멋지게 차려입은 거죠?"

마케가 말했다. "전통이지."

검은 커튼이 방을 둘로 나누고 있었다. 마케가 커튼을 걷어서 천장을 가로질러 박혀 있는 쇠 봉에 걸린 여덟 개의 고리를 보여주었다.

베르너가 말했다. "교수형을 위한 겁니까?"

마케는 고개를 끄덕였다.

그것 말고 사람을 묶을 수 있는 나무탁자도 있었다. 한쪽 끝에 독특한 모양의 높은 장치가 달려 있었다. 바닥에는 묵직한 바구니가 놓여 있었다.

젊은 중위는 얼굴이 창백해졌다. "기요틴이군요." 그가 말했다.

"바로 그거야." 마케가 말했다. 그는 시계를 들여다보았다. "오래 안 기다려도 될 거야."

더 많은 사람이 방으로 들어왔다. 몇 명은 마케에게 친근하게 인사했다. 마케는 베르너의 귀에 대고 조용히 속삭였다. "규정에 따르면 판사, 법원 직원, 교도소장, 목사가 모두 참석해야 해."

베르너는 침을 삼켰다. 그가 내키지 않아하는 걸 마케도 알았다.

마케는 다른 목적이 있었다. 베르너를 이곳에 데려온 의도는 도른 장군에게 깊은 인상을 주려는 것과는 아무 상관이 없었다. 마케가 보기에 베르너는 어딘가 미심쩍은 구석이 있었다. 뭔가 거짓을 숨기고 있는 것 같았다.

베르너는 도른 밑에서 일했다. 그것은 의문의 여지가 없는 사실이었다. 그는 도른을 수행해 게슈타포 본부에도 왔고 나중에 도른은 마케의 이름을 언급해가며 베를린의 대간첩 활동이 매우 인상적이라는 글을 써주기도 했다. 그뒤 몇 주 동안 마케는 훈훈한 자부심을 풍기며 돌아다니곤 했다.

하지만 이제 일 년 가까이 지난 그날 저녁 베르너의 행동은 잊을 수가 없었다. 그들은 베를린 동역 근처 버려진 모피코트 공장에서 스파이를 거의 잡을 뻔했다. 베르너는 제정신이 아니었다. 아니, 그런 척한 건가? 실수든 아니든 그는 피아니스트가 달아날 수 있을 정도의 경고를 했다. 마케는 베르너가 제정신이 아닌 척 연기를 했고, 사실 침착하게 의도적으로 조심하라고 소리를 냈다는 의심을 버릴 수 없었다.

차마 베르너를 체포해 고문할 배짱은 없었다. 물론 그렇게 할 수도 있겠지만, 당연히 도른이 소란을 피워댈 테고 결국 마케가 심문을 받을 수도 있었다. 그를 그다지 좋아하지 않는 상관 크링겔라인 총경은 베르너에 대한 확실한 증거가 도대체 뭐냐고 따져 물을 터였다. 확증은 전혀 없었다.

하지만 이렇게 하면 진실이 밝혀질 수도 있다.

문이 다시 열렸고, 교도관 두 명이 릴리 마르크그라프라는 젊은 여자를 양쪽에서 붙잡고 들어왔다.

마케는 베르너가 헉 숨을 내쉬는 소리를 들었다. "왜 그래?" 마케가 말했다.

베르너가 말했다. "여자라는 말씀은 없지 않았습니까?"

"아는 여자인가?"

"아닙니다."

릴리는 마케가 알기로 스물두 살이었는데 더 어려 보였다. 오늘 아침에 자른 금발은 이제 남자처럼 짧았다. 배에 상처를 입은 듯 허리를 숙인 채 축 늘어져 걸었다. 칼라 없이 목이 둥글게 파인 파란색의 평범하고 도톰한 면 원피스 차림이었다. 울어서 눈이 빨갰다. 교도관들은 조금도 방심하지 않겠다는 듯 그녀의 팔을 단단히 붙잡고 있었다.

"여자 방에서 암호책을 발견한 친척이 고발했지." 마케는 말했다. "다섯 자리 숫자로 된 러시아 암호였어."

"왜 저렇게 걷는 겁니까?"

"심문을 받았기 때문이지. 하지만 아무것도 알아낼 수 없었어."

베르너의 얼굴에는 아무 감정도 드러나지 않았다. "유감이군요." 그가 말했다. "다른 스파이들을 붙잡을 수도 있었을 텐데."

베르너가 뭔가를 꾸며대는 조짐은 보이지 않았다. "동료를 하인리히라고만 알고 있더군. 성은 몰라. 어차피 그 이름도 가명일 수 있으니까. 여자들은 체포해봐야 별 소득이 없어. 아는 게 별로 없거든."

"하지만 최소한 암호책은 구했군요."

"도움이 될지 모르지. 놈들이 주기적으로 열쇠 단어를 바꾸는 바람에 여전히 그 신호를 해독하는 데 곤란을 겪고 있으니까."

"안타깝군요."

한 남자가 목청을 가다듬더니 모두가 들을 수 있도록 큰 소리로 말을 시작했다. 그는 자기가 법원장이라고 소개하고 사형선고 판결문을 읽어내려갔다.

교도관들은 릴리를 나무탁자로 데려갔다. 그들이 자진해서 올라갈 기회를 주었지만 그녀는 뒤로 한 걸음 물러났고, 결국 그들이 강제로 탁자 위에 올려놓았다. 그녀는 반항하지 않았다. 그들은 그녀를 엎드리게 하고 탁자에 묶었다.

목사가 기도를 시작했다.

릴리는 애원하기 시작했다. "안 돼, 안 돼." 그녀는 차마 목소리를 높이지도 못했다. "안 돼요, 제발. 풀어주세요. 보내주세요." 그녀는 마치 누군가에게 간단한 부탁을 하듯 계속 말했다.

실크해트를 쓴 사람이 법원장을 봤지만 법원장은 고개를 흔들며 말했다. "아직 안 돼. 기도가 끝나야지."

릴리의 목소리가 높아지고 다급해졌다. "죽고 싶지 않아! 죽는 게 두려워! 내게 제발 이러지 말아요!"

사형집행인이 다시 법원장을 바라보았다. 이번에 법원장은 그냥 무시했다.

마케는 베르너를 유심히 살폈다. 속이 메스꺼운 눈치였지만 그 자리에 있는 모두가 그랬다. 시험은 먹혀들지 않았다. 베르너의 반응은 그가 반역자라는 것이 아니라 예민한 사람이라는 걸 보여주고 있었다. 다른 수를 궁리해내야 할 것 같았다.

릴리는 비명을 지르기 시작했다.

마케조차 짜증이 났다.

목사는 기도의 나머지 부분을 서둘러 마쳤다.

그가 "아멘"이라고 하자 그녀는 다 끝났다는 것을 안다는 듯 비명을 멈췄다.

법원장이 고갯짓을 해 보였다.

사형집행인이 레버를 움직이자 묵직한 칼날이 떨어졌다.

칼날이 쉭 소리와 함께 릴리의 하얀 목을 자르고 지나갔다. 머리칼을 짧게 깎은 그녀의 머리가 앞으로 떨어져나가고 피가 쏟아졌다. 머리가 바구니 속으로 떨어지자 쿵 소리가 방안 가득 울려퍼지는 듯했다.

터무니없게도 마케는 떨어진 머리가 고통을 느끼는 건 아닌지 궁금했다.


## III


카를라는 병원 복도에서 베크 대령과 우연히 마주쳤다. 그는 군복 차림이었다. 그녀는 엄습하는 공포를 느끼며 그를 바라보았다. 그가 퇴원한 뒤로 하루하루 그가 그녀를 배반하고 게슈타포를 데려올지 모른다는 두려움 속에서 살았다.

하지만 그는 웃음을 지으며 말했다. "에른스트 박사에게 검진을 받으러 왔소."

그게 전부일까? 그는 그녀와의 대화를 잊었나? 잊은 척하는 걸까? 밖에서 게슈타포의 검은색 메르세데스가 기다리는 건 아닐까?

베크는 병원용 녹색 서류철을 들고 있었다.

하얀 가운을 입은 암 전문의가 다가왔다. 그가 지나갈 때 카를라는 베크에게 밝게 말했다. "좀 어떠세요?"

"최대한 건강을 되찾은 것 같소. 다시는 부대를 이끌고 전투에 나서지는 못하겠지만 육상경기만 아니라면 일상적인 활동은 할 수 있지."

"그 말씀 들으니 기쁘군요."

사람들이 계속 곁을 지나갔다. 카를라는 베크에게 은밀히 이야기를 들을 기회가 한 번도 없을까봐 두려웠다.

하지만 그는 냉정을 잃지 않았다. "당신의 친절과 전문성에 감사드리고 싶소."

"별말씀을요."

"안녕히 계시오, 간호사 선생."

"안녕히 가세요, 대령님."

베크가 떠날 때 서류철은 카를라의 손에 들려 있었다.

그녀는 바쁘게 간호사 탈의실로 향했다. 안은 비어 있었다. 아무도 들어오지 못하도록 발뒤꿈치를 문 안쪽에 대고 단단히 힘을 주었다.

서류철에는 여느 사무실에서 사용하는 싸구려 누런 종이로 만든 커다란 봉투가 들어 있었다. 카를라는 봉투를 열었다. 안에는 타자기로 친 종이 몇 장이 들어 있었다. 그녀는 봉투에서 종이를 꺼내지도 않고 첫 페이지를 읽었다. 제목이 보였다.

작전명령 6호
작전명 성채

동부전선에서의 여름 공세를 위한 전투 계획이었다. 카를라는 심장이 뛰었다. 이건 금싸라기였다.

이 봉투를 프리다에게 넘겨야 했다. 공교롭게도 오늘 프리다는 쉬는 날이라 병원에 없었다. 카를라는 근무중이라도 즉시 병원을 나서 프리다의 집으로 가는 것도 생각했지만 얼른 포기했다. 관심을 끄는 것보다는 평소대로 행동하는 편이 나았다.

그녀는 코트 걸이에 걸린 자신의 숄더백에 봉투를 집어넣었다. 그리고 물건을 감출 때 쓰려고 늘 갖고 다니는 파란색과 금색이 섞인 실크 스카프로 덮었다. 잠시 그 자리에 서서 호흡이 정상으로 돌아오기를 기다렸다. 그리고 다시 병동으로 돌아갔다.

그녀는 최선을 다해 나머지 시간 동안 근무한 다음 코트를 입고 병원을 나서서 역으로 걸어갔다. 폭격 맞은 곳을 지나는데 건물 잔해에서 낙서들이 눈에 띄었다. 기개 넘치는 한 애국자는 이렇게 썼다. '우리의 벽은 무너질지 몰라도 우리 가슴은 무너지지 않는다.' 하지만 다른 누군가는 1933년 히틀러의 선거 구호를 인용해 빈정거렸다. '제게 사 년을 주신다면 독일은 몰라보게 달라질 것입니다.'

그녀는 추 역까지 가는 표를 샀다.

열차 안에서 그녀는 이방인이 된 느낌이었다. 다른 모든 승객은 충실한 독일인이고 그녀는 모스크바에 넘길 비밀을 가방에 갖고 있었다. 좋은 기분은 아니었다. 아무도 그녀를 보지 않았지만, 오히려 그녀는 모두 일부러 자기와 눈을 마주치지 않는다는 생각이 들 뿐이었다. 프리다에게 봉투를 얼른 넘기고 싶어 견딜 수가 없었다.

추 역은 티어가르텐 끄트머리에 있었다. 거대한 대공포 탑 옆에 선 나무들이 왜소해 보였다. 베를린에 있는 대공포 탑 세 개 중 하나인 이 네모난 콘크리트 구조물은 높이가 30미터도 넘었다. 꼭대기 모퉁이마다 설치된 네 문의 거대한 128밀리미터 대공포는 무게가 각각 25톤에 달했다. 공원의 흉물인 탑이 조금이라도 나아 보이게 하겠다며 새 콘크리트에 녹색 칠을 했지만 효과가 있을 리 없었다.

흉측한 모습이었지만 베를린 시민들은 탑을 아주 좋아했다. 폭탄이 떨어질 때 탑의 포성이 들리면 누군가는 응사하고 있다는 안도감이 들었기 때문이다.

여전히 잔뜩 긴장한 채 카를라는 역에서 프리다의 집까지 걸어갔다. 한낮이므로 부모님은 아마도 집에 없을 터였다. 루디는 운영하는 공장에 나갔고 모니카는 친구, 어쩌면 카를라의 어머니를 만나러 갔을 것이다. 베르너의 오토바이가 진입로에 서 있었다.

남자 하인이 문을 열었다. "프리다 양은 외출중입니다만, 오래 걸리지는 않을 겁니다." 그가 말했다. "카데베 백화점에 장갑을 사러 가셨습니다. 베르너 씨는 감기가 심해 누워 계십니다."

"평소처럼 프리다 방에서 기다릴게요."

카를라는 코트를 벗고 가방은 그대로 들고 위층으로 올라갔다. 프리다의 방에 들어가 신발을 벗어던지고 침대에 누워서 '성채 작전'을 위한 전투 계획을 읽었다. 태엽을 지나치게 감은 시계처럼 압박을 받았지만 훔친 서류를 다른 누군가에게 넘겨주고 나면 기분이 나아질 터였다.

옆방에서 훌쩍거리며 우는 소리가 들렸다.

깜짝 놀랐다. 그곳은 베르너의 방이었다. 상냥한 바람둥이가 우는 모습이라니 카를라는 상상이 잘되지 않았다.

하지만 분명 남자가 우는 소리였고, 슬픔을 억누르려 애쓰지만 소용이 없는 것처럼 들렸다.

자신의 의지와는 달리 그녀는 베르너가 불쌍했다. 어느 거침없는 여자가 베르너를 차버렸고, 그럴 만한 이유가 충분히 있었을 거라고 스스로에게 말했다. 하지만 귀에 들려오는 진정한 괴로움을 모른 척할 수는 없었다.

그녀는 침대에서 일어나 전투 계획 문서를 다시 가방에 넣고 밖으로 나왔다.

베르너의 방문에 귀를 갖다댔다. 좀더 확실하게 들렸다. 그걸 무시하기에 그녀는 마음이 너무 여렸다. 문을 열고 안으로 들어갔다.

베르너는 양손으로 머리를 감싼 채 침대 끄트머리에 앉아 있었다. 문소리가 나자 깜짝 놀란 그는 고개를 들었다. 격한 감정으로 벌게진 얼굴이 눈물에 젖어 있었다. 넥타이를 느슨하게 풀어 늘어뜨리고 칼라는 풀어헤친 모습이었다. 그는 고통에 찬 눈으로 카를라를 보았다. 그는 깜짝 놀라고 충격을 받았지만 너무 비참해 누가 알든 개의치 않았다.

카를라는 매정한 척할 수 없었다. "왜 그래요?" 그녀가 말했다.

"이제 이 짓도 더는 못하겠어." 그가 말했다.

그녀는 방문을 닫았다. "무슨 일이에요?"

"놈들이 릴리 마르크그라프의 목을 잘랐어. 난 그걸 지켜봐야 했지."

카를라는 입을 딱 벌린 채 그를 보았다. "도대체 무슨 말을 하는 거죠?"

"그애는 스물두 살이었어." 그는 주머니에서 손수건을 꺼내 얼굴을 닦았다. "넌 이미 위험한 상황이지만, 내가 이 말을 하면 더 위험해져."

카를라의 머릿속이 놀라운 짐작으로 가득찼다. "짐작은 되지만 말해 줘요." 그녀가 말했다.

그는 고개를 끄덕였다. "어차피 얼마 안 가 알게 될 거야. 릴리는 하인리히를 도와 모스크바에 신호를 보내고 있었어. 누군가 암호 숫자를 읽어주면 훨씬 빨리 보낼 수 있거든. 그리고 송신을 빨리 끝낼수록 잡힐 가능성은 줄지. 그런데 릴리의 사촌이 며칠 아파트에 와서 지내다가 그녀의 암호책을 발견한 거야. 나치의 개 같은 년."

그의 말은 그녀의 놀라운 의심을 확인해주었다. "스파이 활동에 대해 알아요?"

그는 아이러니한 웃음을 띠고 그녀를 바라보았다. "내가 책임자야."

"어머, 세상에!"

"그래서 살해당한 아이들 건을 전부 포기해야 했던 거야. 모스크바에서 지시를 받았어. 그리고 그들이 옳았지. 만일 내가 항공부에서 잘리면 비밀 문건에 접근할 수 없고 내게 비밀을 전달하는 사람들과도 못 만났겠지."

도저히 서 있을 수가 없었다. 그녀는 베르너의 옆 침대 끝에 엉덩이를 걸쳤다. "왜 내게 말하지 않았어요?"

"우리는 누구나 고문을 받으면 입을 연다는 가정하에 일해. 아무것도 모르면 배신도 할 수 없지. 불쌍한 릴리는 고문을 받았지만 하인리히와 지금은 모스크바로 돌아간 볼로댜밖에 몰랐어. 그리고 하인리히의 성은 물론 그에 대한 어떤 것도 알지 못했지."

카를라는 뼛속까지 한기가 들었다. 누구나 고문을 받으면 입을 연다.

베르너는 말을 마무리했다. "나조차 모든 사람을 아는 건 아니야. 그러는 편이 낫지. 네게 이런 말을 해서 미안해. 하지만 내가 이러고 있는 걸 봤으니 어차피 모든 걸 추측할 수 있었겠지."

"그러니까 내가 당신을 완전히 잘못 판단하고 있었군요."

"네 잘못은 아니야. 내가 일부러 그렇게 유도한 거니까."

"그래도 바보가 된 느낌은 마찬가지예요. 나는 이 년 동안 당신을 경멸했다고요."

"내내 나는 네게 필사적으로 설명하려고 했지."

그녀는 한쪽 팔로 그를 감싸안았다.

그는 그녀의 다른 손을 잡더니 키스했다. "날 용서해주겠어?"

그녀는 스스로 어떤 기분인지 알 수 없었지만 지금 이렇게 가라앉아 있는 그를 밀어내고 싶지는 않았다. "네, 물론이죠."

"불쌍한 릴리." 그가 말했다. 속삭임에 가까울 정도로 작아진 목소리였다. "얼마나 끔찍하게 얻어맞았는지 기요틴까지 제대로 걸어가지도 못했어. 하지만 끝까지 살려달라고 빌었지."

"어떻게 그곳에 가게 되었어요?"

"토마스 마케 경감이라고, 게슈타포와 친구가 되었거든. 그가 날 데려갔어."

"마케? 기억나요. 우리 아버지를 체포한 사람이에요." 그녀는 검은 콧수염을 짧게 기른 둥근 얼굴이 생생하게 떠올랐고, 아버지를 붙잡아 간 마케의 오만한 힘에 대한 분노와 마케의 손에 의한 상처로 아버지가 죽었을 때의 슬픔이 되살아났다.

"내 생각에 그는 날 의심하고 있고, 처형장에 데려간 것도 시험이었어. 어쩌면 내가 자제력을 잃고 처형을 막으려 들지 모른다고 생각했겠지. 어쨌든 시험은 통과한 것 같아."

"하지만 체포되면……"

베르너는 고개를 끄덕였다. "누구나 고문을 받으면 입을 열지."

"그리고 당신은 모든 걸 알고 있잖아요."

"모든 요원, 모든 암호…… 내가 유일하게 모르는 건 그들이 송신하는 장소야. 위치는 알아서 고르라고 했고, 그들도 내게 말하지 않아."

그들은 말없이 손을 잡았다. 잠시 후 카를라가 말했다. "프리다에게 줄 게 있어서 왔는데, 당신에게 줘도 되겠어요."

"뭘?"

"성채 작전의 전투 계획이에요."

베르너는 깜짝 놀랐다. "내가 몇 주 동안이나 손에 넣으려고 애쓰던 건데! 어디서 구했어?"

"참모본부에 있는 장교가 줬어요. 아무래도 그의 이름은 말하면 안 될 것 같아요."

"맞아, 말하지 마. 하지만 진짜일까?"

"직접 보는 게 낫겠죠." 카를라는 프리다의 방으로 가서 누런 봉투를 가져왔다. 그 문서가 진짜가 아닐 수도 있다는 생각은 한 번도 해보지 못했다. "내가 보기에는 이상 없던데, 하지만 내가 뭘 알겠어요?"

그는 타자기로 친 문서를 꺼냈다. 잠시 후 그가 말했다. "이건 진짜야. 멋지군!"

"정말 기뻐요."

그는 일어섰다. "바로 하인리히에게 가져가야겠어. 이걸 암호화해서 오늘밤 반드시 송신해야 해."

카를라는 그와 함께하는 친밀한 시간이 너무 빨리 지나가서 실망스러웠지만 자기가 뭘 기대했는지 말할 수도 없었다. 그녀는 그를 따라 문으로 향했다. 프리다의 방에서 가방을 집어들고 아래층으로 내려갔다.

베르너는 손을 현관문에 대고 말했다. "우리가 다시 친구가 돼서 정말 기뻐."

"나도 그래요."

"우리가 서로 소원했던 시간을 잊어버릴 수 있을까?"

그녀는 베르너가 무슨 말을 하려는 것인지 알 수 없었다. 다시 애인이 되어달라는 건가? 아니면 그런 일은 불가능하다고 말하는 걸까? "지나간 일로 생각할 수 있을 것 같아요." 그녀는 애매하게 대답했다.

"좋아." 그는 고개를 숙이더니 그녀의 입술에 아주 재빨리 키스했다. 그러고는 문을 열었다.

그들은 함께 밖으로 나섰고 그는 오토바이에 올라탔다.

카를라는 진입로를 따라 도로에 내려와 역으로 향했다. 잠시 후 베르너가 경적을 울리더니 손을 흔들며 옆으로 지나갔다.

이제 혼자가 된 그녀는 베르너의 드러난 비밀에 대해 생각하기 시작했다. 어떤 느낌이었나? 그녀는 이 년 동안 그를 미워했다. 하지만 그동안 진지하게 만나는 남자친구는 없었다. 내내 그를 사랑하고 있었던 걸까? 그 모든 일에도 불구하고 최소한 마음 깊은 곳에 호감은 가지고 있었다. 오늘 그가 그런 고통을 겪고 있다는 걸 들었을 때 적개심은 눈 녹듯 사라졌다. 이제 그녀는 애정이 타오르는 것을 느꼈다.

여전히 그를 사랑하고 있나?

알 수 없었다.

## IV

마케는 검은색 메르세데스 뒷자리에 베르너와 함께 앉아 있었다. 마케의 목에는 책가방처럼 생긴 가방이 걸려 있었다. 하지만 등이 아닌 앞쪽으로 메고 있었다. 가방은 오버코트 단추를 잠그면 완전히 가려질 정도로 작았다. 가방에서 가느다란 선이 나와 작은 이어폰으로 연결되었다. "최신 장비야." 마케가 말했다. "송신하는 자에게 가까이 갈수록 소리가 더 커지는 거야."

베르너가 말했다. "지붕에 커다란 안테나가 달린 밴보다는 더 은밀하겠네요."

"두 가지 다 사용해야 해. 밴으로는 대략적인 지역을 알아내고, 이걸로 정확한 지점을 찍는 거지."

마케는 곤란한 상황이었다. 성채 작전은 재앙이었다. 공세를 시작하기도 전에 붉은 군대는 독일 공군이 모여 있는 비행장을 공격했다. 일주일 뒤 작전은 취소되었지만 그럼에도 이미 늦어서 독일군은 회복할 수 없는 피해를 입었다.

독일의 지도자들은 상황이 잘못될 때마다 신속히 유대인 볼셰비키 음모자들을 비난했지만, 이번에는 그들이 옳았다. 붉은 군대는 전체 전투 계획을 미리 아는 것처럼 보였다. 그리고 크링겔라인 총경에 따르면 그것은 토마스 마케의 잘못이었다. 마케는 베를린 시의 대간첩 부서 책임자였다. 그의 경력이 위태로운 상황이었다. 파면, 혹은 더 나쁜 사태가 눈앞에 있었다.

이제 그의 유일한 희망은 독일의 전쟁 노력을 약화시키는 스파이들을 일망타진하는 대규모 작전을 통해 큰 성공을 거두는 것뿐이었다. 그래서 그는 오늘밤 베르너 프랑크를 잡을 덫을 놔두었다.

만일 프랑크의 결백이 밝혀지면 어떻게 해야 할지는 알 수 없었다.

자동차 앞좌석에서 워키토키가 칙칙 소리를 냈다. 마케의 맥박이 빨라졌다. 운전사가 무전기를 집었다. "여기는 바그너." 그는 시동을 걸었다. "출발한다. 이상, 통신 끝."

차가 출발했다.

마케가 그에게 물었다. "어디로 가는 거지?"

"크로이츠베르크입니다." 도심 남쪽인 그곳은 인구밀도가 높은 빈민가 지역이었다.

그들이 출발하자마자 공습경보 사이렌이 울렸다.

일이 복잡해지는 달갑지 않은 상황이었다. 마케는 창밖을 내다보았다. 탐조등이 켜지더니 거대한 지휘봉처럼 이리저리 흔들렸다. 마케는 탐조등이 언젠가 비행기들을 반드시 찾아낼 거라 생각했지만 실제로 그런 일은 단 한 번도 없었다. 사이렌이 울부짖음을 멈추자 폭격기들이 다가오는 천둥소리가 들렸다. 전쟁 초기 영국은 수십 대의 항공기를 동원해 폭격 임무를 수행했고 그것만으로도 충분히 피로웠다. 하지만 지금은 한 번에 수백 대의 비행기를 보내고 있었다. 심지어 폭탄을 떨어뜨리기 전 소음조차 무시무시했다.

베르너가 말했다. "오늘밤 작전은 취소하는 편이 낫겠습니다."

"젠장, 안 돼." 마케가 말했다.

으르렁거리는 항공기 소리는 더 커졌다.

자동차가 크로이츠베르크에 가까워지면서 조명탄과 작은 소이탄이 떨어지기 시작했다. 이 지역은 민간인 공장노동자를 가능한 한 많이 죽이려는 영국 공군 현재 전략의 대표적인 표적이었다. 처칠과 애틀리는 놀라운 위선의 탈을 쓴 채 영국은 오직 군사 목표물만 공격하고 있으며 민간인 사상은 그로 인한 유감스러운 부작용이라고 주장했다. 베를린 시민들은 그 말을 믿을 만큼 어리석지 않았다.

바그너는 번쩍거리는 불빛이 비추는 길을 따라 최대한 빨리 차를 몰았다. 주변에는 공습 대응 요원들 외에는 아무도 보이지 않았다. 다른 모든 사람은 대피소로 피해야 할 법적 의무가 있었다. 다른 차량이라고는 구급차와 소방차, 경찰차뿐이었다.

마케는 눈치채이지 않도록 베르너를 유심히 살폈다. 어린 그는 초조한지 조금도 가만있지 못했고 불안한 듯 창밖을 내다보며 자기도 모르게 긴장해서 발을 굴렀다.

마케는 직속 부하들 외에는 아무에게도 베르너를 의심한다는 사실을 밝히지 않았다. 현재 스파이로 의심하는 자에게 게슈타포의 작전을 보여주었다는 사실을 인정해야 한다면 힘든 상황이 전개될 것이다. 그가 근무하는 곳 지하 고문실에서 심문을 받을 수도 있었다. 확신이 설 때까지는 미리 밝힐 수 없었다. 그런 상황에서 벗어날 유일한 방법은 사실을 밝힘과 동시에 상관들에게 체포한 스파이를 내놓는 수밖에 없었다.

아니, 정반대로 만일 의심이 사실로 밝혀진다면 그는 베르너뿐 아니라 그의 가족과 친구를 모두 체포하고 대규모 스파이 조직의 일망타진을 선언하게 될 것이다. 그러면 그림은 달라진다. 그는 진급할 수도 있었다.

공습이 계속되면서 폭탄의 종류가 달라졌고, 마케는 고성능 폭탄의 낮게 쿵쿵거리는 소리를 들었다. 일단 목표물이 환히 빛나면 영국 공군은 불을 일으키는 대형 유지소이탄과 바람을 일으켜 긴급 구조 활동에 방해가 되는 고성능 폭탄을 섞어서 폭격하기를 좋아했다. 잔인한 방식이지만 마케는 독일 공군도 비슷하다는 것을 알았다.

5층짜리 공동주택이 늘어선 도로를 따라 조심스럽게 움직이는 동안 마케의 이어폰으로 들리는 소리가 커지기 시작했다. 이쪽 지역은 끔찍한 공격을 받는 중이었고 이번에 파괴된 건물도 몇몇 보였다. 베르너가 떨리는 목소리로 말했다. "하느님 맙소사, 폭격 목표지역 한복판이잖아요."

마케는 개의치 않았다. 그는 이미 오늘밤 죽기 아니면 살기였다. "더 좋지." 그가 말했다. "한창 공습중이라면 피아니스트도 게슈타포 걱정은 접을 테니까 말이야."

바그너는 불타는 교회 옆에 차를 세우고 골목을 가리켰다. "저깁니다." 그가 말했다.

마케와 베르너는 뛰어내렸다.

마케는 베르너를 옆에 데리고 재빨리 골목길을 따라 걸었고 바그너가 뒤따랐다. 베르너가 말했다. "스파이가 확실합니까? 혹시 다른 것일 수도 있지 않을까요?"

"무선신호를 송출하는데?" 마케가 말했다. "그것 말고 달리 뭐가 있겠어?"

마케는 여전히 이어폰을 끼고 있었지만 신호는 미약하게 들렸다. 공습으로 인한 불협화음 때문이었다. 항공기, 폭탄, 대공포 소리, 건물이 무너져내리고 거대한 화염이 으르렁거리는 소리.

말들이 두려움에 차 히힝 우는 마구간을 지나면서 신호는 점점 더 커졌다. 베르너는 불안한 듯 연방 좌우를 두리번거렸다. 만일 그가 스파이라면 지금쯤 동료 중 하나가 게슈타포에게 체포당할까 두려울 것이다. 그리고 도대체 자기가 할 수 있는 일이 무엇일지 고민할 것이다. 지난번 사용한 수법을 다시 쓸까? 아니면 경고를 할 뭔가 새로운 방법을 궁리해낼까? 그가 스파이가 아니라면 이 모든 소동은 시간 낭비에 불과할 터였다.

마케는 이어폰을 빼 베르너에게 넘겼다. "들어봐." 그는 계속 걸으며 말했다.

베르너는 고개를 끄덕였다. "더 강해지는군요." 그가 말했다. 그의 눈에 어린 빛을 보니 거의 제정신이 아니었다. 그는 이어폰을 다시 돌려주었다.

네놈을 잡은 것 같군. 마케는 승리감에 젖어 생각했다.

그들이 방금 지나친 건물에 폭탄이 떨어지며 우레와 같은 소리가 났다. 돌아서서 보니 제과점의 부서진 창문 안쪽에서 이미 불길이 혀를 날름거리고 있었다. 바그너가 말했다. "맙소사, 정말 아슬아슬했습니다."

그들은 아스팔트가 깔린 운동장이 있는, 벽돌로 지은 낮은 학교 건물에 도착했다. "저 안인 것 같군." 마케가 말했다.

세 사람은 짧은 돌계단을 지나 입구로 다가섰다. 문은 잠겨 있지 않아 안으로 들어갔다.

넓은 복도가 나타났다. 반대편 끝에 커다란 문이 보였는데 아마도 홀로 연결되는 것 같았다. "곧장 가자." 마케가 말했다.

그는 9밀리미터 루거 권총을 뽑아들었다.

베르너는 무기가 없었다.

무시무시하게 가까운 곳에서 폭탄 떨어지는 굉음이 쿵 울렸다. 복도의 창문이 모조리 박살나고 유리 파편이 타일 바닥에 비처럼 쏟아졌다. 운동장에 폭탄이 떨어진 것이 틀림없었다.

베르너가 소리쳤다. "모두 나가요! 건물이 무너질 겁니다."

건물이 무너질 위험은 없다는 걸 마케는 알았다. 이건 피아니스트에게 경고하려는 베르너의 계략이다.

베르너는 갑자기 내달렸지만 그들이 걸어들어온 뒤쪽이 아니라 홀이 있는 맞은편 복도 끝을 향했다.

친구들에게 알리려는 거군. 마케는 생각했다.

바그너가 총을 꺼냈지만 마케는 말했다. "아니야! 쏘지 마!"

베르너는 복도 끝에 도착해 홀로 통하는 문을 활짝 열었다. "모두 달아나!" 그는 소리를 질렀다. 그러고는 꼼짝 않고 선 채 입을 다물었다.

홀 안에서는 마케의 부하 전기 엔지니어인 만이 가방 속에 든 무전기로 아무 신호나 보내는 중이었다.

그 곁에는 슈나이더와 리히터가 총을 빼든 채 서 있었다.

마케는 의기양양하게 웃었다. 베르너는 덫 안으로 곧장 걸어들어간 것이다.

바그너가 앞으로 걸어나오더니 베르너의 머리에 총을 겨누었다.

마케가 말했다. "널 체포한다. 이 인간 이하의 볼셰비키 같으니."

베르너는 재빨리 움직였다. 바그너의 총구에서 머리를 홱 치우며 그의 팔을 붙잡고 잡아끌었다. 순간적으로 바그너의 몸이 홀 안에 있는 총들로부터 베르너를 가렸다. 그런 다음 베르너가 힘껏 밀자 바그너는 비틀거리며 쓰러졌다. 베르너는 곧장 홀 밖으로 나와 문을 쾅 닫았다.

짧은 순간 동안 복도에는 마케와 베르너 둘뿐이었다.

베르너는 마케 쪽으로 걸어왔다.

마케는 루거로 그를 겨누었다. "멈추지 않으면 쏜다."

"아니, 못 쏴." 베르너는 더 가까이 다가왔다. "날 심문해서 다른 사람들을 찾아내야지."

마케는 총으로 베르너의 다리를 겨누었다. "네놈 무릎에 총알이 박혀도 심문은 할 수 있지." 그는 말하고 총을 발사했다.

총알은 빗나갔다.

베르너가 앞으로 돌진해 총을 든 마케의 손을 내리쳤다. 마케는 무기를 떨어뜨렸다. 도로 집으려고 몸을 숙이는 사이 베르너가 그를 지나쳐 뛰었다.

마케는 총을 집었다.

베르너는 건물 출입문에 다다랐다. 마케는 조심스럽게 다리를 노리고 총을 발사했다.

첫 세 발이 빗나가며 베르너는 문을 통과했다.

마케는 여전히 열려 있는 문에 대고 다시 한 발을 쐈고 베르너는 비명을 지르며 쓰러졌다.

마케는 복도를 따라 뛰었다. 그의 뒤로 홀에서 사람들이 뛰어나오는 소리가 들렸다.

그 순간 엄청난 소리와 함께 천장이 날아갔고 다시 쿵 소리가 나더니 마치 분수처럼 인화성액체가 솟구쳤다. 마케는 두려움에 비명을 질렀고 옷에 불이 붙으면서 두려움은 고통으로 변했다. 그는 바닥에 쓰러졌고 정적이 흐르더니 어둠이 찾아왔다.


V


의사들은 병원 로비에서 환자들을 분류하고 있었다. 타박상이나 자상 정도로 부상이 가벼운 환자들이 외래 대기 구역으로 이동하면 가장 경력이 짧은 간호사들이 상처를 소독하고 아스피린을 나눠주었다. 상태가 심각한 환자들은 로비에서 바로 응급처치를 한 다음 위층에 있는 전문의들에게 보냈다. 사망자들은 마당으로 옮겨져 누군가 찾으러 올 때까지 차가운 땅바닥에 누워 있어야 했다.

에른스트 박사는 비명을 지르는 화상 환자를 살펴보고 모르핀을 처방했다. "약을 주고 옷을 벗겨서 화상 입은 곳에 젤을 붙이도록." 그는 말을 마치고 다음 환자에게 갔다.

카를라는 프리다가 환자의 검게 그을린 옷을 잘라내는 사이 주사기에 약물을 채웠다. 환자는 몸 오른쪽에 심한 화상을 입었지만 왼쪽은 그리 심각하지 않았다. 카를라는 환자의 왼쪽 허벅지에서 피부와 살이 멀쩡한 부분을 찾아냈다. 주사를 놓으려던 그녀는 환자의 얼굴을 보고 얼어붙었다.

코 아래 지저분한 점처럼 수염을 기른 둥글고 뚱뚱한 얼굴은 그녀가 아는 사람이었다. 이 년 전 그는 그녀 집의 홀까지 들어와 아버지를 체포했다. 그다음에 만났을 때 그녀의 아버지는 죽어가고 있었다. 환자는 게슈타포의 토마스 마케 경감이었다.

네가 우리 아버지를 죽였어. 그녀는 생각했다.

이제 내가 널 죽일 수 있어.

간단한 일이었다. 모르핀을 최대 허용량의 네 배로 투여하면 되었다. 아무도 눈치채지 못할 테고, 특히 오늘 같은 밤이면 더욱 그랬다. 마케는 즉시 의식을 잃고 몇 분 안에 죽을 것이다. 서서 자다시피 하는 의사라면 환자가 심장마비를 일으켰다고 생각할 것이다. 아무도 진단에 의문을 품지 않고 아무도 의심하며 묻지 않을 터였다. 그는 대규모 공습으로 죽은 수천 명 중 하나가 된다. 편안히 잠들길.

그녀는 의심받는 것 같다며 베르너가 마케를 두려워했던 사실을 알았다. 지금이라도 언제든 베르너가 체포될 수 있었다. 누구나 고문을 받으면 입을 연다. 베르너는 프리다와 하인리히, 그리고 다른 사람들의 정체를 밝힐 것이다. 카를라도. 그녀는 지금 당장 한순간에 그들 모두를 구할 수 있었다.

하지만 머뭇거렸다.

스스로 이유를 물었다. 마케는 고문을 했고 사람을 죽였다. 수천 번 죽어 마땅했다.

카를라는 요아힘을 죽였고, 최소한 죽이는 걸 도왔다. 하지만 경우가 달라 보였다. 그때는 싸움이 벌어졌다. 요아힘은 카를라의 어머니를 발로 차서 죽일 뻔했고 그때 그녀는 수프 냄비로 그의 머리를 때렸다. 이건 달랐다.

마케는 환자였다.

카를라는 독실하게 종교를 믿지는 않았지만 신성한 것들이 있다고 믿었다. 그녀는 간호사였고 환자들은 그녀를 신뢰했다. 그녀는 마케가 망설임 없이 그녀를 고문해 죽이리라는 걸 알았다. 하지만 그녀는 마케와 달랐다. 그녀는 그런 사람이 아니었다. 마케가 문제가 아니었다. 문제는 그녀였다.

만일 환자를 죽이면 그녀는 간호사 일을 그만두고 감히 다시는 아픈 사람들을 보살피지 못할 것만 같았다. 그녀는 돈을 훔친 은행원이나 뇌물을 받은 정치인, 또는 첫영성체를 받으러 온 어린 여학생들의 몸을 더듬는 사제나 마찬가지 인간이 될 것이다. 자기 자신을 배신하게 될 수도 있었다.

프리다가 말했다. "뭘 기다리는 거야? 환자가 차분해져야 내가 젤을 붙이지."

카를라는 토마스 마케의 몸에 바늘을 꽂았고 그는 비명을 멈추었다.

프리다는 불에 덴 피부에 젤을 붙이기 시작했다.

"이쪽은 그냥 뇌진탕이야." 에른스트 박사가 다른 환자를 보고 말하고 있었다. "하지만 엉덩이에 총을 맞았군." 그는 목소리를 높여 환자에게 말했다. "어쩌다 총을 맞은 겁니까? 영국 공군이 오늘밤 우리에게 유일하게 안 떨어뜨린 게 있다면 총알인데."

카를라는 고개를 돌려 바라보았다. 환자는 엎드려 있었다. 바지가 찢어져 엉덩이가 보였다. 피부가 하얗고 허리 뒤쪽 오목한 부분에 금빛

솜털이 나 있었다. 그는 의식이 흐릿한 와중에도 뭐라고 중얼거렸다.

에른스트가 말했다. "사고로 경찰의 총이 발사되었다는 겁니까?"

환자는 좀더 또렷하게 말했다. "네."

"총알을 뽑겠습니다. 아프겠지만 우리는 모르핀이 부족하고, 당신보다 더 위중한 환자가 많아요."

"그렇게 하세요."

카를라는 솜으로 상처를 닦아냈다. 에른스트는 길고 폭이 좁은 집게를 들었다. "베개를 입에 물어요." 그가 말했다.

그는 상처 안으로 집게를 집어넣었다. 환자는 소리 죽인 고통의 비명을 질렀다.

에른스트 박사가 말했다. "근육에 힘을 주지 않도록 해봐요. 안 그러면 더 아파요."

카를라는 멍청한 말이라고 생각했다. 상처를 쑤셔대고 있는데 근육에 힘을 주지 않을 수 있는 사람은 없다.

환자가 소리를 질렀다. "아, 젠장!"

"찾았다." 에른스트 박사가 말했다. "가만히 좀 있어요!"

환자는 움직이지 않고 에른스트 박사는 총알을 꺼내 접시에 떨어뜨렸다.

카를라는 구멍에 난 피를 닦아내고 상처에 붕대를 철썩 붙였다.

환자가 돌아누웠다.

"안 돼요." 카를라가 말했다. "엎드려 있어야지—"

그녀는 말을 멈췄다. 환자는 베르너였다.

"카를라?" 그가 말했다.

"저예요." 그녀는 행복하게 말했다. "당신 엉덩이에 붕대를 붙이고 있어요."

"사랑해." 그가 말했다.

그녀는 최대한 비전문가적인 방식으로 양팔을 뻗어 그를 안으며 말했다. "아, 내 가장 소중한 사람. 나도 사랑해요."


# VI

토마스 마케는 천천히 의식이 돌아왔다. 처음에는 꿈속인 듯했다. 그러다가 좀더 정신이 돌아왔고 자기가 병원에서 약에 취해 있다는 걸 깨달았다. 이유도 알 수 있었다. 피부가 엄청나게 아팠고, 특히 하반신 왼쪽이 그랬다. 약물이 고통을 줄여주는 것이 틀림없지만 완벽하게 없애지는 못하는 모양이었다.

어쩌다 이리로 오게 되었는지 천천히 기억이 돌아왔다. 그는 폭격을 맞았다. 도망자를 쫓아 달리느라 폭발지점에서 멀어지지 않았더라면 죽었을 것이다. 그보다 뒤에 있던 자들은 분명 죽었다. 만, 슈나이더, 리히터 그리고 젊은 바그너까지. 그의 부하 전부였다.

하지만 그는 베르너를 잡았다.

아니, 잡았던가? 그는 베르너를 총으로 쐈고 베르너는 쓰러졌다. 그리고 폭탄이 떨어졌다. 마케는 살아남았고 베르너도 살아남았을지 몰랐다.

마케는 이제 베르너가 스파이라는 사실을 아는 유일한 생존자였다. 크링겔라인 총경에게 보고해야 했다. 그는 똑바로 앉으려고 애써봐도 몸을 움직일 힘이 없었다. 간호사를 불러야겠다고 생각했지만 입을 열어도 소리가 나오지 않았다. 용을 쓰다보니 진이 빠져 다시 잠들었다.

다음번 깨어났을 때는 밤인 듯했다. 주위가 조용하고 아무 움직임도 없었다. 눈을 떠보니 머리 위에서 서성거리는 얼굴이 보였다.

베르너였다.

"넌 이제 이곳을 떠날 거야." 베르너가 말했다.

마케는 도움을 청하려고 했지만 말을 할 수 없다는 걸 깨달았다.

"새로운 곳으로 가게 될 거다." 베르너가 말했다. "넌 더이상 고문하는 사람이 아니야. 실은 그곳에서는 네가 고문을 당할 거야."

마케는 비명을 지르려고 입을 열었다.

베개가 얼굴로 다가왔다. 베개는 그의 입과 코를 단단히 짓눌렀다. 숨을 쉴 수 없었다. 몸부림치려고 애썼지만 팔다리에 힘이 없었다. 숨을 들이마시려고 애썼지만 공기가 없었다. 공포가 엄습하기 시작했다. 어떻게든 머리를 좌우로 흔들어보려고 했지만 베개는 더 힘껏 그를 짓눌렀다. 마침내 소리를 냈지만 그저 목구멍에서 훌쩍거릴 뿐이었다.

우주가 작은 원반 같은 빛으로 변하더니 천천히 줄어들어 바늘 끄트머리처럼 보였다.

그러다 그 빛은 꺼졌다.

# 17장
## 1943년(III)


### I

"나와 결혼해주겠어?" 볼로댜 페시코프는 말을 마치고 숨을 참았다.

"싫어." 조야 보로친체프가 말했다. "하지만 고마워."

그녀는 모든 일에 놀라우리만큼 사무적이었지만 아무리 그렇다 해도 보기 드물게 딱딱한 태도였다.

두 사람은 호화로운 모스크바 호텔의 침대에 누워 있었고 막 사랑을 나눈 뒤였다. 조야는 두 번이나 절정에 도달했다. 그녀가 선호하는 섹스의 방식은 쿤닐링구스였다. 겹친 베개 위에 비스듬히 누워 있으면 다리 사이에 그가 숭배하듯 무릎을 꿇는 자세를 좋아했다. 그는 기꺼이 시종 노릇을 했고 그녀 역시 열정적으로 보답해주었다.

두 사람은 일 년 넘게 사귀는 중이었고 모든 것이 멋지게 잘 돌아갔다. 그녀의 거절은 그를 당황시켰다.

그가 말했다. "날 사랑해?"

"응. 아주 아끼지. 청혼할 정도로 날 사랑해줘서 고마워."

그나마 조금 나았다. "그럼 왜 받아들일 수 없는 거야?"

"전쟁중인 세상에 아이를 낳고 싶지 않아." 그녀가 말했다.

"좋아, 그건 이해할 수 있어."

"우리가 이기고 나서 다시 청혼해줘."

"하지만 그땐 내가 결혼하고 싶지 않을 수도 있지."

"당신이 그 정도로 변덕스럽다면 오늘 거절은 잘한 일이지."

"미안. 당신이 짓궂은 농담을 이해 못한다는 걸 잠시 깜박했어."

"오줌 마려워." 그녀는 침대에서 일어나 벌거벗은 채 호텔방을 가로질렀다. 볼로댜는 자기가 이런 광경을 볼 수 있다니 믿어지지 않았다. 그녀는 패션모델이나 영화배우 같은 몸매였다. 피부는 하얀 우윳빛이었고 머리칼을 포함해 모든 털이 연한 금발이었다. 그녀는 욕실 문을 닫지도 않고 변기에 앉았고 소변 보는 소리가 그대로 들렸다. 그녀는 고상 떨지 않는 모습으로 끊임없이 즐거움을 주었다.

그는 일하고 있어야 할 시간이었다.

모스크바의 정보기관들은 연합국 지도자들이 방문할 때마다 혼란에 빠졌고 볼로댜도 10월 18일에 열린 외무장관 회담으로 인해 평소의 일정대로 근무할 수가 없는 상황이었다.

방문객들은 미국 국무장관 코델 헐과 영국 외무장관 앤서니 이든이었다. 그들은 중국을 포함한 4개국 조약이라는 무모한 계획을 갖고 있었다. 스탈린은 그것이 완전한 허튼소리라고 생각했고 그런 일에 왜 시간을 낭비해야 하는지 이해하지 못했다. 미국인 헐은 나이가 일흔두 살에 피가 섞인 기침을 했지만—모스크바까지 의사를 대동했다—그렇다고 융통성을 발휘하는 법은 없었고 조약을 맺어야 한다고 고집했다.

회담이 열리는 동안 할 일이 무척 많아서 비밀경찰 NKVD는 어쩔 수 없이 볼로다가 속한 붉은 군대 정보부에 협조해야 했다. 호텔방마다 마이크를 감춰야 했다. 이 방에도 있었지만 볼로다가 미리 연결을 끊어두었다. 방문객인 장관들과 그들의 보좌관들은 분 단위로 감시해야 했다. 그들의 짐을 몰래 열어서 뒤지고, 전화 통화 내용은 테이프에 녹음해 받아적은 다음 러시아어로 번역해 읽고 요약해야 했다. 웨이터와 객실 청소부를 포함해 그들이 마주치는 사람 대부분이 NKVD 요원이지만 호텔 로비나 길거리에서 우연히 대화를 나누게 되는 사람들은 확인을 해야 했고, 필요하면 체포해 감옥에 가두고 심문하거나 고문도 해야 했다. 해야 할 일이 정말 많았다.

볼로다는 의기양양했다. 베를린에 있는 그의 스파이들이 놀라운 정보를 보내왔다. 그들은 볼로다에게 독일의 주된 여름 공세인 '성채'의 전투 계획을 보내왔고 붉은 군대는 독일에게 엄청난 패배를 안겼다.

조야도 행복했다. 소련은 핵 연구를 재개했고 조야는 핵폭탄 설계 팀의 일원으로 일했다. 스탈린의 회의적인 태도로 늦어지는 바람에 서방에 비하면 크게 뒤처졌지만 대신 영국과 미국에 있는 공산주의자 스파이들로부터 귀중한 도움을 얻었는데, 그중에는 볼로다의 오래전 학교 친구 빌리 프룬체도 있었다.

그녀가 침대로 돌아왔다. 볼로다는 말했다. "처음 만났을 때 당신은 날 별로 좋아하지 않는 것 같았지."

"난 남자를 안 좋아했어." 그녀가 대답했다. "지금도 그래. 남자들 대부분은 주정뱅이에 불량배에 바보야. 당신은 다르다는 걸 아는 데 시간이 좀 걸렸어."

"고마워." 그가 말했다. "그런데 남자들이 진짜 그렇게 나쁜가?"

"주위를 둘러봐." 그녀가 말했다. "이 나라를 좀 보라고."

그는 그녀의 몸 위로 손을 뻗어 침대 옆에 놓인 라디오를 틀었다. 머리말 나무판 뒤쪽의 도청기는 꺼졌지만 더 조심해서 나쁠 것은 없었다. 라디오의 예열이 끝나자 군악대가 연주하는 행진곡이 흘러나왔다. 말소리가 들리지 않게 되어 만족한 볼로댜가 말했다. "스탈린과 베리야를 생각하는 거잖아. 하지만 그들이 언제나 주위에 있지는 않을 거야."

"우리 아버지가 어떻게 돌아가신 줄 알아?" 그녀가 말했다.

"아니. 우리 부모님은 그 얘긴 절대 안 하셔."

"그럴 만한 이유가 있어."

"말해봐."

"어머니가 그러는데, 아버지가 일하던 공장에서 모스크바 소비에트에 참석할 대표를 뽑는 선거가 있었대. 멘셰비키 후보자가 볼셰비키 후보자에 맞서고 있었는데 우리 아버지가 그 사람 연설을 들으러 모임에 갔어. 멘셰비키를 지지한 것도 아니고 그쪽에 표를 주지도 않았어. 하지만 그 모임에 간 사람은 모두 해고당했고 몇 주 뒤 아버지는 체포되어 루뱐카로 끌려갔어."

그녀가 말하는 곳은 NKVD 본부와 교도소가 있는 루뱐카 광장이었다.

그녀는 말을 이었다. "어머니가 당신 아버지를 찾아가 도와달라고 빌었어. 당신 아버지와 어머니가 함께 즉시 루뱐카로 갔지만 너무 늦었지. 아버지는 총살당했어."

"끔찍하군." 볼로댜가 말했다. "하지만 그건 스탈린―"

"아니지. 그건 1920년이었어. 스탈린은 그저 폴란드와의 전쟁에서 싸우는 붉은 군대 지휘관이었어. 레닌이 지도자였지."

"레닌 치하에서 벌어진 일이라고?"

"그래. 자, 그러니까 단지 스탈린과 베리야만의 문제가 아니라는 걸 알겠지."

공산주의의 역사를 바라보는 볼로댜의 관점이 심각하게 흔들렸다.

"그럼 뭐야?"

문이 열렸다.

볼로댜는 침대 옆 탁자 서랍에 넣어둔 권총으로 손을 뻗었다.

하지만 들어선 사람은 모피코트를 입은 여자였다. 아마 모피코트만 입은 것 같았다.

"미안해요, 볼로댜." 그녀가 말했다. "일행이 있는지 몰랐어요."

조야가 말했다. "도대체 저 여잔 뭐야?"

볼로댜가 말했다. "나타샤, 내 방문은 어떻게 열었어?"

"열쇠를 줬잖아요. 호텔의 모든 문을 열 수 있는 열쇠."

"그렇더라도 노크는 했어야지!"

"미안해요. 좋지 않은 소식을 말해주려고 온 것뿐이에요."

"뭔데?"

"지시한 대로 우디 듀어의 방에 들어갔어요. 하지만 성공 못했어요."

"뭘 한 거야?"

"이거요." 나타샤는 코트 자락을 열고 알몸을 드러내 보였다. 관능적인 몸매에 검은 음모가 풍성했다.

"알았어. 어떤 상황인지 알겠군. 코트 좀 여며." 볼로댜가 말했다. "그가 뭐라고 했지?"

그녀는 이제 영어로 말했다. "그냥 '아뇨'라고 했어요. 그래서 내가 '아니라니 무슨 뜻이죠?'라고 물었죠. 그는 '그건 네의 반대입니다'라고 했고요. 그러더니 문을 활짝 열고 내가 나갈 때까지 붙잡고 있더라고요."

"그 자식." 볼로댜가 말했다. "뭔가 다른 방법을 생각해야겠군."

# II

척 듀어는 한낮인데도 점심시간에 맥주라도 마셨는지 벌게진 얼굴로 적지 분석팀에 들어서는 밴더미어를 보고 곤란한 문제가 터질 거라 짐작했다.

진주만에 있던 정보부대는 규모가 커졌다. 전에는 HYPO국이라 불렸지만 이제는 태평양 지역 합동 정보 센터, 또는 JICPOA라는 어마어마한 이름을 갖게 되었다.

밴더미어 뒤에 해병대 하사관 한 명이 따라왔다. "야, 거기 두 계집애." 밴더미어가 말했다. "고객 불만이 들어왔어."

작전 규모가 커지면서 모두 각각 전문 분야가 생겼고, 척과 에디는 미군 전력이 태평양 전역에서 싸우며 섬을 하나씩 점령해나가는 상황에서 적국 지역의 지도를 만들었다.

밴더미어가 말했다. "이쪽은 도니건 하사다." 해병은 키가 매우 크고 소총처럼 튼튼해 보였다. 척은 성적 곤란을 겪고 있는 밴더미어가 홀딱 반한 것 같다고 추측했다.

척이 일어섰다. "만나서 반갑소, 하사. 듀어 중사라고 합니다."

척과 에디는 모두 진급했다. 미군에 수천 명의 신병이 쏟아져들어오면서 장교가 부족해졌고 전쟁 전 입대한 병사 가운데 요령 있는 사람들은 빨리 진급했다. 척과 에디는 이제 기지 밖에서 살 수 있었다. 그들은 함께 작은 아파트를 세냈다.

척이 손을 내밀었지만 도니건은 맞잡지 않았다.

척은 다시 앉았다. 자기가 한 계급 높기도 했고 무례한 상대에게 공손하게 굴 생각은 없었다. "뭘 도와드릴까요, 밴더미어 대위님?"

해군에서는 대위가 하사관에게 고통을 줄 수 있는 방법이 많았고 밴더미어는 그걸 모두 알았다. 그는 근무 순서를 조정해 척과 에디가 같은 날 절대로 함께 쉴 수 없게 막았다. '우수' 외에는 사실 경력에 오점이 된다는 사실을 아주 잘 알면서도 두 사람이 올리는 보고서에는 '보통'이라고 점수를 매겼다. 또 경리장교에게 아리송한 메시지를 보내 척과 에디가 봉급을 늦게, 혹은 받아야 하는 액수보다 적게 받도록 하고 이를 바로잡느라 여러 시간을 허비하도록 했다. 그는 큰 골칫거리였다. 그런 그가 이제 뭔가 새로운 장난을 생각해낸 것이다.

도니건은 주머니에서 지저분한 종이를 한 장 꺼내 펼쳤다. "이거 여기서 만든 겁니까?" 그가 공격적인 태도로 물었다.

척은 종이를 받아들었다. 솔로몬제도에 있는 뉴조지아라는 섬들의 지도였다. "확인해봅시다." 그가 말했다. 그가 만든 지도였고, 그 사실을 이미 알고 있었지만 시간을 벌기 위해서였다.

그는 서류 캐비닛으로 가서 서랍을 열었다. 뉴조지아에 관한 서류철을 꺼낸 다음 무릎으로 서랍을 닫았다. 책상으로 돌아와 의자에 앉아 서류철을 열었다. 그곳에 도니건이 내민 것과 똑같은 지도가 있었다. "그러네요." 척이 말했다. "내가 만든 겁니다."

"그러니까 나는 이 지도가 개판이라고 말하려고 왔소." 도니건이 말했다.

"개판?"

"자, 여길 봐요. 정글이 바다까지 이어지고 있소. 사실 거긴 400미터나 되는 해변이 있어요."

"그렇다니 유감이군요."

"유감이라니!" 도니건은 밴더미어와 같은 양의 맥주를 마신 듯 취해 있었고 작정하고 싸움을 걸고 있었다. "우리 부대원 오십 명이 그 해변에서 죽었어."

밴더미어가 트림을 하더니 말했다. "어떻게 그런 실수를 할 수 있나, 듀어?"

척은 충격을 받았다. 자신이 저지른 실수의 결과로 오십 명의 병사가 죽었다면 누가 소리를 질러도 할말이 없었다. "시정해야 할 점입니다." 그가 말했다. 서류철에는 빅토리아시대 것일 수도 있는 부정확한 지도까지 있었고, 좀더 최근의 해군 해도에는 수심이 표시되어 있었지만 지형지물은 대부분 포함되지 않았다. 직접 가서 확인한 보고서도 없고, 무선신호를 해독한 자료도 없었다. 서류철에 들어 있는 유일한 다른 자료는 흐릿한 흑백 공중정찰 사진뿐이었다. 척은 사진 속에서 문제의 지점을 손가락으로 짚으며 말했다. "여기는 분명 나무들이 해안선까지 이어진 것처럼 보입니다. 조수 때문일까요? 그렇지 않다면 사진을 찍을 때 해초가 모래밭을 덮고 있었을지도 모르죠. 해초는 갑자기 확 늘었다가 똑같이 빨리 없어지기도 하거든요."

도니건이 말했다. "당신이 그곳에서 전투를 해야 했다면 그렇게 태연하게 지껄이지는 못했을 거요."

어쩌면 그 말이 옳을지도 몰라. 척은 생각했다. 도니건은 공격적이고 무례했고 심술궂은 밴더미어의 부추김을 당했을 수도 있지만 그렇다고 그의 말이 틀렸다는 뜻은 아니었다.

밴더미어가 말했다. "그래, 듀어. 다음번 해병대 공격 때 너랑 네 계집애 친구도 따라가는 게 좋을 수도 있어. 네 지도를 실전에서 어떻게 사용하는지 보라고."

척은 어떻게 하면 제대로 쏘아붙일까 궁리하다가 그 제안을 진지하게 받아들여야겠다는 생각이 들었다. 어쩌면 실제 전투를 좀 봐야 할지도 몰랐다. 사실 책상에 앉아서 하는 일은 쉽게 지겨워졌다. 도니건의 불만은 진지하게 받아들일 만했다.

하지만 한편으로 그러면 목숨이 위태로울 수도 있었다.

척은 밴더미어의 눈을 바라보았다. "그거 좋은 생각 같습니다, 대위님." 그가 말했다. "다음 임무에 자원하겠습니다."

도니건은 깜짝 놀랐다. 자기가 상황을 잘못 판단했는지도 모른다는 생각이 드는 모양이었다.

에디가 처음으로 입을 열었다. "저도요. 저도 가겠습니다."

"좋아." 밴더미어가 말했다. "둘 다 더 똑똑해져서 돌아오겠군. 아예 못 돌아오거나."


III


볼로댜는 우디 듀어를 취하게 만들 수가 없었다.

모스크바 호텔의 바에서 그는 젊은 미국인에게 보드카 한 잔을 내밀며 학생 같은 영어로 말했다. "이거 좋을 겁니다. 아주 최고로 좋은 겁니다."

"대단히 감사합니다." 우디가 말했다. "고맙게 생각합니다." 그러더니 술잔에는 손도 대지 않았다.

우디는 키가 크고 몸이 호리호리했으며 순진할 정도로 솔직했는데, 바로 그 점이 볼로댜가 그를 목표로 삼은 이유였다.

우디가 통역관을 통해 말했다. "페시코프가 흔한 러시아 이름입니까?"

"특별히 그렇지는 않습니다." 볼로댜는 러시아어로 대답했다.

"나는 버펄로에서 왔는데, 그곳에 유명한 사업가로 레프 페시코프라는 분이 있습니다. 혹시 친척인지 궁금하네요."

볼로댜는 깜짝 놀랐다. 아버지의 동생 이름이 레프 페시코프였고, 첫번째 세계대전 전에 버펄로로 떠났기 때문이다. 하지만 조심해야 했기에 얼버무렸다. "아버지에게 여쭤봐야겠군요."

"나는 레프 페시코프의 아들 그레그와 하버드 동창입니다. 당신이 그 친구와 친척 간일 수도 있겠군요."

"그럴 수도 있죠." 볼로댜는 테이블 주위를 둘러싼 경찰 스파이들을 불안하게 둘러보았다. 소련 시민에게 미국에 있는 누군가와의 연결은 의심을 살 수도 있는 문제라는 사실을 우디는 이해하지 못했다. "이봐요, 우디. 이 나라에서는 술을 거절하면 권한 상대를 모욕하는 뜻입니다."

우디는 즐겁게 웃었다. "미국에선 안 그래요." 그가 말했다.

볼로댜는 자기 술잔을 들고서 주위에 공무원이나 외교관인 척하고 앉아 있는 비밀경찰 요원들을 둘러보았다. "건배합시다!" 그가 말했다. "미국과 소련의 우의를 위해서!"

다들 술잔을 높이 들었다. 우디도 따라 했다. "우의를 위해!" 모두가 한목소리로 외쳤다.

모두가 술잔을 비웠지만 우디만은 입에도 대지 않은 채 내려놓았다.

볼로댜는 보기와 달리 우디가 순진하지 않은지도 모르겠다는 의심이 들었다.

우디는 테이블 위로 몸을 숙였다. "볼로댜, 내가 기밀이라고는 전혀 모른다는 걸 알아줘요. 난 직급이 너무 낮습니다."

"나도 마찬가지죠." 볼로댜가 말했다. 진실과는 거리가 한참 먼 말이었다.

우디가 말했다. "내가 설명하고 싶은 건, 그냥 내게 질문을 하면 된다는 겁니다. 대답을 알고 있다면 말해주겠습니다. 그럴 수 있어요. 왜냐하면 내가 아는 정도라면 비밀일 리 없기 때문이죠. 그러니까 내게 술을 먹이거나 내 방에 창녀를 보낼 필요는 없습니다. 그냥 물어봐요."

볼로댜는 이것이 일종의 속임수라고 생각했다. 이렇게 순진한 사람은 있을 수 없었다. 하지만 우디의 비위를 맞추기로 했다. 안 될 게 뭐람? "좋아요." 그는 말했다. "그쪽이 뭘 원하는지 알아야 합니다. 물론 당신 개인을 말하는 건 아닙니다. 그쪽 대표단과 헐 장관, 루스벨트 대통령 말입니다. 이 회담에서 얻고자 하는 것이 뭡니까?"

"소련이 4개국 조약을 지지하기를 원합니다."

그건 표준 답변이었지만 볼로댜는 물러서지 않기로 마음먹었다. "그게 우리가 이해할 수 없는 지점입니다." 그는 이제 솔직해졌고, 어쩌면 필요 이상인지도 모르지만 본능은 그에게 위험을 감수하고서라도 마음을 터놓으라 말하고 있었다. "중국과 회담하는 걸 누가 신경쓴답니까? 유럽에서 나치를 물리쳐야 하는데. 우리는 우리가 그럴 수 있도록 그쪽이 돕기를 원합니다."

"도울 겁니다."

"그건 당신 생각이죠. 그리고 올여름 유럽 대륙을 공략하겠다고 했었죠."

"글쎄요, 우리는 이탈리아를 공략했습니다."

"그것만으로는 부족해요."

"내년엔 프랑스입니다. 약속했어요."

"그럼 조약이 왜 필요한 겁니까?"

"글쎄요." 우디는 생각을 정리하는지 말을 멈췄다. "우리는 미국 시민들에게 유럽 공략이 어떤 이익이 되는지 보여줘야 합니다."

"왜죠?"

"뭐가요?"

"왜 대중에게 그런 걸 설명해야 합니까? 루스벨트는 대통령 아닙니까? 그냥 하면 되죠!"

"내년에 선거가 있습니다. 그는 재선을 원해요."

"그래서요?"

"미국 시민들은 루스벨트가 쓸데없이 유럽의 전쟁에 말려든다고 생각하면 그에게 표를 주지 않을 겁니다. 그래서 대통령은 그게 다 세계 평화로 가는 전반적인 계획의 일부라고 말하고 싶은 겁니다. 만일 4개국 조약을 실현해 국제연합 조직에 대해 진지하다는 걸 보여주면 미국 유권자들은 프랑스 공략이 좀더 평화로운 세계를 향한 한 걸음이라고 받아들일 가능성이 높습니다."

"놀랍군요." 볼로댜가 말했다. "대통령이 하는 일마다 늘 구실을 붙여야 하다니!"

"그와 비슷한 겁니다." 우디가 말했다. "우린 그걸 민주주의라고 부릅니다."

볼로댜는 내심 믿을 수 없는 이 이야기가 실제로 진실일지도 모른다는 생각이 들었다. "그러니까, 프랑스 공략을 지지하도록 미국인 유권자들을 설득하기 위해 조약이 필요하다는 거군요."

"바로 그렇습니다."

"그럼 중국은 왜 필요하죠?" 스탈린은 특히 중국을 조약국에 포함시켜야 한다는 연합국의 주장을 깔보았다.

"중국은 허약한 동맹국입니다."

"그러니까 무시해요."

"만일 배제당한다면 중국은 낙담할 테고 아마도 일본에 맞서 치열하게 싸울 의지를 잃을 수도 있습니다."

"그러면요?"

"그러면 우리는 태평양전쟁 무대에 전력을 강화해야 하고, 결과적으로 유럽에서의 전력이 약화될 겁니다."

그 말에 볼로댜는 깜짝 놀랐다. 소련은 연합국 전력이 유럽에서 태평양으로 빠져나가는 상황을 원치 않았다. "그러니까 미국은 단지 유럽 공략 전력을 더 잘 유지하기 위해 중국에 우호적인 태도를 취하는 거군요."

"그렇습니다."

"아주 간단하게 정리하시네요."

"간단하니까요." 우디가 말했다.


IV


11월 1일 이른 새벽 척과 에디는 남양에 있는 부건빌 섬 바로 앞에서 미 해병대 3사단과 함께 아침으로 스테이크를 먹었다.

섬은 둘레가 200킬로미터 정도였다. 남쪽과 북쪽에 각각 일본군의 해군 항공기지가 있었다. 해병대는 방어가 약한 서쪽 해안 중간쯤에 상륙할 준비를 하고 있었다. 그들의 목표는 상륙 거점을 마련하고 일본군 기지를 공격할 항공기가 뜰 비행장을 만들 정도의 지역을 확보하는 것이었다.

일곱시 이십육분 척이 갑판에 올라갔더니 해병대원들이 철모를 쓰고 군장을 멘 채 배 옆에 설치한 밧줄 그물을 타고 무리지어 내려가 양옆 벽이 높은 상륙정에 뛰어내리고 있었다. 지치지 않고 보초를 서는 군견 도베르만핀셔 몇 마리가 함께 움직였다.

상륙정들이 섬에 다가가면서 벌써 척이 준비한 지도의 결함이 드러났다. 가파르게 경사진 해변에 높은 파도가 부서지고 있었다. 그가 지켜보는 가운데 상륙정 한 척이 파도에 휩쓸려 옆으로 돌며 뒤집혔다. 해병들은 해변을 향해 헤엄쳤다.

"파도의 정도를 보여줘야 해." 척이 갑판 위 그의 곁에 서 있는 에디에게 말했다.

"그걸 어떻게 알아내지?"

"파도의 흰 포말이 사진에 찍힐 만큼 정찰기들이 저공비행을 해야지."

"적의 항공기지가 너무 가까울 경우에는 저공비행으로 위험을 무릅쓸 수 없어."

에디의 말이 옳았다. 하지만 해결책이 있을 터였다. 척은 이번 임무의 결과로서 나중에 고려해야 할 첫번째 질문으로 그 점을 기억해두었다.

이번 상륙을 위해 그들은 평소보다 더 많은 정보의 도움을 받았다. 믿을 수 없는 보통 지도와 판독하기 어려운 항공사진은 물론 육 주 전 잠수함으로 상륙한 정찰대로부터 받은 보고서도 있었다. 정찰대는 6킬로미터가 넘는 해안을 따라 상륙에 적합한 해변이 열두 군데 있다고 확인해주었다. 하지만 파도는 경고하지 않았다. 어쩌면 그날은 파도가 이렇게 높지 않았을 수도 있었다.

다른 측면에서 보면 척의 지도는 아직까지는 맞았다. 폭이 100여 미터인 모래밭이 펼쳐져 있고 그 안쪽으로 야자수와 다른 식물들이 뒤엉켜 있었다. 지도에 따르면 우거진 덤불 너머에 늪지대가 있어야 했다.

해안 방어가 전혀 없지는 않았다. 우르릉거리는 포성이 들리고 포탄이 얕은 바다에 떨어졌다. 피해는 없었지만 조준의 정확도는 더 높아질 것이다. 해병대원들은 새로 벌어진 급박한 상황에 부산하게 움직여 상륙정에서 해변으로 뛰어내리더니 덤불을 향해 뛰기 시작했다.

척은 오기로 한 것이 뿌듯했다. 지도를 작성하며 부주의하거나 느슨하게 일한 적은 단 한 번도 없지만 정확한 지도가 어떻게 병사들의 목숨을 구할 수 있는지, 아무리 작은 실수라도 얼마나 치명적일 수 있는지 직접 보는 경험은 유익했다. 배에 오르기 직전까지도 그와 에디는 훨씬 더 많은 정보를 긁어모았다. 흐릿한 사진이라도 다시 찍어오기를 요청했고 정찰대와 통신을 했고 더 나은 해도를 구하기 위해 전 세계에 전문을 보냈다.

뿌듯한 이유는 또 있었다. 그는 바다에 나와 있는 것이 무척 좋았다. 그는 칠백 명의 젊은 남자와 함께 배를 타고 있었고, 동지애와 농담, 노래, 북적거리는 침상과 함께 하는 샤워의 친밀감을 즐겼다. "이건 마치 평범한 남자가 여자 기숙학교에 있는 것 같군." 어느 날 저녁 그는 에디에게 말했다.

"그런 일은 절대 벌어질 수 없는 일이지만 이건 실제라는 게 다르지." 에디가 말했다. 그도 척과 같은 느낌이었다. 그들은 서로 사랑했지만 벌거벗은 수병들을 보는 일을 꺼리지는 않았다.

이제 해병 칠백 명 전체가 배에서 내려 최대한 빠른 속도로 상륙하고 있었다. 이쪽에 뻗은 해안을 따라 다른 여덟 곳에서도 같은 일이 벌어지고 있었다. 상륙정은 병사들이 모두 내리는 즉시 지체하지 않고 다른 병사들을 태우러 돌아갔다. 하지만 과정은 여전히 몹시 느려 보였다.

정글 속 어딘가에 숨은 일본군 포병대는 마침내 제대로 된 거리를 찾아냈다. 놀랍게도 포탄이 해병 한 무리를 제대로 겨냥해 병사와 소총, 신체의 일부가 허공을 날아 해변을 어지럽히고 모래밭을 붉게 물들였다.

공포에 휩싸여 대학살의 현장을 보고 있던 척이 항공기의 소음을 듣고 고개를 들어보니 일본의 제로 전투기 한 대가 해안을 따라 저공비행을 하고 있었다. 날개에 칠한 붉은 태양이 그의 가슴속에 공포심을 불어넣었다. 마지막으로 그 광경을 본 것은 미드웨이해전 때였다.

제로 전투기가 해안에 기총소사를 가했다. 상륙정에서 내리던 해병 대원들은 무방비상태로 당했다. 일부는 얕은 물에 몸을 던져 엎드렸고 일부는 상륙정 뒤로 숨었고 일부는 정글을 향해 달렸다. 몇 초 동안 피가 뿜어져나오고 병사들이 쓰러졌다.

그렇게 해변에 미군들의 시체를 늘어놓은 채 전투기는 사라졌다.

잠시 후 전투기가 다음 해변에 기총소사를 가하는 소리가 들렸다.

전투기는 돌아올 것이다.

미군 항공기도 작전에 참여했을 텐데 그의 눈에는 한 대도 보이지 않았다. 공중 지원은 원하는 곳, 바로 머리 위에는 절대로 나타나는 법이 없었다.

해병대원들이 죽거나 살아서 모두 해변에 도착하자 상륙정은 의무병과 들것병을 해안으로 실어날랐다. 그런 다음 탄약, 식수, 식량, 의약품과 붕대 등 보급품을 내려놓기 시작했다. 돌아오면서는 부상자들을 실어왔다.

필수요원이 아닌 척과 에디는 보급품과 함께 해안으로 향했다.

선장들은 이제 파도에 익숙해져서 그들이 탄 상륙정도 안정적으로 모래밭에 램프를 내린 채 물살이 선미를 때리는 가운데 상자들을 하역했다. 척과 에디는 바다로 뛰어들어 파도를 헤치며 해변을 향해 걸었다.

두 사람은 함께 해안선에 다다랐다.

두 사람이 뭍에 오르는 순간 기관총이 불을 뿜었다.

아마도 해변을 따라 400미터쯤 떨어진 정글 속인 것 같았다. 내내 그곳에서 적절한 때를 노리고 있었을까? 아니면 다른 곳에 있다가 마침 그리로 옮겨온 걸까? 에디와 척은 몸을 숙이고 숲을 향해 뛰었다.

탄약상자를 어깨에 진 수병 하나가 고통스러운 고함을 내지르고는 상자를 떨어뜨리며 쓰러졌다.

그러고는 에디가 비명을 질렀다.

척은 두 걸음을 더 뛰고 나서야 멈춰 섰다. 돌아보니 에디가 무릎을 움켜잡고 소리를 지르며 모래밭을 뒹굴고 있었다. "이런, 빌어먹을!"

척은 되돌아가 그의 옆에 무릎을 꿇었다. "괜찮아. 내가 여기 있어!" 그가 소리질렀다. 에디는 눈을 감았지만 살아 있었고 척이 보기에 무릎 말고 다른 상처는 없었다.

척은 고개를 들었다. 그들을 실어온 상륙정은 여전히 해변 가까이 붙어서 물품을 내리고 있었다. 금방 에디를 그쪽으로 데려갈 수 있을 것 같았다. 하지만 기관총이 여전히 불을 뿜고 있었다.

그는 몸을 웅크렸다. "아플 거야." 그가 말했다. "참지 말고 소리질러."

그는 오른팔을 에디의 어깨 밑으로 넣고 왼팔을 에디의 허벅지 밑으로 쑤셔넣었다. 무게를 버티고 몸을 폈다. 에디는 고통으로 비명을 질렀고 그의 뭉개진 다리는 아무렇게나 흔들렸다. "좀 참아, 친구." 척이 말했다. 그리고 바다를 향해 돌아섰다.

난데없이 참기 어려운 날카로운 고통이 양다리와 등, 그리고 마지막으로 머리에 느껴졌다. 일 초도 못 되는 시간 동안 그는 에디를 떨어뜨려서는 안 된다는 생각이 들었다. 잠시 후 그는 에디를 떨어뜨릴 것이라는 사실을 알았다. 눈 뒤쪽에서 빛이 번쩍이더니 앞이 보이지 않았다.

그리고 세상은 끝이 났다.


V


카를라는 쉬는 날 유대인 병원에서 일했다.

로트만 박사가 그녀를 설득했다. 그는 수용소에서 풀려났다. 이유를 아는 것은 나치뿐이었지만 그들은 누구에게도 말해주지 않았다. 그는 한쪽 눈을 잃었고 걸을 때마다 절룩거렸지만 살아 있었고 진료도 할 수 있었다.

병원은 북쪽 노동자 주거 구역인 베딩에 있었지만 프롤레타리아적인 특징은 전혀 찾아볼 수 없었다. 1차 세계대전 이전 베를린의 유대인들이 번창하고 자부심이 강할 때 세워진 병원이었다. 커다란 정원에 일곱 채의 우아한 건물이 서 있었다. 건물들끼리 터널로 연결되어 있어 환자와 의료진은 날씨가 어떻든 건물들 사이를 오갈 수 있었다.

아직도 유대인 병원이 남아 있는 건 기적이었다. 베를린에 남은 유대인은 거의 없었다. 그들은 수천 명씩 체포되어 특별열차를 타고 멀리 끌려갔다. 그들이 어디로 갔는지, 어떻게 되었는지는 아무도 알지 못했다. 학살 수용소에 관한 믿지 못할 소문도 돌았다.

베를린에 남은 소수의 유대인은 몸이 아파도 아리아인 의사와 간호사의 치료를 받지 못했다. 그래서 나치 인종차별의 복잡한 논리에 따라 이 병원은 유지할 수 있도록 허락을 받았다. 이곳에서 일하는 사람 대부분은 유대인이거나 불행하게도 제대로 된 아리아인으로 인정받지 못한 부류, 즉 동유럽에서 온 슬라브족이나 조상이 혼혈인 사람, 유대인과 결혼한 사람들이었다. 하지만 간호사가 충분치 않아 카를라가 돕게 되었다.

병원은 게슈타포로부터 끊임없이 괴롭힘을 당했고 여러 물품, 특히 의약품이 위태로울 만큼 부족했으며 일손도 달렸고 운영비는 전혀 없다시피 했다.

카를라가 공습으로 발이 짓이겨진 열한 살짜리 아이의 체온을 재는 것은 범법 행위였다. 매일 병원에서 의약품을 빼돌려 이곳으로 가져오는 것도 마찬가지로 범죄였다. 하지만 그녀는 모두가 나치에게 굴복한 것은 아니라는 사실을 스스로에게만이라도 증명하고 싶었다.

병동을 다 돌아본 그녀는 공군 제복을 입고 문밖에 선 베르너의 모습을 발견했다.

베르너와 카를라는 며칠 동안 폭격을 맞은 학교에서 살아남은 누군가가 베르너에게 죄를 물을지도 모른다는 공포 속에 살았다. 하지만 모두 죽은 것이 확실해졌고 마케가 그를 의심했던 사실을 아는 사람은 아무도 없었다. 그들은 이번에도 무사히 빠져나왔다.

베르너는 총상으로부터 빠르게 회복했다.

그리고 그들은 연인이 되었다. 베르너는 크고 절반은 비어 있는 울리히 가족의 집으로 거처를 옮겨서 매일 밤 카를라와 잠자리를 했다. 두 사람의 부모도 반대하지 않았다. 모두 자기가 언제든 죽을 수 있다고 느꼈고 힘들고 괴로운 인생에서 즐거움을 얻을 수 있는 것이라면 취해야만 했다.

하지만 병동으로 통하는 문의 유리창을 통해 카를라에게 손을 흔들어 보이는 베르너의 모습은 평소보다 더 침통해 보였다. 그녀는 손짓으로 그를 안으로 불러들인 다음 키스했다. "사랑해요." 그녀가 말했다. 아무리 많이 해도 지겹지 않은 말이었다.

그 역시 늘 행복하게 말했다. "나도 사랑해."

"여기서 뭐해요?" 그녀가 말했다. "그냥 키스하러 온 거예요?"

"나쁜 소식이 있어. 동부전선으로 가게 되었어."

"이런, 안 돼요!" 그녀의 눈에 눈물이 차올랐다.

"이렇게 오랫동안 피해온 것이 기적이야. 하지만 도른 장군도 더는 날 지켜줄 수 없어. 우리 군 절반이 늙은이와 어린 학생인데, 나는 쓸 만한 스물네 살 장교잖아."

그녀는 속삭였다. "제발 죽지 말아요."

"최선을 다할게."

여전히 속삭이는 목소리로 그녀가 말했다. "하지만 조직은 어떻게 해요? 당신이 모든 걸 알잖아요. 당신 말고 누가 운영하겠어요?"

그는 말없이 그녀를 바라보았다.

그녀는 그가 무슨 생각을 하는지 알아챘다. "아, 안 돼. 난 안 돼요!"

"네가 가장 나아. 프리다는 지도자감이 아니라 따르는 사람이야. 너는 새로운 사람을 포섭하고 동기를 부여하는 능력을 보여주었어. 경찰과 단 한 번도 문제를 일으킨 적이 없고 정치활동을 했던 기록도 없어. 네가 T4 작전에 맞서서 어떤 역할을 했는지 아무도 몰라. 당국이 볼 때 너는 아무 죄 없는 간호사야."

"하지만 베르너, 난 무서워요!"

"꼭 해야 할 필요는 없어. 하지만 아무도 할 수 있는 사람이 없어."

그때 두 사람은 소란스러운 소리를 들었다.

바로 옆 병동은 정신과 환자들이 있었고 고함이나 심지어 비명 정도는 심심찮게 들렸다. 하지만 이건 다른 것 같았다. 교양 있는 누군가가 소리 높여 화내고 있었다. 그러더니 두번째 목소리가 들렸는데, 베를린 악센트에 고집스럽게 상대를 괴롭히는, 외지인이 전형적인 베를린 사람이라고들 하는 말투였다.

카를라는 복도로 나섰고 베르너가 뒤따랐다.

재킷에 노란 별을 붙인 로트만 박사가 친위대 제복을 입은 사내와 말싸움을 벌이고 있었다. 그들 뒤쪽으로 보통은 잠가두는 정신과 병동 쌍여닫이문이 활짝 열려 있었다. 환자들이 병동을 떠나고 있었다. 두 명의 경찰관과 간호사 몇 명이 비뚤배뚤 줄 선 남녀를 이동시키고 있었다. 대부분 파자마 바람에 똑바로 걷는 일부는 정상으로 보였지만 어떤 사람들은 다른 이들을 따라 계단을 내려가면서도 중얼거리며 꾸물댔다.

카를라는 즉시 아다의 아들 쿠르트와 베르너의 동생 악셀, 그리고 아켈베르크의 병원이라고 불리던 곳을 떠올렸다. 이 환자들이 어디로 가는지는 몰라도 그곳에서 살해당하리라 확신했다.

로트만 박사는 분연히 말했다. "이 사람들은 환자입니다! 치료가 필요하다고요!"

친위대 장교가 대답했다. "저것들은 아픈 게 아니라 미친 거야. 그리고 우리는 저것들을 미친놈들이 있어야 하는 곳으로 보내는 거라고."

"병원으로 말입니까?"

"적절한 때 알게 될 거요."

"그런 대답으로는 만족 못합니다."

카를라는 끼어들면 안 된다는 것을 알았다. 만일 유대인이 아니라는 걸 들키면 몹시 곤란한 상황에 처할 것이다. 검은 머리에 눈이 녹색인 그녀는 아리아인인지 아닌지 딱히 구분하기 어려웠다. 조용히 있기만 하면 저들은 그녀를 괴롭히지 않을 터였다. 그러나 친위대가 하는 일에 항의하고 나선다면 체포당해 심문을 당할 테고, 불법적으로 일하고 있다는 사실이 드러날 것이다. 그래서 그녀는 입을 꽉 다물었다.

장교는 목소리를 높였다. "서둘러. 저 천치들을 버스에 태워."

로트만은 물러서지 않았다. "어디로 가는지 반드시 알아야겠습니다. 저들은 내 환자입니다."

진짜 그의 환자는 아니었다. 그는 정신과 의사가 아니었다.

친위대 사내가 말했다. "그렇게 저것들이 걱정스러우면 당신도 함께 갈 수 있어."

로트만 박사의 얼굴이 창백해졌다. 그러면 죽을 것이 불 보듯 뻔했다.

카를라는 그의 아내인 하넬로레와 아들 루디, 영국에 있는 딸 에바를 떠올렸다. 그러자 두려움으로 속이 뒤집혔다.

장교는 씩 웃었다. "갑자기 걱정이 사라졌나?" 그가 비웃었다.

로트만은 몸을 곧게 폈다. "그 반대입니다." 그가 말했다. "당신의 제안을 받아들이겠소. 나는 오래전에 아픈 사람을 돕기 위해 할 수 있는 모든 것을 하겠다고 맹세했소. 지금 그 맹세를 깨뜨리지는 않을 겁니다. 나는 내 양심과 함께 평화롭게 죽겠소." 그는 절룩거리며 계단을 내려갔다.

늙은 여자 하나가 가운만 걸치고 앞을 풀어헤쳐 알몸을 드러낸 채 지나갔다.

카를라는 가만있을 수가 없었다. "밖은 11월이에요!" 그녀는 소리질렀다. "코트조차 못 입었잖아요!"

장교가 그녀를 노려보았다. "버스에 타면 괜찮을 거야."

"따뜻한 옷을 좀 가져올게요." 카를라는 베르너에게 돌아섰다. "와서 좀 도와줘요. 어디서든 담요를 집어와요."

두 사람은 텅 빈 정신과 병동을 뛰어다니며 침대와 벽장에서 담요를 걷어내고 꺼냈다. 그들은 각각 담요를 잔뜩 들고 급히 계단을 내려갔다.

병원 정원의 땅은 얼어 있었다. 정문 밖에는 시동을 켠 회색 버스 한 대가 서 있고 운전사는 운전대를 잡은 채 담배를 피우고 있었다. 두꺼운 코트에 모자와 장갑 차림인 것을 보니 버스는 난방이 안 되는 모양이었다.

게슈타포와 친위대 몇 명이 모여 서서 상황을 지켜보고 있었다.

마지막 남은 환자들이 버스에 오르고 있었다. 카를라와 베르너는 버스에 올라 담요를 나눠주기 시작했다.

로트만 박사는 뒤쪽에 서 있었다. "카를라." 그가 말했다. "네가…… 네가 아내 하넬로레에게 어떻게 된 건지 전해주렴. 나는 환자들과 가야 해. 달리 방법이 없구나."

"물론이죠." 그녀는 목이 메었다.

"내가 이 사람들을 보호할 수 있을 거야."

카를라는 고개를 끄덕였지만 정말로 그 말을 믿지는 않았다.

"무슨 일이 벌어져도 난 저들을 버릴 수 없어."

"사모님께 말씀드릴게요."

"그리고 내가 사랑한다고 전해줘."

카를라는 더이상 눈물을 참을 수가 없었다.

로트만이 말했다. "내가 마지막으로 한 말이었다고 전해줘. 아내를 사랑한다고."

카를라는 고개를 끄덕였다.

베르너가 그녀의 팔을 잡았다. "가자."

두 사람은 버스에서 내렸다.

친위대 사내 한 명이 베르너에게 말했다. "공군 제복 입은 거기, 당신은 도대체 뭐하고 있는 거야?"

베르너는 머리끝까지 화가 나 있었고 그래서 싸움이라도 걸까봐 카를라는 두려웠다. 하지만 그는 차분하게 말했다. "추위에 떠는 노인들에게 담요를 주고 있습니다." 그가 말했다. "이제 그런 것도 불법입니까?"

"당신은 동부전선에서 싸우고 있어야지."

"내일 그리로 갈 겁니다. 당신은요?"

"말조심해."

"전선으로 가기 전에 체포하는 친절을 베풀어준다면 당신이 내 목숨을 살리는 겁니다."

사내는 고개를 돌렸다.

버스에서 기어 넣는 소리가 나더니 엔진 소리가 높아졌다. 카를라와 베르너는 고개를 돌려 버스를 보았다. 창문마다 하나씩 보이는 얼굴은 제각기 다 달랐다. 재잘거리고 침을 흘리고 발작적으로 웃고 부산을 떨거나 정신적인 고통으로 얼굴을 일그러뜨린 모습까지. 모두 제정신이 아니었다. 정신병 환자들이 친위대에 끌려가고 있었다. 미친 자들이 미친 자들을 데려가고 있었다.

버스가 출발했다.

## VI

"제대로 둘러볼 수 있도록 허락을 받았더라면 이곳 러시아를 좋아했을 겁니다." 우디가 아버지에게 말했다.

"나도 그래."

"괜찮은 사진도 못 찍었어요."

그들은 지하철역 입구 근처에 있는 모스크바 호텔의 웅장한 로비에 앉아 있었다. 짐을 꾸려 집으로 돌아가는 길이었다.

우디가 말했다. "그레그 페시코프에게 볼로댜 페시코프를 만났다고 알려줘야 해요. 볼로댜는 그다지 달가워하지 않았지만. 서방의 누구하고든 관계가 있으면 여기서는 의심받나봐요."

"당연히 그렇겠지."

"어쨌거나 우리는 여기 온 목적을 달성했네요. 그게 가장 중요한 일이죠. 연합국이 국제연합 조직을 만들자고 약속하다니."

"그래." 거스는 만족스럽게 말했다. "스탈린은 설득이 좀 필요했지만 결국에는 분별력을 찾았어. 내 생각에는 네가 페시코프와 솔직하게 이야기를 나눈 것도 도움이 되었다."

"아버지는 이걸 위해 평생을 싸워오셨잖아요."

"지금 이 순간 아주 기쁘다고 인정해도 좋겠지."

우디의 머릿속에 우려가 스쳤다. "이제 은퇴하시려는 건 아니죠?"

거스는 웃었다. "아니야. 우린 원칙적으로 동의했지만 일은 이제 막 시작된 거다."

코델 헐은 이미 모스크바를 떠났지만 일부 보좌관이 남아 있었는데, 그중 한 명이 듀어 부자에게 다가왔다. 우디도 아는 레이 베이커라는 젊은 친구였다. "소식이 있습니다. 상원의원님." 그가 말했다. 긴장한 기색이었다.

"자, 제시간에 잘 찾아왔군. 막 떠나려던 참이야." 거스가 말했다. "뭔가?"

"아드님 찰스, 그러니까 척에 관한 겁니다."

거스는 얼굴이 창백해져 물었다. "무슨 소식이지, 레이?"

젊은이는 말하기 곤란해했다. "의원님, 나쁜 소식입니다. 아드님이 솔로몬제도 전투에 참가했다고 합니다."

"다쳤나?"

"아니요, 의원님. 더 나쁜 상황입니다."

"아, 맙소사." 거스는 울기 시작했다.

우디는 단 한 번도 아버지가 우는 모습을 본 적이 없었다.

"유감입니다. 의원님." 레이가 말했다. "아드님이 사망했다는 소식입니다."

# 18장
# 1944년

## I

우디는 부모님이 사는 워싱턴 아파트에 있는 그의 방 거울 앞에 서 있었다. 미 육군 제510공수연대의 소위 군복 차림이었다.

워싱턴의 훌륭한 양복점에서 맞춘 군복이지만 그에게는 어울리지 않았다. 카키색 때문에 안색이 누레 보였고 튜닉 재킷에 배지와 계급장은 그저 어수선하기만 했다.

그는 징집을 피할 수도 있었지만 그러지 않기로 했다. 계속해서 아버지와 함께 루스벨트 대통령을 도와 더이상의 세계대전이 없는 새로운 국제질서를 계획하고 싶은 마음도 없지는 않았다. 그들은 모스크바에서 원하는 것을 얻었지만 스탈린은 변덕스러웠고 일을 어렵게 만드는 걸 좋아하는 것 같았다. 12월 테헤란에서 열린 회담에서 소련의 지도자는 지역별 위원회라는 타협안을 다시 들고 나왔고 루스벨트는 그를 설득해 포기하도록 해야 했다. 국제연합 조직은 지칠 줄 모르는 경계를 필요로 하는 것이 틀림없었다.

그러나 거스는 우디 없이도 해나갈 수 있었다. 그리고 우디는 자기 대신 다른 사람들이 싸우는 상황이 점점 더 불편했다.

군복을 입고 이보다 더 멋져 보일 수는 없다는 생각에 그는 어머니에게 보여주려고 거실로 향했다.

로사는 하얀 해군 복장의 젊은 손님과 함께였다. 잠시 후 우디는 주근깨가 박힌 에디 패리의 선한 얼굴을 알아보았다. 그는 지팡이를 붙잡고 로사와 함께 소파에 앉아 있었다. 그가 힘겹게 몸을 일으키더니 우디와 악수를 나누었다.

어머니는 슬픈 얼굴이었다. 그녀가 말했다. "척이 죽던 날에 대해 에디가 말해주고 있었어."

에디는 다시 자리에 앉았고 우디는 그 맞은편에 앉았다. "나도 듣고 싶군요." 우디가 말했다.

"오래 들려드릴 것도 없습니다." 에디가 시작했다. "부건빌 섬 해변에 내린 지 오 초나 되었을까, 늪지 어디선가 기관총이 사격을 시작했습니다. 우리는 숨으려고 달렸지만 제가 무릎에 총알을 두 발 맞았습니다. 척은 그대로 숲으로 뛰어가야 했어요. 원래 그래야 합니다. 부상자는 의무병이 데려가게 되어 있어요. 물론 척은 규칙에 따르지 않았죠. 그는 멈췄고 저를 위해 돌아왔어요."

에디가 말을 멈췄다. 그는 옆의 작은 탁자에 놓인 커피를 한 모금 마셨다.

"그가 양팔로 저를 안아들었습니다." 그가 계속 말을 이었다. "빌어먹을 바보 같으니. 스스로 표적이 된 겁니다. 하지만 저를 다시 상륙정으로 데려가려고 했던 것 같아요. 상륙정은 옆면이 높고 강철로 만들어졌거든요. 우리는 안전해질 수도 있었고, 저는 배에서 즉시 치료를 받을 수도 있었죠. 하지만 그는 그러지 말았어야 했어요. 일어서자마자 다리와 등, 머리에 총알 세례를 받았어요. 제 생각에는 땅에 쓰러지기도 전에 숨진 것 같습니다. 어쨌든 제가 고개를 들어서 봤을 때 이미 그는 그곳에 없었어요."

우디는 어머니가 간신히 감정을 억누르는 모습을 보았다. 어머니가 울면 그도 울음을 터뜨릴 것 같아 두려웠다.

"저는 해변에 쓰러진 그의 시체 옆에서 한 시간을 누워 있었습니다." 에디가 말했다. "내내 그의 손을 잡고 있었죠. 그러다 사람들이 들것으로 절 데리러 왔어요. 가고 싶지 않았습니다. 다시는 그를 볼 수 없다는 걸 알았거든요." 그는 양손에 얼굴을 묻었다. "그를 무척 사랑했습니다." 그가 말했다.

로사는 그의 커다란 어깨에 팔을 둘러 그를 껴안았다. 그는 그녀의 가슴에 얼굴을 묻고 아이처럼 흐느껴 울었다. 그녀가 그의 머리를 쓰다듬었다. "자, 자." 그녀가 말했다. "그래, 그래."

우디는 어머니가 척과 에디의 관계를 알고 있다는 걸 깨달았다.

잠시 후 에디는 진정하기 시작했다. 그는 우디를 바라보았다. "제 기분이 어떤지 아실 겁니다." 그가 말했다.

그는 조앤의 죽음을 말하는 것이었다. "네, 압니다." 우디가 말했다. "세상에서 최악의 상황이죠. 하지만 고통은 매일 조금씩 줄어듭니다."

"꼭 그랬으면 좋겠어요."

"아직 하와이에 있습니까?"

"네. 척과 저는 적지 분석팀에서 일해요. 아니 일했죠." 그는 침을 삼켰다. "척은 우리가 만든 지도가 실제 전투에서 어떻게 사용되는지 보면 좋겠다고 생각했어요. 그래서 해병대와 함께 부건빌에 간 겁니다."

"훌륭한 일을 하고 있군요." 우디가 말했다. "우리가 태평양에서 일본을 몰아내고 있는 것 같습니다."

"조금씩, 조금씩 그러고 있죠." 에디가 말했다. 그는 우디의 군복을 흘깃 보았다. "부대가 어디 있습니까?"

"조지아 주 포트베닝에서 공수 훈련을 받고 있었습니다." 우디가 말했다. "이제 런던으로 갈 예정입니다. 내일 떠나죠."

그는 어머니와 눈이 마주쳤다. 문득 어머니가 늙어 보였다. 얼굴의 주름이 눈에 띄었다. 쉰번째 생일조차 조용하게 지나간 참이었다. 하지만 척의 죽음에 대해 이야기를 나누는 와중에 또다른 아들이 군복을 입고 있다는 상황이 그녀에게 강한 충격으로 작용한 듯했다.

에디는 그런 분위기를 읽지 못했다. "사람들 말로는 우리가 올해 프랑스를 공략할 거라고 하더군요." 그가 말했다.

"아마 그래서 내가 훈련을 속성으로 마쳤나봅니다." 우디가 말했다.

"실전을 좀 경험하게 되겠군요."

로사는 소리 죽여 흐느꼈다.

우디가 말했다. "내 동생처럼 용감할 수 있으면 좋겠습니다."

에디가 말했다. "그럴 일이 절대로 없기를 바랍니다."


II


그레그 페시코프는 검은 눈의 마거릿 카우드리를 데리고 오후에 열린 교향곡 연주회에 갔다. 마거릿의 크고 넉넉한 입은 키스를 매우 좋아했다. 하지만 그레그는 다른 생각이 있었다.

그는 바니 맥휴의 뒤를 밟고 있었다.

빌 빅스라는 FBI 요원도 마찬가지였다.

바니 맥휴는 똑똑하고 젊은 물리학자였다. 그는 뉴멕시코 주 로스앨러모스의 미 육군 비밀 연구소에서 휴가를 얻어 영국인 아내를 데리고 관광차 워싱턴에 와 있었다.

맥휴가 연주회에 온다는 정보를 미리 알아낸 FBI는 특별요원 빅스를 통해 어렵사리 맥휴의 두 줄 뒤 두 자리를 그레그에게 얻어주었다. 수백 명의 낯선 사람들이 뒤엉켜 들고 나는 연주회장은 비밀 접선에 완벽한 장소였고 그레그는 맥휴가 무슨 일을 하려는 것인지 알고 싶었다.

두 사람이 전에 만난 적이 있다는 것이 아쉬웠다. 그레그는 원자로를 시험하던 날 시카고에서 맥휴와 대화를 나눈 적이 있었다. 일 년 반 전의 일이지만 맥휴가 기억하고 있을지도 몰랐다. 그래서 그레그는 절대로 맥휴의 눈에 띄어선 안 되었다.

그레그와 마거릿이 도착했을 때 맥휴의 좌석은 비어 있었다. 양쪽으로 평범해 보이는 한 쌍이 앉아 있었는데, 왼쪽은 회색 줄무늬 싸구려 정장을 입은 중년 남자와 촌스러운 아내, 오른쪽은 나이든 여자 두 명이었다. 그레그는 맥휴가 나타나기를 바랐다. 만일 그자가 스파이라면 붙잡고 싶었다.

그들은 차이콥스키의 1번 교향곡을 들을 예정이었다. "그러니까 당신, 클래식 음악을 좋아하는구나." 마거릿은 오케스트라가 음정을 맞추는 동안 수다스럽게 말했다. 그레그가 자기를 왜 이곳에 데려왔는지 진짜 이유는 알 턱이 없었다. 그녀는 그레그가 비밀을 지켜야 하는 무기 연구 분야에서 일하는 것은 알았지만 거의 모든 미국인이 그러하듯 핵폭탄에 대해서는 눈치채지 못했다. "당신은 재즈만 듣는 줄 알았어." 그녀가 말했다.

"러시아 작곡가들을 무척 좋아해. 아주 극적이잖아." 그레그가 말했다. "아마 내 핏속에 그런 게 있나봐."

"난 클래식을 들으며 자랐어. 아버지는 디너파티를 열면 작은 오케스트라를 부르곤 했지." 마거릿의 가족은 비교하자고 들면 그레그가 극빈자처럼 느껴질 정도로 부자였다. 하지만 그는 아직 그녀의 부모님을 만나지 않았고, 그들이 할리우드의 유명한 오입쟁이의 서자를 못마땅해할 거라고 생각했다. "뭘 보고 있어?" 그녀가 말했다.

"아무것도 아니야." 맥휴 부부가 도착했다. "향수 뭐 뿌렸어?"

"르누아르의 치치."

"아주 좋군."

맥휴 부부는 행복해 보였다. 똑똑하고 돈 잘 버는 젊은 커플이 휴가를 보내는 중이었다. 그레그는 두 사람이 호텔방에서 사랑을 나누다가 늦은 것은 아닐까 궁금했다.

바니 맥휴는 회색 줄무늬 양복을 입은 남자 옆자리에 앉았다. 남자가 입은 양복은 패드를 댄 어깨 부분이 부자연스럽게 뻣뻣한 것을 보면 싸구려였다. 그는 옆자리 관객들에게 눈길도 주지 않았다. 맥휴 부부는 친밀하게 붙어 앉아 머리를 맞대고 바니가 들고 있는 신문 속 십자말풀이를 시작했다. 몇 분 뒤 지휘자가 모습을 드러냈다.

첫번째 곡은 생상스였다. 전쟁이 벌어진 터라 독일과 오스트리아의 작곡가들은 인기가 떨어졌고 음악회에 가는 사람들은 대안을 찾아냈다. 라이벌로는 시벨리우스가 있었다.

맥휴는 공산주의자인 것 같았다. 그레그는 J. 로버트 오펜하이머에게서 들어 알고 있었다. 손꼽히는 이론물리학자로 캘리포니아 대학교 출신인 오펜하이머는 로스앨러모스 연구소의 소장이면서 맨해튼 프로젝트 전체를 이끄는 학문적 책임자였다. 그는 공산주의자들과 유대가 돈독했지만 입당한 적은 절대 없다고 주장했다.

특별요원 빅스가 그레그에게 말한 적이 있다. "군이 왜 이런 좌익분

자들을 데리고 일해야 하는 거지? 사막에서 하려는 게 뭐든 똑똑하고 젊은 미국의 보수파 과학자들이 하면 되잖아?"

"아니, 그런 사람은 없어요." 그레그는 그에게 말했다. "만일 있었다면 그들을 썼겠죠."

가끔 조국보다 대의명분에 더 충성하는 공산주의자들은 핵 연구의 비밀을 소련과 공유하는 것이 옳다고 생각할 수도 있었다. 이것은 적에게 정보를 주는 것과는 달랐다. 소련은 나치에 대항하는 미국의 동맹국이었다. 사실 소련은 다른 동맹국을 모두 합친 것보다 더 많은 전투를 치렀다. 그럼에도 그것은 위험했다. 모스크바로 보내는 정보가 베를린으로 갈지 몰랐다. 그리고 전쟁 후 세계에 대해 일 분 이상 생각해본 사람이라면 미국과 소련이 늘 친구는 아닐 수도 있음을 추측할 수 있었다.

FBI는 오펜하이머가 보안상 위험인물이라고 생각했고 그를 해고하라며 그레그의 상관 그로브스 장군을 계속 설득했다. 하지만 장군은 당대의 뛰어난 과학자인 오펜하이머와 함께 일하겠다고 주장했다.

오펜하이머는 충성심을 증명하기 위한 시도로써 공산주의자일 가능성이 있는 인물로 맥휴를 지목했고, 그레그가 그를 미행하는 이유도 그때문이었다.

FBI는 기대하지 않았다. "오펜하이머가 거짓말을 하는 거야." 빅스가 말했다.

그레그가 말했다. "믿을 수 없습니다. 저는 그와 일 년이나 알고 지냈습니다."

"그 자식 빌어먹을 공산주의자라니까. 아내와 동생, 그 아내처럼 말이지."

"그는 미국 군인들을 위해 더 좋은 폭탄을 만들겠다고 하루에 열아홉 시간씩 일하고 있어요. 그런 반역자가 어디 있습니까?"

그레그는 맥휴가 스파이로 밝혀져 오펜하이머에 대한 의심이 풀리길 바랐다. 그래야 그로브스 장군에 대한 신뢰가 올라가고 그레그의 위상도 높아질 것이기 때문이다.

연주회가 중반에 이를 때까지 그레그는 맥휴를 쭉 지켜보면서 그에게서 잠시도 눈을 떼려 하지 않았다. 물리학자는 좌우의 사람들에게 고개를 돌리지 않았다. 그저 음악을 흡수하고 있는 것처럼 보였고, 무대 위와 전형적인 영국 여자인 아내를 사랑스러운 눈길로 바라보는 것 말고는 다른 곳으로 시선을 보내지 않았다. 그저 오펜하이머가 맥휴를 잘못 본 것일까? 아니면 교묘하게 다른 사람을 거명해 자신을 향한 의심을 교란시키려고 한 것일까?

빅스 역시 지켜보고 있다는 걸 그레그는 알았다. 그는 2층 특별석에 앉아 있었다. 어쩌면 뭐라도 봤을지 몰랐다.

쉬는 시간이 되자 그레그는 맥휴 부부를 따라나가 같은 줄에 서서 기다렸다가 커피를 받아 마셨다. 촌스러운 커플이나 두 명의 노부인은 근처 어디서도 눈에 띄지 않았다.

그레그는 좌절했다. 어떤 결론을 내려야 할지 알 수 없었다. 그의 의심은 근거가 나? 맥휴 부부의 이번 방문은 그냥 순수한 것인가?

그와 마거릿이 자리로 돌아가려는데 빌 빅스가 옆으로 와서 붙었다. 그는 중년에 약간 뚱뚱했고 머리가 벗어지고 있었다. 연한 회색 정장을 입었는데 겨드랑이에 땀자국이 보였다. 그가 낮은 목소리로 말했다.
"당신 말이 맞았어."

"어떻게 아세요?"

"맥휴 옆자리에 앉은 남자."

"회색 줄무늬 양복이요?"

"그렇지. 니콜라이 옌코프라고, 소련 대사관의 문화 담당관이야."

그레그가 말했다. "이런 맙소사!"

마거릿이 돌아섰다. "응?"

"아니야." 그레그가 말했다.

빅스가 다른 곳으로 사라졌다.

"머릿속에 무슨 딴생각이 있구나." 그녀는 자리에 돌아와 앉으며 말했다. "생상스의 음악은 한 소절도 안 듣는 것 같던데."

"그저 일 생각을 하고 있었어."

"그냥 다른 여자 생각은 아니라고 말해줘. 그럼 잊을게."

"다른 여자 아니야."

음악회의 후반부가 되자 불안해지기 시작했다. 그레그는 맥휴와 옌코프가 서로 접촉하는 모습을 보지 못했다. 그들은 이야기를 나누지 않았고 그는 두 사람이 서류나 봉투, 필름통 같은 뭔가를 주고받는 것도 보지 못했다.

교향곡은 끝났고 지휘자가 인사를 했다. 관객들이 빠져나가기 시작했다. 그레그의 스파이 사냥은 대실패였다.

로비로 나온 마거릿은 화장실로 갔다. 그레그가 기다리고 있는 사이 빅스가 다가왔다.

"아무것도 못 봤어요." 그레그가 말했다.

"마찬가지야."

"어쩌면 우연히 맥휴가 옌코프 옆에 앉았을 겁니다."

"우연이란 없어."

"뜻밖의 문제가 있었는지도 모르죠. 암호를 틀렸다거나."

빅스는 고개를 저었다. "그들은 뭔가를 주고받았어. 단지 우리가 못 본 거지."

맥휴 부인 역시 화장실에 갔기 때문에 맥휴도 그레그처럼 근처에서 기다리고 있었다. 그레그는 기둥 뒤에서 그를 조심스럽게 살펴보았다. 그는 가방을 들고 있지도 않고 꾸러미나 서류철을 숨길 만한 레인코트를 입지도 않았다. 하지만 그럼에도 뭔가 이상했다. 뭐지?

그 순간 그레그는 깨달았다. "신문!" 그가 말했다.

"뭐?"

"들어올 때 바니는 신문을 들고 있었어요. 음악이 시작되기를 기다리면서 두 사람이 십자말풀이를 했거든요. 지금은 신문이 없어요!"

"버렸거나 안에 뭔가를 숨겨 옌코프에게 넘겼군."

"옌코프와 그의 아내는 이미 떠났습니다."

"아직 밖에 있을지도 몰라."

빅스와 그레그는 문으로 달려갔다.

빅스는 출입구를 통해 여전히 빠져나가고 있는 사람들을 밀치며 뚫고 나갔다. 그레그는 바로 뒤에 따라붙었다. 두 사람은 밖으로 나와 인도에서 좌우를 살폈다. 그레그는 옌코프를 보지 못했지만 빅스는 눈이 날카로웠다. "길 건너야!" 그가 소리를 질렀다.

외교관 남자와 촌스러운 그의 아내는 인도에 서 있었고 검은색 리무진이 그들을 향해 천천히 다가왔다.

옌코프는 접은 신문을 들고 있었다.

그레그와 빅스는 도로를 가로질러 달렸다.

리무진이 멈춰 섰다.

그레그는 빅스보다 달리기가 빨랐고 도로 건너편에 먼저 도착했다.

옌코프는 그들을 알아차리지 못했다. 그는 서두르지 않고 차문을 연 다음 아내를 먼저 태우느라 뒤로 한 걸음 물러섰다.

그레그가 옌코프에게 몸을 던졌다. 두 사람은 바닥으로 쓰러졌다. 옌코프 부인이 비명을 질렀다.

그레그는 허둥지둥 몸을 일으켰다. 운전사가 차에서 나와 반대편으로 돌아왔지만 빅스가 "FBI다!"라고 소리지르며 배지를 들어 보였다.

옌코프는 신문을 떨어뜨렸다. 그리고 다시 집으려고 손을 뻗었다. 하지만 그레그가 빨랐다. 그는 신문을 집고 뒤로 물러나 펼쳤다.

속에는 문서 몇 장이 들어 있었다. 맨 첫 장에는 도표가 그려져 있었다. 그레그는 즉시 무엇인지 알아보았다. 플루토늄폭탄의 내폭 격발장치의 작동 원리를 보여주는 도표였다. "하느님 맙소사." 그가 말했다. "이건 정말 최신 자료군!"

옌코프는 차로 뛰어올라 문을 닫고 안에서 잠갔다.

운전사는 자리로 돌아가 차를 몰고 달렸다.

III

토요일 밤 피커딜리에 있는 데이지의 아파트는 북적거렸다. 손님이 백 명은 되는 것 같아 그녀는 기분이 좋았다.

그녀는 런던에 와 있는 미국 적십자에 기반을 둔 사교 모임을 이끌고 있었다. 매주 토요일이면 미군 병사들을 위한 파티를 열고 세인트바츠 병원의 간호사들을 초대해 만남을 주선했다. 영국 공군 조종사들도 왔다. 그들은 데이지가 무한정 제공하는 스카치와 진을 마시고 그녀의 축음기로 글렌 밀러의 음악을 틀어놓고 춤을 추었다. 모든 병사에게 그것이 마지막 파티일 수도 있다는 사실을 아는 그녀는 그들을 행복하게 해주기 위해 키스만 제외하고 모든 것을 했다. 하지만 키스는 간호사들이 많이 해주었다.

데이지는 자신이 주최하는 파티에서 절대로 술을 마시지 않았다. 신경쓸 것이 너무 많았다. 커플들은 늘 화장실에서 문을 걸어 잠그고 나오지 않아서 그곳을 원래 목적으로 사용하려면 끌어내야 했다. 만일 진짜 중요한 장군이 술에 취하면 집까지 안전하게 돌아가는지 확인해야 했다. 가끔 얼음이 떨어지기도 했다. 영국인 아랫사람들에게는 파티에서 얼음이 얼마나 중요한지 이해시킬 수가 없었다.

보이 피츠허버트와 헤어진 뒤 얼마 동안 그녀에게 친구라고는 레크위드 가족밖에 없었다. 로이드의 어머니 에설은 그녀를 비난하는 법이 결코 없었다. 이제는 사회적으로 신분이 높은 에설이지만 그녀도 과거에 실수를 했고 그래서 좀더 이해심이 깊었다. 데이지는 여전히 매주 수요일 저녁 올드게이트에 있는 에설의 집에 들러 라디오를 두고 둘러앉아 코코아를 마셨다. 일주일 중 가장 좋아하는 저녁이었다.

그녀는 이제 버펄로에서, 그리고 런던에서 또다시 두번째로 사교계에서 배척당했고 자기 탓일지도 모른다는 우울한 생각이 들었다. 어쩌면 그녀는 행동규범이 엄격하고 지나치게 점잔 떠는 상류사회에 어울리는 사람이 아닐 수도 있었다. 그런 사람들에게 매력을 느낀 자기가 어리석었다.

문제는 그녀가 파티와 소풍, 스포츠 행사 등 사람들이 차려입고 모여 노는 일이라면 뭐든 좋아한다는 점이었다.

하지만 이제 재미있게 지내는 데는 영국 귀족이나 조상 대대로 부자인 미국인이 필요 없다는 걸 알았다. 그녀는 자신만의 사교 모임을 만들었고 다른 모임보다 훨씬 더 재미있었다. 보이와 헤어진 뒤로 그녀와 이야기하길 거부했던 사람들 가운데 일부가 이제는 그녀의 유명한 토요일 밤 모임에 초대받기를 원한다는 강한 암시를 주기도 했다. 그리고 으리으리한 메이페어 저택에서 견딜 수 없을 만큼 성대한 만찬을 마친 뒤 느긋하게 즐기기 위해 그녀의 아파트로 찾아오는 손님도 많았다.

오늘밤은 지금까지 가운데 최고의 파티였다. 로이드가 휴가를 받아 집에 왔기 때문이다.

그는 공개적으로 이곳 아파트에서 그녀와 살았다. 그녀는 사람들이 어떻게 생각하든 신경쓰지 않았다. 점잖은 인사들 사이에서는 이미 평판이 나쁠 대로 나빠져서 더 망칠 것도 없었다. 어쨌거나 전쟁중 다급한 사랑은 많은 사람들로 하여금 비슷한 방식으로 규칙을 깨뜨리게 했다. 집안일을 돕는 사람 중에는 가끔 그런 일에 공작부인인 양 엄격한 사람도 있었지만 데이지의 고용인들은 모두 그녀를 좋아했고, 그래서 그녀와 로이드는 침실을 따로 사용하는 연기조차 하지 않았다.

그녀는 그와의 잠자리가 무척 좋았다. 보이처럼 경험이 많지는 않지만 그걸 보충할 만큼 열정적이었다. 그리고 배우겠다는 의욕이 넘쳤다. 매일 밤이 더블베드에서 떠나는 탐험 여행이었다.

손님들이 이야기하고 웃고 마시며 담배 피우고 춤추고 애무하는 걸 함께 지켜보던 로이드가 그녀를 향해 웃으며 물었다. "행복해?"

"거의." 그녀가 말했다.

"거의?"

그녀는 한숨을 내쉬었다. "난 아이를 갖고 싶어, 로이드. 우리가 결혼 못한 건 신경쓰지 않아. 아 물론, 신경이야 쓰이지. 하지만 그래도 아이는 갖고 싶어."

로이드의 얼굴이 어두워졌다. "내가 서자에 대해서 어떻게 느끼는지 알잖아."

"그래, 당신이 설명했지. 하지만 혹시라도 당신이 죽으면 소중하게 여길 당신의 일부를 원한다고."

"죽지 않도록 최선을 다할 거야."

"알아." 하지만 그녀의 의심이 맞다면 그는 적의 점령지에서 정체를

2부 | 피의 계절   349

숨기고 싸우는 중이었고 독일 스파이가 영국에서 처형되는 것처럼 처형당할 수 있었다. 그는 떠나버리고 그녀에게는 아무것도 남지 않을 수 있었다. "나랑 같은 처지인 여자가 수백만 명이라는 건 알지만 당신 없는 삶은 상상할 수가 없어. 죽어버릴 것 같아."

"만일 보이가 이혼해주도록 만들 수 있다면 그렇게 하겠어."

"글쎄, 파티에서 할 이야기는 아닌 것 같네." 그녀는 실내 너머를 바라보았다. "이게 누구야? 저기 우디 듀어 같아!"

우디는 소위 군복을 입고 있었다. 그녀는 그에게 다가가 인사했다. 구 년이나 지나 다시 만나다니 묘한 일이었다. 하지만 그는 그저 더 나이가 들었을 뿐 많이 달라 보이지 않았다.

"지금 여기 와 있는 미군 병사만 수천 명이야." 데이지는 〈펜실베이니아 6-5000〉이라는 곡에 맞춰 춤추며 말했다. "프랑스에 쳐들어가는 게 분명하지. 아님 뭐겠어?"

"최고위층 장군들은 풋내기 소위들에게 계획을 알려주는 법이라고는 없어요." 우디가 말했다. "하지만 지금 말한 것처럼 내가 여기 와 있을 다른 이유는 생각할 수 없죠. 러시아 홀로 싸움을 감당하도록 두고볼 수는 없거든요."

"언제 시작할 것 같아?"

"공세는 늘 여름에 시작하죠. 늦은 5월이나 6월 초라고 다들 생각하고 있어요."

"정말 빠르네!"

"하지만 어딜 공격하는지는 아무도 몰라요."

"도버에서 칼레로 가는 게 바다를 건너는 가장 빠른 길이지." 데이지가 말했다.

"바로 그런 이유로 독일의 수비는 칼레에 가장 집중되어 있어요. 그러니까 그들을 놀라게 할 수도 있죠. 말하자면 마르세유 근처 같은 남쪽 해안에 상륙해서요."

"그러면 마침내 전쟁이 끝날지도 모르겠네."

"그렇지는 않을걸요. 일단 교두보를 확보한다고 해도 우리는 프랑스, 그다음엔 독일을 점령해야 해요. 갈 길이 멀죠."

"이런, 세상에." 우디의 기운을 좀 북돋워줘야 했다. 그리고 데이지는 그 일에 적임자인 여자를 알았다. 이사벨 에르난데스는 옥스퍼드의 세인트힐다 칼리지에서 장학금을 받고 역사학 석사과정을 밟고 있었다. 매우 아름다운 여자였지만 남자들은 그녀가 너무 똑똑해서 기가 죽는다고 했다. 하지만 우디라면 그런 생각은 하지 않을 것이다. "이리로 와." 그녀는 이사벨에게 말했다. "우디, 이쪽은 내 친구 벨라라고 해. 샌프란시스코 출신이야. 벨라, 버펄로에서 온 우디 듀어야."

두 사람은 악수를 나누었다. 벨라는 키가 크고 검은 머리가 숱이 많았고 조앤 로즈로크와 똑같이 피부가 올리브색이었다. 우디는 그녀에게 웃으며 말했다. "런던에서 뭘 하고 계시죠?" 데이지는 자리를 비켜주었다.

그녀는 자정에 식사를 제공했다. 미국 음식을 구할 수 있을 때는 햄과 달걀을 냈다. 그러지 못하면 치즈 샌드위치를 준비했다. 식사는 극장의 중간 휴식과 약간 비슷하게 이야기를 나눌 수 있도록 잠잠한 시간을 제공했다. 데이지는 우디 듀어가 여전히 벨라 에르난데스와 함께 있는 모습을 발견했다. 두 사람은 깊은 대화를 나누고 있는 것 같았다. 그녀는 모든 손님이 필요로 하는 게 더 없는지 확인하고 로이드와 구석에 앉았다.

"내가 전쟁 후에도 살아남는다면 뭘 할 건지 결정했어." 로이드가 말했다. "당신하고 결혼하는 것 말고."

"뭔데?"

"의회에 도전해볼 거야."

데이지는 설렜다. "로이드, 그거 멋진데!" 그녀는 팔로 그의 목을 감싸고 키스했다.

"아직 축하하기엔 일러. 어머니 선거구 옆에 있는 혹스턴에 이름을 넣어두긴 했어. 하지만 그쪽 노동당에서 날 선택하지 않을 수도 있지. 선택한다고 해도 선거에서 떨어질 수 있고. 혹스턴 현역 자유당 의원이 센 사람이니까."

"당신을 돕고 싶어." 그녀가 말했다. "당신 오른팔이 될 수도 있다고. 연설문도 작성하고. 나 그런 일 잘할 것 같아."

"당신이 도와주면 난 좋지."

"그럼 그렇게 정한 거야!"

나이가 있는 손님들은 저녁식사 후 떠났지만 음악이 다시 시작되고 술은 절대로 떨어질 일이 없어 파티는 더욱 거칠 것 없어졌다. 우디는 이제 벨라와 느린 음악에 맞춰 춤을 추고 있었다. 데이지는 조앤 이후 우디의 첫번째 연애가 될지 궁금했다.

점점 애무가 진해졌고 슬슬 사람들은 두 개의 침실로 사라졌다. 데이지가 열쇠를 빼놨기 때문에 문을 잠글 수는 없었다. 그래서 가끔은 같은 방에 여러 커플이 있기도 했지만 아무도 신경쓰지 않는 것 같았다. 한번은 청소용품을 넣어두는 벽장 안에서 두 사람이 서로의 품에 안겨 잠든 모습을 본 적도 있었다.

한시에 그녀의 남편이 도착했다.

그녀는 보이를 초대하지 않았지만 그는 미국인 조종사 두 명과 함께 나타났고 데이지는 어깨를 으쓱하고는 안으로 들였다. 그는 기분좋게 취해 있었고 간호사 몇 명과 춤을 추더니 데이지에게 정중히 춤을 청했다.

데이지는 그가 그냥 술에 취한 건지 아니면 마음이 풀렸는지 궁금했다. 혹시 마음이 풀린 거라면 이혼을 다시 생각해줄 수도 있을까?

그녀는 춤에 응했고 두 사람은 지르박을 췄다. 손님 대부분은 두 사람이 헤어진 부부라는 사실을 전혀 몰랐지만 아는 사람들은 깜짝 놀랐다.

"경주마 새로 샀다는 신문기사 봤어요." 그녀는 잡담 삼아 말했다.

"러키 래디라는 놈이지." 그가 말했다. "팔천 기니나 들었어. 지금까지 최고가야."

"제값을 하길 바랄게요." 그녀는 말을 아주 좋아했고 남편과 경주마를 사서 함께 훈련시키는 걸 생각해보기도 했지만 그는 그런 열정을 아내와 나누고 싶어하지 않았다. 그 일은 그녀가 결혼생활에서 느낀 좌절 가운데 하나였다.

그는 그녀의 마음을 읽었다. "내가 당신 실망시켰지?" 그가 말했다.

"그래요."

"그리고 당신은 날 실망시켰고."

그것은 새로운 발상이었다. 한참을 곱씹다 그녀가 말했다. "당신의 부정을 눈감아주지 않아서요?"

"그거야." 그는 솔직해질 정도로 취해 있었다.

그녀는 기회를 포착했다. "우리가 얼마나 오랫동안 서로 벌을 줘야 한다고 생각해요?"

"벌을 줘?" 그가 말했다. "누가 누굴 벌주고 있다는 거야?"

"우리는 혼인관계를 유지하는 걸로 서로 벌주고 있어요. 합리적인 사람들처럼 이혼해야 해요."

"당신 말이 옳을지 몰라." 그가 말했다. "하지만 이런 토요일 밤은 그런 일을 의논하기에 최고로 적절한 때는 아니지."

그녀는 희망이 솟았다. "내가 만나러 가면 어때요?" 그녀가 말했다.

"우리 모두 깔끔하고 술에 취하지 않았을 때요."

그는 머뭇거렸다. "좋아."

그녀는 유리한 상황을 열심히 이용했다. "내일 아침은 어때요?"

"좋아."

"교회 마치고 갈게요. 정오면 괜찮아요?"

"좋아." 보이가 말했다.


## IV

우디는 하이드파크를 지나 사우스 켄징턴에 있는 벨라 친구의 아파트까지 그녀를 바래다주었고 그녀는 그에게 키스했다.

조앤이 죽은 뒤 처음으로 해보는 키스였다. 처음에는 얼어붙었다. 그는 벨라가 아주 마음에 들었다. 그녀는 조앤 이후 만나본 가장 똑똑한 여자였다. 그리고 느린 춤을 출 때 그에게 매달리는 걸로 봐서는 그가 원한다면 키스해도 될 것 같았다. 그럼에도 그는 망설이고 있었다. 계속 조앤을 생각했다.

그때 벨라가 선수를 쳤다.

그녀는 입을 벌렸고 그는 그녀의 혀를 맛봤지만 그럴수록 그런 식으로 키스하던 조앤이 생각날 뿐이었다. 그녀가 죽은 지 겨우 이 년 반밖에 되지 않았다.

머릿속으로는 예의바른 거절의 말을 궁리했지만 몸은 넘어가버렸다. 그는 갑자기 욕망으로 불타올랐다. 굶주린 사람처럼 그녀에게 키스하기 시작했다.

그녀는 발작적인 그의 열정에 열심히 응했다. 그의 양손을 잡아 그녀의 크고 부드러운 가슴으로 이끌었다. 그는 어쩌지 못하고 신음소리만 냈다.

어두워 거의 아무것도 보이지 않았지만 주위 수풀 사이에서 들려오는 절반쯤 억누른 소리를 들어보니 수없이 많은 커플이 주변에서 비슷한 행동을 하고 있다는 걸 알 수 있었다.

그녀는 그에게 몸을 바짝 붙였고 그는 그녀가 발기한 그의 물건을 느낄 수 있다는 것을 알았다. 그는 너무 흥분한 나머지 금방이라도 사정할 것 같았다. 그녀도 마찬가지로 극도로 흥분해 있었다. 그녀의 손가락이 정신없이 바지 단추를 푸는 것이 느껴졌다. 그의 뜨거운 물건을 잡는 손이 차가웠다. 그녀는 그의 물건을 옷 밖으로 꺼내더니 순간 놀랍고 기쁘게도 무릎을 꿇었다. 그녀의 입술이 물건을 감싸자마자 그는 참지 못하고 그녀의 입안에 사정하고 말았다. 그동안에도 그녀는 열정적으로 그의 물건을 빨고 핥았다.

절정이 지나고 난 뒤에도 그녀는 그의 물건이 누그러질 때까지 계속 키스했다. 그러고는 그의 물건을 집어넣고 일어섰다.

"즐거웠어요." 그녀가 속삭였다. "고마워요."

그는 고맙다고 말하려고 했다. 대신 그녀를 양팔로 꼭 안았다. 울음이 터질 정도로 고마웠다. 오늘밤 여자의 사랑이 얼마나 필요했는지 그 자신조차 깨닫지 못하고 있었다. 뭔가 그에게 드리웠던 어두운 그림자가 사라졌다. "말로 표현할 수는 없지만……" 그는 말을 시작했지만 이 순간이 그에게 얼마나 큰 의미인지 설명할 단어를 찾을 수 없었다.

"그럼 하지 말아요." 그녀가 말했다. "어쨌든 알아요. 느껴져요."

두 사람은 그녀의 집으로 걸었다. 문가에서 그가 말했다. "우리 혹시—"

그녀는 그의 입에 손가락을 대고 말을 막았다. "가서 전쟁에서 이겨요." 그녀가 말했다.

그리고 안으로 사라졌다.

V

데이지는 자주 참석하지 않는 일요일 예배에 가려고 나섰다. 요즘 그
녀는 신도들이 그녀를 무시하는 웨스트엔드의 상류층 교회 대신 지하
철을 타고 올드게이트로 가서 갈보리 복음교회 예배에 참석했다. 교리
는 사뭇 달랐지만 별문제가 되지 않았다. 찬송은 이스트엔드 쪽이 더
나았다.

그녀와 로이드는 따로따로 도착했다. 올드게이트 사람들은 그녀가
누군지 알았고 그들의 싸구려 의자에 떠돌이 귀족이 함께하는 걸 좋아
했지만, 별거중인 유부녀가 애인과 팔짱을 끼고 들어가는 것은 그들의
참을성을 지나치게 시험하는 일이 될 터였다. 에설의 동생 빌리가 말했
다. "예수께서 간통을 범한 여자를 비난하지는 않았지만 그녀에게 더이
상 죄짓지 말라고 하셨지."

예배를 드리는 동안 그녀는 보이에 대해 생각했다. 어젯밤 회유하는
듯한 말들은 진심이었을까? 아니면 그저 술에 취해 부드러워진 것뿐인
가? 보이는 떠나면서 로이드와 악수를 나누기까지 했다. 당연히 용서하
겠다는 의미일까? 하지만 그녀는 희망을 품지 말라고 스스로에게 말했
다. 보이는 그녀가 아는 사람 중 가장 이기적이었고, 그런 면에서는 그
의 아버지나 그녀의 동생 그레그보다 더했다.

예배가 끝나면 데이지는 에스 레크위드의 집으로 가서 일요일 저녁
을 함께 보냈지만 오늘은 로이드만 보내고 서둘러 자리를 떴다.

그녀는 웨스트엔드로 돌아와 메이페어에 있는 남편의 집 문을 두드

렸다. 집사가 그녀를 거실로 안내했다.

보이가 소리를 지르며 들어왔다. "도대체 이건 무슨 짓이야?" 그는 으르렁거리며 그녀에게 신문을 던졌다.

이런 기분의 남편을 자주 본 그녀는 그가 두렵지 않았다. 딱 한 번 그가 그녀를 때리려고 손을 치켜든 때가 있었다. 그녀는 무거운 촛대를 집어들고서 맞서 패주겠다고 위협했다. 그런 일은 두 번 다시 없었다.

두렵지는 않았지만 실망했다. 지난밤 그는 매우 기분이 좋았다. 하지만 어쩌면 여전히 합리적인 말에 귀를 기울일 수도 있었다.

"무슨 일 때문에 기분이 상했죠?" 그녀가 차분하게 말했다.

"그 빌어먹을 신문을 봐."

그녀는 몸을 숙여 신문을 집어들었다. 좌익의 인기 있는 타블로이드판 〈선데이 미러〉 오늘 자였다. 1면에 보이의 새 말인 러키 래디의 사진과 다음과 같은 헤드라인이 보였다.


## 러키 래디
### 석탄 광부 28명의 가치


보이가 기록적인 가격으로 말을 샀다는 기사는 이미 어제 신문에도 모두 났지만, 오늘 자 〈미러〉는 말 한 필 가격인 팔천사백 파운드는 탄광 사고로 사망한 광부의 과부에게 지급되는 일반적인 보상금 삼백 파운드의 정확히 28배라는 점을 꼬집는 분노의 사설을 실었다.

그리고 피츠허버트 가문의 부는 탄광에서 얻은 것이다.

보이가 말했다. "아버지가 노발대발이셔. 전쟁 후 정부에서 외무장관을 맡기를 바라셨거든. 이걸로 아버지의 기회가 날아갈 수도 있어."

데이지는 화를 내며 말했다. "보이, 이게 왜 내 잘못인지 친절하게 설명해줄래요?"

"이 빌어먹을 글을 누가 썼는지 보라고!"

데이지는 살펴보았다.

## 빌리 윌리엄스
### 애버로언 지역구 하원의원

보이가 말했다. "당신 남자친구 삼촌이잖아!"

"그분이 나랑 상의하고 이 글을 썼겠어요?"

그는 손가락을 흔들었다. "무슨 이유인지 그 가족은 우릴 증오해!"

"당신네가 탄광으로 그렇게 많은 돈을 버는데 광부들은 그런 부당한 대접을 받는 게 불공평하다고 생각해서죠. 전쟁중인 걸 알잖아요."

"당신도 물려받은 돈으로 살잖아." 그가 말했다. "그리고 어젯밤 피커딜리에 있는 당신 아파트에서도 전쟁중이라 물자를 아끼는 모습은 딱히 못 봤어."

"당신이 옳아요." 그녀가 말했다. "하지만 나는 병사들을 위해 파티를 열었어요. 당신은 말 한 마리에 엄청난 돈을 썼고."

"그건 내 돈이야!"

"하지만 그 돈은 탄광에서 생겼죠."

"윌리엄스 자식이랑 침대에서 너무 많은 시간을 보내더니 빌어먹을 볼셰비키가 됐군."

"그리고 그 점이 우리를 더욱 멀어지게 하고 있어요. 보이, 당신 정말 나랑 혼인상태를 유지하고 싶어요? 당신도 당신에게 맞는 사람을 찾을 수 있어요. 런던 여자 절반은 기꺼이 애버로언 자작부인이 되려고 할 거라고요."

"그 빌어먹을 윌리엄스 가족을 위한 일은 절대로 안 할 거야. 어쨌거나 어젯밤에 듣자하니 당신 남자친구는 의회로 진출하고 싶은 모양이더군."

"그이는 멋진 의원이 될 거예요."

"당신을 달고서는 안 될 거야. 당선되지도 못할걸. 그놈은 사회주의자야. 당신은 한때 파시스트였고."

"그건 나도 생각해봤어요. 약간 문제가 될 거라는 건 알지만—"

"문제? 그건 넘을 수 없는 장벽이야. 신문에서 기사만 나기를 기다리라고! 당신은 오늘 나처럼 십자가에 못박힐 테니까."

"당신 〈데일리 메일〉에 기사를 넘기려는 거군요."

"그럴 필요조차 없어. 그놈의 정적이 해줄 테니까. 내 말 명심해. 당신을 곁에 두고는 로이드 윌리엄스는 조금의 가능성도 없어."


## VI


6월의 첫 닷새 동안 우디 듀어와 그가 이끄는 공수소대를 비롯한 천여 명의 병사는 런던 북서쪽 어딘가의 비행장에 격리되어 있었다. 비행기 격납고 한 동이 수백 개의 간이침대가 줄지어 놓인 거대한 막사로 바뀌었다. 대기하는 동안 지루하지 않도록 영화와 재즈 레코드가 제공되었다.

그들의 목표지점은 노르망디였다. 정교한 기만전술 계획에 따라 연합국은 독일군 최고사령부로 하여금 목표지역이 칼레에서 북동쪽으로 320킬로미터 떨어진 곳이라고 믿게 하려 했다. 독일군이 속아넘어갔다면 공격 병력은 적어도 첫 몇 시간은 상대적으로 약한 저항에 부딪힐 터였다.

공수부대원들은 한밤중에 시작하는 첫 공격을 맡게 되었다. 두번째 공격진은 오천 척의 함정에 올라탄 삼십만 명의 본진 함정 병력으로 새벽에 노르망디 해변에 상륙할 예정이었다. 그때쯤이면 공수부대원들이 이미 내륙의 방어 거점을 파괴하고 교통의 요충지를 장악했을 터였다.

우디의 소대는 16킬로미터 내륙에 있는 에글리즈데쇠르라는 작은 마을의 강을 가로지르는 다리를 점령해야 했다. 일단 성공하면 다리를 장악하고서, 해변으로 향할 가능성이 있는 모든 독일군 부대의 지원군을 연합국 주력 공격 부대가 도착해 맞설 때까지 막아내야 했다. 그리고 어떤 희생을 치르더라도 독일군이 다리를 폭파하는 것을 저지해야 했다.

공격 개시일을 기다리며 에이스 웨버는 긴 시간 포커 게임을 벌여서 천 달러를 땄다가 다시 잃었다. 레프티 캐머런은 개머리판을 접을 수 있는 가벼운 공수부대용 M1 반자동 카빈총을 홀린 사람처럼 닦고 기름칠했다. 로니 캘러헌과 토니 보나니오는 서로 좋아하지도 않으면서 매일 함께 미사에 참석했다. 스니키 피트 슈나이더는 런던에서 산 전투용 단검을 면도를 해도 좋을 만큼 날카롭게 갈았다. 콧수염마저 클라크 게이블과 비슷한 패트릭 티모시는 우쿨렐레를 연주했는데 같은 곡을 몇 번이고 반복해 사람들이 미쳐버릴 지경이었다. 디포 하사는 아내에게 긴 편지를 썼다가 찢어버리고는 다시 시작했다. 맥 트룰러브와 스모킹 조 모건은 머리가 짧으면 의무병들이 머리 부상을 치료하기 더 쉬울 거라며 서로의 머리를 박박 밀어주었다.

병사 대부분에게 별명이 있었다. 우디는 알고 보니 '스카치'로 불리고 있었다.

디데이는 6월 4일 일요일로 정해졌다가 날씨가 나빠 연기되었다.

6월 5일 월요일 저녁 대령이 연설을 했다. "제군!" 그는 소리쳤다.

"오늘밤이 우리가 프랑스로 쳐들어가는 그 밤이다!"

병사들은 소리를 지르며 찬성했다. 우디는 아이러니한 일이라고 생각했다. 그들은 안전하고 따뜻한 이곳을 떠나 프랑스로 넘어가 그들을 죽이려는 적군의 품을 향해 비행기에서 뛰어내리고 싶어했다.

특식이 제공되어 스테이크, 돼지고기, 닭고기, 감자튀김, 아이스크림까지 뭐든 먹을 수 있었다. 우디는 아무것도 먹고 싶지 않았다. 무엇이 기다리고 있는지 사병들보다 잘 아는 그는 배가 꽉 찬 채로 그 상황을 맞고 싶지 않았다. 그는 커피와 도넛을 먹었다. 영국인들이 없던 커피가 생길 때면 내놓는 형편없는 종류와 달리 향긋하고 맛있는 미국산 커피였다.

그는 부츠를 벗고 침대에 누웠다. 그는 벨라 에르난데스를, 한쪽 입꼬리만 올라가는 그녀의 미소와 부드러운 가슴을 떠올렸다.

그러다 정신을 차리니 사이렌이 울려대고 있었다.

잠시 우디는 그가 사람들을 죽이러 전쟁에 나가는 악몽에서 깨는 중이라고 생각했다. 그러다가 그것이 현실임을 깨달았다.

모두 낙하산용 복장을 입고 장비를 챙겼다. 챙겨야 할 것이 너무 많았다. 그중 일부는 없어선 안 되는 것들이었다. 30구경 탄알 150발과 카빈총, 대전차 수류탄, 작은 폭탄으로 알려진 개먼 수류탄, 전투식량, 식수 정화용 알약, 모르핀이 든 구급상자 등이었다. 나머지, 즉 야전삽, 면도기 세트, 프랑스어 회화 책자 등은 없어도 무방해 보였다. 짐이 지나치게 많아서 덩치가 작은 병사들은 어둠 속 활주로에서 나란히 비행기까지 걷는 동안 고생을 했다.

그들을 수송할 항공기는 C-47 스카이트레인이었다. 어슴푸레한 빛속에서 모든 수송기에 검은색과 흰색 줄무늬가 칠해진 특이한 모습을 보고 우디는 깜짝 놀랐다. 그가 탑승할 수송기의 조종사로 성미가 고약한 중서부 출신 보너 대위가 말했다. "빌어먹을 우리 편 포에 맞고 떨어지지 말라고 칠한 거야."

수송기에 오르기 전 병사들은 무게를 달았다. 캘러헌과 보나니오 두 사람은 분해한 바주카포를 담은 가방을 다리에 매달고 있어서 각자 몸무게보다 36킬로그램이 더 나갔다. 무게 측정이 끝나자 보너 대위가 화를 냈다. "너무 무거워!" 그는 우디에게 소리를 질렀다. "이 빌어먹을 비행기를 띄울 수가 없잖아!"

"제가 내린 결정이 아닙니다, 대위님." 우디가 말했다. "대령님께 말씀하십시오."

디포 하사가 가장 먼저 탑승해 비행기 앞쪽으로 가서 조종실로 열려 있는 아치형 출입문 옆에 자리를 잡았다. 그가 마지막으로 낙하할 예정이었다. 혹시라도 마지막 순간 밤하늘 속으로 뛰어내리기를 주저하는 병사가 있다면 디포가 세게 떠밀어 도와줄 것이다.

캘러헌과 보나니오는 모든 장비에다 바주카포가 든 다리 주머니까지 챙겨야 해서 도움을 받아 사다리를 올랐다. 소대장인 우디가 마지막에 탑승했다. 그는 맨 처음 뛰어내려 맨 처음 착지할 터였다.

수송기 내부는 양쪽에 간단한 철제 좌석들이 줄지어 있는 지하철 같았다. 병사들은 장비 위로 안전벨트를 매느라 애를 먹었고 어떤 이는 포기하고 매지 않았다. 문이 닫히고 엔진이 우르릉거리는 소리를 내기 시작했다.

우디는 두려운 동시에 흥분되었다. 이치에 맞지 않게도 전투가 기다려졌다. 얼른 지상으로 내려가 적에게 총을 쏘고 싶은 마음이라 스스로도 놀랐다. 그는 기다림이 끝나길 바랐다.

벨라 에르난데스를 다시 만날 수 있을까.

수송기가 활주로를 향해 육중하게 움직이면서 기체가 안간힘을 쓰는 것이 느껴졌다. 수송기는 힘겹게 속도를 높였다. 지면을 따라 영원히 덜컹거리며 달릴 것만 같았다. 우디는 빌어먹을 활주로가 도대체 얼마나 긴 거냐고 자기도 모르게 생각하고 있었다. 그 순간 마침내 수송기가 떠올랐다. 하늘을 나는 느낌은 거의 들지 않았고, 비행기는 고작 지면 위 1미터 정도에서 움직이는 게 틀림없는 듯했다. 그러던 중 밖을 내다보았다. 그는 일곱 개의 창문 가운데 가장 뒤쪽 옆에 앉아 있었다. 그는 멀어지는 기지의 가려진 불빛을 볼 수 있었다. 그들은 비행중이었다.

하늘은 흐렸지만 구름이 희미하게 빛났는데 아마도 구름 뒤로 달이 떠올랐기 때문인 것 같았다. 수송기의 양날개 끝에는 파란색 불빛이 반짝거렸고, 우디는 그가 탄 비행기와 다른 비행기들이 거대한 V자를 그리며 나는 걸 볼 수 있었다.

내부가 너무 시끄러워서 서로 귀에 대고 고함을 쳐야 목소리가 들렸고, 대화는 곧 멈췄다. 모든 병사가 딱딱한 의자에서 편안한 자세를 취해보려고 꿈틀댔지만 소용없었다. 눈을 감은 병사들도 있었지만 실제로 잠을 잘 수 있는 사람은 없을 듯했다.

그들은 고도 300미터보다 조금 높게 저공비행하고 있었고 우디는 희미하게 회청색으로 빛나는 강과 호수를 보았다. 어느 순간에는 수백 명이 모여서 고개를 들고 머리 위로 우르릉거리며 날아가는 비행기들을 쳐다보는 모습이 흘깃 보이기도 했다. 우디는 천여 대도 넘는 비행기가 동시에 영국 남부 상공을 날고 있다는 사실을 알았다. 틀림없이 장관이리라. 문득 그의 머릿속에 사람들은 역사가 만들어지는 장면을 목격하고 있으며, 자기가 그 역사의 일부라는 생각이 스쳤다.

삼십 분쯤 후 그들은 영국 해변 리조트들 상공을 지나 바다로 진입했다. 잠시 달이 구름 사이로 모습을 드러냈고 우디는 배들을 보았다. 눈앞의 광경이 믿기지 않았다. 바다에 도시가 떠 있었다. 온갖 크기의 배

수천 척이 길거리에 늘어선 다양한 주택처럼 끝도 없이 삐뚤빼뚤 열을 맞춰 항해하고 있었다. 그가 미처 다른 병사들에게 멋진 광경을 보라고 말하기도 전에 구름이 달을 다시 가렸고, 배들의 모습은 꿈처럼 사라졌다.

비행기들은 길게 곡선을 그리며 오른쪽으로 방향을 잡았다가 낙하지점의 서쪽을 목표 삼아 프랑스로 진입한 다음 공수부대가 정확한 지점에 확실히 떨어질 수 있도록 지형을 확인해가며 해안을 따라 동쪽으로 날 예정이었다.

영국 땅이지만 프랑스와 더 가까운 채널 제도는 1940년 프랑스 전투가 끝나면서 독일에 점령당했다. 그리고 지금 비행기들이 무리지어 제도 위를 날아가자 독일 대공포들이 불을 뿜었다. 고도가 워낙 낮아 스카이트레인 수송기들은 끔찍이도 위험했다. 우디는 전장에 도착하기도 전에 죽을 수 있다는 것을 깨달았다. 의미 없이 죽기는 정말 싫었다.

보너 대위는 대공포를 피해 지그재그로 움직였다. 그래서 우디는 기뻤지만 병사들에게 미친 영향은 유감스러웠다. 우디를 포함해 모두가 멀미를 느꼈다. 패트릭 티모시가 처음으로 굴복하고 바닥에 토했다. 지독한 냄새가 나머지를 더욱 괴롭혔다. 스니키 피트가 그다음으로, 그뒤 여러 명이 한꺼번에 토했다. 스테이크와 아이스크림을 잔뜩 먹은 그들은 그 모든 걸 다시 게워내고 있었다. 악취는 끔찍했고 바닥은 엄청나게 미끄러웠다.

제도를 지나면서 항로는 다시 직선으로 바뀌었다. 잠시 후 프랑스 해안이 나타났다. 수송기는 비스듬히 날며 왼쪽으로 방향을 바꾸었다. 부조종사가 자리에서 일어나 디포 하사의 귀에 대고 뭐라 말했고, 하사는 소대원들을 향해 손가락 열 개를 들어 보였다. 낙하지점까지 십 분 남았다는 뜻이었다.

수송기는 시속 250킬로미터이던 비행 속도를 낙하에 알맞게 160킬로미터 정도로 낮추었다.

갑자기 수송기가 안개 속으로 들어갔다. 안개가 너무 짙어 날개 끝에 달린 파란색 불빛까지 아예 보이지 않았다. 우디는 심장이 두근거렸다. 비행기들이 지금처럼 가까이 붙어 나는 상황은 위험하기 짝이 없었다. 전투를 치러보지도 못하고 비행기 사고로 죽는다면 얼마나 비극적이겠는가. 하지만 보너도 그저 수평을 유지하며 곧장 앞으로 날면서 최선의 결과를 비는 것밖에는 달리 방법이 없었다. 조금이라도 방향을 바꾸면 충돌을 일으킬 터였다.

수송기는 진입할 때와 마찬가지로 갑자기 안개를 벗어났다. 양쪽으로 다른 비행기들이 여전히 기적적으로 대형을 유지하고 있었다.

거의 즉각적으로 대공포가 불을 뿜기 시작했고 빽빽이 나는 비행기들 사이에서 포탄이 치명적인 꽃처럼 터졌다. 우디가 알기로 이런 상황에 대해 조종사들이 받은 명령은 속도를 유지하고 곧장 낙하지점으로 날아가는 것이었다. 하지만 보너는 명령을 어기고 대형을 이탈했다. 엔진이 우렁찬 소리와 함께 최고 출력을 냈다. 다시 지그재그 비행이 시작되었다. 수송기는 속도를 높였고 기수가 밑을 향해 파고들었다. 창밖을 보던 우디는 많은 다른 조종사들이 마찬가지로 통제 불능의 상황에 빠진 걸 목격했다. 그들은 자신의 목숨을 구해야 한다는 충동을 누르지 못했다.

출입문에 빨간색 불이 들어왔다. 낙하 사 분 전이었다.

우디는 조종사들이 어떻게든 부대원들을 얼른 떨궈주고 안전한 곳으로 날아가고 싶어 너무 일찍 불을 켰다고 확신했다. 그러나 차트를 가진 건 그들이었으니 항의할 수도 없었다.

우디는 일어섰다. "일어나 고리를 걸어라!" 그는 소리질렀다. 병사들 대부분이 그의 목소리가 들리지 않았지만 무슨 말인지 알았다. 병사들은 일어서서 머리 위 케이블에 각각 고착선을 걸어 실수로 문밖으로 휩쓸려나가는 일이 없도록 했다. 문이 열리자 바람이 밀려들었다. 수송기는 여전히 속도가 너무 빨랐다. 이런 속도라면 뛰어내리는 것도 달갑지 않았지만 가장 큰 문제는 그것이 아니었다. 제각기 멀리 떨어진 지점에 낙하해서 우디가 지상에서 부대원들을 찾는 데 더 많은 시간이 걸릴 것이다. 목표물에 접근하는 시점 역시 늦어져 예정보다 늦게 임무를 시작하게 된다. 그는 보너를 저주했다.

조종사는 이쪽저쪽으로 계속 선회하며 대공포를 피했다. 병사들은 토사물로 미끌미끌한 바닥에서 넘어지지 않으려고 허우적거렸다.

우디는 열린 문으로 밖을 내다보았다. 보너가 속도를 높이려고 애쓰는 동안 기수를 내렸기 때문에 수송기는 이제 고도 150미터 정도로 너무 낮게 날고 있었다. 낙하산이 채 완전히 펴지기도 전에 병사들이 지상에 떨어질 수도 있었다. 그는 머뭇거리다 하사를 불러왔다.

디포가 그의 옆에 서서 바깥을 내려다보더니 고개를 저었다. 그는 우디의 귀에 대고 소리질렀다. "이 높이에서 뛰면 병사 절반은 발목이 부러질 겁니다. 바주카포 사수들은 죽을 거고요."

우디는 결정을 내렸다.

"아무도 못 뛰게 해!" 그는 디포에게 고함쳤다.

그리고 자기 고착선을 푼 그는 두 줄로 서 있는 병사들 사이를 지나 앞쪽 조종석으로 향했다. 승무원은 세 명이었다. 우디는 최대한 큰 소리로 말했다. "상승! 상승!"

보너가 소리질렀다. "저리로 돌아가서 뛰어내려!"

"이 고도에서는 아무도 안 뛸 겁니다!" 우디는 몸을 기울여 140미터를 가리키는 고도계를 가리켰다. "이건 자살입니다!"

"조종실에서 나가, 소위. 이건 명령이다."

우디는 계급이 아래였지만 주장을 굽히지 않았다. "고도를 높일 때까지는 나갈 수 없습니다."

"지금 뛰지 않으면 목표지역을 지나칠 거야!"

우디는 화를 냈다. "상승해, 멍청한 놈! 올라가!"

보너가 불같이 화를 냈지만 우디는 꼼짝도 하지 않았다. 그는 조종사라면 비행기를 가득 채운 채 집으로 돌아가고 싶어하지 않는다는 것을 알고 있었다. 그러면 무슨 일이 잘못되었는지 조사를 받을 것이다. 오늘밤 너무 많은 명령을 어긴 보너는 그런 조사를 피해야 했다. 욕설을 내뱉더니 그는 조종간으로 뒤로 당겼다. 즉시 기수가 올라갔고 수송기는 속도를 떨어뜨리며 고도를 높이기 시작했다.

"됐어?" 보너가 소리질렀다.

"젠장, 부족해요." 우디는 지금 뒤쪽으로 돌아가 보너에게 기체를 원래대로 돌려놓을 기회를 줄 생각은 없었다. "우리는 300미터 상공에서 뛸 겁니다."

보너는 전속력으로 날았다. 우디는 고도계에서 눈을 떼지 않았다.

고도계가 300미터를 가리키자 그는 뒤쪽으로 향했다. 그는 병사들 틈을 뚫고 문으로 가서 밖을 내다보고는 부하들에게 엄지손가락을 들어 보이고 뛰어내렸다.

즉각 낙하산이 펼쳐졌다. 그의 몸은 허공으로 빠르게 떨어지다가 캐노피가 펴지자 멈춘 듯 느려졌다. 몇 초 뒤 그는 물에 떨어졌다. 겁쟁이 보너가 그들을 모두 바다에 떨어뜨린 건 아닌지 순간 당황스러웠다. 그러다 발이 단단한 바닥, 아니 최소한 부드러운 진흙 같은 곳에 닿자 물이 찬 들판에 떨어졌음을 깨달았다.

낙하산의 천이 주위로 떨어져내렸다. 그는 겹겹이 접힌 천 사이에서 빠져나오려 버둥거리며 낙하산을 몸에서 풀어냈다.

깊이 60센티미터의 물속에서 그는 주위를 둘러보았다. 이곳은 강이 범람한 목초지거나 아니면 독일군이 침공 병력을 방해하기 위해 물을 채운 들판 같았다. 후자일 가능성이 높았다. 적군이든 아군이든 사람은 물론이고 개미 새끼 한 마리 보이지 않았지만 애초에 불빛이 거의 없었다.

그는 시계를 확인한 다음—새벽 세시 사십분이었다—나침반을 들여다보고 위치를 파악했다.

다음으로 M1 카빈총을 케이스에서 꺼내 접힌 개머리판을 펼쳤다. 열다섯 발짜리 탄창을 총에 끼운 다음 노리쇠를 당겨 한 발 장전해두었다. 마지막으로 안전 레버를 풀었다.

그는 주머니에 손을 넣어 아이들 장난감처럼 생긴 작은 금속 물체를 꺼냈다. 누르면 딸깍거리는 독특한 소리가 나는 그것은 어둠 속에서 영어로 암호를 대지 않고도 서로의 정체를 파악할 수 있도록 모두에게 지급된 장비였다.

준비를 마치자 그는 주위를 다시 둘러보았다.

실험적으로 그는 딸깍거리는 소리를 두 번 내보았다. 잠시 후 바로 앞쪽에서 대답하는 딸깍 소리가 들렸다.

그는 물을 헤치고 움직였다. 토사물 냄새가 났다. 그가 낮은 목소리로 말했다. "누구야?"

"패트릭 티모시입니다."

"듀어 소위다. 따라와."

티모시는 두번째로 뛰어내린 병사였다. 같은 방향으로 계속 움직이다보면 다른 병사들을 만날 가능성이 높았다.

50미터 더 전진한 그는 함께 있던 맥, 스모킹 조와 마주쳤다.

물에서 나와 좁은 도로에 올라선 그들은 첫번째 희생자를 발견했다. 다리 가방에 바주카포를 넣은 로니와 토니는 너무 세게 땅에 떨어졌다. "로니가 죽은 것 같습니다." 토니가 말했다. 우디가 확인해보았다. 그 말이 옳았다. 로니는 숨을 쉬지 않았다. 목이 부러진 것 같았다. 토니 역시 움직이지 못했고, 다리가 부러졌나보다고 우디는 짐작했다. 그는 토니에게 모르핀 주사를 놔준 다음 도로에서 끌어내려 옆 들판으로 데려갔다. 그곳에서 토니는 의무병이 오기를 기다려야 했다.

우디는 맥과 스모킹 조에게 로니의 시체를 숨기라고 지시했다. 혹시라도 독일군이 토니의 위치를 알아낼 우려가 있었기 때문이다.

그는 지형지물을 파악하고자 가지고 있는 지도와 주위의 일치하는 부분을 찾아내려고 안간힘을 썼다. 불가능해 보였다. 특히 어둠 속에서는 더더욱. 그가 있는 곳이 어딘지 모른다면 어떻게 부하들을 목표지점으로 데려갈 수 있겠는가? 꽤 확신할 수 있는 유일한 점은 그들이 애초에 계획한 곳에 낙하하지 못했다는 사실이었다.

이상한 소음이 들리더니 잠시 후 빛이 보였다.

그는 부하들에게 몸을 숙여 숨으라고 손짓을 해 보였다.

공수부대원들은 원칙적으로 플래시를 사용할 수 없었고 프랑스인들은 통행금지 시간이었으니 다가오는 사람은 아마도 독일군 병사일 터였다.

흐릿한 불빛 속에서 우디는 자전거를 발견했다.

그는 일어서서 카빈총을 겨누었다. 즉시 자전거 탄 사람을 쏠 작정이었지만 차마 그러지 못했다. 대신 독일어와 프랑스어로 각각 소리쳤다. "서라! 멈춰!"

자전거가 멈췄다. "안녕하세요, 소위님." 자전거를 탄 사람이 말했고 우디는 에이스 웨버의 목소리를 알아들었다.

우디는 무기를 내렸다. "자전거는 어디서 난 거야?" 그는 아무래도 수상쩍어 물었다.

"농가 밖에 있었습니다." 에이스는 간결하게 대답했다.

우디는 부하들을 데리고 에이스가 온 쪽으로 이동했다. 나머지 병사들이 다른 곳보다 그쪽에 있을 것 같다는 판단 때문이었다. 그는 주변 지형을 미친듯이 살피며 지도와 비교해보려 했지만 너무 어두웠다. 스스로가 쓸모없고 멍청하게 느껴졌다. 그는 장교였다. 이런 문제들을 해결해야 했다.

도로에서 소대원 몇 명과 더 마주쳤고, 그후 그들은 풍차가 달린 방앗간을 맞닥뜨렸다. 우디는 이 근처에서 더 머뭇거릴 수 없다고 마음을 정하고 방앗간에 딸린 집으로 가서 문을 두드렸다.

위층 창문이 열리고 한 남자가 프랑스어로 말했다. "누구요?"

"미국인입니다." 우디가 말했다. "프랑스 만세!"

"왜 그러시오?"

"당신들을 해방시키러 왔습니다." 우디는 학생 수준의 프랑스어로 말했다. "그런데 우선 지도 때문에 도움이 필요합니다."

방앗간 남자는 웃더니 말했다. "내려갑니다."

잠시 후 우디는 부엌에서 환한 불빛 아래 테이블에 실크로 만든 지도를 펼쳐놓고 있었다. 방앗간 남자가 그곳이 어딘지 알려주었다. 우디가 우려했던 것만큼 상황이 심각하지는 않았다. 보너 대위가 정신이 없었음에도 그들은 에글리즈데쇠르에서 북동쪽으로 겨우 6킬로미터 떨어진 곳에 낙하했다. 방앗간 남자는 지도에서 가장 좋은 길을 짚어주었다.

열세 살쯤 돼 보이는 여자아이가 잠옷 바람으로 부엌에 들어왔다. "엄마가 아저씨는 미국인이래요." 아이가 우디에게 말했다.

"맞아, 아가씨." 그가 말했다.

"글래디스 앤절러스 알아요?"

우디는 웃었다. "우연히 친구 아버지의 아파트에서 그녀를 한 번 본적이 있단다."

"진짜, 진짜로 아름다운가요?"

"영화 속에서 보는 것보다 더 아름답지."

"그럴 줄 알았어요!"

방앗간 남자가 와인을 권했다. "감사하지만 괜찮습니다." 우디가 말했다. "우리가 이긴 다음이면 모르겠지만요." 방앗간 남자는 그의 양쪽 뺨에 키스를 했다.

우디는 다시 밖으로 나가 소대원들을 이끌고 에글리즈데쇠르 쪽으로 방향을 잡았다. 원래 총 열여덟 명 가운데 그를 포함해서 현재 아홉 명이 함께 있었다. 죽은 로니와 부상당한 토니까지 두 명의 사상자가 발생했고 일곱 명은 아직 나타나지 않았다. 그가 받은 명령은 모두를 찾으려고 너무 많은 시간을 허비하지 말라는 것이었다. 임무를 수행하기에 충분한 인원이 차는 대로 목표를 향해 접근해야 했다.

잃어버린 일곱 명 가운데 한 명이 바로 나타났다. 스니키 피트가 도랑에서 나와 태연하게 인사하며 합류했다. "안녕하십니까, 여러분." 마치 세상에서 가장 자연스러운 일이라는 듯한 태도였다.

"거기서 뭐하고 있었던 거야?" 우디가 물었다.

"여러분이 독일군인 줄 알고 숨어 있었죠." 피트가 말했다.

우디는 도랑에서 연한 색으로 어슴푸레하게 빛나는 실크 낙하산을 보았다. 피트는 착지한 뒤 계속 그곳에 숨어 있던 것이 분명했다. 틀림없이 겁을 집어먹고 몸을 웅크린 채였을 것이다. 하지만 우디는 그의 설명을 곧이듣는 척했다.

우디가 진짜로 찾고 싶은 사람은 디포 하사였다. 경험이 많은 그는 우디에게 큰 의지가 되어줄 병사였다. 하지만 어디서도 그를 찾을 수 없었다.

교차로에 접근하고 있을 때 소음이 들렸다. 우디는 시동이 걸린 엔진 소리와 두세 명이 대화하는 말소리를 들었다. 그는 모두에게 엎드리라고 지시했고 소대 전체가 기어서 전진했다.

앞쪽을 보니 누군가 오토바이를 세우고 두 사람과 이야기를 나누고 있었다. 세 사람 모두 군복 차림에 독일어를 했다. 교차로에는 술집이나 빵집으로 보이는 작은 건물이 하나 있었다.

그는 기다리기로 했다. 어쩌면 저들이 그냥 가버릴 수도 있었다. 그는 가능한 한 오랫동안 조용히 움직여 그들이 눈에 띄지 않기를 바랐다.

오 분 뒤 그의 인내심은 달아나버렸다. 그는 고개를 돌렸다. "패트릭 티모시!" 그는 작은 소리로 불렀다.

다른 누군가가 말했다. "토쟁이 팻! 스카치가 찾는다."

티모시가 앞쪽으로 기어왔다. 그에게는 여전히 토사물 냄새가 풍겼고, 이제 그것이 별명이 되었다.

우디는 티모시가 야구를 하는 모습을 본 적이 있었고, 그가 강하고 정확한 공을 던질 수 있다는 걸 알았다. "저 오토바이를 수류탄으로 맞혀." 우디가 말했다.

티모시는 배낭에서 수류탄을 하나 꺼내더니 핀을 뽑고 높이 던졌다.

뗑그렁 소리가 울렸다. 사내들 가운데 한 명이 독일어로 말했다. "뭐지?" 그 순간 수류탄이 터졌다.

폭발은 두 번 일어났다. 첫번째 폭발에 독일군 셋이 모두 바닥에 쓰러졌다. 오토바이의 연료탱크가 터지며 두번째 폭발이 일자 불꽃이 별빛처럼 퍼져 그들을 덮쳤고 살 타는 냄새가 퍼졌다. "움직이지 마!" 우디는 소대원들에게 외쳤다. 그는 건물을 지켜보았다. 누군가 안에 있을까? 그로부터 오 분이 지났지만 창문이나 문을 여는 사람은 아무도 없었다. 빈 건물이거나 사람들이 침대 밑에 숨어 있는 모양이었다.

우디는 일어서서 소대원들에게 손짓했다. 그는 세 독일군의 소름끼치는 시체를 넘어가며 기이한 기분을 느꼈다. 그는 이들을 죽이라고 명령했다. 어머니와 아버지, 아내, 여자친구가 있고 어쩌면 아들딸이 있을지도 모르는 사람들이었다. 이제 세 사람은 모두 피와 불에 탄 살덩어리가 뒤엉킨 끔찍한 모습이었다. 우디는 승리감을 느껴야 마땅했다. 적과의 첫번째 교전이었고, 그들을 이겼다. 하지만 그저 약간 속이 울렁거릴 뿐이었다.

걸음을 빨리해 교차로를 지나며 우디는 이야기하거나 담배를 피우지 말라고 지시했다. 힘을 내기 위해 전투식량에 든 초콜릿 한 덩이를 먹었다. 공사장에서 쓰는 퍼티에 설탕을 첨가한 맛이 났다.

삼십 분이 지난 뒤 그는 자동차 소리를 듣고 모두에게 들판에 몸을 숨기라고 지시했다. 자동차는 전조등을 켠 채 빠른 속도로 달리고 있었다. 독일군일 수도 있지만 연합국 역시 글라이더로 지프와 함께 대전차포와 다른 대포들을 보내는 경우가 있었기 때문에 아군 차량일 가능성도 있었다. 그는 울타리 아래 숨어서 자동차가 지나가는 모습을 지켜보았다.

너무 빨리 지나가는 바람에 정체를 파악할 수 없었다. 소대원들을 시켜 자동차에 사격하게 해야 했나 의문이었다. 그건 아니라는 판단이 들었다. 모든 걸 감안할 때 원래 임무에 집중하는 편이 더 나았다.

그들은 우디가 지도에서 확인할 수 있는 작은 마을 세 개를 지났다. 개들이 가끔 짖었지만 아무도 살펴보러 나오지는 않았다. 적에게 점령당한 지역의 프랑스인들은 남의 일에 신경쓰지 않는 법을 터득한 것이 분명했다. 창밖에서 엄청난 화력을 보유한 외국 군대가 어두운 길을 따라가고 있다는 사실도 모른 채 잠에 빠진 사람들의 조용한 집 앞을 완전무장 상태로 살금살금 지나려니 으스스한 기분이었다.

마침내 그들은 에글리즈데쇠르 외곽에 도착했다. 우디는 잠시 휴식을 지시했다. 모두 약간의 나무가 모여 있는 곳으로 들어가 바닥에 앉았다. 그들은 수통의 물을 마시고 전투식량을 먹었다. 담배는 여전히 허락하지 않았다. 이글거리는 담뱃불은 놀라우리만큼 먼 거리에서도 보일 수 있었다.

그는 도로가 곧장 다리로 이어질 거라 여겼다. 다리의 방어 수준에 관한 정확한 정보는 전혀 없었다. 연합국이 중요하다고 생각하는 다리라면 독일군도 똑같이 평가할 테니 어느 정도의 경계는 예상할 수 있었다. 하지만 그 수준은 소총수 한 사람부터 1개 소대까지 확정할 수 없었다. 목표물을 직접 보기 전까지는 공격 계획을 세울 수 없었다.

십 분 뒤 그는 다시 출발을 지시했다. 이제 병사들에게 조용히 하라고 잔소리할 필요가 없었다. 모두 위험을 감지했다. 그들은 길을 따라서 조용히 걸었고 가장자리에 붙어서 주택과 교회, 상점을 지났다. 희미하게 빛나는 어둠 속을 노려보며 아주 작은 소리에도 펄쩍 뛰었다. 갑자기 열린 침실 창문에서 들려온 큰 기침 소리에 우디는 카빈총을 발사할 뻔하기도 했다.

에글리즈데쇠르는 소도시라기보다는 큰 마을이었고 은색으로 반짝거리는 강은 생각보다 일찍 찾을 수 있었다. 그는 한 손을 들어올려 부대원들을 멈춰 세웠다. 주도로는 완만한 내리막길로 이어지며 다리를 향해 살짝 구부러져서 멀리까지 잘 보였다. 수로는 폭이 30미터 정도였고 다리는 두 교각 사이가 위로 불룩 솟은 모습이었다. 우디는 지은 지 오래된 다리가 틀림없다고 생각했다. 너무 좁아서 자동차 두 대가 동시에 엇갈려 지나갈 수도 없을 정도였기 때문이다.

나쁜 소식은 다리 양쪽 끝에 토치카가 하나씩 있다는 것이었다. 둘 다 콘크리트로 만든 돔 형태에 수평으로 나란히 총구멍이 나 있었다. 토치카 사이 다리 위에는 두 명의 보초가 양쪽에 한 명씩 서 있었다. 가까운 쪽 보초는 토치카 안에 있는 누군가와 수다를 떠는 듯 총구멍에 대고 뭐라고 이야기하는 중이었다. 그러다 두 보초가 다리 한가운데로 걸어가 난간 너머로 시커먼 물을 내려다보았다. 매우 긴장한 눈치는 아니었고, 아무래도 아직 침공이 시작되었다는 소식을 듣지 못한 듯했다. 그렇다고 그들이 게으름을 피우는 것은 아니었다. 그들은 신경을 곤두세우고 어느 정도는 주의깊게 움직이며 주위를 살폈다.

우디는 토치카 내부에 얼마나 많은 적이 있는지, 그들이 어떤 무장을 하고 있는지 짐작할 수가 없었다. 총구멍 안쪽에 기관총이 있을까? 아니면 그냥 소총뿐일까? 둘의 차이는 아주 클 터였다.

우디는 조금이라도 전투 경험이 있었으면 좋았을걸 생각했다. 이런 상황에서는 어떻게 해야 한단 말인가? 그와 비슷한 사람이 수천 명은 될 것이다. 초짜 장교들은 그저 상황 속에서 요령껏 행동해야 했다. 디포 하사만 있었더라도.

토치카를 무력화하는 쉬운 방법은 몰래 다가가서 총구멍 속으로 수류탄을 던져넣는 것이었다. 솜씨 좋은 병사라면 가까운 쪽 토치카까지 들키지 않고 기어갈 수도 있을 것 같았다. 하지만 우디는 토치카 두 개를 동시에 해치워야 했다. 안 그러면 첫번째에 대한 공격이 두번째 토치카 안에 있는 적들에게 경고가 될 것이다.

어떻게 하면 돌아다니는 보초들에게 들키지 않고 먼 쪽의 토치카까지 접근할 수 있을까?

그는 부하들이 불안해하는 걸 알아차렸다. 지휘관이 이제 뭘 하면 좋을지 잘 모를 수도 있다는 생각은 하고 싶지 않은 것이다.

"스니키 피트." 그가 말했다. "가까운 토치카로 기어가서 총구멍으로 수류탄을 던져넣어."

피트는 겁에 질린 듯했지만 대답했다. "네, 소대장님."

다음으로 우디는 소대에서 사격 실력이 가장 좋은 두 명을 불렀다. "스모킹 조와 맥." 그가 말했다. "각자 보초 한 명씩 맡아. 피트가 수류탄을 던지자마자 보초를 없애."

두 명은 고개를 끄덕이고 소총을 들어 보였다.

디포가 없었기 때문에 우디는 에이스 웨버를 그의 부관으로 삼기로 했다. 그는 다른 네 명의 이름을 부르고 말했다. "에이스와 함께 가. 사격이 시작되면 미친듯이 다리 너머로 뛰어가서 반대편 토치카를 공격해. 정말 빨리 달리면 잠든 놈들을 잡을 수 있을 거야."

"네, 소대장님." 에이스가 말했다. "저놈들은 누가 공격하는지도 모를 겁니다." 공격성으로 두려움을 감추는 거라고 우디는 생각했다.

"에이스와 가지 않는 사람은 나를 따라 가까운 토치카를 공격한다."

우디는 에이스와 그가 이끄는 병사들에게 더 위험한 임무를 맡기고 자신은 상대적으로 안전한 가까운 토치카를 맡아 마음이 편치 않았다. 하지만 장교라면 쓸데없이 목숨을 걸어서 부하들을 지휘관 없는 상황으로 만들어서는 안 된다고 귀에 못이 박히게 들었다.

그들은 피트를 선두로 다리를 향해 걸었다. 지금이 위험한 순간이었다. 아무리 밤이라고 해도 열 명이 도로를 따라 걷는 모습을 끝까지 들키지 않기는 어려웠다. 그쪽을 주의깊게 바라보고 있다면 누구나 움직임을 알아차릴 수 있었다.

만일 상대가 너무 일찍 알아차린다면 스니키 피트는 토치카까지 가지도 못할 테고 우디의 부대는 기습의 이점을 잃을 것이다.

먼길이었다.

모퉁이에 도착한 피트가 멈춰 섰다. 우디가 추측하건대 그는 가까운 쪽 보초가 토치카 앞 근무 위치를 벗어나 다리 가운데로 걸어가기를 기다리는 중이었다.

사격 솜씨가 좋은 두 명은 몸을 숨기고 자리를 잡았다.

우디는 한쪽 무릎을 굽히고 다른 병사들에게 따라 하라고 수신호를 했다. 그들은 모두 보초병을 보고 있었다.

보초병은 담배를 길게 빨더니 떨어뜨리고 발로 밟아 불을 끄고는 길게 연기를 뿜어냈다. 그러고는 몸을 쭉 펴며 기지개를 켜고 소총을 어깨에 둘러메고 걷기 시작했다.

다리 반대편 보초도 같이 움직였다.

피트가 다음 블록까지 달려가 도로 끝에 다다랐다. 그는 손과 무릎을 땅에 대고 재빨리 기어 도로를 건넜고 토치카에 다다라 일어섰다.

아무도 알아차리지 못했다. 보초 두 명은 여전히 서로를 향해 다가서고 있었다.

피트는 수류탄을 꺼내 핀을 뽑았다. 그러고는 몇 초를 기다렸다. 아마 토치카 안에 있는 자들이 수류탄을 다시 밖으로 던질 여유조차 없도록 하기 위해서인 듯했다.

피트는 둥근 돔 바깥을 돌아가 수류탄을 부드럽게 던져넣었다.

조와 맥의 카빈총이 불을 뿜었다. 가까운 쪽 보초가 쓰러졌지만 먼쪽은 그대로였다. 대담하게도 그는 돌아서서 달아나지 않고 용감히 한쪽 무릎을 꿇어앉고는 어깨에서 소총을 내렸다. 하지만 너무 느렸다. 거의 동시에 카빈총들이 다시 불을 뿜었고 그는 총을 쏴보지도 못하고 쓰러졌다.

그 순간 피트가 던진 수류탄이 가까운 토치카 내부에서 둔탁한 굉음과 함께 터졌다.

우디는 이미 전속력으로 달리고 있었고 소대원들이 바로 뒤를 따랐다. 몇 초 안에 그는 다리에 도착했다.

토치카에는 낮은 나무문이 달려 있었다. 우디는 문을 활짝 열고 안으로 들어섰다. 제복 차림의 독일군 셋이 죽어 바닥에 쓰러져 있었다.

그는 총구멍으로 가 밖을 내다보았다. 에이스와 그를 따르는 병사 넷은 짧은 다리를 따라 빠르게 달리며 동시에 먼 쪽의 토치카를 향해 사격하고 있었다. 다리는 겨우 30미터밖에 안 되었지만 15미터도 길다는 점이 밝혀졌다. 그들이 중간쯤 다다랐을 때 기관총이 발사를 시작했다. 미군은 엄폐물도 없는 좁은 통로에 갇히고 말았다. 기관총은 미친듯이 드르륵거렸고 몇 초 만에 다섯 명 모두 쓰러지고 말았다. 기관총은 이후 몇 초 동안 쓰러진 병사들을 훑으며 확인사살을 했고 그 과정에서 독일군 병사 두 명도 확인사살을 당했다.

총격이 멈추었지만 그들 모두 꼼짝하지 못했다.

주위는 고요했다.

우디 옆에 있던 레프티 캐머런이 말했다. "이런, 하느님 맙소사."

눈물이 쏟아질 것 같았다. 우디는 미군 다섯과 독일군 다섯, 도합 열 명을 죽음으로 몰아넣었고 그럼에도 목적을 달성하지 못했다. 적군은 여전히 다리 건너편을 차지하고 있었고 다리를 건너는 연합군을 막을 수 있었다.

남은 부하는 넷이었다. 만일 다시 시도해서 함께 뛰어 다리를 건너간다면 모두 죽을 것이다. 새로운 계획이 필요했다.

그는 주위를 자세히 살폈다. 뭘 할 수 있을까? 탱크가 있었으면 좋겠다는 생각이 들었다.

빨리 움직여야 했다. 마을 다른 곳 어딘가에 적의 병력이 있을지 몰랐다. 총격 소리를 듣고 경계 태세에 들어갔을 테고 금방 대응할 것이다. 우디가 양쪽 토치카를 차지한다면 그들과 맞설 수 있었다. 그러지 않고서는 곤란했다.

필사적으로 고민하던 우디는 부하들이 다리를 건널 수 없다면 강을 헤엄쳐 건널 수도 있다는 생각이 떠올랐다. 둑을 재빨리 살펴보기로 했다. "맥과 스모킹 조." 그가 말했다. "반대편 토치카에 사격해. 총구멍 속으로 사격할 수 있는지 봐. 내가 주위를 둘러보는 동안 놈들을 계속 바쁘게 해."

카빈총들이 불을 뿜었고 그는 문을 통해 밖으로 나갔다.

몸을 드러내지 않고 이쪽 토치카 뒤에 숨어 다리 난간 너머 상류 쪽 둑을 살펴보았다. 그런 뒤 빠른 걸음으로 도로를 가로질러 반대편을 살폈다. 적군 쪽에서 총알은 날아오지 않았다.

둑에 따로 돌로 제방을 쌓아놓지는 않았다. 대신 물가를 향해 땅이 내리막으로 이어졌다. 그리 밝지 않아서 맞은편을 확실히 볼 수는 없었지만 아마 비슷할 것이다. 수영을 잘하는 사람이라면 헤엄쳐 건널 수도 있었다. 다리가 아치 모양으로 휘었으니 적의 위치에서는 헤엄치는 사람이 잘 보이지 않을 터였다. 그러면 헤엄쳐 건너간 사람은 스니키 피트가 이쪽에서 했던 것처럼 수류탄을 토치카에 던져넣을 수 있었다.

다리 모양을 살펴보다 더 좋은 생각이 떠올랐다. 난간보다 낮은 높이에 폭이 한 걸음 정도 되는 널돌이 튀어나와 있었다. 균형을 잘 잡는 사람이라면 적의 눈에 전혀 띄지 않고 그 위로 기어서 다리를 건널 수 있을 것 같았다.

그는 점령한 토치카로 돌아왔다. 키가 가장 작은 사람은 레프티 캐머런이었다. 게다가 혈기가 왕성해서 떨 것 같은 성격도 아니었다. "레프티." 우디가 말했다. "다리 바깥쪽 난간 아래 보이지 않는 통로가 끝까지 이어져 있다. 보수를 하는 사람들이 사용하는 곳인 모양이다. 자네가 그리로 기어서 건너가 토치카에 수류탄을 던져넣었으면 한다."

"알겠습니다." 레프티가 말했다.

방금 다섯 명의 동료가 죽는 모습을 지켜본 사람의 대답치고는 대담
했다.

우디는 맥과 스모킹 조에게 고개를 돌리고 말했다. "엄호해." 그들은
사격을 시작했다.

레프티가 말했다. "떨어지면 어쩌죠?"

"높아봐야 수면에서 5, 6미터 정도밖에 안 돼." 우디가 말했다. "괜찮
을 거야."

"알겠습니다." 레프티가 말했다. 그는 문으로 향했다. "하지만 제가
수영을 못해서요." 그는 사라졌다.

우디는 그가 도로를 넘어 달리는 모습을 보았다. 그는 난간 너머를
살피더니 난간에 걸터앉은 다음 반대편으로 천천히 내려가 모습을 감
추었다.

"좋아." 그는 다른 병사들에게 말했다. "사격 중지. 넘어갔어."

모두는 밖을 뚫어져라 보고 있었다. 아무 움직임도 없었다. 우디는 새
벽이 되었다는 걸 깨달았다. 마을 모습이 좀더 확실하게 보였다. 하지만
주민은 아무도 모습을 드러내지 않았다. 그들은 어리석지 않았다. 어쩌
면 독일군 병력이 다른 가까운 도로에서 움직이고 있는지도 몰랐지만
아무 소리도 들리지 않았다. 정신을 차려보니 그는 레프티가 강에 빠질
까봐 두려워 풍덩하는 소리가 나지는 않는지 귀를 기울이고 있었다.

개 한 마리가 종종걸음으로 다리를 건너왔다. 덩치가 중간쯤 되는 잡
종 개는 꼬부라진 꼬리가 잘난 체를 하는 것처럼 위로 솟아 있었다. 개
는 시체들에 코를 대고 궁금하다는 듯 킁킁대다가 다른 곳에 중요한 만
남이라도 있는 것처럼 단호하게 자리를 떠났다. 우디는 개가 먼 쪽의

토치카를 지나 마을 반대편으로 사라지는 모습을 지켜보았다.

새벽이 되었다는 것은 주 병력이 해변에 상륙했다는 의미였다. 누군가 이번 작전은 전쟁 역사상 최대 규모의 육해군 합동 작전이라고 했다. 우디는 아군이 어떤 저항에 부딪혔을지 궁금했다. 장비를 짊어지고 얕은 물에서 첨벙거리며 움직이는 보병보다 더 취약한 존재는 없었고, 그들 앞의 평평한 모래밭은 모래언덕에 숨은 사수들에게는 아주 깔끔한 사정 범위를 제공했다. 우디는 토치카 안에 들어가 있는 것이 감사했다.

레프티가 너무 오래 걸렸다. 소리도 없이 물에 빠진 걸까? 뭔가 다른 것이 잘못될 수 있었을까?

그때 우디는 다리 반대쪽 끝에서 날씬한 카키색 형태가 엎드린 자세로 난간을 넘는 모습을 보았다. 우디는 숨을 참았다. 레프티는 무릎걸음으로 토치카에 다가간 다음 둥근 콘크리트 벽에 등을 붙인 채 몸을 일으켰다. 그가 왼손으로 수류탄을 꺼냈다. 그리고 핀을 뽑고 이 초 정도 기다렸다가 손을 뻗어 총구멍 안으로 수류탄을 던져넣었다.

우디는 쿵하는 폭발음을 들었고 총구멍에서 불타는 듯한 빛이 번쩍 뿜어져나왔다. 레프티가 챔피언처럼 머리 위로 양팔을 들었다.

"다시 몸을 숨겨, 멍청한 자식." 레프티에게 들릴 리가 없지만 우디는 말했다. 동료의 죽음에 복수하려고 근처 건물에 숨어서 기다리는 독일군 병사가 있을지도 몰랐다.

하지만 총성은 울리지 않았다. 잠시 승리의 춤을 선보인 레프티는 토치카 안으로 들어갔고 우디는 좀더 편하게 숨을 쉬었다.

하지만 완전히 안전한 기분은 아니었다. 지금 이 순간 난데없이 수십 명의 독일군이 기습해온다면 다리를 다시 빼앗길 수도 있었다. 그러면 모든 일이 헛수고가 될 것이다.

그는 혹시 적의 병력이 모습을 드러내지 않을지 잠시 더 참고 기다렸다. 여전히 아무런 움직임도 없었다. 이곳 에글리즈데쇠르에는 다리를 지키던 자들 말고는 독일군이 전혀 없는 것으로 보이기 시작했다. 어쩌면 열두 시간마다 몇 킬로미터 떨어진 막사에서 교대 병력이 오는지도 몰랐다.

"스모킹 조." 그가 말했다. "죽은 독일군들 치워. 강물에 던져넣어."

조가 나서서 시체 세 구를 토치카 밖으로 끌어내 처리했고 죽은 보초 두 명도 마찬가지로 치웠다.

"피트하고 맥." 우디가 말했다. "반대편 토치카로 가서 레프티와 합류해. 세 명 다 정신 바짝 차리고 있어. 우리는 프랑스에 있는 모든 독일군을 해치운 게 아니다. 만일 적이 그쪽으로 접근하면 망설이지 말고 상의하지 말고 곧바로 쏴버려."

두 사람은 토치카를 벗어나 재빨리 다리를 건너 반대편으로 향했다.

이제 반대편 토치카에는 미군이 세 명이었다. 만일 독일군이 다리를 다시 빼앗으려 해도 상당히 고전할 테고 특히 날이 밝아오는 상황에서는 더욱 그랬다.

우디는 다리 위에 있는 미군 시체가 혹시라도 접근하는 적 병력에게 토치카가 점령당했다는 경고가 될 수도 있다는 생각이 들었다. 만일 그런 경고가 없다면 적을 놀라게 해줄 수도 있을 것 같았다.

그 말은 미군 시체도 없애야 한다는 뜻이었다.

그는 다른 병사들에게 계획을 알리고 토치카 밖으로 나섰다.

아침 공기는 상쾌하고 깨끗했다.

그는 다리 중간으로 걸어갔다. 시체마다 맥박이 뛰는지 확인했지만 모두 죽은 것이 확실했다.

그는 동료의 시체를 한 구씩 들어서 난간 너머로 떨어뜨렸다.

마지막 시체는 에이스 웨버였다. 시체가 물에 떨어지는 순간 우디는 말했다. "편안히 잠들게, 친구들." 그는 고개를 숙이고 눈을 감은 채 잠시 가만히 서 있었다.

그가 돌아섰을 때 해가 떠오르고 있었다.


# VII


연합국측에서 작전을 계획한 사람들의 가장 큰 두려움은, 독일이 노르망디의 병력을 빠르게 보강한 다음 강력한 반격을 개시해 상륙군을 다시 바다로 밀어냄으로써 됭케르크의 재앙이 재현되는 것이었다.

로이드 윌리엄스는 그런 일이 벌어지지 않도록 확실히 해두고자 애쓰는 사람 중 하나였다.

탈출한 포로를 도와 집으로 보내는 임무는 상륙작전 뒤에는 그리 중요하지 않았고 그는 이제 프랑스 레지스탕스와 일하고 있었다.

5월 말 BBC 방송은 프랑스의 독일군 점령지에서 파괴 공작 작전을 시작하라는 암호화된 메시지를 방송했다. 6월 초 며칠 동안 수백 군데의 전화선이 끊겼는데, 대부분 찾아내기 어려운 곳들이었다. 유류저장고에 불이 나거나 도로가 나무들로 막히거나 타이어가 찢어졌다.

로이드는 철도 관련 직원 중 스스로를 '철도 레지스탕스'라 부르는 강경한 공산주의자들을 돕고 있었다. 그들은 몇 년 동안 은밀한 파괴 공작으로 나치를 미치게 만들었다. 독일군 병력을 실은 기차들은 아무 이유 없이 지선으로 벗어나 원래 가야 할 곳에서 멀리 떨어진 외진 지역으로 가곤 했다. 엔진이 고장나거나 객차가 탈선했지만 설명이 되지 않았다. 얼마나 상황이 나쁜지 점령군은 철도를 운영할 직원들을 독일에서 데려오기도 했다. 하지만 혼란은 더 심해졌다. 1944년 봄이 되자 철도 회사 직원들은 철도망에 손상을 가하기 시작했다. 철로를 폭파하고 충돌한 열차들을 옮기는 데 필요한 중량화물 기중기를 고장냈다.

나치는 이런 상황을 참지 않았다. 철도 회사 직원 수백 명을 처형했고 수천 명을 수용소로 보냈다. 하지만 저항활동은 늘어갔고 디데이가 되었을 때 프랑스 일부 지역의 철도 교통은 마비된 상태였다.

디데이가 하루 지난 지금 로이드는 노르망디 지방의 주도인 루앙으로 가는 간선철도 옆 둑 꼭대기에 엎드려 있었다. 철로가 터널로 들어서는 지점으로, 2킬로미터 가까이 떨어진 곳에서 다가오는 기차까지 볼 수 있는 좋은 위치였다.

로이드와 함께 있는 두 사람은 각각 '용병'과 '담배'라는 암호명으로 불렸다. 용병은 이 지역 레지스탕스의 지도자였다. 담배는 철도 회사 직원이었다. 로이드는 다이너마이트를 가져왔다. 프랑스 레지스탕스에 속한 영국인이 맡은 가장 주된 임무는 무기를 제공하는 것이었다.

세 남자는 군데군데 야생화가 핀 웃자란 수풀에 몸을 반쯤 숨기고 있었다. 이렇게 날씨 좋은 날 여자를 데려오기 좋은 곳이라고 로이드는 생각했다. 데이지라면 좋아할 것 같았다.

멀리서 기차가 나타났다. 담배는 점점 가까이 다가오는 기차를 세심하게 살폈다. 예순 살쯤 되어 보이는 그는 작지만 강인했고 주름진 얼굴에 줄담배를 피웠다. 기차가 여전히 400미터가량 떨어져 있을 때 그는 아니라는 듯 고개를 저었다. 그들이 기다리던 기차가 아니었다. 기차는 연기를 내뿜으며 그들을 지나쳐 터널로 들어갔다. 기관차는 일반 시민과 제복을 입은 사람들로 가득찬 객차 네 량을 끌고 있었다. 로이드에게는 더 중요한 먹이가 있었다.

용병은 손목시계를 들여다보았다. 그는 피부색이 짙고 검은 콧수염이 있었는데, 로이드는 남자의 선조 중 북아프리카 어디쯤의 출신이 있으리라 짐작했다. 남자는 안절부절못하고 있었다. 그들은 대낮에 훤히 드러난 이곳에 노출되어 있었다. 오래 있을수록 눈에 띌 가능성이 높았다. "얼마나 더 있어야겠소?" 그는 걱정스럽게 말했다.

담배가 어깨를 으쓱했다. "봐야지."

로이드가 프랑스어로 말했다. "원하면 지금 떠나도 좋소. 모든 준비는 끝났으니까."

용병은 대답하지 않았다. 중요한 순간을 놓칠 생각은 없는 모양이었다. 위신을 지키고 권위를 세우려면 "내가 거기 있었지"라고 말할 수 있어야 했다.

긴장한 담배가 먼 곳을 바라보았다. 잔뜩 힘을 주는 바람에 눈가에 주름이 졌다. "자." 그는 애매하게 말하더니 무릎을 짚고 몸을 일으켰다.

로이드는 무슨 기차인지 알아보기는커녕 기차가 보이지도 않았지만 담배는 눈을 부릅뜨고 있었다. 이번 기차가 아까보다 훨씬 빠르게 움직인다는 것은 로이드도 알 수 있었다. 더 가까이 다가와 확인해보니 이번 기차는 더 길기도 했다. 객차가 스물네 량, 혹은 그 이상 되는 듯했다.

"이거군." 담배가 말했다.

로이드의 맥박이 빨라졌다. 담배의 말이 맞다면 이 열차는 천 명이 넘는 장교와 사병을 노르망디 전장으로 수송하는 독일군 군용열차였다. 어쩌면 그와 같은 수많은 열차 가운데 첫차일 수도 있었다. 이 열차와 뒤따르는 그 어떤 열차도 터널을 통과하지 못하도록 막는 것이 로이드가 맡은 임무였다.

그때 뭔가 다른 것이 보였다. 비행기 한 대가 열차를 따라오고 있었다. 그가 지켜보는 가운데 비행기는 열차와 방향을 맞추더니 고도를 낮추기 시작했다.

영국 비행기였다.

로이드는 그것이 조종사가 한 명 탑승하는 전투폭격기로, 티피라는 별명으로 불리는 호커 타이푼임을 알아보았다. 티피는 적진 깊숙한 곳까지 파고들어 공격해 통신을 방해하는 위험한 임무를 종종 수행했다. 조종사는 용감한 사람이군. 로이드는 생각했다.

하지만 이런 상황은 로이드의 계획에 없었다. 그는 열차가 터널에 도착하기 전에 파괴되는 걸 원치 않았다.

"젠장." 그는 말했다.

티피가 열차를 향해 기관총을 발사했다.

용병이 말했다. "이건 뭐요?"

로이드는 영어로 대답했다. "나도 알 리가 없지."

이제 로이드는 기관차가 객차와 가축용 화차를 함께 끌고 있다는 걸 알 수 있었다. 하지만 가축용 화차에도 아마 사람이 타고 있을 터였다.

속도가 더 빠른 전폭기가 열차 위를 낮게 지나며 기총소사를 가했다. 전폭기에 장착된 벨트 급탄식 20밀리미터 기관포 네 문이 울려대는 무시무시한 포성은 전폭기의 엔진 소리와 기차가 내뿜는 강력한 소음 속에서도 들렸다. 로이드는 열차에 갇힌 채 죽음을 부르는 총알 세례를 피하지 못하는 병사들이 불쌍하다는 생각을 떨쳐낼 수 없었다. 조종사가 어째서 로켓탄을 발사하지 않는지 의아했다. 로켓탄은 정확하게 쏘는 것이 어렵기는 하지만 열차나 자동차를 대규모로 파괴할 수 있었다. 어쩌면 먼저 벌어진 교전 때 모두 사용해버렸는지도 몰랐다.

몇몇 독일군이 용감하게 창밖으로 고개를 내밀고 전폭기를 향해 권총과 소총을 발사했지만 소용이 없었다.

하지만 로이드는 기관차 바로 뒤의 무개화차에 경기관포 포대가 설치되어 있는 것을 보았다. 두 명의 포수가 허둥지둥 큰 포를 움직이고 있었다. 받침대 위의 기관포가 방향을 바꾸더니 포신이 들리며 영국 전폭기를 겨누기 시작했다.

조종사가 경기관포를 보지 못한 듯 전폭기는 그대로 방향을 유지했고, 객차들 위를 스칠 듯 지나가며 기관포로 탄환을 쏟아내 객차들의 천장을 찢어놓았다.

대공포가 불을 뿜었지만 빗나갔다.

로이드는 혹시 조종사가 아는 사람일까 궁금했다. 그것이 언제든 영국에서 한 시기에 현역으로 복무중인 조종사는 겨우 오천 명 정도였다. 그 가운데 매우 많은 사람이 데이지의 파티에 왔다. 로이드는 휴버트 세인트존을 떠올렸다. 명석한 케임브리지 졸업생인 그와는 몇 주 전에 만나 학생 시절을 함께 추억했었다. 서인도제도의 트리니다드에서 온 데니스 초서는 맛없는 영국 음식을, 특히 끼니마다 나오는 듯한 으깬 감자를 통렬히 비판했다. 오스트레일리아에서 온 붙임성 있는 브라이언 맨틀은 그가 마지막으로 피레네산맥을 넘을 때 데리고 나갔던 사람이다. 티피에 타고 있는 용감한 조종사는 로이드가 만나본 누군가일 가능성도 꽤 높았다.

대공포가 다시 불을 뿜었지만 이번에도 빗나갔다.

여전히 대공포를 보지 못했는지 아니면 맞을 리 없다고 판단했는지 조종사는 회피 기동조차 하지 않은 채 위험하리만큼 낮게 날면서 군용 열차에 계속 살육을 자행했다.

기관차가 터널을 몇 초 앞두었을 때 전폭기가 맞았다.

전폭기 엔진에서 불길이 솟고 검은 연기가 피어올랐다. 조종사는 철로에서 방향을 홱 바꾸었지만 너무 늦었다.

열차는 터널로 들어섰고 객차들이 로이드가 있는 곳을 빠르게 통과했다. 모든 객차가 수십, 수백 명의 독일군 병사들로 가득차 있었다.

티피는 곧장 로이드를 향해 날아왔다. 순간적으로 자기가 엎드려 있는 곳에 비행기가 추락할 것 같다는 생각이 들었다. 로이드는 이미 땅에 납작 엎드려 있었지만 어리석게도 그러면 온몸을 보호할 수 있기라도 한 것처럼 두 손으로 머리를 감쌌다.

티피가 머리 30미터 위로 굉음을 내며 날아갔다.

그 순간 용병이 기폭장치의 플런저를 눌렀다.

철로가 폭파되면서 터널 안쪽에서 천둥소리와 함께 열차가 부서지며 철판이 비틀리는 끔찍하게 날카로운 소리가 들렸다.

처음에는 병사로 가득찬 객차들이 계속 빠르게 지나갔지만 곧바로 그들의 진격은 멈추고 말았다. 객차들이 연결된 각각의 부분이 공중으로 솟아 뒤집어진 V자를 만들었다. 로이드는 객차 안 사람들이 지르는 비명소리를 들었다. 모든 객차가 철로를 벗어나 마치 떨어진 성냥들처럼 터널의 어둡고 둥근 입구 주위에 나뒹굴었다. 철판이 종잇장처럼 구겨지고, 둑 위에서 지켜보던 세 공작원에게 깨진 유리가 비처럼 우수수 쏟아졌다. 본인들이 터뜨린 폭탄 때문에 죽을 위기에 처한 그들은 아무 말 없이 벌떡 일어나 달렸다.

안전할 정도로 먼 곳에 도착했을 때는 모든 상황이 끝났다. 터널에서 연기가 솟아올랐다. 혹시나 부서진 열차에서 살아남은 사람이 있다고 해도 불에 타 죽을 것 같았다.

로이드의 계획은 성공이었다. 수백 명의 적군 병력을 죽이고 열차를 파괴했을 뿐 아니라 간선철도까지 막아버린 것이다. 터널 내부의 사고현장을 치우려면 몇 주는 걸렸다. 그가 노르망디 방어를 위한 독일군의 증원을 훨씬 어렵게 만들었다.

그는 두려움에 사로잡혔다.

에스파냐에서도 죽음과 파괴를 목격했지만 이렇지는 않았다. 그리고 이 사태를 그가 주도했다.

또다른 굉음이 들려 소리가 난 곳을 보니 티피가 땅에 떨어져 있었다. 기체가 불타고 있었지만 부서지지는 않은 상태였다. 조종사는 생존했을 수도 있었다.

그는 비행기를 향해 뛰었고 담배와 용병이 뒤따랐다.

추락한 비행기는 똑바로 떨어져 있었다. 한쪽 날개는 절반이 떨어져 나갔다. 하나 남은 엔진에서 연기가 피어올랐다. 방풍 유리로 만든 반구형 조종석 덮개가 까맣게 그을려서 로이드는 조종사를 볼 수 없었다.

그는 날개를 밟고 올라서서 덮개 잠금장치를 풀었다. 담배가 반대편에서 같은 행동을 했다. 두 사람은 힘을 합쳐 레일을 따라 반구형 덮개를 뒤로 밀었다.

조종사는 의식을 잃은 상태였다. 헬멧과 고글을 착용했고 코와 입에는 산소마스크를 쓰고 있었다. 아는 사람인가? 로이드는 알 수 없었다.

그는 산소 탱크가 어디 있는지, 아직 터지지 않았는지 궁금했다.

용병도 비슷한 생각을 했다. "비행기가 폭발하기 전에 꺼내야겠소." 그가 말했다.

로이드는 안으로 손을 넣어 안전벨트를 풀었다. 그리고 양손을 조종사의 겨드랑이에 넣어 당겼다. 조종사는 완전히 축 늘어져 있었다. 로이드는 그가 어디를 다쳤는지 전혀 알 수 없었다. 살아 있는지조차 확실하지 않았다.

그는 조종사를 조종석에서 꺼내 소방관이 사람을 구조할 때처럼 어깨에 둘러메고 불타는 기체로부터 안전할 만큼 멀리 떨어진 곳까지 옮겼다. 그는 최대한 조심스럽게 조종사를 땅바닥에 똑바로 내려놓았다.

쉭쉭 새는 소리와 쿵하고 떨어지는 소리가 뒤섞여 들려와 돌아보니 비행기 전체가 불길에 휩싸여 있었다.

로이드가 몸을 숙여 조심스럽게 조종사의 고글과 산소마스크를 벗겨내자 드러난 얼굴은 충격적이게도 낯이 익었다.

그는 보이 피츠허버트였다.

그리고 숨을 쉬고 있었다.

로이드는 보이의 코와 입에서 피를 닦아냈다.

보이가 눈을 떴다. 처음에는 아무 생각도 없는 듯 멍해 보였다. 그러다 잠시 시간이 지나자 표정이 변하며 말했다. "너."

"우리가 기차를 날려버렸어." 로이드가 말했다.

보이는 눈과 입 말고는 아무것도 움직일 수 없는 듯했다. "세상은 좁군." 그가 말했다.

"그렇지?"

담배가 물었다. "누구요?"

로이드는 머뭇거리다 말했다. "내 형제요."

"맙소사."

보이의 눈이 감겼다.

로이드는 용병에게 말했다. "의사를 데려와야겠소."

용병이 고개를 저었다. "여길 빠져나가야 합니다. 금방 독일군이 열차 사고를 조사하러 올 거요."

로이드는 그의 말이 옳다는 걸 알았다. "이 사람도 데려가야죠."

보이가 눈을 뜨더니 말했다. "윌리엄스."

"왜 그래, 보이?"

보이는 웃는 것 같았다. "너 이제 그년이랑 결혼할 수 있어." 그가 말했다.

그리고 숨을 거뒀다.

# VIII

데이지는 소식을 듣고 울음을 터뜨렸다. 보이는 비열했고 그녀를 모질게 대했지만 그녀가 한때 사랑했던 사람이고 섹스에 대해 많은 것을 가르쳐준 사람이었다. 그런 그가 죽다니 슬펐다.

그의 동생 앤디가 이제 자작이자 차기 백작이었다. 앤디의 아내인 메이는 자작부인이 되었다. 그리고 데이지의 이름은 귀족 사회의 복잡한 규율에 따라 애버로언 자작 과부가 되었다. 로이드와 결혼하고 나서야 그 이름에서 놓여나 평범한 윌리엄스 부인이 될 수 있었다.

하지만 아직도 한참 기다려야 할 것 같았다. 전쟁이 빨리 끝날 것이라는 희망은 여름이 지나면서 좌절되었다. 7월 20일에 히틀러를 죽이려던 독일군 장교들의 시도는 실패로 돌아갔다. 독일군은 동부전선에서 전속력으로 후퇴했고 연합국은 8월 파리를 탈환했지만 히틀러는 무시무시한 끝장을 볼 때까지 싸우기로 결정했다. 데이지는 로이드와 결혼하는 것은 말할 것도 없고 그를 언제 다시 만날 수 있을지조차 알 수 없었다.

9월의 어느 수요일 저녁시간을 보내러 올드게이트에 가니 에스 레크위드가 신이 나서 데이지를 맞았다. "엄청난 소식이야!" 에설은 데이지가 주방으로 들어서자 말했다. "로이드가 혹스턴 지역 의원 예비후보로 뽑혔어!"

로이드의 여동생 밀리가 두 아이 레니와 패미를 데리고 와 있었다. "멋지지 않아요?" 그녀가 말했다. "오빠는 분명 수상이 될 거예요."

"그럼." 데이지는 대답하고 털썩 의자에 앉았다.

"글쎄, 넌 그다지 즐거워 보이지 않는구나." 에설이 말했다. "내 친구 밀드러드가 자주 하는 말처럼, 반응이 싸늘하기 그지없구먼. 뭐가 문제니?"

"그냥, 제가 아내가 되면 그이가 당선되는 데 도움이 안 될 것 같아서요." 그녀는 그를 무척 사랑했기 때문에 기분이 매우 좋지 않았다. 어떻게 그녀가 그의 가능성을 망쳐버릴 수 있단 말인가? 하지만 어떻게 그를 포기할 수 있을까? 이런 식으로 생각하다보면 그녀는 마음이 무거웠고 삶은 적막해졌다.

"네가 부잣집 딸이라서?" 에설이 말했다.

"그 때문만은 아니에요. 보이가 죽기 전에, 파시스트 짓을 하던 사람을 아내로 두면 로이드는 절대로 선거에서 이기지 못할 거랬어요." 그녀는 언제나 상처를 주는 한이 있어도 진실만을 말하는 에설을 바라보았다. "그 말이 맞죠? 그렇죠?"

"전적으로 그렇지는 않아." 에설이 말했다. 그녀는 차를 끓일 주전자를 올려놓고는 주방 테이블에 앉은 데이지의 맞은편에 앉았다. "전혀 문제가 안 된다고 하지는 않겠어. 하지만 절망적일 필요는 없다고 생각한다."

어머니는 저랑 똑같아요. 데이지는 생각했다. 어머니의 생각을 말하죠. 그이가 날 사랑하는 것도 놀랍지 않아. 나는 어머니의 젊은 모습이니까!

밀리가 말했다. "사랑은 모든 걸 정복하죠. 안 그래요?" 그녀는 네 살 먹은 레니가 나무 군인 인형으로 두 살배기 패미를 때리는 걸 알아차렸다. "동생 때리지 마!" 그녀가 말했다. 그리고 데이지에게 고개를 돌리더니 말을 이었다. "그리고 우리 오빠는 언니를 엄청 사랑해요. 솔직히 말하면 오빠는 다른 누구도 사랑한 적이 없는 것 같아요."

"알아요." 데이지가 말했다. 그녀는 울고 싶었다. "하지만 그이는 세상을 바꾸기로 결심했고, 그런 그이의 길을 내가 막고 있다고 생각하면

참을 수가 없어요."

에설이 울음을 터뜨린 두 살짜리를 무릎 위에 올려놓자 아이는 금세 조용해졌다. "어떻게 해야 하는지 알려주지." 그녀는 데이지에게 말했다. "질문에 대비하고 적개심도 예상해야 하지만, 그렇다고 논점을 피하지 말고 과거도 숨기지 마."

"뭐라고 말하죠?"

"다른 수백만 명의 사람처럼 파시즘에 속았다고 할 수도 있지. 하지만 넌 대공습 때 구급차를 몰았고, 그것으로 빚을 갚았기를 바라고 있어. 정확히 어떻게 말할지 로이드와 의논해. 자신감을 갖고 거부할 수 없이 매력적인 사람이 되는 거야. 그런 일로 기죽지도 말고."

"그게 통할까요?"

에설은 머뭇거렸다. "모르지." 그녀는 잠시 멈췄다가 말했다. "진짜 모르겠어. 하지만 노력은 해봐야지."

"그이가 나 때문에 좋아하는 일을 포기해야 한다면 정말 끔찍할 것 같아요. 그런 일이라면 결혼생활을 망쳐버릴 수도 있어요."

데이지는 그 말을 에설이 부정해주기를 바랐지만 그러지 않았다. "모르지." 그녀는 다시 말했다.

# 19장
## 1945년(I)

### I

우디 듀어는 목발에 빠르게 적응했다.

그는 1944년 말 벨기에에서 벌어진 벌지 전투에서 부상을 입었다. 독일 국경을 향해 밀어붙이던 연합국은 거센 반격에 놀랐다. 우디와 나머지 제101공수사단 병사들은 잃어서는 안 되는 교차로 도시 바스토뉴에서 버텨냈다. 독일군이 항복을 요구하는 정식 문서를 보내왔을 때 매콜리프 장군은 유명해진 한마디를 답으로 보냈다. "미친놈!"

우디의 오른쪽 다리는 크리스마스 날 기관총 총알에 부서졌다. 지독히도 고통스러웠다. 더 끔찍한 것은 포위된 도시를 벗어나 진짜 병원에 도착하기까지 한 달이 걸렸다는 점이었다.

뼈는 아물 테고 절룩거리는 것은 나을 수도 있었지만 다시 낙하산을 타도 될 만큼 다리가 튼튼해질 리는 절대 없었다.

벌지 전투는 서부전선에서 히틀러의 군대가 마지막으로 취했던 공세였고 그후 다시는 반격하지 못했다.

우디는 민간인의 삶으로 돌아왔고 그 말은 워싱턴에 있는 부모의 아파트에서 살며 어머니의 지나친 관심을 즐길 수 있다는 뜻이었다. 깁스를 풀자 다시 아버지의 사무실에 나가 일을 시작했다.

1945년 4월 12일 목요일 그는 상원과 하원이 함께 있는 의사당 건물 지하에서 천천히 다리를 절며 아버지와 난민에 대해 이야기를 나누고 있었다. "우리 생각에는 유럽에서 이천백만 명이 집을 잃었어." 거스가 말했다. "국제연합 구제부흥사업국은 그들을 도울 준비가 되어 있다."

"이제 언제든 시작할 수 있겠죠." 우디가 말했다. "붉은 군대가 거의 베를린까지 전진했으니까요."

"그리고 미군은 80킬로미터밖에 떨어져 있지 않지."

"히틀러가 얼마나 더 견딜 수 있을까요?"

"제정신이라면 지금쯤 항복했겠지."

우디는 목소리를 낮췄다. "누가 그러는데 러시아가 학살용 수용소였던 것으로 보이는 시설을 찾아냈답니다. 그곳에서 나치가 하루에 수백 명씩 죽였다는 거예요. 폴란드에 있는 아우슈비츠라는 곳입니다."

거스는 우울한 표정으로 고개를 끄덕였다. "사실이야. 일반인들은 아직 모르지만 조만간 알게 되겠지."

"그런 짓을 하다니 누군가 재판을 받아야 해요."

"국제연합 전범조사위원회가 벌써 이 년째 작업을 하면서 전범 명단을 작성하고 증거를 모으고 있어. 우리가 전쟁이 끝나고 나서도 국제연합을 유지할 수 있다면 누군가 재판을 받게 될 거다."

"물론 유지할 수 있죠." 우디는 발끈했다. "루스벨트가 그걸 기반으로 작년에 선거전을 치렀고 이겼어요. 이제 이 주 뒤면 샌프란시스코에서 국제연합 회의가 열리잖아요." 샌프란시스코는 벨라 에르난데스가 사는 곳이라 우디에게 각별한 의미가 있었다. 하지만 아직 아버지에게는 그녀에 대해 이야기하지 않았다. "미국 국민들은 국제적인 협조를 보고 싶어해요. 그렇게 함으로써 이런 전쟁을 다시는 겪지 말자는 거죠. 그런 일에 누가 반대할 수 있겠어요?"

"놀라게 될 거다. 자, 공화당의 대부분이 단지 세상 보는 눈이 우리와 다를 뿐 멀쩡한 사람들이지. 하지만 가망 없는 빌어먹을 미치광이도 있어."

우디는 깜짝 놀랐다. 아버지는 욕을 입에 담는 법이 거의 없었다.

"1930년대에 루스벨트에게 반역을 하려던 자들." 거스가 말을 이었다. "헨리 포드 같은 사업가들은 히틀러가 훌륭하고 강인한 반공산주의 지도자라고 생각했어. 그들은 '아메리카 퍼스트' 같은 우익 단체에 가입했지."

우디는 아버지가 이렇게 화를 내며 말하는 모습을 본 기억이 없었다.

"이런 바보들이 멋대로 굴면 지금까지 두 번의 전쟁보다 더 끔찍한 세번째 세계대전이 벌어질 거야." 거스가 말했다. "난 아들을 전쟁 때문에 잃었고, 혹시 앞으로 생길 손자는 그렇게 잃고 싶지 않구나."

우디는 찌르는 듯한 고통을 느꼈다. 조앤이 살아 있다면 아버지에게 손주들을 안겨주었을 것이다.

지금 당장 우디는 만나는 여자조차 없으니 벨라를 샌프란시스코에서 찾아내기 전까지 손주는 요원한 기대일 뿐이었다.

"구제불능 바보들은 도저히 어떻게 할 수가 없지." 거스는 말을 이었다. "하지만 반덴버그 상원의원은 어떻게 해볼 수 있을 거야."

아서 반덴버그는 미시간 주 출신 공화당원으로 루스벨트의 뉴딜에 반대하는 보수주의자였다. 거스와 함께 상원 외교위원회 멤버이기도 했다.

"그가 우리에겐 가장 큰 위험이야." 거스가 말했다. "자만심 강하고 우쭐대지만 존경받는 인물이지. 대통령께서 그자에게 매달리고 있고 그자도 우리 쪽으로 의견이 기울고 있지만 언제든 되돌아갈 수 있지."

"왜 그러겠어요?"

"강경한 반공주의자거든."

"그건 문제가 안 돼요. 우리도 그렇잖아요."

"그래, 하지만 아서는 아주 엄격하지. 그가 보기에 우리가 뭐든 모스크바에 굽실대는 것 같은 행동을 하면 짜증을 낼 거야."

"이를테면요?"

"우리가 샌프란시스코에서 어떤 타협을 할지 아무도 모르지. 이미 벨라루스와 우크라이나를 별개의 국가로 인정하는 데 동의했어. 그건 총회에서 모스크바에게 투표권을 세 장 주는 것밖에 안 되지. 우리는 소련이 협상을 계속하도록 해야만 해. 하지만 너무 멀리 나가면 아서는 국제연합이라는 프로젝트 전체를 반대하는 것으로 마음을 바꿀 수 있어. 그러면 상원은 국제연합을 비준하길 거부할지도 모르지. 1919년 국제연맹을 거부했던 것과 똑같이."

"그럼 우리가 샌프란시스코에서 해야 할 일은 반덴버그 상원의원의 심기를 거스르지 않으면서 소련을 만족시키는 거군요."

"바로 그거야."

누군가 뛰는 소리가 들렸다. 품위 있는 의사당 건물 복도에서는 좀처럼 듣기 어려운 소리였다. 두 사람은 주위를 둘러보았다. 우디는 해리 트루먼 부통령이 복도를 뛰어가는 모습을 보고 깜짝 놀랐다. 그는 더블 브레스트 정장에 물방울무늬 넥타이를 맨 평범한 차림이었지만 모자를 쓰지 않았다. 보통 때와 달리 보좌관이나 경호실 요원도 보이지 않았다. 그는 거친 숨을 몰아쉬며 아무에게도 눈길을 주지 않고 몹시 바쁘게 어딘가를 향해 뛰어가고 있었다.

우디와 거스는 깜짝 놀라 그를 바라보았다. 다른 모든 사람도 마찬가지였다.

트루먼이 모퉁이를 돌아 사라지자 우디가 말했다. "이게 도대체 무슨……"

거스가 말했다. "분명 대통령께서 돌아가신 것 같구나."

<br>

## II

볼로댜 페시코프는 바퀴가 열 개 달린 스튜드베이커 US6 군용트럭을 타고 독일에 들어섰다. 인디애나 주 사우스벤드에서 생산된 트럭은 볼티모어까지 기차로 운반된 다음, 배를 타고 대서양을 건너 희망봉을 돌아 페르시아 만에서 기차에 실려 중앙아시아로 왔다. 볼로댜는 이 차량이 미국 정부가 붉은 군대에 보내준 이십만 대의 스튜드베이커 트럭 가운데 하나라는 걸 알았다. 러시아인들이 좋아하는 트럭이었다. 튼튼하고 믿을 수 있었다. 사람들은 트럭 옆구리에 찍힌 'USA'가 'Ubit Sukina syna Adolf', 즉 '아돌프 개자식을 죽이자'라는 뜻이라고 했다.

러시아인들은 또한 미국이 보내준 음식도 좋아했다. 특히 캔에 든 스팸이라는 압축 고기는 이상하게 연분홍색이었지만 기름기가 굉장히 많았다.

이제 베를린의 스파이들에게서 받는 정보보다 독일군 포로를 심문해 얻어내는 정보가 더 최신이었기 때문에 볼로댜는 독일에 배치되었다. 독일어가 유창한 그는 전방에서 가장 우수한 심문 전문가가 되었다.

국경을 넘으면서 그는 소련 정부의 포스터를 보았다. 붉은 군대 병사들이여. 이제 여러분은 독일 땅에 있다. 복수의 시간이 왔다! 이건 그나마 부드러운 내용의 선전활동이었다. 크렘린은 오래전부터 독일인에 대한 증오를 부추겼다. 그래야 병사들이 더 열심히 싸운다고 생각했기 때문이다. 정치위원들은 전투에서 죽음을 당한 병사들의 수를 계산했고—말뿐일 수도 있지만—독일군이 밀고 지나간 모든 마을과 도시에서 불탄 가옥을 헤아리고 공산주의자나 슬라브인, 또는 유대인이라는 이유로 살해당한 민간인의 수를 셌다. 전방의 많은 병사가 그들의 고향 마을이 당한 희생을 수치로 알고 있었고 독일에 비슷한 피해를 주려고 열을 올렸다.

붉은 군대는 프로이센 남북으로 굽이쳐 흐르는 오데르 강에 도착했다. 베를린을 막는 마지막 방어선이었다. 소련군 백만 명이 수도를 80킬로미터 앞두고 만반의 공격 태세를 갖추고 있었다. 볼로댜는 제5충격군 소속이었다. 전투가 시작되기를 기다리면서 군 신문인 〈붉은 별〉을 읽고 있었다.

내용은 무시무시했다.

증오 선전전은 그가 이제껏 읽었던 그 어느 것보다 심했다. "하루에 독일인 한 명을 죽이지 않았다면 당신은 그날을 낭비한 것이다. 만일 전투가 벌어지길 기다리고 있다면 전투 전에 독일인을 죽여라. 한 명 죽였다면 한 명을 더 죽여라. 독일인 시체 더미보다 더 우리를 즐겁게 하는 것은 없다. 독일인을 죽여라. 이것은 당신의 늙은 어머니가 올리는 기도다. 독일인을 죽여라. 이것은 당신에게 보내는 당신 자식들의 애원이다. 독일인을 죽여라. 이것은 러시아 대지의 울부짖음이다. 멈추지 마라. 죽여라."

볼로댜는 구역질이 조금 나는 것 같았다. 하지만 더 나쁜 내용도 있었다. 필자는 약탈을 가볍게 여기고 있었다. "독일 여자들은 원래 도둑

질한 모피코트와 재산을 잃는 것뿐이다." 강간에 대한 간접적인 농담도 있었다. "소련 병사들은 독일 여자의 찬사를 거부하지 않는다."

군인은 애초에 크게 교양 있는 부류가 아니었다. 침략자 독일이 1941년에 저지른 행동이 모든 러시아인의 분노를 불렀다. 정부는 복수 운운하며 그들의 분노에 기름을 붓고 있었다. 그리고 이제 군 신문은 패배한 독일인들에게 무슨 짓을 해도 좋다는 걸 병사들에게 명확히 하고 있었다.

이건 아마겟돈으로 치닫는 설명서였다.


III


에리크 폰 울리히는 전쟁이 곧 끝난다는 생각에 사로잡혀 있었다.

그는 친구 헤르만 브라운, 그들의 상관 바이스 박사와 함께 작은 개신교 교회에 야전병원을 차렸다. 그리고 신도석에 앉아 아무것도 하지 않고 오직 구급마차에 가득 실려 도착할 끔찍하리만큼 찢어지고 불에 탄 병사들을 기다렸다.

독일군은 오데르 강이 베를린을 가장 가깝게 지나는 지역이 내려다 보이는 젤로브 고지에 병력을 증강했다. 에리크의 야전병원은 전선에서 1.6킬로미터 정도 후방에 있는 한 마을에 차려져 있었다.

군 정보부에 친구가 있는 바이스 박사 말로는 백만 명의 소련군에 맞서 베를린을 방어하는 독일군은 십일만 명이라고 했다. 늘 그렇듯 빈정대는 투로 그가 말했다. "하지만 우리의 사기가 높고 아돌프 히틀러는 전쟁 역사상 가장 위대한 천재이니 우리의 승리는 자명하지."

희망은 없었지만 독일군 병사들은 여전히 악착같이 싸우고 있었다. 에리크는 붉은 군대가 어떤 짓을 저지르는지 서서히 알려졌기 때문일 거라 생각했다. 포로는 살해되고 가옥은 약탈당해 부서지고 여자들은 강간당한 후 헛간 문에 못질당했다. 독일인들은 공산주의자들의 만행으로부터 자기 가족을 보호한다고 믿었다. 크렘린의 증오 선전활동이 불러온 역풍이었다.

에리크는 패전하기만을 기다리고 있었다. 살육이 멈추기를 간절히 원했다. 그저 집에 돌아가고만 싶었다.

그의 바람이 곧 이루어지든지, 그가 죽든지 둘 중 하나였다.

교회의 긴 의자에서 잠을 자던 에리크는 4월 16일 월요일 새벽 세시 러시아군의 포성에 잠을 깼다. 전에도 포성을 들어본 적이 있었지만 이번에는 그가 태어나서 들어본 그 어떤 소리보다 열 배는 컸다. 전선에 있는 병사들은 말 그대로 귀가 멀 것 같았다.

새벽이 되자 부상자들이 실려오기 시작했고 그들은 팔다리를 절단하고 부러진 뼈를 맞추고 총알을 뽑아내고 상처를 소독하고 붕대를 감으며 녹초가 되도록 일했다. 약품부터 깨끗한 물까지 모든 것이 부족했고 고통으로 비명을 지르는 병사들에게도 그저 모르핀을 놓아줄 수밖에 없었다.

여전히 총을 잡고 걸을 수 있는 병사들은 전선으로 다시 보내졌다.

독일의 방어 병력은 바이스 박사가 예상한 것보다 더 오래 견뎠다. 첫날이 끝날 무렵에도 그들은 여전히 제 위치를 사수했고 어둠이 깔리자 부상자들이 밀려오던 속도가 느려졌다. 그날 밤 의무대 사람들은 조금 눈을 붙였다.

다음날 일찍 베르너 프랑크가 오른쪽 팔목이 끔찍하게 부서져 실려왔다.

이제 그는 대위였다. 그는 서른 문의 88밀리미터 플라크 포를 지휘하고 있었다. "이제 포마다 여덟 발씩밖에 안 남았어." 그는 바이스 박사가 숙련된 손길로 천천히, 그리고 꼼꼼하게 부서진 뼈들을 맞추는 동안 말했다. "우리가 받은 명령은 러시아 탱크를 향해 일곱 발을 쏘고 여덟 번째 탄으로는 붉은 군대가 사용하지 못하도록 우리 포를 파괴하라는 거야." 88밀리미터 플라크 포 하나가 소련군의 포격에 직격탄을 맞고 뒤집히며 옆에 서 있던 그를 덮쳤다. "손만 다쳤으니 다행이지. 빌어먹을 머리를 덮칠 수도 있었어."

팔목에 붕대를 감자 그가 에리크에게 말했다. "카를라한테서 소식 들었어?"

에리크는 동생이 베르너와 사귀는 사이라는 것을 알았다. "몇 주 동안 편지를 못 받았어."

"나도 그래. 베를린은 돌아가는 사정이 아주 안 좋은 것 같더군. 카를라가 별일 없었으면 좋겠는데."

"나도 걱정돼." 에리크가 말했다.

놀랍게도 독일군은 젤로브 고지를 하루 낮과 밤 동안 더 사수했다.

야전병원은 전선이 무너졌다는 경고를 전혀 받지 못했다. 그들이 새로 마차에 실려온 부상자들을 정도에 따라 분류하고 있는데 일고여덟 명의 소련군이 교회로 난입했다. 한 명이 아치형 천장을 향해 기관총을 난사하자 움직일 수 있는 모두가 바닥으로 몸을 날렸고 에리크 역시 마찬가지였다.

무장한 사람이 아무도 없는 것을 보고 러시아군은 안심했다. 그들은 방마다 돌아다니며 몸에 찬 시계나 반지를 모조리 빼앗더니 가버렸다.

에리크는 이제 무슨 일이 벌어질지 궁금했다. 이렇게 적진 속에 갇혀보기는 처음이었다. 야전병원을 버리고 퇴각하는 부대를 따라잡아봐야 할까? 아니면 부상자들에게는 이곳이 더 안전할까?

바이스 박사는 과감하게 결정을 내렸다. "모두 하던 일을 계속하도록." 그가 말했다.

잠시 후 소련군 병사 하나가 동료 한 명을 어깨에 둘러메고 들어섰다. 그는 바이스에게 총을 겨누고는 빠른 러시아어를 쏟아냈다. 그는 당황했고 그의 동료는 피범벅이었다.

바이스는 차분하게 러시아어로 더듬더듬 대답했다. "총은 필요 없습니다. 친구를 여기 테이블에 눕히세요."

병사는 그가 시키는 대로 했고 모두 치료를 시작했다. 병사는 소총으로 계속 박사를 겨누고 있었다.

오후 늦게 독일군 환자들은 걷거나 실려나가 동쪽으로 떠나는 트럭 짐칸에 탔다. 에리크는 베르너 프랑크가 전쟁포로가 되어 떠나는 모습을 지켜보았다. 어렸을 때 에리크는 친척 아저씨 로베르트가 1차 세계대전에서 러시아인에게 전쟁포로로 잡혔다가 시베리아에서 6400킬로미터의 여정을 거쳐 집까지 돌아왔다는 이야기를 자주 들었다. 베르너는 어떻게 될지 궁금했다.

부상을 입은 러시아인이 더 많이 도착했고 독일군은 그들을 마치 같은 편처럼 보살폈다.

나중에 에리크는 녹초가 되어 잠에 빠지며 이제 그 역시 전쟁포로라는 사실을 깨달았다.


IV


연합군이 베를린에 접근하면서 승전국들은 샌프란시스코에서 열린 국제연합 회의에서 서로 옥신각신하기 시작했다. 우디는 회의가 짜증스러웠지만 그보다는 벨라 에르난데스와 다시 연락을 취하는 데 더 관심이 있었다.

그가 디데이 공격과 프랑스에서의 전투를 겪고 병원에서, 그리고 요양을 하며 보내는 동안 그녀는 계속 그의 마음속에 있었다. 일 년 전 그녀는 옥스퍼드에서 학업을 끝마칠 무렵이었고 바로 이곳 샌프란시스코의 버클리에서 박사과정을 밟으려 계획하고 있었다. 학교 근처에 아파트를 얻지 않았다면 퍼시픽 하이츠의 부모님 집에서 살고 있을 것이다.

안타깝게도 그녀에게 전갈을 보내는 일은 어려웠다.

그가 보낸 편지에 답신이 없었다. 전화번호부에 나와 있는 번호로 전화를 해봤지만 벨라의 어머니인 듯한 중년의 여자가 차갑고 정중한 목소리로 말했다. "지금은 집에 없어요. 전할 말씀이 있으신가요?" 벨라로부터 전화는 걸려오지 않았다.

깊이 사귀는 남자친구가 있을지도 몰랐다. 만일 그렇다고 해도 그녀에게 직접 듣고 싶었다. 하지만 아마도 그녀의 어머니가 연락이 닿지 않도록 편지를 중간에 가로채는 것 같았다.

어쩌면 포기해야 할 수도 있었다. 바보짓을 하고 있는지도 몰랐다. 하지만 그건 그의 방식이 아니었다. 그는 조앤을 향한 길고 고집스럽던 구애를 떠올렸다. 뭔가 일정한 패턴이 있는 것 같다는 생각이 들었다. 내가 문제인가?

그러는 동안 매일 아침 그는 아버지와 함께 페어몬트 호텔 꼭대기의 펜트하우스로 가서 회담에 참가하는 미국 협상단을 위해 에드워드 스테티니어스 국무장관이 주재하는 회의에 참석했다. 스테티니어스는 병원에 있는 코델 헐의 자리를 물려받았다. 또한 프랭클린 D. 루스벨트가 죽자 해리 트루먼이 미국 대통령으로 취임했다. 거스 듀어는 세계 역사상 이렇게 중차대한 시기에 경험이 부족한 두 신출내기가 미국을 이끌어야 한다니 안타까운 일이라고 생각했다.

시작이 좋지 않았다. 백악관에서 열린 사전 회담에서 트루먼 대통령이 소련의 몰로토프 외무장관을 서툴게 공격했다. 그 결과 몰로토프는 샌프란시스코에 불쾌한 기분으로 도착했다. 그는 회담이 열리자마자 벨라루스와 우크라이나, 폴란드를 인정하지 않으면 즉시 돌아가겠다고 선언했다.

소련이 빠지기를 바라는 사람은 아무도 없었다. 소련이 없으면 국제연합은 국제연합이 아니었다. 미국 대표단 대부분은 공산주의자들과 협상하고 싶어했지만 보타이를 맨 반덴버그는 모스크바의 압력을 받아서는 아무것도 이룰 수 없다며 지나치게 꼿꼿한 자세를 유지했다.

어느 아침 우디는 두 시간 정도 짬을 내 벨라의 부모님 집을 찾아가기로 했다.

페어몬트 호텔이 있는 노브 힐에서 그들이 사는 호화로운 동네가 멀지 않았지만 우디는 아직 지팡이를 짚고 걸어야 하기 때문에 택시를 탔다. 그들의 집은 고프 가의 노란색으로 칠한 빅토리아시대풍 저택이었다. 현관에 나온 여자는 가정부라고 하기에는 너무 잘 차려입은 모습이었다. 여자는 벨라와 똑같이 입꼬리가 한쪽만 올라가는 미소를 지어 보였다. 그녀의 어머니가 틀림없었다. 그는 공손하게 말했다. "안녕하십니까. 저는 우디 듀어라고 합니다. 작년에 런던에서 벨라 에르난데스를 만났고, 괜찮다면 다시 만나고 싶습니다."

그녀의 얼굴에서 웃음이 사라졌다. 그녀는 한참 그를 바라보더니 말했다. "당신이군요."

우디는 그녀가 무슨 말을 하는지 알 수 없었다.

"나는 캐럴라인 에르난데스라고, 이사벨의 엄마예요." 그녀가 말했다. "들어오시는 게 좋겠군요."

"감사합니다."

그녀는 악수를 청하지도 않았고 명백한 적대감을 드러냈지만 이유를 알 수 없었다. 하지만 그는 집안으로 들어갔다.

에르난데스 부인은 우디를 숨막히게 멋진 바다 풍경이 보이는 넓고 안락한 거실로 안내했다. 그녀는 별로 친절할 것도 없는 손짓으로 앉으라는 듯 의자를 가리켰다. 그리고 맞은편에 앉아 또다시 그를 빤히 바라보았다. "영국에서 얼마나 오랜 시간을 벨라와 함께 보냈죠?" 그녀가 물었다.

"그냥 몇 시간이었습니다. 하지만 그후로 쭉 그녀를 생각했습니다."

또 의미심장하게 한참 잠자코 있다가 그녀가 말했다. "우리 아이는 옥스퍼드로 떠날 때 빅터 롤런드슨과 약혼한 상태였어요. 우리 아이가 거의 평생을 알고 지낸 아주 멋진 젊은이죠. 롤런드슨 가문은 남편과 내가 오래 잘 알고 지내는 집안이고요. 아니, 이제 과거 일이군요. 벨라가 집에 돌아와서는 갑자기 약혼을 깨겠다고 나서기 전까지였으니까요."

우디는 희망으로 가슴이 뛰었다.

"그 아이는 그저 빅터를 사랑하지 않는다는 걸 깨닫게 되었다고 했어요. 다른 사람을 만났나보다 짐작만 했는데 이제 누군지 알겠군요."

우디가 말했다. "약혼한 줄은 몰랐습니다."

"그 아이가 낀 다이아몬드 반지를 못 봤을 리가 없어요. 당신의 관찰력이 부족한 탓에 비극이 벌어졌군요."

"정말 죄송합니다." 우디가 말했다. 그 순간 스스로 나약한 모습을 보이는 건 그만두겠다고 생각했다. "아니, 그렇지 않습니다." 그가 말했다. "그녀가 파혼했다는 사실이 매우 기쁩니다. 왜냐면 저는 그녀가 더할 나위 없이 멋지다고 생각하고, 저와 결혼하기를 원하기 때문입니다."

에르난데스 부인은 그 말이 언짢은 모양이었다. "젊은이가 아주 건방지군요."

우디는 상대방의 오만한 태도에 벌컥 화가 났다. "에르난데스 부인, 부인께서는 방금 비극이라고 하셨습니다. 제 약혼녀였던 조앤은 진주만에서, 제 품안에서 죽었습니다. 동생 척은 부건빌 섬 해안에서 기관총 세례를 받고 죽었죠. 디데이에 저는 에이스 웨버와 네 명의 젊은 미군 병사를 에글리즈데쇠르라는 작은 마을에 있는 다리 때문에 죽음의 길로 보냈습니다. 저는 뭐가 비극인지 압니다. 그건 파혼을 뜻하는 말이 아닙니다."

그녀는 깜짝 놀랐다. 아마 젊은이들이 그녀에게 대드는 일은 잘 없을 것이다. 그녀는 대답이 없었지만 안색이 약간 창백해진 것 같았다. 잠시 후 일어서서 아무 설명 없이 거실을 나갔다. 어쩌라는 건지 우디는 알 수가 없었지만 아직 벨라를 보지 못했기에 움직이지 않았다.

오 분 뒤 벨라가 들어왔다.

우디는 일어섰고 맥박이 빨라졌다. 그녀의 얼굴을 보기만 해도 웃음이 나왔다. 그녀는 평범한 연노랑 드레스를 입었는데, 그래서 윤기가 흐르는 검은 머리와 커피색 피부가 더 두드러져 보였다. 그녀는 극적으로 단순한 옷차림일 때 더 예뻐 보일 거라고 그는 짐작했다. 조앤처럼. 그는 그녀를 안고 부드러운 몸을 부서져라 감싸고 싶었지만 그녀의 신호를 기다렸다.

그녀는 불안하고 불편해 보였다. "여기서 뭐해요?" 그녀가 말했다.

"당신을 찾으러 왔어요."

"왜요?"

"당신 생각을 떨쳐버릴 수가 없었어요."

"서로 잘 알지도 못하잖아요."

"오늘부터 알아가기로 하죠. 나랑 저녁 먹을래요?"

"모르겠어요."

그는 방을 가로질러 그녀가 서 있는 곳으로 갔다.

그녀는 그가 지팡이를 짚는 모습을 보고 깜짝 놀랐다. "무슨 일이 있었어요?"

"프랑스에서 무릎에 총을 맞았어요. 더디지만 낫고 있어요."

"정말 안됐어요."

"벨라, 나는 당신이 멋지다고 생각해요. 당신도 날 좋아한다고 믿어요. 우리 둘 다 매인 몸이 아니에요. 뭘 걱정하는 겁니까?"

그녀는 그가 무척 좋아하는 한쪽 입꼬리가 올라가는 웃음을 지어 보였다. "아마 창피해서 그런 것 같아요. 그날 밤 런던에서 내가 한 짓 때문에."

"그게 전부예요?"

"첫 데이트에 심했던 거죠."

"그런 일은 늘 일어납니다. 꼭 내 경우는 아니더라도 많이 들었어요. 당신은 내가 살아 돌아오지 못할 거라 생각했군요."

그녀는 고개를 끄덕였다. "그런 일은 단 한 번도 해본 적이 없어요. 빅터하고도요. 내가 무슨 생각이었는지 모르겠어요. 그것도 공원에서! 창녀가 된 기분이었어요."

"당신이 어떤 사람인지는 내가 정확히 알아요." 우디가 말했다. "똑똑하고 아름답고 너그러운 여자죠. 그러니 정신없던 런던에서의 일은 잊어버리고 이제부터 점잖고 좋은 집안에서 자란 젊은이답게 서로 알아가면 어때요?"

그녀는 누그러지기 시작했다. "진짜 그럴 수 있을까요?"

"당연하죠."

"좋아요."

"일곱시에 데리러 올까요?"

"좋아요."

그렇게 끝낼 수는 없었지만 선뜻 말이 나오지 않았다. "당신을 다시 찾을 수 있어서 얼마나 기쁜지 말로 표현할 수가 없어요." 그가 말했다.

그녀는 처음으로 그의 눈을 바라보았다. "아, 우디. 나도 그래요." 그녀가 말했다. "정말 기뻐요!" 그러더니 그녀는 양팔로 허리를 감싸고 그를 껴안았다.

그가 바라던 일이었다. 그는 그녀를 안고 멋진 머리칼에 얼굴을 묻었다. 그들은 한참 그렇게 서 있었다.

마침내 그녀가 몸을 떼어냈다. "일곱시에 만나요." 그녀가 말했다.

"그러죠."

그는 행복감에 휩싸여 그녀의 집을 떠났다.

그는 그곳에서 곧장 오페라하우스 옆 재향군인 회관 건물로 가서 운영위원회에 참석했다. 긴 테이블에는 마흔여섯 명의 위원이 앉았고 거스 듀어 같은 보좌진은 그들 뒤에 앉았다. 우디는 보좌관의 보좌관으로 벽에 붙은 의자에 앉았다.

소련 외무장관 몰로토프가 맨 처음 연설을 했다. 외모만 보면 별 볼일 없는 자라고 우디는 생각했다. 벗어진 머리와 깔끔한 콧수염에 안경을 쓴 모습은 자기 아버지의 직업이었던 가게 점원처럼 보였다. 하지만 그는 볼셰비키의 정치 속에서 오랫동안 살아남았다. 혁명 전부터 스탈린의 친구였던 그는 1939년 나치와 소련의 조약을 설계했다. 그는 성실히 일했고 책상에 앉아 오랜 시간을 보낸다는 이유로 '강철 엉덩이'이라는 별명이 붙었다.

그는 벨라루스와 우크라이나를 국제연합의 창립 회원국으로 받아들이길 제안했다. 그는 이 두 소비에트 공화국이 나치의 침공으로 가장 큰 피해를 입었다는 점, 붉은 군대에 각각 백만 명 이상의 병력을 지원했다는 점을 지적했다. 그들이 모스크바로부터 완전히 독립하지 못했다는 점을 지적할 수 있지만 그렇게 되면 캐나다와 오스트레일리아처럼 각자 회원국 자격을 받은 영연방 국가들에 대해서도 같은 논쟁이 가능했다.

투표 결과는 만장일치였다. 우디는 이 모든 것이 사전에 결정되어 있었다는 것을 익히 알았다. 라틴아메리카의 국가들은 히틀러를 지지하는 아르헨티나가 회원국이 될 수 없다면 반대하겠다고 협박했고, 그들의 표를 확보하기 위해 그에 대한 양보가 미리 이루어진 것이다.

그러다가 폭탄선언이 나왔다. 체코의 외무장관인 얀 마사리크가 일어섰다. 그는 유명한 자유주의자이자 반나치 인사로 1944년 『타임』의 표지를 장식하기도 했다. 그는 폴란드 역시 UN 회원국으로 받아들이자고 제안했다.

스탈린이 폴란드에서 선거를 치르도록 허락할 때까지는 UN 가입을 거부한다는 것이 미국 입장이었고, 마사리크는 민주주의자로서 그 의견을 지지해야 했으며 어깨 너머로 감시하는 스탈린을 등뒤에 둔 채 민주주의를 만들어내려고 애쓰는 그의 처지를 고려하면 특히 더욱 그랬다. 그가 이런 식으로 자기 이상을 저버린 것을 보면 몰로토프가 끔찍하게 압력을 가한 것이 틀림없었다. 그리고 실제로 자리에 앉은 마사리크는 뭔가 혐오스러운 걸 삼킨 듯한 표정이었다.

거스 듀어 역시 우울해 보였다. 벨라루스와 우크라이나, 아르헨티나에 대해 미리 타협해두었으니 이번 회의는 순조롭게 진행되었어야 옳았다. 하지만 몰로토프가 이제 그들에게 낮은 볼을 던져버렸다.

미국 대표단과 함께 앉아 있던 반덴버그 상원의원은 격분했다. 그는 펜과 메모장을 꺼내더니 미친 사람처럼 글을 쓰기 시작했다. 잠시 후 메모를 뜯어내더니 우디를 손짓으로 불러 종이를 건네주며 말했다. "국무장관에게 갖다주게."

우디는 테이블로 다가가 스테티니어스의 어깨 너머로 몸을 숙이고 종이를 그의 앞에 내밀며 말했다. "반덴버그 상원의원이 보내신 겁니다."

"고맙네."

우디는 벽에 붙은 그의 의자로 돌아왔다. 역사 속의 내 역할이군. 그는 생각했다. 그는 종이를 건네주는 사이 내용을 흘깃 보았다. 반덴버그는 체코의 제안을 거부하는 짧고 열정적인 연설문을 작성했다. 스테티니어스가 상원의원의 지시를 따를 것인가?

만일 몰로토프가 폴란드에 대해서 원하던 것을 얻어낸다면 반덴버그는 상원이 국제연합을 거부하도록 할 수도 있었다. 하지만 스테티니어스가 지금 반덴버그의 노선을 따른다면 몰로토프는 회담장을 걸어나가 집으로 돌아가버릴 수 있었고 그러면 사실상 UN은 사망이라고 봐야 했다.

우디는 숨을 죽였다.

스테티니어스는 반덴버그가 써준 메모를 손에 들고 일어섰다. "우리는 방금 러시아를 위해 얄타회담에서 정한 내용들을 이행했습니다." 그는 말했다. 그것은 벨라루스와 우크라이나를 지지하기로 한 미국의 약속을 뜻했다. "얄타에서 정한 다른 의무 역시 똑같이 지켜져야 합니다." 그는 반덴버그가 쓴 말을 이용하고 있었다. "바로 폴란드에 국민을 대표하는 새로운 임시정부를 세운다는 것입니다."

실내는 충격으로 웅성거렸다. 스테티니어스는 몰로토프에게 도전하고 있었다. 우디는 반덴버그를 흘깃 보았다. 흡족한 모습이었다.

스테티니어스는 말을 계속 이었다. "그전까지 이 회담에서는 도의상 루블린 정부를 인정할 수 없습니다." 그는 몰로토프를 똑바로 보며 반덴버그가 써준 내용을 그대로 인용해 말했다. "그것은 부정직함을 드러내는 비도덕적 처사이기 때문입니다."

몰로토프는 얼굴이 달아오른 것처럼 보였다.

영국 외무장관 앤서니 이든은 흐느적거리는 몸을 펴고 일어서서 스테티니어스를 지지했다. 그의 어투는 흠잡을 데 없이 정중했지만 내용은 준엄했다. "우리 정부는 폴란드 국민들이 그들의 임시정부를 지지하는지 여부를 알 방법이 없습니다." 그는 말했다. "우리 소비에트 동맹국들이 영국 참관단이 폴란드에 들어가는 것을 거부하고 있기 때문입니다."

우디는 회담이 몰로토프에게 불리하게 돌아가는 걸 알아차렸다. 몰로토프 역시 같은 인상을 확실하게 받았다. 그는 우디에게 들릴 만큼 큰 소리로 보좌진과 협의를 했다. 목소리에는 분노가 어려 있었다. 하지만 자리를 박차고 나갈까?

대머리에 살이 쪄 이중턱인 벨기에의 외무장관이 협상안을 발의했다. 회담이 끝나기 전 이곳 샌프란시스코에서 폴란드가 자국을 대표할 정부를 구성하길 바란다는 희망을 담은 내용이었다.

모두가 몰로토프를 바라보았다. 그는 체면을 유지할 수 있는 구실을 제안받은 것이다. 하지만 받아들일까?

그는 여전히 화가 나 보였다. 하지만 살짝, 그러나 착각하기는 어려운 찬성의 고갯짓을 해 보였다.

그렇게 위기는 넘어갔다.

자, 하루에 두 번의 승리를 거뒀군. 우디는 생각했다. 상황은 나아지고 있었다.

# V

카를라는 물을 뜨는 줄을 서러 나갔다.

수돗물이 끊긴 지 이틀이 지났다. 다행히 베를린 주부들은 몇 블록마다 지하 우물에 연결된 구식 펌프가 남아 있다는 사실을 발견했다. 펌프들은 오랫동안 사용하지 않아 녹슬고 삐걱거렸지만 놀랍게도 여전히 작동했다. 그래서 이제 매일 아침이면 여자들은 양동이와 항아리를 들고 줄을 섰다.

공습은 멈추었는데, 적군이 시내로 진입할 때가 되어서 그런 것 같았다. 하지만 붉은 군대의 포격 때문에 길거리에 나가는 일은 여전히 위험했다. 카를라는 소련군이 왜 군이 포격을 하는지 알 수가 없었다. 도시 대부분이 사라졌다. 도심 전체, 아니 그보다 더 넓은 지역이 완전히 초토화되었다. 전기나 수도 같은 것들은 모두 끊겼다. 기차나 버스도 다니지 않았다. 수천 명, 어쩌면 수백만 명이 집 없는 신세가 되었다. 도시 전체가 하나의 거대한 난민수용소였다. 하지만 포격은 계속 이어졌다. 사람들 대부분은 온종일 집 지하실이나 공용 방공호에서 지냈지만 물을 구하러 나올 수밖에 없었다.

전기가 완전히 끊어지기 직전 라디오에서 BBC가 작센하우젠 강제수용소를 붉은 군대가 해방시켰다고 선언하는 방송을 들었다. 작센하우젠은 베를린의 북쪽이었고, 동쪽에서 다가오는 소련군은 곧장 밀고 들어오는 대신 도시를 에워싸는 것이 분명했다. 어머니 모드는 러시아가 서쪽에서 빠르게 접근하는 미국, 영국, 프랑스, 캐나다를 막고 싶은 것이라고 추측했다. 그녀는 레닌의 말을 인용했다. "베를린을 지배하는 자가 독일을 지배하고, 독일을 지배하는 자가 유럽을 지배한다."

하지만 독일군은 아직 포기하지 않았다. 숫자와 무기에서 밀리고 탄약과 연료가 부족하고 절반은 굶주린 상태지만 버텨내고 있었다. 지도 자들은 그들을 압도적인 적군 앞에 몇 번이고 내던졌고, 그들은 그때마 다 명령에 따라 기세 좋게 용감히 싸우다 수백, 수천 명씩 죽었다. 그중 에는 카를라가 사랑하는 두 남자도 있었다. 오빠 에리크와 남자친구 베 르너였다. 그녀는 두 사람이 어디서 싸우고 있는지, 심지어 살았는지조 차 알지 못했다.

카를라는 스파이 활동을 접었다. 싸움은 혼돈으로 악화되고 있었다. 전투 계획은 무의미했다. 밀고 들어오는 소련군에게 베를린에서 받는 비밀 정보는 효용가치가 별로 없었다. 더는 위험을 무릅쓸 만큼 가치로 운 일이 아니었다. 스파이들은 암호책을 불태우고 폭격을 맞아 무너진 건물에 무선송신기를 감추었다. 본인들이 한 일은 절대 입에 담지 않기 로 했다. 그들은 용감했고 종전을 앞당겼으며 여러 목숨을 구했다. 하 지만 패배한 독일 사람들이 그런 식으로 봐주기를 기대하는 것은 지나 친 바람이었다. 그들의 용기는 영원히 비밀로 남을 터였다.

카를라가 물을 받을 차례를 기다리는데 히틀러유겐트의 탱크 공격조 가 전선이 있는 동쪽을 향해 지나갔다. 오십대 남자 두 명과 십여 명의 십대 소년들로 모두 자전거를 타고 있었다. 자전거마다 앞쪽에 단발 대 전차 무기인 판처포이스테가 두 개씩 묶여 있었다. 소년들에게 제복은 너무 컸고 지나치게 큰 헬멧도 우스꽝스러워 마치 그들이 처한 곤경이 그다지 딱하지 않은 것처럼 보였다. 그들은 붉은 군대와 싸우기 위해 떠났다.

그들은 죽을 것이다.

카를라는 그들이 지나가는 동안 고개를 돌렸다. 그 얼굴들을 기억하 고 싶지 않았다.

양동이를 채우고 있는데 뒤에 섰던 라이히스 부인이 다른 사람은 들지 못하게 조용히 말했다. "당신 그 의사 부인의 친구 맞죠?"

카를라는 긴장했다. 하넬로레 로트만을 두고 하는 말이 틀림없었다. 로트만 박사는 유대인 병원에서 정신과 환자들과 함께 사라졌다. 하넬로레의 아들 루디는 그의 노란 별을 떼어내버리고는 베를린 은어로 '유보트'라는, 숨어 사는 유대인들에 합류했다. 하지만 유대인이 아닌 하넬로레는 여전히 옛집에 살고 있었다.

십이 년 동안 방금 전 들었던 그런 질문—당신은 유대인 부인의 친구인가요?—은 고발이나 마찬가지였다. 오늘은 어떤가? 카를라는 알 수 없었다. 라이히스 부인과는 그저 고개인사를 나누는 사이였다. 믿을 수는 없었다.

카를라는 꼭지를 잠갔다. "로트만 박사는 제가 어렸을 때 우리 가족의 주치의였죠." 그녀는 신중하게 말했다. "왜요?"

라이히스 부인은 자리를 잡고 요리용 기름을 담아두던 커다란 깡통에 물을 채우기 시작했다. "로트만 부인이 잡혀갔어요." 그녀가 말했다. "당신이 궁금해할 것 같아서요."

흔히 있는 일이었다. 사람들은 늘 "잡혀갔다". 하지만 누군가 가까운 사람에 그런 일이 벌어지면 가슴에 큰 충격으로 다가온다.

잡혀간 사람들에게 무슨 일이 생겼는지 알아내려 애쓰는 것은 아무 소용이 없었다. 사실 그런 일은 철저하게 위험했다. 사라진 사람들에 관해 묻는 장본인도 사라지곤 했다. 그럼에도 카를라는 물을 수밖에 없었다. "어디로 끌려갔는지 아세요?"

이번에는 대답이 돌아왔다. "슐 가에 있는 임시 수용소로 갔어요." 카를라는 희망이 생겼다. "어디냐면, 베딩에 있는 예전 유대인 병원 안이에요. 어딘지 알아요?"

"네, 알아요." 카를라는 들키지 않도록 불법적으로 가끔 그 병원에서 일했고 그래서 정부가 병원 건물 가운데 하나인 병리학 시험소를 차지하고 주변을 철조망으로 둘러싼 걸 알고 있었다.

"그녀가 별일 없으면 좋겠어요." 상대방 여자가 말했다. "우리 슈테피가 아팠을 때 잘해줬거든요." 그녀는 꼭지를 잠그고 물을 담은 깡통을 들고 걸어갔다.

카를라는 서둘러 반대 방향인 집으로 향했다.

하넬로레를 위해 뭔가 해야 했다. 수용소에서 누구를 빼내는 일은 늘 불가능에 가까웠지만 모든 것이 무너져내리고 있는 지금은 어쩌면 길이 있을지도 몰랐다.

그녀는 물 양동이를 집안으로 가지고 들어가 아다에게 건네주었다.

모드는 음식 배급 줄을 서러 나가고 없었다. 카를라는 도움이 될 것 같아 간호사 복장으로 갈아입었다. 아다에게 어디 가는지 설명하고 다시 집을 나섰다.

그녀는 베딩까지 걸어가야 했다. 거리는 3, 4킬로미터 정도였다. 과연 이럴 가치가 있는지 궁금했다. 하넬로레를 찾는다고 해도 도움을 주지 못할지 몰랐다. 하지만 그 순간 그녀는 런던에 있을 에바와 베를린 어딘가에 숨어 있을 루디가 떠올랐다. 전쟁 막바지에 어머니를 잃는다면 얼마나 끔찍할까? 노력이라도 해봐야 했다.

헌병들이 길거리에 서서 사람들을 붙잡고 신분증을 요구하고 있었다. 그들은 세 명씩 무리지어 즉결심판소를 운영했고 주로 싸울 수 있는 나이의 남자들에게 관심을 보였다. 그들은 간호사 제복을 입은 카를라는 신경쓰지 않았다.

폭격으로 엉망이 된 도시에서 사과나무, 벚나무가 하얀색과 분홍색 꽃들을 화려하게 피운 것은 묘한 광경이었다. 폭발음 사이사이 조용한 순간 매년 봄이면 그랬던 것처럼 낙천적으로 지저귀는 새소리도 들렸다.

공포스럽게도 그녀는 몇 명의 남자가 신호등에 목매달려 있는 모습을 목격했다. 일부는 군복 차림이었다. 시체 대부분은 겁쟁이 또는 탈영병이라고 쓴 판지를 목에 매달고 있었다. 이들이 아까 본 3인 즉결심판소에서 유죄로 인정된 사람들이라는 걸 카를라는 잘 알았다. 이미 벌어진 죽음만으로 나치는 만족하지 못한단 말인가? 그녀는 울고 싶어졌다.

그녀는 어쩔 수 없이 세 차례나 포격을 피해 몸을 숨겨야 했다. 마지막은 병원에서 겨우 200미터가량 떨어진 곳이었는데, 소련군과 독일군이 겨우 몇 골목 떨어진 곳에서 전투를 벌이는 모양이었다. 총격이 얼마나 격렬한지 돌아서고 싶은 유혹을 느꼈다. 하넬로레는 어쩌면 운이 다해 이미 죽었을지도 몰랐다. 왜 나까지 목숨을 바쳐야 하나? 하지만 그럼에도 그녀는 계속 움직였다.

목적지에 도착했을 때는 저녁때가 되었다. 병원은 슐 가와 이라니셰 가가 만나는 모퉁이에 있었다. 도로에 늘어선 나무마다 새잎이 돋아나고 있었다. 임시 수용소로 바뀐 시험소 건물은 경비병들이 지키고 있었다. 카를라는 그들에게 가서 방문 목적을 설명할까 생각했지만 그 방법은 먹힐 것 같지 않았다. 터널을 통해 안으로 몰래 들어갈 수도 있지 않을까 궁금했다.

그녀는 주 건물로 들어갔다. 병원은 운영중이었다. 모든 환자는 지하층과 터널로 옮겨졌고, 의료진은 석유램프를 켜고 일하고 있었다. 카를라는 냄새만 맡고도 화장실에 물이 내려가고 있지 않다는 걸 알 수 있었다. 물은 정원에 있는 오래된 우물에서 양동이로 길어와야 했다.

놀랍게도 병사들이 부상을 입은 동료들을 데려와 도움을 받았다. 갑자기 그들은 의사와 간호사가 유대인이어도 개의치 않았다.

그녀는 정원 밑을 통과하는 터널을 따라 시험소 지하실로 향했다. 생각했던 대로 출입문에 경비병이 있었다. 하지만 젊은 게슈타포 남자는 그녀의 제복을 보더니 아무것도 묻지 않고 손짓으로 통과시켰다. 아마도 더이상 맡은 일을 해야 할 이유가 없다고 생각하는 것 같았다.

그녀는 이제 수용소 안에 들어왔다. 나가는 일도 마찬가지로 쉬울지 의문이었다.

이곳의 냄새는 더 심했고 금세 이유를 알 수 있었다. 지하실에는 사람이 너무 많았다. 수백 명의 사람이 창고 네 군데에 들어차 있었다. 그들은 바닥에 앉거나 누워 있었는데 운이 좋은 사람들은 벽에 몸을 기댈 수 있었다. 그들은 지저분하고 냄새나고 지쳐 있었고, 그녀를 아무 관심 없는 멍한 표정으로 바라보았다.

잠시 후 하넬로레를 찾아냈다.

의사의 부인인 그녀는 한 번도 아름다웠던 적이 없지만 한때 강인한 얼굴이 조각상 같았다. 지금은 대부분의 사람들과 마찬가지로 수척했고 백발이 된 머리는 푸석푸석했다. 볼은 쪽 들어가고 수심으로 주름이 졌다.

그녀는 한 여자와 이야기를 나누고 있었는데 젖가슴과 엉덩이는 여성스럽지만 얼굴은 앳된, 나이에 비해 많이 성숙해 보이는 여자아이였다. 하넬로레는 바닥에 앉아 우는 아이 옆에 무릎을 꿇고 앉아서 아이의 손을 잡고 낮게 달래는 목소리로 말하고 있었다.

하넬로레는 카를라를 보더니 일어나며 말했다. "이런 맙소사! 왜 여기 있어?"

"혹시 아주머니가 유대인이 아니라고 하면 풀려나실지도 몰라서요."

"용감하기도 하구나."

"남편께서는 여러 목숨을 살리셨어요. 누군가 아주머니의 목숨을 살려야죠."

순간 카를라는 하넬로레가 울음을 터뜨릴 거라고 생각했다. 그녀의 얼굴이 일그러지는 듯했다. 바로 그때 하넬로레는 눈을 깜박이고는 고개를 흔들었다. "이쪽은 레베카 로젠이야." 그녀는 자제력을 잃지 않은 목소리로 말했다. "부모님이 오늘 포탄에 맞아 돌아가셨대."

카를라가 말했다. "정말 안됐구나, 레베카."

아이는 말이 없었다.

카를라가 말했다. "몇 살이니, 레베카?"

"열네 살 다 되었어요."

"이제 어른이 되어야겠구나."

"전 왜 안 죽었을까요?" 레베카가 말했다. "저도 부모님 바로 옆에 있었어요. 같이 죽었어야 하는데. 이제 혼자 남았어요."

"넌 혼자가 아니야." 카를라가 활기찬 목소리로 말했다. "우리가 함께 있잖아." 그녀는 하넬로레에게로 고개를 돌렸다. "여기 책임자는 누구예요?"

"발터 도베르케라는 자야."

"가서 아주머니를 풀어줘야 한다고 말할게요."

"오늘은 퇴근했어. 두번째로 높은 사람은 하사인데 머리가 멧돼지만도 못해. 그렇지만, 저기 기젤라가 오네. 도베르케의 애인이야."

방으로 걸어들어오는 젊은 여자는 예쁘고 금발이 길었고 피부가 크림처럼 부드러웠다. 아무도 그녀를 보지 않았다. 그녀는 도도한 표정을 짓고 있었다.

하넬로레가 말했다. "저 여자는 위층 심전도실 침대에서 그자와 잠자리를 갖곤 해. 대신 음식을 더 얻지. 나 말고는 아무도 저 여자랑 얘기 안 해. 내 생각에는 그저 타협했다는 이유만으로 누군가를 심판할 수는 없는 것 같아. 어차피 우리는 지옥에서 살고 있으니까."

카를라는 뭐라고 해야 할지 알 수 없었다. 그녀는 나치와 잠자리를 하는 유대인 여자와 친구가 되고 싶지는 않았다.

하넬로레와 눈이 마주친 기젤라가 다가왔다. "그가 새 명령을 받았어요." 목소리가 워낙 작아서 카를라도 듣기 위해서는 귀를 쫑긋 세워야 했다. 그러더니 기젤라는 머뭇거렸다.

하넬로레가 말했다. "그래? 무슨 명령인데?"

기젤라의 목소리가 속삭임처럼 작아졌다. "여기 모두를 쏴버리라는 거예요."

차가운 손이 카를라의 심장을 움켜쥐는 듯했다. 여기 있는 모든 사람. 하넬로레와 어린 레베카까지.

"발터는 그러고 싶지 않대요." 기젤라가 말했다. "진짜로 나쁜 사람은 아니니까요."

하넬로레는 체념한 듯 차분하게 말했다. "언제 우릴 죽여야 한대?"

"당장이요. 하지만 그는 자료를 먼저 없애길 원해요. 한스페터와 마르틴이 지금 서류들을 난로에 태우고 있어요. 그 일이 오래 걸릴 테니까 몇 시간은 남았어요. 어쩌면 그 안에 붉은 군대가 와서 우릴 구할 수도 있죠."

"그러지 않을 수도 있고." 하넬로레가 딱딱하게 말했다. "명령을 거부하도록 우리가 그를 설득할 방법이 없을까? 하느님, 맙소사. 전쟁은 거의 끝났어!"

"전에는 내가 뭐든 말해서 움직일 수 있었어요." 기젤라가 슬프게 말했다. "하지만 이제는 날 지겨워해요. 남자들이 어떤지 아시잖아요."

"하지만 그도 자기 미래는 생각해야 할걸. 언제 연합군이 여길 장악할지 모르니까. 그들은 나치의 범죄를 처벌할 거라고."

기젤라가 말했다. "우리가 다 죽으면 누가 그를 고발하죠?"

"내가 하겠어요." 카를라가 말했다.

두 여자는 아무 말도 하지 않고 카를라를 멍하니 보았다.

카를라는 유대인이 아니라 해도 목격자를 남기지 않기 위해 함께 총살될 수도 있다는 사실을 깨달았다.

이런저런 궁리 끝에 그녀가 말했다. "만일 도베르케가 우릴 살려준다면 연합군에게 잘 보일 수 있을지 몰라요."

"그건 말이 되네." 하넬로레가 말했다. "그가 우리 목숨을 구했다는 진술서에 모두 서명할 수 있지."

카를라는 의사를 묻는 것처럼 기젤라를 바라보았다. 미심쩍은 표정이었지만 기젤라가 말했다. "그이가 그렇게 할 수도 있겠네요."

하넬로레가 주변을 둘러보았다. "저기 힐데가 있군." 그녀가 말했다. "도베르케를 위해서 비서 역할을 했지." 그녀는 힐데를 불러서 계획을 설명했다.

"모든 사람에게 나눠줄 석방 문서를 타자기로 만들죠." 힐데가 말했다. "우리가 그에게 진술서를 넘겨주기 전에 문서에 서명하게 하는 거예요."

경비병은 지상으로 나가는 출입문과 터널에만 있고 지하실 안에는 없었기 때문에 갇힌 사람은 안에서 자유롭게 돌아다닐 수 있었다. 힐데는 도베르케가 지하 사무실로 사용하는 방으로 들어갔다. 그녀는 진술서를 먼저 작성했다. 하넬로레와 카를라는 지하실을 돌아다니며 계획을 설명하고 모두가 서명할 수 있도록 했다. 그사이 힐데는 석방 문서를 타자기로 쳤다.

그들이 일을 끝마쳤을 때는 한밤중이었다. 도베르케가 아침에 모습을 드러낼 때까지는 그들도 더 할 일이 없었다.

카를라는 레베카 로젠의 옆 바닥에 누웠다. 달리 눈을 붙일 데도 없었다.

잠시 후 레베카가 조용히 울기 시작했다.

카를라는 어떻게 해야 할지 알 수가 없었다. 그녀는 위로하고 싶었지만 말이 나오지 않았다. 아버지 어머니가 죽는 모습을 본 지 얼마 지나지 않은 아이에게 무슨 말을 해줄 수 있단 말인가? 소리 죽인 울음이 계속되었다. 결국 카를라는 몸을 돌려 양팔로 레베카를 안았다.

그 행동이 옳았다는 것을 즉시 알 수 있었다. 레베카는 바짝 몸을 붙이더니 머리를 카를라의 가슴에 묻었다. 카를라는 그녀가 아기라도 되는 것처럼 등을 어루만져주었다. 천천히 흐느낌이 잦아들더니 결국 레베카는 잠이 들었다.

카를라는 자지 않았다. 그녀는 수용소 책임자에게 해야 할 말을 머릿속으로 정리해가며 밤을 보냈다. 가끔은 상대방의 양심에 호소하기도 했고 가끔은 연합군의 정의를 들어 그를 위협하기도 했고 가끔은 그의 이익에도 도움이 된다며 설득하기도 했다.

총살을 당하는 과정에 대해서는 애써 생각하지 않았다. 에리크는 나치가 러시아에서 어떤 식으로 한 번에 열두 명씩 처형하는지 설명해주었다. 그들은 이곳에서도 마찬가지로 효율적인 방법을 사용할 터였다. 도무지 상상이 되지 않았다. 어쩌면 그래서 오히려 다행인지도 몰랐다.

그녀는 지금 당장, 또는 아침이 밝자마자 수용소를 빠져나가 총살을 피할 수도 있었다. 수감자도 유대인도 아니었고 신분증도 완벽하게 정리되어 있었다. 간호사 제복을 입었으니 들어온 길을 통해 나갈 수도 있고 어쩌면 신분증을 보여줄 필요조차 없을지 몰랐다. 하지만 그것은 하넬로레와 레베카를 버리겠다는 뜻이다. 아무리 이곳을 빠져나가고 싶은 생각이 간절하다고 해도 그건 스스로 용납되지 않았다.

한밤중까지 이어지던 시가전은 잠시 소강상태를 맞았다. 새벽에 다시 전투가 시작되었다. 이제는 포격 소리뿐 아니라 기관총 소리가 들릴 정도로 가까웠다.

이른 아침이 되자 경비병들이 묽은 수프가 든 항아리와 오래된 빵의 버리는 부분을 부대에 담아 가져왔다. 카를라는 수프를 마시고 빵을 먹은 다음 마지못해 말할 수 없을 만큼 더러운 화장실을 사용했다.

그녀는 하넬로레와 기젤라, 힐데와 함께 1층으로 가서 도베르케를 기다렸다. 포격이 재개되었고 그들은 언제든 위험한 상황에 처할 수도 있었지만 그가 도착하는 순간을 기다렸다가 그와 마주하고 싶었다.

그는 보통 출근하던 시간에 나타나지 않았다. 힐데 말로는 대개 정확히 시간을 지킨다고 했다. 어쩌면 시가전 때문에 늦어지는지도 몰랐다. 물론 죽음을 당했을 수도 있었다. 카를라는 그러지 않기를 바랐다. 두 번째로 높은 사람인 에렌슈타인 하사는 설득하기에 너무 멍청했다.

한 시간을 기다려도 도베르케가 오지 않자 카를라는 희망을 잃기 시작했다.

한 시간이 더 흘러서야 그가 도착했다.

"이건 뭐야?" 홀에서 기다리는 네 여자를 보고 그가 말했다. "어머니회 모임이라도 하나?"

하넬로레가 말했다. "모든 죄수가 당신이 그들의 목숨을 구했다는 진술서에 서명했어요. 그걸로 당신 목숨을 살릴 수도 있어요. 우리 조건을 받아들인다면요."

"바보 같은 소리 하지 마." 그가 말했다.

카를라가 더 큰 소리로 말했다. "BBC에서 그러는데 국제연합이 대규모 학살에 참가한 나치 장교들 명단을 갖고 있댔어요. 일주일 후면 당신도 재판을 받을 수 있어요. 당신이 사람들을 살려줬다는 서명이 있는 진술서 갖고 싶지 않아요?"

"BBC를 듣는 건 범죄야." 그가 말했다.

"살인만큼 중대한 범죄는 아니죠."

힐데는 손에 서류철을 들고 있었다. 그녀가 말했다. "여기 있는 모든 죄수를 석방하겠다는 서류를 만들었어요. 모든 서류에 서명하면 진술서를 드리겠어요."

"그냥 뺏을 수도 있어."

"우리가 모두 죽는다면 아무도 당신의 결백을 믿으려 하지 않겠죠."

도베르케는 자신이 처한 상황이 화가 났지만 무시하고 가버릴 만큼 자신감이 넘치지는 않았다. "건방지게 군 죄로 너희 네 명을 쏴죽일 수도 있어." 그가 말했다.

카를라는 조바심을 내며 말했다. "패배한다는 게 이런 거예요." 그녀가 말했다. "익숙해지세요."

그의 얼굴이 분노로 어두워지자 그녀는 너무 심했다는 걸 깨달았다. 내뱉은 말을 도로 주워담고 싶었다. 그녀는 도베르케의 몹시 화난 표정을 보면서 두려움을 드러내지 않으려고 애썼다.

그 순간 건물 바깥에 폭탄 한 발이 떨어졌다. 출입문이 흔들리고 창문 하나가 박살났다. 모두 본능적으로 몸을 숙였지만 아무도 다치지는 않았다.

그들이 고개를 다시 들었을 때 도베르케의 표정은 달라져 있었다. 분노 대신 뭔가 역겨운 체념이 자리잡고 있었다. 카를라는 심장이 빨리 뛰기 시작했다. 그는 포기한 걸까?

에렌슈타인 하사가 뛰어들어왔다. "아무도 안 다쳤습니다." 그는 보고했다.

"좋다, 하사."

도베르케는 다시 나가려는 에렌슈타인을 불러세웠다. "이 수용소는 이제 폐쇄한다." 도베르케가 말했다.

카를라는 숨을 죽였다.

"폐쇄한다는 겁니까?" 하사의 목소리에서 놀라움과 함께 반항이 묻어났다.

"새로운 명령이야. 병사들에게 지시해서……" 도베르케는 머뭇거렸다. "병사들에게 모두 프리드리히 가 역에 있는 철도 벙커로 가서 신고하라고 해."

카를라는 도베르케가 말을 꾸며내고 있음을 알았고 에렌슈타인도 그걸 의심하는 듯했다. "언제 말입니까?"

"즉시."

"즉시……" 에렌슈타인은 즉시 외에 뭔가 설명이 더 필요하다는 듯 말을 멈추었다.

도베르케는 그를 빤히 바라보았다.

"잘 알겠습니다." 하사가 말했다. "병사들에게 지시하겠습니다." 그는 밖으로 나갔다.

카를라는 승리감이 치밀어올랐지만 속으로 아직 자유의 몸이 되지 않았다고 말했다.

도베르케는 힐데에게 말했다. "진술서를 보여줘."

힐데는 서류철을 열었다. 십여 장의 문서 위쪽에 똑같은 내용이 타이핑되어 있고 나머지 공간은 서명으로 덮여 있었다. 그녀는 문서를 건네주었다.

도베르케는 문서를 접어 주머니에 넣었다.

힐데는 석방 명령서들을 그의 앞에 내밀었다. "여기 서명해주세요."

"석방 명령서는 필요 없어." 도베르케가 말했다. "내 이름을 수백 번이나 쓰고 있을 시간도 없고." 그가 일어섰다.

카를라가 말했다. "길거리에 경찰이 있어요. 신호등에 사람들을 목매달고 있다고요. 우린 서류가 필요해요."

그는 주머니를 손으로 두드렸다. "그들이 이 진술서를 찾아낸다면 날 목매달겠지." 그는 문으로 향했다.

기젤라가 울부짖었다. "나도 데려가요, 발터!"

그는 그녀를 향해 돌아섰다. "널 데려가?" 그가 말했다. "내 마누라가 뭐라고 하겠어?" 그는 밖으로 나가 문을 쾅 닫았다.

기젤라는 울음을 터뜨렸다.

카를라는 다가가 문을 열고 도베르케가 성큼성큼 사라지는 모습을 지켜보았다. 다른 게슈타포들은 보이지 않았다. 그들은 이미 명령에 따라 수용소를 버리고 떠났다.

수용소장은 거리에 다다르자 갑자기 내달리기 시작했다.

그는 문을 열어둔 채 떠났다.

하넬로레는 카를라 옆에 서서 믿기지 않는다는 듯 밖을 바라보았다. "우린 자유인 것 같아요." 카를라가 말했다.

"다른 사람들한테 말해야 해."

힐데가 말했다. "내가 전할게요." 그녀는 지하실 계단으로 내려갔다.

카를라와 하넬로레는 시험소 입구에서 열려 있는 출입구까지 연결된 길을 따라 걱정스럽게 걸었다. 출입구에 도착한 두 사람은 머뭇거리며 서로 바라보았다.

하넬로레가 말했다. "우린 자유가 무서운가봐."

뒤쪽에서 여자아이의 목소리가 들렸다. "카를라, 날 두고 가지 말아요!" 레베카였다. 통로를 따라 뛰는 그녀의 가슴이 지저분한 블라우스 안에서 출렁거렸다.

카를라는 한숨을 내쉬었다. 아이가 생겼군. 그녀는 생각했다. 난 어머니가 될 준비는 안 된 것 같은데. 하지만 어쩌겠어?

"그럼 이리 와." 그녀가 말했다. "하지만 뛸 준비를 해야 해." 그녀는 레베카의 민첩함에 대해서는 걱정할 필요가 없다는 걸 알아차렸다. 아이는 당연히 카를라나 하넬로레보다 더 빨리 뛸 것이다.

그들은 병원 정원을 가로질러 정문으로 향했다. 그곳에서 잠시 멈춰서서 이라니셰 가를 위아래로 살펴보았다. 조용한 것 같았다. 그들은 길을 건너 모퉁이까지 뛰었다. 슐 가를 바라보던 카를라가 기관총 소리를 듣고 살피니 도로 멀리서 교전이 벌어진 것 같았다. 그녀는 독일군 병사들이 이쪽으로 도망쳐오고 있고 붉은 군대 병사들이 그들을 뒤쫓고 있는 모습을 발견했다.

주위를 둘러보았다. 나무 뒤 말고는 숨을 곳이 없었고, 그렇게 숨는다고 몸을 보호할 수는 없었다.

포탄 한 발이 50미터쯤 떨어진 도로 한가운데 떨어져 폭발했다. 카를라는 폭발파를 느꼈지만 다치지는 않았다.

상의할 것도 없이 세 여자는 다시 뛰어 병원 구내로 들어갔다.

그들은 시험소 건물로 돌아갔다. 몇몇 다른 죄수가 감히 엄두가 안 나는 듯 철조망 바로 안쪽에 서 있었다.

카를라는 그들에게 말했다. "지하실은 냄새가 끔찍하지만 지금 당장은 거기가 가장 안전해요." 그녀는 건물 안으로 들어가 계단을 따라내려갔고 대부분의 사람이 뒤따랐다.

얼마나 오래 여기 머물러야 할까. 독일군은 분명 포기할 것이다. 하지만 언제일까? 왠지 히틀러가 어떤 상황에서도 항복에 동의하지 않을 것 같다는 생각이 들었다. 그자는 평생을 스스로 대장이라며 거만하게 외치는 걸 근거로 살아왔다. 그런 사람이 스스로 틀렸고 멍청했고 사악했다는 사실을 인정할 수 있을까? 스스로 수백만 명을 살해하고 조국을 폭격으로 폐허가 되도록 만들었다는 걸 인정할까? 자기가 지금까지 살았던 사람들 가운데 가장 악랄한 인간으로 역사에 남으리라는 걸 인정할 수 있을까? 그럴 리가 없었다. 그는 미쳐버리거나 수치스러워 죽거나 입에 권총을 물고 방아쇠를 당길 것이다.

하지만 그때까지 얼마나 걸릴까? 하루? 일주일? 그보다 더?

위층에서 외침이 들려왔다. "그들이 왔어! 러시아인들이 왔다고!"

그 순간 카를라는 무거운 부츠가 시끄러운 소리를 내며 계단을 내려오는 소리를 들었다. 러시아인들이 어디서 저렇게 좋은 부츠를 얻었지? 미국에서?

그때 그들이 방으로 들어섰다. 네 명, 여섯 명, 여덟 명, 아홉 명으로 늘어난 더러운 얼굴의 병사들은 둥근 탄창이 달린 기관단총을 들었고 언제든지 눈에 띄는 사람들을 죽일 준비가 되어 있었다. 그들은 넓은 공간을 차지했다. 그들이 해방을 시켜주었지만 사람들은 그들에게서 멀어지려 몸을 피했다.

병사들은 상황을 알아차렸다. 대부분 여자에 쇠약한 죄수들이 전혀 위험하지 않다는 걸 깨달은 것이다. 그들은 총구를 내렸다. 일부는 주변 다른 방으로 향했다.

키가 큰 병사 한 명이 왼쪽 손목을 들어 보였다. 그는 시계를 예닐곱 개나 차고 있었다. 그가 러시아어로 뭐라고 소리치며 총 개머리판으로 손에 찬 시계들을 가리켰다. 카를라는 그가 무슨 말을 하는지 알 듯했지만 도무지 믿기지 않았다. 그러자 병사는 한 나이 많은 여자의 손을 잡고 그녀의 결혼반지를 가리켜 보였다.

하넬로레가 말했다. "나치도 훔치지 않던 하찮은 것들을 빼앗겠다는 거야?"

그랬다. 키 큰 병사는 실망한 듯 여자의 반지를 빼앗으려 했다. 그가 뭘 원하는지 알아차린 여자는 직접 반지를 빼 건넸다.

러시아 병사는 반지를 받고 고개를 끄덕이더니 방 전체를 향해 손가락질을 했다.

하넬로레가 앞으로 나섰다. "이 사람들은 포로예요!" 그녀는 독일어로 말했다. "유대인, 유대인의 가족들, 다 나치에게 핍박받던 사람들이라고요!"

그녀의 말을 알아들었는지 아닌지 병사는 아무런 내색도 하지 않고 그저 팔에 찬 시계들을 열심히 가리켜 보였다.

귀중품을 도둑맞거나 음식과 바꾸지 않고 여전히 지니고 있던 몇 안되는 사람들이 그것들을 넘겨주었다.

붉은 군대에 의한 해방은 많은 사람이 기대했던 것처럼 반가운 일만은 아닌 것 같았다.

하지만 더 끔찍한 일이 기다렸다.

키 큰 병사가 레베카를 가리켰다.

그녀는 병사를 피해 몸을 움츠리며 카를라 뒤에 숨으려 했다.

금발에 덩치가 작은 두번째 병사가 레베카를 붙잡아 끌어냈다. 레베카가 비명을 질렀지만 작은 병사는 마치 그런 소리가 좋다는 듯 씩 웃었다.

카를라는 지금부터 무슨 일이 벌어질 것인지 알 것 같은 무시무시한 예감이 들었다.

작은 병사가 레베카를 단단히 붙들고 서 있는 동안 키 큰 병사가 그녀의 가슴을 거칠게 움켜쥐더니 뭐라고 말하고는 함께 웃었다.

주변의 모두가 항의하며 소리를 질렀다.

키 큰 병사가 총구를 들어올렸다. 카를라는 그가 총을 쏠까봐 두려웠다. 사람으로 가득찬 이곳에서 방아쇠를 당긴다면 수십 명이 죽거나 다칠 터였다.

다른 사람들도 모두 위험을 깨닫고는 입을 다물었다.

두 병사는 레베카를 데리고 문을 향해 뒷걸음질치기 시작했다. 그녀는 소리를 지르며 몸부림쳤지만 작은 병사의 손아귀에서 벗어날 수 없었다.

그들이 문에 이르자 카를라가 앞으로 나서며 소리질렀다. "기다려요!"

그녀의 목소리에 깃든 무엇인가가 그들을 멈춰 세웠다.

"그애는 너무 어려요." 카를라가 말했다. "겨우 열세 살이라고요!" 병사들이 말을 알아듣는지 아닌지는 알지 못했다. 그녀는 두 손을 들어 올려 손가락 열 개를 펴 보인 다음 다시 한 손으로 세 손가락을 펴 보였다. "열세 살!"

키가 큰 병사는 그녀의 말을 알아듣는 것 같았다. 그는 씩 웃더니 독일어로 말했다. "프라우 이스트 프라우." 여자는 여자라는 말이었다.

카를라는 자기도 모르게 말했다. "당신은 진짜 여자가 필요해요." 그녀는 천천히 앞으로 걸어나갔다. "대신 날 데려가요." 그녀는 유혹하듯 웃으려고 애썼다. "나는 아이가 아니에요. 뭘 해야 할지 알죠." 그녀는 가까이 다가갔다. 몇 달 동안 씻지 않은 남자의 지독한 냄새를 맡을 수 있을 정도로 가까웠다. 역겨움을 감추려 노력하며 그녀는 목소리를 낮추고 말했다. "나는 남자들이 뭘 원하는지 알아요." 그녀는 도발적으로 자신의 젖가슴을 만졌다. "어린애는 잊어버려요."

키 큰 병사는 레베카를 다시 바라보았다. 울어서 눈이 빨갛고 콧물을 흘리는 그녀의 모습은 여자라기보다는 아이처럼 보이는 데 도움을 주고 있었다.

그는 다시 카를라를 보았다.

그녀가 말했다. "위층에 침대가 있어요. 내가 어딘지 보여줄까요?"

그녀는 이번에도 상대가 알아듣는지 알지 못했지만 그의 손을 잡았고, 그는 그녀를 따라 위층으로 향하는 계단을 올라갔다.

금발 병사는 레베카를 놓아주고 두 사람 뒤를 따랐다.

이제 성공하자 카를라는 허세를 부린 걸 후회했다. 그녀는 러시아인들을 뿌리치고 달아나고 싶었다. 하지만 아마도 그들은 그녀를 쏴죽인 다음 다시 레베카를 데리러 갈 것이다. 카를라는 어제 부모를 모두 잃는 엄청난 충격을 받은 아이를 생각했다. 바로 다음날 강간을 당한다면 아이의 영혼은 영원히 부서질 터였다. 카를라는 아이를 구해야 했다.

나는 이런 일로 부서지지 않아. 카를라는 생각했다. 이런 일을 겪고도 살아갈 수 있어. 지나고 나면 나 자신으로 돌아갈 수 있어.

그녀는 병사들을 심전도실로 안내했다. 심장이 얼어붙은 것처럼 추웠고 사고가 둔해지기 시작했다. 침대 곁에는 의사들이 전극의 전도율을 높일 때 사용하는 기름이 깡통에 들어 있었다. 그녀는 팬티를 벗고 기름을 잔뜩 떠서 질 안에 밀어넣었다. 그렇게 하면 출혈을 막을 수도 있을 터였다.

계속 움직여야 했다. 그녀는 두 병사를 향해 돌아섰다. 끔찍하게도 그들을 따라 세 명이 더 안으로 들어왔다. 그녀는 웃으려 애썼지만 웃을 수가 없었다.

그녀는 등을 대고 똑바로 누워 다리를 벌렸다.

키가 큰 병사가 그녀의 무릎 사이에 무릎을 꿇고 앉았다. 그는 그녀의 제복 블라우스를 찢어 가슴이 드러나게 했다. 그가 손으로 자기 성기를 주물럭거리며 세우는 모습이 보였다. 그리고 그녀 위에 엎드리더니 삽입했다. 이건 베르너와 함께 맺던 관계가 아니야. 카를라는 스스로에게 말했다.

그녀는 고개를 옆으로 돌렸지만 병사는 턱을 잡고 얼굴을 제자리로 돌려서 자기가 몸을 밀어넣는 동안 그의 얼굴을 보게 했다. 그녀는 눈을 감았다. 그가 키스를 하면서 혀를 입에 넣으려고 애쓰는 느낌이 들었다. 그의 입에서는 썩은 고기 냄새가 풍겼다. 그녀가 입을 꽉 다물자 그는 주먹으로 얼굴을 때렸다. 그녀는 울부짖으며 멍든 입을 벌렸다. 그리고 열세 살 처녀였다면 얼마나 더 끔찍했을지 생각하려 애썼다.

병사는 끙 소리를 내더니 그녀 몸안에 사정했다. 그녀는 역겨움을 얼굴에 드러내지 않으려 애썼다.

그가 내려가니 금발 병사가 그 자리를 차지했다.

카를라는 마음을 닫고 자기 몸을 뭔가 먼 곳의 아무 상관 없는 기계나 물체로 만들려 애썼다. 이 병사는 키스하려 들지는 않았지만 가슴을 빨고 젖꼭지를 물었고 그녀가 고통스러워 비명을 지르자 기분이 좋은지 더 힘을 주었다.

시간이 흘렀고 남자가 사정했다.

그러자 다른 남자가 올라왔다.

그녀는 이 일이 끝나도 목욕이나 샤워를 할 수 없다는 것을 깨달았다. 도시 안에 흐르는 물이 없었기 때문이다. 그런 생각이 그녀를 극한으로 몰아붙였다. 그들의 분비물이 그녀 몸속에, 그들의 냄새가 그녀의 살갗에, 그들의 침이 그녀의 입속에 남아 있을 테고 그것을 제대로 씻어낼 수도 없었다. 왠지 다른 무엇보다 그것이 더 끔찍했다. 용기는 무너졌고, 그녀는 울음을 터뜨리기 시작했다.

세번째 병사가 만족하자 네번째 병사가 그녀 위에 엎드렸다.

# 20장
# 1945년(II)

I

아돌프 히틀러는 1945년 4월 30일 월요일 베를린에 있는 자신의 벙커에서 자살했다. 정확히 일주일 뒤 런던에서는 저녁 일곱시 사십분 정보부가 독일이 항복했음을 선언했다. 다음날인 5월 8일 화요일은 휴일로 선포되었다.

데이지는 피커딜리에 있는 아파트 창가에 앉아 사람들이 축하하는 모습을 지켜보고 있었다. 길거리는 사람들로 붐벼 자동차나 버스는 지나다닐 수가 없을 정도였다. 여자들은 군복을 입은 사람이라면 아무나 붙잡고 키스했고 수천 명의 운 좋은 군인들은 좋은 시간을 신나게 누렸다. 이른 오후부터 많은 사람이 술에 취해 있었다. 열린 창문을 통해 멀리서 노랫소리가 들려왔는데 아마도 버킹엄 궁전 밖의 군중이 〈희망과 영광의 나라〉를 부르고 있는 듯했다. 데이지는 그들과 행복을 나누었지만 로이드는 프랑스나 독일 어딘가에 있었고 그녀가 키스하고 싶은 병사는 오직 그뿐이었다. 그녀는 로이드가 전쟁의 마지막 몇 시간 사이 죽음을 당하지 않았기를 빌었다.

로이드의 동생 밀리가 두 아이와 함께 찾아왔다. 그녀의 남편 에이브 에이버리 역시 어딘가의 부대에 속해 있었다. 그녀와 아이들은 축하 행렬에 동참하러 웨스트엔드까지 왔다가 사람들로부터 떨어져 데이지의 집에 와서 휴식을 취했다. 올드게이트에 있는 레크위드 가족의 집이 데이지에게 피난처가 된 지 오래였기에 그녀는 보답할 기회가 생겨서 기뻤다. 그녀는 밀리를 위해 차를 끓이고—집에서 일하는 고용인들은 모두 축하하러 나갔다—아이들을 위해 오렌지주스를 준비했다. 이제 레니는 다섯 살, 패미는 세 살이었다.

남편 에이브가 징집되자 밀리는 그가 하던 가죽 도매사업을 도맡아 운영했다. 시누이 네이어미 에이버리가 회계를 봐주긴 했지만 판매는 직접 했다. "이제 바뀔 거예요." 밀리가 말했다. "지난 오 년 동안은 부츠나 신발용으로 쓰는 거친 가죽이 필요했어요. 이제 핸드백이나 서류가방에 사용할 더 부드러운 송아지가죽이나 돼지가죽이 필요해질 거예요. 고급품 시장이 되살아나면 그때는 돈 좀 만질 수 있게 되는 거죠."

데이지는 아버지도 밀리와 같은 방식으로 생각했다는 걸 떠올렸다. 레프 역시 늘 앞을 내다보고 기회를 모색했다.

에바 머리가 그다음으로 네 아이를 데리고 나타났다. 여덟 살 제이미가 아이들과 술래잡기를 시작하자 아파트는 유치원이 된 것 같았다. 지금은 대령인 남편 지미가 프랑스나 독일 어딘가에 있는 에바는 데이지나 밀리와 똑같은 불안감을 느끼며 괴로워하고 있었다.

"이제 당장이라도 연락이 올 거예요." 밀리가 말했다. "그리고 그때가 되면 정말로 모든 게 끝나는 거죠."

에바는 또한 베를린에 있는 가족 소식이 간절했다. 하지만 전쟁 후

혼돈 속에서 독일인 개개인의 운명을 알려면 몇 주에서 몇 달은 걸릴 수도 있다고 생각했다. "아이들이 외조부모를 볼 수나 있을지 모르겠어." 그녀는 슬프게 말했다.

다섯시가 되자 데이지는 마티니를 한 주전자 만들었다. 밀리가 주방으로 가더니 특유의 속도와 솜씨로 술과 함께 먹을 정어리 토스트를 한 접시 만들었다. 데이지가 막 두번째로 술잔을 돌리는데 에설과 버니가 도착했다.

버니는 데이지에게 레니가 벌써 글을 읽고 패미는 국가國歌를 부를 수 있다고 말해주었다. 에설이 말했다. "전형적인 할아버지야. 이렇게 똑똑한 아이는 한 번도 못 본 줄 알지." 하지만 데이지는 에설 역시 마음속으로는 똑같이 손주들을 자랑스러워한다는 걸 알 수 있었다.

마티니 두번째 잔을 절반쯤 마시고 느긋하고 행복한 기분으로 그녀는 자기 집에 모인 제각기 다른 사람들을 둘러보았다. 이들은 초대받지 않았지만 환영받을 것을 알고 그녀의 집에 축하하러 모였다. 그들은 그녀의 사람들이었고, 그녀는 그들의 사람이었다. 그들이 가족임을 그녀는 깨달았다.

데이지는 축복받은 느낌이 들었다.


## II


우디 듀어는 리오 샤피로의 사무실 밖에 앉아 여러 장의 사진을 넘겨보고 있었다. 조앤이 죽기 직전 그가 진주만에서 찍은 사진들이었다. 몇 달 동안 카메라 속에 그대로 필름을 묵혀두었지만 그는 결국 사진을 현상하고 인화했다. 사진을 보는 것만으로도 슬펐던 그는 워싱턴 아파트에 있는 침실 서랍에 넣어두고 손대지 않았다.

하지만 이제는 변할 때였다.

절대로 조앤을 잊지 않을 테지만 그는 마침내 다시 사랑에 빠졌다. 그는 벨라가 아주 좋았고 그녀 역시 같은 감정이었다. 샌프란시스코 외곽 오클랜드 기차역에서 헤어질 때 그가 사랑한다고 말하자 그녀는 말했다. "나도 당신을 사랑해요." 그는 그녀에게 청혼할 생각이었다. 진작 그러고 싶었지만 너무 이른 것 같았다. 만난 지 석 달도 채 되지 않았기 때문이다. 또한 그녀가 부모님의 반대를 구실로 거절하는 일이 없기를 바라기도 했다.

게다가 그는 미래에 대한 결단을 내릴 필요도 있었다.

그는 정치를 하고 싶지 않았다.

부모님에게는 충격일 것이다. 그도 알고 있었다. 그들은 언제나 그가 아버지의 발자국을 따라 듀어 집안의 3대째 상원의원이 될 거라고 생각했다. 그 역시 별다른 의심 없이 그 생각을 따랐다. 하지만 전쟁을 겪으며, 특히 병원에 있는 동안 만일 살아남는다면 진정으로 무엇을 하고 싶은지 스스로에게 물었다. 그리고 그 대답은 정치가 아니었다.

지금이 떠나기 좋은 때였다. 아버지는 평생의 야망을 이루었다. 상원은 국제연합에 대해 토론했다. 역사 속에서 보자면 과거 국제연맹이 무너져 거스 듀어에게 고통스러운 기억으로 남았던 때와 비슷했다. 하지만 반덴버그 상원의원은 '인류의 간절한 꿈'이라며 열정적으로 찬성했고 UN헌장은 89대 2로 비준을 받았다. 해야 할 일은 끝났다. 지금 그만둔다고 해서 우디가 아버지를 실망시키지는 않을 터였다.

그는 아버지 역시 같은 식으로 봐주기를 바랐다.

샤피로가 사무실 문을 열더니 손짓으로 그를 불렀다. 우디는 일어나 안으로 들어갔다.

샤피로는 우디가 생각했던 것보다 젊었고 삼십대로 보였다. 그는 내셔널 프레스 에이전시의 워싱턴 지부장이었다. 책상 앞에 앉은 그가 말했다. "듀어 상원의원의 아드님께서 무슨 일이죠?"

"괜찮다면 사진 몇 장을 보여드리고 싶습니다."

"좋습니다."

우디는 샤피로의 책상 위에 사진을 펼쳐놓았다.

"진주만인가요?" 샤피로가 말했다.

"네. 1941년 12월 7일입니다."

"맙소사."

우디에게는 사진들이 거꾸로 비쳤지만 여전히 보기만 해도 눈물이 고였다. 조앤은 무척 아름다웠다. 척은 가족, 에디와 함께 행복한 웃음을 짓고 있었다. 그 순간 비행기들이 몰려와 아랫배에 매달린 폭탄과 어뢰들을 떨어뜨렸고, 폭발과 함께 배에서 검은 연기가 솟아 수병들은 난간 너머 바다로 몸을 던져 살기 위해 헤엄쳤다.

"이분은 아버님이시군요." 샤피로가 말했다. "어머니도 계시고. 두 분은 알아볼 수 있습니다."

"그리고 제 약혼자입니다. 몇 분 뒤 숨졌죠. 제 동생은 부건빌에서 죽었습니다. 그리고 동생의 가장 친한 친구입니다."

"이거 굉장한 사진들이네요! 얼마에 파시겠습니까?"

"돈은 필요 없습니다." 우디가 말했다.

샤피로는 놀라 고개를 들었다.

우디가 말했다. "일자리를 원합니다."

# III

유럽전승일로부터 보름 뒤 윈스턴 처칠은 총선 실시를 선언했다.

레크위드 가족은 깜짝 놀랐다. 대부분의 사람들처럼 에설과 버니는 일본이 항복할 때까지 처칠이 기다릴 거라 생각했다. 노동당 지도자인 클레멘트 애틀리는 10월 선거를 제안했었다. 처칠은 그들 모두에게 불의의 공격을 가했다.

로이드 윌리엄스 소령은 런던의 이스트엔드 혹스턴에서 노동당 대표로 입후보하기 위해 전역했다. 그는 노동당이 제시하는 미래에 간절한 열정으로 몰두하고 있었다. 파시즘을 쳐부순 영국인들은 이제 자유와 복지가 결합된 사회를 만들 수 있었다. 노동당은 지난 이십 년 동안 겪은 재앙을 피할 수 있는 꼼꼼한 계획이 있었다. 어려운 시간을 보내는 가족들을 도울 보편적이고 포괄적인 실업보험, 또다른 대공황을 방지하기 위한 경제계획, 그리고 평화를 유지하기 위한 국제연합기구까지.

"넌 가망이 없어." 6월 4일 월요일, 올드게이트 집 주방에서 로이드의 의붓아버지 버니가 말했다. 평소 비관론을 펴는 법이 없어 더욱 설득력이 있었다. "처칠이 전쟁에서 이겼으니 사람들은 토리당에 투표할 거야." 그는 우울하게 말했다. "1918년 로이드조지 때와 똑같아."

로이드가 대답하려고 했지만 데이지가 한발 빨랐다. "전쟁에서 이긴 건 자유시장과 자본주의 기업들이 아니에요." 그녀는 분연히 말했다. "함께 일하고 짐을 나눈 사람들이죠. 모두가 힘을 보탰어요. 그게 사회주의죠!"

로이드는 데이지가 열정적일 때 가장 사랑스럽다고 생각했지만 좀더 신중했다. "우리는 이미 과거 토리당이야말로 볼셰비즘으로 규탄해야 한다는 근거를 준비해두었어요. 예를 들어 철도와 광산, 해상운송을 정부에서 관리하는 안은 모두 처칠이 도입했죠. 그리고 전쟁 기간 내내 경제계획은 어니 베빈이 책임지고 있었어요."

버니는 다 안다는 듯 고개를 흔들었다. 로이드를 짜증스럽게 만드는 나이든 사람 특유의 몸짓이었다. "사람들은 머리가 아니라 가슴으로 투표해." 그가 말했다. "감사를 표하고 싶어할걸."

"글쎄요, 아버지와 여기서 따지는 건 의미 없어요." 로이드가 말했다. "대신 유권자들과 토론하겠어요."

그는 데이지와 버스를 타고 북쪽으로 몇 정거장 떨어진 쇼디치에 가서 '블랙 라이언' 술집에 들어갔다. 그곳에서 혹스턴 선거구 노동당에서 나온 유세팀과 만났다. 사실 유세는 유권자들과 토론을 벌이는 자리가 아님을 로이드는 알았다. 유세의 가장 중요한 목적은 지지자를 확인하는 것이다. 그래야 당 조직이 선거일에 빠짐없이 투표소에 가도록 그들을 독려할 수 있다. 확고한 노동당 지지자는 잘 알려져 있다. 반대 정당을 확고하게 지지하는 사람은 명단에서 지웠다. 아직 마음을 정하지 못한 사람들만이 몇 초 이상 상대할 가치가 있었다. 그들은 후보자와 이야기를 나눌 기회를 제공받았다.

로이드는 일부 부정적인 반응을 겪었다. "소령이라고요?" 한 여자가 말했다. "우리 앨프는 상병이죠. 그애 말로는 장교들 때문에 우리가 전쟁에서 질 뻔했다는데요."

족벌주의를 비난하는 목소리도 있었다. "당신 올드게이트 지역 의원의 아들 아닙니까? 이게 뭐요. 세습군주제라도 되나?"

로이드는 어머니의 조언을 기억했다. "유권자가 바보라는 걸 증명한다고 표를 얻을 수 있는 게 절대 아니야. 매력을 발산하고 겸손하게 굴고 흥분하지 마. 유권자가 적대적이고 무례하면 시간 내줘서 고맙다고 인사하고 가버려. 널 잘못 판단했는지도 모른다고 생각하게 그냥 두는 거야."

노동자계급 유권자들은 강력하게 노동당을 지지했다. 많은 사람이 애틀리와 베빈이 전쟁 동안 훌륭한 일을 했다고 로이드에게 말했다. 부동층은 대개 중산층이었다. 누군가 처칠이 전쟁을 승리로 이끌었다고 하면 로이드는 애틀리의 점잖은 말을 인용해 되받아쳤다. "한 사람의 정부가 아니었고, 한 사람이 싸운 전쟁이 아니었죠."

처칠이 묘사하기를, 애틀리는 겸손해야 할 일이 많은 겸손한 사람이었다. 애틀리의 재치는 덜 잔인했고 그래서 더 효과적이었다. 적어도 로이드는 그렇게 생각했다.

두 명의 유권자는 자유당 소속인 현 혹스턴 지역 의원을 거론하면서, 그의 도움을 받아 몇몇 문제를 해결했으니 그에게 투표하겠다고 말했다. 의회 의원들은 가끔 정부나 고용주, 이웃으로부터 부당한 대접을 받는다고 느끼는 유권자들의 부름을 받기도 했다. 시간이 많이 걸리긴 하지만 표를 얻을 수 있는 방법이었다.

로이드는 대략적으로나마 대중의 의견이 어느 쪽으로 기우는지조차 알 수 없었다.

오직 한 명의 유권자만이 데이지를 언급했다. 사내는 입에 음식을 가득 넣은 채 문을 열어주었다. 로이드가 말했다. "안녕하십니까, 퍼킨슨 씨. 제게 뭔가 궁금한 것이 있으시겠죠."

"당신 약혼자는 파시스트였소." 그는 음식을 씹으며 말했다.

로이드는 남자가 〈데일리 메일〉을 읽던 중이었나보다고 추측했다. 그 신문은 사회주의자와 자작부인이라는 제목으로 로이드와 데이지에 대한 악의적인 기사를 실었다.

로이드는 고개를 끄덕였다. "그녀는 다른 많은 사람들처럼 파시즘에 잠시 속아넘어갔었죠."

"사회주의자가 어떻게 파시스트와 결혼할 수 있죠?"

로이드는 주변을 둘러보고 데이지를 찾아내 손짓해 불렀다. "여기 퍼킨슨 씨가 내게 약혼자가 한때 파시스트였던 것에 대해 묻고 있어요."

"만나서 반가워요, 퍼킨슨 씨." 데이지는 남자와 악수를 나누었다. "뭘 우려하시는지 잘 알아요. 제 첫 남편은 1930년대에 파시스트였고 저는 그이를 지지했어요."

퍼킨슨은 고개를 끄덕였다. 어쩌면 아내라면 당연히 남편의 의견에 따라야 한다고 믿는지도 몰랐다.

"우리가 얼마나 어리석었는지 몰라요." 데이지는 말을 이었다. "하지만 전쟁이 시작되자 그는 영국 공군에 입대해 다른 사람들처럼 용감하게 나치와 싸웠죠."

"그게 정말인가요?"

"작년에 그이는 프랑스 하늘에서 타이푼을 몰고 독일의 군용열차에 기총소사를 퍼붓다가 격추당해 죽었어요. 그래서 저는 전쟁과부가 되었습니다."

퍼킨슨은 음식을 넘겼다. "정말 딱한 일이군요. 그렇고말고요."

하지만 데이지는 아직 끝나지 않았다. "저에 대해 말하자면, 전쟁 내내 런던에서 지냈습니다. 대공습 때는 구급차를 몰았고요."

"정말이지 아주 용감하셨군요."

"글쎄요, 저는 그저 선생님께서 죽은 제 남편과 제가 빚을 갚았다고 생각하길 바랄뿐입니다."

"그건 모르겠군요." 퍼킨슨은 부루퉁하게 말했다.

"시간을 더 빼앗지는 않겠습니다." 로이드가 말했다. "선생님 생각을 알려주셔서 감사합니다. 좋은 저녁 보내십시오."

다른 곳으로 떠나며 데이지가 말했다. "우리가 저 사람 마음을 돌렸는지 모르겠어."

"절대로 그럴 수 없어." 로이드가 말했다. "하지만 저 사람은 이제 양쪽의 이야기를 알았어. 그러면 오늘 저녁 늦게 술집에서 우리 이야기를 할 때 큰 소리를 덜 낼 수도 있지."

"흠."

로이드는 데이지를 안심시키는 데 실패했다고 생각했다.

유세는 일찍 끝났다. 오늘밤 BBC에서 첫 라디오 선거 방송이 예정되어 있기 때문이었다. 모든 정당 관계자가 귀를 기울일 것이다. 처칠은 첫 연설을 할 특권이 있었다.

집으로 가는 버스에서 데이지가 말했다. "걱정돼. 내가 당신 선거의 짐이야."

"완벽한 후보자는 없어." 로이드가 말했다. "문제가 되는 약점을 어떻게 다루느냐가 중요한 거지."

"난 당신 약점이 되기 싫어. 어쩌면 내가 뒤로 빠지는 게 좋을지도 몰라."

"나는 오히려 처음부터 모두가 당신에 대해 다 알았으면 좋겠어. 당신이 짐이라면 난 정치를 하지 않겠어."

"아니야, 안 돼! 나 때문에 당신이 야망을 포기한다는 생각은 절대로 하기 싫어."

"그런 일은 없을 거야." 로이드는 그렇게 말했지만 이번에도 그녀의 불안을 달래는 데 성공하지 못했다는 것을 알았다.

너틀리 가의 집으로 돌아온 레크위드 가족은 주방에서 라디오를 가운데 두고 둘러앉았다. 데이지는 로이드의 손을 잡았다. "당신이 없을 때 여기 자주 왔는데." 그녀가 말했다. "우리는 스윙 음악을 듣고 당신 이야기를 했지."

그 장면을 상상하자 로이드는 자기가 매우 운이 좋은 사람으로 느껴졌다.

처칠이 등장했다. 귀에 익은 쉰 소리가 감정을 흔들었다. 암울한 오 년 동안 저 목소리는 사람들에게 힘과 희망, 용기를 주었다. 로이드는 절망했다. 심지어 그마저도 이 사람에게 투표하고 싶다는 마음이 들 정도였다.

"친구들이여." 수상이 말했다. "나는 사회주의 정책이 자유에 대한 영국의 시각과 배치된다는 사실을 말하지 않을 수 없습니다."

뭐, 이 정도는 늘 있는 과장이었다. 모든 새로운 사상은 외국에서 들어왔다는 비난을 받았다. 하지만 처칠은 사람들에게 무엇을 제안할 것인가?

"사회주의는 전체주의와 불가분의 관계입니다."

어머니 에설이 말했다. "설마 우리가 나치와 마찬가지라는 식으로 몰고 가는 건 아니겠지?"

"그런 것 같군." 버니가 말했다. "해외의 적은 물리쳤지만, 이제 우리 안에 있는 적을 물리쳐야 한다고 하겠지. 보수파의 기본 전략이야."

"사람들은 믿지 않을 거야." 에설이 말했다.

로이드가 말했다. "쉿!"

처칠이 말했다. "사회주의 국가는 일단 모든 면에서 세세한 부분까지 완벽하게 적용되고 나면 반대라는 것이 허용되지 않습니다."

"터무니없는 소리." 에설이 말했다.

"하지만 나는 좀더 말해보겠습니다." 치칠이 말했다. "내 가슴 깊은 곳에서 말하건대, 정치경찰 없이 사회주의 체제는 성립될 수 없습니다."

"정치경찰?" 에설이 분하다는 듯 말했다. "어디서 이런 이야기를 주워들은 거야?"

버니가 말했다. "어떤 면에서는 좋은 의미야. 우리 정책에서 비판할 거리가 없으니까 우리가 실제로 준비하지도 않은 내용으로 공격하는 거잖아. 빌어먹을 거짓말쟁이."

로이드가 소리쳤다. "들어봐요!"

처칠이 말했다. "그들은 일종의 게슈타포 같은 존재에 기댈 수밖에 없을 것입니다."

모두 벌떡 일어서서 항의하듯 소리질렀다. 수상의 목소리는 제대로 들리지 않았다. "개자식!" 버니가 마르코니 라디오 세트를 향해 주먹을 휘둘러가며 소리질렀다. "개자식, 개자식!"

다들 조용해졌을 때 에설이 말했다. "저들의 선거운동은 저런 식이야? 그냥 우리에 대해 거짓말하는 거?"

"빌어먹을, 그렇군." 버니가 말했다.

로이드가 말했다. "하지만 사람들이 믿을까요?"


# IV


엘패소에서 멀지 않은 뉴멕시코 주 남부에 호르나다 델 무에르토, 즉 죽음의 여정이라 불리는 사막이 있다. 바늘 같은 가시가 돋친 메스키트와 잎이 칼날처럼 생긴 유카 위로 온종일 잔혹한 태양이 내리쬐고 있었다. 이곳에 서식하는 동물은 전갈과 방울뱀, 불개미, 타란툴라 거미들이었다. 이곳에서 맨해튼 프로젝트를 진행하는 사람들이 인류가 지금까지 고안해낸 가장 무시무시한 무기를 시험했다.

함께 온 그레그 페시코프는 9킬로미터가량 떨어진 곳에서 과학자들을 지켜보고 있었다. 그는 두 가지 소망이 있었다. 첫번째는 폭탄이 제대로 폭발했으면 하는 것이고, 두번째는 9킬로미터면 충분한 거리이기를 바라는 마음이었다.

서머타임이 실시중인 7월 16일 월요일 산악표준시간으로 다섯시 구분에 카운트다운이 시작되었다. 새벽이어서 동쪽 하늘에 금색 빛줄기가 보였다.

시험에는 '삼위일체'라는 암호명이 붙었다. 그레그가 그 이유를 묻자 귀가 뾰족한 유대인으로 뉴욕에서 온 고위급 과학자 J. 로버트 오펜하이머는 존 던의 시를 인용했다. "내 심장을 때리소서, 삼위일체의 신이시여."

'오피'는 그레그가 만나본 사람들 가운데 가장 똑똑했다. 그의 세대에서 가장 뛰어난 물리학자인 그는 6개국어를 구사했다. 그는 카를 마르크스의 『자본론』을 독일어 원서로 읽었다. 재미로 하는 일이 산스크리트어를 배우는 것이었다. 그레그는 그를 좋아하고 존경했다. 물리학자 대부분이 괴짜였지만 오피는 그레그와 마찬가지로 예외였다. 키가 크고 잘생겼고 매력적이고 여자를 정말 능숙하게 다루었다.

오피는 육군 공병단에 지시를 내려 사막 한가운데 콘크리트 기단 위에 30미터 높이의 철탑을 세웠다. 탑 꼭대기에는 오크 받침대가 있었다. 토요일에 폭탄을 받침대 위로 끌어올렸다.

과학자들은 폭탄이라는 말을 쓰지 않았다. 그들은 폭탄을 "장치"라 불렀다. 중심에는 플루토늄 공이 들었는데, 자연에는 존재하지 않는 금속으로 원자로에서 부산물로 만들어낼 수 있었다. 공의 무게는 4.5킬로그램이었고 세계의 모든 플루토늄을 모두 합친 양이었다. 누군가는 그 공의 가치가 십억 달러라고 계산했다.

표면에 장착된 서른두 개의 기폭장치가 동시에 폭발하면서 안쪽에 강력한 압력을 가하고 플루토늄은 더욱 밀도가 높아지면서 임계상태에 이른다.

그다음에 무슨 일이 일어나는지 정말 아는 사람은 아무도 없었다.

과학자들은 폭탄이 TNT 몇 톤과 맞먹는 힘을 발휘할지를 놓고 한 사람이 1달러씩 내기를 걸었다. 에드워드 텔러는 45000톤에 걸었다. 오피는 300톤에 걸었다. 공식적인 예상은 20000톤이었다. 실험 전날 엔리코 페르미는 폭발로 뉴멕시코 주 전체가 파괴될 것에 대해 따로 내기를 걸자고 했다. 그로브스 장군은 그런 짓이 재미없다고 생각했다.

과학자들은 폭발이 지구 전체의 대기에 불을 붙여 지구를 파괴할지도 모른다는 사실을 둘러싸고 더없이 심각한 토론을 벌였다. 하지만 그렇게 되지는 않을 거라는 결론에 도달했다. 만일 그들의 생각이 틀렸다면 그레그는 상황이 빨리 지나가기만을 바랄 뿐이었다.

원래 실험은 7월 4일로 예정되어 있었다. 하지만 부품은 시험할 때마다 실패였다. 그래서 대망의 실험 일자는 여러 번 연기되었다. 토요일에 로스앨러모스에서는 그들끼리 중국 복제품이라고 부르는 모형이 점화가 되지 않았다. 내기에 참가한 노먼 램지는 폭탄이 터지지 않을 거라면서 0톤에 걸기도 했다.

오늘 폭발은 새벽 두시로 예정되어 있었지만 그 시간에 뇌우가 퍼부었다. 사막에서 말이다! 비가 오면 방사능 낙진이 지켜보는 과학자들의 머리 위로 떨어질 것이기에 폭발은 연기되었다.

폭풍우는 새벽에 멈췄다.

그레그는 S-10000이라고 부르는 벙커에 있었는데, 그곳이 조종실이었다. 다른 대부분 과학자들처럼 그레그 역시 조금이라도 더 잘 보이는 바깥쪽에 서 있었다. 희망과 두려움이 그의 마음을 서로 차지하려고 싸웠다. 만일 실패한다면 수백 명의 노력은—추가로 이십억 달러까지—헛수고가 될 터였다. 실패하지 않는다면 그들은 몇 분 안에 모두 죽을 수도 있었다.

　그의 곁에는 시카고에서 처음 만난 젊은 독일인 과학자 빌헬름 프룬체가 있었다. "혹시 폭탄이 번개에 맞았다면 무슨 일이 벌어졌을까요, 빌?"

　프룬체는 어깨를 으쓱했다. "아무도 모르죠."

　녹색 신호탄이 하늘로 날아올라 그레그는 깜짝 놀랐다.

　"오 분 전 알림입니다." 프룬체가 말했다.

　보안은 마구잡이로 진행되었다. 로스앨러모스에 가장 가까운 도시인 샌타페이는 잘 차려입은 FBI 요원이 우글거렸다. 트위드 재킷에 넥타이 차림으로 무심한 척 벽에 기대 있는 그들의 모습은 청바지에 카우보이 부츠를 신은 지역 주민들 사이에서 눈에 잘 띄었다.

　FBI는 또한 불법적으로 맨해튼 프로젝트에 관여하는 수백 명의 전화를 도청했다. 그레그로서는 당황스러운 상황이었다. 어떻게 이 나라 최고의 법 집행 기구가 조직적으로 범죄행위를 저지를 수 있단 말인가?

　그렇기는 해도 군 보안부대와 FBI는 바니 맥휴를 포함한 일부 스파이를 찾아내 프로젝트에서 조용히 제거했다. 하지만 스파이를 모두 색출했을까? 그레그는 알 수 없었다. 그로브스는 어쩔 수 없이 위험을 감수해야 했다. 만일 FBI가 요구하는 모두를 자른다면 폭탄을 만들 만큼 충분한 과학자가 남아나지 않을 터였다.

　불행하게도 과학자 대부분이 급진주의자나 사회주의자, 자유주의자였다. 보수파는 거의 없었다. 그리고 그들은 과학으로 발견된 진실은 모든 인류가 공유해야 하며 한 정권이나 국가의 체제 안에 비밀로 남아서는 절대 안 된다고 믿었다. 그래서 미국 정부가 이 거대한 프로젝트를 일급 기밀로 취급했음에도 과학자들은 핵 기술을 세계 모든 나라와 나누는 일에 대해 그룹 토의를 벌였다. 오피 역시 의심을 받고 있었다.

그가 공산당 당원이 아닌 유일한 이유는 그가 어느 클럽이든 가입하는 법이 없는 사람이었기 때문이다.

지금 오피는 그의 동생이자 마찬가지로 뛰어난 물리학자이고 공산주의자인 프랭크의 옆 땅바닥에 엎드려 있었다. 둘 다 폭발을 관찰할 때 사용할 용접용 유리조각을 들고 있었다. 그레그와 프룬체도 비슷한 유리조각을 갖고 있었다. 일부 과학자들은 선글라스를 쓰고 있었다.

또다른 신호탄이 발사되었다. "일 분 전이군요." 프룬체가 말했다.

그레그는 오피의 목소리를 들었다. "맙소사, 이런 일들은 심장에 무리가 되는군."

혹시 그것이 오피의 마지막 말이 되지는 않을까.

그레그와 프룬체는 오피와 프랭크가 있는 곳 근처 모래땅에 엎드렸다. 모두 용접용 유리를 가리개 삼아 눈앞에 대고 실험장 쪽을 바라보았다.

죽음을 눈앞에 두고 그레그는 어머니와 아버지, 그리고 런던에 있는 누나 데이지를 생각했다. 그들이 그를 얼마나 그리워할지 궁금했다. 결혼하자는 남자 때문에 그를 차버린 마거릿 카우드리를 떠올리고는 살짝 섭섭해졌다. 하지만 가장 생각이 많이 난 것은 재키 제이크스와 이제 아홉 살이 된 아들 조지였다. 조지가 자라는 모습을 어떻게든 보고 싶었다. 그는 죽고 싶지 않은 가장 큰 이유가 조지라는 사실을 깨달았다. 아무도 모르게 아이는 그의 영혼 속으로 기어들어와 그의 사랑을 훔쳤다. 이런 감정의 힘은 그레그를 놀라게 했다.

종소리가 울렸다. 사막에 어울리지 않는 기묘한 소리였다.

"십 초 전."

그레그는 일어나 달아나고 싶은 충동을 느꼈다. 바보 같은 생각이 아닐 수 없었다. 십 초 동안 얼마나 멀리 갈 수 있겠는가? 그는 억지로 참으며 가만히 엎드려 있어야 했다.

폭탄은 5시 29분 45초에 폭발했다.

처음에는 믿기 어려울 만큼 밝은 어마어마한 섬광이 일었다. 그레그가 태어나서 본 가장 강렬한 빛으로 태양보다 더 강력했다.

그다음에는 기이한 돔 모양의 불이 땅에서 솟아오르는 것 같았다. 불길은 무서운 속도로 괴물처럼 높이 치솟았다. 불은 산 높이까지 다다르더니 계속 더 솟구쳐 금세 산꼭대기가 왜소해 보였다.

그레그는 중얼거렸다. "맙소사……"

돔 모양은 사각형으로 변했다. 빛은 여전히 정오의 태양빛보다 더 밝았고 멀리 떨어진 산들이 무척 생생하고 환히 빛나서 모든 습곡과 갈라진 틈, 바위가 보였다.

그 순간 빛의 모습은 다시 변했다. 아래쪽에 기둥이 나타나더니 하느님의 주먹처럼 하늘을 향해 수 킬로미터를 밀고 올라가는 것처럼 보였다. 기둥 위쪽의 격렬한 불덩이 구름이 우산처럼 퍼졌고 결국 전체적인 모습은 높이 11킬로미터의 버섯이 되었다. 구름 속의 색깔은 섬뜩한 오렌지색과 녹색, 보라색이었다.

그레그는 전능한 존재가 거대한 오븐을 열기라도 한 것처럼 열기의 파동을 맞았다. 같은 순간 마치 최후의 심판일의 천둥 같은 폭발음이 귀에 도달했다. 하지만 그것은 시작에 불과했다. 초자연적으로 커다란 천둥 같은 굉음이 사막을 울리며 다른 소리를 모두 삼켜버렸다.

격렬한 구름은 줄어들기 시작했지만 천둥소리는 계속 울리고 또 울리며 믿기 어려울 만큼 지속되었다. 이것이 세상의 종말을 알리는 소리인가. 결국 그레그는 그런 생각이 들었다.

마침내 소리가 잠잠해지자 버섯구름은 흩어지기 시작했다.

그레그는 프랭크 오펜하이머의 목소리를 들었다. "터졌네."

오피가 말했다. "그래, 터졌어."

두 형제는 악수를 나누었다.

그리고 세상은 그대로군. 그레그는 생각했다.

하지만 세상은 영원히 바뀌어버렸다.

V

로이드 윌리엄스와 데이지는 7월 26일 아침 개표 진행을 지켜보려고 혹스턴 지역 공회당으로 갔다.

만일 로이드가 지면 데이지는 약혼을 깰 생각이었다.

그는 그녀가 정치적 부채라는 걸 강력하게 부인했지만 그녀는 바보가 아니었다. 로이드의 정적들은 으레 그녀를 "애버로언 귀부인"이라 불렀다. 유권자들은 그녀의 미국 악센트에 마치 그녀는 영국 정치에 참여할 자격이 없다는 듯 분한 표정으로 반응했다. 심지어 노동당 당원들마저 자기네는 모두 차를 마시면서도 그녀에게는 커피가 필요하지 않냐고 물으며 다르게 대접했다.

로이드의 예상대로 그녀는 자연스럽고 매력 넘치는 태도로, 찻잔을 닦는 여자들을 돕기도 하며 사람들이 맨 처음 품었던 반감을 가끔 극복할 수 있었다. 하지만 그것으로 충분했을까? 선거 결과만이 유일하고 확실한 대답이 될 터였다.

로이드가 평생 하고 싶어하는 일을 포기해야 한다면 그녀는 결혼하지 않을 생각이었다. 그는 기꺼이 포기하겠다고 말했지만 그건 절망적인 결혼생활의 근거가 될 터였다. 데이지는 로이드가 은행이나 관공서처럼 뭔가 다른 곳에서 일하면서 비참하리만큼 불행해하고 그것이 그녀의 잘못이 아닌 척 애쓰는 모습을 상상하고는 두려움에 몸을 떨었다. 생각만으로도 참을 수 없었다.

불행하게도 모두가 보수당이 선거에서 승리할 거라고 생각했다.

선거 유세에서 노동당에 유리하게 흘러간 상황도 일부 있었다. 처칠의 '게슈타포' 발언은 역풍을 맞았다. 보수당조차 경악했다. 다음날 저녁 노동당을 대표해 방송연설을 한 클레멘트 애틀리는 쌀쌀맞게 비꼬았다. "어젯밤 노동당의 정책을 졸렬하게 희화화한 수상의 연설을 듣자마자 저는 그의 목표가 뭔지 깨달았습니다. 그는 전쟁 앞에서 단결된 국가의 위대한 지도자인 윈스턴 처칠과 보수당 지도자 처칠 씨 사이에 얼마나 큰 차이가 존재하는지 유권자들이 이해하기를 바랐던 겁니다. 전쟁중 그의 리더십을 받아들였던 사람들이 고마운 마음에 그를 더 따라가려는 유혹을 느낄 수도 있지 않을까 두려웠던 겁니다. 사람들의 환상을 완전히 깨뜨려준 그에게 감사합니다." 애틀리의 위엄 넘치는 경멸은 처칠이 대중을 선동하는 것처럼 보이게 했다. 사람들은 핏빛 격정에 질렸다고 데이지는 생각했다. 그들은 틀림없이 평화로운 시대의 차분한 상식을 더 좋아할 것이다.

투표일 전날 실시한 갤럽 여론조사에서는 노동당이 승리했지만 아무도 믿지 않았다. 미국인 조지 갤럽은 지난번 대통령 선거에서 부정확한 예측을 하기도 했다. 소수의 유권자에게 물어본 결과로 전체를 예상할 수 있다는 발상은 조금 믿기 어려웠다. 〈뉴스 크로니클〉은 그 여론조사 결과를 실으면서 백중세를 예상했다.

다른 모든 신문은 보수당이 이길 거라 했다.

데이지는 과거 단 한 번도 민주주의의 메커니즘에 대해 흥미를 가져본 적이 없었다. 하지만 그녀의 운명이 어찌될지 앞날을 알 수 없는 지금 그녀는 투표용지를 투표함에서 꺼내 분류하고 수를 헤아리고 묶은 다음 다시 세는 모습을 홀린 듯 지켜보았다. 개표 책임을 맡은 사람은 마치 잠시 어디에 다녀온 사람인 것처럼 리터닝 오피서, 즉 선출 관리관이라고 불렸는데 사실은 혹스턴 지역 서기관이었다. 각 당에서 온 참관인들이 부주의나 부정이 없는지 모든 과정을 지켜보고 있었다. 개표는 길었고 데이지는 긴장감에 고문을 당하는 듯 괴로웠다.

열시 삼십분 다른 곳에서 첫번째 결과가 나왔다. 처칠의 총애를 받는 인물이자 전시 내각의 장관이었던 해럴드 맥밀런이 스톡턴온티즈에서 노동당에 패했다. 십오 분 뒤 버밍엄이 노동당 쪽으로 크게 기울었다는 뉴스가 전해졌다. 공회당에 라디오를 반입할 수 없어서 데이지와 로이드는 밖에서 전달되어 들어오는 소문에 의지하고 있었는데 데이지는 뭘 믿어야 할지 알 수 없었다.

선출 관리관이 공식 발표 전 결과를 알리기 위해 각 후보와 대리인들을 실내 한구석으로 부른 것은 정오였다. 로이드와 함께 가고 싶었지만 데이지는 자격이 없었다.

관리관은 조용히 모두에게 말해주었다. 로이드와 현직 의원, 그리고 보수당과 공산당 후보가 있었다. 그들의 얼굴을 살펴도 누가 이겼는지 알 수 없었다. 그들 모두 연단으로 올라갔고 실내는 조용해졌다. 데이지는 속이 울렁거렸다.

"저, 마이클 찰스 데이비스는 의회 혹스턴 지역구 선출 관리관으로 절차에 따라 임명되었으며⋯⋯"

데이지는 노동당 참관인들과 함께 서서 로이드를 바라보고 있었다. 그를 잃게 될까? 그런 생각이 그녀의 심장을 쥐어짰고 두려움에 숨도 제대로 쉬어지지 않았다. 그녀는 평생 두 명의 남자를 선택했지만 모두 재앙에 가까운 잘못이었다. 찰리 파커슨은 그녀의 아버지와는 반대로 착했지만 유약했다. 보이 피츠허버트는 그녀의 아버지와 매우 비슷하게 고집스럽고 이기적이었다. 이제 마지막으로 그녀는 강하면서도 친절한 로이드를 찾았다. 그녀가 그를 선택한 것은 사회적 지위나 그가 그녀를 위해 해줄 수 있는 무언가 때문이 아니라, 단지 그가 엄청나게 좋은 사람이기 때문이었다. 그는 상냥하고 똑똑하고 믿음직했고 그녀를 좋아했다. 자기가 찾던 사람이 바로 그라는 걸 깨닫는 데 오랜 시간이 걸렸다. 얼마나 어리석었던가.

선출 관리관은 각 후보자의 득표수를 읽어내려갔다. 후보자 이름의 알파벳순으로 불렀기 때문에 윌리엄스가 마지막이었다. 데이지는 너무 긴장한 나머지 득표수를 기억하고 있을 수 없었다. "레지널드 시드니 블렝킨솝, 오천사백이십칠……"

로이드의 득표수가 발표된 순간 그녀를 둘러싸고 있던 노동당원 모두 환호성을 질러댔다. 그가 이겼다는 사실을 깨닫는 데는 잠시 시간이 걸렸다. 그녀는 로이드의 엄숙한 표정에 그제야 활짝 웃음이 퍼지는 것을 보았다. 데이지는 손뼉을 치며 다른 누구보다 크게 환호했다. 이겼다! 그녀는 그를 떠나지 않아도 되었다! 마치 인생이 구원받은 느낌이었다.

"그러므로 저는 로이드 윌리엄스가 적법하게 혹스턴 지역 의원으로 선출되었음을 선언합니다."

로이드는 의회 의원이었다. 데이지는 로이드가 앞으로 나서서 당선 연설을 하는 모습을 자랑스럽게 지켜보았다. 그런 연설은 정형화되어 있다는 사실을 그녀는 깨달았다. 그는 장황하게 선출 관리관과 그 직원들에게 감사를 표하고 낙선자들에게 공정한 경쟁에 대해 감사한다고 말했다. 그녀는 그를 끌어안고 싶어서 견딜 수가 없었다. 그는 전쟁으로 피폐해진 영국을 재건하고 더 공정한 사회를 만들어내는 등 앞으로 할 일들에 대해 몇 문장을 덧붙이고 연설을 마쳤다. 그가 뒤로 물러서자 더 많은 박수가 쏟아졌다.

연단에서 내려온 그는 곧장 데이지에게 걸어와 그녀를 양팔로 끌어안고 키스했다.

그녀가 말했다. "잘했어, 내 사랑." 그리고 더 말을 잇지 못했다.

잠시 후 그들은 밖으로 나와 운수노조회관 건물에 있는 노동당 본부로 가는 버스를 탔다. 그곳에서 그들은 노동당이 이미 106석을 차지했다는 걸 알게 되었다.

압도적인 승리였다.

모든 전문가가 틀렸고, 모두의 예상이 완전히 빗나갔다. 모든 결과를 취합해보니 노동당은 393석, 보수당은 210석을 얻었다. 자유당은 12석이었고 공산당은 스테프니 한곳에서만 이겼다. 노동당은 압도적인 다수당이 되었다.

저녁 일곱시 영국의 위대한 전쟁 지도자 윈스턴 처칠은 버킹엄 궁전으로 가 수상직을 사임했다.

데이지는 처칠이 애틀리를 두고 했던 험담 하나를 떠올렸다. "빈 차가 다가와 서더니 클렘이 내렸다." 그는 자기가 존재감이 없다고 했던 사람에게 철저히 패했다.

일곱시 삼십분 클레멘트 애틀리는 아내 바이올렛이 운전하는 그의 자동차를 타고 궁으로 갔고 국왕 조지 6세는 그에게 수상이 되어달라고 청했다.

너틀리 가 집에 모두 모여 라디오를 통해 뉴스를 듣고 난 뒤 로이드는 데이지를 보고 말했다. "자, 끝났네. 이제 우리 결혼해도 될까?"

"그럼." 데이지가 말했다. "당신 마음대로 최대한 빨리."

# VI

볼로댜와 조야의 결혼 피로연은 크렘린의 어느 작은 연회장에서 열렸다.

독일과의 전쟁은 끝났지만 소련은 타격을 입어 여전히 가난에 허덕였고 호화로운 예식은 사람들의 눈살을 찌푸리게 할 터였다. 조야는 새 드레스를 입었지만 볼로댜는 군복을 입었다. 하지만 먹을 것은 많았고 공짜 보드카는 흘러넘쳤다.

볼로댜의 남녀 조카들도 참석했다. 여동생 아냐와 그녀의 불쾌한 남편 일리야 드보르킨의 쌍둥이 남매였다. 아이들은 아직 여섯 살이 안 되었다. 검은 머리의 사내아이 딤카는 조용히 앉아 책을 읽었고 파란 눈의 타냐는 실내를 뛰어다니며 테이블에 부딪히거나 손님들을 화나게 해 사내아이와 여자아이의 행동에 대한 일반적인 기대와는 반대되는 모습을 보여주었다.

분홍색 옷을 입은 조야는 아주 매력적으로 보였고 볼로댜는 당장이라도 이곳을 떠나 그녀를 침대로 데려가고 싶었다. 물론 그럴 수는 없었다. 그의 아버지의 친구들 중에는 이 나라 최고위층 장성들과 정치인들도 있었고 그 가운데 많은 사람이 행복한 부부를 위해 건배를 하러 왔다. 그리고리는 나중에 엄청나게 유명한 손님이 올지도 모른다고 귀띔을 해주었다. 볼로댜는 손님이 타락한 NKVD의 수장 베리야가 아니길 바랐다.

볼로댜는 행복했지만 그렇다고 그가 목격한 공포나 소련 공산주의에 대한 깊은 불안감을 떨쳐낼 수는 없었다. 말로 못다 할 비밀경찰의 잔인함, 스탈린의 어리석은 실수들은 수백만 명의 목숨을 앗아갔고, 붉은 군대로 하여금 독일에서 미친 짐승처럼 날뛰도록 한 선전활동은 그가 자라면서 믿어온 가장 근본적인 것들에 대한 회의를 심어주었다. 그는 딤카와 타냐가 어떤 나라에서 자라게 될지 불안한 의구심이 생겼다. 하지만 오늘은 그런 것을 생각할 날이 아니었다.

소련의 엘리트들은 기분이 좋았다. 그들은 전쟁에서 이겼고 독일을 물리쳤다. 그들의 오랜 적 일본은 미국에게 박살나고 있었다. 일본의 지도자들은 정신 나간 명예의식 때문에 쉽게 항복하지 못했지만 이제는 오직 시간문제였다. 비극적이게도 그들이 자존심에 매달리는 동안 더 많은 일본인과 미군 병력이 죽어나갈 것이고 더 많은 일본 여자와 아이가 집에서 폭탄을 맞을 터였다. 하지만 마지막 결과는 같을 것이다. 슬프지만 미국이 그 과정을 단축하고 불필요한 죽음을 막을 수 있는 방법은 전혀 없어 보였다.

볼로댜의 아버지는 취하고 행복에 겨워 연설을 했다. "붉은 군대가 폴란드를 장악했습니다." 그가 말했다. "독일이 그 나라를 도약판 삼아 러시아를 공격하는 일은 두 번 다시 없을 것입니다."

모든 늙은 동지가 환호하며 테이블을 두드렸다.

"서방 유럽에서는 공산주의 정당이 과거 어느 때보다 인민들의 지지를 얻고 있습니다. 파리에서 지난 3월 실시된 지방자치 선거에서 공산당이 가장 많은 표를 얻었습니다. 우리의 프랑스 동지들에게 축하를 보냅니다."

그들은 다시 환호했다.

"오늘날 세계를 둘러보면서 저는 러시아혁명을 봅니다. 수많은 용감한 사람들이 싸우다 죽었던 그때……" 말꼬리를 흐리는 그의 눈가에 취기 어린 눈물이 솟았다. 실내가 숙연해졌다. 그는 감정을 추슬렀다. "혁명이 오늘날처럼 안정적이었던 적은 단 한 번도 없었습니다!"

그들은 술잔을 들었다. "혁명! 혁명!" 모두가 술을 마셨다.

그때 문이 활짝 열리고 스탈린 동지가 걸어들어왔다.

모두가 일어섰다.

백발인 그는 피곤해 보였다. 그는 나이가 예순다섯 살가량이었고 병이 들었다. 그가 뇌졸중이나 가벼운 심장마비로 고생했다는 소문도 돌았다. 하지만 오늘은 열정적이었다. "신부에게 키스하려고 내가 왔지!" 그가 말했다.

그는 조야에게 걸어가 양손을 그녀의 어깨에 얹었다. 그녀는 스탈린보다 족히 8센티미터는 더 컸지만 사려 깊게 몸을 굽혔다. 흰 콧수염이 덮인 그의 입은 볼로댜가 분한 기분이 들 만큼 그녀의 양쪽 뺨에 오래 머물렀다. 그러더니 뒤로 물러나 말했다. "내가 마실 술은 어디 있나?"

몇 사람이 허둥지둥 그에게 보드카 한 잔을 들고 왔다. 그리고리는 주빈 테이블의 상석을 굳이 스탈린에게 내주었다. 다시 두런두런 대화가 오갔는데 그마저 조용해졌다. 다들 스탈린의 참석에 흥분했지만 이제 모든 말과 행동을 조심해야 했다. 그는 손가락을 튕기는 것만으로도 사람을 죽일 수 있었고, 실제로 자주 그랬기 때문이다.

보드카가 더 나왔고 밴드는 러시아 민속음악을 연주하기 시작했고, 사람들은 서서히 긴장을 풀었다. 볼로댜와 조야, 그리고리, 카테리나는 네 명이 추는 '카드리유'를 추었다. 우습게 보이는 것이 목적인 그 춤은 늘 사람들을 웃겼다. 더 많은 커플이 춤을 추고 나서 남자들이 '바리냐'를 추기 시작했다. 쪼그려 앉았다가 다리를 뻗으며 차는 춤동작을 하는 사이 많은 사람이 넘어졌다. 볼로댜는 곁눈질로 계속 스탈린을 확인했는데—실내에 있는 모든 사람이 그랬다—발랄라이카의 박자에 맞춰 테이블 위 자기 술잔을 두드리는 모습이 즐거워 보였다.

조야와 카테리나가 폭탄 프로젝트를 맡은 고위급 물리학자이자 조야의 상사 바실리와 함께 '트로이카' 춤을 추고 볼로댜는 앉아서 보고 있는데, 바로 그때 분위기가 바뀌었다.

사복 차림의 보좌관 한 명이 안으로 들어오더니 허둥지둥 실내 끄트머리로 움직여 곧장 스탈린에게로 향했다. 그는 인사도 없이 지도자의 어깨 위로 몸을 기울이더니 조용히 다급하게 뭔가 말했다.

처음에 스탈린은 어리둥절해했고 날카롭게 뭔가 묻고는 재차 물었다. 그는 얼굴이 창백해졌고 춤추는 사람들 쪽으로 멍하니 시선을 던질 뿐 아무것도 보지 않았다.

볼로댜는 낮은 목소리로 말했다. "도대체 무슨 일이지?"

춤추는 사람들은 아직 눈치채지 못했지만 스탈린과 같은 테이블에 앉은 사람들은 겁에 질린 눈치였다.

잠시 후 스탈린은 일어섰다. 주위에 앉았던 사람들도 공손하게 따라 일어섰다. 볼로댜는 그의 아버지가 여전히 춤추고 있는 모습을 보았다. 그보다 별것도 아닌 일로 사람들은 총살을 당하곤 했다.

하지만 스탈린은 하객들은 안중에도 없었다. 그는 보좌관을 옆에 세우고 테이블을 떠났다. 그리고 댄스 플로어를 가로질러 출입구로 향했다. 흥청거리던 사람들이 펄쩍 뛰며 옆으로 물러섰다. 한 커플은 넘어졌다. 스탈린은 알아차리지도 못하는 것 같았다. 밴드가 연주를 멈추었다. 스탈린은 아무 말 없이 누구도 찾지 않고 연회장을 떠났다.

일부 장성이 겁에 질린 모습으로 그를 따라나섰다.

다른 보좌관이 나타났고 또다른 두 명이 더 들어왔다. 그들 모두 각자의 상관을 찾아가 말을 전했다. 트위드 재킷을 입은 젊은이는 바실리에게 다가갔다. 아는 사람인 듯 조야도 그의 말을 귀기울여 들었다. 그녀는 충격을 받은 것 같았다.

바실리와 보좌관이 연회장을 떠났다. 볼로댜는 조야에게 가서 말했다. "도대체 무슨 일이 벌어진 건데?"

그녀의 목소리가 떨렸다. "미국이 일본에 핵폭탄을 떨어뜨렸어." 그녀의 아름답게 창백한 얼굴은 평소보다 더 하얘 보였다. "처음에 일본 정부는 무슨 일이 벌어졌는지 영문조차 몰랐어. 몇 시간 지나고 나서야 알았다는 거야."

"확실한 거야?"

"13제곱킬로미터 안의 건물들이 쓰러졌어. 추산하기로는 그 자리에서 칠만오천 명이 죽었대."

"폭탄이 몇 개였는데?"

"한 개."

"폭탄 한 개?"

"그래."

"맙소사. 스탈린이 창백해진 것도 놀랄 일이 아니군."

두 사람은 말없이 서 있었다. 소식이 방안으로 퍼져가는 것이 눈에 보였다. 어떤 사람들은 멍하니 앉아 있었다. 다른 사람들은 일어나서 자리를 벗어나 각자의 사무실, 전화, 책상, 부하들이 있는 곳으로 향했다.

"이게 모든 걸 바꿔놓을 거야." 볼로댜가 말했다.

"우리 신혼여행 계획도 포함해서 말이지." 조야가 말했다. "내 휴가는 분명히 취소될 테니까."

"우리는 소련이 안전하다고 생각했어."

"당신 아버님은 방금 전 혁명이 오늘날처럼 안정적이었던 적은 단 한 번도 없었다고 말씀하셨지."

"이제 안정적인 건 아무것도 없어."

"그래." 조야가 말했다. "우리의 폭탄을 갖게 되기 전까지는."

# VII

재키 제이크스와 조지는 버펄로에 왔고 처음으로 마르가의 아파트에서 머물고 있었다. 그레그와 레프도 함께였고 일본에 승리한 날—8월 15일 수요일—에 모두 함께 험볼트 공원을 찾았다. 보도는 환희에 넘치는 커플들로 가득찼고 수백 명의 아이가 연못에서 물장구를 쳤다.

그레그는 행복하고 자랑스러웠다. 폭탄은 제대로 작동했다. 히로시마와 나가사키에 떨어진 두 개의 폭탄은 소름끼칠 정도로 엄청난 손상을 입혔지만 전쟁을 빠르게 끝내 미국인 수천 명의 목숨을 구했다. 그레그는 그 일에서 일부 역할을 맡아 해냈다. 그들이 해낸 모든 일의 결과로 조지는 자유로운 세상에서 자라날 수 있게 되었다.

"아홉 살이네." 그레그는 재키에게 말했다. 그들은 벤치에 앉아서 이야기를 나누었고 레프와 마르가는 조지를 데리고 아이스크림을 사러 갔다.

"도무지 믿을 수가 없어."

"커서 어떤 사람이 될지 궁금해."

재키는 거칠게 말했다. "연기나 빌어먹을 트럼펫을 부는 것처럼 멍청한 짓은 하지 않을 거야. 머리가 좋거든."

"당신 아버지처럼 대학 교수가 되면 좋겠어?"

"그래."

"그렇다면……" 그레그는 이야기를 이런 쪽으로 이끌어놓고 재키가 어떻게 반응할지 몰라 긴장되었다. "……좋은 학교에 가야 할 텐데."

"무슨 생각을 하는 거야?"

"기숙학교는 어때? 내가 다녔던 곳에 갈 수 있어."

"흑인 학생은 우리 애 한 명뿐일걸."

"꼭 그렇지는 않아. 내가 다닐 때도 유색인종은 있었어. 카말이라고 델리에서 온 인도 애였지."

"딱 한 명이네."

"그렇지."

"놀림받았겠네?"

"당연하지. 우리가 낙타Camel라고 불렀어. 하지만 사내애들은 그런 일에 익숙해지기 마련이고 그 녀석도 친구가 좀 생겼지."

"그 사람 어떻게 됐는지 알아?"

"약사가 됐어. 벌써 뉴욕에 약국을 두 개나 갖고 있다더군."

재키는 고개를 끄덕였다. 그레그는 재키가 이 계획에 반대하지 않는다는 생각이 들었다. 그녀는 교양 있는 집안 출신이었다. 스스로 반발해 학교를 그만둔 그녀지만 교육의 가치를 믿고 있었다. "학비는 어떻게 해?"

"아버지한테 부탁할 수 있어."

"내주실까?"

"저길 봐." 그레그는 보도를 손으로 가리켰다. 레프와 마르가, 조지가 아이스크림 수레에서 돌아오고 있었다. 레프와 조지는 아이스크림 콘을 먹으며 손을 잡고 나란히 걸었다. "보수적인 우리 아버지가 공원에서 피부색이 다른 아이의 손을 잡고 걷고 있잖아. 날 믿어. 학비를 내주실 거야."

"조지는 사실 어디서든 어울리지 않아." 재키는 걱정스러운 듯 말했다. "백인 아버지를 둔 흑인 애니까."

"알아."

"당신 어머니 아파트에 사는 사람들은 내가 가정부인 줄 알아. 그거 알았어?"

"알아."

"사람들이 진실을 알게 될까봐 조심하고 있어. 흑인이 손님으로 와 있는 걸 아파트 사람들이 알게 되면 문제가 생길 수도 있으니까."

그레그는 한숨을 내쉬었다. "미안한 말이지만 당신 말이 옳아."

"조지의 삶은 괴로울 거야."

"알아." 그레그가 말했다. "하지만 우리가 있잖아."

재키는 그를 향해 보일 듯 말 듯 웃어 보였다. "그래." 그녀가 말했다. "그게 중요하지."

:

# 3부
## 차가운 평화

:

# 21장
# 1945년(III)

## I

결혼을 한 볼로댜와 조야는 그들만의 아파트로 이사했다. 러시아의 신혼부부들 가운데 이렇게 운 좋은 사람들은 없었다. 사 년 동안 소련의 산업 역량은 무기를 만드는 데만 집중되었다. 새로 지은 주택은 거의 없었고 많은 주택이 파괴되었다. 하지만 볼로댜는 붉은 군대 정보부 소령이었고 동시에 장군의 아들이었으며 영향력을 행사할 줄 알았다.

공간은 좁았다. 식탁이 있는 거실이 하나 있고 침실은 너무 작아서 침대가 거의 다 차지하고 있었다. 주방은 두 사람만 들어가도 부대꼈다. 비좁은 화장실에는 세면대와 샤워기가 있었고 현관 안쪽 작은 공간에는 옷을 걸어둘 수 있는 벽장이 있었다. 거실에 있는 라디오를 켜면 온 집안에 들렸다.

두 사람은 아파트를 금세 그들만의 공간으로 꾸몄다. 조야는 밝은 노란색 침대보를 샀다. 볼로댜의 어머니는 아들이 결혼하면 주려고 1940년에 사서 전쟁 내내 보관해두었던 그릇 세트를 내놓았다. 볼로댜는 군 정보학교를 졸업할 때 찍은 단체사진을 벽에 걸었다.

두 사람은 더 자주 사랑을 나누었다. 둘만 살게 되자 예기치 못한 차이가 생겼다. 볼로댜는 부모님 집에서나 그녀가 공용 아파트에서 잠자리를 할 때 특별히 스스로 억제한다고 느껴본 적이 한 번도 없었다. 하지만 지금 보니 영향이 있었다. 목소리를 낮춰야 했고 혹시 침대가 삐걱거릴까 귀를 기울여야 했고 누군가 방에 들어와 마주칠 가능성도 희박하게나마 언제나 있었다. 다른 사람들과 함께 사는 집에서는 완벽하게 사생활이 보장되는 법이 절대로 없었다.

두 사람은 가끔 일찍 일어나서 사랑을 나눈 다음 한 시간가량 누운 채 키스하며 이야기를 나누다가 옷을 입고 일하러 갔다. 어느 날 아침 아직도 코끝을 맴도는 섹스의 향기를 음미하며 볼로댜는 조야의 넓적다리를 베고 누워 말했다. "차 좀 마실래?"

"좋아, 부탁해." 그녀는 베개들 위에 몸을 기대고 더없이 기분좋게 기지개를 켰다.

볼로댜는 가운을 걸치고 좁은 복도를 지나 작은 주방으로 들어가서 사모바르 아래 가스불을 켰다. 어젯밤 저녁식사 때 사용한 냄비와 접시가 싱크대에 그대로 쌓여 있는 것을 보니 기분이 상했다. "조야!" 그가 말했다. "주방이 엉망이잖아!"

좁은 아파트에서 그녀는 쉽게 그의 목소리를 들을 수 있었다. "알아." 그녀가 말했다.

그는 침실로 돌아갔다. "왜 지난밤에 안 치웠어?"

"당신은 왜 안 치웠는데?"

볼로댜는 설거지가 자기 일이라는 생각을 해본 적이 없었다. 하지만 이렇게 말했다. "보고서 쓸 게 있었어."

"난 피곤했지."

그의 잘못일 수도 있다는 식의 말에 그는 짜증이 났다. "난 주방이 지저분한 건 싫어."

"나도 그래."

아내가 왜 저렇게 둔한 거지? "싫으면 치워!"

"지금 당장 같이 하자." 그녀는 침대에서 벌떡 일어났다. 그녀는 섹시한 웃음을 지으며 그를 지나쳐 주방으로 향했다.

볼로댜는 아내를 따라갔다.

그녀가 말했다. "당신이 씻으면 내가 물기를 닦을게." 그녀는 서랍에서 깨끗한 행주를 꺼냈다.

그녀는 여전히 벌거벗은 채였다. 그는 어쩌지 못하고 웃었다. 그녀의 몸매는 길고 날씬했고 피부는 하앴다. 가슴은 납작하고 젖꼭지는 톡 튀어나왔고 고운 사타구니 털은 금발이었다. 그녀와 결혼해서 즐거운 점 가운데 하나는 그녀가 벌거벗은 채 아파트 안을 돌아다니는 버릇이 있다는 것이었다. 그는 그녀의 알몸을 원하는 만큼 볼 수 있었다. 그녀는 보여주는 걸 즐기는 듯했다. 그의 눈길을 느껴도 부끄러워하지 않고 그냥 웃기만 했다.

그는 가운 소매를 걷어올리고 접시들을 씻어서 물기를 닦도록 조야에게 넘겨주었다. 설거지가 매우 남성적인 일은 아니었지만—볼로댜는 아버지가 설거지하는 모습을 한 번도 본 적이 없었다—조야는 그런 허드렛일은 나누어 해야 한다고 여기는 듯했다. 별난 생각이었다. 조야는 결혼생활이 공평해야 한다는 의식이 아주 강한 걸까? 아니면 그가 그저 약해졌나?

밖에서 무슨 기척이 난 것 같았다. 볼로댜는 현관 안쪽 복도를 살펴보았다. 주방 싱크대에서 아파트 현관까지는 겨우 서너 걸음이었다. 이상한 점은 없었다.

그 순간 현관문이 부서지며 열렸다.

조야가 비명을 질렀다.

볼로댜는 막 씻은 부엌칼을 손에 들었다. 그리고 조야 옆을 지나 주방 입구를 막고 섰다. 부서진 현관문 바로 밖에 대형 망치를 든 제복 경찰이 보였다.

볼로댜는 당황스러우면서도 화가 났다. 그가 말했다. "빌어먹을, 뭐야?"

경찰관은 뒤로 물러섰고 키가 작고 마른 쥐새끼 같은 얼굴을 한 사내가 아파트로 들어섰다. 볼로댜의 매제이자 비밀경찰 요원인 일리야 드보르킨이었다. 그는 가죽장갑을 끼고 있었다.

"일리야!" 볼로댜가 말했다. "이 멍청한 족제비 자식!"

"말 좀 공손히 하자고." 일리야가 말했다.

볼로댜는 화가 난 만큼 이해가 되지 않았다. 보통 비밀경찰은 붉은 군대 정보부의 간부를 체포하지 않는 법이고 그 반대도 마찬가지였다. 안 그러면 조직폭력배의 패싸움이나 다름없는 전쟁이 벌어질 것이다. "우리집 문을 도대체 왜 부순 거야? 내가 열어주면 되잖아!"

또다른 요원 둘이 집안으로 들어서더니 일리야 뒤에 섰다. 그들은 온화한 늦여름 날씨에도 불구하고 트레이드 마크인 가죽코트를 입고 있었다.

볼로댜는 화가 났지만 그만큼 두렵기도 했다. 이게 무슨 일이지?

일리야는 떨리는 목소리로 말했다. "칼 내려놔, 볼로댜."

"겁낼 것 없어." 볼로댜가 말했다. "그냥 설거지하던 중이었으니까." 그는 뒤에 선 조야에게 칼을 건넸다. "거실로 들어가지. 조야가 챙겨입는 동안 이야기 좀 하자고."

"이게 지금 사교성 방문 같아?" 일리야가 버럭 화를 냈다.

"무슨 성격의 방문이든 내 아내가 벌거벗은 걸 보고 당황하고 싶지는 않겠지."

"난 공식적인 경찰 업무로 여기 온 거야."

"그럼 왜 내 매제를 보낸 거지?"

일리야는 목소리를 낮추었다. "혹시 다른 사람이 왔더라면 자네 입장에서 훨씬 힘들었으리라는 생각은 안 들어?"

심각한 상황인 것 같았다. 볼로댜는 기를 쓰고 아무렇지 않은 척 허세를 부렸다. "자네와 이놈들이 정확히 원하는 게 뭐야?"

"베리야 동지께서 핵물리학 프로그램의 책임을 맡았어."

볼로댜도 아는 사실이었다. 스탈린은 작업을 지휘할 새로운 위원회를 구성했고 베리야를 위원장에 앉혔다. 물리학에 대해 완전히 무지한 베리야는 과학적인 연구 프로젝트를 이끌어나갈 능력이 전혀 없었다. 하지만 스탈린은 그를 신뢰했다. 소련 정부에 늘 있는 문제였다. 무능하지만 충성스러운 자들이 능력 밖의 자리로 승진하는 것이다.

볼로댜가 말했다. "베리야 동지께서는 내 아내를 필요로 하시지. 연구소에서 폭탄을 개발하니까. 아내를 차로 출근시켜주려고 왔나?"

"미국이 소련보다 앞서서 폭탄을 만들어냈어."

"그랬지. 우리보다 그들이 물리학 연구를 더 중요하게 여긴 거 아니겠어?"

"자본주의자의 과학이 공산주의자의 과학보다 우월할 수는 없어!"

"그건 당연하지." 볼로댜는 혼란스러웠다. 상황이 어떻게 돌아가는 거지? "그럼 결론이 뭐야?"

"태업 행위가 있었던 거야."

정확히 비밀경찰이 꿈꿀 법한 터무니없는 환상 속 이야기였다. "무슨 태업을 말하는 거야?"

"일부 과학자들이 소련의 폭탄 개발을 일부러 늦추고 있다는 거야."

슬슬 상황 파악이 되면서 볼로댜는 무서운 예감이 들었다. 하지만 용기를 내 대꾸했다. 이런 자들에게 약한 모습을 보이는 것은 언제나 실수였다. "과학자들이 대체 왜 그러겠어?"

"반역자이기 때문이지! 그리고 자네 아내가 그중 한 명이고!"

"이 빌어먹을 자식, 그걸 말이라고—"

"나는 당신 마누라를 체포하러 왔어."

"뭐?" 볼로댜는 깜짝 놀랐다. "이건 미친 짓이야!"

"우리 조직의 생각은 그래."

"증거가 없잖아."

"증거를 원하면 히로시마로 가!"

조야가 방금 전 비명을 지른 이후 처음으로 입을 열었다. "난 저들을 따라가야 해, 볼로댜. 당신까지 체포당하지 마."

볼로댜는 손가락을 들어 일리야를 가리켰다. "너 엄청나게 곤란해질 거야."

"난 지시대로 하는 것뿐이야."

"비켜. 아내가 침실로 가서 옷을 입어야 하니까."

"그럴 시간 없어." 일리야가 말했다. "지금 상태 그대로 가야 해."

"말도 안 되는 소리 하지 마."

일리야는 고개를 빳빳이 들었다. "점잖은 소비에트 시민은 아파트에서 홀딱 벗고 돌아다니지 않지."

볼로댜는 이런 끔찍한 녀석과 사는 누이동생은 어떤 기분일지 잠깐 궁금했다. "너희 비밀경찰은 알몸도 도덕적으로 비난하나?"

"당신 마누라의 알몸은 그녀가 퇴폐적이라는 증거야. 지금 모습 그대로 연행한다."

"아니, 말 같지도 않은 소리 마."

"비켜."

"너나 비켜. 아내는 옷을 입을 거야." 복도로 나선 볼로댜는 세 명의 요원 앞에 서서 양팔을 벌리고 조야가 뒤쪽으로 지나갈 수 있도록 했다.

그녀가 움직이자 일리야가 볼로댜 뒤로 손을 뻗어 팔을 붙잡았다.

볼로댜가 그의 얼굴에 주먹을 두 번 날렸다. 일리야가 비명을 지르더니 비틀거리며 물러섰다. 가죽코트를 입은 두 요원이 앞으로 나섰다. 볼로댜는 한 사내를 노리고 주먹을 뻗었지만 휙 몸을 피했다. 그러더니 두 사내가 양쪽에서 볼로댜의 팔을 붙잡았다. 그가 몸부림쳤지만 그들은 힘이 셌고 전에도 이런 경험이 있는 듯했다. 그들은 볼로댜를 벽으로 밀어붙였다.

그들이 붙잡은 상태로 일리야가 가죽장갑을 낀 주먹으로 그의 얼굴을 쳤다. 두 번, 세 번, 네 번. 그러고는 배를 쳤고 볼로댜가 피를 뱉어낼 때까지 계속해서 주먹을 날렸다. 조야가 막으려 했지만 일리야는 그녀에게도 주먹을 뻗었고 그녀는 비명을 지르며 뒤로 물러섰다.

볼로댜의 목욕가운 앞이 열렸다. 일리야가 그의 사타구니를 걷어차고는 무릎을 발로 가격했다. 볼로댜는 똑바로 서 있을 수가 없어 축 늘어졌지만 가죽코트를 입은 두 사내가 양쪽에서 그를 붙잡았고 일리야는 주먹으로 그를 몇 대 더 때렸다.

마침내 일리야가 손가락 관절을 문지르며 돌아섰다. 다른 두 사내가 손을 놓자 볼로댜는 바닥에 쓰러졌다. 제대로 숨도 쉴 수 없었고 움직일 수 없었지만 의식은 있었다. 시야 한쪽으로 깡패 두 놈이 벌거벗은 조야를 붙잡아 아파트 밖으로 끌고 가는 모습이 보였다. 일리야는 그뒤를 따라갔다.

시간이 흐르면서 통증은 날카로운 극도의 고통에서 깊고 둔중한 아픔으로 변했고 호흡이 정상으로 돌아오기 시작했다.

팔다리가 다시 움직여 그는 몸을 일으켰다. 어렵사리 전화기로 다가가 아버지가 아직 출근하지 않았기를 바라며 아버지의 집 번호를 돌렸다. 아버지의 목소리가 들려와 안심했다. "놈들이 조야를 체포했어요." 그가 말했다.

"나쁜 새끼들." 그리고리가 말했다. "누구였어?"

"일리야였어요."

"뭐?"

"전화 좀 해주세요." 볼로댜가 말했다. "도대체 무슨 일인지 알아낼 수 있는지 봐주세요. 전 피 좀 닦아야겠어요."

"무슨 피?"

볼로댜는 전화를 끊었다.

욕실까지는 고작 몇 발자국이었다. 그는 피 묻은 가운을 벗어버리고 샤워를 했다. 따뜻한 물이 멍든 몸에 약간의 위안을 주었다. 일리야는 비열했지만 힘이 세지는 않았고 뼈는 한군데도 부러지지 않았다.

볼로댜는 물을 잠갔다. 욕실 거울을 들여다보았다. 얼굴은 온통 찢어지고 멍든 모습이었다.

그는 물기를 말릴 생각도 하지 않았다. 붉은 군대 군복을 간신히 꿰었다. 권위의 상징이 필요했다.

부츠의 끈을 힘겹게 묶는데 아버지가 도착했다. "여기서 무슨 빌어먹을 일이 생긴 거야?" 그리고리는 으르렁거렸다.

볼로댜가 말했다. "놈들은 싸울 거리를 찾고 있었고, 제가 멍청하게 빌미를 준 겁니다."

아버지는 처음에는 매정했다. "너 정도면 바보짓은 말았어야지."

"놈들은 조야를 굳이 알몸으로 연행하겠다고 했어요."

"빌어먹을 미친놈들."

"뭐 좀 알아내셨어요?"

"아직은. 두어 명하고 이야기했다. 뭘 아는 사람이 전혀 없어." 그리고리는 걱정스러워 보였다. "누군가 정말 멍청한 실수를 했든지……아니면 무슨 이유인지 몰라도 놈들이 확신하고 있는 거지."

"저 사무실까지 데려다주세요. 레미토프가 미친듯이 화를 낼 겁니다. 그분은 놈들이 이런 식으로 굴도록 두지 않을 거예요. 제게 이러고도 가만두면 붉은 군대 정보부 모두에게 이런 식으로 나올 거라고요."

그리고리의 차와 운전사가 밖에서 기다리고 있었다. 그들은 호딘카 비행장으로 달려갔다. 그리고리는 붉은 군대 정보부 본부로 절뚝거리며 들어가는 볼로댜의 모습을 차 안에서 지켜보았다. 볼로댜는 곧장 상관 레미토프 대령의 사무실로 향했다.

그는 문을 두드린 다음 들어가 말했다. "빌어먹을 비밀경찰놈들이 제 아내를 체포했습니다."

"알아." 레미토프가 말했다.

"아신다고요?"

"내가 허락했어."

볼로댜는 입이 떡 벌어졌다. "대체 무슨 말입니까?"

"앉아."

"무슨 일입니까?"

"앉아서 입다물어. 내가 말해주겠다."

볼로댜는 고통스럽게 의자에 자리를 잡고 앉았다.

레미토프가 말했다. "우린 핵폭탄을 보유해야 해. 빨리. 스탈린이 지금 당장은 미국에 거칠게 나가고 있어. 그들에게 우리를 쓸어버릴 만큼의 핵무기는 없다고 확신하기 때문이지. 하지만 놈들은 비축량을 늘리는 중이고 언젠가는 우리에게 사용하겠지. 우리가 보복할 수 있는 입장이 아니라면."

말도 안 되는 소리였다. "제 아내는 비밀경찰에게 얼굴을 맞고 있는 동안에는 폭탄을 만들 수 없습니다. 이건 미친 짓이에요."

"입 닥쳐. 문제는 폭탄을 만들 수 있는 방법이 여러 가지라는 점이야. 미국은 어느 쪽이 성공할지 오 년 걸려서 알아냈어. 우리는 그렇게 시간이 많지 않아. 그들이 연구한 내용을 훔쳐야 해."

"그들의 방법을 베끼려고 해도 여전히 러시아 과학자들이 필요합니다. 그들이 연구소에 있어야 그런 작업도 가능하죠. 루뱐카 지하실에 갇혀 있는 게 아니고요."

"자네 빌헬름 프룬체라는 자를 알지."

"학교를 같이 다녔죠. 베를린 청년 아카데미였습니다."

"그가 우리에게 영국의 핵 연구에 관한 귀중한 정보를 넘겼어. 그러고는 미국으로 이민을 가서 핵폭탄 프로젝트에서 일하고 있지. NKVD의 워싱턴 지국에서 그와 접촉했는데 그 무능한 놈들이 겁을 주는 바람에 관계가 끝장나버렸어. 그자를 다시 우리 편으로 포섭해야 해."

"그게 다 저와 무슨 상관입니까?"

"그는 자네를 신뢰해."

"그건 모르는 일입니다. 십이 년 동안 못 만났으니까요."

"우리는 자네가 미국으로 가서 그와 이야기해보았으면 하네."

"그런데 조야는 왜 체포한 겁니까?"

"자네가 반드시 돌아오게 하기 위해서야."

# II

이런 일은 어떻게 하는지 이미 안다, 볼로댜는 스스로에게 말했다. 전쟁이 벌어지기 전 베를린에서 게슈타포의 미행을 따돌리고 스파이가 될 수도 있는 자들을 만나 포섭했고 비밀 정보를 구해오는 믿을 만한 정보원으로 만들었다. 절대 쉽지 않았지만—특히 배신자가 되라고 설득하는 부분이 그랬다—그는 전문가였다.

하지만 이곳은 미국이었다.

그가 1930년대와 1940년대에 방문했던 독일과 에스파냐 같은 유럽 서방과 이곳은 전혀 달랐다.

볼로댜는 압도당했다. 할리우드 영화가 보여주는 잘사는 모습은 과장이며 실제로 미국인 대부분은 가난하게 산다는 이야기를 평생 들어왔다. 하지만 미국에 도착한 날부터 영화들이 전혀 과장이 아님을 확실하게 알 수 있었다. 가난한 사람은 찾기 어려웠다.

뉴욕은 자동차로 붐볐는데, 분명 운전자 가운데 많은 사람이 정부의 중요한 인물은 아니었다. 젊은이, 작업복 차림의 남자, 심지어 쇼핑에 나선 여자도 차를 몰고 다녔다. 게다가 모두 무척 잘 차려입었다! 모든 남자가 그들이 가진 가장 좋은 옷을 입은 듯했다. 여자들은 얇은 스타킹으로 종아리를 감쌌다. 신발은 다 새것 같았다.

그는 미국의 나쁜 면을 계속 떠올려야 했다. 어딘가에 가난한 사람들이 있을 것이다. 검둥이들은 핍박받고 남부에서는 투표조차 하지 못했다. 범죄도 많았다. 미국인 스스로도 걷잡을 수 없다고 시인했다. 그런데 이상하게 실제로는 어떤 증거도 찾아볼 수 없었고 길거리를 걸을 때면 상당히 안전하다는 인상이었다.

그는 며칠을 보내며 뉴욕을 살폈다. 별로 잘하지도 못하는 영어를 썼지만 크게 문제될 것이 없었다. 이 도시에는 거센 악센트로 엉터리 영어를 하는 사람이 가득했다. 그의 미행을 맡은 FBI 요원들의 얼굴을 알게 되었고, 그들을 따돌리기에 좋은 장소도 확인해두었다.

어느 맑은 날 아침 그는 모자도 쓰지 않고 파란색 셔츠에 회색 바지 차림으로 몇 가지 잔심부름이라도 가는 사람처럼 뉴욕의 소련 영사관을 나섰다. 짙은 색 정장에 넥타이를 맨 젊은 남자 한 명이 따라붙었다.

그는 색스 피프스 애비뉴 백화점에 가서 속옷과 작은 갈색 체크무늬가 있는 셔츠를 샀다. 미행하는 자가 누구든 그가 그저 쇼핑중이라고 생각할 터였다.

영사관의 NKVD 책임자는 볼로댜가 미국에 있는 동안 엉뚱한 짓을 못하도록 소련 쪽 요원들이 뒤를 밟을 거라고 했다. 조야를 붙잡아 가둔 조직에 대한 화를 주체하기 어려웠지만 남자의 목을 조르고 싶은 충동을 억누르고 차분함을 유지했다. 그는 임무를 완수하려면 FBI의 감시에서 빠져나가야 하는데 그 과정에서 우연히 NKVD의 미행자도 따돌릴지 모른다고 비꼬듯 지적하며 어쨌든 그들에게 행운을 빌어주었다. 대부분의 경우 그는 NKVD 요원을 오 분 만에 떼어낼 수 있었다.

그러니 그를 따라붙은 젊은 남자는 FBI가 분명했다. 뻣뻣하고 보수적인 옷차림이 그것을 증명했다.

볼로댜는 구입한 물건을 종이가방에 담아 들고 옆문으로 백화점을 나와 택시를 불러세웠다. 그가 떠날 때 FBI 요원은 보도에 서서 팔을 흔들고 있었다. 택시가 두번째 모퉁이를 돌자 볼로댜는 운전사에게 지폐 한 장을 내밀고는 뛰어내렸다. 재빨리 지하철역으로 들어간 다음 다른 입구로 나와 한 사무실 건물 입구에서 오 분 동안 기다렸다.

어두운 색 정장 차림의 젊은이는 어디에도 보이지 않았다.

볼로댜는 펜 역으로 걸어갔다.

그곳에서 그는 미행이 따라붙지 않는지 재차 확인한 뒤 기차표를 샀다. 그리고 기차표와 종이가방만 들고 열차에 올랐다.

앨버커키까지는 사흘이 걸렸다.

열차는 풍요로운 농경지와 연기를 내뿜는 거대한 공장들, 고층건물들이 오만하게 하늘을 찌르는 대도시 사이를 빠른 속도로 지나갔다. 소련은 땅덩이는 더 클지 몰라도 우크라이나를 제외하면 대부분 소나무 숲이거나 얼어붙은 스텝 지대였다. 이런 규모의 풍요로움은 상상해본 적도 없었다.

그리고 풍요로움이 전부가 아니었다. 며칠 동안 마음 한구석에 뭔가 계속 걸렸고 미국에서의 삶이 어딘지 이상하다는 생각이 들었다. 결국 그게 뭔지 깨달았다. 아무도 서류를 요구하지 않았다. 출입국 관리사무소를 지난 다음부터는 뉴욕에서 여권을 제시한 적이 없었다. 이 나라에서는 누구든지 어떤 허가를 받거나 여행의 목적을 관리에게 설명하지 않고도 기차역이나 버스 터미널에 들어가 어디로든 가는 표를 살 수 있었다. 위험하게도 짜릿한 해방감이 들었다. 그는 어디든 갈 수 있었다!

미국의 부는 또한 볼로댜로 하여금 그의 조국이 맞닥뜨린 위기의식을 고조시키기도 했다. 독일만 해도 소련을 전부 파괴하다시피 했는데 이 나라는 독일보다 인구는 세 배나 많고 열 배는 부자였다. 러시아가 어쩌면 하찮은 취급을 받거나 겁을 먹고 굴복할지도 모른다고 생각하니 NKDV가 그와 그의 아내에게 저지른 짓에도 불구하고 공산주의에 대한 의구심이 누그러졌다. 자식들이 생긴다면 미국에 학대당하는 세상에서 자라지 않기를 바랐다.

피츠버그와 시카고를 경유하는 여정 내내 아무도 그에게 관심을 두지 않았다. 옷차림이 미국식이기도 했지만 그의 악센트 역시 주목을 끌지 않았다. 아무에게도 말을 걸지 않았다는 단순한 이유 때문이었다.

샌드위치와 커피를 살 때는 손으로 가리켜 주문하고 돈을 냈다. 다른 여행객들이 두고 내린 신문과 잡지를 뒤적거리며 사진을 보고 헤드라 인이 무슨 뜻인지 유추해보기도 했다.

여정은 마지막으로 그를 황량하고도 아름다운 사막 풍경으로 이끌었 다. 멀리 눈 덮인 산꼭대기가 석양으로 붉게 물들었고, 왜 그 산맥을 '그 리스도의 피'라고 부르는지 그 모습이 설명해주는 것 같았다.[*]

화장실로 들어가 색스 백화점에서 산 속옷과 새 셔츠로 갈아입었다.

FBI나 군 보안요원이 앨버커키의 기차역을 감시하고 있으리라는 예 상대로 아니나 다를까 한 청년이 눈에 들어왔다. 그가 입은 체크무늬 재킷—뉴멕시코의 9월 기후에는 너무 더운 옷이었다—이 불룩 튀어나 와서 어깨에 권총집을 멨다는 사실이 제대로 감춰지지 않았다. 하지만 그가 뉴욕이나 워싱턴에서 왔을 법한 장거리 여행객에게 관심이 있다 는 것은 의심의 여지가 없어 보였다. 모자나 재킷 차림이 아닌데다 짐 도 없는 볼로댜는 짧게 어딘가 다녀오는 이 지역 사람처럼 보였다. 버 스 터미널로 걸어가 샌타페이행 그레이하운드 버스에 올라탈 때까지 아무도 그를 미행하지 않았다.

그는 오후 늦게 목적지에 도착했다. 샌타페이 터미널에서 두 명의 FBI 요원을 발견했고 그들은 볼로댜를 면밀히 살폈다. 하지만 그들이라 고 버스에서 내리는 모두를 미행할 수는 없었고, 다시 한번 가벼운 옷 차림 때문에 그들은 그를 무시했다.

어디로 가야 하는지 잘 아는 사람인 척 최대한 애쓰며 길을 따라 걸 었다. 지붕이 낮고 평평한 푸에블로풍 주택과 땅딸막한 교회들 위로 뜨 거운 태양이 내리쬐는 모습은 에스파냐를 떠올리게 했다. 건물 전면의

---

[*] 로키산맥의 일부인 생그레데크리스토 산맥을 가리킨다.

가게들이 보도까지 나와 있어 그늘이 드리운 쾌적한 아케이드를 형성했다.

그는 성당 옆 도시 광장에 있는 큰 호텔인 '라폰다'를 피해 '세인트프랜시스'에 체크인을 했다. 현금을 내고 이름은 'Robert Pender'로 적었다. 그런 이름이라면 미국인일 수도 있고 유럽 어딘가에서 온 사람일 수도 있었다. "여행가방은 나중에 도착할 겁니다." 그는 리셉션 데스크의 아리따운 아가씨에게 말했다. "내가 없을 때 와도 방으로 확실히 보내줄 수 있겠죠?"

"아, 그럼요. 문제없습니다." 그녀가 말했다.

"고맙습니다." 그는 기차에서 여러 번 들었던 문장을 덧붙였다. "정말로 감사드립니다."

"만일 제가 여기 없어도 누군가 처리해줄 겁니다. 가방에 이름만 적혀 있다면 말이죠."

"적혀 있습니다." 올 짐이 없었지만 그녀는 절대 알아차리지 못할 터였다.

그녀는 숙박부에 쓴 그의 이름을 보았다. "자, 펜더 씨. 뉴욕에서 오셨군요."

그녀의 목소리에 섞여 있는 의심은 분명 그의 말투가 뉴욕 사람 같지 않기 때문일 것이다. "원래 스위스 출신이죠." 그는 중립국을 댔다.

"그래서 악센트가 그러시군요. 전에는 스위스분을 만나본 적이 없어서요. 그곳은 어떤가요?"

볼로댜는 스위스에 가보지는 못했지만 사진으로는 본 적이 있었다. "눈이 많이 오죠." 그가 말했다.

"자, 저희 뉴멕시코 날씨를 즐기세요!"

"그러죠."

오 분 뒤 그는 다시 밖으로 나왔다.

소련 대사관 동료들이 알려준 정보에 따르면 로스앨러모스 연구소에서 지내는 과학자도 몇 있지만 변변한 편의시설이 거의 없는 초라한 곳이라 다들 가능하면 가까운 주택이나 아파트를 빌려 사는 것을 선호했다. 빌리 프룬체는 그럴 만한 능력이 충분했다. 그는 여러 신문에 실리는 연재만화 〈게으른 앨리스〉를 그리는 성공한 만화가와 결혼했다. 본인의 이름도 앨리스인 그녀는 장소에 구애받지 않고 일을 할 수 있어서 그들은 역사가 오랜 도심에 집을 구해 살고 있었다.

이런 정보는 NKVD의 뉴욕 지부에서 제공했다. 그들의 면밀한 조사 덕분에 볼로댜는 그의 집주소와 전화번호는 물론, 그가 전쟁 전 출시된 자동차로 타이어 측면에 흰 테가 들어간 플리머스 컨버터블을 탄다는 사실까지 알고 있었다.

프룬체가 사는 건물 1층은 화랑이었다. 위층 아파트에는 북쪽으로 커다란 창문이 나 있었는데 예술가라면 좋아할 것 같았다. 플리머스 컨버터블이 건물 밖에 세워져 있었다.

볼로댜는 들어가지 않기로 했다. 건물 안은 도청 가능성이 있었다.

부유하고 아이도 없는 프룬체 부부가 금요일 밤 집에서 라디오나 듣고 있지는 않을 것 같았다. 그는 주변에서 기다리며 혹시 그들이 나오는지 보기로 했다.

화랑에서 판매용으로 내건 그림들을 보며 잠시 시간을 보냈다. 깨끗하고 분명한 그림을 좋아하는 그로서는 그렇게 엉망진창으로 더러운 그림들은 갖고 싶은 마음이 들지 않았다. 한 블록 아래 커피숍이 보여 프룬체의 집 현관이 가까스로 보이는 창가 자리에 앉았다. 한 시간 후 밖으로 나와 신문을 사들고 버스 정류장에 서서 보는 척했다.

오래 기다리다보니 아무도 프룬체의 아파트를 감시하지 않는다는 생각이 들었다. 그 말은 FBI와 군 보안부대가 프룬체를 고도의 위험인물로 분류하지 않았다는 뜻이었다. 그는 외국인이지만 많은 과학자가 외국인이었고, 아마도 그것 말고는 의심받을 구실이 없는 모양이었다.

이곳은 주택가가 아닌 시내 상업지역이라 거리에는 많은 사람이 오갔다. 하지만 그럼에도 몇 시간이 지나자 볼로댜는 그가 어슬렁거리고 있다는 걸 누군가 눈치챌지도 모른다는 생각에 슬슬 걱정되었다.

그때 프룬체 부부가 밖으로 나왔다.

프룬체는 십이 년 전보다 더 살이 찐 모습이었다. 미국에서는 먹을 것이 부족할 일이 없었다. 그는 이제 겨우 삼십대인데도 머리가 벗어지기 시작했다. 특유의 근엄한 표정은 그대로였다. 옷은 미국인들이 흔히 입는 스포츠 셔츠와 카키색 바지 차림이었다.

프룬체의 아내는 그다지 보수적인 차림이 아니었다. 금발을 틀어올려 핀으로 고정시킨 뒤 베레모를 쓰고 축 늘어지는 연갈색 원피스를 입었고, 양쪽 팔목에는 팔찌를 여러 개 찼고 반지도 몇 개씩 끼고 있었다. 히틀러 이전의 독일에서도 예술가들은 저런 차림이었다. 볼로댜는 기억이 났다.

부부는 길을 따라 걸었고 볼로댜는 그뒤를 따랐다.

그는 프룬체 아내의 정치 성향이 어떨지, 또 그가 꺼내놓을 어려운 대화에 아내라는 존재가 어떤 차이를 만들어낼지 궁금했다. 과거 독일에 있을 때 프룬체는 확고한 사회민주주의자였으니 그의 아내가 보수적인 사람일 것 같지는 않았다. 그녀의 겉모습이 그런 짐작을 뒷받침했다. 다른 한편으로 그녀는 남편이 런던에 있는 소련측 사람들에게 기밀을 넘긴 사실을 모를 수도 있었다. 그녀는 미지수였다.

아무래도 프룬체와 둘이서만 접촉하는 편이 더 나으니 지금은 그냥 보내고 내일 다시 시도하는 것도 고려해보았다. 하지만 호텔 리셉션에서 그가 외국인 악센트를 쓴다는 것을 알았으니 아침부터는 FBI의 미행이 붙을 수도 있었다. 그러면 뉴욕이나 베를린과 달리 이렇게 좁은 도시에서는 쉽게 처리할 수 없을 것이다. 그리고 내일은 토요일이니 부부는 아마 하루종일 붙어 지낼 터였다. 프룬체가 혼자인 순간을 포착할 때까지 얼마나 오래 기다려야 할까?

이런 일에 쉬운 길은 절대 존재하지 않았다. 모든 조건을 감안해 그는 오늘밤 일을 진행하기로 했다.

프룬체 부부가 한 식당으로 들어갔다.

볼로댜는 걸어서 식당을 지나치면서 창문 안쪽을 들여다보았다. 칸막이가 있는 그리 비싸지 않은 곳이었다. 안으로 들어가 그들의 자리에 앉을까 생각도 했지만 우선 식사는 마치도록 해주기로 했다. 음식을 먹고 배가 부르면 기분이 좋아질 것이다.

그는 삼십 분 동안 식당 문을 멀리서 보며 기다렸다. 그리고 두려움을 잔뜩 안고 안으로 들어갔다.

그들은 식사를 마무리하는 중이었다. 그가 식당을 가로지르는 사이 프룬체는 고개를 들어 그를 봤으면서도 모르는 사람이라는 듯 얼굴을 돌렸다.

볼로댜는 앨리스 옆자리로 미끄러지듯 들어가 앉아 독일어로 조용히 말했다. "잘 있었나, 빌리. 같이 학교 다니던 나를 잊은 건가?"

프룬체는 몇 초 동안 그를 노려보다가 활짝 미소지었다. "페시코프? 볼로댜 페시코프? 진짜 자네야?"

안도감이 물결처럼 밀려왔다. 프룬체는 여전히 우호적이었다. 극복할 수 없는 적대감의 장벽은 없었다. "진짜 나지." 볼로댜가 말했다. 그는 손을 내밀어 프룬체와 악수를 나누었다. 그리고 앨리스에게 고개를 돌려 영어로 말했다. "제가 그쪽 언어를 아주 못해서 죄송합니다."

"힘들게 안 그러셔도 돼요." 그녀는 유창한 독일어로 대답했다. "저희 가족도 바이에른에서 이민을 왔죠."

프룬체는 놀라며 말했다. "최근에 자네 생각을 하고 있었어. 자네하고 성이 똑같은 다른 사람을 알거든. 그레그 페시코프라는 사람이야."

"그래? 우리 아버지 동생 레프가 1915년 미국으로 건너갔는데."

"아니야, 페시코프 중위는 훨씬 젊어. 어쨌거나 여기서 뭐하는 거야?"

볼로댜는 웃었다. "자네를 만나러 왔지." 그는 프룬체가 이유를 묻기 전에 말했다. "지난번 봤을 때 자네는 노이쾰른 사회민주당의 서기였지." 이것이 두번째 단계였다. 친밀감을 확인한 다음으로 프룬체에게 소년 시절 품었던 이상주의를 일깨우는 것이었다.

"그때 경험으로 민주적 사회주의는 아무 기능을 하지 못한다는 걸 확신했지." 프룬체가 말했다. "나치에 맞선 우리는 완전히 무력했어. 그래서 소련이 그들을 막아내야 했고."

그 말은 사실이었고, 볼로댜는 프룬체가 그걸 알고 있어서 기뻤다. 하지만 더 중요한 것은 풍족한 미국생활로 프룬체의 정치사상이 무뎌지지 않았다는 점이었다.

앨리스가 말했다. "저희는 모퉁이 돌아서 있는 바에 가서 한잔하려고요. 금요일 밤이면 많은 과학자들이 찾는 곳이죠. 같이 가실래요?"

볼로댜는 사람이 많은 곳에 프룬체 부부와 함께 있는 모습을 결코 보이고 싶지 않았다. "글쎄요." 그는 말했다. 사실 이 식당에서도 두 사람과 너무 오래 머물고 있었다. 이제 세번째 단계로 들어갈 때였다. 프룬체에게 그의 끔찍한 죄를 떠올리게 하는 것이다. 그는 몸을 앞으로 숙이고 목소리를 죽였다. "빌리, 자네는 미국이 일본에 핵폭탄을 떨어뜨리려 한다는 걸 알고 있었나?"

한참 정적이 흘렀다. 볼로댜는 숨을 죽였다. 프룬체가 회한으로 무너지기를 바라며 도박을 한 것이다.

순간적으로 너무 심했다는 생각에 두려웠다. 프룬체는 금방이라도 울음을 터뜨릴 것 같았다.

그러더니 깊게 숨을 쉬고는 냉정을 찾았다. "아니, 몰랐어." 그는 말했다. "우리 가운데 아무도 몰랐지."

앨리스가 화를 내며 끼어들었다. "우린 미군이 어떤 식이든 폭탄의 위력을 보여줄 거라고는 생각했어요. 일본이 더 빨리 항복하도록 위협하는 정도로요." 그러니까 그녀는 미리 폭탄에 대해서 모두 알고 있었군. 볼로댜는 생각했다. 놀랄 일은 아니었다. 남자들은 그런 일을 아내에게 잘 숨기지 못했다. "그래서 언제 어디선가 폭탄이 터질 거라고는 예상했어요." 그녀가 말을 이었다. "하지만 무인도, 아니면 무기가 많고 사람은 거의 없는 군 시설을 파괴할 줄 알았죠."

"만약 그랬더라면 정당화될 수도 있었겠지." 프룬체가 말했다. "하지만……" 그의 목소리는 속삭임으로 작아졌다. "그들이 도시에 폭탄을 떨어뜨려 여자와 아이를 포함한 팔만 명을 죽일 줄은 아무도 몰랐던 거야."

볼로댜는 고개를 끄덕였다. "나도 자네가 그런 식으로 느낄지도 모른다고 생각했어." 그는 프룬체가 그런 생각을 품었기를 온 마음으로 바라고 있었다.

프룬체가 말했다. "누군들 그러지 않겠어?"

"자네에게 좀더 중요한 질문을 하도록 하지." 이번에는 네번째 단계였다. "그들이 또 폭탄을 사용할 것 같나?"

"모르겠어." 프룬체가 말했다. "그럴 수도 있지. 하느님, 저희를 용서하소서. 그럴 수도 있어."

볼로댜는 만족감을 숨겼다. 프룬체가 과거는 물론 미래에 사용될 핵무기에 죄책감을 느끼도록 만드는 데 성공했다.

볼로댜는 고개를 끄덕였다. "우리도 그렇게 생각해."

앨리스가 날카롭게 물었다. "우리라는 건 누구죠?"

그녀는 상황 판단이 빨랐고, 어쩌면 남편보다 더 세상 물정에 밝을 수도 있었다. 그녀를 속이기는 어려워 보여 볼로댜는 그러지 않기로 했다. 위험을 무릅쓰고 그녀 앞에서 사실대로 모두 털어놓기로 했다. "당연한 질문이군요." 그는 말했다. "그리고 옛 친구에게 거짓말을 하려고 이렇게 먼길을 온 것은 아닙니다. 저는 붉은 군대 정보부 소속 소령입니다."

두 사람은 그를 뚫어져라 보았다. 그럴 수도 있겠다고 이미 생각했겠지만 그들은 솔직한 인정에 깜짝 놀랐다.

"자네에게 해야 할 말이 있어." 볼로댜가 말을 이었다. "어마어마하게 중요한 거야. 우리끼리 이야기를 할 만한 곳이 없을까?"

두 사람 모두 잘 모르겠다는 모습이었다. 프룬체가 말했다. "우리 아파트?"

"그곳은 어쩌면 FBI가 도청하고 있을지도 몰라."

비밀리에 행동해본 경험이 있는 프룬체와 달리 앨리스는 깜짝 놀랐다. "그렇게 생각하세요?" 그녀는 믿을 수 없다는 듯 물었다.

"네. 차를 타고 시내 밖으로 나갈 수 있을까?"

프룬체가 말했다. "우리가 저녁 이맘때면 가끔 일몰을 보러 가는 곳이 있지."

"완벽해. 차에 가서 날 기다려. 바로 뒤따라서 나가지."

프룬체는 돈을 내고 앨리스와 함께 식당을 나섰고 볼로댜는 그뒤를 따랐다. 잠시 걷는 동안 볼로댜는 미행이 따라붙지 않는 것을 확인했다. 그는 플리머스로 다가가 차에 올랐다. 그들은 미국식으로 앞자리에 나란히 셋이 앉았다. 프룬체가 차를 몰고 시내를 빠져나갔다.

그들은 비포장도로를 따라 야트막한 언덕 꼭대기로 올라갔다. 프룬체가 차를 멈추었다. 볼로댜는 혹시 자동차에도 도청장치가 있을지 몰라 두 사람에게 내리라고 손짓한 다음 그들을 100미터 정도 떨어진 곳으로 데려갔다.

세 사람은 지는 해 쪽으로 펼쳐진 돌투성이 땅과 키 낮은 덤불이 섞인 경치를 내려다보았고, 볼로댜는 다섯번째 단계를 실행했다. "우리는 다음번 핵폭탄은 소련 어딘가에 떨어질 거라 생각해."

프룬체는 고개를 끄덕였다. "그런 일이 없었으면 좋겠지만, 아마 자네 말이 맞을 거야."

"그리고 그런 일이 벌어진다고 해도 우리가 할 수 있는 것은 전혀 없어." 볼로댜는 자신의 관점을 가차없이 밀어붙이며 말을 이어나갔다. "예방책을 준비할 수도 없고, 방벽을 세울 수도 없고, 우리 인민을 보호할 수단이 하나도 없어. 핵폭탄에 맞서는 방어란 존재하지 않아. 바로 자네가 만든 폭탄이야, 빌리."

"알아." 프룬체가 괴롭다는 듯 말했다. 소련이 핵무기의 공격을 받는다면 그의 잘못이라고 느끼는 것이 분명했다.

여섯번째 단계. "유일한 방어책은 우리가 만드는 핵폭탄일 거야."

프룬체는 그 말을 믿으려 하지 않았다. "그건 방어책이 아니야." 그가 말했다.

"하지만 억지력은 되지."

"그럴 수도." 그는 인정했다.

앨리스가 말했다. "우리는 이런 폭탄이 퍼지는 걸 원하지 않아요."

"저희도 마찬가지입니다." 볼로댜가 말했다. "하지만 미국이 모스크바까지 히로시마처럼 쓸어버리는 걸 막는 유일하고도 확실한 방법은, 소련이 자체적으로 핵폭탄을 보유해 보복하겠다고 위협하는 겁니다."

앨리스가 말했다. "이 말이 옳아, 빌리. 젠장, 우리 모두 알잖아."

터프한 여자군. 볼로댜는 생각했다.

볼로댜는 일곱번째 단계를 위해 목소리를 가볍게 했다. "미국에 지금 폭탄이 몇 개나 있나?"

결정적인 순간이었다. 만일 이 질문에 대답한다면 프룬체는 선을 넘게 될 터였다. 지금까지의 대화는 일반적인 수준이었다. 이제 볼로댜는 기밀 정보를 요구하고 있었다.

프룬체는 한참을 머뭇거렸다. 마침내 그는 앨리스를 흘깃 보았다.

볼로댜는 그녀의 고개가 지극히 미세하게 끄덕이는 것을 보았다.

프룬체가 말했다. "딱 하나야."

볼로댜는 승리감을 감추었다. 프룬체는 신뢰를 저버렸다. 어려운 첫걸음이었다. 두번째 비밀은 좀더 쉽게 얻어낼 수 있을 것이다.

프룬체가 덧붙였다. "하지만 금세 더 많아질 거야."

"이건 경주야. 여기서 지면 우리는 죽어." 볼로댜가 다급하게 말했다. "그들이 우리를 모두 휩쓸어버릴 만큼 폭탄을 많이 만들기 전에 우리도 적어도 하나는 만들어야 해."

"그럴 수 있나?"

그 말이 볼로댜에게 여덟번째 단계에 대한 신호가 되었다. "우리는 도움이 필요해."

프룬체의 얼굴이 굳어지는 것을 보니 잘은 모르겠지만 NKVD에 대한 협조를 거부하게 된 어떤 계기가 떠오르는 모양이었다.

앨리스가 볼로댜에게 말했다. "만일 당신을 도울 수 없다고 하면 어떻게 되죠? 너무 위험하다는 이유로요."

볼로댜는 본능을 따르기로 했다. 그는 항복한다는 의미로 양손을 들어 보였다. "고국에 돌아가 실패했다고 보고해야죠." 그가 말했다. "여러분이 원치 않는 일이라면 그게 뭐든 제가 억지로 시킬 수는 없죠. 어떤 방식으로든 두 분에게 압력을 가하거나 강요하고 싶지는 않아요."

앨리스가 말했다. "협박하지 않는다고요?"

그 말은 프룬체를 괴롭히려던 NKVD의 시도가 있었다는 볼로댜의 추측을 확인해주었다. 그들은 누구든 괴롭히려고 했다. 모르는 사람이 없는 사실이었다. "자네를 설득하려고도 애쓰지 않겠어." 볼로댜는 프룬체에게 말했다. "난 사실만 보여주는 거야. 나머지는 자네에게 달렸네. 돕고 싶으면 내가 연락책이 되겠어. 만일 상황을 다르게 본다면, 그럼 끝이지. 자네 부부는 둘 다 똑똑해. 내가 마음을 먹어도 두 사람을 속일 수는 없어."

두 사람은 다시 마주보았다. 볼로댜는 그들이 지난번 접근했던 소련 요원과 그가 얼마나 다른지 생각하고 있기를 바랐다.

괴로우리만치 긴 시간이 이어졌다.

마침내 입을 연 것은 앨리스였다. "어떤 종류의 도움이 필요하죠?"

돕겠다는 대답은 아니었지만 거절보다는 나았고, 필연적으로 아홉번째 단계가 이어졌다. "제 아내도 연구팀에서 일하는 물리학자 가운데 한 명입니다." 두 사람이 그를 사기꾼으로 여길지 모르는 위험한 순간이 말을 듣고 그를 인간적으로 느끼기를 바랐다. "아내 말이 핵폭탄을 만드는 데는 몇 가지 길이 있는데, 우리는 그걸 다 일일이 시도해볼 시간이 없다고 했습니다. 여러분이 어떤 방식으로 성공했는지 안다면 몇 년의 시간을 아낄 수 있습니다."

"그건 말이 되는군." 빌리가 말했다.

이제 열번째, 중대한 단계였다. "우리는 일본에 떨어진 폭탄이 어떤 유형인지 알아야 해."

프룬체는 고뇌에 찬 표정을 지었다. 그는 아내를 바라보았다. 이번에 그녀는 고개를 끄덕이지 않았지만 그렇다고 가로젓지도 않았다. 그녀도 남편만큼이나 어쩔 줄 모르는 것 같았다.

프룬체는 한숨을 내쉬었다. "두 가지야." 그가 말했다.

볼로댜는 흥분해 깜짝 놀랐다. "다른 두 가지 유형이라고?"

프룬체는 고개를 끄덕였다. "히로시마에는 포신형 기폭장치가 달린 우라늄폭탄을 사용했어. 우리는 리틀 보이라고 불렀지. 나가사키에 사용한 팻맨은 내폭형 기폭장치를 사용한 플루토늄폭탄이야."

볼로댜는 제대로 숨을 쉴 수조차 없었다. 이것은 그야말로 최신 자료였다. "어느 쪽이 더 좋지?"

"두 가지 모두 작동한 건 확실하지만 팻맨이 더 만들기는 쉬워."

"왜?"

"폭탄을 만들 만큼 충분한 양의 우라늄 235를 얻어내려면 몇 년이 걸려. 플루토늄은 일단 원자로만 있으면 더 빨리 만들 수 있지."

"그럼 소련은 팻맨을 베껴야겠군."

"당연하지."

"자네가 러시아의 파멸을 막는 걸 도울 방법이 한 가지 더 있어." 볼로댜가 말했다.

"뭐지?"

볼로댜는 그의 눈을 보았다. "설계도를 구해줘." 그는 말했다.

빌리는 얼굴이 창백해졌다. "나는 미국 시민이야." 그가 말했다. "자네는 내게 반역죄를 저지르라고 하는 거야. 그에 대한 처벌은 죽음이야. 나는 전기의자에 앉을 수도 있다고."

자네 아내도 그렇게 될 수 있지. 볼로댜는 생각했다. 그녀도 연루되었으니까. 그런 생각은 해내지 못하다니 정말 다행이군.

그가 말했다. "나는 지난 몇 년 동안 아주 많은 사람에게 위험한 일에 목숨을 걸어달라고 요청했어. 두 사람처럼 나치를 증오하는 독일인이 남녀를 불문하고 끔찍한 위험을 감수한 채 우리가 전쟁에서 이기는 데 도움이 되는 정보를 보내왔지. 이제 내가 그들에게 뭐라고 했는지 말해야겠군. 만일 자네가 하지 않는다면 더 많은 사람이 죽게 될 거야." 그리고 그는 입을 다물었다. 그것이 그의 최선이었다. 더는 내놓을 것이 없었다.

프룬체는 아내를 바라보았다.

앨리스가 말했다. "당신이 폭탄을 만들었어, 빌리."

프룬체가 볼로댜에게 말했다. "생각해볼게."


### III


이틀 뒤 그는 설계도를 건네주었다.

볼로댜는 설계도를 모스크바로 가져갔다.

조야는 감옥에서 풀려났다. 그녀는 투옥된 일에 남편만큼 화를 내지는 않았다. "그들은 혁명을 지키느라 그런 거야." 그녀가 말했다. "그리고 다치지도 않았어. 그냥 형편없는 호텔에 묵는 것 같았어."

그녀가 집으로 돌아온 첫날 사랑을 나눈 후 그가 말했다. "당신한테 보여줄 게 있어. 미국에서 가져온 거야." 그는 침대에서 몸을 굴려 내려가 서랍을 열고 책자를 한 권 꺼냈다. "시어스로벅 카탈로그라는 거야." 그가 말했다. 그리고 침대 위 그녀 옆에 앉아 책을 펼쳤다. "이걸 봐."

카탈로그의 여성복 부분이 나왔다. 모델들은 믿기 어려울 만큼 말랐지만 옷감은 밝고 화사했다. 줄무늬와 체크무늬, 단색에 러플, 플리츠, 벨트가 달린 것도 있었다. "이게 멋지네." 조야가 하나를 손가락으로 가리키며 말했다. "2달러 98센트면 많은 돈인가?"

"별로 그렇지 않아." 볼로댜가 말했다. "보통 임금이 일주일에 50달러고 집세가 그 3분의 1쯤 되거든."

"진짜?" 조야는 깜짝 놀랐다. "그럼 평범한 사람들이 이런 옷들을 쉽게 살 수 있다는 거야?"

"그렇지. 가난한 농사꾼들은 아닐 수도 있지만. 하지만 이 카탈로그는 가장 가까운 가게가 수백 킬로씩 떨어진 농부들을 위해 만든 거야."

"어떻게 이용하는데?"

"사고 싶은 물건을 책에서 고른 다음 그들에게 돈을 보내. 그러면 몇 주 뒤 주문한 물건을 집배원이 가져오는 거야."

"차르라도 된 것 같겠군." 조야는 그에게서 책을 받아들고 페이지를 넘겼다. "아! 여기 좀더 있네." 다음 페이지에서는 재킷과 치마를 합쳐서 4달러 98센트에 팔고 있었다. "이것들도 우아하네." 그녀가 말했다.

"계속 넘겨봐." 볼로댜가 말했다.

조야는 페이지마다 여성용 코트와 모자, 신발, 속옷, 잠옷, 스타킹이 가득한 걸 보고 놀랐다. "여기서 아무거나 가질 수 있다고?" 그녀가 말했다.

"맞아."

"하지만 한 페이지만 해도 보통 러시아 가게보다 물건이 더 많아!"

"그래."

그녀는 계속 천천히 페이지를 넘겼다. 남성복도 비슷하게 다양했고 아동복도 마찬가지였다. 조야는 15달러짜리 남아용 두꺼운 모직 겨울 코트를 손가락으로 가리켰다. "이 가격이면 미국 아이들은 다 한 벌씩 사겠네."

"아마 그렇겠지."

의류 다음은 가구였다. 침대 하나를 25달러에 살 수 있었다. 일주일에 50달러를 번다면 모든 게 저렴했다. 그런 식으로 계속 이어졌다. 소련에서는 아무리 돈이 많아도 살 수 없는 물건이 수백 가지나 되었다. 완구와 오락용품, 미용제품, 기타, 우아한 의자, 전동공구, 표지가 화려한 소설, 크리스마스 장식품, 전기 토스터까지.

심지어 트랙터도 있었다. "미국의 어느 농부나 트랙터를 원하면 바로 한 대 살 수 있는 걸까?" 조야가 말했다.

"돈만 있으면 되겠지." 볼로댜가 말했다.

"명단에 이름을 올리고 몇 년을 안 기다려도 된다고?"

"그래."

조야는 책을 덮고 침통한 얼굴로 그를 바라보았다. "사람들이 이런 것들을 다 가질 수 있다면 왜 공산주의자가 되고 싶겠어?"

"좋은 질문이야." 볼로댜가 말했다.

# 22장
# 1946년

## I

베를린에서는 아이들 사이에 '콤, 프라우', 즉 '여자, 이리 와'라는 새로운 놀이가 생겼다. 사내아이들이 여자아이들을 뒤쫓는 십여 가지 놀이 중 하나였지만, 카를라가 보니 이것은 새로운 방식이었다. 사내아이들이 무리지어 한 여자아이를 목표로 삼는다. 여자아이를 붙잡으면 "콤, 프라우!"라고 외친 다음 땅바닥에 내동댕이친다. 그러고는 사내아이들이 여자아이를 붙들고 있는 동안 한 사내아이가 위에 올라타 성교하는 흉내를 낸다. 일고여덟 살짜리 아이들이 강간이 뭔지 알 리 없지만 붉은 군대 병사들이 독일 여자들에게 하는 짓을 보고 따라 하는 것이었다. 모든 러시아인이 바로 그 한 문장은 독일어로 할 줄 알았다. "콤, 프라우."

러시아인들은 왜 그러는 걸까? 카를라는 프랑스인이나 영국인, 미국 또는 캐나다 병사에게 강간당한 사람도 분명 있으리라 생각했지만 실제로는 단 한 명도 만나보지 못했다. 반대로 그녀가 아는 열다섯 살에서 쉰다섯 살 사이의 모든 여자는 최소한 한 명의 소련 병사에게 강간당했다. 그녀의 어머니 모드, 친구 프리다, 프리다의 어머니 모니카, 가정부 아다 등 모두가.

하지만 그들 모두 살아 있으니 운이 좋았다. 어떤 여자들은 수십 명의 남자에게 몇 시간씩 학대당한 뒤 죽었다. 카를라는 맞아죽은 여자아이가 있다는 말도 들었다.

오직 레베카 로젠만이 화를 면했다. 카를라가 그녀를 지켰던 날, 유대인 병원이 해방되던 날 이후 레베카는 울리히 가족의 타운하우스로 거처를 옮겼다. 그곳은 소련 점령 구역이었지만 달리 갈 곳이 없었다. 그녀는 몇 달 동안 범죄자처럼 다락에 숨어 지내며 짐승 같은 러시아인들이 술에 취해 잠든 깊은 밤에만 아래로 내려왔다. 카를라는 할 수 있을 때면 몇 시간을 다락 위에서 그녀와 함께 보내며 카드게임을 하거나 서로 살아온 이야기를 나누었다. 카를라는 언니가 되어주고 싶었지만 레베카는 그녀를 엄마처럼 대했다.

그러던 카를라는 자신이 진짜 엄마가 될 거라는 사실을 알게 되었다.

모드와 모니카는 오십대로 다행히 아기를 가지기에 너무 늦었다. 아다는 운이 좋았다. 하지만 카를라와 프리다는 강간범들에 의해 임신을 하고 말았다.

프리다는 낙태를 택했다.

그것은 불법이었고, 그런 죄를 저지르면 사형에 처한다는 나치의 법이 여전히 살아 있었다. 그래서 프리다는 담배 다섯 개비에 낙태를 해주는 나이 많은 '산파'를 찾아갔다. 이후 심각한 감염증으로 고생했고, 그 구하기 어렵다는 페니실린을 카를라가 병원에서 훔쳐내지 못했다면 죽을 뻔했다.

카를라는 아기를 낳기로 했다.

그녀의 감정은 극에서 극으로 격렬하게 휘둘렸다. 입덧으로 고생할 때면 그녀의 몸을 유린해 이런 짐을 남긴 짐승들에게 분노가 치밀었다. 그러지 않을 때는 자기도 모르게 양손을 배에 얹고 허공을 바라보며 아기 옷들을 꿈꾸곤 했다. 그러다 혹시 아기가 강간한 자들 중 하나를 떠올리게 하는 얼굴이고, 그래서 자기 자식을 증오하게 되지는 않을까 의문이 들기도 했다. 하지만 그 얼굴에는 당연히 울리히의 모습도 있겠지? 그녀는 불안하고 두려웠다.

1946년 1월, 그녀는 임신 팔 개월째였다. 대부분 독일인처럼 그녀 역시 춥고 배고프고 궁핍했다. 임신 사실이 확연히 드러나자 간호사 일을 그만두고 수백만 명의 실업자 대열에 합류했다. 열흘마다 배급 식량이 나왔다. 특권이 없는 사람들에게 정해진 양은 1500칼로리였다. 물론 돈도 내야 했다. 현금과 배급 카드가 있어도 가끔은 살 음식이 전혀 없을 때도 있었다.

전쟁중 스파이로 일한 대가로 소련군에게 특별대우를 요구해볼까 생각도 했었다. 하지만 하인리히가 그랬다가 무시무시한 경험을 했다. 붉은 군대 정보부는 그가 계속 그들을 위해 스파이 활동을 할 것을 기대하며 미군에 침투하라고 요구했다. 하인리히가 거부하자 험악한 태도로 돌변해 강제수용소에 보내겠다며 협박했다. 그는 자기가 영어를 전혀 못해 아무 쓸모도 없다는 구실로 빠져나왔다. 하지만 카를라는 그렇게 미리 경고를 받을 수 있었고, 입다물고 있는 것이 가장 안전하다고 결정했다.

오늘 카를라와 모드는 서랍장 하나를 팔 수 있어 행복했다. 옹이가 박힌 가벼운 오크나무로 만든 유겐트양식 가구는 발터의 부모가 1889년 결혼할 때 장만한 것이다. 카를라와 모드, 아다는 빌려온 손수레에 서랍장을 실었다.

집에는 아직도 남자가 없었다. 에리크와 베르너는 실종된 수백만 명
의 독일 병사 중 하나였다. 어쩌면 둘 다 죽었을지도 몰랐다. 카를라가
베크 대령에게 듣기로는 동부전선 전투에서 거의 삼백만 명의 독일군
이 사망했고 더 많은 수가 소련군에게 포로로 잡혀 굶주림과 추위, 질
병으로 죽었다. 하지만 다른 이백만 명은 아직 살아서 소련의 강제수용
소에서 일하고 있다고 했다. 돌아온 사람도 있었다. 경비를 뚫고 탈출
했거나 너무 아파 일할 수 없어 풀려난 그들은 유럽 전역에서 난민으로
떠도는 수천 명 중 하나가 되어 집으로 돌아갈 길을 찾기 위해 애썼다.
카를라와 모드는 편지를 써서 붉은 군대에 보내기도 했지만 답신은 오
지 않았다.

카를라는 베르너가 돌아올지 모른다고 생각하면 가슴이 찢어졌다.
그녀는 여전히 그를 사랑했고, 그가 건강히 살아 있기를 간절하게 원했
지만 강간범의 아기를 임신한 모습으로 그를 만나게 될 상황이 두려웠
다. 그녀의 잘못이 아니라고 해도 불합리하지만 수치스러웠다.

그렇게 세 여자는 손수레를 밀고 길을 지났다. 레베카는 집에 남겨두
었다. 붉은 군대의 강간과 약탈의 난동이 악몽과도 같은 정점을 지나며
레베카는 더는 다락에서 지내지 않아도 되었지만, 예쁜 여자아이가 길
거리를 돌아다니는 것은 여전히 위험했다.

한때 독일의 유행을 선도하는 엘리트들의 산책로였던 운터 덴 린덴
에는 이제 레닌과 스탈린의 거대한 사진이 걸렸다. 베를린의 대부분 도
로는 깨끗해졌고 수백 미터마다 파괴된 건물의 잔해가 쌓여 있었다. 만
의 하나 독일인들이 조국을 재건하게 되는 경우 재활용하기 위한 준비
였다. 많은 가옥이 무너졌고 도시의 한 블록 전체가 초토화된 경우도
적지 않았다. 잔해를 치우는 데만도 몇 년은 걸릴 터였다. 잔해 속에서

수천 구의 시체가 썩어갔고, 여름 내내 인간의 살이 부패하며 속 뒤집히는 들큼한 냄새가 풍겼다. 요새는 비가 내린 뒤에만 냄새가 났다.

그러는 사이 도시는 러시아, 미국, 영국, 프랑스가 점령한 네 개의 구역으로 나뉘었다. 아직 무너지지 않은 건물 가운데 많은 수를 점령군이 징발했다. 베를린 시민들은 아무 곳에서나 살았고 가끔은 절반쯤 무너진 가옥에서 그나마 무사한 방을 찾아 변변찮게나마 거처로 삼기도 했다. 도시에는 다시 급수가 되었고 전력도 단속적으로 공급되었지만 난방과 조리를 위한 연료는 찾기 어려웠다. 서랍장은 어쩌면 쪼개서 장작으로 쓰는 데나 요긴할 수도 있었다.

세 사람은 서랍장을 프랑스 점령지역인 베딩으로 가져가 매력적인 파리 출신 대령에게 지탄 담배 한 보루를 받고 팔았다. 소련이 지폐를 너무 많이 발행하는 바람에 점령군의 화폐는 종잇조각이나 다름없었고 결국 모든 것은 담배로 사고팔았다.

이제 그들은 의기양양하게 돌아오고 있었다. 모드와 아다가 빈 수레를 밀었고 카를라는 옆에서 따라 걸었다. 수레를 미느라 온몸이 아팠지만 그들은 이제 부자였다. 담배 한 보루면 꽤 오래 버틸 수 있었다.

밤이 되었고 기온은 몸이 얼어붙을 정도로 떨어졌다. 집으로 돌아가려면 잠시 영국 점령지역을 지나야 했다. 카를라는 영국인들이 그녀의 어머니가 겪는 고충을 안다면 혹시 도움을 줄 수 있지 않을까 가끔 궁금했다. 달리 생각하면 모드는 이십육 년을 독일 시민으로 살아왔다. 그녀의 오빠 피츠허버트 백작은 부자에다 영향력도 있었지만 동생이 발터 폰 울리히와 결혼한 뒤로는 지원을 거절했다. 완고한 성격의 그가 태도를 바꿀 것 같지는 않았다.

점령군이 차지한 어느 집 밖에 삼사십 명의 사람들이 누더기 차림으로 모여 있었다. 그들이 무엇을 보는지 궁금해 멈춰 선 세 여자는 집안에서 벌어지는 파티를 보았다. 창문 안쪽으로 불을 밝힌 방들과 술잔을 들고 웃는 남녀, 음식 접시들을 들고 사람들 사이를 돌아다니는 웨이트리스들이 보였다. 카를라는 주위를 둘러보았다. 모여든 사람 대부분이 여자와 아이였다. 베를린, 아니 사실 독일 전체에 남자라고는 많이 남아 있지 않았다. 사람들은 모두 마치 천국의 입구에서 밀려난 죄인들처럼 애타게 창문 안을 들여다보고 있었다. 애처로운 광경이었다.

"이건 불쾌하군." 모드가 말하더니 집 현관으로 향하는 길로 당당히 걸어갔다.

보초를 서던 영국인 병사가 그녀를 막아서며 말했다. "나인, 나인."* 아마 그가 아는 유일한 독일어였을 것이다.

모드는 그녀가 어렸을 적 구사하던 딱딱한 상류층 영어로 그에게 말했다. "난 무슨 일이 있어도 당장 당신의 지휘관을 만나야겠어요."

카를라는 언제나처럼 어머니의 배짱과 침착함에 감탄했다.

경비병은 모드가 입은 다 해진 코트를 의심스럽게 살펴봤지만 잠시 후 문을 두드렸다. 문이 열렸고 누군가 밖을 내다보았다. "영국인 부인께서 대장님을 뵙고 싶어합니다." 경비병이 말했다.

잠시 후 다시 문이 열렸고 두 사람이 밖을 내다보았다. 풍자만화 속 영국인 장교와 그의 아내 같은 모습이었다. 남자는 만찬복에 검은색 보타이를 맸고 여자는 긴 드레스에 진주 장신구를 걸쳤다.

"안녕하세요." 모드가 말했다. "파티를 방해해 대단히 죄송합니다만."

그들은 누더기를 걸친 여자로부터 그런 소리를 들은 것에 깜짝 놀라 그녀를 빤히 바라보았다.

모드는 말을 이었다. "그저 밖에 있는 이 비참한 사람들에게 무슨 짓

---

* 안 돼, 안 돼.

을 저지르고 있는지 보셔야 할 것 같아서 그랬습니다."

두 사람은 모여 있는 사람을 보았다.

모드가 말했다. "가엾게 여기시고, 커튼이라도 치셔야겠습니다."

잠시 후 여자가 말했다. "오, 이런. 조지, 우리가 끔찍하게 고약했던 건가요?"

"의도적인 건 아니지만, 그럴 수도 있군." 남자는 무뚝뚝하게 말했다.

"저들에게 음식을 좀 내주는 것으로 보상해도 될까요?"

"네." 모드는 재빨리 대답했다. "사과인 동시에 친절한 처사도 될 겁니다."

장교는 미심쩍은 눈치였다. 어쩌면 굶주리는 독일인들에게 카나페를 내주는 행동이 뭔가 규정을 어기는 것인지도 몰랐다.

여자가 애원했다. "조지, 여보. 그래도 되죠?"

"아, 괜찮아." 남편이 대답했다.

여자는 다시 모드에게 고개를 돌렸다. "알려줘서 고마워요. 정말 이러려던 생각은 아니었어요."

"고맙긴요." 모드는 말을 마치고 다시 되돌아나왔다.

잠시 후 손님들이 샌드위치와 케이크가 담긴 접시들을 들고 나와 굶주린 사람들에게 내밀었다. 카를라는 씩 웃었다. 어머니의 무례함이 수확을 거뒀다. 그녀는 커다란 과일케이크 한 조각을 집어들고 허기진 사람답게 몇 입 만에 먹어치웠다. 케이크에 함유된 설탕이 지난 육 개월 먹은 것보다도 많은 듯했다.

커튼이 내려오고 손님들은 집안으로 다시 들어갔고, 모여 있던 사람들은 흩어졌다. 모드와 아다는 손수레의 손잡이를 잡고 다시 집으로 밀기 시작했다. "잘하셨어요, 엄마." 카를라가 말했다. "같은 날 오후에 지탄 담배 한 보루랑 거기다 공짜 식사라니!"

소련군을 제외하고는 점령군 가운데 독일인에게 모질게 구는 사람이 없다는 사실을 카를라는 떠올렸다. 놀라웠다. 미국 병사들은 초콜릿 바를 나눠주었다. 심지어 독일에 점령당했을 때 아이들까지 배를 곯은 적이 있는 프랑스인들조차 보통은 친절했다. 우리 독일인이 이웃나라에 그 모든 괴로움을 안겨준 뒤에도 그들이 우리를 더 증오하지 않는다니 놀라운 일이야. 카를라는 생각했다. 어떻게 보면, 나치에게 당하고 붉은 군대와 공습을 겪어냈으니 충분히 처벌받았다고 생각하는지도 모르지.

집에 도착했을 때는 시간이 많이 늦었다. 그들은 이웃에게 수레를 돌려주고 빌린 값으로 지탄 담배 반 갑을 주었다. 그들은 다행히 여전히 부서지지 않은 집에 들어섰다. 대부분 창문에 유리가 없고 석조 부분에는 구멍이 파여 있었지만 전체 구조는 피해를 입지 않았고 집은 여전히 비바람을 피할 은신처가 되어주었다.

그럼에도 네 여자는 요즘 주방에 모여 지냈고, 밤에는 홀에서 매트리스를 끌어와 잤다. 주방 하나만을 따뜻하게 하는 것도 너무 어려웠으니 집 전체를 따뜻하게 할 연료야 당연히 없었다. 예전에 주방 스토브에 넣던 석탄은 사실상 구할 수가 없었다. 하지만 그들은 그밖에도 많은 것을 스토브에서 태울 수 있다는 사실을 알아냈다. 책, 신문, 망가진 가구, 심지어 망사 커튼도 태웠다.

그들은 둘씩 붙어 잤다. 카를라는 레베카와, 모드는 아다와 함께였다. 레베카는 카를라에게 안겨 자다가 가끔 부모님이 죽던 날 밤처럼 비명을 지르기도 했다.

오래 걸어 지친 카를라는 얼른 누웠다. 아다는 레베카가 다락에서 가져온 오래된 시사지로 스토브에 불을 피웠다. 모드는 저녁식사로 점심에 먹은 콩 수프에 물을 부어 데웠다.

몸을 일으켜 수프를 마신 카를라는 복부에 날카로운 고통을 느꼈다. 수레를 밀어서 아픈 게 아님을 알아차렸다. 뭔가 달랐다. 그녀는 날짜를 확인하고, 유대인 병원이 해방되던 날짜까지 거꾸로 헤아려보았다.

"엄마." 그녀는 두려운 목소리로 말했다. "아기가 나오려나봐요."

"너무 일러!" 모드가 말했다.

"임신 삼십육 주째인데 경련이 와요."

"그럼 준비를 하는 것이 좋겠구나."

모드는 위층으로 수건을 가지러 갔다.

아다는 식당에서 나무의자를 하나 가져왔다. 폭격을 맞은 지역에서 주워온 적당한 길이의 뒤틀린 철근을 망치로 사용했다. 그녀는 의자를 적당한 크기로 부순 다음 스토브 안의 불을 키웠다.

카를라는 부풀어오른 배에 양손을 얹었다. "더 따뜻한 때를 기다렸어야지, 아가야." 그녀가 말했다.

금세 너무 아파져서 추위조차 느껴지지 않았다. 어디든 이렇게 아플 수 있다는 걸 지금까지는 전혀 몰랐다.

그리고 이렇게 오래 아픈 것도 처음이었다. 그녀는 밤새 진통을 겪었다. 신음하고 울부짖는 동안 모드와 아다가 돌아가며 그녀의 손을 잡아주었다. 레베카는 두려움에 얼굴이 하얗게 질려 지켜보고 있었다.

주방 창문에 붙여둔 신문지 너머로 잿빛 여명이 보일 무렵 마침내 아기의 머리가 모습을 드러냈다. 카를라는 즉시 고통이 잦아들지는 않았지만 지금까지 느껴보지 못했던 안도감에 휩싸였다.

한번 더 고통스럽게 힘을 주자 카를라의 다리 사이에서 모드가 아기를 꺼냈다.

"아들이야."

그녀가 아기의 얼굴에 대고 숨을 불자 아기는 입을 열더니 울음을 터뜨렸다.

모드는 아기를 카를라에게 건네고, 그녀가 똑바로 몸을 일으켜 앉을 수 있도록 거실에서 쿠션을 가져와 매트리스 위에 쌓아서 받쳐주었다.

아기의 머리에는 검은 머리칼이 무성했다.

모드는 탯줄을 실로 묶은 다음 잘랐다. 카를라는 블라우스 단추를 풀고 아기를 가슴으로 가져갔다.

젖이 나오지 않을까봐 걱정이었다. 임신 막바지가 되면 가슴이 부풀어 젖이 흘러야 했지만 그러지 않았는데, 아기가 일찍 나와서인지 산모의 영양이 부족해서인지 알 수 없었다. 하지만 아기가 한참 빨자 이상한 고통이 느껴지며 젖이 흘러나오기 시작했다.

아기는 금세 잠에 빠졌다.

아다는 뜨거운 물 한 그릇과 천을 가져와 조심스럽게 아기의 얼굴과 머리를 닦고 이어서 몸을 닦아주었다.

레베카가 속삭였다. "아기가 정말 예뻐요."

카를라가 말했다. "엄마, 우리 아기를 발터라고 불러도 될까요?"

카를라가 극적인 상황을 의도한 것은 아니었는데 모드는 무너져내렸다. 그녀는 얼굴을 찡그리며 몸을 숙이더니 끔찍하리만큼 흐느껴 울기 시작했다. 웬만큼 감정을 추슬렀는지 "미안해"라고 말하더니 또 슬픔으로 몸부림쳤다. "아, 발터. 나의 발터." 그녀는 흐느껴 울었다.

한참 만에 울음이 잦아들었다. "미안하구나." 그녀는 다시 말했다. "소란을 떨고 싶지는 않았다." 그녀는 소매로 얼굴을 훔쳤다. "그저 네 아버지가 이 아기를 봤으면 했던 것뿐이야. 이건 너무 불공평해."

아다가 용기를 인용해 두 사람 모두를 놀라게 했다. "주신 이도 여호와시요 거두신 이도 여호와시오니." 그녀가 말했다. "여호와의 이름이 찬송을 받으실지니이다."

카를라는 신을 믿지 않았다. 그런 이름을 가질 자격이 있는 신성한 존재라면 나치의 죽음의 수용소가 생겨나도록 허락했을 리 없었다. 하지만 그럼에도 그녀는 아다가 인용한 성경의 한 대목에서 편안함을 느꼈다. 탄생의 고통과 죽음의 비통함까지 포함해 인간의 삶을 받아들인다는 의미였다. 모드 역시 그 뜻을 받아들이는지 차분해졌다.

카를라는 사랑스럽게 아기 발터를 바라보았다. 어떤 어려움이 앞을 가로막아도 아기를 보살피고 먹이고 따뜻하게 해주겠다고 맹세했다. 아기는 지금까지 태어났던 그 누구보다 경이로웠고, 그녀는 아기를 영원히 사랑하고 영원히 소중하게 아낄 작정이었다.

아기가 눈을 떠 카를라는 다시 젖을 물렸다. 아기는 입맛 다시는 소리를 내면서 만족스럽게 젖꼭지를 빨았고 네 여자는 그 모습을 지켜보았다. 따뜻하고 흐릿하게 불을 밝힌 주방에서 잠시 그것 말고는 아무 소리도 나지 않았다.


## II


새로 선출된 의원이 처음으로 하는, 이른바 처녀 연설은 대개 지루했다. 꼭 해야 할 말이 있고 판에 박힌 문구가 사용되었고 논란이 될 만한 주제는 피해야 한다는 관례가 있었다. 같은 당과 상대편 모두 신참 의원을 축하해주었고, 전통이 지켜지는 가운데 서먹서먹한 분위기가 사라졌다.

로이드 윌리엄스는 몇 달 뒤 국민보험법에 대한 토론회에서 진짜 첫 연설을 하게 되었다. 그때가 더 두려웠다.

연설을 준비하면서 그는 두 명의 연설가를 염두에 두었다. 할아버지

다이 윌리엄스는 성경 속 말씀과 운율을 사용했는데, 교회 안에서뿐 아니라 탄광 광부로서의 삶에 대한 고난과 부당함을 말할 때도, 아니 특히 그럴 때 더 그랬다. 그는 짧지만 의미가 풍성한 단어들을 즐겨 사용했다. 노고, 죄악, 욕망. 그는 가정에 대해 말했고, 탄광과 무덤에 대해 말했다.

처칠도 그랬지만 그에게는 다이 윌리엄스가 갖지 못한 유머감각이 있었다. 그의 길고 위풍당당한 문장들은 많은 경우 예기치 못한 이미지나 정반대 의미로 끝을 맺었다. 1926년 총파업 당시 정부 기관지 〈브리티시 가제트〉의 편집자였던 처칠은 노동조합원들을 향해 이렇게 경고했다. "정신을 완벽히 맑게 하십시오. 만일 혹시라도 우리에게 맞서 다시 총파업을 감행한다면, 여러분에게 또다른 〈브리티시 가제트〉를 안겨드리겠습니다." 연설에는 그런 놀라움이 필요하다고 로이드는 믿었다. 마치 빵에 든 건포도처럼.

하지만 연설을 하기 위해 일어섰을 때, 신중하게 작업한 문장들이 문득 현실성이 없어 보였다. 연설을 듣는 청중도 같은 생각인 것이 분명했고, 회의장을 채운 오륙십 명의 의원 가운데 귀를 기울이는 쪽은 절반밖에 되지 않는다는 것을 알아챘다. 순간 그는 당황했다. 그가 대표하는 사람들에게 깊은 영향을 미치는 이런 문제를, 어떻게 이다지도 지루하게 다룰 수 있단 말인가?

정부 각료들이 앉는 앞줄에 지금은 교육부 장관인 그의 어머니와 석탄부 장관인 외삼촌 빌리가 보였다. 빌리 윌리엄스는 열세 살에 갱에 내려가 일을 시작했다는 걸 로이드는 잘 알았다. 에설은 같은 나이에 티 권의 바닥 닦는 일을 시작했다. 이 토론에서 중요한 것은 멋진 문구가 아니라 그들의 삶이었다.

잠시 후 그는 원고를 내려놓고 즉흥적으로 이야기를 시작했다. 대신 실업이나 장애로 돈을 한푼도 벌지 못하는 노동자 계층 가족들의 고통을, 런던의 이스트엔드와 사우스 웨일스의 탄전에서 직접 목격한 장면들을 기억해냈다. 목소리에 감정이 고스란히 실리는 바람에 약간 민망했지만 개의치 않았다. 청중이 관심을 기울이기 시작하는 것이 느껴졌다. 그는 할아버지와 다른 사람들이 노동운동을 시작한 이야기를 했다. 그들은 빈곤에 대한 두려움을 영원히 잠재울 수 있는 포괄적 실업보험에 대한 꿈을 품고 있었다. 그가 자리에 앉자 동의하는 환호가 쏟아졌다.

방청석에서 아내 데이지가 자랑스러운 웃음을 띠고 그에게 엄지손가락을 들어 보였다.

그는 만족감을 느끼며 나머지 사람들의 발언을 들었다. 그는 의원으로서의 첫번째 진짜 시험을 통과한 느낌이었다.

나중에 로비에 있는데 노동당 원내총무 중 한 사람이 로이드에게 다가왔다. 원내총무의 역할은 소속 의원이 올바른 안에 표를 던지도록 확실히 해두는 것이었다. 로이드의 연설에 대해 축하하더니 그가 말했다. "자네 비서의원을 해보면 어떻겠나?"

로이드는 흥분했다. 각 부서의 장관은 최소한 한 명의 비서의원을 두고 있었다. 솔직히 비서의원은 가끔 가방을 들고 다니는 역할에 불과했지만 대개 각료에 임명되는 길에서 첫 단계 직무였다. "영광입니다." 로이드는 말했다. "어느 분을 위해 일하게 될까요?"

"어니 베빈이야."

로이드는 자신의 행운을 도저히 믿을 수 없었다. 베빈은 외무부 장관인 동시에 애틀리 수상의 가장 가까운 동료였다. 두 사람은 상반되는 서로에게 매력을 느껴 친밀한 관계를 맺고 있었다. 애틀리는 중산층이었다. 법조인의 아들로 옥스퍼드를 졸업했고 1차 세계대전 때는 장교로 복무했다. 베빈은 하녀에게서 태어난 사생아였고 아버지가 누군지 몰랐으며 열한 살에 일을 시작해 거대한 규모의 운수 일반 노동조합을 창립했다. 두 사람은 외양도 반대였다. 애틀리는 호리호리하고 말쑥하고 조용하고 근엄했다. 베빈은 키도 덩치도 크고 힘이 세고 뚱뚱했으며 큰 소리로 웃었다. 외무장관은 수상을 가리켜 "꼬마 클렘"이라고 불렀다. 그럼에도 그들은 충실한 동맹이었다.

베빈은 로이드를 비롯한 평범한 수백만 영국인의 영웅이었다. "더이상 좋을 수 없죠." 로이드는 말했다. "하지만 베빈에게는 이미 비서의원이 있지 않나요?"

"두 사람이 필요해." 원내총무가 말했다. "내일 아침 아홉시에 외무부로 가면 일을 시작할 수 있어."

"감사합니다!"

로이드는 서둘러 오크나무로 벽을 장식한 복도를 지나 어머니의 사무실로 향했다. 토론회가 끝난 뒤 그곳에서 데이지와 만나기로 했었다. "어머니!" 그는 안으로 들어서며 말했다. "제가 어니 베빈의 비서의원이 되었어요!"

그 순간 그는 에설이 혼자가 아님을 알았다. 피츠허버트 백작과 함께였다.

피츠는 놀라움과 불쾌감이 뒤섞인 표정으로 로이드를 노려보았다.

로이드는 놀란 와중에도 아버지가 완벽하게 맞춘 연한 회색 정장에 더블브레스트 조끼까지 갖춰입었다는 사실을 알아차렸다.

그는 다시 어머니를 보았다. 그녀는 상당히 차분했다. 이 조우에도 놀라지 않았다. 그녀가 일부러 만들어낸 상황이 분명했다.

백작도 같은 결론에 이르렀다. "도대체 이게 무슨 짓이야, 에설?"

로이드는 자기 몸에 흐르는 피를 준 남자를 노려보았다. 이렇게 민망한 상황에서도 피츠는 침착하고 품위가 있었다. 솜 강 전투 참전으로 인해 눈꺼풀이 내려앉았음에도 잘생긴 얼굴이었다. 역시 솜 강 전투의 또다른 결과로 지팡이에 몸을 기대고 있었다. 몇 달 후면 예순 살인 그는 티 하나 없이 단정하게 치장한 모습이었다. 회색 머리는 깔끔하게 빗어넘겼고 은색 넥타이를 단단히 매듭지어 매고 검은 구두에서는 윤이 났다. 로이드 역시 잘 차려입는 것을 좋아했다. 이 사람을 닮아서 그런 거였어. 그는 생각했다.

에설은 백작에게 다가가 섰다. 로이드는 이런 움직임의 의미를 이해할 만큼 어머니를 잘 알았다. 그녀는 남자를 설득하고 싶을 때면 자주 본인의 매력을 이용했다. 그럼에도 자기를 이용하고 버린 남자를 따뜻하게 대하는 모습은 썩 보기 좋지는 않았다.

"보이가 죽은 걸 알았을 때 나도 정말 슬펐어요." 그녀는 피츠에게 말했다. "우리에게 아이들만큼 소중한 게 어디 있겠어요. 안 그래요?"

"난 가야 해." 피츠가 말했다.

이 순간까지 로이드는 피츠를 그저 지나가며 본 것이 전부였다. 이렇게 함께 시간을 보내거나, 이렇게 여러 마디의 말을 들어본 적은 없었다. 불편했지만 황홀하기도 했다. 피츠는 바로 지금처럼 성미가 까다로웠지만 매력이 있었다.

"제발요, 피츠." 에설이 말했다. "당신에게는 당신이 단 한 번도 인정하지 않은 아들이 있어요. 자랑스러워해야 할 아들이죠."

"이러면 안 돼, 에설." 피츠가 말했다. "사내라면 젊은 시절 저지른 실수는 잊을 자격이 있어."

로이드는 당혹스러워 몸이 움츠러들었지만 어머니는 계속 밀어붙였다. "당신이 잊고 싶을 이유가 어디 있어요? 저 아이가 실수였다는 건 나도 알아요. 하지만 지금 저 아이를 봐요. 방금 전에도 의회 의원으로 아주 멋지게 연설했고, 외무장관의 비서의원으로 임명되었다고요."

피츠는 일부러 로이드에게 시선을 주지 않았다.

에설이 말했다. "우리가 아무 의미 없이 놀아나던 관계인 척하고 싶겠지만 당신은 진실을 알고 있어요. 그래요, 우리는 젊었고 어리석었고 몸이 뜨거웠어요. 나만큼 당신도 그랬죠. 하지만 서로 사랑했어요. 진정으로 서로를 사랑했다고요, 피츠. 당신은 그걸 인정해야 해요. 스스로에 대한 진실을 부정한다면 영혼을 잃어버린다는 거 몰라요?"

피츠의 얼굴은 이제 그저 무표정하지 않았다. 그는 자제하려 애쓰고 있었다. 로이드는 어머니가 진짜 문제를 꼬집었음을 깨달았다. 피츠에게는 서자를 두었다는 사실이 큰 수치가 아니었다. 하지만 하녀를 사랑했다는 사실을 인정하기에 그는 자존심이 너무 강했다. 어쩌면 아내보다 에설을 더 사랑했는지도 몰랐다. 로이드는 그렇게 짐작했다. 그리고 그 사실은 피츠가 사회의 계급구조에 대해 품고 있던 가장 근본적인 믿음을 죄다 뒤집어놓았다.

로이드는 처음으로 입을 열었다. "저는 보이의 마지막 순간 함께 있었습니다, 백작님. 그는 용감하게 죽었습니다."

피츠가 처음으로 그를 바라보았다. "내 아들을 네가 인정해줄 필요는 없어." 그가 말했다.

로이드는 뺨을 얻어맞은 기분이었다.

에설마저도 충격을 받았다. "피츠!" 그녀가 말했다. "어쩜 그렇게 못될 수가 있어요?"

그때 데이지가 들어왔다.

"안녕하세요, 피츠!" 그녀는 명랑하게 말했다. "아마 절 치워버렸다고 생각하셨을 텐데, 다시 제 시아버지가 되셨네요. 놀랍지 않나요?"

에설이 말했다. "로이드와 악수하라고 막 피츠를 설득하던 참이다."

피츠가 말했다. "나는 사회주의자와는 가급적 악수를 피해."

지는 싸움을 하고 있었지만 에설은 포기할 줄 몰랐다. "이 아이가 얼마나 당신을 닮았나 봐요! 생김새도 당신, 옷차림도 당신이고, 정치에 대한 관심도 같아요. 이 아이는 당신이 그토록 되고 싶어하던 외무장관이 결국 될 수도 있다고요!"

피츠의 표정은 더욱더 어두워졌다. "이제는 내가 혹시라도 외무장관이 될 가능성은 거의 없지." 그는 문으로 향했다. "그리고 그 훌륭한 정부기관의 수장을 볼셰비키놈이 맡는다고 해서 기쁠 일은 전혀 없을 거야!" 그 말을 끝으로 그는 나가버렸다.

에설은 눈물을 터뜨렸다.

데이지는 로이드를 끌어안았다. "정말 안됐어." 그녀가 말했다.

"걱정하지 마." 로이드가 말했다. "충격받지도 실망하지도 않았어." 그 말은 사실이 아니었지만 애처로워 보이고 싶지 않았다. "이미 오래전에 저 사람에게 거부당했는걸." 그는 애정 어린 눈길로 데이지를 보았다. "저 사람 말고도 사랑해주는 사람이 많으니 나는 행운아야."

에설이 눈물을 흘리며 말했다. "내 잘못이야. 저 사람을 여기 부르는 게 아니었는데. 어쩌면 결과가 나쁠 걸 알고 있었는지도 몰라."

"신경쓰지 마세요." 데이지가 말했다. "좋은 소식이 좀 있어요."

로이드가 그녀를 향해 웃어 보였다. "뭔데?"

그녀는 에설을 바라보았다. "준비되셨나요?"

"그런 것 같구나."

"빨리." 로이드가 말했다. "뭔데 그래?"

데이지가 말했다. "우리에게 아기가 생길 거야."

# III

카를라의 오빠 에리크는 그해 여름 다 죽은 몰골로 집에 돌아왔다. 소련 강제수용소에서 폐결핵에 걸리고 너무 아파서 일을 할 수 없게 되자 풀려났다고 했다. 그는 몇 주 동안 아무데서나 자고 화물열차를 타거나 화물차를 얻어 타며 이동했다. 울리히 저택에 도착했을 때는 더럽기 그지없는 옷차림에 맨발이었다. 얼굴은 해골 같았다.

하지만 죽지는 않았다. 사랑하는 사람과 함께여서일 수도 있고, 겨울에서 봄이 되며 날씨가 따뜻해져서 그렇거나 아니면 그저 휴식을 취했기 때문일 수도 있었다. 어쨌든 그는 기침이 줄었고, 집안을 돌아다니며 부서진 창문을 막거나 지붕 타일을 수선하고 막힌 파이프를 뚫는 등 소소한 일을 할 만큼 다시 기운을 차렸다.

다행히 새해가 시작되며 프리다 프랑크가 노다지를 캤다.

루트비히 프랑크는 공습으로 공장이 파괴될 때 목숨을 잃었고 오랫동안 프리다와 그녀의 어머니는 다른 사람들과 마찬가지로 궁핍했다. 하지만 그녀는 미국 점령지역에서 간호사 일자리를 구했고, 얼마 지나지 않아 설명하기로는 미국인 의사 몇이 자기들에게 남는 음식과 담배를 암시장에 대신 팔아주고 약간의 수수료를 받지 않겠느냐 제안했다고 했다. 그래서 그녀는 일주일에 한 번 약간의 물품을 담은 바구니를 들고 카를라의 집에 찾아왔다. 따뜻한 옷가지, 양초, 손전등 배터리, 성냥, 비누에 베이컨과 초콜릿, 사과, 쌀, 복숭아 통조림 같은 음식도 있었다. 모드는 음식을 나눈 다음 카를라에게는 두 배를 주었다. 카를라는 자신을 위해서가 아니라 아기 발리를 먹이는 데 보탬이 된다고 생각해 망설이지 않고 받아들였다.

프리다가 암시장에서 구한 음식이 아니었으면 발리는 살아남지 못했을 수도 있었다.

아기의 모습은 하루가 다르게 달라졌다. 태어날 때 짙은 색이던 머리는 이제 없고 대신 가는 금발이 났다. 육 개월이 되자 눈동자는 모드처럼 멋진 녹색이 되었다. 얼굴이 모양을 갖춰가면서 카를라는 아기의 눈두덩에 살이 접히는 모습을 보고 눈꼬리가 올라가리라는 것을 알아차렸다. 아이의 아버지가 시베리아 사람이 아닐까 궁금했다. 그녀를 강간한 모든 남자를 기억하지는 못했다. 당하는 동안 거의 눈을 감고 있었기 때문이다.

이제 더는 그들을 증오하지 않았다. 이상하지만 발리를 갖게 되어 무척 행복했고 벌어진 일을 후회하는 법은 거의 없었다.

레베카는 발리에게 매료되었다. 이제 열다섯 살이니 모성애가 생길 나이였고 카를라가 아기를 씻기고 옷을 입힐 때면 열심히 도왔다. 아기와 계속 놀아주었고 발리도 레베카를 보면 까르륵거리며 좋아했다.

에리크는 몸 상태가 괜찮아지자마자 공산당에 가입했다.

카를라는 도무지 이해할 수 없었다. 소련군에게 그 고통을 당하고도 어떻게 그럴 수 있지? 하지만 그녀는 오빠가 공산주의에 대해 말하는 방식이 십여 년 전 나치에 대한 태도와 똑같다는 것을 깨달았다. 그저 이번에는 그가 빨리 환멸을 느끼기만을 바랄 뿐이었다.

연합군은 독일에 민주주의가 돌아오기를 간절히 바랐고 1946년 말 베를린에는 선거가 예정되어 있었다.

카를라는 원래 베를린에 살던 사람들이 운영하기 전까지는 도시가 정상으로 돌아오지 않으리라 확신하고 사회민주당 후보로 나설 결심을 했다. 하지만 베를린 시민들은 소련 점령군이 민주주의의 의미에 대해 왜곡된 시각을 가지고 있다는 사실을 금세 알아차렸다.

소련은 작년 11월 오스트리아에서 치러진 선거 결과에 충격을 받았다.

오스트리아 공산당은 사회당과 접전을 벌일 거라 예상했지만 165석 가운데 겨우 4석만을 차지했다. 유권자들이 붉은 군대의 잔인함을 공산주의 탓으로 돌리는 듯했다. 진정한 선거에 익숙지 않은 크렘린이 미처 예상치 못한 상황이었다.

독일에서 비슷한 결과를 피하기 위해 소련은 공산당과 사회민주당이 합병해 이른바 통일전선을 구축하라고 제안했다. 사회민주당은 거센 압력에도 불구하고 제안을 거절했다. 그러자 동부 독일에서 소련군이 1933년 나치와 똑같이 사회민주주의자들을 체포하기 시작했다. 그곳에서는 강제 합병이 진행되었다. 하지만 베를린 선거는 4개국 연합군이 공동으로 감시했기 때문에 사회민주당은 살아남았다.

날씨가 따뜻해지자 카를라는 순서에 따라 음식을 받는 배급줄에 설 수 있게 되었다. 그녀는 베갯잇에 발리를 싸서 데려갔다. 아기가 입을 옷이 없었다. 어느 날 아침 감자를 받기 위해 집에서 몇 블록 떨어진 곳에 줄을 서 있는데, 멈춰 서는 미군 지프 앞좌석에서 프리다를 보고 깜짝 놀랐다. 운전석의 대머리 중년 사내가 프리다의 입술에 키스하자 그녀는 차에서 뛰어내렸다. 파란색 민소매 원피스 차림에 새 신발을 신고 있었다. 작은 바구니를 든 그녀는 재빠른 걸음걸이로 울리히 가족의 집으로 향했다.

순간 카를라는 모든 걸 알아차렸다. 프리다는 암시장에서 장사를 하는 것이 아니었고 의사들의 모임 같은 것도 없었다. 그녀는 미군 장교에게 돈을 받고 몸을 팔고 있었다.

흔히 있는 일이었다. 수천 명의 아리따운 독일 아가씨들은 선택을 해야 했다. 가족이 굶주리는 걸 지켜보느냐, 인심 좋은 장교와 잠자리를 갖느냐. 독일 점령시 프랑스 여인들도 같은 일을 겪었다. 이곳 독일에 남아 있던 장교의 아내들이 쓸쓸히 그 일을 이야기하곤 했다.

그럼에도 카를라는 충격을 받았다. 프리다가 하인리히를 사랑한다고 믿었다. 두 사람은 생활이 예전의 정상적인 상태로 조금이라도 돌아가면 결혼할 계획이었다. 카를라는 가슴에 통증을 느꼈다.

그녀는 줄 맨 앞에 이르러 배급된 감자를 산 다음 서둘러 집으로 향했다.

프리다는 위층 거실에 있었다. 에리크가 그곳을 깨끗이 청소하고 창문에는 유리가 없을 때 그나마 가장 좋은 대용품인 신문지를 발라두었다. 오래전 침대보로 재활용된 커튼과 달리 의자는 커버가 색이 바래고 닳았지만 대부분 무사했다. 그랜드피아노도 기적적으로 아직 그대로였다. 피아노를 발견한 어느 러시아 장교가 다음날 창문으로 들어낼 수 있도록 크레인을 가져오겠다고 했지만 이후 다시는 찾아오지 않았다.

프리다는 카를라를 보자마자 발리를 받아안더니 노래를 불러주기 시작했다. "A, B, C, 고양이가 눈 속을 달리네." 아직 아이가 없는 레베카와 프리다 같은 여자들은 발리를 아무리 봐도 질리지 않는 모양이라고 카를라는 생각했다. 자식을 낳아본 모드와 아다는 아기를 귀여워하기는 했지만 잔정보다는 실질적인 보살핌을 주는 식이었다.

프리다는 피아노 뚜껑을 열더니 노래를 부르며 발리에게 건반을 눌러보라고 했다. 몇 년 동안 연주한 적이 없는 피아노였다. 모드는 그녀의 마지막 학생 요아힘 코흐가 죽은 뒤로 피아노에 손대지 않았다.

한참이 지난 후에야 프리다는 카를라에게 말했다. "좀 심각해 보이네. 뭔데 그래?"

"네가 우리에게 가져오는 음식을 어떻게 구하는지 알아." 카를라가 말했다. "암시장에서 사오는 게 아니지?"

"거기서 구한다니까." 프리다가 말했다. "무슨 말을 하는 거야?"

"아침에 네가 지프에서 내리는 걸 봤어."

"힉스 대령이 태워다준 거야."

"그 사람이 네 입술에 키스했잖아."

프리다는 고개를 돌렸다. "더 빨리 나왔어야 했는데. 미국 점령지역에서 걸어올 수도 있었고."

"프리다, 하인리히하고는 어떻게 된 거야?"

"그이는 알 리 없어! 더 조심할 거야. 맹세해."

"아직 사랑해?"

"물론이지! 우리는 결혼할 거야."

"그럼…… 왜?"

"고생은 할 만큼 했어! 예쁜 옷도 입고 나이트클럽에 가서 춤도 추고 싶어."

"그런 거 아니지." 카를라는 자신 있게 말했다. "넌 나한테 거짓말 못해, 프리다. 우린 너무 오래 친구였어. 진실을 말해줘."

"진실?"

"그래, 부탁이야."

"정말이야?"

"정말로."

"발리를 위해서 그랬어."

카를라는 놀라서 숨이 턱 막혔다. 한 번도 해보지 못한 생각이지만 앞뒤가 맞았다. 프리다가 그녀와 아기를 위해 그런 희생을 하리라고는 상상도 못했다.

하지만 섬뜩했다. 프리다가 몸을 판 데는 그녀 역시 책임이 있다는 뜻이었다. "그건 끔찍한 일이야!" 카를라가 말했다. "그러지 말았어야지. 우리는 어떻게든 해낼 수 있었을 거라고."

프리다는 아기를 안은 채 피아노 의자에서 벌떡 일어섰다. "아니, 넌 못 그랬을 거야!" 그녀는 불같이 화를 냈다.

발리가 겁에 질려 울음을 터뜨렸다. 카를라는 아기를 건네받아 등을 쓸어주며 얼렀다.

"넌 해내지 못했을 거라고." 프리다는 조금 조용한 목소리로 말했다.

"네가 어떻게 알아?"

"지난겨울 내내 벌거벗은 채 신문지에 싸인 아기들이 굶주림과 추위 때문에 죽어서 병원에 들어왔어. 나는 도저히 그 아이들을 볼 수가 없었어."

"아, 하느님." 카를라는 발리를 꼭 안았다.

"아기들은 얼어죽으면 이상한 푸르스름한 색으로 변해."

"그만해."

"말해야 해. 안 그러면 넌 내가 한 일을 이해 못할 거야. 발리는 파랗게 얼어죽은 그 아기들 가운데 한 명이 되었을 거야."

"알아." 카를라는 속삭였다. "안다고."

"퍼시 힉스는 친절한 사람이야. 보스턴에 촌스러운 아내가 있고 나는 자기가 본 가장 섹시한 여자래. 그이는 착하고 잠자리도 빨리 끝내고 늘 콘돔을 사용해."

"이제 그만둬야 해." 카를라가 말했다.

"진심은 아니겠지."

"그래, 진심이 아니야." 카를라가 고백했다. "그리고 그게 가장 끔찍하지. 난 죄책감을 느껴. 내 죄야."

"그렇지 않아. 그건 내 선택이야. 독일 여자들은 어려운 선택을 할 수밖에 없어. 우리는 십오 년 전 독일 남자들이 쉽게 내린 결정에 대한 대가를 치르는 거야. 사업을 하는 사람들에게 히틀러가 도움이 될 거라고 생각한 우리 아버지, 수권법에 찬성표를 던진 하인리히의 아버지 같은 남자들. 아버지들이 지은 죄로 딸들이 벌받는 거지."

현관문을 두드리는 요란한 소리가 들렸다. 잠시 후 혹시라도 붉은 군대일까봐 위층에 숨으러 빠르게 계단을 뛰어오르는 레베카의 발소리가 났다.

그러더니 아다의 말소리가 들렸다. "어머! 오셨군요! 어서 오세요!" 두려움은 없지만 놀라움과 약간의 걱정이 섞인 목소리였다. 카를라는 대체 누가 가정부에게 그런 복잡한 반응을 끌어냈을지 궁금했다.

계단에서 남자의 묵직한 발소리가 들리더니 베르너가 들어섰다.

그는 꾀죄죄하고 누더기를 걸쳤고 꼬챙이처럼 말랐지만 잘생긴 얼굴에 환한 웃음을 짓고 있었다. "나야!" 그가 정열적으로 말했다. "돌아왔어!"

그러다 아기를 보았다. 그의 입이 떡 벌어지고 행복한 미소는 사라졌다. "이런." 그가 말했다. "무슨…… 누구…… 그건 누구 아기야?"

"내 아기예요, 내 사랑." 카를라가 말했다. "설명할게요."

"설명?" 그는 화를 내며 말했다. "무슨 설명이 필요해? 네가 다른 사람 아기를 안고 있는데!" 그는 돌아섰다.

프리다가 말했다. "베르너! 이 방에는 오빠를 사랑하는 두 여자가 있어. 우리 말을 듣지도 않고 나가지 마. 오빠는 몰라."

"모든 걸 알겠는데."

"카를라는 강간당했어."

그는 얼굴이 하얘졌다. "강간을? 누구한테?"

카를라는 말했다. "그자들 이름은 전혀 몰라요."

"그자들?" 베르너는 침을 삼켰다. "그럼…… 한 사람 이상이었다는 거야?"

"붉은 군대 병사 다섯 명이었어요."

그의 목소리는 속삭임처럼 작아졌다. "다섯?"

카를라는 고개를 끄덕였다.

"하지만…… 방법이…… 내 말은……"

프리다가 말했다. "나도 당했어, 오빠. 그리고 엄마도."

"하느님 맙소사. 여기서 무슨 일이 벌어졌던 거야?"

"지옥이었어." 프리다가 말했다.

베르너는 닳아빠진 가죽의자에 털썩 앉았다. "나는 내가 있는 곳이 지옥인 줄 알았어." 그가 말했다. 그리고 양손에 얼굴을 묻었다.

카를라는 여전히 발리를 안은 채 방을 가로질러 가서 베르너가 앉은 의자 앞에 섰다. "날 봐요, 베르너." 그녀가 말했다. "제발요."

고개를 든 그의 얼굴은 감정에 겨워 일그러져 있었다.

"지옥은 끝났어요." 그녀가 말했다.

"끝났다고?"

"그래요." 그녀는 단호하게 말했다. "살기 힘들지만 나치는 사라졌고, 전쟁은 끝났고, 히틀러는 죽었고, 붉은 군대의 강간범들도 어느 정도는 통제가 되고 있어요. 악몽은 끝났어요. 그리고 우린 둘 다 살아 있고 함께 있어요."

그는 손을 내밀어 그녀의 손을 잡았다. "당신 말이 옳아."

"우리에게는 발리가 있고, 조금 있으면 어쩌다 내 아이가 된 레베카라는 열다섯 살짜리 여자아이도 보게 될 거예요. 우리는 전쟁이 남긴 것들로 새로운 가족을 만들어야 해요. 길거리의 돌무더기 잔해로 새집을 지어야 하는 것처럼요."

그는 고개를 끄덕이며 받아들였다.

"나는 당신의 사랑이 필요해요." 그녀가 말했다. "레베카와 발리도 마찬가지예요."

그는 천천히 일어섰다. 그녀는 기대에 차 그를 바라보았다. 그는 아무 말도 없었지만 한참 후 양팔을 벌려 그녀와 아이 둘 다 부드럽게 끌어안았다.


IV


전시법이 여전히 효력을 발휘하고 있었고, 영국 정부는 토지 소유자의 의사와는 아무 관계 없이 어느 곳에서든 석탄을 채굴할 권리가 있었다. 보상은 오직 농경지나 상업지에서 예상되는 수익의 손해에만 적용되었다.

석탄부 장관인 빌리 윌리엄스는 애버로언 외곽에 있는 피츠허버트 백작의 으리으리한 저택 티 귄 땅에 노천광 채굴을 허가했다.

상업용지가 아니기 때문에 어떤 보상도 나오지 않았다.

하원의회 보수당 의원들의 자리에서 대소동이 일어났다. "슬래그 더미가 바로 백작부인 침실 창문 아래 쌓일 거요!" 한 토리당원이 분개해 말했다.

빌리 윌리엄스는 웃었다. "우리 어머니 침실 창문 바로 아래 백작의 슬래그 더미가 오십 년째 쌓여 있습니다." 그가 말했다.

로이드 윌리엄스와 에설은 기술자들이 구멍을 파기 시작하는 전날 빌리를 따라 애버로언에 갔다. 로이드는 이 주 뒤면 아기를 낳을 예정인 데이지를 두고 가기가 망설여졌지만 역사적인 순간 그곳에 있고 싶었다.

외조부모는 둘 다 이제 칠십대 후반이었다. 할아버지는 알이 두툼한 안경을 끼고도 거의 앞이 보이지 않았고 할머니는 등이 굽었다. "아주 좋구나." 모두가 오래된 부엌 탁자에 둘러앉자 할머니가 말했다. "내 아이 둘 다 여기 있다니 말이야." 할머니는 으깬 순무를 곁들인 쇠고기 스튜와 집에서 구워 두툼하게 자른 빵에 푸줏간에서 사온 드리핑이라 는 고깃기름을 내왔다. 함께 마실 달콤한 밀크티도 커다란 머그잔에 따 랐다.

어릴 때 자주 먹던 음식이었지만 지금 보니 좀 거칠었다. 로이드는 힘겨운 시절에도 프랑스와 에스파냐 여자들은 어떻게든 마늘이나 허브 를 고명으로 얹어서 섬세한 풍미를 더해 맛있는 음식을 만들어낸 것을 잘 알았다. 그는 까다로운 자기 입맛이 부끄러웠고 맛있게 먹고 마시는 척했다.

"티 귄 정원 일은 안타깝게 됐어." 할머니가 눈치 없는 소리를 했다.

빌리는 기분이 상했다. "무슨 말씀이세요? 영국은 석탄이 필요해요."

"하지만 사람들은 그 정원을 아주 좋아해. 아주 아름다운 곳이지. 나 도 어렸을 때부터 적어도 매년 한 번씩은 가봤단다. 정원 전체가 없어 져야 한다니 안타깝구나."

"애버로언 한가운데 완벽하게 훌륭한 유원지가 있잖아요!"

"그건 달라." 할머니는 냉정하게 말했다.

할아버지가 말했다. "여자들은 정치에 대해서는 절대로 몰라."

"그래요." 할머니가 말했다. "우린 앞으로도 모를 것 같아요."

로이드는 어머니의 눈을 보았다. 그녀는 웃기만 하고 아무 말도 하지 않았다.

빌리와 로이드는 두번째 침실에서 함께 잤고 에설은 부엌 바닥에 잠 자리를 마련했다. "나는 군대에 가기 전까지 평생 매일을 이 방에서 잤 다." 자리에 누우면서 빌리가 말했다. "그리고 매일 아침 창밖의 저 빌 어먹을 슬래그 더미를 내다보았지."

"목소리 좀 낮추세요, 빌리 삼촌." 로이드가 말했다. "욕하는 거 할머니가 들으시면 안 되잖아요."

"그래, 네 말이 맞아." 빌리가 말했다.

다음날 아침식사를 마치고 그들 모두 언덕의 대저택으로 걸어갔다. 맑은 아침이었고 여느 때와 달리 비가 오지 않았다. 하늘과 맞닿은 산마루는 웃자란 여름풀로 부드러워졌다. 시야에 들어오는 티 귄이 압제의 상징이라기보다는 아름다운 건물로 보이는 것을 로이드는 어쩔 수 없었다. 물론 둘 다 맞는 말이었다. 정치에서 간단한 것은 아무것도 없었다.

거대한 철문이 열려 있었다. 윌리엄스 가족은 철문을 지나 저택 안으로 들어섰다. 이미 많은 사람이 모여 있었다. 채굴업체 직원들, 백여 명의 광부와 그 가족, 피츠허버트 백작과 그의 아들 앤드루, 노트를 손에 든 기자 몇 명과 영상 촬영 관계자들이었다.

정원들은 숨이 막히도록 아름다웠다. 진입로 양옆에 늘어선 아주 오래된 밤나무들은 모두 잎이 무성했고 호수에는 백조들이 떠다니고 화단은 갖가지 색으로 빛났다. 로이드는 백작이 이곳을 최상의 상태로 준비해둔 것이라고 추측했다. 그는 세상 사람들에게 노동당 정부를 파괴자로 낙인찍고 싶어했다.

로이드는 자기도 모르게 피츠를 측은히 여기고 있었다.

애버로언 시장이 인터뷰중이었다. "이 도시 사람들은 노천광을 반대하고 있습니다." 그는 말했다. 로이드는 놀랐다. 시의회는 노동당이 다수였고, 주민들이 정부의 결정에 맞서는 것은 자연스럽지 않았다. "백년이 넘는 세월 동안 이 아름다운 정원들은 우울한 산업경관 속에 살아가는 이들의 영혼에 생기를 되찾아주었습니다." 시장은 말을 이었다. 미리 준비한 연설문에서 이제 개인적인 추억담으로 넘어갔다. "저도 저

삼나무 아래서 아내에게 청혼했죠."

철로 만든 거인의 발소리인 듯 요란스레 철커덩거리는 소리에 인터뷰가 중단되었다. 로이드가 고개를 돌려 뒤쪽 진입로를 바라보니 거대한 기계가 다가오는 것이 눈에 들어왔다. 세상에서 가장 큰 듯한 크레인이었다. 30미터나 되는 거대한 팔에 달린 버킷에는 화물차 한 대쯤 거뜬히 들어갈 것 같았다. 무엇보다 놀라운 것은 철제 발이 돌아가면서 기계가 움직였는데 그 발이 지면을 때릴 때마다 대지가 뒤흔들린다는 사실이었다.

빌리는 자랑스럽게 로이드에게 말했다. "저건 모니건에서 만든 걸어다니는 드래그라인 굴착기야. 한 번에 흙을 6톤씩 처리하지."

괴물 같은 기계가 쿵쿵거리며 진입로로 들어오는 동안 카메라가 돌아갔다.

로이드가 노동당에 대해 불안한 것은 단 한 가지였다. 사회주의자 대부분 마음 한구석에는 청교도적인 권위주의가 있었다. 할아버지가 그랬고 빌리 역시 마찬가지였다. 그들은 감각적인 즐거움을 불편하게 여겼다. 희생과 자기부정이 더 잘 맞았다. 그들은 기가 막히게 아름다운 이 정원이 아무짝에도 소용없다고 여겼다. 틀린 생각이었다.

에설이나 로이드는 그렇지 않았다. 어쩌면 두 사람은 남의 흥을 깨는 기질을 물려받지 않았는지도 몰랐다. 로이드는 그랬기를 바랐다.

굴착기 기사가 기계를 필요한 위치로 옮기는 동안 피츠는 분홍색 돌이 깔린 길에 서서 인터뷰를 했다. "석탄부 장관은 여러분에게 이곳의 석탄이 고갈되면 정원은 그의 표현대로 '효과적인 복구 프로그램'의 대상이 될 거라고 말했을 겁니다." 그가 말했다. "저는 그런 약속은 소용없다고 말씀드리겠습니다. 제 조부와 부친, 그리고 제가 이 정원을 지금처럼 최고로 아름답고 조화롭게 꾸미는 데는 백 년이 넘게 걸렸습니다. 이곳을 다시 복구하려면 또 백 년이 걸릴 겁니다."

굴착기의 팔이 각도가 45도가 될 때까지 서쪽 정원 관목 숲과 화단 위로 기울어졌다. 버킷 아래는 크로케 경기장인 잔디밭이었다. 그 상태로 한참을 기다렸다. 모인 사람들은 침묵했다. 빌리가 큰 소리로 말했다. "어서 시작해, 빌어먹을."

중산모를 쓴 기술자 한 명이 호루라기를 불었다.

버킷이 커다란 꽹음을 울리며 땅 위로 떨어졌다. 철제 이빨이 평평한 녹색 잔디를 파고들었다. 버킷에 달린 줄이 팽팽해지더니 기계를 세게 잡아당기는 삐걱 소리가 크게 났고, 그 순간 버킷이 뒤쪽으로 움직이기 시작했다. 지대를 가로지르며 버킷은 커다랗고 노란 해바라기 화단과 장미 화원, 까치수염꽃나무덤불, 침엽수 관목림, 작은 목련 한 그루를 파헤쳐놓았다. 움직임을 멈춘 버킷은 흙과 꽃, 식물로 가득했다.

그 순간 버킷은 흙과 꽃을 질질 흘리면서 7미터 상공까지 올라갔다.

굴착기의 팔이 옆으로 돌았다. 로이드가 보기에는 저택 건물보다 높았다. 그러다 버킷이 위층 창문을 박살내지 않을까 걱정될 지경이었지만 기계를 조작하는 사람은 솜씨가 좋아 제때 멈췄다. 매달린 줄이 느슨해지자 버킷이 기울고 정원을 이뤘던 흙 6톤이 저택 입구에서 몇 걸음 떨어진 땅 위로 쏟아져내렸다.

버킷은 원래 자리로 돌아왔고, 같은 과정이 반복되었다.

로이드는 피츠를 바라보았다. 그는 울고 있었다.

# 23장
# 1947년

I

1947년 초에는 유럽 전체의 공산화가 가능해 보였다.

볼로댜 페시코프는 그렇게 되는 것을 바라야 할지, 아니면 그 반대를 바라야 할지 확신이 서지 않았다.

붉은 군대는 동유럽을 지배했고 서유럽의 선거에서는 공산주의자들이 이기는 중이었다. 그들은 나치에 대항했다는 이유로 존경받고 있었다. 프랑스에서 전후 처음으로 치러진 선거에서는 오백만 명이 공산당에 투표해 가장 인기 있는 정당이 되었다. 이탈리아에서는 공산당과 사회당이 연합해 전체 투표수의 40퍼센트를 얻어냈다. 체코슬로바키아에서는 공산당 단독으로 38퍼센트를 득표해 민주적으로 선출된 정부를 이끌었다.

유권자들이 붉은 군대의 약탈과 강간을 경험한 오스트리아와 독일에서는 달랐다. 베를린 시 선거에서 사회민주당은 전체 130석 가운데 63석을 얻었고 공산당은 겨우 26석에 그쳤다. 하지만 독일은 폐허가 된 채 굶주리고 있었기 때문에 크렘린은 절망에 빠진 사람들이 대공황 시절 나치즘에 의지했던 것처럼 이제 공산주의에 기대지 않을까 여전히 바랐다.

영국은 엄청난 실망이었다. 전후 선거에서 의회에 진출한 공산주의자는 단 한 명이었다. 그리고 노동당 정부는 공산주의가 약속하는 모든 걸 내놓고 있었다. 복지, 무상 의료 혜택, 전 국민에 대한 교육에 심지어 탄광 광부도 주 오 일 근무를 했다.

하지만 유럽의 나머지 지역에서는 자본주의가 전후 불황으로부터 사람들을 구하는 데 실패했다.

볼로댜는 양파 모양 돔 위에 눈이 겹겹이 두껍게 쌓이는 모습을 보며 날씨조차 스탈린의 편이라고 생각했다. 1946년에서 1947년으로 넘어가는 겨울은 백몇 년 만에 찾아온 가장 추운 겨울이었다. 생트로페*까지 눈이 내렸다. 영국의 도로와 철도는 폐쇄되었고 산업은 서서히 멈췄다. 전쟁중에도 절대 없던 일이었다. 프랑스에서는 식량 배급이 전시 수준 이하로 떨어졌다. 국제연합의 계산에 따르면 일억 명의 유럽인이 하루 1500칼로리로 살아갔다. 영양실조로 건강이 위협받는 수준이었다. 상품을 생산하는 엔진들이 점점 느려지며 사람들은 이제 잃을 것이 없다고 느끼기 시작했고, 유일한 탈출구는 혁명 같았다.

일단 소련이 핵무기를 보유하면 어느 나라도 막아설 수 없었다. 볼로댜의 아내 조야와 동료들은 소련 핵 연구의 중심적인 기관으로 일부러 애매한 명칭을 붙인 과학아카데미 2번 연구소에 원자로를 만들었다. 원자로는 크리스마스에 임계상태가 되었는데, 그때 태어난 지 육 개월이

---

* 프랑스 남부의 휴양지.

지난 아들 콘스탄틴은 연구소의 탁아소에서 자고 있었다. 만일 실험이 실패했다면 어린 코탸가 그보다 몇 킬로미터 떨어진 곳에 있었더라도 별 차이는 없었을 거라고 조야는 볼로댜에게 속삭이며 말했다. 아마 모스크바 시내가 모조리 파괴되었을 것이기 때문이다.

볼로댜의 미래에 대한 모순된 감정은 아들이 태어나면서 새롭게 강렬해졌다. 그는 코탸가 자랑스럽고 강력한 국가의 시민으로 자라기를 원했다. 소련은 유럽을 지배할 자격이 있어 보였다. 나치를 물리친 것은 붉은 군대였고, 그것도 사 년이라는 잔인한 기간 동안 펼친 전면전을 통해서였다. 다른 연합국들은 소소한 전투만 치르면서 수수방관하다가 마지막 십일 개월을 남기고 합류했을 뿐이다. 나머지 연합국의 사상자를 모두 합쳐도 소련이 겪은 괴로움에 비하면 일부에 지나지 않았다.

하지만 그때 그는 공산주의가 무슨 의미인지 생각하게 되었다. 원칙 없는 숙청과 비밀경찰의 지하실 고문이 존재하고, 점령군 병사들에게 과도한 야만 행위를 강요하거나 거대한 나라 전체가 차르보다 더 강력한 독재자의 고집불통 결정을 따라야 하는 것이 공산주의였다. 나는 진정으로 이런 잔혹한 체제가 대륙의 나머지 지역으로 뻗어나가기를 원하는 걸까?

그는 누구에게 허락을 받거나 신분증을 제시하지도 않고 뉴욕의 펜역으로 걸어들어가 앨버커키로 가는 표를 샀던 일을 기억했다. 그리고 그 과정에서 느낀 짜릿하고 완벽했던 해방감을 떠올렸다. 시어스로벅 카탈로그는 이미 오래전에 불태웠지만, 그 책자는 누구나 살 수 있는 좋은 물건이 가득한 수백 페이지로 그의 머릿속에 살아 있었다. 러시아 사람들은 서방의 자유와 번영은 그저 선전에 지나지 않는다고 믿었지만 볼로댜는 바보가 아니었다. 그의 마음 일부는 공산주의가 패배하기를 고대하고 있었다.

독일의 미래, 결국 유럽의 미래는 1947년 3월 모스크바에서 열리는 외무장관 회담에서 결정될 예정이었다.

이제 대령이 된 볼로댜는 회담에 배치된 정보팀의 책임자였다. 회의는 모스크바 호텔에서 가까워 편리한 항공산업회관의 화려하게 장식한 공간에서 열렸다. 언제나 그렇듯 대표단과 통역관들이 테이블에 둘러앉고 보좌관들은 그들 뒤로 열을 맞춰 놓은 의자에 자리를 잡았다. 소련 외무장관으로 강철 엉덩이의 늙은이라고 불리는 뱌체슬라프 몰로토프는 전쟁배상금으로 소련에 백억 달러를 지불하라고 독일에 요구했다. 미국과 영국은 그러면 독일의 허약한 경제에 치명타를 입힐 거라며 항의했다. 스탈린은 그걸 원하는 것인지도 몰랐다.

볼로댜는 이번에는 뉴스 사진기자로 회담을 취재하러 온 우디 듀어와 다시 전처럼 친분을 맺게 되었다. 마찬가지로 결혼한 그는 아주 아름다운 검은 머리의 여인이 여자 아기를 안고 있는 사진을 보여주었다. 크렘린에서 공식 사진촬영 시간이 끝나고 ZIS-110B 리무진 뒷자리에 앉아 돌아오는 길에 우디는 볼로댜에게 물었다. "독일은 소련이 요구한 전쟁배상금을 낼 돈이 없다는 거, 알죠?"

볼로댜는 영어 실력이 좋아졌고 두 사람은 통역 없이도 이야기를 주고받을 수 있었다. 그가 말했다. "그럼 그들은 어떻게 사람들을 먹이고 도시를 다시 세우는 겁니까?"

"물론 우리의 지원을 받아서죠." 우디가 말했다. "우리는 엄청난 규모의 원조를 하고 있습니다. 그러니까 독일이 조금이라도 전쟁배상금을 낸다면 그건 사실 우리 돈이라는 겁니다."

"그게 크게 잘못된 겁니까? 미국은 전쟁으로 잘살게 되었습니다. 내 조국은 완전히 파괴되었고요. 어쩌면 당신들이 돈을 내야 하는지도 모르죠."

"미국의 유권자들은 그렇게 생각하지 않습니다."

"미국의 유권자들이 틀렸을 수도 있습니다."

우디는 어깨를 으쓱했다. "맞습니다. 하지만 그건 그 사람들 돈이니까요."

또 여론 타령이군. 볼로댜는 생각했다. 전에도 우디와의 대화에서 알아차렸었다. 미국인들은 러시아인들이 스탈린에 대해 말하는 것처럼 유권자들에 대해 말했다. 옳든 그르든 복종해야 했다.

우디는 창유리를 내렸다. "도시 풍경을 찍어도 되겠죠? 햇빛이 아주 멋지군요." 그의 카메라가 소리를 냈다.

볼로댜는 오직 허가받은 사진만 촬영할 수 있다고 알고 있었다. 하지만 거리에 민감한 것은 전혀 보이지 않았고 그저 여자 몇 명이 삽으로 눈을 치우고 있었다. 그럼에도 그는 말했다. "찍지 말아주십시오." 그는 우디 앞으로 몸을 기울여 내렸던 창유리를 올렸다. "공식 사진만 됩니다."

그가 필름을 꺼내달라고 요구하려던 찰나 우디가 말했다. "내가 당신과 성이 같다는 그레그 페시코프라는 친구 얘기했던 거 기억합니까?"

볼로댜는 똑똑히 기억하고 있었다. 빌리 프룬체도 비슷한 말을 했었다. 어쩌면 같은 사람일 수도 있었다. "아니요, 기억나지 않는군요." 볼로댜는 거짓말을 했다. 서방에 혹시라도 친척일 가능성이 있는 사람이 없기를 바랐다. 러시아인들에게 그런 관계는 의심과 문제를 불러왔다.

"그 친구도 미국 대표단에 속해 있습니다. 한번 이야기해보세요. 친척관계인지 알아보시죠."

"그러죠." 볼로댜는 어떻게 해서든 그 사람을 피해야겠다고 마음먹으며 말했다.

그는 우디의 필름을 굳이 압수하지 말자고 생각했다. 무해한 길거리

풍경 사진 한 장으로 소동을 벌일 필요는 없었다.

다음날 회담에서 미국 국무장관인 조지 마셜은 연합국 네 나라의 분할 점령을 폐지하고 독일을 한 나라로 통합해야 한다고 주장하며 그래야만 독일이 자원을 채굴하고 제품을 만들고 사고팔면서 다시 한번 박동하는 유럽의 경제적 심장이 될 수 있다고 말했다.

그건 소련이 절대 원하지 않는 상황이었다.

몰로토프는 배상금 문제가 해결될 때까지는 통일에 대해 논의하는 것을 거부했다.

회담은 교착상태에 처했다.

그리고 볼로댜가 생각하기에 그것이 바로 스탈린이 원하던 바였다.


II


국제외교의 세계는 정말 좁다고 그레그 페시코프는 생각했다. 모스크바 회담에 참가한 영국 대표단의 젊은 보좌관 한 명이 이복누이 데이지의 남편인 로이드 윌리엄스였기 때문이다. 처음에 그레그는 지나치게 점잖은 영국 신사처럼 차려입은 로이드의 외모가 마음에 들지 않았다. 하지만 알고 보니 그는 평범한 남자였다. "몰로토프는 멍청한 놈입니다." 로이드는 모스크바 호텔 바에서 보드카 마티니를 몇 잔 마신 뒤 말했다.

"그럼 그자를 어떻게 하죠?"

"모르죠. 하지만 영국은 이렇게 늘어지는 걸 견딜 수 없습니다. 독일 점령에 들어가는 돈을 감당 못해요. 게다가 혹독한 겨울이 문제를 최악으로 만들었죠."

"이거 아세요?" 그레그는 생각에 잠긴 채 말했다. "만일 소련이 장단을 맞추지 않으면 그냥 우리끼리 가는 겁니다."

"어떻게 그러죠?"

"우리가 원하는 거요?" 그레그는 손가락을 하나씩 꼽으며 말했다. "독일을 하나로 합치고 선거를 실시하는 거죠."

"우리도 마찬가지죠."

"아무 가치도 없는 라이히스마르크를 버리고 새로운 화폐를 도입하길 원합니다. 그래야 독일인들이 장사를 시작할 수 있을 테니까요."

"그렇죠."

"그리고 이 나라를 공산주의로부터 구해내고 싶은 겁니다."

"영국도 같아요."

"동쪽에서는 소련이 협조하지 않으니 그럴 수가 없어요. 그럼 그놈들은 엿이나 먹으라고 그래요! 우리가 세 구역을 통제하고 있잖습니까. 그냥 우리 지역에서만 그렇게 하고 동부는 지옥에나 가라는 겁니다."

로이드는 깊은 생각에 빠진 듯했다. "이건 당신 상사하고 의논이 된 이야기입니까?"

"제길, 아니에요. 그냥 나오는 대로 지껄이는 겁니다. 하지만 왜 그러면 안 되죠?"

"어니 베빈에게 제안해봐야겠군요."

"그럼 나는 조지 마셜에게 말하죠." 그레그는 술을 한 모금 마셨다. "러시아인들이 솜씨가 좋은 건 딱 하나, 보드카뿐이에요." 그가 말했다. "그래, 우리 누이는 어때요?"

"곧 둘째 아기를 낳을 겁니다."

"데이지는 어머니로서는 어떤가요?"

로이드는 웃었다. "끔찍한 어머니일 거라고 생각하는 모양이군요."

그레그는 어깨를 으쓱했다. "살림 잘하는 사람으로 본 적은 한 번도 없으니까요."

"그녀는 참을성이 많고 차분하고 정리를 잘하죠."

"보모를 여섯 명 뽑아서 모든 일을 대신 시키지 않아요?"

"딱 한 명 있죠. 그래야 저녁에 나랑 외출할 수 있으니까. 대개는 정치 모임이지만요."

"와, 변했네요."

"완전히 변한 건 아니에요. 여전히 파티를 좋아하죠. 그쪽은 어때요, 여전히 혼자예요?"

"넬리 포덤이라는 여자가 있는데 상당히 진지하게 생각하고 있어요. 그리고 아시겠지만 내가 대부 노릇을 해주는 아이가 한 명 있죠."

"압니다." 로이드가 말했다. "데이지가 그 아이에 대해 다 말해주었어요. 조지."

그레그는 로이드의 얼굴에 살짝 비치는 어색한 기색을 보고 조지가 그의 아들이라는 사실을 알고 있다고 확신했다. "나는 그애를 아주 좋아해요."

"멋지네요."

러시아 대표단 소속의 한 남자가 바bar로 다가왔고 그레그는 그와 눈이 마주쳤다. 왠지 아주 낯이 익었다. 그는 삼십대였고 머리를 군인처럼 짧게 깎은 것을 제외하고는 잘생긴 외모에 파란 눈이 약간 위협적인 빛을 띠고 있었다. 그가 친근하게 고개를 끄덕여 보이자 그레그가 물었다. "우리가 전에 만났었나요?"

"어쩌면요." 러시아 남자가 말했다. "나는 독일에서 학교를 다녔습니다. 베를린 청년 아카데미죠."

그레그는 고개를 저었다. "미국에 오신 적이 있나요?"

"아뇨."

로이드가 말했다. "이 사람이 당신과 성이 같다던 분입니다. 볼로댜 페시코프."

그레그가 자신을 소개했다. "우린 친척 간일 수도 있겠군요. 우리 아버지 레프 페시코프는 1914년 임신한 여자친구를 남겨두고 이민을 떠났죠. 그 여자친구는 아버지의 형인 그리고리 페시코프와 결혼했습니다. 우리 이복형제가 아닐까요?"

볼로댜의 태도가 돌변했다. "그럴 리가요." 그가 말했다. "실례하겠습니다." 그는 술도 한잔 사지 않고 바를 떠났다.

"퉁명스럽기도 하군요." 그레그가 로이드에게 말했다.

"정말 그러네." 로이드가 말했다.

"충격받은 것 같았어요."

"뭔진 몰라도 당신이 한 말 때문인 게 분명합니다."

III

사실이 아닐 수도 있어. 볼로댜는 속으로 말했다.

그레그는 그리고리가 레프가 임신시킨 여자와 결혼했다고 말했다. 만일 그게 사실이라면 볼로댜가 늘 아버지라고 불렀던 사람은 아버지가 아니라 큰아버지였다.

어쩌면 우연일 수도 있었다. 아니면 미국인들이 그저 분란을 일으키려는 것일 수도 있었다.

어쨌거나 볼로댜는 충격으로 머리가 어지러웠다.

그는 여느 때와 같은 시간에 집으로 돌아왔다. 빠른 속도로 진급한 그와 조야는 그의 부모가 사는 호화로운 동네의 정부 주택단지 아파트 한 채를 지급받았다. 저녁이면 대개 그러듯 코탸가 밥 먹을 시간에 그리고리와 카테리나가 아파트로 왔다. 카테리나가 손자를 목욕시킨 다음 그리고리가 노래를 불러주고 러시아의 동화를 들려주었다. 아홉 달 된 코탸는 아직 말을 못했지만 그럼에도 잠잘 때 듣는 옛날이야기를 좋아하는 것 같았다.

볼로댜는 몽유병 환자처럼 저녁에 해야 할 일들을 했다. 태연하게 행동하려 애썼지만 무의식중에 부모님에게 말 거는 것을 피했다. 그레그의 이야기를 믿지는 않았지만 그 생각이 머릿속에서 떠나지 않았다.

코탸가 잠들고 할머니 할아버지는 떠날 시간이 되었을 때 그리고리가 볼로댜에게 물었다. "내 코에 뭐가 나기라도 했니?"

"아뇨."

"그럼 왜 저녁 내내 날 노려보고 있었니?"

볼로댜는 사실대로 말하기로 결심했다. "그레그 페시코프라는 자를 만났어요. 미국 대표단의 일원입니다. 그 친구는 우리가 친척 간이라고 생각해요."

"그럴 수도 있지." 그리고리는 그게 무슨 문제냐는 가벼운 투였지만 볼로댜는 그의 목이 벌게지는 것을 보았다. 아버지가 감정을 억누르고 있다는 신호였다. "내가 마지막으로 동생을 만난 건 1919년이었다. 그때 이후로는 아무 소식도 듣지 못했어."

"그레그의 아버지 이름이 레프고, 그 레프라는 사람에게는 그리고리라는 형이 있답니다."

"그러면 그레그가 네 사촌일 수도 있겠구나."

"그 친구는 형제라더군요."

그리고리는 목만 더욱 벌게질 뿐 아무 말도 없었다.

조야가 끼어들었다. "어떻게 그럴 수가 있죠?"

볼로댜가 말했다. "이 미국인 페시코프의 말이, 상트페테르부르크에 남아 있던 레프의 임신한 여자친구가 그의 형과 결혼했다는 거야."

그리고리가 말했다. "말도 안 되는 소리!"

볼로댜는 카테리나를 보았다. "아무 말씀도 안 하시네요, 어머니."

긴 침묵이 흘렀다. 그것만으로도 의미심장했다. 만일 그레그의 이야기가 진실이 아니라면 두 사람이 생각할 게 뭐 있단 말인가? 기묘한 한기가 마치 얼어붙은 안개처럼 볼로댜에게 내려앉았다.

마침내 어머니가 말했다. "나는 변덕이 심한 여자였다." 그녀는 조야를 보았다. "네 집사람처럼 분별이 있지 않았어." 그녀는 깊은 한숨을 쉬었다. "그리고리 페시코프는 나를 보고 사랑에 빠졌지. 아마 처음 본 순간 그랬을 거야, 불쌍한 바보 같으니." 그녀는 애정이 담긴 시선으로 남편을 바라보았다. "하지만 그의 동생 레프에게는 멋진 옷과 담배, 보드카를 살 돈, 깡패 친구가 있었다. 나는 레프가 더 좋았다. 내가 더 바보였지."

볼로댜는 놀라 말했다. "그럼 정말이에요?" 그의 마음 일부는 여전히 사실이 아니기를 간절히 바라고 있었다.

"레프는 그런 남자라면 누구나 하는 짓을 했어." 카테리나가 말했다. "날 임신시키고 떠났지."

"그럼 레프가 내 아버지군요." 볼로댜는 그리고리를 바라보았다. "그리고 아버지는 그냥 제 큰아버지고요!" 그는 쓰러질 것 같았다. 발을 디디고 선 땅이 바뀌었다. 마치 지진 같았다.

조야가 볼로댜의 의자 옆에 서서 그를 진정시키거나 혹은 제지하려는 듯 어깨에 손을 얹었다.

카테리나가 말을 이었다. "그리고 그리고리는 그리고리 같은 남자들이 늘 하는 일을 했지. 날 돌봐준 거야. 그는 날 사랑했고 나와 결혼했고 나와 아이들을 보살폈지." 그리고리와 나란히 소파에 앉은 그녀는 남편의 손을 잡았다. "나는 이이를 원치 않았고 분명 이이를 가질 자격도 없었지만 어쨌거나 하느님은 이이를 내게 주셨다."

그리고리가 말했다. "이런 날이 올까봐 두려웠지. 네가 태어났을 때부터 나는 이 순간을 두려워했다."

볼로댜가 말했다. "그럼 왜 비밀로 했어요? 왜 그냥 진실을 말하지 않았나요?"

그리고리는 목이 메는지 힘겹게 말을 했다. "네 아버지가 아니라고 말하는 걸 견딜 수 없었다." 그는 간신히 말했다. "널 너무 사랑했어."

카테리나가 말했다. "사랑하는 아들아, 말해줄 게 있어. 지금 하는 말만 들어준다면 다시는 어미 말을 듣지 않아도 상관없지만 이것만은 들어줘. 어리석은 여자를 한때 유혹했던 미국에 있는 모르는 사람은 잊어. 지금 네 앞에 눈물을 글썽이며 앉아 있는 사람을 봐라."

볼로댜가 바라본 그리고리의 얼굴에는 마음을 끌어당기는 간절함이 어려 있었다.

카테리나가 말을 이었다. "이 사람은 삼십 년 동안 한결같이 널 먹이고 입히고 사랑했다. 만일 아버지라는 말에 조금이라도 어떤 의미가 있다면 이 사람이 네 아버지야."

"네." 볼로댜가 말했다. "그건 알아요."


IV


로이드 윌리엄스는 어니 베빈과 잘 맞았다. 두 사람은 나이 차이에도 불구하고 공통점이 많았다. 눈 덮인 유럽을 가로지르는 나흘간의 기차 여행 동안 로이드는 자기도 베빈처럼 하녀의 사생아로 태어났다고 털어놓았다. 두 사람 다 열렬한 반공주의자였다. 로이드는 에스파냐에서의 경험으로, 베빈은 노동조합운동을 하면서 공산주의자들의 전술을 봐왔기 때문이었다. "그들은 크렘린과 다른 모든 사람 위에 군림하는 독재자들의 노예야." 베빈이 말했고 로이드는 그것이 정확히 무슨 뜻인지 알았다.

로이드는 언제나 옷매무새가 단정치 못한 그레그 페시코프가 마음에 들지 않았다. 셔츠의 소매 단추는 풀어져 있고 코트 깃은 뒤집어졌고 신발 끈은 풀려 있었다. 로이드는 상황 판단이 빠른 그레그를 좋아하려 애써봤지만 그 태평스러운 매력 뒤에 숨은 잔인함을 느꼈다. 데이지는 레프 페시코프가 깡패라고 말한 적이 있었고, 로이드는 그레그가 같은 본능을 갖고 있으리라 생각했다.

하지만 베빈은 독일에 대한 그레그의 아이디어를 덥석 받아들였다. "그 친구가 마셜의 의견을 대변한 걸까?" 풍채 좋은 외무장관이 웨스트 컨트리 지방의 강한 악센트로 물었다.

"그건 아니라고 했습니다." 로이드는 대답했다. "이 방법이 통할 거라고 보십니까?"

"이 빌어먹을 모스크바에서 지낸 빌어먹을 삼 주 동안 들었던 최고의 아이디어 같군. 만일 이 친구가 진지했다면 마셜과 이 젊은이, 그리고 자네와 나만 비공식적으로 점심을 먹도록 준비해."

"바로 준비하죠."

"하지만 아무에게도 말하지 말게. 소련측이 눈치채게 하고 싶지 않아. 그들을 상대로 공모를 한다고 비난할 테고, 그 말이 맞을 테니까."

그들은 다음날 스파소페스콥스카야 광장 10번지에 있는 미국 대사관저에서 만났다. 그곳은 혁명 전 지은 호화로운 신고전주의풍 대저택이었다. 마셜은 키가 크고 마른 남자로 뼛속까지 군인이었다. 베빈은 통통하고 근시였으며 입에 담배를 물고 있는 일이 잦았다. 하지만 두 사람은 바로 죽이 맞았다. 둘 모두 꾸밈없이 말하는 사람들이었다. 베빈은 신사답지 못한 발언을 했다는 이유로 스탈린에게 직접 비난을 당한 적도 있는데 외무장관 본인은 그것이 영예라며 매우 자랑스러워했다. 페인트를 바른 천장과 샹들리에 아래서 그들은 소련의 도움 없이 독일을 회생시키기 위한 계획에 착수했다.

그들은 재빨리 원칙들에 합의했다. 새 화폐, 영국과 미국 점령지역―가능하다면 프랑스 점령지역까지―의 통합, 서부 독일의 비무장화, 선거, 새로운 범대서양 군사동맹. 그러자 베빈이 직설적으로 말했다. "아시다시피 이것들 전부 안 될 겁니다."

마셜은 깜짝 놀랐다. "그럼 왜 우리가 이런 논의를 했는지 모르겠군요." 그가 날카롭게 말했다.

"유럽은 불황입니다. 이런 계획은 사람들이 굶주리면 실패합니다. 공산주의에 대항하는 가장 좋은 방법은 번영입니다. 스탈린도 그것을 압니다. 그래서 그는 독일이 계속 빈곤하기를 바라는 거죠."

"동감입니다."

"그 말은 우리가 재건을 해야 한다는 겁니다. 하지만 빈손으로는 할 수 없습니다. 트랙터와 선반, 굴삭기, 철도차량이 필요합니다. 하지만 우리는 살 돈이 없어요."

마셜은 상대가 무슨 말을 하는지 알아차렸다. "미국은 유럽에 더는 원조할 수 없습니다."

"좋습니다. 하지만 우리가 미국 장비를 구입할 돈을 미국이 빌려줄 방법이 분명히 있을 겁니다."

침묵이 흘렀다.

마셜은 쓸데없는 말을 싫어하는 사람이었지만 그의 기준으로도 긴 침묵이었다.

마침내 그가 입을 열었다. "맞는 말이군요. 내가 뭘 할 수 있는지 보겠습니다."

회담은 육 주간 이어졌고, 그들 모두 본국으로 돌아갔을 때 결정된 사항은 아무것도 없었다.


V


에바 윌리엄스는 한 살에 어금니가 났다. 다른 이는 아주 쉽게 났는데 이때는 아팠다. 로이드와 데이지는 딸을 위해 별로 해줄 것이 없었다. 에바가 끙끙 앓으며 잠을 설치자 엄마 아빠도 잠들지 못했다. 두 사람도 괴롭기는 마찬가지였다.

데이지는 돈이 무척 많았지만 그들은 허세를 부리지 않고 살았다. 그들이 구입한 혹스턴의 쾌적한 연립주택은 양쪽에 각각 상점 주인과 건축업자가 살았다. 가족용 자동차도 한 대 있었는데 새로 나온 모리스 에이트로 최고 속도가 시속 100킬로미터 가까이 나왔다. 데이지는 여전히 예쁜 옷들을 샀지만 로이드는 정장이 세 벌밖에 없었다. 야회복, 하원에 등원할 때 입는 가느다란 흰색 줄무늬가 들어간 짙은 색 정장, 주말에 지역구에서 일할 때 입는 트위드 정장이었다.

로이드는 어느 날 저녁 늦은 시간에 투정을 부리는 에비를 재우려고 애쓰는 동시에 잠옷 바람으로 『라이프』 잡지를 뒤적거리고 있었다. 모스크바에서 찍은 인상적인 사진이 눈에 띄었다. 사진 속 러시아 여인은 머리에 스카프를 두르고 자기가 소포라도 되는 것처럼 코트 입은 몸을 줄로 꽁꽁 동여맨 모습이었고, 주름이 깊게 파인 늙은 얼굴로 길에서 삽으로 눈을 치우는 중이었다. 빛이 여인을 비추는 방식이 뭔가 시간의 무한함을 느끼게 해 마치 그녀가 그곳에 천 년째 서 있는 듯한 인상이었다. 로이드는 사진기자의 이름을 보고 회담장에서 만난 우디 듀어임을 알았다.

전화가 울렸다. 수화기를 들었더니 어니 베빈의 목소리가 들렸다. "라디오를 틀어보게." 베빈이 말했다. "마셜이 연설을 했어." 그는 대답도 듣지 않고 전화를 끊었다.

로이드는 에비를 안은 채 아래층 거실로 내려가서 라디오를 켰다. 〈아메리칸 코멘터리〉라는 프로그램이었다. BBC의 워싱턴 특파원인 레너드 마이얼이 매사추세츠 주 케임브리지에 있는 하버드 대학교에서 소식을 전하고 있었다. "국무장관은 졸업생들 앞에서 유럽 재건은 원래 예상보다 더 오랜 시간이 걸릴 것이며 더 큰 노력이 필요하다고 했습니다." 마이얼이 말했다.

조짐이 좋군. 로이드는 흥분하며 생각했다. "쉿, 에비. 제발." 그가 말하자 이번에는 에비가 조용해졌다.

그 순간 조지 C. 마셜의 낮고 이성적인 목소리가 들렸다. "앞으로 삼 년에서 사 년 동안 유럽이 해외로부터, 특히 미국으로부터 필요로 하는 식량과 그외 필수품들은 현재 유럽의 지불 능력을 크게 웃도는 것이며 유럽은 실질적인 추가 원조가 반드시 필요합니다. 그렇지 않으면 경제적, 사회적, 정치적으로 대단히 끔찍한 수준의 퇴보에 직면할 것입니다."

로이드는 온몸에 전기가 흐르는 것 같았다. '실질적인 추가 원조'는 바로 베빈이 요청한 것이었다.

"해결책은 악순환을 깨고 미래 경제에 관한 유럽인들의 자신감을 회복하는 데 있습니다." 마셜이 말했다. "미국은 정상적이고 건전한 세계 경제를 회복하는 데 도움이 된다면 무엇이든 해야 합니다."

"이 사람이 해냈군!" 로이드는 알아듣지도 못하는 어린 딸에게 의기양양하게 말했다. "우리에게 원조를 해야 한다는 걸 미국 전체에 말한 거야! 하지만 양이 얼마나 되지? 그리고 어떻게, 언제?"

목소리가 바뀌더니 특파원이 말했다. "국무장관은 유럽에 대한 원조 계획의 자세한 내용은 설명하지 않았으며, 프로그램을 짜는 것은 유럽 사람들에게 달렸다고 말했습니다."

"그 말은 우리에게 전권을 준다는 뜻인가?" 로이드는 열을 내며 에비에게 물었다.

다시 마셜의 목소리가 흘러나왔다. "제 생각에 계획은 유럽에서 나와야 합니다."

보도가 끝나자 전화기가 다시 울렸다. "들었나?" 베빈이 말했다.

"그게 무슨 말일까요?"

"묻지 마!" 베빈이 말했다. "질문을 하면 원치 않는 대답을 듣게 돼."

"좋습니다." 로이드는 당황해서 말했다.

"그 사람 말이 무슨 뜻인지 신경쓰지 말게. 우리가 뭘 하느냐가 문제지. 계획은 유럽에서 나와야 한다고 그가 말했어. 그건 나와 자네를 뜻하는 거야."

"우리가 뭘 할 수 있죠?"

"짐을 꾸려." 베빈이 말했다. "파리로 갈 거야."

# 24장
# 1948년

## I

볼로댜는 체코 군부와의 회담을 위해 붉은 군대 대표단의 일원으로 프라하에 와 있었다. 그들은 화려한 아르데코풍 임페리얼 호텔에 묵고 있었다.

눈이 내리고 있었다.

그는 조야와 어린 코탸가 그리웠다. 두 살배기 아들은 놀라운 속도로 새로운 단어들을 익히고 있었다. 아이는 너무 빨리 자라 매일 달라지는 것 같았다. 그리고 조야는 또 임신을 했다. 볼로댜는 이 주나 가족과 떨어지는 것이 몹시 싫었다. 대표단의 남자들 대부분은 이번 여행을 아내와 떨어져 보드카를 실컷 마시고 쉬운 여자들과 놀아날 기회로 여기고 있었다. 볼로댜는 그저 집에 가고만 싶었다.

실제로 군사 회담이 열리고 있었지만 볼로댜가 대표단에 속한 것은 그의 진짜 임무를 감추기 위한 조치였다. 그의 임무는 붉은 군대 정보부의 영원한 라이벌로 프라하에 나와 있는 어설픈 소련 비밀경찰의 활동을 보고하는 일이었다.

볼로댜는 최근 일에 전혀 열의가 생기지 않았다. 한때 그가 믿었던 모든 것이 무너져내렸다. 그는 스탈린이나 공산주의, 또는 러시아인들에게 있다는 근본적인 선량함을 더는 믿지 않았다. 아버지조차 그의 아버지가 아니었다. 조야와 코탸만 함께 갈 수 있다면 서방으로 망명이라도 하고 싶었다.

하지만 이곳 프라하에서의 임무에는 열중해 있었다. 그가 믿는 뭔가를 해낼 다른 기회는 거의 없었다.

이 주 전 체코 공산당은 연립 세력을 몰아내고 정부를 완전히 장악했다. 전쟁 영웅이자 반공 민주주의자 외무장관인 얀 마사리크는 관사인 체르닌 궁전 꼭대기층에 감금당했다. 쿠데타의 배후에는 소련 비밀경찰이 있는 것이 틀림없었다. 사실 볼로댜의 매제 일리야 드보르킨 대령 역시 프라하로 와서 같은 호텔에 머물고 있었는데, 그가 관여된 것이 거의 분명했다.

볼로댜의 상관 레미토프 장군은 소련을 홍보하는 데 쿠데타는 재앙이라 여겼다. 마사리크는 동유럽 국가가 소련의 그림자 안에서도 자유롭고 독립적일 수 있다는 사실을 전 세계에 보여주는 증거였다. 그 덕분에 체코슬로바키아는 소련에 우호적인 정부를 갖는 동시에 부르주아 민주주의의 외양을 갖췄다. 이것은 소련이 미국을 안심시키는 데 필요한 모든 것을 주는 완벽한 조합이었다. 하지만 균형은 깨지고 말았다.

일리야는 의기양양해 소리질렀다. "부르주아 정당은 박살났어!" 어느 날 밤 호텔 바에서 볼로댜에게 한 말이었다.

"미국 상원에서 무슨 일이 벌어졌는지 아나?" 볼로댜가 부드럽게 말했다. "늙은 고립주의자 반덴버그가 팔십 분짜리 연설을 통해 마셜플랜을 지지했고 장내가 떠나가라 박수를 받았지."

조지 마셜의 애매한 생각은 '계획'이 되었다. 이렇게 되는 데는 쥐새끼처럼 교활한 영국 외무장관 어니 베빈의 공이 가장 컸다. 볼로댜가 생각하기에 베빈은 가장 위험한 종류의 반공주의자였다. 노동자계급 사회민주주의자. 그는 덩치가 크면서도 재빨리 움직였다. 번개 같은 속도로 파리에서 회담을 열고 그곳에서 조지 마셜의 하버드 대학 연설에 대한 전 유럽의 엄청난 환영을 이끌어냈다.

볼로댜는 영국 외무성에 있는 스파이들을 통해 베빈이 소련을 배제하고 독일을 마셜플랜으로 끌어들이고자 마음먹었다는 사실을 알고 있었다. 그리고 스탈린은 동유럽 국가들로 하여금 마셜플랜의 원조를 거부하게 함으로써 곧장 베빈의 덫으로 굴러들어갔다.

이제 소련의 비밀경찰은 마치 마셜플랜이 미국 의회에서 통과되도록 모든 노력을 기울이는 듯한 꼴이었다. "상원은 마셜플랜을 거부할 만반의 준비가 되어 있었지." 볼로댜가 일리야에게 말했다. "미국 납세자들이 비용을 부담하기를 원치 않거든. 하지만 이곳 프라하에서 벌어진 쿠데타가 그들에게 비용 부담의 필요성을 설득한 거야. 유럽에서 자본주의가 무너질 위험에 처했기 때문이지."

일리야는 화를 내며 말했다. "체코의 부르주아 정당들은 미국의 뇌물을 받으려 했어."

"그러도록 내버려두었어야 해." 볼로댜가 말했다. "그게 마셜플랜 전체를 망치는 가장 빠른 방법이었을걸. 그랬다면 미국 의회가 마셜플랜을 거부했을 거라고. 그들은 공산주의자들에게 돈을 주고 싶어하지 않거든."

"마셜플랜은 제국주의자들의 계략이야!"

"그래, 그렇지." 볼로댜가 말했다. "그리고 난 그 계략이 먹힐까봐 걱정이야. 우리와 함께 전쟁을 치른 연합국들이 반소련 연합을 구성하고 있어."

"공산주의의 전진을 막는 놈들은 반드시 그에 걸맞게 다뤄줘야 해."

"당연히 그래야지." 일리야 같은 사람들이 얼마나 끊임없이 엉뚱한 정치적 판단을 내리고 있는지 보면 놀라울 정도였다.

"그리고 난 자러 가야 해."

아직 열시였지만 볼로댜도 잠자리에 들었다. 그는 늦게까지 잠을 이루지 못하고 조야와 코탸 생각을 했고 두 사람에게 잘 자라는 키스를 해주고 싶었다.

머릿속에 일 생각이 떠올랐다. 그는 이틀 전 체코 독립의 상징인 얀 마사리크를 보았다. 체코슬로바키아를 세운 인물이자 초대 대통령을 지낸 그의 아버지 토마시 마사리크의 묘소에서 열린 행사에서였다. 모피칼라가 달린 코트 차림으로 맨머리에 그대로 눈을 맞던 마사리크 2세는 지치고 우울해 보였다.

만일 외무장관 자리에 남아 있도록 그를 설득할 수 있다면 타협이 가능할 것도 같다고 볼로댜는 생각했다. 체코슬로바키아는 안으로는 철저하게 공산주의적 정부를 갖고 단지 국제관계에서만 중립을 유지하거나 적어도 반미적인 요소를 최소화할 수 있었다. 마사리크는 줄타기를 할 수 있는 외교적 기술과 국제적 신뢰도를 모두 보유하고 있었다.

볼로댜는 내일 레미토프에게 이런 내용을 건의해보기로 결심했다.

그는 잠을 설치다 상상 속에서 울리는 알람 소리에 여섯시도 안 되어 깼다. 어젯밤 일리야와 나누었던 대화 가운데 뭔가가 걸렸다. 볼로댜는 대화 내용을 머릿속에서 곱씹어보았다. "공산주의의 전진을 막는 놈"이라는 일리야의 말은 마사리크를 의미했다. 그리고 비밀경찰이 누군가를 "그에 걸맞게 다룬다"고 한다면 그것은 늘 '죽여버리겠다'라는 뜻이었다.

그리고 일리야는 일찍 잠자리에 들었고, 그건 오늘 아침 일찍 행동에 나선다는 사실을 암시했다.

나는 바보야. 볼로댜는 생각했다. 신호를 보고도 그걸 읽어내는 데 밤새 시간을 들이다니.

그는 침대에서 벌떡 일어섰다. 어쩌면 너무 늦지는 않았을지 몰랐다.

재빨리 옷을 입고 두꺼운 오버코트와 스카프, 모자를 챙겼다. 호텔 밖에는 택시가 보이지 않았다. 너무 이른 시간이었다. 붉은 군대의 차량을 부를 수도 있었지만 운전병을 깨워 차를 끌고 오게 하려면 한 시간은 걸릴 터였다.

그는 걷기 시작했다. 체르닌 궁전까지는 2, 3킬로미터밖에 되지 않았다. 그는 프라하의 우아한 도심을 서쪽으로 벗어나 카를교를 건너 궁전으로 향하는 오르막길을 서둘러 걸었다.

마사리크는 그를 기다리고 있지도 않았고 외무장관이 붉은 군대 대령의 말에 귀기울일 것도 아니었다. 하지만 볼로댜는 마사리크가 그를 보면 충분히 호기심이 생길 거라고 생각했다.

그는 눈길을 뚫고 걸음을 빨리해 여섯시 사십오분에 체르닌 궁전에 도착했다. 궁전은 거대한 바로크양식의 건물로 지상 3층에 걸쳐 코린트 식 반기둥이 열을 지어 선 거창한 모습이었다. 놀랍게도 경비는 삼엄하지 않았다. 경비병이 출입문을 가렸다. 볼로댜는 아무런 제지도 받지 않고 화려하게 장식된 홀로 들어섰다.

안내 데스크에 당연히 멍청한 비밀경찰 요원이 앉아 있을 줄 알았지만 아무도 보이지 않았다. 그것은 나쁜 신호였고, 불길한 예감이 그의 마음을 가득 채웠다.

홀은 안뜰로 이어졌다. 창문을 통해 보니 한 남자가 눈밭에 잠들어 있었다. 어쩌면 술에 취해 쓰러진 것일 수도 있었다. 만일 그렇다면 그는 얼어죽을 위험에 처해 있었다.

손잡이를 돌려보니 문이 열려 있었다.

볼로댜는 사각형 안뜰을 가로질러 뛰어갔다. 파란색 실크 잠옷을 입은 남자는 땅에 얼굴을 박고 엎드려 있었다. 몸 위에 눈이 쌓이지 않은 걸 보면 이곳에 쓰러진 지 그리 오래되지 않은 모양이었다. 볼로댜는 그 옆에 무릎을 꿇었다. 남자는 미동도 하지 않았고 숨을 쉬는 것 같지도 않았다.

볼로댜는 고개를 들었다. 마치 행진하는 병사들처럼 줄지어 선 똑같은 창문들이 안뜰을 내려다보고 있었다. 몹시 추운 날씨에 모든 창문이 굳게 닫혀 있었다. 단 하나, 잠옷 차림의 남자 위쪽으로 높은 곳의 창문만 활짝 열려 있었다.

마치 누군가 그곳에서 내던져지기라도 한 것처럼.

볼로댜는 생명이 없는 고개를 돌려 그의 얼굴을 확인했다.

얀 마사리크였다.


## II


사흘 뒤 워싱턴에서는 합동참모본부가 트루먼 대통령에게 소련의 서유럽 침공을 대비한 비상 전쟁 계획을 보고하고 있었다.

세번째 세계 전쟁의 위험은 언론에서 가장 뜨거운 주제였다. "우리는 얼마 전에 전쟁에서 이겼잖아." 재키 제이크스가 그레그 페시코프에게 말했다. "그런데 어떻게 또다른 전쟁이 눈앞에 있다는 거야?"

"그게 내가 스스로 계속 묻고 있는 거야." 그레그가 말했다.

그들은 공원 벤치에 앉아 있었고 그레그는 조지와 럭비공 던지기를 하다 잠시 쉬던 참이었다.

"조지가 아직 군대 가기에는 어려서 다행이야."

"그렇지."

두 사람은 또래의 금발 여자아이에게 말을 거는 아들을 바라보고 있었다. 운동화 끈이 풀려 있고 셔츠 자락은 밖으로 삐져나와 있었다. 아이는 열두 살이었고 지금도 자라는 중이었다. 입술 위쪽에 부드러운 검은 털이 몇 가닥 났고 지난주보다 7센티미터는 더 자란 것 같았다. "우리는 가능한 한 빨리 유럽에서 우리 군대를 고국으로 데려왔지." 그레그가 말했다. "영국과 프랑스도 마찬가지였어. 하지만 붉은 군대는 그대로 남았어. 결과적으로 독일에 있는 그들 병력이 우리의 세 배야."

"미국인들은 또다른 전쟁을 원하지 않아."

"그야 당연하지. 그리고 트루먼은 11월 선거에서 이기기를 바라고. 그러니까 전쟁을 피하려면 뭐라도 할 거야. 하지만 어쨌거나 전쟁은 벌어질 수도 있지."

"당신은 금방 제대할 거잖아. 무슨 일을 할 거야?"

짐짓 무심하게 물었지만 목소리가 떨려서 그녀의 속마음은 그렇지 않은가보다고 그레그는 생각했다. 그녀의 얼굴을 바라봐도 표정을 읽을 수 없었다. 그는 대답했다. "만일 미국이 전쟁중이 아니라면 1950년 의회 선거에 나갈 거야. 아버지가 비용을 대주시겠다고 했어. 대통령 선거가 끝나자마자 착수하려고."

그녀는 고개를 돌렸다. "어느 당?" 기계적인 질문이었다.

그는 자신이 뭔가 그녀를 불편하게 하는 말을 했는지 의문이었다. "당연히 공화당이지."

"결혼은 어떻게 하고?"

그레그는 깜짝 놀랐다. "왜 그걸 물어봐?"

그녀는 이제 그를 똑바로 노려보았다. "당신 결혼해?" 그녀는 물러서지 않았다.

"마침 그렇게 되었어. 넬리 포덤이라는 여자하고."

"그럴 줄 알았어. 그 여자 몇 살인데?"

"스물둘. 그럴 줄 알았다니 무슨 뜻이야?"

"정치인은 아내가 필요하지."

"난 그녀를 사랑해!"

"당연히 그렇겠지. 그 여자도 정치인 집안 출신이야?"

"아버지가 워싱턴에서 변호사를 해."

"훌륭한 선택이군."

그레그는 짜증스러웠다. "당신은 너무 냉소적이야."

"난 당신을 알아, 그레그. 하느님 맙소사. 나랑 잤을 때 당신은 지금 조지보다 몇 살밖에 안 많았어. 다 속여도 당신 어머니와 나는 못 속인다고."

그녀는 언제나 그랬던 것처럼 통찰력이 있었다. 그의 어머니 역시 그의 약혼에 대해 부정적이었다. 두 사람이 옳았다. 이 결혼은 직장을 바꾸기 위한 것이었다. 하지만 넬리는 예쁘고 매력적이고 그레그를 좋아했다. 그러니 뭐가 잘못인가? "조금 있다가 근처에서 그녀를 만나기로 했어." 그가 말했다.

재키가 말했다. "넬리가 조지에 대해서 알아?"

"아니. 그리고 앞으로도 우리는 들키지 않게 조심해야 해."

"당신 말이 맞아. 서자를 두고 있는 것만 해도 충분히 나빠. 그게 흑인이라면 경력을 망칠 수도 있지."

"알아."

"흑인 아내만큼이나 좋지 않고."

그레그는 너무 놀라서 있는 그대로 말할 수밖에 없었다. "내가 당신이랑 결혼할 줄 알았던 거야?"

그녀는 불쾌한 표정이었다. "젠장, 아니야, 그레그. 당신과 황산 연쇄살인범* 가운데 한 명을 고르라고 해도 나는 생각할 시간을 좀 달라고 할 거야."

그레그도 알았다. 그녀가 거짓말을 하고 있다는 걸. 순간 그는 재키와의 결혼을 생각해보았다. 다른 인종 사이의 결혼은 드물었고 백인들은 물론 흑인들의 적개심도 상당했다. 하지만 일부일지언정 그런 결혼을 하는 부부도 있었다. 그리고 그 결과를 참고 견뎠다. 그는 재키만큼 좋은 여자를 만난 적이 단 한 번도 없었다. 그가 청혼하기를 기다리다 지쳐 나가떨어지기 전까지 몇 년을 사귄 마거릿 카우드리조차 재키만큼 좋지는 않았다. 재키는 독설가였지만 그는 그게 마음에 들었다. 어쩌면 어머니가 비슷한 사람이라서인지도 몰랐다. 셋이서 항상 같이 있을 수 있다는 생각은 왠지 매우 매력적이었다. 조지는 그를 아빠라고 부르는 걸 배우게 된다. 관대한 동네에 집을 한 채 살 수도 있다. 학생과 젊은 교수가 많이 사는 조지타운 정도가 적당할 것이다.

그때 조지의 금발 친구를 그 아이의 부모가 불러서 데려갔다. 백인 어머니는 짜증내며 혼내듯 손가락 하나를 흔들어 보였다. 그리고 그레그는 재키와의 결혼이 세상에서 가장 끔찍한 발상임을 깨달았다.

조지는 그레그와 재키가 앉은 곳으로 돌아왔다. "학교는 어떠니?" 그레그가 아이에게 물었다.

"전보다는 마음에 들어요." 아이가 말했다. "수학이 점점 더 재미있

---

* 연쇄살인을 저지르고 그 시체를 황산에 녹여 없앤 영국의 존 조지 헤이를 가리킨다.

어요."

"내가 수학을 잘했지." 그레그가 말했다.

재키가 말했다. "그것참 우연이네."

그레그가 일어섰다. "가야 해." 그는 조지의 어깨를 힘주어 잡아주었다. "수학 계속 열심히 하렴."

"그럼요." 조지가 말했다.

그레그는 재키에게 손을 흔들어 보이고는 떠났다.

그가 결혼에 대해 생각할 때 분명 그녀 역시 같은 생각을 했을 것이다. 그녀는 군에서 전역하는 때가 그에게 결정적인 시기라는 사실을 알고 있었다. 전역은 그로 하여금 미래에 대해 생각하게 만들었다. 그녀는 그가 자기와 정말로 결혼하리라고는 생각하지 않았지만, 그럼에도 비밀스러운 꿈을 품고 있었는지 몰랐다. 이제 그가 그 꿈을 부숴버렸다. 상당히 애석한 일이었다. 그녀가 백인이었다고 해도 결혼하지 않았을 것이다. 그녀를 좋아했고 아이를 사랑했지만 그에게는 창창한 앞날이 있었고, 인맥과 지원이 보장된 여자를 아내로 맞이하고 싶었다. 넬리의 아버지는 공화당 정치계의 실력자였다.

그는 공원에서 몇 블록 떨어진 이탈리아 음식점인 '나폴리'까지 걸어갔다. 넬리는 이미 와 있었다. 작은 녹색 모자 아래로 구릿빛 머리칼이 삐져나와 있었다. "멋지군!" 그가 말했다. "내가 늦은 건 아니지?" 그는 자리에 앉았다.

넬리의 얼굴은 차가웠다. "공원에서 당신을 봤어요." 그녀가 말했다.

그레그는 생각했다. 이런, 젠장.

"조금 일찍 도착해서 잠시 앉아 있었어요." 그녀가 말했다. "당신은 내가 있는지 몰랐죠. 봐서는 안 될 걸 몰래 엿보는 느낌이 들더라고요. 그래서 자리를 떴죠."

"그럼 내가 대부 노릇을 하는 아이를 본 건가?" 그는 억지로 즐거운 척 말했다.

"당신이 그 아이의 대부라고요? 대부를 당신으로 고르다니 놀라운 선택이군요. 교회 한 번 안 가본 사람인데."

"나는 애들이랑은 잘 지내!"

"아이 이름은 뭐죠?"

"조지 제이크스."

"그 아이 얘기는 전에 한 번도 안 했잖아요."

"그랬나?"

"몇 살이죠?"

"열두 살."

"그럼 그 아이가 태어났을 때 당신은 열여섯이었군요. 대부 노릇을 하기에는 너무 어리네요."

"그랬던 것 같아."

"아이 엄마는 직업이 뭐죠?"

"웨이트리스야. 오래전에는 배우였지. 예명은 재키 제이크스였어. 그녀가 우리 아버지 스튜디오와 계약을 맺고 있을 때 만났지." 그건 사실에 가까우니까. 그레그는 불편한 마음으로 생각했다.

"그럼 아이 아버지는요?"

그레그는 고개를 저었다. "재키는 혼자야." 웨이터가 다가왔다. 그레그가 말했다. "칵테일 한잔 어때?" 어쩌면 술이 긴장을 풀어줄지도 몰랐다. "마티니 두 잔." 그는 웨이터에게 말했다.

"금방 가져오겠습니다, 손님."

웨이터가 가자마자 넬리가 말했다. "당신이 아이 아버지 아니에요?"

"대부라니까."

그녀의 목소리는 경멸조로 변했다. "아, 그만 좀 해요."

"왜 그렇게 확신하는 거야?"

"아이가 흑인일지는 몰라도 당신을 닮았어요. 운동화 끈은 풀려 있고 셔츠자락도 제대로 챙겨넣지 못했던데 당신도 그러잖아요. 그리고 어느 금발 여자아이와 이야기하던데 아주 비위를 잘 맞추더군요. 당연히 당신 아들이죠."

그레그는 포기했다. 그는 한숨을 내쉬고는 말했다. "당신한테 말하려고 했어."

"언제요?"

"좋은 때를 기다리고 있었지."

"청혼하기 전이었다면 좋은 때였겠죠."

"미안해." 그는 당황했지만 진짜로 뉘우치지는 않았다. 넬리가 불필요하게 소란을 피운다고 생각했다.

웨이터가 메뉴판을 가져왔고 두 사람은 메뉴판을 들여다보았다. "스파게티 볼로네제가 좋겠군." 그레그가 말했다.

"난 샐러드 먹을래요."

마티니 두 잔이 나왔다. 그레그는 술잔을 들며 말했다. "용서하는 결혼을 위해."

넬리는 술잔을 들지 않았다. "당신과 결혼 못해요." 그녀가 말했다.

"자기야, 이러지 마. 예민하게 그러지 말라고. 사과했잖아."

그녀는 고개를 저었다. "모르는군요, 그렇죠?"

"내가 뭘 몰라?"

"당신하고 공원에 함께 앉아 있던 여자 말이에요. 그녀는 당신을 사랑해요."

"그래?" 어제였다면 그레그는 그 말을 부인했을 것이다. 하지만 오늘 대화를 하고 나니 확신할 수가 없었다.

"그건 분명해요. 왜 다시 결혼하지 않았겠어요? 그녀는 충분히 예뻐요. 노력했더라면 지금쯤 의붓아들을 받아들일 남자를 찾을 수 있었겠죠. 하지만 그녀는 당신을 사랑하고 있어요, 이 건달 같으니."

"난 확실히 모르겠어."

"그리고 그 아이도 당신을 아주 좋아해요."

"나는 그애가 가장 좋아하는 삼촌이니까."

"삼촌이 아니죠." 그녀는 술잔을 그에게 밀었다. "내 술도 마셔요."

"자기, 제발 좀 진정해."

"갈래요." 그녀는 일어섰다.

그레그는 여자들이 그를 떠나버리는 일에 익숙지 않았다. 이런 상황에서 불안을 느꼈다. 매력이 사라진 걸까?

"당신하고 결혼하고 싶어!" 그가 말했다. 스스로 들어도 필사적인 목소리였다.

"당신은 나랑 결혼 못해요, 그레그." 그녀가 말했다. 그리고 손가락에서 다이아몬드 반지를 빼더니 빨간색 체크무늬 테이블보 위에 내려놓았다. "당신은 이미 가족이 있잖아요."

그녀는 식당을 나갔다.

III

세계의 위기가 6월에 곪아터졌고 카를라와 그녀의 가족은 그 한복판에 있었다.

트루먼 대통령의 서명으로 마셜플랜이 법제화되고 원조물자를 실은 첫번째 배가 유럽에 도착하자 크렘린은 분노했다.

6월 18일 금요일 서방 연합국들은 저녁 여덟시에 중요한 발표를 하겠다고 독일인들에게 미리 알렸다. 카를라의 가족은 주방에 있는 라디오 주위로 모여서 라디오 프랑크푸르트에 주파수를 맞춘 다음 긴장한 채 기다렸다. 전쟁이 끝난 지 삼 년이 지났지만 그들은 어떤 미래가 기다리는지 아직도 알지 못했다. 자본주의인지 공산주의인지, 통일인지 분단인지, 자유인지 예속인지, 번영인지 궁핍인지 알 수 없었다.

베르너는 이제 두 살 반이 된 발리를 무릎에 앉힌 채 카를라 옆에 앉아 있었다. 그들은 일 년 전 조용히 결혼식을 올렸다. 카를라는 다시 간호사로 일했다. 사회민주당 소속 베를린 시의원이기도 했다. 프리다의 남편 하인리히도 마찬가지였다.

러시아가 동독에서의 사회민주당 활동을 금지시켰지만, 네 개의 주요 연합국으로 구성된 위원회 '코만다투라' 관할인 베를린에서는 위원회가 금지안을 거부함으로써 소련 점령지역의 유일한 오아시스로 남았다. 그 결과 사회민주당이 승리했고 공산당은 보수당인 기독민주당에도 크게 뒤진 제3당의 자리를 차지했다. 러시아는 격분했고 선거로 뽑힌 의회를 방해하기 위해 온갖 짓을 일삼았다. 카를라는 좌절에 빠졌지만 소련으로부터의 독립이라는 희망을 포기할 수는 없었다.

베르너는 어렵게 작은 사업을 시작했다. 그는 아버지가 운영하던 공장의 잔해를 뒤져 소량의 전기용품과 라디오 부품을 찾아냈다. 독일인들은 새 라디오를 살 돈이 없어 모두 예전 것을 고쳐 쓰고 싶어했다. 베르너는 전에 공장에서 일했던 기술자 몇 명을 찾아내 그들을 고용해서 라디오 수리 일을 시작했다. 그는 매니저 겸 영업 담당이었고 주택가와 아파트 건물을 돌아다니면서 문을 두드리며 광고를 하고 다녔다.

오늘 저녁 주방 탁자에 함께인 모드는 미국인들을 위해 통역으로 일했다. 그녀는 가장 뛰어난 실력자 중 하나로 가끔 코만다투라 회의에서 통역을 맡기도 했다.

카를라의 오빠 에리크는 경찰 제복을 입고 있었다. 가족들의 실망에도 불구하고 공산당에 가입한 그는 러시아 점령군이 조직한 새로운 동독 경찰에 자리를 얻었다. 에리크는 서방 연합국들이 독일을 두 개로 쪼개려 한다고 말했다. "너희 사회민주당은 분리주의자야." 그는 나치의 선전을 앵무새처럼 흉내내던 것처럼 공산당의 주장을 인용하며 말했다.

"서방 연합국들은 아무것도 쪼개지 않았어." 카를라가 쏘아붙였다. "그들 구역의 경계를 개방했다고. 소련은 왜 그렇게 안 하는 거지? 그러면 우리는 다시 한 나라가 될 텐데." 카를라의 말은 에리크에게 들리지 않는 것 같았다.

레베카는 열여덟 살이 다 되었다. 카를라와 베르너는 적법한 절차를 밟아 그녀를 입양했다. 그녀는 작년에 학교를 마쳤고 간호사 공부를 할 계획이었다.

카를라는 또 임신했지만 베르너에게는 아직 말하지 않았다. 황홀한 기분이었다. 베르너는 입양한 딸과 의붓아들이 있었지만 이제 자기 자식도 생길 것이다. 사실을 알면 남편이 크게 기뻐하리라. 그녀는 확인을 하기 위해 조금만 더 기다리기로 했다.

그리고 그녀는 무척 궁금했다. 세 아이는 과연 어떤 나라에서 살아가게 될까.

로버트 로크너라는 미군 장교가 방송에 등장했다. 독일에서 자란 그는 자연스럽게 독일어를 사용했다. 그의 설명에 따르면 월요일 아침 일곱시부터 서독은 새로운 화폐인 도이치마르크를 사용할 거라고 했다.

카를라는 놀라지 않았다. 라이히스마르크는 나날이 가치가 떨어졌다. 그나마 일자리가 있는 사람은 대부분 임금을 라이히스마르크로 받았고 그 화폐로 배급 식량을 사거나 버스비를 내는 등 기본적인 생활을 할 수 있었지만, 누구나 그보다는 식료품이나 담배로 받기를 원했다. 베르너도 사업을 하면서 라이히스마르크를 받았지만 익일 수리 서비스 요금은 담배 다섯 개비였고 시내 어디든 배달을 받으려면 달걀 세 개였다.

카를라는 모드를 통해 코만다투라에서 새로운 화폐 도입이 논의중이라는 사실을 알고 있었다. 러시아도 화폐를 찍어낼 동판을 요구했다. 하지만 그들은 이미 구 화폐를 너무 많이 발행해 가치를 떨어뜨렸고, 새 화폐에도 같은 일이 벌어진다면 의미가 없었다. 따라서 서방은 요구를 거절했고 소련은 못마땅해했다.

이제 서방은 소련의 협조 없이 앞으로 나아가기로 결정했다. 카를라는 새 화폐 도입이 독일을 위해 좋은 일이니 기뻤지만 소련의 반응이 어떨지 불안하기도 했다.

서독 사람들은 가치가 낮은 예전 60라이히스마르크를 3도이치마르크와 90페니로 바꿀 수 있다고 로크너가 말했다.

그러더니 이런 조치는 최소한 초기에는 베를린에서는 적용되지 않는다고 말했다. 그 말에 주방에 모여 있던 사람들은 하나같이 신음을 내뱉었다.

카를라는 소련이 어떻게 나올지 궁금해하며 잠자리에 들었다. 그녀는 베르너 곁에 누웠지만 정신의 일부는 혹시 옆방에서 울음을 터뜨릴지 모르는 발리에게 가 있었다. 소련 점령군은 지난 몇 달 동안 점점 더 성질을 부리고 있었다. 디터 프리데라는 기자가 미국 점령지역에서 소련 비밀경찰에게 납치당한 후 포로로 잡혀 있었다. 처음에는 전혀 아는 바가 없다고 부인하던 소련은 이후 그를 스파이 혐의로 체포했다고 말을 바꾸었다. 잡지에서 소련을 비판했다는 이유로 대학생 세 명이 퇴학을 당하기도 했다. 가장 끔찍한 사건은 소련의 전투기 한 대가 가토프 공항에 착륙하는 영국유럽항공의 여객기 위를 저공비행하다가 여객기의 날개를 잘라버리는 바람에 두 항공기 모두 추락해 여객기 승무원 넷과 승객 열 명, 소련 조종사가 사망한 일이었다. 러시아인들이 화를 내면 늘 다른 누군가가 고생했다.

다음날 아침 소련은 도이치마르크화를 동독으로 반입하면 범죄라고 발표했다. '소련 점령지역의 일부'인 베를린도 포함되었다. 미국은 즉시 이 조치를 비난하면서 베를린은 여러 나라가 관할하는 도시라고 확언했지만 상황은 뜨겁게 달아올랐고 카를라는 여전히 불안했다.

월요일에 서독은 새로운 화폐를 사용하기 시작했다.

화요일에 붉은 군대는 집으로 연락을 보내 카를라에게 시청 출두를 명했다.

전에도 이런 식으로 소집당한 적이 있지만 그럼에도 집을 떠나면서 두려웠다. 소련이 그녀를 구금한다면 막을 방법이 없었다. 공산당은 나치와 똑같은 독단적 권력을 쥐고 있었다. 심지어 옛 강제수용소를 다시 사용하기도 했다.

베를린의 유명한 '붉은 시청'은 폭격으로 손상되었고 시 정부는 파로히알 가에 새로 지은 청사에 근거지를 두고 있었다. 두 건물 모두 카를라가 살고 있고 소련이 점령한 미테 지구에 있었다.

시청에 도착해보니 시장 대행 루이제 슈뢰더를 포함한 몇몇 사람이 소련의 연락장교 옷시킨 소령과의 회의를 위해 소집되어 있었다. 그는 모인 사람들에게 동독의 화폐가 개혁될 것이며, 장차 소련 점령지역에서는 새로운 오스트마르크만 적법할 것이라고 전했다.

시장 대행 슈뢰더는 즉시 중요한 점을 파악했다. "이런 내용이 베를린의 모든 구역에 적용된다는 겁니까?"

"그렇소."

슈뢰더 여사는 쉽사리 움츠리들지 않았다. "시 헌법에 따르면, 소련 점령군은 이와 같이 다른 구역에도 적용되는 규칙을 독단으로 정할 수 없어요." 그녀는 단호하게 말했다. "다른 연합국들과 상의해야 하죠."

"그들은 반대하지 않을 거요." 그는 종이 한 장을 내밀었다. "이건 소콜롭스키 원수의 명령문이요. 내일 시의회에 안건으로 제출하시오."

그날 저녁에 베르너와 잠자리에 들던 카를라가 말했다. "소련의 전략이 뭔지 알겠어요. 시의회가 그 명령문을 통과시키면 민주주의적인 사고를 지닌 서방 연합국들은 결과를 뒤집기 어렵다는 거죠."

"하지만 시의회가 통과시킬 리 없지. 공산당은 소수당인데다 나머지는 아무도 오스트마르크를 원하지 않으니까."

"그렇죠. 나는 그래서 소콜롭스키 원수에게 무슨 비책이 있는지 궁금한 거예요."

다음날 아침 신문들은 금요일부터 베를린에서는 오스트마르크와 도이치마르크 두 화폐가 경쟁을 하게 된다고 알렸다. 나중에 밝혀진 바로는 미국이 새 화폐 이억오천만 마르크를 '진흙'과 '조류 사냥개'라고 표시한 나무상자에 공수해와서 베를린 전역에 숨겨둔 상태였다.

한낮에 카를라는 서독에서 들려오는 소문을 접했다. 새 화폐가 그곳에서 기적을 일으켰다고 했다. 밤새 더 많은 상품이 쇼윈도에 진열되었다. 바구니에 담긴 체리에 근교 시골에서 온 깔끔하게 묶은 홍당무 다발, 버터와 달걀, 과자. 새 신발이나 핸드백처럼 오랫동안 숨겨두었던 사치품도 볼 수 있었고 심지어 스타킹도 한 켤레에 4도이치마르크면 살 수 있었다. 다들 진짜 돈을 받고 물건을 팔 날을 기다려왔던 것이다.

그날 오후 카를라는 네시로 예정된 의회 회의에 참석하기 위해 시청으로 출발했다. 시청 근처에 도착하니 도로에 선 붉은 군대의 트럭들이 눈에 띄었다. 운전병들은 담배를 피우며 어슬렁거리고 있었다. 트럭들은 대부분 전쟁중 미국이 무기대여법에 따라 소련에 지원한 차량이었다. 마구 날뛰는 군중의 목소리가 들려오기 시작해 카를라는 소련군의 의도를 짐작할 수 있었다. 아무래도 소련군 사령군의 비책은 경찰봉인 듯했다.

시청 앞에는 펄럭이는 붉은 깃발 아래 수천 명의 군중이 모였는데 대부분 공산당 배지를 달고 있었다. 트럭에 실린 확성기에서 분노의 연설이 쏟아지고 군중은 구호를 외쳤다. "분리주의자 타도하자."

카를라는 어떻게 건물까지 가면 좋을지 몰랐다. 아무 관심도 없어 보이는 몇 안 되는 경찰은 의원들을 도와 통과시키려는 그 어떤 시도도 하지 않은 채 구경만 하고 있었다. 십오 년 전 갈색셔츠단이 어머니의 사무실을 엉망으로 만들던 날 경찰이 보여준 태도가 떠오르는 아픈 광경이었다. 공산당 의원들은 이미 안으로 들어갔으리라 확신했다. 그리고 사회민주당 의원들이 건물에 들어가지 못하면 소수당이 명령문을 통과시킨 후 유효하다고 우길 것이다.

그녀는 깊게 숨을 쉬고는 사람들 틈을 비집고 들어가기 시작했다.

몇 걸음은 주의를 끌지 않고 나아갈 수 있었다. 그러다 누군가 그녀를 알아보았다. "미국의 창녀!" 사내가 그녀를 가리키며 소리질렀다. 그녀는 단호하게 밀고 나갔다. 누군가 뱉은 침에 원피스가 젖었다. 계속 앞으로 나아갔지만 공황상태에 빠졌다. 그녀는 그녀를 증오하는 사람들에게 둘러싸였고, 그런 경험은 단 한 번도 해본 적이 없었다. 그냥 달아나고만 싶었다. 사람들에게 밀려났지만 가까스로 넘어지지는 않았다. 누군가 손으로 원피스를 붙잡아 힘껏 잡아채자 찢어지는 소리가 났다. 비명을 지르고 싶었다. 이들이 무슨 짓을 할까? 옷을 갈가리 찢어버리는 건 아닐까?

그녀 뒤에서 다른 누군가 사람들을 뚫고 들어오는 걸 느낄 수 있었다. 돌아보니 프리다의 남편 하인리히 폰 케셀이었다. 그는 그녀가 있는 곳까지 들어왔고 두 사람은 함께 전진하기 시작했다. 하인리히는 발을 밟거나 손이 닿는 곳에 있는 모든 사람을 팔꿈치로 억세게 밀며 공격적으로 움직였고 두 사람은 함께 더 빨리 움직여 마침내 출입문에 이르러 안으로 들어갔다.

하지만 그들의 시련은 끝나지 않았다. 실내에도 수백 명의 공산당원이 시위를 벌이고 있었다. 그들은 통로를 지나면서도 싸워야 했다. 회의실에도 온통 시위를 벌이는 사람들뿐이었다. 방청석뿐 아니라 회의장도 마찬가지였다. 그들은 이곳에서도 바깥에서처럼 공격적이었다.

사회민주당 의원이 일부 보였고 또다른 몇몇은 카를라보다 뒤에 도착했다. 예순세 명의 의원 가운데 많은 수가 어찌어찌해서 군중을 뚫고 안으로 들어왔다. 카를라는 안심했다. 적은 그들을 겁주지 못했다.

의장이 장내를 정리해달라고 요구하자 공산당 의원 하나가 의자 위에 올라가 시위대에게 그대로 있으라고 말했다. 그는 카를라를 보더니 소리질렀다. "배신자는 밖으로 꺼져!"

모든 것이 무시무시했던 1933년을 떠올리게 했다. 폭력, 협박과 소요에 무너지는 민주주의. 카를라는 절망했다.

방청석을 보던 카를라는 소리지르는 군중 사이에서 오빠 에리크를 발견하고는 간담이 서늘했다. "오빠는 독일인이야!" 그녀는 그를 향해 소리쳤다. "오빠는 나치 치하에서 살았잖아. 아무것도 깨달은 게 없어?"

그는 동생의 말이 들리지 않는 것 같았다.

슈뢰더 여사가 연단에 올라 정숙해달라고 말했다. 시위대는 그녀를 향해 야유와 조소를 퍼부었다. 그녀는 소리지르다시피 목청을 높였다.

"시의회가 이 건물에서 제대로 토의하기 어렵다면 미군 점령지역으로 회의장을 변경하겠습니다."

다시 욕설이 쏟아졌지만 스물여섯 명의 공산당 의원은 회의장 이동이 그들의 목적에 어긋난다는 것을 알아차렸다. 만일 의회가 소련 점령지역 바깥에서 한번 열리면 그런 일은 또 벌어질 수 있고, 심지어 공산당의 위협이 미치는 범위 밖으로 영원히 벗어날 수도 있었다. 그들은 잠시 상의하더니 한 명이 일어서서 시위대에게 떠나라고 했다. 시위대는 〈인터내셔널〉을 부르며 열을 맞춰 밖으로 나갔다.

"저들이 누구의 지시를 받는지 확실해졌군." 하인리히가 말했다.

마침내 조용해졌다. 슈뢰더 여사는 소련의 요구를 설명하며 다른 연합국들의 비준이 없는 한 베를린의 소련 점령구역 밖에서는 영향을 미치지 않는다고 했다.

한 공산당 의원은 그녀가 뉴욕으로부터 직접 지시를 받는다며 비난하는 발언을 했다.

비난과 욕설이 험악하게 오갔다. 결국 투표가 시작되었다. 공산당은 만장일치로 소련이 제출한 법령을 지지했다. 외부의 조종을 받는다고 나머지를 비난한 뒤였다. 다른 모두는 법령에 반대했고 안건은 무산되었다. 베를린은 위협당하기를 거부한 것이다. 카를라는 나른한 승리감에 젖었다.

하지만 아직 끝은 아니었다.

그들이 떠날 때가 되었을 때는 저녁 일곱시였다. 군중은 대부분 사라졌지만 무자비한 강경파가 여전히 입구 주위를 돌아다니고 있었다. 나이 많은 여성 의원 한 명은 시청을 빠져나가다가 발길질과 주먹세례를 당했다. 경찰은 무관심한 태도로 방관했다.

카를라와 하인리히는 동료 몇 명과 옆문으로 나가면서 눈에 띄지 않기를 바랐지만 자전거를 탄 공산당원 한 명이 출구를 지키고 있었다. 그는 자전거를 몰고 재빨리 사라졌다.

의원들이 서둘러 움직이는 사이 그가 소수의 무리를 이끌고 되돌아왔다. 누군가 발을 걸어 카를라는 바닥에 쓰러졌다. 한 번, 두 번, 세 번 고통스러운 발길질을 당했다. 겁이 난 그녀는 양손으로 복부를 감쌌다. 임신은 삼 개월째에 접어들고 있었다. 유산 가능성이 가장 높은 시기라는 것을 그녀는 잘 알았다. 베르너의 아기가 죽는다고? 그녀는 절망했다. 베를린 길거리에서 공산주의자 깡패들에게 발길질을 당해서 죽어?

그 순간 그들이 사라졌다.

의원들은 몸을 일으켰다. 크게 다친 사람은 없었다. 그들은 또다시 같은 일을 당할까봐 함께 움직였지만 공산주의자들은 그날 하루는 충분히 사람들을 두들겨팬 모양이었다.

카를라가 집에 돌아왔을 때는 여덟시였다. 에리크는 집에 없는 것 같았다.

베르너는 멍이 들고 옷이 찢어진 그녀의 모습에 충격받았다. "무슨 일이야? 괜찮아?" 그가 말했다.

그녀는 눈물을 터뜨렸다.

"다쳤네." 베르너가 말했다. "병원에 가야 할까?"

그녀는 힘껏 고개를 저었다. "아니에요." 그녀가 말했다. "그냥 멍든 것뿐이에요. 더한 일도 당해봤는걸요." 그리고 의자에 몸을 던졌다. "맙소사, 피곤하네요."

"누가 이랬어?" 그는 화를 내며 물었다.

"늘 같은 사람들이죠." 그녀가 말했다. "스스로 나치가 아니라 공산주의자라지만 거기서 거기예요. 1933년과 모든 게 같아요."

베르너는 양팔을 벌려 그녀를 안았다.

그녀는 마음이 가라앉지 않았다. "깡패와 폭력배가 너무 오래 권력을 쥐고 있어요!" 그녀는 흐느껴 울었다. "이런 상황이 끝나기는 할까요?"

IV

그날 밤 소련 통신사에서 성명이 발표되었다. 새벽 여섯시를 기해 사람과 화물을 싣고 서베를린을 드나드는 모든 교통수단은—열차, 자동차, 운하를 지나는 바지선도 포함해—멈춘다는 것이다. 어떤 종류의 물품도 통과할 수 없었다. 식품도 우유도 약품도 석탄도 불가능했다. 전기를 생산하는 발전소도 폐쇄될 것이므로 전기의 공급도 끊겠다고 했다. 서방 구역에만.

도시는 포위당한 상태였다.

로이드 윌리엄스는 영국군 본부에 있었다. 의회가 잠시 쉬는 동안 어니 베빈은 영국 남쪽 해안의 샌드뱅크스로 휴가를 떠났지만 마음을 놓을 수가 없어서, 로이드를 베를린으로 보내 새 화폐 도입에 대해 자세히 살피고 보고하도록 했다.

데이지는 로이드를 따라오지 못했다. 새로 태어난 그들의 아기 데이비는 이제 겨우 육 개월이었고, 게다가 에바와 함께 혹스턴에 설립 준비중인 여성들을 위한 산아제한 상담소가 곧 개관을 앞두고 있었다.

로이드는 이번 위기가 전쟁으로 이어질까봐 무척 두려웠다. 두 번의 전쟁에 참전한 그는 세번째 전쟁은 보고 싶지 않았다. 어린 자녀가 둘이었고, 아이들이 평화로운 세상에서 자라길 바랐다. 세상에서 가장 예쁘고 섹시하고 사랑스러운 여인과 결혼했고 그녀와 오랫동안 함께하고 싶었다.

미국 군정 사령관으로 일 중독자인 클레이 장군은 참모들에게 무장 수송대를 꾸려서 서쪽의 헬름슈테트부터 아우토반을 타고 소련 구역을 가로질러 앞을 막는 것은 모조리 쓸어버리며 베를린까지 내달리는 계획을 수립할 것을 지시했다.

로이드와 함께 계획을 들은 영국 군정 사령관 브라이언 로버트슨 경은 군인 특유의 딱 부러지는 투로 말했다. "클레이가 그렇게 하면 전쟁이 벌어지겠군."

하지만 그렇다고 다른 뾰족한 수도 없었다. 로이드는 클레이의 젊은 참모들과 이야기를 하다가 미국의 또다른 의견들도 듣게 되었다. 육군성 장관인 케네스 로열은 화폐개혁을 중단하고 싶어했다. 클레이는 그에게 되돌리기에는 너무 많이 진행되었다고 말했다. 다음으로 로열은 모든 미국인을 철수시키고 싶어했다. 클레이는 그것이 바로 소련의 바람이라고 말했다.

브라이언 경은 베를린에 공중보급을 하기를 원했다. 대부분의 사람이 불가능하다고 생각했다. 누군가의 계산에 따르면 베를린은 하루에 4000톤의 연료와 식품을 필요로 했다. 전 세계의 항공기를 모두 동원한다고 해도 그렇게 많은 물자를 수송할 수 있을까? 아무도 알지 못했다. 그럼에도 불구하고 브라이언 경은 영국 공군에 수송 개시를 명령했다.

금요일 오후 브라이언 경은 클레이를 만나러 갔고, 로이드도 수행원으로 초대받았다. 브라이언 경이 클레이에게 말했다. "러시아는 아우토반에서 장군의 수송대 앞을 가로막을 수도 있습니다. 그리고 장군이 그들을 공격할 만큼 배짱이 있는지 보겠죠. 하지만 비행기를 격추하지는 않을 겁니다."

"공중으로는 충분한 물자를 수송할 수 없을 것 같습니다." 클레이가 다시 말했다.

"내 생각도 그렇습니다." 브라이언 경이 말했다. "하지만 뭔가 더 나은 수가 떠오를 때까지 우리는 그 방법을 쓸 겁니다."

클레이는 전화기를 들었다. "비스바덴에 있는 르메이 장군을 연결해." 그가 말했다. 그리고 잠시 후 물었다. "커티스, 거기 석탄을 운반할 수 있는 항공기가 있나?"

잠시 침묵이 이어졌다.

"석탄 말이야." 클레이는 더 크게 말했다.

또 침묵.

"그래, 그게 내가 한 말이야. 석탄."

잠시 후 클레이는 브라이언 경을 바라보았다. "미 공군은 뭐든 수송할 수 있다는군요."

영국측은 본부로 돌아왔다.

토요일에 로이드는 운전병을 구해서 개인적인 용무로 소련 구역에 들어갔다. 그는 십오 년 전 방문한 적이 있는 울리히 가족의 주소지로 차를 향하게 했다.

그는 모드가 아직도 그곳에 살고 있다는 것을 알았다. 그의 어머니와 모드는 전쟁 말기부터 다시 연락을 주고받았다. 편지 속 모드는 믿을 수 없이 험난한 역경 속에서도 의연함을 보이고 있었다. 그녀는 도움을 청하지 않았고 에설도 그녀를 위해 해줄 수 있는 것이 없었다. 영국에서도 여전히 식량 배급제가 시행중이었다.

전혀 다른 집 같았다. 1933년 이곳은 약간 낡았지만 여전히 우아한 타운하우스였다. 지금은 쓰레기장처럼 보였다. 창문 대부분이 유리 대신 판자나 종이로 막혀 있었다. 석재에는 총알구멍이 나 있고 정원 담장은 무너졌다. 목재는 오랜 시간 칠한 흔적이 없었다.

로이드는 잠시 차에 앉아서 집을 바라보았다. 이곳에 마지막으로 왔을 때 그는 열여덟 살이었고 히틀러는 막 독일의 총리가 되었을 뿐이었다. 세계가 맞닥뜨릴 공포를 젊은 로이드는 꿈도 꾸지 못했다. 유럽 전체에서 파시즘이 득세할 날이 얼마나 코앞에 닥쳐왔는지, 또 파시즘을 물리치기 위해 얼마나 많은 희생을 치르게 될지 그는 물론 어느 누구도 생각하지 못했다. 그는 울리히 가족의 집과 자신이 약간 비슷하게 느껴졌다. 폭격과 총격을 당하며 시달렸지만 아직도 서 있었다.

그는 통로를 걸어가 문을 두드렸다.

그는 문을 열어주는 가정부를 알아보았다. "안녕하세요, 아다. 절 기억하세요?" 그는 독일어로 말했다. "로이드 윌리엄스입니다."

집안은 바깥보다 사정이 나았다. 아다는 그를 거실로 안내했다. 피아노 위 커다란 유리컵에 꽃이 꽂혀 있었다. 소파는 밝은 무늬의 담요로 덮어놓았는데 겉감에 난 구멍을 가리기 위한 것이 틀림없었다. 신문지로 막은 창문에서는 의외로 빛이 풍성하게 쏟아져들어왔다.

두 살배기 사내아이가 걸어들어오더니 그를 순수한 호기심에 살펴보았다. 옷은 집에서 만든 것이 분명해 보였고 약간 동양인의 인상이 풍겼다. "누구야?" 아이가 말했다.

"내 이름은 로이드야. 넌 누구니?"

"발리." 아이가 말했다. 그러더니 다시 밖으로 뛰어나갔고 로이드는 아이가 누군가에게 하는 말을 들었다. "저 사람 말 이상해!"

내 독일어 악센트가 그렇군. 로이드는 생각했다.

그 순간 중년 여성의 목소리가 들렸다. "그런 말은 하면 안 돼! 무례한 짓이야."

"미안해, 할머니."

다음 순간 모드가 안으로 들어섰다.

그녀의 모습에 로이드는 충격을 받았다. 오십대 중반이지만 칠십대

는 돼 보였다. 하얗게 센 머리에 얼굴은 수척했고 파란 실크 드레스는
낡아서 올이 다 드러났다. 그녀는 쪼그라든 입술로 로이드의 뺨에 키스
했다. "로이드 윌리엄스, 널 보다니 정말 기쁘구나!"

이분이 내 고모야. 로이드는 묘한 기분으로 생각했다. 하지만 그녀는
사실을 몰랐다. 에설은 비밀을 털어놓지 않았다.

모드를 뒤따라 남편과 함께 들어온 카를라는 몰라볼 정도였다. 로이
드가 만났던 카를라는 조숙한 열한 살이었다. 계산해보니 이제 스물
여섯 살이었다. 굶어죽게 생긴 모습이었지만—독일인 대부분이 그랬
다—예쁘고 자신감 넘치는 카를라의 태도에 로이드는 깜짝 놀랐다. 왠
지 서 있는 자세를 보니 임신했을지도 모른다는 생각이 들었다. 모드의
편지를 읽고 카를라가 베르너와 결혼했다는 걸 알고 있었다. 1933년 잘
생기고 매력이 넘쳤던 그는 지금도 여전했다.

그들은 한 시간 동안 지난 이야기를 나누었다. 이 가족은 상상도 할
수 없는 공포를 겪었고 솔직하게 털어놓았지만 그럼에도 가장 끔찍한
세부는 말하지 않았다는 느낌이 들었다. 로이드는 그들에게 데이지와
에비, 데이비 이야기를 들려주었다. 대화를 나누는 사이 십대 소녀 한
명이 들어오더니 카를라에게 친구네 집에 가도 되느냐고 물었다.

"여기는 우리 딸 레베카예요." 카를라가 로이드에게 말했다.

그녀는 열여섯 살쯤 되어 보였고, 로이드는 입양한 아이가 분명하다
고 생각했다.

"숙제는 다 했니?" 카를라가 소녀에게 물었다.

"내일 아침에 할게요."

"지금 해." 카를라가 단호하게 말했다.

"아, 엄마!"

"다른 소리 마." 카를라가 말했다. 그녀가 로이드를 향해 고개를 돌

리자 레베카는 뛰어나갔다.

그들은 지금의 위기에 대해 이야기했다. 카를라는 시의원으로서 깊이 관여하고 있었다. 그녀는 베를린의 미래에 대해 비관적이었다. 서방이 손을 들고 베를린 전체를 소련 치하로 넘길 때까지 러시아는 사람들을 그저 굶길 거라고 생각했다.

"다르게 생각할 수 있는 뭔가를 보여드리죠." 로이드가 말했다. "자동차로 같이 가겠어요?"

모드는 발리와 남았지만 카를라와 베르너는 로이드를 따라나섰다. 그는 운전병에게 미국 점령지역에 있는 템펠호프 공항으로 가라고 지시했다. 공항에 도착한 그는 창문 너머 활주로가 내려다보이는 높은 곳으로 두 사람을 안내했다.

유도로에는 십여 대의 C-47 스카이트레인 항공기가 꼬리를 물고 서 있었다. 미군의 별 표시가 달린 것도 있고 영국 공군의 원형 표식이 달린 것도 있었다. 열려 있는 화물칸마다 각각 트럭 한 대가 붙어 있었다. 독일인 짐꾼들과 미 공군 병사들이 물품을 하역하는 중이었다. 밀가루 부대와 석유가 든 드럼통, 의약품 상자가 보였고 나무상자에 담긴 우유가 수천 병이었다.

그들이 지켜보는 동안 빈 항공기는 이륙하고 더 많은 항공기들이 착륙을 위해 접근했다.

"놀랍네요." 카를라의 눈가가 촉촉해졌다. "이런 광경은 한 번도 본 적이 없어요."

"이런 광경은 한 번도 없었으니까요." 로이드가 대답했다.

그녀가 말했다. "하지만 영국과 미국이 계속 이럴 수 있을까요?"

"계속해야겠죠."

"하지만 얼마나 오래요?"

"할 수 있을 때까지 할 겁니다." 로이드가 단호하게 말했다.

그들은 그렇게 했다.

# 25장
## 1949년

20세기가 거의 절반이 지난 1949년 8월 29일 볼로댜 페시코프는 카자흐스탄의 카스피해 동쪽 우스튜르트 고원에 있었다. 소련의 최남단 지역에 있는 돌사막으로 유목민들이 성서에 등장하는 시대와 같은 방식으로 염소를 치는 곳이었다. 볼로댜는 험한 길 위에서 불편하게 덜컹대는 군용트럭을 타고 있었다. 바위와 모래, 키 작은 가시덤불이 보이는 풍경 위로 먼동이 트고 있었다. 도로 옆에 혼자 선 비쩍 마른 낙타 한 마리가 지나가는 트럭을 불길한 눈길로 바라보았다.

멀리서 여러 개의 스포트라이트를 받아 빛나는 폭탄 탑이 흐릿하게 보였다.

조야와 다른 과학자들은 볼로댜가 샌타페이에서 빌리 프룬체에게 건네받은 설계도에 따라 첫번째 핵폭탄을 만들었다. 내폭형 기폭장치가 달린 플루토늄폭탄이었다. 다른 방식도 있었지만 이 방식은 한 번은 뉴멕시코에서, 또 한번은 나가사키에서 모두 두 번 제대로 작동했다.

그러니 오늘도 작동할 터였다.

이번 실험의 암호명은 RDS-1이었지만 과학자들은 '첫번째 빛'이라는 이름으로 불렀다.

볼로댜가 탄 트럭이 탑 아래 멈춰 섰다. 위를 쳐다보니 여러 명의 과학자가 단 위에서 굴속 뱀들처럼 뒤엉킨 전선으로 뭔가를 하고 있었다. 전선은 폭탄 외피에 붙은 기폭장치로 연결되었다. 파란색 작업복을 입은 사람이 뒤로 물러서는데 금발이 찰랑 흔들렸다. 조야였다. 볼로댜는 자부심이 확 느껴졌다. 내 아내. 그는 생각했다. 최고의 물리학자에다 그리고 두 아이의 엄마.

그녀는 두 남자와 상의중이었는데, 세 사람은 머리를 맞대고 논쟁을 벌였다. 볼로댜는 잘못된 일이 전혀 없기를 바랐다.

이것은 스탈린을 구원할 폭탄이었다.

이외에 모든 상황이 소련에 좋지 않게 돌아가고 있었다. 서유럽은 깡패 크렘린의 전략을 경험하고 공산주의에 겁을 먹은데다 마셜플랜의 뇌물에 넘어가 단호히 민주주의로 돌아섰다. 심지어 소련은 베를린조차 통제하지 못했다. 공중수송이 거의 일 년 동안 끈질기게 지속되자 소련은 항복하고 도로와 철로를 다시 열었다. 동유럽에서 스탈린이 통제력을 유지하고 있는 것은 오직 폭력 때문이었다. 트루먼은 대통령에 재선되었고 스스로 세계의 지도자라고 생각했다. 미국은 핵무기를 비축하고 B-29 폭격기를 영국에 배치해 소련을 방사능 가득한 불모지로 만들 준비를 마친 상태였다.

하지만 오늘 모든 것이 변할 터였다.

만일 예상대로 폭탄이 터지면 소련과 미국은 다시 대등해질 것이다. 소련이 미국을 핵폭발에 의한 대규모 파괴로 협박할 수 있다면 미국의 세계 제패는 끝날 터였다.

볼로댜는 그런 상황이 좋은지 나쁜지 더이상은 알 수 없었다.

만일 폭탄이 터지지 않는다면 조야와 볼로댜는 둘 다 숙청을 당해 시베리아의 노동수용소로 가거나 그 자리에서 총살을 당할 것이다. 볼로댜는 이미 부모와 이야기를 해두었고 그들이 코탸와 갈리나를 보살펴주기로 약속했다.

볼로댜와 조야가 실험 과정에서 죽는다 해도 그들이 아이들을 돌봐줄 것이다.

주변이 조금씩 더 밝아지자 탑으로부터 제각기 다른 거리에 흩어진 각양각색의 건물이 보였다. 벽돌과 나무로 지은 집들, 물도 없는 곳에 서 있는 다리, 일종의 지하구조물로 들어가는 입구 등이었다. 아마도 군에서 폭발의 효과를 측정하고 싶은 것 같았다. 좀더 주의깊게 살피니 트럭과 탱크, 쓸모없어진 비행기도 보였는데 같은 목적으로 놓아둔 듯했다. 과학자들은 폭탄이 살아 있는 생물에 미치는 영향도 평가하려고 했다. 말과 소, 양이 보이고 개집에 갇힌 개들도 있었다.

탑의 단 위에서 벌어진 대화는 결론이 났다. 세 과학자는 고개를 끄덕이고 다시 일을 시작했다.

잠시 후 조야가 아래로 내려와 남편과 만났다.

"다 괜찮은 거야?" 그가 물었다.

"우린 그렇게 생각해." 조야가 대답했다.

"그렇게 생각을 한다고?"

그녀는 어깨를 으쓱했다. "이제까지 한 번도 해본 일이 아닌 건 확실하잖아."

그들은 트럭에 올라타 이미 불모지인 지대를 가로질러 멀리 떨어진 지휘 벙커로 이동했다.

다른 과학자들도 곧장 뒤따라왔다.

벙커에서 그들 모두 카운트다운이 진행되는 가운데 용접용 고글을

졌다.

육십 초 전, 조야가 볼로댜의 손을 잡았다.

십 초 전, 그는 아내에게 웃어 보이며 말했다. "사랑해."

일 초 전, 그는 숨을 참았다.

그 순간 마치 해가 갑자기 떠오른 것 같았다. 한낮보다 더 강한 빛이 사막을 뒤덮었다. 폭탄 탑이 있는 쪽에서 불덩어리가 불가능한 높이로 치솟아 달까지 뻗어나갔다. 녹색, 자주색, 오렌지색, 보라색으로 빛나는 불덩어리의 야단스러운 빛깔에 볼로댜는 깜짝 놀랐다.

불덩어리는 버섯 모양으로 변했고 버섯의 갓은 계속 위로 치솟고 있었다. 마침내 소리가 도달했다. 마치 붉은 군대가 보유한 가장 큰 대포가 바로 한 걸음 옆에서 발사된 듯한 굉음이었다. 그뒤로 이어지는 천둥소리는 볼로댜로 하여금 젤로브 고지에서의 끔찍한 포격을 떠올리게 했다.

마침내 구름이 흩어지고 소음이 잦아들기 시작했다.

한참 모두 어이가 없어서 말을 하지 못했다.

누군가 말했다. "하느님 맙소사, 저 정도일 줄은 몰랐어."

볼로댜는 아내를 껴안았다. "당신이 해냈어." 그가 말했다.

그녀는 침통한 표정이었다. "알아." 그녀가 말했다. "하지만 우리가 뭘 해낸 거지?"

"당신은 공산주의를 구원한 거야." 볼로댜가 말했다.

II

"러시아의 폭탄은 우리가 나가사키에 떨어뜨린 팻맨을 기반으로 했어." 특별요원 빌 빅스가 말했다. "누군가 그들에게 설계도를 준 거야."

"그걸 어떻게 알아요?" 그레그가 그에게 물었다.

"망명한 사람이 알려줬지."

두 사람은 아침 아홉시 워싱턴 FBI 본부의 카펫이 깔린 빅스의 사무실에 앉아 있었다. 빅스는 재킷을 벗고 있었다. 건물은 온도 조절이 되고 있어 쾌적했지만 그의 셔츠는 겨드랑이 부분이 땀에 젖었다.

"그 친구 말에 따르면 말이지." 빅스는 말을 이었다. "붉은 군대 정보부의 한 대령이 맨해튼 프로젝트 소속 과학자 중 한 명에게 설계도를 받아왔다더군."

"누구라던가요?"

"어느 과학자인지는 모르더라고. 그래서 자네를 부른 거야. 배신자를 색출해야 해."

"당시 FBI가 일일이 다 확인했잖습니까."

"그리고 그들 대부분 보안상 위험인물이었지! 우리가 어쩔 수 없었어. 하지만 자네는 그들을 개인적으로 잘 알잖아."

"붉은 군대의 대령이라는 자는 누굽니까?"

"그 얘길 하려던 참이야. 자네가 아는 사람이지. 이름은 블라디미르 페시코프야."

"제 이복형제군요!"

"그래."

"제가 그 입장이었다면 저를 의심했을 겁니다." 그레그는 웃으며 말했지만 마음은 몹시 불편했다.

"아, 자네를 의심했지. 진짜야." 빅스가 말했다. "자네는 내가 FBI에서 이십 년 동안 봤던 것 가운데 가장 철두철미한 조사를 받았어."

그레그는 의심스럽다는 표정을 지었다. "농담이시겠죠."

"자네 아들은 학교 잘 다니지? 아닌가?"

그레그는 충격을 받았다. 누가 조지에 대해 FBI에게 말할 수 있었단 말인가? "제가 대부 노릇을 하는 아이 말입니까?" 그가 말했다.

"그레그, 철두철미하다고 말했잖아. 우린 자네 아들에 대해 알아."

그레그는 화가 났지만 감정을 억눌렀다. 그도 군 정보부에서 일할 때 수많은 용의자의 개인적인 비밀을 파헤쳤다. 그는 이의를 제기할 자격이 없었다.

"자네는 깨끗해." 빅스가 계속 말했다.

"그 말을 들으니 안심이 되는군요."

"어쨌거나 우리 쪽으로 망명한 사람은 설계도를 넘긴 자가 프로젝트에 참여한 일반 군 요원이라기보다는 과학자라며 고집을 부렸어."

그레그는 생각에 잠겨 말했다. "제가 모스크바에서 볼로댜를 만났을 때 그는 미국에 와본 적이 없다고 말했습니다."

"거짓말이야." 빅스가 말했다. "그는 1945년 9월에 여기 왔었어. 뉴욕에서 일주일을 보냈다고. 이후 팔 일 동안의 행적을 몰라. 그는 잠시 다시 나타났다가 집으로 돌아갔네."

"팔 일이요?"

"그래. 우리로서는 창피한 일이야."

"샌타페이에 가서 이삼일 묵고 돌아오기에 충분한 시간이군요."

"맞아." 빅스는 책상 너머로 몸을 기울였다. "하지만 생각해봐. 과학자가 이미 스파이로 포섭된 상황이었다면 왜 평소 그를 관리하던 자가 접선하지 않았을까? 왜 다른 사람을 모스크바에서 불러와 그와 이야기하게 했겠느냐고."

"그럼 그가 배신자를 찾아간 그 이틀 사이 포섭에 성공했다고 생각하는 겁니까? 그건 너무 빠른 것 같은데요."

"배신자는 이미 저쪽을 위해 일하고 있었지만 우리가 몰랐을 수도 있지. 어느 쪽이든 우리는 소련이 해당 과학자와 이미 알고 있는 누군가를 보낼 필요가 있었다고 추측해. 그 말은 볼로댜와 한 과학자 사이에 연결고리가 있을 수밖에 없다는 뜻이야." 빅스는 갈색 서류철 여러 개로 덮여 있는 탁자를 손으로 가리켜 보였다. "답은 저기 어딘가에 있을 거야. 그 설계도에 접근한 적이 있는 모든 과학자에 대한 우리 쪽 자료야."

"제가 뭘 하기를 원하시는 겁니까?"

"자료를 훑어봐주게."

"그건 FBI의 일 아닙니까?"

"이미 해봤지. 아무것도 찾지 못했어. 우리가 놓친 뭔가를 자네가 찾아내주기를 바라고 있네. 나는 여기 앉아 자네랑 동무해주면서 서류 처리를 좀 하지."

"금방 끝날 일이 아닌데요."

"온종일 해도 돼."

그레그는 얼굴을 찌푸렸다. 이들이 내 일정까지……?

빅스는 확신에 차 말했다. "오늘 자네는 이 시간 이후로 아무 계획이 없잖아."

그레그는 어깨를 으쓱했다. "커피 있습니까?"

그는 커피와 도넛을 먹고 잠시 후 커피를 더 부탁했고, 그다음에는 점심시간이 되어 샌드위치를, 그뒤 오후에는 바나나를 한 개 먹었다. 그는 각 과학자와 아내, 가족의 인생에 대한 모든 자세한 내용을 읽었다. 어린 시절과 학교생활, 직장생활, 사랑과 결혼, 업적, 그리고 기행과 잘못까지.

그는 마지막 남은 바나나 조각을 입에 넣으며 말했다. "이런 빌어먹을."

"뭐야?" 빅스가 말했다.

"빌리 프룬체는 베를린 청년 아카데미를 졸업했습니다." 그레그는 의기양양하게 서류철로 탁자를 내려쳤다.

"그런데?"

"볼로댜도 거기서 공부했습니다. 그에게서 들었어요."

빅스는 흥분해서 책상을 주먹으로 내려쳤다. "동창이군! 그거야. 우리가 놈을 잡았어!"

"그건 증거가 아닙니다." 그레그가 말했다.

"아, 걱정하지 마. 놈이 자백할 테니까."

"어떻게 확신하시죠?"

"그 과학자들은 지식은 비밀에 부칠 게 아니라 모두와 나누어야 한다고 믿지. 놈은 자기가 한 짓을 정당화하면서 인류의 대의를 위해 그랬다고 주장할 거야."

"실제로 그랬는지도 모르죠."

"어쨌거나 그는 전기의자로 끌려갈 거야." 빅스가 말했다.

그레그는 갑자기 한기가 들었다. 빌리 프룬체는 좋은 사람 같았기 때문이다. "그럴까요?"

"당연하지. 튀김 신세가 될 거라고."

빅스가 옳았다. 빌리 프룬체는 반역죄를 저지른 것으로 밝혀졌고, 사형선고를 받아 전기의자에서 죽었다.

그의 아내도 마찬가지였다.


III


데이지는 남편이 하얀색 보타이를 매고 완벽하게 몸에 맞는 야회복

코트를 입는 모습을 지켜보았다. "당신 아주 최고로 멋져 보여." 그녀는 진심을 담아 말했다. 그는 영화배우가 되었어야 했다.

그녀는 십삼 년 전 남편이 빌린 옷을 입고 트리니티 무도회에 왔던 일을 떠올리며 기분좋은 향수의 전율을 느꼈다. 기억하기로 그때 그는 두 치수나 큰 옷을 입었음에도 상당히 괜찮아 보였다.

그들은 그녀의 아버지가 영구적으로 임대한 워싱턴 리츠칼튼 호텔 스위트룸에 머물고 있었다. 로이드는 이제 영국 외무부의 차관이었고 외교 방문차 이곳에 와 있었다. 로이드의 부모 에설과 버니는 일주일 동안 두 명의 손주를 돌보게 되어 흥분했다.

오늘밤 데이지와 로이드는 백악관에서 열리는 무도회에 참석할 예정이었다.

그녀는 넋이 쏙 빠지게 멋진 크리스티앙 디오르의 드레스를 입고 있었다. 반짝이는 망사 주름이 수없이 잡힌 스커트 부분이 극적으로 퍼지는 분홍색 새틴 드레스였다. 오랜 세월 금욕적인 전시생활을 견뎌낸 그녀는 파리에서 다시 드레스를 살 수 있게 되어 기뻤다.

1935년 버펄로에서 열린 요트 클럽 무도회를 떠올렸다. 그녀는 그날의 사건이 자기 인생을 망쳤다고 생각했다. 백악관은 분명 그때보다 훨씬 더 수준 높은 자리지만 오늘밤 어떤 일이 벌어진다 해도 인생을 망치지는 못할 것을 알았다. 로이드의 도움을 받아 어머니의 장미색 다이아몬드 목걸이와 그에 어울리는 귀걸이를 거는 동안에도 그런 생각을 했다. 열아홉 살일 때는 사회적 지위가 높은 사람들에게 받아들여지기를 간절히 원했다. 이제는 그런 일들을 걱정한다는 게 도저히 상상도 되지 않았다. 그녀가 엄청 멋지다고 로이드만 말해준다면 다른 누구의 생각도 관심없었다. 그외에 인정받고 싶은 사람이 단 한 명 있다면, 시어머니인 에스 레크위드였다. 그녀는 사회적 지위도 높지 않았고 분명

이제껏 파리에서 파는 드레스는 한 번도 입어보지 못했을 것이다.

　모든 여자가 젊었을 때를 돌아보며 스스로 얼마나 어리석었는지 생각할까? 분명 어리석은 행동을 저질렀지만—유부남 고용주의 아기를 임신했다—절대로 후회한다고 말한 적이 없는 에설에 대해 데이지는 다시 생각했다. 어쩌면 그것이 옳은 태도인지도 몰랐다. 데이지는 자신의 실수를 생각했다. 찰리 파커슨과 약혼했고, 로이드를 거부하고 보이 피츠허버트와 결혼했다. 아무리 돌이켜봐도 그런 선택을 해서 무엇이 좋았는지 생각해낼 수 없었다. 그녀의 인생이 좋아진 것은 상류사회에서 단호히 거절당하고 올드게이트에 있는 에설의 부엌에서 위안을 찾은 다음부터였다. 사회적 지위에 대해 동경하기를 멈춘 뒤에야 진정한 우정이 무엇인지 배웠고 그후로는 행복했다.

　이제 더는 아무것도 신경쓰지 않았고, 파티는 더욱 즐거웠다.

　"준비됐어?" 로이드가 말했다.

　그녀는 준비가 끝났다. 디오르에서 드레스와 어울리도록 만든 이브닝코트를 걸쳤다. 그들은 엘리베이터를 타고 내려가 호텔을 나서서 대기중인 리무진에 올라탔다.


IV


　카를라는 크리스마스이브에 피아노 연주를 해달라고 어머니를 설득했다.

　모드는 몇 년 동안 피아노를 치지 않았다. 어쩌면 발터에 대한 기억이 되살아나 슬퍼지기 때문일 수도 있었다. 두 사람은 늘 피아노를 연주하며 함께 노래를 불렀고, 그녀는 가끔 자기가 발터에게 래그타임을 가르치려고 어떤 노력을 했고 어떻게 실패했는지 아이들에게 말해주었다. 하지만 더는 그런 이야기를 하지 않았다. 피아노를 보면 레슨을 받으러 왔던 젊은 장교 요아힘 코흐가 떠오르는 것은 아닐까 카를라는 생각했다. 모드는 그를 속여 유혹했고 카를라와 아다는 그를 주방에서 살해했다. 카를라 자신도 그날 저녁의 악몽 같은 기억을, 특히 시체를 버리러 가던 일을 머릿속에서 지울 수 없었다. 그녀는 그 일을 후회하지 않았다. 그들은 옳은 일을 했다. 하지만 그럼에도 그녀는 그 일을 잊고 싶었다.

하지만 모드는 결국 한목소리로 〈고요한 밤 거룩한 밤〉을 부르는 가족들을 위해 피아노 반주를 하기로 했다. 베르너, 아다, 에리크, 그리고 세 아이인 레베카, 발리, 새로 태어난 릴리까지 거실의 오래된 스타인웨이 피아노 주위로 모였다. 카를라는 피아노 위에 촛불을 켜고 모두가 익숙한 독일의 캐럴을 부르는 동안 너울거리는 그림자 속에서 가족들의 얼굴을 찬찬히 살폈다.

몇 주만 더 있으면 네 살이 될 발리는 베르너의 팔에 안긴 채 이어지는 가사와 멜로디를 열심히 쫓아가며 노래를 따라 부르려 애쓰고 있었다. 아이는 강간을 저지른 아버지를 닮아 눈이 동양인 같았다. 카를라는 여자를 부드럽게 대하며 존중하는 사람으로 아들을 키우는 것이 복수하는 길이라고 결론을 내렸다.

에리크는 성가를 진심으로 따라 불렀다. 그는 나치를 지지했던 것처럼 맹목적으로 소련 정권을 지지했다. 카를라는 처음에는 당황스럽고 극도로 화가 났지만 이제는 그에게서 슬픈 논리를 보았다. 에리크는 삶에 너무 겁을 먹은 나머지 가혹한 권력 아래 사는 것이 더 좋은 무능한 사람들 중 하나였다. 그들은 반대를 용납하지 않는 정부로부터 무엇을 해야 할지, 무엇을 생각해야 할지 들어가며 살았다. 그들은 어리석고 위험했지만 놀라울 정도로 수가 많았다.

카를라는 애정이 담긴 눈으로 남편을 바라보았다. 그는 서른 살인데도 여전히 미남이었다. 그에게 키스하던 일을, 아니, 그루네발트 숲에 세워둔 그의 섹시한 자동차 앞에서 그에게 키스하던 일을 떠올렸다. 그때 그녀는 열아홉 살이었다. 지금도 여전히 남편에게 키스하는 게 좋았다.

그때 이후로 지나온 시간을 생각하면 안타까운 일도 수없이 많았다. 하지만 가장 큰 일은 아버지의 죽음이었다. 그녀는 끊임없이 아버지가 그리웠고, 아버지가 잔인하게 얻어맞은 채 홀에 쓰러져 있다가 미처 의사가 도착하기도 전에 숨을 거둔 것을 생각하면 지금도 울음이 터졌다.

하지만 누구나 죽을 수밖에 없고 아버지는 더 좋은 세상을 위해 목숨을 바쳤다. 더 많은 독일인이 아버지처럼 용기가 있었다면 나치는 승리하지 못했을 터였다. 그녀는 아버지가 했던 모든 일을 하고 싶었다. 아이들을 잘 키우고, 조국의 정치를 바꾸고, 사랑하고 사랑받고 싶었다. 다른 무엇보다 죽었을 때 자식들이 그녀가 아버지에게 말했던 것처럼 그녀의 삶은 의미가 있었다고, 그래서 세상은 좀더 좋아졌다고 말할 수 있기를 원했다.

캐럴이 끝났다. 모드는 마지막 코드를 짚었다. 어린 발리가 몸을 앞으로 숙이더니 입김을 불어 촛불을 껐다.

'20세기 3부작'의 가장 중요한 역사 고문은 리처드 오버리다. 『세계의 겨울』 원고를 읽고 교정해준 사학자 에번 모즐리와 팀 리스, 마티아스 라이스, 그리고 리처드 토이에게도 감사를 보낸다.

언제나 그랬던 것처럼 편집자들과 에이전트들, 특히 에이미 버코워, 레슬리 겔브먼, 필리스 그랜, 닐 나이런, 수전 오피, 그리고 제러미 트러베이선에게서 소중한 도움을 받았다.

에이전트 앨 주커먼은 우리가 1975년 만난 이후 가장 비판적이고 영감을 주는 독자가 되어주었다.

몇몇 친구가 도움이 되는 조언을 주었다. 나이절 딘은 다른 사람에게는 없는, 세부를 포착하는 눈썰미가 있다. 크리스 매너스와 토니 매퀼터는 그 어느 때보다 날카로운 통찰력을 보여주었다. 앙겔라 슈피치히와 안네마리 벵케는 독일이 나오는 대목에서 수없이 많은 실수를 바로잡아주었다.

우리는 늘 가족에게 감사하고, 또 그래야만 한다. 바버라 폴릿, 이매

뉴얼 폴릿, 잰 터너, 그리고 킴 터너는 초고를 읽고 유용한 비판을 해주었을 뿐 아니라 사랑이라는 비할 데 없는 선물을 주었다.

옮긴이 **남명성**

한양대학교를 졸업하고 방송국 PD와 인터넷 기획자로 일했다. 현재 전문번역가로 활동하고 있다. 옮긴 책으로 『거인들의 몰락』 『영원의 끝』 『스노 크래시』 『나를 데려가』 『경계선』 『걸 인 더 미러』 『사일런트 페이션트』 『나이트 이터널』 『아르테미스』 『천사학』 『본 슈프리머시』 『높은 성의 사내』 『셜록 홈즈: 주홍색 연구』 『셜록 홈즈: 바스커빌 가문의 개』 등이 있다.

문학동네 블랙펜 클럽
세계의 겨울 2

1판 1쇄 2016년 2월 19일 | 1판 2쇄 2021년 10월 29일

지은이 켄 폴릿 | 옮긴이 남명성
책임편집 박아름 | 편집 황문정
디자인 고은이 이원경 | 저작권 김지영 이영은 김하림
마케팅 정민호 양서연 박지영 안남영 | 홍보 김희숙 함유지 김현지 이소정 이미희
제작 강신은 김동욱 임현식 | 제작처 영신사

펴낸곳 (주)문학동네 | 펴낸이 염현숙
출판등록 1993년 10월 22일 제406-2003-000045호
주소 10881 경기도 파주시 회동길 210
전자우편 editor@munhak.com | 대표전화 031) 955-8888 | 팩스 031) 955-8855
문의전화 031) 955-2655(마케팅) 031) 955-2646(편집)
문학동네카페 http://cafe.naver.com/mhdn | 트위터 @munhakdongne
북클럽문학동네 http://bookclubmunhak.com

ISBN 978-89-546-3950-7 04840
     978-89-546-3948-4 (세트)

**www.munhak.com**

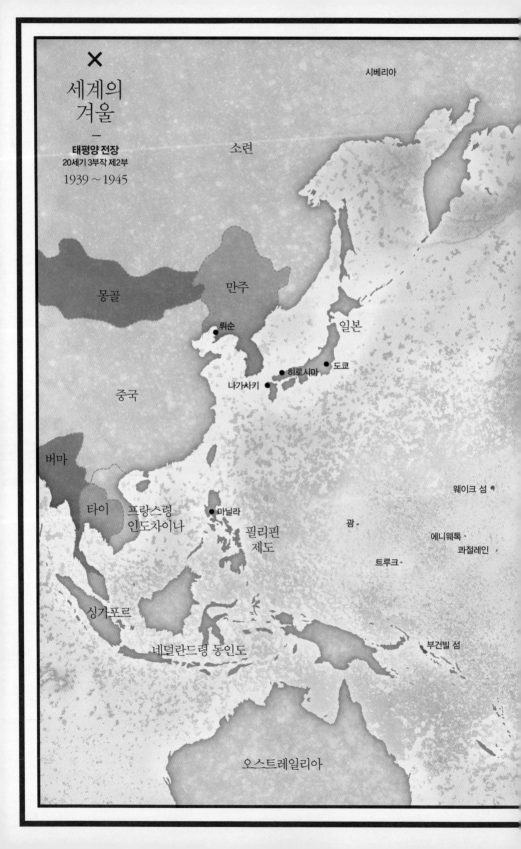

× 

세계의
겨울
—
**태평양 전장**
20세기 3부작 제2부

1939 ~ 1945

시베리아

소련

몽골

만주

뤼순

일본

도쿄

히로시마

나가사키

중국

버마

타이

프랑스령
인도차이나

마닐라

필리핀
제도

싱가포르

네덜란드령 동인도

웨이크 섬

괌

에니웨톡

콰절레인

트루크

부건빌 섬

오스트레일리아

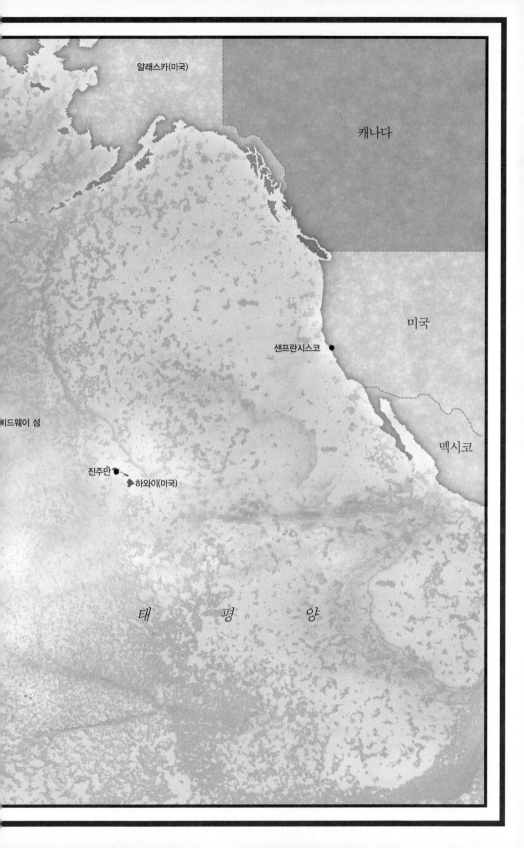